# Diablo Guardián

**Alfaguara es un sello editorial del Grupo Santillana**

**www. alfaguara.com**

**Argentina**
Beazley, 3860
Buenos Aires 1437
Tel. (54 114) 912 72 20 / 912 74 30
Fax (54 114) 912 74 40

**Bolivia**
Avda. Arce 2333
La Paz
Tel. (591 2) 44 11 22
Fax (591 2) 44 22 08

**Chile**
Dr. Aníbal Ariztía 1444
Providencia
Santiago de Chile
Tel. (56 2) 236 85 60
Fax (56 2) 236 98 09

**Colombia**
Calle 80, nº10-23
Santafé de Bogotá
Tel. (57 1) 635 12 00
Fax (57 1) 236 93 82

**Costa Rica**
La Uruca
100 m oeste de Migración y Extranjería
San José de Costa Rica
Tel. (506) 220 42 42 y 220 47 70 / 1 / 2 / 3
Fax (506) 220 13 20

**Ecuador**
Avda. Eloy Alfaro 2277 y 6 de Diciembre
Quito
Tel. (593 2) 44 66 56 / 26 77 49 / 25 06 64
Fax (593 2) 44 87 91 / 44 52 58

**España**
Torrelaguna, 60
28043 Madrid
Tel. (34 91) 744 90 60
Fax (34 91) 744 92 24

**Estados Unidos**
2105 N.W. 86th Avenue
Miami, F.L. 33122
Tel. (1 305) 591 95 22 / 591 22 32
Fax (1 305) 591 91 45

**Guatemala**
30 Avda. 16-41
Zona 12
Guatemala C.A.
Tel. (502) 475 25 89
Fax (502) 471 74 07

**México**
Avda. Universidad 767
Colonia del Valle
03100 México D.F.
Tel. (52 5) 688 75 66 / 688 82 77 / 688 89 66
Fax (52 5) 604 23 04

**Paraguay**
Avda. Venezuela, 276
Asunción
Tel./fax (595 21) 213 294 / 214 983 / 202 942

**Perú**
Avda. San Felipe 731
Jesús María
Lima
Tel. (51 1) 461 02 77 / 460 05 10
Fax. (51 1) 463 39 86

**Puerto Rico**
Centro Distribución Amelia
Calle F 34, esquina D
Buchanan – Guaynabo
San Juan P.R. 00968
Tel. (1 787) 781 98 00
Fax (1 787) 782 61 49

**República Dominicana**
César Nicolás Penson 26, esquina Galván
Edificio Syran 3º
Gazcue
Santo Domingo R.D.
Tel. (1809) 682 13 82 / 221 08 70 / 689 77 49
Fax (1809) 689 10 22

**Uruguay**
Constitución 1889
11800 Montevideo
Tel. (598 2) 402 73 42 / 402 72 71
Fax (598 2) 401 51 86

**Venezuela**
Avda. Rómulos Gallegos
Edificio Zulia, 1º
Boleita Norte
Caracas
Tel. (58 212) 235 30 33
Fax (58 212) 239 79 52

Xavier Velasco

# Diablo Guardián

ALFAGUARA


© De esta edición:
2003, Santillana Ediciones Generales, S. L.
Torrelaguna, 60. 28043 Madrid
Teléfono 91 744 90 60
Telefax 91 744 92 24
www.alfaguara.com

ISBN: 84-204-0002-5
Depósito legal: M. 13.953-2003
Impreso en España - Printed in Spain

Diseño:
Proyecto de Enric Satué

© Cubierta:
Photonica/Cover

*A la memoria de Celia Alcalde de la Peña.*

«¿Dónde estáis, ángeles míos,
a los que nunca merecí?»

FIODOR DOSTOIEVSKI, *Demonios*

«Desde el principio hasta el final
no hay ni una sola cosa recta.
Solamente es posible una pregunta: ¿juegas?»

DAVID GROSSMAN, *Chico Zigzag*

No lo puedo creer. La última vez que hice esto tenía un sacerdote enfrente. Y tenía una maleta llenísima de dólares, lista para salvarme del Infierno. ¿Sabes, Diablo Guardián? Te sobra cola para sacerdote, y aun así tendría que mentirte para que me absolvieras. Tú, que eres un tramposo, ¿nunca sentiste como que se te agotaban las reservas de patrañas? Ya sé que me detestas por decirte mentiras, y más por esconderte las verdades. Por eso ahora me toca contarte la verdad. Enterita, ¿me entiendes? Escríbela, revuélvela, llénala de calumnias, hazle lo que tú quieras. No es más que la verdad, y verdades ya ves que siempre sobran. *Señorita Violetta, ¿podría usted contarnos qué tanto hay de verdad en su cochina vida de mentiras? ¿Qué hay de cierto en la witch disfrazada de bitch, come on sugar darling let me scratch your itch?* Puta madre, qué horror, no quiero confesarme.

Ave María Purísima: me acuso de ser yo por todas partes. O sea de querer siempre ser otra. Y hasta peor: conseguirlo, ¿ajá? Me acuso de bitchear, witchear y rascuachear, de ser barata como vino en tetra-pak, y al mismo tiempo cara, como cualquier coatlicue traicionera. Me acuso de haber robado, no una ni dos veces sino a toda hora y en todo lugar, como chingado pac-man cocainómano. Me acuso de acusar al confesor por mis pecados, y de haberlo nombrado Demonio de Mi Guarda sin siquiera explicarle la clase de alimaña que estaba contrayendo. Porque a mujeres como yo no las conoces; las contraes. Como los matrimonios y las enfermedades y las deudas. Ay, mi Diablo Guardián: Dios te lo pague.

## 1. ¿Quién de ellos no era yo?

*El Señor esté con vosotros...* El sepelio es el fin de la primera persona. Una ocasión pomposa donde unos cuantos ellos despiden a otro yo de su nosotros, a la vez que lo envían a otro ellos, más hondo e insondable. Ellos: los que no están, ni van a estar. Los que, si un día estuvieran, nos harían correr despavoridos. ¿O no es así, *despavoridos*, como dicen que corren los que huyen de los muertos? Lo más fácil, e incluso lo más lógico, sería que enterrásemos a nuestros difuntos en el jardín de la que fue su casa. Pero entonces ya nadie se sentiría en su casa, ni en su mundo, sino sólo en el de *ellos:* los temibles difuntos, a quienes conducimos al panteón para poner entre ellos y nosotros no sólo tierra, sino de preferencia un mundo de por medio. Por más que añoremos a nuestros muertos, no queremos estar ni un instante en su mundo. Ni respirar su aire, ni mirar su paisaje.

Desde la cripta de la familia Macotela, camuflado por el olvido de los vivos, Pig divide el paisaje de tumbas sobre tumbas sobre tumbas en dos: a izquierda y a derecha de la mole blanca: una grandilocuente cripta en condominio a cuyo borde abre las alas una gran paloma, entre chispas doradas que acusan la presencia de la Tercera Persona de la Trinidad. Son cinco pisos, con nueve bóvedas en cada uno: cuarentaicinco departamentos, amparados por el título impreso entre el cuarto y el quinto piso:

*Hijos Predilectos del Espíritu Santo*

Ocho criptas vacías: en ninguna cabría entero un muerto, pero sí las cenizas de varios. Cuarentaicinco menos ocho igual a treintaisiete. ¿Cuántas urnas por cripta? Cuatro, tal vez. Cuatro por treintaisiete igual a ciento cuarentaiocho. Eso, claro, si las que están ocupadas tienen ya sus cuatro. Potencialmente, la cripta en condominio podría albergar hasta ciento ochenta inquilinos. Pig calcula: un metro de profundidad por diez de ancho. Diez metros cuadrados. Es decir, a dieciocho difuntos por metro cuadrado. La familia Macotela, en cambio, posee un espacio que Pig estima en cuando menos tres por cuatro: doce metros cuadrados, todos ellos en honor a los cuatro inquilinos que para siempre y a sus anchas reposan en el sótano, cada uno con tres metros cuadrados de terreno a su disposición, en dos cómodas plantas. Por ahí de las cinco de la tarde de un lunes soleado que se mira sombrío a través de los vidrios opacos de la cripta Macotela, Pig concluye que una mujer como Violetta jamás toleraría —ni muerta, ni en cenizas— terminar sus días en ese palomar, soportando además el tácito desdén de los señores Macotela, condenados a contemplar a perpetuidad el paisaje de la miseria encaramada sobre sí misma. ¿Quién iba a convencer a Violetta de la predilección de la Tercera Persona del Verbo —quien es-pero-no-es una paloma— por lo que a todas luces era un palomar? ¿Tiene acaso mal gusto el Espíritu Santo?

Pig sofoca una risa nerviosa, inoportuna, estúpida. Podría andar por ahí un enterrador, un aguador, un deudo: nadie quiere escuchar risas idiotas saliendo de las criptas. Con frecuencia se ríe de chistes malos, insulsos, como si todo el acto de reírse fuese una suerte de certificación: *Ah, ya entiendo.* ¿Qué es lo que Pig entiende, en este caso? Concretamente, que no todos los fans de la Tercera Persona del Verbo tienen acceso a su camerino. Y entonces se le ocurre que Violetta no dudaría en tachar *hijos* y escribir en su lugar *siervos*, ni en un rato después volver para tachar *siervos* y escribir *criados*. Pero ¿qué no un cristiano de verdad humilde tendría que considerarse criado, antes que siervo?

Cuando los vio venir, Pig llevaba tres horas esperando. Entró poco antes de las dos de la tarde, aprovechando el vuelo bajo de un avión para darle el jalón a la llave de cruz, y así probar el choque eléctrico del miedo tras el estruendo sordo del pestillo al quebrarse. Se habían roto las bisagras, además. En todo caso desde afuera no se notaba. La puerta se abría sola, pero Pig la cerró a fuerza de atorarla con la misma oficiosa herramienta.

Pasada medianoche, había llamado a la casa de la familia. La madre se quejó, pero apenas le mencionó la palabra «procuraduría», su tono se hizo abruptamente dócil, y hasta obsequioso. Le dio todos los datos: el panteón, la sección, la cripta, la hora del sepelio: cinco de la tarde. Suficiente para estar ahí a tiempo, pero no todavía para no ser visto: cosa difícil un lunes por la tarde, cuando las tumbas están casi tan solas como de noche, y las raras visitas son más que notorias. Por eso Pig llegó tres horas antes, y no bien hubo reventado la chapa se tendió sobre los primeros escalones que llevan hacia el sótano, tras los cristales convenientemente oscuros de *Chez Macotela:* una trinchera tétrica que lo obliga a mirar todo el tiempo hacia arriba y hacia afuera. Desde entonces ha dedicado los minutos a contar las cruces en ambos lados del paisaje, a calcular la cantidad de criptas necesarias para enterrar a todos los habitantes de la ciudad, a imaginar los más probables comentarios de Violetta, y entonces cada vez ha vuelto a los números, como niño perdido a las faldas de su abuela. Cuando uno se ha quedado solo entre los muertos, decidido a fisgar un entierro al que no fue invitado, las matemáticas acuden como legítimas enviadas del Espíritu Santo.

Un entierro sin tierra, ni ataúd, ni gusanos; un encierro, más bien. No quería perderse los detalles, ni podía correr el riesgo de que lo vieran. El único peligro inevitable era que un deudo de los Macotela —muertos hacía treinta, cuarenta años— tuviera la fatal ocurrencia de ir a visitarlos en la tarde del lunes. ¿Se es todavía *deudo* luego de cuatro décadas del trágico suceso? Con tan escasos momios en su contra, Pig terminó por apreciar el privilegio de los Macotela sobre los *Hijos Predilectos del Espíritu Santo.* Especialmente luego de verlos venir: dos, cuatro, ocho en total. La familia Rosas, más dos enterradores —o encerradores—, el sacerdote y su ayudante. Un cortejo *discreto y breve:* dos calificativos que igual describen a un sepelio que al ánimo de pronto amedrentado de quienes prefirieron asistir sin otras compañías al evento.

No podía escucharlos. Se interponían el cristal y los nueve o diez metros que alejaban al multifamiliar del mausoleo. A cambio, los miraba con una nitidez obscena, y en momentos dudaba si no lo habían visto. El padre iba cargando la urna, la madre un oso de peluche rosa. Atrás, los dos hermanos caminaban con las manos metidas en las bolsas de las chamarras: Miami Dolphins, Dallas Cowboys.

Pig volvía a sentir las ganas de reírse, porque quizás con una carcajada histérica y adolorida lograría vencer los agobios que oprimen a la primera persona del singular cuando lleva tres horas oculta entre los muertos, y acto seguido es invitada a presenciar una escena que sería insoportable si no fuera, antes que eso, patética. Ya Violetta se había cansado de acusarlos: rehenes permanentes de la opinión ajena. Especialmente en ese trance, con sus caras de *no soy yo el que está aquí,* con el dolor vestido a tiempo de pudor, a su vez disfrazado, aunque jamás a tiempo, de una dignidad meramente decorativa. Una dignidad rosa mexicano, con los ojos perpetuamente abiertos y el peluche radiante de los muñecos que jamás llegaron a las manos de un niño. Porque el oso era nuevo, eso seguro. ¿Quién sería, sin embargo, lo suficientemente cínico para indagar en el peluche del muñeco, cuando ya su presencia invita a quitarse el sombrero, persignarse, pensar, expropiar pesadumbre?

(Pero Pig está allí sin estar. Mira los movimientos y los gestos de los deudos como quien ve a través de un vidrio empañado: percibiendo figuras y colores inconexos, como sueños espesos y enrarecidos, pero de rato en rato vuelve a enfocar el oso de peluche. Hasta que ve a la madre dar un paso hacia el hueco en la cripta y acomodar allí el osito, recargado en la urna. Luego la ve sacar una caja negra y blanca —¿un cassette?— y pasarla lenta, pomposamente al otro lado de la urna.)

Toda la ceremonia duró quince minutos. Si Pig hubiese estado filmando aquella escena, probablemente se habría concentrado en el osito, luego una toma lenta sobre las expresiones de piedra de los deudos, y al final otra vez el osito, justo antes de que lo cubriera para siempre la losa:

Rosa del Alba Rosas Valdivia
(1973 - 1998)

«Para siempre»: Pig no estaba dispuesto a permitirlo. Porque Pig ya no piensa más en el osito, ni en la urna, ni en los deudos, como en la sola circunstancia que de un instante a otro le ha jodido el sosiego: ¿Qué hay en ese cassette? ¿*Las Mañanitas*, *Las Golondrinas*, *La Martina*, la voz arrepentida de Rosa del Alba Rosas Valdivia? Desde que vio la caja y advirtió que sí, es un cassette, le ha ido creciendo dentro un temblor que tardó casi nada en llegar a las manos, las rodillas, la quijada. Un miedo intrépido, por fatalista. El miedo de quien sabe que pase lo que pase va a hacer lo que va a hacer: ese osito podrá quedarse para siempre sin un niño que lo abrace por las noches, pero Pig no tolera ni la idea de salir del panteón sin esa cinta.

*... y con tu espíritu*, alcanza a leer Pig en los labios de los deudos, los mira santiguarse, fisgar hacia los lados y hacia

atrás: comprobar con alivio la madre, luego el padre, la ausencia de testigos indeseables (con excepción del yo que, oculto entre ellos, profana en la penumbra su nosotros).

—¿Yo? —duda Pig, no bien ha recordado su calidad de fantasma, su papel de testigo, sus ganas incumplidas de llorar a gritos, y entiende que esta historia no admite más primera persona que Violetta.

*Su* Violetta.

## 2. Parábola del Buen Postor

¿Cómo quieres que empiece? *Daddy had a little lamb?* Soy oveja, ya sé, mi destino es vivir entre el rebaño. Pero eso sí: primero negra que mestiza. Mis papás son ovejas mestizas, yo salí negra y con modales de cabra. Soy la vergüenza del rebaño, y en eso estamos más que correspondidos. Por mí, ni los conozco. Soy el cordero que le saca lo cerdo al buen pastor, pero también lo buen pastor al cerdo. ¿No te parece lógico que a mi diablo guardián le digan Pig?

Las ovejas mestizas se tiñen el pelo, como si las ovejas blancas no se supieran de memoria ese cuento. Afortunadamente las ovejas negritas somos menos ingenuas. Llevamos más camino recorrido, ¿ajá? Nos ponemos pelucas, nos cambiamos el nombre, le apostamos a no sé cuántos números y jugamos en todas las mesas que podemos. Y eso es lo que no te perdonan las ovejas mestizas, que cambies de rebaño, que te vayas con tu lana a otro corral. Que dejes en la puerta de la iglesia al buen pastor para irte a la ruleta con el mejor postor.

Mi papá quería que me llamara Guadalupe o Genoveva, que eran *nombres de mujer buena.* Pero mi mamá opinó que así sólo se llaman las jodidas, y se empeñó en ponerme Violetta. Sólo que luego apareció mi abuelo, que igual que ellos tenía su teoría de los nombres, y dijo que Violetta era nombre de piruja. Creo que había visto una película, o a lo mejor fue sólo por chingar a mi madre. No sé, el caso es que el papá de mi papá sugirió que me pusieran Rosalba, y ya al final en eso quedaron de acuerdo: *Rosa del Alba.* Imagínate yo, con ese nombre. Pero mi mamá me llamaba a escondidas *Violetta*, aunque me hubiera registrado como Rosa del Alba. Y a lo mejor de ahí viene mi maldición, porque el alba es mi peor momento del día. A esas horas lo fácil es llevarme al Infierno, ¿ajá? Porque si el diablo existe debe tener claro que yo en la mañanita no sirvo para nada, que no tengo ni fuerzas en las piernas y soy como esas *Barbies* que están siempre hasta el fondo de la caja de juguetes, con los brazos y piernas chuecos o arrancados, esperando a que un duende venga a componerlas; sería suficiente con empujarme suavecito, como desde lo alto de una resbaladilla. Y yo me iría de cabeza, bocabajo, con las palabras mágicas tatuadas en la frente: *Las Violettas jamás se van al Cielo.*

De niña me gustaba decir que la segunda *t* era una cruz, que mi nombre traía su propio crucifijo. Pero tampoco tengo que ir tan lejos para decirte cómo me llamo. Y además tú no quieres saber mi vida entera. Tú sólo vas a masticar lo que puedas comerte, ojalá que sin mucho envenenarte. Era mi papá el que decía eso de las Violettas. Y como yo en el fondo no quería irme al Cielo, decidí hacerle caso a mi mamá y llamarme como ella me había querido bautizar. Pero siempre en secreto, porque mi papá me ponía morada a cinturonazos si llegaba a enterarse de que yo me presentaba como Violetta. Claro que a estas alturas del bochorno familiar, y es más, desde mucho antes, mi mamá ya tampoco soporta que me llame Violetta. Las mujeres que duermen con cerdos poco a poco se van haciendo cerdas.

Mi mamá dice que no les heredé nada. Yo digo que nomás los puros defectos. Me doy un poco de asco cuando recuerdo cuánto me gusta el dinero. Y en eso soy igual a ellos. También soy egoísta, vanidosa, *trendy*. Sobre todo si en ese momento me llamo Violetta. Entonces necesito que me abraces, que corras tras de mí, que no me dejes llegar hasta el alba esa que a huevo me encajaron en el nombre, porque seguro estaban decididos a joderme como a una Guadalupe o una Genoveva, que ya desde que nacen traen la vida madreada. Y a mí me gustan cosas de verdad horribles, como que me regalen lo más caro de la tienda. Que se metan en broncas por mi culpa, como tú que no sabes ni quién soy y ya estás escribiendo mi vida. ¿De verdad quieres que yo sea tu problema? ¿No te parezco demasiado gorda para problema, y aparte demasiado flaca para solución? Suena como uno de tus anuncios: *Pig & Company, S. A. de C.V.: Soluciones esbeltas a problemas gordos. I mean*, ¿realmente no te importa que te haya agarrado de mi juguetito? ¿Vas a venir a recogerme cuando yo sea también juguete y me veas desarmada en el fondo de la caja? ¿Quién va a decirte cómo armarme, Diablo Guardián?

No debería estarte diciendo estas cosas. Soy una pendeja. Eso de «no debería estarte diciendo» lo dicen solamente los pendejos. Yo debería estar diciéndote que soy maravillosa, pero como creo que tú ya te diste cuenta de eso, digo estas cosas para confundirte. Para jugar contigo. Para que seas mi muñequito. ¿Checas las dimensiones de mi egoísmo? ¿Verdad que es robusto, él? O a lo mejor lo digo para que pares de una vez la pinche cinta, lo tires todo y ya no escuches nada. Para que metas toda mi vida en una caja y la quemes completa, sin ponerte a pensar más que en tu propio bien. Pero entonces no serías ya Mi Diablo Guardián. No vendrías tras de mí como coyote hambreado, ni tendrías que haberte puesto la máscara de lobo para que yo te viera interesante.

¿Cómo quieres que empiece, pues? ¿Te cuento del origen de mi mala entraña? ¿Quieres saber en qué columpio enseñé por primera vez los calzones? ¿Cuáles fueron mis primeras palabras mágicas, mi primera escobita de velocidades, mi primer príncipe convertido en sapo? ¿No prefieres que antes de eso te platique el hotel de mierda donde estoy? No creo, porque no te serviría, y además ya bastante incómoda estoy en este chiquero para ponerme desde ahorita en las garras de mi biógrafo. No quiero imaginarme la de tlahuicas y coatlicues que se habrán metido en estas sábanas antes que yo, ni me gustaría nada que me pusieras en tu libro rascándome los piojos. Pero no soy ingenua, insisto, soy quien soy: la oveja negra, la plebeya ambiciosa, la puta de este hotel, la bruja de este cuento. Ni modo de esperar que me pongas de princesa, ¿ajá? No espero nada, de hecho siempre he sido una desesperada: quiero acabarlo todo cuando ni he comenzado. Así que igual empiezo por un cuento. Apunta:

*Había una vez un buen pastor, que un día se escapó con la oveja más negra del rebaño. Nadie podía explicarse cómo un hombre tan bueno se había dejado seducir por aquella putilla de mala entraña. Cierta vez, sus antiguas ovejas, que por supuesto eran todas mestizas, los vieron bajar juntos de un Corvette amarillo. Cuando le preguntaron de dónde había sacado ese coche tan lindo y tan cabrón, el pastor les contó que se había ganado el dinero en un casino, apostando la lana de su oveja negra. Y ellas, claro, se derretían del rencor, porque sabían que nunca en sus re corrientes vidas iban a tocar un coche así de lindo y de cabrón. Pero se equivocaban, porque al día siguiente vino el Corvette y las atropelló, por envidiosas. Mientras sus almas de borrego rascuache se elevaban por los aires, se escuchaba una voz en la Tierra diciendo: «Yo soy el Buen Postor, quien apueste por mí no volverá a ser prángana».*

## 3. El huérfano invisible

Siempre quiso esconderse, volverse invisible. Un día —o un mes, o un año, eso quién va a saberlo— descubrió que escribir era una buena forma de transparentarse, de estar sin nunca estar. ¿Por qué tenía que esconderse con todo y sus nueve años? Primero, para disimular su extranjería de niño mimado: si en el recreo estaba escribiendo, en lugar de jugar futbol o basquetbol o bote pateado, ello al menos le daba a su aislamiento el decoro de la propia elección: *estoy solo porque me da la gana.* En segundo lugar, porque nadie más que él sabía las cosas que pasaban en todas esas hojas infestadas de garabatos y tachones, de modo que escribirlas era darse a una vida subterránea donde podía hacer, decir y decidir todo lo que en el mundo de los niños nadie hace, ni dice, ni decide por cuenta propia. Pig no recuerda ni una de esas historias, pero nunca ha dejado de escribir así, con el ánimo de quien comete una secreta y mezquina fechoría.

Alguna vez pasó al frente a leer una de sus historias, de la mano de una maestra que no le dio otra opción, y así extendió sobre él un manto de impunidad, pues a partir de entonces ya menos sospecharon que el niño que escribía historias en clases y recreos fuera el mismo que desquiciaba la buena marcha del calendario escolar, experimentando con toda suerte de pequeños sabotajes, no siempre de pequeñas consecuencias. Escribir, hacer trampas: ¿no era la misma cosa? Una y otra labor tenían por recompensa un regocijo cínico y silencioso. Como el día que hizo expulsar a dos compañeritos, por el incendio en la oficina de la directora. Eran los más osados: a los diez años fumaban escondidos detrás de la ventana, donde no bien se fueron Pig metió el cerillo, entre las dos cortinas que tanto ayudarían a acabar con la oficina. Nadie vio a Pig, tampoco, dejar en las mochilas de los dos niños sendas cajas de cerillos, con las lijas gastadas y varios fósforos de menos. Además de la cajetilla de Marlboro que terminó de hundirlos. Pig no pensaba entonces en la palabra «ficción», y acaso ni siquiera la comprendía, pero la practicaba con una insistencia que el prefecto no habría dudado en tachar de *malsana.* (Sabía que los adultos, a partir de ciertos estímulos, podían transformarse en bestias desquiciadas.) Para cuando expulsaron a los falsos incendiarios, las maestras habían hurgado en cada pupitre y en cada mochila, pero no hubo una sola que pensara en espulgar los cuadernos de Pig, donde el narrador hablaba de esa y otras fechorías, con detalle bastante para enviarlo fuera de la escuela, y quizás dentro del reformatorio.

No era eso, no obstante, lo que más temía Pig que alguien pudiera descubrir en sus cuadernos, sino algo mucho menos notorio. Algo que, sin causarle tantas calamidades, lo habría sumido en una vergüenza honda y traumática. No habría querido nunca escribir sobre ese tema, de suyo incómodo, tiránico, intangible, pero ya a los diez años intuía que nadie nunca escribe lo que quiere. Que, al igual que la trama impredecible de las fechorías, la escritura acontece ante los ojos de quien la dibuja, revelando deseos más o menos extraoficiales, como la fantasía de besar teatralmente a otra niña de diez años, para envidia de un público de atónitos adultos.

El amor: qué cosa tan prohibida. No jugaba con los demás porque nadie entre los demás quería jugar con él, pero escribía cosas de amor (canciones, versos, cuentos, infracciones al código casi tan bochornosas como lo habría sido jugar a las muñecas) porque al amor no había forma de tocarlo sino así: escribiendo sobre él, encerrándose en soliloquios impensables en una *escuela primaria para varones*, donde todas las niñas son oficialmente detestadas, como no sea para fantasear con *dedearles la pepita y enchufárselas*.

Pig escribía con una angustiante sensación de insuficiencia, sobre todo cuando lo hacía desde el desamor. Por más que se esforzaba en replicar los trucos de la ingeniosa Scherezada, sus historias no conseguían sofocar la gritería obvia del primitivismo. Así, cada escrito de amor estaba condenado a reproducir clichés de canciones de amor, casi siempre infumablemente melosos. ¿En qué clase de infierno se habría convertido su ya de por sí horrenda escuela si alguno entre todos esos extraños hubiese conseguido asomarse a sus cartas de amor? Pig se pensaba incapaz de concebir pensamientos impunes: todo lo que se le ocurría, o casi, era mal visto por Mamita, o las muchachas, o la maestra, o los compañeros. Pig escribía historias y en ellas anotaba todo lo que ante nadie podía decir. Para los otros, su cuaderno era el símbolo de la soledad y el tedio; para él, era como cargar dinamita en la mochila.

Otros hacían equipos, disputaban trofeos, se colgaban medallas. Pig hacía eso y más, pero siempre dentro de esas historias cojas, deformes o patizambas donde los principios parecían finales, y los finales casi nunca llegaban. De manera que cada historia era un fracaso asegurado, pero en tanto duraba —esto es, a lo ancho de las horas, días o semanas que le bailaba en la cabeza— era más divertida que todos los trofeos concebibles. Era como robar, sólo que sin testigos, ni castigos, ni límites. Era ser cada día un embustero artificioso, y a veces hasta un asesino sin cadáver ni cuerpo del delito, cuyas únicas huellas resultaban apenas menos que ilegibles: hojas y hojas de una caligrafía tan pudibunda que se empeñaba en no decir lo que decía. Escribir para nadie y para nada: fue así como aprendió a hacerse invisible.

Hay un desprendimiento liberador en el acto de romper las hojas que uno ha escrito, acaso por haber notado en ellas la desnudez obscena de un par de sentimientos. Existe una soberbia mojigata remojada en pudores melancólicos detrás de la sospecha de que cuanto escribimos hace pocas semanas nos hace ver como unos cursis infumables: pornógrafos del sentimiento. Y la idea es en tal medida insoportable que esa sola vergüenza engendra cualquier día al narrador despiadado, súbitamente experto en demoliciones. Al llegar a esa etapa, ya con los pies bien puestos en una adolescencia trémula y rabiosa, Pig descubrió que le quedaba un mundo por demoler, y se dio a la tarea con el celo propio de un sepulturero de la propia vergüenza. O mejor todavía, de sí mismo.

No quería hacerse una carrera de escritor, ni algún día dictar conferencias. No quería otra cosa que acelerar en un contrasentido furioso y estridente, mientras iba a la escuela como cualquiera y planeaba estudiar una carrera útil. Pero había algo adentro. Un virus, un circuito interrumpido, una rara incompatibilidad con todo lo evidentemente útil, que le llevaba a boicotear cualquier iniciativa en esa dirección, aún con mayor energía y eficiencia de las que empleaba en demoler sus escritos.

A los dieciséis descubrió el *Detector de Faulkner*, y a partir de ese punto se empleó a fondo en desarrollar su mecanismo, hasta un día privilegiarlo por sobre el raciocinio y la imaginación. El talento y el genio, si existían, tenían que gobernar las agujas brinconas del *Detector de Faulkner:* fuente de toda inspiración legítima. Lo había dicho el mismo William Faulkner durante una entrevista: para escribir, es preciso poseer *un detector de mierda, innato y a prueba de golpes*. Pig no sabía si su detector era innato, pero se había encargado de endurecerlo hasta alcanzar con él un éxito dudoso: el de no estar jamás dentro de esas historias que seguía despedazando sin piedad ni propósito. O tal vez con el solo propósito de llegar a ser lo suficientemente duro para escribir alguna cosa de la que luego no se avergonzara hasta los huesos. Ya no una historia larga, ni corta, ni en episodios, sino cualquier escrito que le permitiera el lujo de medirse en una cancha reglamentaria —periódicos, revistas, lo que fuera—. Una reseña, una opinión, una idea preferentemente demoledora, de esas que se conciben para ahorrarse el engorro de tomar prisioneros. Todavía no había publicado una palabra —tenía dieciocho años, representaba quince, quién iba a tomarlo en serio— cuando ya sabía lo importante: no iba a dejar un solo títere con cabeza. Pasaría a cuchillo todo aquello que reseñara, desde el principio se haría fama de implacable.

No es difícil ser implacable cuando se ha crecido entre toda suerte de mimos y licencias. Pues con frecuencia el gusto del mimado consiste en rechazar sus privilegios: tirar cuanto recibe por la borda. Entre mejor le parecía alguna línea, más le satisfacía tachonarla. Pig no se daba cuenta, pero estaba avanzando hacia el extremo equivocado del lápiz, al punto de encontrar mayor placer borrando que escribiendo. Más que un método de trabajo —escribir no era todavía propiamente un *trabajo*—, tres años de perder el tiempo en la Universidad le dieron todas las facilidades para demoler, barrer, borrar la historia entera de la literatura, Faulkner incluido. Una vez atascado su mecanismo, el *Detector de Faulkner* se convertía en un patíbulo portátil. Pig no subía a los hombros de los gigantes para ver más lejos, sino para intentar dinamitarlos: la clase de actitud pedante y pendenciera que distingue a los implacables de los obedientes. Sólo que Pig, a diferencia de tantos y tantos implacables, no quería ser notorio. Había un contrasentido sarcástico entre su vocación de anacoreta y el nombre de su carrera: *Licenciado en Comunicación.* ¿Qué comunica quien disfruta escribiendo con la goma, como no sea una oscura vocación de incomunicador? ¿No era cierto que en el origen mismo de su misión demoledora se agazapaba, dormida aunque triunfante, la vergüenza? Si el *Detector de Faulkner* funcionara como debe, razonó Pig un día, tendría que llevarse a la vergüenza: esa mierda mayúscula.

No puede recordar en qué momento se hizo alérgico al ridículo. En todo caso a la vergüenza la recuerda desde siempre. Antes, mucho antes de tener que inventar que sus padres vivían en Europa. Años antes, incluso, de convertirse en huérfano, cuando Mamita no era más que su abuela y no había ni escuela y el mundo era Mamá y Papá y las muchachas. Recuerda a la vergüenza como una picazón en el semblante, un calor desmedido que con toda seguridad le deformaba por completo la simpatía cada vez que una vieja gorda y halitosa venía a preguntarle: «¿Me regalas tus ojos?». O las mañanas largas con Mamá o con Mamita en el salón de belleza: se escondía en un rincón, debajo de una mesa, donde nadie lo viera. Especialmente si traía pantalones cortos, que eran los preferidos de Mamita, cuyos hermanos, decía, los habían llevado hasta los quince. ¿Nueve años más de pantalones cortos? Esa sola vergüenza colmaba la tragedia de ser huérfano.

Lo que Pig no sabía a los seis años —recién muertos Papá y Mamá, con Mamita elevada al rango de madre, pero aún investida como abuela— era que en adelante la manipularía a placer, y que aquella orfandad le daría privilegios que ni como hijo único había concebido. Excepto uno: la vergüenza de ser huérfano. Estúpida, tal vez. Irracional, también. Pero Pig no podía evitar considerarla una mutilación. ¿Cómo podía ser que a él, que lo tenía todo, le faltaran dos padres en su sitio? No podía pasar, no lo aceptaba, ni siquiera sabiendo que tenía casa grande y chofer uniformado y varias cordilleras de juguetes a los que casi siempre desdeñaba para jugar a solas con cuatro canicas.

—¿Qué es lo que te da pena, que tu madre sea una vieja? —lloró Mamita, el día que la llamaron del colegio.

—Tú no eres mi mamá, me da pena ser hijo de una muerta —disparó Pig esa vez, y las siguientes, hasta que al fin Mamita consintió en contribuir a la patraña: lo inscribió en una nueva escuela y respaldó la historia de los padres viajeros. Mamita tenía una ventaja sobre el resto del mundo: sabía perder, y lo hacía con entusiasmo. Por más que con alguna regularidad llorara por su causa, no podía evitar mirarlo como el más alto orgullo de su sangre. ¿Cómo entender que luego, años más tarde, nada de aquel orgullo se esforzara más que por borrarse? ¿No había estudiado en los mejores colegios? ¿No estrenó una motocicleta a los trece años, y hasta un coche a los quince? ¿No viajaba cada verano al campamento de Wisconsin? Pig no podía suponer que si Mamita hablaba tanto del pasado era porque no había un futuro al cual mirar. No para ella, por lo menos: si los doctores no se equivocaban, el cáncer se la habría comido en un par de años. Cuando le dieron el diagnóstico que la llenó de angustia por el futuro incierto de su único nieto, Mamita estaba cerca de cumplir setenta años; Pig apenas rozaba los diecinueve. Los dos sabían, cada uno a su modo, que sus trenes corrían en direcciones opuestas, pero sólo Mamita debía de entender que, llegado el momento, se descarrilarían juntos.

## 4. Vengan esos mil

Ser puta es como bailar: cuestión de agarrar el ritmo. Las monjas de la escuela nos decían: *Los malos pensamientos galopan cabalgados por demonios.* Pero ser puta no es un mal pensamiento. Es más: no es ni siquiera un pensamiento. En la academia de hawaiano la maestra me pedía que pensara con la pelvis, y mejor ni te digo lo que se le ocurría. Aunque hay lugares donde casi te juraría que nunca he tenido una idea. No sé, los nudillos. Los hombros, que ya de por sí son bastante idiotas. ¿En qué piensas, idiota? Pendejo. Muy escritor y muy creativo, pero a la hora de la hora también piensas con el pito. ¿Tú crees que si mi vagina no fuera una estúpida, incapaz de pensar nada, podría soportar las babas de quien sea?

Esto es ser una puta. ¿Ya me entiendes? Pude aventarte ofensas más directas, pero quise embarrarte en la carota las babas de quien fuera, porque eso es lo que más puede joderte. Ya sé que es muy injusto. Ser *junkie* de tus celos, alimentarme de ellos hasta cuando no estoy, eso sí que es ser puta, ¿ajá? ¿Quién te dice que yo no hago todo esto por órdenes estrictas de Miss Pelvis? Mira, yo creo que el arte de la puta, o las artes, o lo que tú quieras, está un poco en la cama y un mucho en otra parte. ¿Cómo ves en el centro del pastel?

Mis tíos, cuando hablaban de putas, decían: *Las tramposas.* Entonces yo de niña siempre que hacía trampas pensaba: *¡Dios mío, qué puta soy!*, y me iba a confesar. Claro que al padre no le decía: *Me acuso de ser puta*, porque además *puta* era una grosería. Pero sí me acusaba de ser tramposa. Y lloraba muchísimo, porque me imaginaba al sacerdote pensando: *Tan chiquita y tan putita.*

No te imaginas todo lo que cambié por eso. Luego de confesarme cada mes por años, ya supondrás que un día no lloré, y al final tanto el padre como yo nos acostumbramos a los mismos pecados y a la misma penitencia. Tres *Padres Nuestros* y una buena obra. Según yo, a los doce años era una puta perdonada. Entonces a los trece pensé: *Guau.* Todos los niños de mi calle hablaban de las putas, y los más grandes hasta ahorraban para irse de putas. Me sentaba solita a la orilla del jardín y los oía hablar, siempre de cochinadas, y más de putas. Y otra vez *guau*, porque con las pinturas de mi mamá —de algo tenía que servir, la vaca— me transformaba en una puta de verdad. Y luego me escapaba, así pintada, a algún lugar bien lejos, donde no me podía encontrar a nadie. Pensaba: *En cuanto vea putas me paro junto a ellas y luego a ver qué pasa.* Qué me iba a imaginar entonces que ser puta no era pintarse, ni pararse, ni acostarse. Ser puta es calentarte con cada «a ver qué pasa».

O quién sabe, no sé. Una habla de la vida que le toca. Y a mí me tocó ser La Chica del Pastel. Era lo que mejor pagaban, y creo que hasta me llegó a gustar. No te voy a decir que lo habría hecho de gratis, aunque casi. Porque cuando tenían para el numerito del pastel, de seguro también les alcanzaba para champañita y buena casa y buenos coches y grandes invitados y en fin, valía la pena. Había noches que me hacía la gringa. Ahora pienso que igual era patético, porque debió haber varios que no se la tragaron. *I don't care, cutsie. Oh, my goodness!* ¿Tú dirías que tengo buen inglés?

Las monjas no sabían ni decir *yes.* Claro, por eso eran monjas. Pero ¿tú crees que mis papás iban a permitir que yo no hablara inglés? Ahora no me perdonan que sea como soy, pero entonces hacían esfuerzos pendejísimos para que nuestros aborígenes vecinos se tragaran el cuento de que éramos gringuitos. Tú dirás que no me perdonan haber sido una chica de pastel, pero deja y te digo lo que nomás no pueden perdonarme. Nunca me viste rubia, ¿ajá? Pues ahí donde me ves, o no me ves, yo fui rubia desde muy chiquita. Todos los domingos, antes del desayuno, tanto mis papás como nosotros teníamos que pasar lista en el lavabo. ¿Creerás que hasta cuando teníamos catarro y calentura nos teñían el pelo con agua fría? Mi papá decía que con el agua tibia se jodía el cuero cabelludo, pero yo y mis hermanos ya sabíamos que lo que no quería era gastar en calentarla. Los viernes en la tarde, cuando mis papás se iban a cenar con mis abuelos, mis hermanos jugaban a *La hora del tinte*, y yo me dedicaba a mojarles y secarles el pelo, siempre con el agua bien caliente. Y mi papá ni en cuenta, creyendo que en su casa se ahorraba *minuciosamente*. Así decía él: *Hay que ser minuciosos en el ahorro*. Un día me peleé con mis hermanos y los acusé. Pero como yo era la que abría la llave del agua caliente, ya sabrás que acabé pagando el pato entero. Y mal, ¿me entiendes?, porque al mes siguiente hicieron las cuentas del gas y de la luz y según esto vieron que por mi culpa estaban pagando más del doble. ¿Sabes entonces qué hizo mi papá? Primero, trasjoder las llaves del agua caliente en mi baño; luego, sacarme de la escuela de monjas y meterme a la secundaria con secretariado. Si no cuándo le iba a pagar por todo.

Tú, que eres de mi equipo, sabes que lo tramposo no se quita nunca. Comencé por pensar: *Soy una idiota*. Tenía trece años y no se me había ocurrido una buena fórmula para esquilmar a mi familia con provecho. Porque ya lo del tinte no me divertía. Además, de pendeja iba a confiar otra vez en mis hermanos. Y el chiste era sacar un beneficio. Algo que equivaliera por lo menos al doble del dinero que mi papá me estaba cobrando.

De entrada, la colegiatura de la escuela secretarial tenía que pagarla a sirvientazo limpio. Me hacían lavar platos, tender camas, trapear cocina y patio, sacudir toda la casa y hasta lavar el coche de mi papá. Según ellos, ya les debía muchas antes de lo del agua, así que para cuando me recibiera de secretaria ya íbamos a quedar a mano. O sea que querían criada por cuatro años. Casi podría decirte que me empecé a pintar y a vestir como puta para sentir que era algo diferente a una criada. Y digo, tenía edad suficiente para comprender que putear era algo más que ser tramposa. Pero nomás un poco, porque como te digo: de lo que se trataba era de hacerles una súper putada a mis papás.

El jardinero era viejo, pero el hijo no tenía ni doce años. Cuando acababan de cortar el pasto, mi mamá les pagaba mil pesos, y un día yo pensé: *Quiero ese milagrín.* O sea *ese* billete, y ningún otro. Como un trofeo, ¿ajá? Lo más fácil habría sido robárselo directamente a mi mamá, pero después del chiste del agua caliente igual de fácil era echarme a mí la bronca por todo lo torcido que pasara en la casa. Mi mamá ni me hablaba. Bueno, decía: *Barre aquí* o *Trapea allá* o *No está bien limpia esa estufa*, pero no me llamaba por mi nombre. No me decía Rosalba, mucho menos Violetta.

Nunca me dijo cómo se llamaba, ni yo le pregunté. Siempre fue nada más *el hijo del jardinero.* Ni siquiera me daba los buenos días, pero bien que se encaramaba en el árbol para espiarme. Y yo me hacía la loca, como que me iba desvistiendo frente a la ventana. No me quitaba nada, pero me levantaba la falda de la escuela casi hasta la cintura. Después me daba por meterme a bañar. Él no podía verme, *of course*, pero esperaba a que saliera envuelta en una toalla, empapada, cagada de frío. Yo creo que no me imaginaba bañándome con agua helada. Tampoco mi papá podía imaginarse que yo de pronto le encontrara el gusto al chingado tormento.

Caminaba desnuda por el baño, me metía corriendo debajo del chorro y me ponía a saltar. A veces sólo me mojaba la cabeza, pero igual me temblaban las rodillas. Pensaba: *Estoy desnuda y totalmente indefensa*, pensaba cantidad de cosas de lo más calentonas, y sentía unas cosquillas en los huesos que de seguro los hacían temblar, porque ya frío-frío no tenía. O sea que al final el agua helada servía para calentarme. Aunque tampoco era así. Igual el agua caliente sí habría tenido sus encantos, carajo. Pero de cualquier forma lo importante era poder estar ahí, desnuda, muriéndome de ganas de que me viera, y al mismo tiempo planeando una estrategia para que un día se me cayera de repente la toalla, y ensayando la sorpresa y la pena y la calentura enfrente del espejo. Hasta que ya pensé: *Si así estoy yo, ¿cómo estará él?*

Me dije: *Esto es curiosidad científica.* Haz de cuenta que el resultado de mi investigación me iba a decir si el hijo del jardinero estaba dispuesto a cualquier cosa por mirarme desnuda. Por eso fue que tuve que cambiar de estrategia. Así decía: *estrategia.* Al principio, el ensayo en el espejo era para enseñar lo más que pudiera. La toalla que se cae, yo que me tiro al piso, el escuincle metiche que pela los ojos... Lo importante ya no era que me viera, sino yo verlo a él. Y a mí me convenía que no viera nada, o casi.

Ensayé varias noches en mi cuarto. Llegué a la conclusión *científica* de que tenía que agacharme y tirarme encima de la toalla, a un lado de la cama. Desde ahí podía ver la ventana y el árbol, en el espejo de la puerta del clóset. ¿Me entendiste ya cómo? Yo tirada, encuerada, a un ladito de la cama. Y él sin poderme ver, tratando de asomarse. Bueno, eso ya lo supe cuando lo hice. El caso es que fue así como logré enterarme que el hijo del jardinero era capaz de cualquier cosa por mirarme sin ropa. ¿Te conté cómo supe? Creo que sí. El escuincle pendejo se cayó del árbol. Y yo ni me enteré, seguí tendida en cueros como diez minutos. Por más que me estiraba no podía ver al niño, ni a la rama. Ya luego oí los gritos de mi mamá. ¿Ves que yo de chiquita me sentía una putilla? Pues digamos que con el accidente del árbol descubrí las ventajas de la profesión. El hijo del jardinero estaba afuera chille y chille con el brazo roto, y yo decía: *Si ya se rompió un brazo, ¿qué más le da robarle el sueldo a su papá?*

Mil pinches pesos. Y hasta me daba vueltas, si quería. Pero tenía que ser el mismo billetito que le diera mi mamá. Es más, yo misma lo marqué después que mi mamá lo acomodó debajo de la licuadora: me metí a la cocina cuando no había nadie y le pinté una V con lápiz en la orilla. Y le dejé bien claro que si no eran exactamente esos mil, no había trato. Y si no había trato, yo iba a explicarle a mi mamá por qué se había roto el brazo. Y hasta le dije: *A ver, ¿a quién van a creerle?*

Entonces yo decía, ya con mayor razón: *Soy una puta.* Acuérdate que según yo lo puta me salía al hacer trampas, no al quitarme la ropa. Y el chiste era que al niño no le había dejado otra salida. Además, yo sabía por mi mamá que en su casa el jardinero le ponía al escuincle unas pinches palizas espantosas. ¿Te imaginas la que le habría tocado si nomás por morboso le hacía perder la chamba a su papá? Cuando te lo conté, no con tantos detalles como ahora, quería sólo que me dijeras lo que me dijiste. O sea que no hubiera tenido ni que chantajearlo, que a su padre lo habría hasta matado con tal de verme un día encueradita. Pero ya no indefensa, como niñita estúpida que se muere de pena porque justo a la hora de perder la toalla se entera de que hay un extraño en el árbol que la está contemplando con la mano encajada en la bragueta. Si me iba a desnudar delante de él, tenía que tener todo el control. Todo, ¿entiendes? Entonces me di cuenta que después del accidente yo podía jugar con algunas ventajillas. No solamente mi mirón se había fracturado por espiarme, que era un antecedente de lo más pinche incriminante; también tenía el brazo derecho enyesado.

No estaba en condiciones de treparse al árbol, pero yo sí podía bajar al desayunador y cumplir con mi parte del, digamos, *contrato*. No sé si sea ésa la palabra. Más bien era como una garantía, un pactito. Si esa tarde yo no tenía el billete debajo de mi almohada, a la noche el hijito del jardinero iba a estrenar otra fractura en la mera comodidad de su hogar. No se lo dije así. Lo digo ahorita para ver si de menos te divierto. ¿Qué no sabías que las putas de verdad también somos expertas en hacer reír? Perdón. Soy un horror. Pero es que yo en el fondo no me considero puta, y si lo digo es para hacer un chiste y creerme otra vez que no soy lo que digo que soy. Porque lo que yo soy es La Chica del Pastel. Por eso aquí te estoy contando del primer pastel. ¿O qué tú crees que yo tendría tanto que platicarte si ese día no hubiera recibido en mi manita los mil pesos que le pagó mi mamá al jardinero?

O sea que tenía trece años y era una profesional. Recibía honorarios, ¿ajá? *Cero amateur*. Al llegar el domingo, mis hermanos iban a recibir doscientos pesos, cien para cada uno, directito de los bolsillos de mi papá. Yo tenía mil desde el jueves, todos para mí. Además, mi papá me abonaba cien pesitos en mi deuda. ¿Te conté que el muy mierda me cobraba intereses? El mismo porcentaje que a él le cobraban las tarjetas de crédito, más un quince por ciento *de castigo*.

Te decía que desde el jueves vino el niño a pagarme. Como a las cuatro, porque eran cuatro y cuarto cuando le dije a mi mamá que estaba vomitando. Luego hasta calenté el termómetro, así que el viernes me dejaron quedarme en la casa: sola desde las nueve. Claro que me tardé, eso sí. Me pintaba y me despintaba y me volvía a pintar y no me convencía. Finalmente salí como a la una, con los ojos turquesa y los labios naranja y las mejillas más notorias que un pinche semáforo. Mis papás no tardaban en aparecerse y el escuincle debía de estar mentando madres. Creo que iba a la escuela vespertina, o algo así. Supongo que se estaba derritiendo del nervio desde la mañana. Como yo, pues. Pero ya a la hora buena dije: *No me voy a atrever a tirarme la toalla.*

Si yo fuera tú, pensaría: *Ésta usaba los miedos para disimular las culpas.* Pero no eran las culpas. Al contrario. No sé si tú disfrutes tus culpas por ser puta, pero a veces se vuelven la mejor parte. Te calientan, de pronto. Por eso luego hasta las andas extrañando. Aunque siempre regresan. Cada vez más hambrientas, más tullidas. Yo no quería librarme de las culpas. Pero ¿qué tal del miedo? No era que alguien nos fuera a descubrir. El jardinero no estaba, solamente el niño. Había entrado con la llave de su papá, en cuanto vio que mis papás salían. Lo veía por entre las persianas, paradito a medio jardín, como castigado. Pero igual yo seguía sin saber qué iba a pasar. O, mejor dicho, no me constaba que el escuincle no se fuera a reír. O a aburrir. O no sé, a decepcionar, pues. Yo estaba, ¿cómo te lo explico? Te lo podría decir cínicamente, pero quiero que entiendas que por más putísima que ya me sintiera, yo no era todavía una puta completa. Si me daba la gana no bajar, ya no iba a ser La Puta sino La Estafadora. No sé qué sea mejor, pero digamos que a la una de la tarde me decidí a no ser una ladrona. Ni tampoco una estúpida a la que se le cae la toalla de mentiras, aunque ya haya cobrado mil pesotes. Así que decidí bajar sin toalla.

Pensé: *Él va a ver mi cuerpo, pero yo voy a ver su mente.* Mis coartaditas, ¿sí?, ya ves que las mejores trampas son las que una se pone sola. Apenas di un pasito en el desayunador, vi que el niño seguía mirando hacia mi ventana. Alelado, el pendejo. Y yo abajo, desnuda, casi frente a él. Yo, o sea su puta. Eso es lo que pensaba, y me entraban las ganas de acariciarme toda enfrente de él. Haz de cuenta las piernas, los brazos, la cabeza. Nada más. ¿Me creerías que me trepé a la mesa del desayunador? Como *vedette*, te juro. Y creo que él me vio en el peor momento: cuando estaba en la silla, subiendo un pie a la mesa, sin un gramo de estilo. ¿Te conté que llevaba tacones altos? Me quedaban grandísimos. Creo que eran de una tía, o de mi mamá, no sé, porque las muy coatlicues se prestaban hasta las tarzaneras. Balaceadas, *of course.* Tampoco sé cómo le hacía para no caerme. Pero apenas caché que me estaba mirando se me fue todo el miedo. No creas que lo vi así, frente a frente. ¿Ves lo que te decía, que según yo iba a leer en su cerebro? Pues a la hora de los chilazos no vi nada. Era como si un faro muy potente me cayera encima, y yo claro que estaba como deslumbrada por toda esa vergüenza junta. ¿Sabes lo que es sentir que el pudor se te sale por los poros? Tener escalofríos y no moverte. Querer salir corriendo pero también querer quedarte por los siglos de los siglos así, toda desnuda.

Te lo cuento y lo pienso, y lo recuerdo, pero me siento como si algo me faltara. Porque era algo tan grande y tan oscuro y tan difícil que ahora ni siquiera puedo imaginármelo con, no sé, claridad. ¿Te dije que era oscuro? No es cierto, era naranja. No podía moverme, ni tocarme. Creo que solamente miraba para abajo. Como si me estuvieran fotografiando el perfil en la cárcel. De esas veces que sudas pero no estás cansada, que sientes como un resplandor naranja brotándote del cuerpo. Me acuerdo que me preguntaba: *¿Ya serán los mil pesos?* Y entonces me ponía a girar despacito, como si le dijera: *¡Apúrate a mirarme!* Y tanto se apuró que se volvió mirón profesional, o sea: *full time.* Pero eso fue ya en otras funciones, yo te estoy platicando del día del estreno.

No podía ver su cara, pero sí su figura. Con el brazo doblado dentro del yeso, la otra mano colgando como trapo, quieto, quietísimo, mío, completamente, mucho más que el billete que tenía escondido en el librero. Mío como mis piernas y mis hombros, que por más que trataba de moverlos estaban igual de tiesos y de tensos que el bracito quebrado de mi culto público. No te voy a decir que lo deseaba, porque en esos momentos tan terribles yo no deseaba nada más en este mundo: tenía todo lo que según yo podía llegar a no sé, ambicionar. Porque ya desde entonces mi ambición era, ¿cómo te lo explico? Pues eso mismo, ser ambicionada.

Vengo de una familia ambiciosa, y mucho. Siempre vi a mis hermanos deseando lo que no tenían, ni iban a tener. Porque mis papacitos eran igual de ambiciosos, entonces qué esperanzas que un día los llevaran a, no sé, *Disney World*. En todo caso mis papás viajaban solos. Ajá, solitos, con nosotros nunca. De repente juntaban los ahorros y se iban de crucero, como ricos. O como ellos pensaban que debían de viajar los ricos, porque nomás de ver su ropa y sus maletas jurabas: *clase media*. Entonces yo pensaba: *Mi mamá ni siquiera se imagina lo que es posar desnuda encima de una mesa*. Y a precios populares. Mi mamá todo lo deseaba, pero creo que nadie la deseaba a ella. Y eso de ser deseada es droga dura. Pone. No pude darme cuenta de cuánto tiempo pasó sin que ninguno de los dos pudiéramos, o bueno, igual, quisiéramos movernos.

Un día me dijeron que la felicidad consiste en no querer moverse de donde una está. Si eso es verdad, aquél fue el día más feliz de mi vida. Y eso que ni siquiera me atreví a manosearme toda, cómo crees. Igual estás pensando que fue muy sensual o muy excitante o las arañas, pero como la idea es platicarte la verdad, ni modo. Lo único que yo sentía en esa mesa, y al subirme a esa mesa, y al bajarme, y al correr a mi cuarto y al meterme a bañar y al correr a la cama porque según mis padres yo estaba enfermísima, la sensación que más me hacía temblar, era nomás el miedo. El puro miedo. Un pavor horroroso, pero que al mismo tiempo me gustaba. Y todavía me gustaba más cada vez que pensaba: *Nadie lo va a saber*.

A lo mejor esperas que te cuente qué pasó después, y a lo mejor también a mí me gustaría inventarte algo y ponerte a pensar en no sé cuántas cochinadas, pero aunque no me creas pasó muy pocas veces. Como que a esas edades casi todo *te pasa.* Te llevan a la escuela, van por ti, te castigan, te premian, te obligan, te convencen, el caso es que una nunca, o bueno, *casi* nunca provoca que algo pase. Algo grande, me entiendes. Decir: *Me voy de viaje, Voy a comprarme ese Mustang, Hoy no llego a mi casa,* ¿ajá? No sé qué pensarás de mi primer trabajo, pero yo lo recuerdo como la vez en que solita provoqué un evento fuerte de verdad. Algo que habría puesto verde a mi mamá. Y a mi papá ni digas. Porque aparte no era una cosa, sino dos. Igual lo de la mesa lo habrían comprendido, pero lo del billete era imperdonable. Y todavía peor tratándose del hijo del jardinero. Ellos pujando como desquiciados para subir de clase social y yo encuerada enfrente de la servidumbre. Recibiendo dinero de la servidumbre. Obligando a robar a la servidumbre. Aunque ya la verdad no sé qué les habría molestado más. Seguro el *qué dirán.* Ya veo a mi papá dándole una propina al jardinero para que su hijo no abriera el hocicote. O más bien despidiéndolo, y a mí de paso. Siempre que los avergonzaba, mi papá amenazaba con mandarme a vivir a casa de los tíos de Zacatecas. Nunca fui a Zacatecas, ni conocí a esos tíos, pero me acuerdo que lloraba como loca cuando me hacían creer que me iban a mandar.

A partir de ese día como que se me fue el terror. No dije nunca nada, pero empecé a pensar: *Y si me mandan, ¿qué?* Total, me iba a escapar. Yo ya entonces sabía que más tarde o más temprano me iba a ir de mi casa. Tenía muy claro lo que no quería, y eso era ser igual a mis papás, o todavía peor: ser como ellos habían decidido que yo fuera: secretaria bilingüe. Prefería ser puta, sin ninguna duda. ¿Hacerme secretaria ejecutiva? ¿Tener un jefe como mi papá, que se pasara el día sabroseándome, a cambio de un sueldito de tercera y pinches regaluchos de segunda? Había que ser pendeja. Y a lo mejor sí soy, porque en eso acabé.

Y en fin, que ya sabía desnudarme. Y además era tramposísima. Y además detestaba la idea de ser rubia. Cuando mi papá llegó con mi mamá y mis hermanos —rubios todos, *Clairol* todos, qué asco todos— y subieron a ver cómo seguía de mi empacho, no sé por qué me parecieron de repente tan extrañas sus cejas más oscuras, sus pelos renegridos en los brazos, el color de sus ojos. Creo que el numerito de la mesa me puso a volar, porque al bajar de ahí no volví a ser la misma. Veía a mi papá y pensaba: *Qué ridículo, cualquier día me escapo y dejo de ser güera.* Ni siquiera pensaba en el dinero, ni en la mesa, ni en mi cuerpo, ni en el niño, sino nomás en una pinche cosa. Algo que era un deseo muy remoto y de repente se volvía un plan: Yo quería tener el pelo negro, así ellos nunca me volvieran a hablar. Cualquier noche me lo iba a teñir en el lavabo, y a la mañana siguiente tantán: *Si no les gusta córranme, al cabo que ni soy de su familia.*

Se me ocurre que ahorita estoy como el día de la mesa. Desnudando mi vida frente a ti, pero otra vez con todas las ventajas. No tienes fracturado el brazo pero tampoco tienes ojos. No sabes dónde estoy. No puedes verme. No te imaginas todo lo que estoy haciendo mientras hablo. Podría estar desnuda mirando tu foto, o metida en la cama con un güey que me besa las piernas en perfecto silencio. ¿Tú qué crees? ¿Alguna vez te dije que me gusta ver fotos mientras hablo por teléfono?

Pero no te estoy viendo a ti, ni estoy hablando por teléfono. Tengo un álbum de fotos de mi mamá. ¿Creerás que mandó pintar de colores sus fotos de niñita para ya desde entonces verse güera? Mi papá no. Él nada más no tiene ni una foto. Un día dejó a su distinguida tribu en Zacatecas y supongo que entonces estrenó identidad. O no sé si después. ¿Sabes que en todo el álbum no hay una sola foto en la que aparezcamos con el pelo oscuro? Qué enfermitos, ¿verdad?

Y un día resultó que la enferma era yo. Ya no voy a contarte más de las otras ondas porque luego te enojas. Solamente una cosa, que si no te la digo vas a acabar creyendo que de verdad soy puta. O sea de la calle, ¿ajá? Putaputa, me entiendes. ¿Sabes qué era lo que más me gustaba, o bueno, lo que más me había podido del escenón en la mesita del desayunador? Imagínatela: una güerita linda de casi catorce años, ya con bultos brotándole arriba y abajo y esos vellitos negros horrorosos que llevaban un rato saliéndome de entre las piernas, así como diciendo: *No eres niña, ni rubia, eres más bien pendeja.* O sea que esos pelitos sabían mis secretos. Yo podía pasarme la mañana jugando con muñecas como niña babosa, pero nadie había visto que a las muñecas rubias les había pegado pedacitos de peluche negro. Tanto que hasta dejé sin orejas a los changuitos de mis hermanos. Porque claro, en mi casa ni las muñecas eran prietas. Entonces cuando estaba encima de la mesa, rubiecita y desnuda, con los pelitos negros delatándome, pensaba: *Si este niño es chismoso, media colonia va a enterarse de que no soy rubia, ni tampoco niña.* ¿Tú qué crees: tenía yo vocación de puta o de publicista? Como tú me decías: no son dos, sino una sola vocación, sólo que en diferentes ramas. Pero no era eso de lo que estaba hablando. Más bien quería contarte que el día de la mesa yo no pensaba para nada en sexo. Bueno, tenía que pensar un poco porque estaba desnuda frente a un hombre y no tenía no sé, la costumbre, pero lo que pensaba de verdad, con todas mis ganas, o sea con toda mi alma, era en hacerle la jugada a mis papás y mis hermanos. Mi familia de rubios que nunca serían rubios y que se hubieran muerto de enterarse que todos los vecinos ya se habían enterado. Como si no fuera obvio, carajo. Todavía mi mamá se depilaba muchísimo las cejas, pero lo que es mi padre no tenía madre. Y si la tenía, sería con unas cejas igual de negras y de enormes que las de él. Pero eso sí: el copete rubio encima, como queriendo taparlas y más bien señalándolas. *Miren, soy un farsante.* Porque además de rubio se sentía muchachón. Con decirte que un día llegó a la casa con el pelo enchinado. Cada que lo veía hablando con su inglés de academia de Tlalnepantla, me imaginaba a un lanchero con el pelo oxigenado y la gringota junto. Y claro, ésa era mi mamá. ¿Ya te conté que entre ellos hablan en inglés? De niña los oía y opinaba: *Guau.* Nunca me dio mucha curiosidad saber lo que decían, yo no quería entender sino poder decir, ¿me entiendes? Sólo que luego ya no quise hablar inglés para ser igual que ellos. Más bien quería hablar inglés para escaparme de ellos. Hablar inglés, tener el pelo negro, no vivir en mi casa. Creo que esas tres cosas eran las importantes cuando llegó Iggy Pop.

Mis papás tenían una de esas consolas de tapa transparente. Se las habían regalado cuando se casaron y ellos la usaban para oír una música horrorosa. Aunque había canciones que me gustaban, pero como eran suyas yo nunca las ponía. Ponía el radio, y luego en mi recámara ya inventaba los bailes. Cada vez que me acuerdo de la escena del niño mirándome desnuda me pregunto por qué no me puse a bailar. Ya sé que estaba tiesa y muriéndome de miedo y de vergüenza, pero digo: si me había subido en esa mesa sólo para dar show, ya lo más fácil era ponerme a bailar. Aunque si he de decirte la verdad, nunca antes de Iggy Pop sentí así, verdaderas ganas de bailar. O sea de bailar sin que nadie me viera, completamente sola, corriendo por mi casa, igual que las señoras cursis de las películas donde todo el tiempo cantan. Y nada de eso habría sucedido si antes yo no me hubiera interesado en el inglés.

Nunca puse interés en mis clases de secretaria, aunque ahí sí me daban un poco más de inglés. Pero no era el inglés que me gustaba. Todo lo que enseñaban, según yo, sólo me iba a servir para encuerármele al viejo que iba a ser mi jefe, ¿ajá? O sea que el inglés que me gustaba me empezó a gustar con el disco de Iggy Pop. Tenía pocas amigas, o creo más bien que no tenía amigas. Total que me iba al súper a comprar revistas en inglés, que igual yo ni leía pero me divertía el chiste de tener que esconderlas, porque se suponía que yo era la más pobre de la casa. ¿Y de dónde salían las revistas? O sea que te digo, tenía que esconderlas. Como todo en mi vida, siempre y en todas partes. Ahora mismo me estoy escondiendo para grabar las cintas que tú vas a esconderte para poder oír.

Traducía las letras de las canciones en mis cuadernos, hasta que un día una me dejó pasmada. Decía: *I need some lovin', like a fastball needs control.* Perdona que pronuncie así de feo pero ya ves que esto de pronunciar bonito no siempre se me da. *My God,* soy una naca. La canción se llamaba *Isolation* y yo pensaba que era *insolación.* No entendía muy bien cómo un tipo que se estaba insolando podía darse el lujo de pedir amor. Bueno, sí lo entendía, pero a mi modo. Pensaba: *Imagínate lo sacado de onda que estará el pobre güey, si hasta a medio desierto sigue chingando con que nadie lo quiere.* Pero lo que más me gustaba era lo otro: *like a fastball needs control.* Yo era una bola rápida, por eso ni siquiera yo podía controlarme. Por eso me di cuenta de que ese disco era mío. No mío, sino El Mío. Lo grabé en varias cintas, tenía que tenerlo cerca para escucharlo el día entero. No se me olvida el título: *Blah-blah-blah.*

Desde que yo me acuerdo todo era idéntico. Íbamos a la iglesia, salíamos de visita, nos llevaban al parque. Y yo no me enteraba más que de lo básico. *Sí papi, no papi, de chocolate, con queso, sin chile, con permiso, me da igual.* Todo me daba igual porque era como si todo lo que pasaba alrededor de mí fuera parte de un tiempo no sé, ajeno. Luego empezaban a tomarse fotos, sobre todo cuando mi hermano más chico ya era rubio, y entonces yo sentía que todo eso pasaba a espaldas de no sé, mis pensamientos. O de lo que yo era, pues. Nunca me perdonaron que en todas, todas, todas las fotos saliera con mi cara de aburrida, o haciendo muecas de asco, casi siempre mirando para cualquier lado, menos hacia la cámara. Un día me obligaron a mirar de frente, y a mí me dio tanto coraje que puse cara de odio. Me acuerdo que pensaba: *Los voy a matar*. Digo, tenía nueve años, no iba a matar a nadie, pero quería pensarlo para que luego se notara en la fotografía. Y mi papá diciéndome: *Sonríe*, y yo le sonreía, pero siempre pensando: *Los voy a matar*. Cómo sería la cosa que rompieron la foto. Pero siguieron insistiendo en fotografiarme. Yo para ellos era La Güerita, ya me entiendes. La Nena de la Casa. La Ricitos de Oro. ¿Te imaginas el chasco: La Chica del Pastel?

El día de la mesita del desayunador me di cuenta de lo poco que los necesitaba. Llevaban no sé cuántas semanas quitándome el dinero, el agua caliente, los paseos y hasta mis ratos libres, porque cuando no estaba estudiando me tenían de su esclava. Entonces yo pensé: *No soporto esta vida*. Digo, tenía que haber algo mejor que joderme el día entero sin ir más que a la escuela ni tener un centavo ni poderme bañar con agua de jodida tibiecita. ¿Tú crees que no podía, yo solita, darme una vida menos espantosa? Pensaba: *Me voy a ir a New York*. Recortaba periódicos, pegaba en mis cuadernos fotos de rascacielos, tenía hasta un mapita con las líneas del *subway*. Me imaginaba recorriendo tiendas, con el pelo negrísimo, ya mero azul, cantando: *I need some lovin', like a fastball needs control*. Me reía de imaginarme a mi papá sirviéndome un hot dog y robándose el cambio de mis diez dólares.

Cada vez que hacía cuentas decía: *Me faltan equis meses y tantos días*, y hasta sonaba bien, como que no era tanto. Pero luego pensaba: *Voy a tener dieciocho cuando acabe el martirio.* ¿O sea que les iba a dar el chance de enanearme a su gusto hasta mi puta mayoría de edad? Porque ya a los dieciocho te sales por la puerta, no tienes que escaparte. El chiste era quitarles el gustito de tener cenicienta en casa por cuatro años. Pero según yo, antes tenía que arreglármelas con el inglés. O sea hablar, porque igual más o menos entendía. Si hablaba bien inglés, podía irme a hacer trampas a Manhattan. Así decía: *Manhattan*, la muy ñoña. O sea que lo cursi se pegaba, ¿ajá? Tenía que largarme en chinga loca, y a lo mejor por eso me propuse un plan de locos: me iba a escapar el día que cumpliera quince años. ¿Te imaginas? ¡Y dejarlos plantados con la fiesta! Era para reírme de mis papás casi tanto como mis compañeras de la secundaria ejecutiva se burlaron de mí cuando reprobé toditititas las materias. Con tanta puntería que mis papás apenas alcanzaron a cancelar la fiesta. Y *toma:* adiós escape.

Estoy segura de que mis compañeras me odiaban por güerita. O más bien por güerita renegada, porque yo me pasaba el día diciendo: *No soy rubia.* Y ellas, que se morían por que las confundieran con gimnastas noruegas, imagínate el odio que sentían cada vez que hacía burla de sus sueños de *ciertopelo.* Y como yo ya las había invitado a todas (quería muchos testigos para mi fuga), la semana siguiente media escuela sabía que la niña que había reprobado todas las materias ya no iba a tener fiesta. Y yo decía: *Ni fuga, carajo.* Sin poder embarrarles a esas pinches coatlicues en sus pinches carotas que yo no iba a ser una pinche esclava como ellas. Qué pinche ingenua, ¿verdad? Total que me quedé unos meses más, pero no te he contado del dinero. ¿Quieres que te platique cómo me hice niña rica?

## 5. Pasajeros en trance

La moto, el campamento, el coche: cada uno de esos ingredientes podía por sí mismo darle la popularidad que le faltaba para sacarlo de una vez de su ensimismamiento: una especie de enfermedad no declarada de la que ningún mimo parecía sanarlo. Durante los campamentos vivía intensamente amores imposibles de raíz, pues de antemano se sabía incapaz de cuando menos pretenderlos: se fijaba en mujeres más grandes, a veces por diez años de diferencia. Instructoras de windsurf, empleadas de cocina, *counselors*, gringas al mismo tiempo próximas y distantes que sin duda se habrían carcajeado de sus intenciones. Gringas-musas, opuestas en sus pensamientos al modelo de gringa sobrada de cuerpo que solía privar entre los compañeros de la escuela. Mas no obstante su calidad etérea, las musas recibían de vez en vez los mensajes anónimos de quien prefería eludir todas las probables amistades para mejor centrar sus esfuerzos en seguirlas de cerca, siempre desde una sombra segura, aunque febril. Un método curiosamente similar al que desarrollaba para escribir: vigilar cada paso de la realidad desde la protección de la penumbra, resuelto a entretener y luego sepultar cada una de sus observaciones. En cuanto a los vehículos, que en otros casos colman de popularidad a sus dueños, Pig había usado la moto y el coche no para seducir a sus vecinas, sino para escapar de todo cuanto le pareciera *vecino*, y por tanto amenazadoramente próximo. Se escapaba hasta el

Centro en la moto: compraba novelitas pornográficas, polvos de pica-pica, palomones con triple carga de pólvora, todo aquello que luego le serviría para esparcirse a solas, casi siempre a costillas de una realidad a la que había violentado en secreto, presa de cierta turbia excitación. Pero si con la moto sólo de cuando en cuando conseguía escapar de la colonia para hacer una de esas travesías —cuando sabía que Mamita no volvería en horas—, el coche le dio toda suerte de facilidades. Antes que transportar a los amigos que no tenía, Pig se lanzó a bucear allí donde Mamita era incapaz de imaginarlo dar un paso sin taparse la nariz. Una vez con el coche a su disposición, Pig confirmaba su estatura de niño mimado, al tiempo que afirmaba una honda tentación de pervertirse.

Hasta los dieciséis prescindió de los cómplices; después fue precisando de ciertas compañías. Le había prometido a Mamita que nunca fumaría mariguana, pero no dijo nada sobre los ácidos. En una de sus excursiones por el Centro, había ido a dar al tianguis de Tepito, entre cuyos retruécanos fluían la oferta y la demanda de un ancho y permisivo menú de mercancías subrepticias: música para los oídos de quien, como Pig, temblaba imperceptiblemente al caminar, lleno de una ansiedad que le saltaba del pecho en ese delicioso bum-bum-bum, señal de que la verdadera vida estaba de regreso. Un miedo que se goza: eso era vida, y lo demás migajas. Cuando a pocos centímetros de su oreja izquierda resonó la palabra «ácido», Pig supo que era hora de probar un miedo nuevo.

Llegó al día siguiente a la escuela con diez ácidos guardados en la cartera. No quería viajar solo, ni sabía a quién proponérselo. Intentó un par de insinuaciones al vuelo —«Por cierto, ¿sabías que en el Centro venden ácidos?»—, pero ambas concitaron más susto que entusiasmo. No obstante, en el descanso de las nueve y media se le acercó uno de los asustados: quería saber más. Al diez para las diez, comenzando la clase de natación, Pig ya tenía un prospecto real de amigo: el Sapo, un argentino retraído, hijo de refugiados prestigiosos, que desde Buenos Aires traía la inquietud de probar un caramelo como los diez que Pig cargaba en la cartera.

—Estas cosas si las pensás, no las hacés, y si las hacés, ¿ya para qué pensás? —repetía el Sapo al salir de la alberca, y Pig se detenía a reírse por minutos. En el supuesto, poco verosímil, de que para ese entonces conservara la capacidad de distinguir instantes de minutos. Pig recuerda las grandes dificultades que pasó para calzarse pantalón, camisa, calcetines y zapatos. Pues cada prenda le exigía una cadena de movimientos coordinados, que de pronto desmenuzaba y encontraba excesivos. Había toda una coreografía de miembros y neuronas en el solo acto de ponerse un calcetín, y ello era causa más que suficiente para seguir desbaratándose a carcajadas. Lejos de prevenir las muy probables consecuencias que tan extremas y notorias alegrías podían acarrearle dentro de la escuela, Pig salió de los vestidores con la felicidad de un muñeco de ventrílocuo —las cejas levantadas, la sonrisa impertérrita, las pupilas ya fijas en cuarto creciente—, seguido de muy cerca por el Sapo, que iba bailando solo.

Cuando menos pensaron, ya estaban rodeados: cuatro alumnos de tercero de prepa los devolvían gentilmente al área de la alberca, invadidos de un súbito celo paternal. Ciertamente, no debían volver al edificio en tamaño estadazo. Pig, además, se había calzado la camisa al revés. Pero claro, no estaban entre extraños. Por lo menos al Sapo lo conocían bien, y a Pig sin duda ya lo estaban conociendo. Por eso su mejor tarjeta de presentación estuvo en su cartera: poco rato después, los seis se hallaban lejos, al final de la cancha de futbol, tras un gran tanque de agua en forma de pirámide donde, sin darse cuenta, Pig se las arregló para hacerse de cinco amigos invaluables, por inconvenientes. Ninguno, sin embargo, había probado unos ácidos como ésos. ¿De verdad había ido al Centro a comprarlos? Por supuesto que no: aun presa del estado de gracia colectivo, Pig tuvo la sagacidad elemental para no develar la ubicación del proveedor.

—Un primo los consigue —resolvió, triunfante, ya calculando que no sólo tenía nuevos amigos; también iba a tener con qué comprarlos.

—¿A cuánto? —disparó uno de ellos, al que pronto conocería como Muecas.

—Dos mil por cada uno —devolvió Pig, sin titubear. Justo el doble de lo que le cobraban en Tepito.

—¿Nos comprarías unos? —le sonrió el Muecas, como queriendo abrir las alas de esa complicidad tan promisoria.

Pig ha olvidado casi todo lo que dijo y oyó en el curso de aquella mañana forzadamente mágica, embustera, y aun así celestial. Pig rememora, más que sus palabras, el placer de soltarlas sin pensar, como sólo se sueltan risas y sollozos. Recuerda la cosquilla satisfecha, la comezón con uñas integradas, la exacta y absoluta correspondencia entre el deseo y su satisfacción. Y afuera, en esos cables ciegos que iban y venían con el grandilocuente nombre de *conversación*, afuera de su cuerpo que por algunas horas daba infinitamente más de lo que pedía, flotaban resonancias impresas en sonrisas hechizadas, cada una postrada ante su propio resplandor, estúpida y preciosamente incondicional. Porque la estupidez, descubrió Pig en medio de una revelación química, podía ser también un estado de gracia compartido. La estupidez era una carcajada múltiple irrefrenable; un pretexto a la mano para comprarse amigos y salir de una vez por todas de la ostra. Había, por supuesto, una vibrante falsedad en todo aquel ritual de iniciación, pero ciertas mentiras dejan de serlo apenas son creídas por quien las concibió. Y Pig quería creer, estaba listo para firmar lo que fuera con tal de no perder ciudadanía en esa realidad gozosamente sacada de la manga. Puesto que aquel montaje de los *amigos* era una mascarada con apenas algún sustento químico-biológico. Nada que no pudiera ganar genuina solidez pasado el ¿quinto, séptimo ácido juntos? ¿Cuántas veces tendría que viajar hasta Tepito antes de ser reconocido como miembro del *gang?* En cualquier caso, parecía ya obvio que nadie de esos cinco se iba a bajar del tren antes de entonces. Si las metáforas lisérgicas no le estaban mintiendo, y aun si lo hubieran hecho, la amistad, como tal, no era sino la ansiosa prolongación de un mismo *entonces.*

Lejos estaba el Sapo del rigor crítico suicida del *Detector de Faulkner,* pero el rock le había dado, como a tantos, la sensación de ser un tipo culto y mundano: requisitos que los maestros de literatura muy rara vez cumplían, encorsetados por programas burocráticos y a diario desafiados por adolescentes siempre más modernos que ellos. Crecido en un ambiente pleno de libertades personales, hijo de dos psicólogos que hasta a media merienda citaban a Lacan, o a Fromm, o a Jung, el Sapo había encontrado en Bowie, Bauhaus y los Cocteau Twins las fuentes de sabiduría necesarias para mirarse en el espejo como alguien especial. Alguien que no tenía por qué pasar problemas para estar a la altura de las conversaciones de los grandes, fueran éstos sus padres o sus inverosímiles aliados de tercero de prepa, camaradas de vicios tan sociables como el vodka, la música y las finas yerbas. Sobra decir que aquello, para Pig, valía más que todos sus ácidos juntos: los que aún conservaba, los que había regalado, los que pronto tendría que comprar, y eventualmente revender, hasta tornarse presa de una productiva confusión entre amigos, clientes y lectores.

No habían compartido aún el tercer ácido cuando ya el Sapo, el Muecas, el Kilos, el Míster y la Sopa escuchaban, más o menos atentos, la voz de Pig leyendo esas historias, generalmente escritas en la noche anterior, con la prisa bastante para eludir a tiempo al *Detector de Faulkner* y llegar a la escuela con ellas bajo el brazo, desvelado por una exaltación que también a Mamita le robaba el sueño: por más que su hijo-nieto le decía que estudiaba, sus calificaciones, comúnmente mediocres, por decir lo menos, delataban el muy dudoso origen de aquellas trasnochadas febriles y estridentes, con la música a tope en su recámara. ¿Era acaso que Pig había reemplazado el *Detector de Faulkner* por el juicio amigable del Sapo y los demás? Tal vez no exactamente. Por más que el Sapo, el Muecas, el Kilos y el Míster apreciaran sonoramente la huella escrita de sus desvaríos, Pig concentraba todos sus esfuerzos en atrapar los ojos, los oídos, el alma de la Sopa: la primera mujer que descompuso el *Detector de Faulkner.*

Había, según Pig, alguna predestinación en el hecho de que los dos apodos —el de su nuevo amigo, el de su nueva musa— resultasen poquito más que anagramas: el Sapo y la Sopa. Con los labios pulposos y los ojos saltones, el apodo del Sapo se explicaba solo. En cambio, el de la Sopa era un secreto por el que Pig no se atrevía a preguntar. Tenía esbeltas las pantorrillas y carnosos los muslos, las caderas más anchas que los hombros, la boca un poco demasiado grande, la mirada discretamente estrábica, el porte cabizbajo, la melena castaña casi lacia, la piel blanca, blanquísima. El conjunto, no obstante, atraía como un conjuro la atención de Pig, hasta arrancarle a trozos el sosiego. Tenía un carácter pleno de altibajos, y un gusto desmedido por uno y otro estado de inconsciencia. Depresiva, explosiva, retraída, de risa impredecible y desconcierto pronto, la Sopa se llamaba como nadie parecía recordarlo: Nieves. Acurrucado en una timidez todavía inexpugnable, Pig hubiera querido llamarla por su nombre, pero ello habría sido tanto como enseñar sus cartas en un juego donde tenía todas las de perder. Con dos años de menos y una tendencia infame al titubeo, la sola idea de enfrentarla como a una mujer, y no sólo como a una cómplice amigable, le parecía de por sí ridícula. Albergaba, de cualquier forma, una esperanza: la de un día atraparla a medio viaje de ácido y quizás explotar alguna de sus debilidades, que sin duda eran muchas. Había un desafío, un regusto de voluntaria indiferencia por el mundo en el rictus cotidiano de la Sopa, mismo que Pig interpretaba como un signo de subterránea aristocracia, y que sus compañeras de tercero veían como simple síntoma de drogadicción. La rehuían, la remedaban, la tenían por piruja viciosa e intratable, y era esa calidad de apestada social la que Pig apreciaba sobre todas las cosas. Por eso, en sus escritos, las heroínas eran siempre reprobables: cada una, copia de la Sopa. O de la que, según creía Pig, podía ser la Sopa. Reveladoramente, la interfecta nunca se dio por aludida; lejos de enamorarse de ella, Pig se estaba prendando de su propia creación. Cuando terminó el curso y la Sopa dejó la escuela para estudiar Historia del Arte, sin jamás enterarse de su estatura de musa, Pig debió consolarse perfeccionándola sobre el papel, con el auxilio de un *Detector de Faulkner* artificiosamente reconstruido para ajustarse a los antojos de su dueño.

Los ácidos no habían sido, finalmente, un negocio. Si al principio los revendía al doble de su precio, bastó con que la Sopa se quejara para que a Pig le diera por regalarlos, no sólo a la quejosa sino a todos ellos, de modo que muy pronto se habituó a estafar a Mamita con un menú creciente de coartadas. Libros (que se robaba), cursos (que no tomaba), paseos escolares (a los que jamás iba), todo servía para apuntalar un presupuesto nunca suficiente, pues además de ácidos consumían hongos, poppers, vodka y kilos de música. Seguía sin probar la mariguana, por más que hasta la Sopa le ofreciera fumadas, quizás porque consideraba sano preservar por ahí alguna restricción, como quien deja ileso un asidero para luego no terminar de despeñarse. Si sus amigos fumaban a toda hora, él sólo estaba disponible para viajes largos, que por su misma intensidad, amén del precio, no permitían la diaria reincidencia. Cuando Pig, ya con dieciocho años, preguntó al Sapo por qué *a esa tal Nieves* le decían *la Sopa*, su respuesta lo dejó a un tiempo tieso y adolorido.

—¿Por qué *Sopa?* Muy fácil, loco: por espesa y por caliente.

—¡¿Caliente?! —chilló Pig, disfrazando la indignación de escepticismo.

—No sé, se la tiraba todo el mundo, hasta yo —soltó la risa el Sapo, con esa mezcla de prepotencia y piedad por sí mismo que suele proteger al inseguro del ridículo abierto. Podía ser mentira, pero bastaba con ponerse en el sitio del más débil —*Charlot* inexplicablemente afortunado, y al cabo *Pierrot* con espuelas— para creer en esa y otras fanfarronadas. Por más que Pig pensaba en atenuantes suficientes para seguir honrando la memoria de la musa desvanecida, las palabras *espesa* y *caliente* siguieron retumbándole entre las paredes del cráneo.

¿Qué quería decir *espesa?* ¿Neurótica, viciosa, libertina, hermética, perversa, sufridora, traicionera, masoquista, resentida, vengativa, temible? ¿Había necesariamente alguna conexión entre *calentura* y *espesura?* Lo más fácil habría sido justificar una cosa con la otra: *la pobrecilla era* caliente *porque había llevado una vida muy* espesa. Pero eso ya era tarde para saberlo, como tarde seguía siendo, año tras año, para bajar a cada musa del altar que en silencio le había levantado, comenzando por ese título patético: *musa.* ¿Desde cuándo los cobardones que hacen pedazos todo lo que escriben necesitan de musas?, se acosaba Pig, recién cumplidos los dieciocho, cuando de aquellos cinco primeros amigos no le quedaba sino el Sapo, cada día más interesado en las drogas y menos en sus escritos. Ciertas noches, cuando en vez de dormir o pensar en historias se daba a revisar su situación (escuchaba el rumor de los rezos de Mamita, como la música de una sigilosa Olivetti) caía en dudas que ya no deseaba resolver, como la de si no todo eso de escribir y buscar musas terminaba por apartarlo de actividades tan indispensables como exprimir la savia de la vida y perseguir mujeres de verdad. ¿Qué tenía de *vida* esa sobrevivencia gris y cautelosa que se refocilaba en provocar desaguisados en torno suyo, sin poder ni confiárselo a su amigo, el único? ¿Para qué le servían todas esas trincheras, además de garantizarle un aislamiento a prueba de calor humano? Se cagaba en todo eso, por supuesto. Alardeaba, en compañía del Sapo, del temple *duro* que lo convertía en un perfecto escéptico. Por más que juntos contemplaran paisajes variopintos y ciertamente multidimensionales durante tardes, mañanas o noches de inconsciencia, repletas de sonidos que insistían en reclamar sarcófagos, Pig no soltaba prenda: era, a sus propios ojos, un crítico implacable de la realidad. Así, cuando estudiaba lo hacía fanáticamente, por el gusto de colocar en jaque a sus maestros. Y si se divertía, su expresión conservaba el rictus de insatisfacción, como una plataforma que ya de entrada lo ubicaba por encima de las circunstancias. Para la mayoría de sus compañeros, Pig era un *espeso*, pero no un *caliente*. Sólo él tenía claro, como lo reafirmaban sus largas y sesudas auditorías de almohada, hasta dónde era vulnerable a esas pasiones vergonzantemente atrabiliarias que tanto se esmeraba menospreciando en público.

El día que Mamita volvió del hospital, cargando una sentencia de muerte en forma de diagnóstico, Pig se había encerrado en su recámara con los audífonos puestos: unos JBL con ínfulas de casco, que conectados a la Nakamichi no dejaban llegar a su cerebro más sonido que el de una voz cantante, seducida por ciertas plásticas, íntimas estratósferas, más una corte de distorsiones permisivas y orgásmicas: *Making love with his ego, Ziggy sucked up into his mind.* Fue por eso, tal vez, que Mamita lloró esa tarde a sus anchas, libre de sospechar que Pig podía oírla entre pausa y pausa, en la tierra de nadie que separa las canciones de un disco. Tanto y tan bien la oía que terminó cantando durante cada pausa, con tal de no seguir mirando el fantasma de un llanto para el que no deseaba comprar boleto. Y más tarde, cuando una oscura huella de remordimiento le hizo indagar entre los papeles de Mamita, la palabra *quimioterapia* lo llenó de una angustia que chocaba de frente contra su dureza, y sin más la quebraba como al cristal de una ampolleta. *Quimioterapia:* Pig se prohibió esa noche la palabra, oficialmente para no atormentar a Mamita con la sospecha de que sabía lo que sabía, pero en el fondo más interesado —desesperadamente, recuerda— en olvidarlo. Quería y requería vivir en el presente, desdeñar al futuro, con toda su engreída inminencia, como a una mera superstición tribal. A medianoche volvió a prender la grabadora, se calzó los audífonos, se mintió: *No le va a pasar nada.*

Una vez más, la nada parecía destino hospitalario para un demoledor de sus propias certezas. La nada era una prórroga, una tregua, una hipoteca. Y a veces, cuando Pig se torcía de risa con el Sapo, ambos a bordo de algún estupefaciente tripulable —los hongos ya los intimidaban—, la nada era una tina desbordante de agua tibia, donde Mamita seguía apareciendo con la merienda: uvas peladas, fruta en rebanaditas, cereal con chocolate, gelatina con las facciones del Pato Donald. Por sobre todo lo visible y lo invisible, la nada era completamente suya: ni siquiera la muerte podría arrebatársela.

## 6. Sin pecado concebida

Te lo voy a contar de una vez, si no luego me va a dar tentación de inventar cosas. Porque ésta era de una de esas cosas que una nunca le cuenta ni al espejo, ahora imagínate a una grabadora. Una va y hace las cosas como se le ocurre, o se le antoja, o lo que sea, hasta que llega el punto en que dices: *Espérate, qué estoy haciendo.* Digo que de repente hay como una bardita que te saltas y piensas: *Nadie que yo conozca se ha saltado esta barda, yo me la estoy saltando.* Pues haz de cuenta que era eso lo que calculaba cuando me dio por encuerarme por dinero. Pero por más dinero, no por mil pinches pesos. Y es que imagínate la clase de oportunidad que yo le estaba dando al escuincle ese. Vas a decir que por qué no me agarraba de público a un vecino, un niño bien. A lo mejor porque ya desde entonces yo a las putas les envidiaba todo menos la famita. Con el hijo del jardinero yo tenía mi lugar, tanto que hasta podía chantajearlo.

Eso se oyó muy mal, yo no lo chantajeaba. Como te dije ahorita, le daba una oportunidad. Así como hay personas que se gastan montones de dinero en ir a temporadas de conciertos, yo le estaba vendiendo al escuincle caliente boletitos para una obra en varios actos. Porque no era lo mismo mirarme desnudita a los trece años y medio que a los trece años ocho meses. O sea que me dejabas de ver sesenta días y ya tenía noticias frescas para tus babas. O para las de él, que era el que iba a pagar. Porque yo no era nada más una vil encueratriz, también era empresaria. Había inventado un sistema de financiamiento tan bueno que ya ves, hasta el hijo del jardinero podía contratarlo.

El problema era que yo estaba castigada, ¿ajá? Todo el día encerrada en mi recámara, y encima sospechosa perfecta si algo se les perdía. Yo no podía robar, necesitaba los atentos servicios de otro ladrón. Alguien que pudiera ir a cualquier lado. Haz de cuenta a la oficina de mi papá, sólo que sin testigos. Aparte dime qué iba a andar haciendo el hijo del jardinero en la oficina de mi papá. Claro que había días en los que mi mamá se quedaba con el carro, y ahí era donde estaba mi oportunidad.

¿Sabes qué hacía mi mamá en su tiempo libre? Era voluntaria de la Cruz Roja. Cada mes organizaba una comida entre muchísimas señoras de la colonia, y al día siguiente ya podrás figurarte la cantidad de lana con la que amanecíamos. Ese día mi mamá salía muy temprano de la casa, me botaba en la escuela, botaba a mis hermanos y se iba para el banco. ¿Ya pensaste lo mismo? Pues sí. Ese dinero sólo estaba solito cuando mi mamá se paraba en la escuela de mis hermanos. Caminaba una cuadra y regresaba, o sea que si tenías duplicado de las llaves te quedaban de menos dos minutos para abrir el coche, alzar la gabardina del asiento de atrás y llevarte las bolsas del mandado en las que mi mamá escondía el dineral. Sólo había que tener una copia de la llave, y mi papá guardaba el duplicado en su buró.

Un día me escapé corriendo a la cerrajería y saqué duplicado hasta de la llave del tapón de gasolina. Pensé: *Nunca se sabe*, y vaya que después tuve razón. Le di al niño la pura llave de la puerta, y entonces que le digo: *Nadie se va a asustar de verte cargando un par de bolsas del mandado.* Luego me imaginé a mi mamá haciendo un escándalo, parando una patrulla, no sé. Y lo volví a llamar: él que nunca sabía qué hacer cuando yo lo llamaba, creo que estaba enamorado de mí. A lo mejor ni habría tenido que encuerármele. Porque no vayas a pensar que le ofrecí un centavo del botín. De ninguna manera: yo lo quería todo. Era un asunto de moral familiar. Una cosa es que le robes a tu propia familia, que es como hacerte un adelanto de la herencia, y otra muy diferente es que ayudes a otros a atracar tu patrimonio. Claro que ése era el patrimonio de la benemérita Cruz Roja, no el de mi familia. Eso era lo que yo creía, *of course.* Porque yo era una ingenua, por más tramposa que quisiera ser. El asunto es que por donde la vieras, la cosa parecía de lo más condenable. Yo le estaba robando una de dos: a mi familia o a la Cruz Roja. Y mi cómplice igual, sólo que él además iba a dejar sin chamba a su papá, quién quita y hasta lo encerraban por ladrón. Todo eso se lo repetí como diez veces. Digo, tenía que tener bien claro lo que le iba a pasar si me estafaba. Le decía: *Es la prueba que exige la Dama al Caballero para poder confiarle los sagrados secretos de su cuerpo.*

Y sí era un caballero, porque nunca falló. Tampoco decía nada. O bueno: *Sí, Violetta. No, Violetta. Como quieras, Violetta.* Porque yo lo obligaba a llamarme Violetta. Mi papá había prohibido que me llamaran así, y un día hasta amenazó con irse de la casa, sin saber que quien se iba a largar era yo. Pero a su tiempo. Primero había que ganar dinero. O sea cobrar correctamente por mis servicios de gatita, ¿ajá? Digo, soy lo que quieras, nomás llégame al precio. Y como mis papás no querían ni acercarse a mis tarifas, me vi obligada a hacer pacto de sangre con el mirón. Me acuerdo que le dije: *Mis papacitos nunca meterían a la cárcel a su niña.* Tampoco es que me lo creyera, pero de todas formas tenía que decírselo.

Te mentí: una vez, la primera, sí falló. Ya iba a meter la llave en la puerta y de repente que oye la campana de una iglesia: se echó a correr y se fue a confesar. *Te vas a ir al Infierno por cobarde,* le dije. Estaba que berreaba del coraje:

había como cinco mil dólares en ese coche y el escuincle miedoso los dejó ir. *No me vuelvas a hablar*, le dije. Lo dejé que sufriera como veinte días. Iba lunes y jueves con su papá. Ya le habían quitado el yeso, pero no se podía subir al árbol. Se pasaba las horas mirando mi ventana. Cuando faltaban pocos días para la nueva comida de la Cruz Roja, me asomé bien mamona y lo llamé. Era yo una abusiva. Creo que el pobre niño no tenía ni doce años y yo ya lo traía de mi paje. Me juró por su madre, a la que según esto sí quería porque no le pegaba, que me iba a traer todo el dinero, centavo por centavo, la tarde de ese mismo día, o sea el del atraco. Ya hasta había hecho su plan. Iba a sacar las bolsas en cuando mucho diez segundos, en treinta más llegaba a la calzada, cruzaba el camellón y se subía al primer camión que viera, no importaba para dónde fuera. En total no podía tomarle más de un minuto y medio.

Me gustaron sus tácticas. O más bien me gustó que estuviera a la altura. Digo, se iba a robar muchísimo dinero. Para su edad, ¿ajá? Y yo hacía las cuentas: podían salir fácil ocho mil dólares. No me acuerdo ni cuánto calculé, pero sí que alcanzaba para comprar un coche. Aparte, mientras más cerca estaba la Navidad, más generosos se ponían los donadores. Esa vez era octubre, a mes y medio de diciembre. La noche de antes del atraco soñé que iba a una casa de cambio y me daban siete mil dólares. Desperté, hice la cuenta y me quedé pendeja. Diecisiete vuelos redondos a New York.

Me pasé el día entero en la biblioteca. No me habían firmado las calificaciones, pésimas como siempre, y la puta maestra no me dejaba entrar a clases. ¿Sabes qué había en la dizque biblioteca? Puros libritos de superación personal. Ya sabrás, me pasaba yo el día leyendo instructivos para gente ñoña. Que si había que estar no sé cuántas horas al día con la familia, y todas las mañanas ponerse una meta, y las arañas. Me ganaba la risa ahí solita cada vez que pensaba: *Violetta, te pasas el día entre la biblioteca y el hogar, hoy en la mañana te levantaste con la meta de ganar muchos miles de dólares, estás pensando positivo ahorita mismo: qué superada tan chingona te estás dando.* Habría que hacer un manual de superación para tramposos.

A la salida ya no andaba positiva. Al contrario. Hasta pensé en pedir perdón desde antes y echarle como tres cuartos de la culpa al hijo del jardinero. Putadas, ¿sí? A todo el mundo se le ocurren, pero luego hay que ser muy mierda para hacerlas. Me subí al coche tan tranquila, con las piernas quebrándoseme pero acá, serenísima, besito hola mami, sonrisa lindo día, y mi mamá del color de la pared. Digo, claro que estábamos en el coche, pero imagínate una pared recién cubierta de cal. O sea con la cara chupada, ¿ajá? Haz de cuenta La Chica del Pastel recién salida de un festín en Transilvania. Así que haciéndome la muy normal que agarro y le pregunto: *¿Pues quién se murió?* Y que me dice: *Tu tía Josefa.* Y yo: *¿Mi tía Who?* Resultó que se había muerto la esposa de un primo de mi papá de Zacatecas, que hacía como veinte años que vivía en no sé qué colonia espantosa de la ciudad, en la que por supuesto mis padres no se habían ni parado. Pensé: *Hijos, qué ridícula. Lo de siempre: está fuerte la menopausia*, ¿ajá? Y en ésas se me ocurre: *¿Cómo estaría yo si me hubieran bajado el dinero de diecisiete viajes a New York?* Puta. Putísima, ¿me entiendes? Creo que la señora esa, la dizque tía Josefa, se había muerto la semana anterior. O sea que si mi madre traía esa cara y no quería hablar, seguro ya la habían dejado limpiecita. Igual iban a sospechar de mí, o hasta me descubrían. Pero si eso pasaba también salía ganando, porque de cualquier forma no pensaba devolverles un quinto. Tenía dinero suficiente para mantenerme por no sé, diez meses, un año. Y con agua caliente.

Llegamos a la casa y me llamó a su cuarto. Dije: *Ya me jodí*, pero igual yo ya estaba convencida de moscamuertear a muerte. Que me llevaran a la cárcel si querían, yo no iba a confesar. Y entonces mi mamá que me dice: *Rosa del Alba, dime la verdad.* Puta madre, ¿me entiendes? Horrible. Y yo: *Sí, mami*. Pensando: *Estúpida, no seas tan lambiscona que te van a cachar*. Y mi mamá: *¿Dejaste abierta la puerta del coche? ¿No cerraste el seguro cuando te bajaste?* Y yo: *¿Ahorita?* Y mi mamá que se desespera y me empieza a gritar que no, que en la mañana. Y yo: *No sé, mamá, ¿por qué?* Y ella: *Ibas sentada atrás, ¿verdad?* Y en eso que me acuerdo que no, que iba adelante. Como estaba nerviosa por lo del atraco, me levanté desde antes de las seis, *of course* que llegué al coche antes que nadie. Y claro, me senté adelante. Nomás de recordar ese detalle dije: *Guau*. No dije nada, pues, pero me vino una seguridad maravillosa cuando le conté con pelos y señales que me había bajado en la esquina de la escuela porque ella traía prisa y bla bla bla. Entonces que me dice: *Vete*, y que llama a mis hermanos. Salí de ahí sintiendo que flotaba. Todavía me regresé, ya muy tranquilita, a preguntarle si le había pasado algo. *Nada, hijita, las prisas*, me dijo, como siempre que no quería hacer el esfuerzo de inventar entera la mentira. Pensé: *Soy inocente, ahora ya sólo falta saber si soy rica*. Estaba preparada para hacerle al niño las peores extorsiones, ¿me entiendes?, las más sucias. Vas a pensar que salí exacta a mis papás. Aunque igual no tendría nada de raro. Que lo pensaras, que lo fuera, qué más da. Además ni siquiera tuve que hacer putadas. Como a las cuatro llegó el niño, con el cuento de que había dejado una herramienta en el jardín. Le abrí la puerta, me miró muy serio y yo pensé: *Lo mato*. Pero traía todo. Muchísimo dinero. Como para ponerme a bailar. Y yo pensando: *Va a venir mi mamá y nosotros contando su lana en el garaje*. Y el niñito mirándome. Hasta que ya le dije: *Vete por tu herramienta, la semana que viene se te va a hacer ver a una niña rica encuerada.*

En la casa había miles de lugares para esconder cosas, pero nunca es lo mismo un billete que una billetiza. No podía quedarse debajo de la cama. Es más, prefería llevarme el botín a la escuela que dejarlo en mi casa. Peor todavía con el olfato natural que tiene mi mamá para el dinero, aunque creo que sólo huele los billetes chicos. Me gustaría preguntarte si me parezco a mi mamá. Deberías de saberlo, si es que pretendes escribir mi vida. El día del atraco me di cuenta de que las dos teníamos la mismita lógica. Cuando ellos se ponían a hablar de mí, yo me metía al clóset y los oía perfecto. ¿Sabes qué es lo que separaba nuestras dos recámaras? Una tablita de medio centímetro de grueso. Más las puertas de los dos clósets, que ya en la noche estaban casi siempre abiertas. Me acomodaba encima de las bolsas de ropa vieja, y así como los escuchaba hablar de mí sabía todo lo que decían de mis hermanos, y hasta me había enterado de rollos bien no sé, privados. ¿Nunca viste a mi papá de cerca? Creo que fue a la agencia una vez. O dos, no sé. Bueno, pues tú lo ves y te imaginas que hace mucho deporte, ¿ajá? Igual hasta creerías que es boxeador, o jugador de americano. Depende si se pinta el pelo o no. Oye, ¿sabías que mi papá es impotente? Cómo vas a saber, si igual no lo has ni visto. Pero no se le para, así le toques el Himno Nacional. La primera vez que lo oí no sabía lo que era la impotencia. Yo juraba que era algo así como escasez de vitaminas. Luego ya me enteré y hasta me preguntaba cómo habíamos nacido nosotros tres. Pero según esto mi papá tuvo una enfermedad, y al final mi mamá terminó pagando la factura. O los dos, pues. Creo que luego se calentaban y se decían cosas, pero siempre en voz baja y con la tele prendida.

¿Dónde iba yo a esconder toda esa lana? Pues en el clóset, claro. Pero lo más curioso fue que me encerré primero en mi cuarto, luego en el clóset, y entonces me di cuenta de que no estaba sola. O sea, sí estaba sola, pero del otro lado estaba mi mamá. Y te juro que yo la oía respirar. O más bien resollar, como que había estado llorando un poquito antes. Me quedé quieta, casi sin respirar. Y ella siguió sacando los cajones. Sacó tres, yo la oía como si estuviera en mi recámara. Luego no sé qué hizo, sólo la oí gritarle a mis hermanos que dejaran de hacer ruido porque estaba tratando de dormirse. Y ellos le contestaron desde el jardín. Yo no quería saber qué estaba haciendo mi mamá, ni me importaba lo que hicieran mis hermanos, creo que me bastaba con saber que no podían fastidiarme. Por eso me di el gusto de contar el dinero, acomodarlo con toda calma en el mero centro de una de las bolsas, cerrar el clóset con muchísimo cuidado y ponerme a brincar como loca en mi cama. Media hora después, mi mamá abrió la puerta y me descubrió haciendo multiplicaciones. Traía los ojos rojos, los pómulos hinchados. Parecía más borracha que chillona. No es que me esté burlando; me molesta sentir piedad por ella. De la lástima al desprecio te puedes ir a pie, ¿me entiendes? Igual yo no quería ser como ella, ni me sentía mal por estafarla con todo y Cruz Roja, pero eso no quería decir que me agradara despreciarla, ¿ajá? En mi familia éramos como monumentos. Nunca nos decíamos nada muy importante, pero contábamos con nuestra honorable y decorativa presencia. La Madre. La Hija. El Padre. El Más Pequeño. Cada uno con su espacio en el paisaje. Si mi mamá iba a ser La Madre, yo no podía sentir lástima por ella. Sería como apiadarse de la Santa Madre Iglesia. O no sé, del Monumento a la Madre. Me hizo adiós con la mano y yo en ese momento regresé a mis cálculos. Si al día siguiente el dólar amanecía igual, me iban a dar doce mil novecientos cuarenta y tres dólares. Un coche nuevo. Nueve viajes a Europa con todo pagado. Treinta meses de renta de la casa en que vivíamos. Once años de colegiaturas en la Secundaria Ejecutiva.

Lo bueno de mi madre es que salía mucho. Por ejemplo, esa tarde se fue con mis hermanos. Pensé en ir a su cuarto y meterme en su clóset, pero como que me sonó una alarma. Vi la hora: cuatro y media. Podía escaparme un ratito, pero no sabía si me iban a cerrar la casa de cambio. Y de repente sentía una no sé, comezón por cambiarlo. Si me encontraban muchos miles de dólares podían sospechar lo que quisieran, pero si veían pesos: *Toma, pinche ratera.* No sé, me entró la paranoia. En diez minutos me arreglé con pura ropa de mi mamá, y hasta unos anteojitos de no sé cuál de mis abuelas muertas. No sabía si me veía de verdad más grande, pero me salí así. Tomé un taxi del sitio de la esquina y en no más de veinte minutos ya tenía los dólares: doce mil exactos, más un montón de pesos para gastarme. Llegué hablando en inglés, y ya sabrás que había un tlahuica de cajero: *Yo Jane y tú Tarzán, pinche nativo.* Ni mi nombre me preguntó, el güey. Camino de regreso me compré no sé cuántas revistas, un pastel poca madre para mí solita y hasta le di propina al ruletero. Niña rica, ¿me entiendes?

Tendrías que haber oído el escándalo que armaron en la noche. Mis hermanos ya se habían dormido y ellos estaban solos en su cuarto, pegándose de gritos en secreto. Mi papá casi casi no creía que le hubieran robado la lana de la Cruz Roja. Pero también le dijo algo chistoso: *Ni modo de denunciarlo.* ¿Qué pedo? ¿Cómo que ni modo? De plano tuve que meterme al clóset y sentarme a escuchar con toda calma. Y así fue como supe dónde estaba la bronca. Resulta que de todo lo que había recolectado mi mamá, sólo llevaba la mitad a depositar al banco. Y como ya le habían chingado esa mitad, tenía que entregar la otra. O sea su ganancia. O sea que yo no era quien le robaba a la Cruz Roja. Mi mamá era la voluntaria, la piadosa, la misericordiosa, la verdadera pinche ladrona. Yo nada más era la mano de la justicia. ¿Tú sabes cuántas veces había hecho lo mismo? Hice cuentas y vi que ya iban por lo menos dos años de comiditas cada mes. Y ahora la muy mezquina estaba inconsolable no porque le hubieran robado, sino sólo porque le habían frustrado uno entre veintitantos robos. Y mi papá cobrándome por gastar mucho gas.

Me habría indignado, pero antes oí un dato que me dejó helada. Mi mamá dijo: *Tuve que venir en la tarde a sacar el dinero que apenas había guardado en la mañana.* Algo así, ¿ajá? Pero dijo *venir.* Venir en la tarde. ¿Ves por qué te pregunto si me parezco mucho a mi mamá? ¿No crees que es muy chistoso que tanto ella como yo escondiéramos nuestros robos en el clóset? Me preguntaba: *¿Cuánto habrá en ese clóset?* Apenas había perdido el sueño por trece mil y ya lo estaba perdiendo otra vez por no sabía cuánto. Al final me dormí, pero hasta dormidita seguí acechando el clóset. De verdad que así andaba, como fiera. Acechando. No me cabía en la cabeza que mis papás guardaran una cantidad de ese tamaño, mientras en nuestra casa no había ni chocolates. ¿Te conté que los pránganas nos compraban recortes? Igual ni sabes que existen los recortes de chocolate, y que hay alguien que los vende y otros que se los tragan: el prángana y sus hambreados.

Luego también pensé: *¿Y si mejor me fugo con lo que ya tengo?* Pero como seguía haciendo cálculos, me di cuenta de que el sueldo de mi papá, ya en dólares, con trabajos pasaba de dos mil. No podía vivir sola con medio año de sueldo de mi papá. Iba a acabar robando, igual que ellos. Tenía que haber un modo de quitarles más. Aunque me descubrieran. Total, yo iba a estar lejos. ¿Qué era lo peor que iban a poder hacer? ¿Maldecirme? ¿Desheredarme? Antes de que eso sucediera, mis papacitos me iban a heredar en vida. De todos modos iban a seguir desfalcando a la Cruz Roja, ¿ajá? Aunque tampoco la tenía tan fácil. Había que inventar un plan, hallar el escondite, prepararlo todo. Nunca me imaginé que el chiste me iba a llevar un año. Ni que en ese solo año me iba a botar enteros mis ahorros. Poco más de mil dólares por mes, sin que nadie jamás se diera cuenta. Además, tú ya sabes cómo somos las niñas ricas de verdad. No lo cuentes: nos gusta ser discretas.

Me compraba cassettes y los lijaba. Tiraba las portadas y dejaba hojas blancas con mi letra. Llegué a tener muchísimos, pero ninguno parecía nuevo. Si acaso las portadas de Iggy Pop y Siouxsie las pegué en mis cuadernos. Me compraba pinturas, sombras, todo. Ropa muy pocas veces. Tenía que esconderla con los vestidos viejos y se arrugaba. Luego esperaba meses para poder lavarla cuando no hubiera nadie. Además todo el día andaba con el uniforme de la Secundaria Ejecutiva. Niña rica, hija de padres ricos, disfrazada de jodida por motivos estratégicos. O quién sabe: dicen que lo jodido no se quita. O sea que no depende del dinero, ¿ajá? ¿Para qué quieres un millón de dólares guardados en el clóset? ¿Cuándo has visto a una niña rica llenando cochinitos?

Mis compañeras eran un poco más grandes. Yo había perdido un año y medio, pero había doctoras en Secundaria. Nacas inadaptadas, ya sabrás. Me acuerdo que sufrían muchísimo con el inglés. Mientras, yo me pasaba las tardes copiando en mis cuadernos letras de canciones. Con decirte que al terminar primero ya era la favorita del profesor de inglés. Y las otras furiosas, porque el tipo además no estaba nada mal. Después entré a segundo y hasta él me reprobó, porque como era niña rica ya no tomaba apuntes, ni hacía las tareas. Ni siquiera me molestaba en llenar los exámenes. Creo que andaba en busca de motivos, o coartadas, cualquier cosa que me obligara a largarme de una vez, aunque se me acabara el dinero en dos semanas.

Me había comprado un walkman increíble. Tuve que rayonearlo con una navajita, y en mi casa les dije que me lo habían prestado. No sabía si me iban a creer, pero mi papá estaba tan de buenas que me dijo: *La que te lo prestó es una bruta, pero más bruta vas a ser tú si se lo devuelves.* Quien más me sorprendió fue mi mamá. *Cuéntale que te lo robaron*, me dijo. Así, con la frescura. Como aceptando: *Ajá, somos ladrones.* Y salió bien, porque con ese mismo método legalicé tres suéteres, dos faldas y unos pantalones. Me iba mal en la escuela, claro, y en mi casa vivía castigada, pero ser niña rica me ayudaba muchísimo a aguantarlo. Yo decía: *Mi escuela está en el walkman*, y cantaba en inglés el día entero. Mis papás nunca preguntaban de dónde salía el patrocinio para tantas pilas. Como que se tranquilizaban nada más con decir: *Está castigada.* Si había fiestas, campamentos, lo que fuera, yo estaba castigada y en mi cuarto. ¿Tú sabes cuánta libertad había en mi cuarto? No, no lo sabes. Nadie nunca lo supo. Y si tú lo supieras empezarías a odiarme. Una no aprende a ser puta en los bares, ni en las fiestas, ni en la calle. La putería se aprende en soledad. Yo, por ejemplo, emputecí de noche, con el walkman puesto y una sábana encima. ¿Entiendes lo que dije? Dormía desnuda. Y a veces en los sueños también estaba así, encueradita. No sabía dar besos ni de cariño, pero ya había aprendido a acariciarme.

¿Te dije que no sé ni cómo se llamaba el hijo del jardinero? Creo que sí, pero igual está bien recordarlo. Mínimo por allí no tendrás celos, ¿ajá? Es que es horrible cada vez que te hablo porque tengo que estar pensando qué decir, y cómo. Y luego no me aguanto. Me entra la tentación de echarme un *round.* ¿Tú nunca disfrutaste mis berrinches? Porque yo a veces con los tuyos me divertía muchísimo. Sin que te enojes, pues. Te digo que me divertía, pero igual era más que eso. A veces divertirte es llorar con toda tu alma. Tú me decías cosas de lo más hirientes, pero camufladitas para que ni siquiera pudiera contestarte. Por eso un día te dije que tenías cuchillos en la lengua. ¿Cómo se llaman esas armas antiguas que según esto podías enterrarlas sin sacar sangre? Tú eres de los que matan y se asustan de ver al muerto. Porque no hay sangre, ¿ajá? ¿Por qué somos así, carajo? Iba a decirte que te había aprendido mucho con... Verduguillos, así se llaman los cuchillos que tienes, o en fin, tenemos en la lengua. Pero yo cuando menos finjo algún candor. En cambio tú me vas poniendo trampas, te escondes, te acomodas, preparas, apuntas, toma.

Nunca te lo dije, pero me gustaba. Me gusta que hagas eso. Nadie se toma el trabajo de armar esas ofensivas asesinas sin un perol de pasiones quemándosele dentro. ¿Me equivoco? Tal vez. Pero no me equivocaba cuando sentía a mi ego crecer con cada una de tus cuchilladas. Y para que veas que soy pareja, he de reconocer que mis represalias también eran terribles. Porque a mí ya ves que no me asusta nada ver la sangre. Total, tú elegiste el arma. ¿Sabes que te ves guapo desangrándote? Hirviendo del berrinche, aventando las cosas al piso, rompiendo vasos, cortándote los dedos. Y yo callada, ¿ajá? ¿Tú qué pensabas? *¿Ésta ya se asustó?* Hubieras visto un día a Nefastófeles haciéndose el chistoso con su navaja, dándome piquetitos entre las piernas, echándome su aliento a rata muerta. Eso era miedo, y asco, y puta madre; lo tuyo era lindo. Te dije que me divertía porque en ese momento me dieron ganas de joderte. No quería decirte así tan fácil que la verdad era que yo necesitaba muchísimo de tus entripados, aunque me castigaras diciendo cosas espantosas. Toda mi vida he odiado a los que tienen razón. En todas las películas yo les iba a los malos. No sé, los buenos me parecían de lo más vulgares. Hipócritas, pendejos, persignados. Y Nefastófeles era tan verdaderamente mierda que yo pasaba a ser la víctima, la buena. La que tenía razón, qué horror. En cambio ya contigo me quedaba el consuelo de ser una piruja aborrecible. ¿Nunca pensaste en mí con ese insulto, piruja aborrecible?

Supongo que prefieres que te cuente del dinero. Yo veía en los periódicos que había tipos a los que metían diez años a la cárcel por robarse no sé, cinco mil dólares, y en el clóset de mis papás había mucho más. Decía: *Soy lo peor*. Y eso que no me había propuesto así que digas dejarlos en la calle. Por más que lo he pensado, y que lo sé, y que lo viví, no puedo creer que yo a los quince años me robé ese dinero de su clóset, ni que después estuvo tantas semanas escondido en el mío. Menos creí que mi mamá iba a ir a parar al hospital. Según ella le dio un infarto, pero tuvo que ser algo más leve porque salió perfecta al día siguiente. Perfecta drogadísima, pero igual caminando y hasta haciéndole bromas a mi papá. *¿Me vas a seguir queriendo pobre?*, le decía. Todo siempre en inglés, como si hablara enfrente de la sirvienta.

El niño ya me había ayudado a hacer dos robos, el segundo chiquito: le bailamos la bolsa a mi mamá y la muy miserable traía dos mil pesos. Te digo que en un año ya no tenía un clavo del primer atraco, y la Operación Clóset se había ido retrasando. Me daba como miedo, había que hacer cosas de ladrones de verdad. Ni modo de robarme la caja fuerte, con lo que debía de pesar. Imagínate si el hijo del jardinero y yo íbamos a poder solitos. Además que me daba no sé qué volver a encuerármele, porque el maldito escuincle ya se había acostumbrado a espiarme. Luego hasta me seguía cuando iba a la tiendita. Y dónde que ya tenía como trece años y, ¿cómo te lo explico?, él no tenía las broncas de mi papá. No sabes lo que me cagaba verlo en el jardín con la mano en el bulto, mirando para arriba. Vivía como prisionera en mi recámara, eran las vacaciones y yo que no salía ni al jardín.

No sé si ya checaste dónde estaba mi miedo. Todo lo que te dije es cierto, pero como que había algo más cierto. Piensa que yo tenía casi quince años. Ok, ya iban dos veces que el niño me veía desnuda, pero con menos busto. No me hacía a la idea, ¿ajá? Nunca es lo mismo que se te hagan dos bultitos muy tiernos en el pecho a que en cosa de meses seas la envidia de tu mamá.

Me sentía rara. Pensaba: *Las tengo como de caricatura.* Ni siquiera sabía la cara que iba a poner el escuincle cuando me las viera. Él que las había visto casi casi nacer. Pensaba: *Una de dos, se va a morir de risa o va a querer sobármelas*, y no sabía cuál de las dos cosas me daba más terror. Qué bruta. El escuincle se escapaba en las tardes de su casa nomás para esperar a verme caminar dos cuadras, ¿tú crees que no se había dado cuenta? Por eso un día pensé: *Si no tengo el valor para encuerármele al hijo del jardinero, menos voy a tenerlo para ser otra vez niña rica.* Porque te digo, ya era pobre. No me había comprado ni un cassette como en un mes.

Tenía unas compañeras que se iban a robar pinturas en el súper, y yo decía: *Eso que lo hagan las jodidas.* Además, yo en el fondo quería poner mi cuerpo a prueba. Y el niño era mucho menos peligroso que mis vecinos: seis o siete pendejos que se pasaban las tardes jugando futbol en el parque. Yo ni siquiera les hablaba, aparte. De repente les daba por gritarme cosas, pero yo traía el walkman a todo volumen. No te digo que no me interesaran los hombres, pero como que entonces el tema era mi cuerpo. Te digo que tenía que ponerlo a prueba con alguien. Pero tenía que ser alguien que no abriera la boca, y que si un día llegaba a abrirla nadie pudiera creerle. ¿Ves por qué el jardinerito era mi hombre?

Una noche que estaba sola en la casa les vacié los cajones de la cómoda, más el buró de mi papá, y el tocador de mi mamá, y en ningún lado apareció la puta combinación. Además, yo no sabía cómo era una combinación. Y ni modo que el papel dijera: *Combinación.* Tampoco iba a encontrar el papelito en los cajones del clóset, ahí junto a la caja. Todas las noches me metía en mi clóset a oír las conversaciones de mis papás, pero de la maldita caja fuerte nunca hablaban. Te estoy haciendo bolas otra vez, ¿verdad? Todavía ni te explico qué hice con la caja fuerte y ya sabes que a mi mamá le dio el ataque. Cuando escribas mi vida lo pones todo en orden, ¿sí? Es que mi vida no ha pasado así, del uno al cien; no sé, como que el mundo no lleva mi ritmo.

Preferiría contarte de mis piernas. Además es tu tema favorito, ¿ajá? No creas que mis piernas me gustaban tanto. Pero sí mis rodillas, que se pusieron redondísimas. Yo no sé si el niñito se fijaba en ellas. Igual estaba más interesado en verme los calzones, pero a mí me encantaba pensar que era por las rodillas. Le enseñaba las piernas y a veces los calzones, para que se acordara que íbamos a ser cómplices de nuevo.

Me reventaba medio himen ir al ginecólogo. Era un viejo muy bruto, te trataba como si fueras vaca. Un día me dejó sola y se fue al baño. La enfermera no sé por qué no estaba. Vas a decir: *Qué imbécil.* ¿Cómo ves que me robé un estetoscopio? Cuando volvió el doctor, ya lo tenía escondido en el guardarropa. Por eso te decía que no me explico que esa escuincla babosa, o sea yo, pudiera luego tener todo ese dinero. ¿Qué carajo iba a hacer con el estetoscopio, yo que a las cajas fuertes no las sabía abrir ni con combinación? Pero para que veas que sí hay justicia en este mundo, gracias a ese estetoscopio volví a ser niña rica.

Recuerdo que era *Halloween.* Mis papás se llevaron a mis hermanos a una fiesta, yo por supuesto estaba castigada. Entonces dije: *Manos a la obra,* y saqué los cajones ya sabrás, con todos mis cuidados. Me puse muy profesional el estetoscopio y agarré *firmemente* la manija. Tanto que de repente *zas:* se abrió la puerta. ¿Creerás que los muy míseros tenían ese dineral en una caja fuerte descompuesta? Abrí y cerré, le di vueltas y nada: la chapa no servía. Me entraron unos nervios nefastos, porque ya ni siquiera revisé lo que había dentro. Se veían muchos fajos de billetes, amarrados con ligas de las dos orillas. ¿Cómo ves que ni me di cuenta de que eran dólares? Eso sólo lo supe hasta que la lana ya era mía, ¿ajá? ¿Checas cuál es la bronca de mi familia? Nos encantan los dólares. A lo mejor por eso no nos duran. ¿No crees que a mí me gustan más que a mi mamá? Te apostaría mi alma a que en mi corta vida me he gastado más dólares que ella. La pobrecita sabe cómo robárselos, pero no hubo quien le enseñara el gusto de tirarlos.

Según yo había dejado todo en su lugar, aunque igual mi mamá era muy desordenada. Muchos años después del robo, de hecho hace poco tiempo, mi papá me gritó que era yo una *ladrona de alta escuela.* No podía pedirle que me lo explicara. Ni siquiera que me dejara explicárselo. Se va a morir creyendo que engendró a una violadora profesional de cajas fuertes. Y así fue como me enteré de que la *number one prángana* era mi mamá, que tenía a mi papá creidazo en su sistema de seguridad: tres cajones y una puerta de lo más pinche amistosa. Además mi mamá era la del negocio. Me acuerdo que decía a veces, antes de acostarse, que en unos años más iban a guardar esa lana en un banco sin problemas (yo metida en el clóset, pensando: *I love New York*). O sea que no pensaban ni gastársela. La tragedia de todos los ojetes es que sus hijos salen más ojetes que ellos.

Me acuerdo que pensé en volver a abrir el clóset y robármelo todo y escaparme en un taxi. Que era una idea buenísima, nada más me habría ahorrado tres semanas de lágrimas. Pero entonces tenía miedo. Estaba encima de mi cama, con las piernas abiertas y los brazos en cruz y la vista perdida en el techo, y hasta me daban ganas de chillar porque ya sabía que yo me iba a robar toda esa lana, ¿ajá? No podía ser de otra manera, cómo crees. Y ya sabía que iba a ser bien pronto, antes de que arreglaran esa caja, o encontraran cualquier otro escondite menos chafa, que debía haber miles. Más que chafa era igual que mis papás: *cheesy.* Como un bilé de tianguis. ¿Te acuerdas de los labios rojísimos de Cuqui, la recepcionista? Nunca te pregunté si conocías la palabra *cheesy.* El caso es que yo vengo de una familia *cheesy.* Plasticosa. Baratona. Rascuache. Prófuga del pinche Woolworth. Luego tú preguntabas por qué era yo tan delicada con el tema de la vida social. ¿Qué querías que te dijera? *¿Soy la mona del pastel? ¿Es que ahí donde me ves vengo de una familia rete corriente? ¿Esos tres de aquella mesa ya me vieron encuerada? ¿A aquél no se le para?* ¿De menos te imaginas cuántos hombres me conocen desnuda? Tú que tanto te diviertes haciendo numeritos, si en cada fiesta había no sé, seis, ocho, doce tipos, ponle nueve en promedio, y yo he ido a más de treinta, pero menos de cien, ¿cuántos ejecutivos y directores y señores respetables crees que me reconozcan y piensen: *Yo a ésa la vi encuerada?*

¿Y tú qué dijiste? Ya me enteré de todo, ¿ajá? Pues no porque nomás te estoy haciendo repelar. A lo mejor me excita pensar que mientras yo hablo tú dices: *Pinche puta.* O igual también te excitas, porque en el fondo eres bastante cerdillo. A ver quién va a creerte que te pusieron Pig cuando eras niño. Como dice mi mamá: *Sabrá Dios en qué pinche burdel te zorrajaron ese nombre.* Bueno, lo del burdel lo digo yo. Mi mamá siempre dice: *Sabrá Dios. ¿Dónde anda tu papá? ¿Qué hicieron tus hermanos? ¿Por qué no quieres contestarme?* Luego ella se contesta sola: *Sabrá Dios.* Como si Dios tuviera tiempo para desperdiciarlo en gente *cheesy.*

Pero tú no eres *cheesy*, ¿o sí? Yo creo que de repente, pero no se te nota de lo pedante que eres. A una siempre le pudren los mamones como tú. Hasta que se da cuenta que no es que sean así, sino que es timidez. O sea, no es que una se dé cuenta. Igual tú sigues siendo un mamón impresionante, pero como resulta que a mí me hablas y me buscas y hasta me persigues, entonces lo que yo hago es convencerme de que eres como ya sé que no eres. Porque en el fondo a mí también me gusta echar a andar esos desplantes de indiferencia por el mundo de mierda. Y porque me conviene que sea yo la excepción. ¿Me conviene? Quién sabe. Sabrá Dios. Mi mamá le contaba a sus hermanas, un par de cacatúas espantosas, que lo único bueno de mi carácter majadero (así decía ella, *majadero, vulgar*) era que no tenía amigas iguales a mí. Cuando tendría que haber dicho que yo no tenía amigas, punto. Y mis tías movían la cabeza y decían: *Ay, Pupis, esa muchachita va a ser tu calvario.* Luego también les daba por consolarla porque bueno, qué bendición que no me había yo encontrado un pretendiente con mis mismos alcances. *Ni lo quiera Dios, manita.* Cuando supe que las putas viejas se decían así, *manita*, me tuve que sentar a llorar de la risa. ¿Te acuerdas de tu amable comentario, imbecilazo? Dijiste que seguro ellas también eran unas nacas. Ese *también* nunca se me olvidó. Pero igual todo te lo perdonaba porque tú eras todo eso que según mis tías no debía querer Dios. O sea que se me hace que fue por eso que no te vi como un mamón, sino como la parte mamona de mí. Por eso un día dije: *Tengo que comprarlo.*

No estoy segura de querer contarte del dinero. Preferiría que esa parte la inventaras tú. Ya te di todo lo importante, ¿ajá? Tienes la ubicación de la caja fuerte, el dato de que estaba descompuesta, todo lo que pasó antes. ¿Qué te voy a contar? Además, no me estoy confesando. Ni siquiera voy a enterarme si me perdonaste todos mis pecados. Supongo que lo más seguro es de una vez decepcionarte hasta el final. Igual no necesito decir más para que me consigas lugar en el Infierno. Desfalqué a mi familia, ¿no te basta? Podrías ir pensando que si eso hago con los de mi sangre, qué no haría cualquier día contigo. Y ya que creas eso no te va a costar ningún trabajo completar la historia de la hija ladrona y malagradecida.

No se te olvide lo de mi mamá en el hospital. Aunque yo en tu lugar pondría que le dieron dos infartos. Y que ella todavía estaba en coma cuando yo me escapé con todo y coche. Aunque igual eso sí quiero contártelo. ¿Ya te dije que les robé todo el botín y lo metí en las bolsas de mi clóset? Claro que habría sido facilísimo agarrarme, pero acuérdate que esa lana era robada. Por eso mis papás no hicieron tangos. Ni modo de llamar a la policía, porque entonces lo peor que podía pasarles era que agarraran a los rateros. Un domingo en la tarde había ido el hijo del jardinero a romper vidrios en mi casa, aprovechando que no estábamos. Enviado por mí, *of course.* La idea era que se llevara por delante un par de vidrios, sacara los cajones del clóset y dejara la caja fuerte abierta. Yo desde la mañana ya había atacado, y al niño le había dado un par de guantes de hule para que no dejara sus huellotas. Pero ni falta que hizo tanta precaución: llegamos en la noche y a mi mamá le dio el soponcio. O lo fingió, no sé. Finalmente la culpa era suya, yo no había descompuesto su caja fuerte. Yo estaba muerta del terror en mi recámara, luego en el hospital, en la escuela, en la casa, no sabes: *big leaguin' motherfuckin' random paranoia.* Vuelta loca pesadillando pendejadas, aunque igual sin quebrarme. El caso es que en dos días mi papá mandó poner los vidrios, llegaron a cenar las putas tías y mi mamá les aventó la versión *light.* O sea la oficial: *Quiso Dios que los ladrones no se llevaran nada.* Dios mío, qué descanso. Ya en la noche, en mi clóset, la oí cómo chillaba del coraje con mi papá: *Lo que más me da rabia es la impotencia.* Eso decía, la perra, como para de paso joder a su marido. Siempre que las mujeres nos sentimos culpables nos da por repartir. *El cuerpo de Judas: Amén.*

Mi mamá era la típica ñora piadosa: si había inundaciones, o temblores, o muertos, o damnificados, o las arañas, ella se iba de voluntaria con la Cruz Roja. Organizaba albergues y colectas, se hacía amiga de los curas, hablaba con burócratas, reclutaba vecinos, el caso es que salía con muchísima ropa. Nueva o usada, igual nos la poníamos. Y lo mismo hacían mis tías, pero fue mi mamá la que mejor se aprendió los trucos para metérsele a la gente. Hasta que se hizo amiga de un doctor, y no sé cómo le hizo pero le sacó el negocito de las comidas. Claro que ella decía: *No lo hago por dinero, es que quiero ayudar.* Y mi papá también hacía su parte. Recolectaba ropa en la oficina, que luego mi mamá teñía y repartía entre la familia. *Mi esposa es una santa,* juraba mi papá. Y cómo no iba a ser una santa, si se las arreglaba para hacerle el milagro de no gastar en ropa, y a veces ni en comida porque un día llegaba con la cajuela llena de latas de sardinas para la Cruz Roja. Ya te imaginarás lo que tragábamos en todo el mes siguiente. No es que yo me asustara, pero eso de que era la hija de una santa me daba como náusea, tú me entiendes. Yo creo que también eso influyó en que a los quince años todavía siguiera deseando ser putita. Quería estar del otro lado de las santas, ¿sí? Las tías que te conté pedían siempre que les dijeran *señorita.* Cada vez que veía a la santa ratera y a las putas señoritas repartiéndose los vestidos y las latas de sardinas de los pobres, me daban ganas de ponerme a rezar. Pero ni modo de pedir: *Dios mío, hazme puta.* Aparte ya sabrás que con todo ese dinero no iba a necesitar ayuda para emputecer. Porque una cosa sí: yo quería ser lo peor, pero por gusto. Eso de hacerme puta por necesidad me parecía no sé, inaceptable. Entre el año que estuve soñando con el atraco y las semanas que pasaron hasta que me escapé, con los dólares refundidos en el clóset y mi mamá chillando el día entero en su cuarto, no hice más que pensar en toda la ropa que pensaba comprarme, y en que cuando anduviera por la Quinta Avenida la gente me iba a ver el escote y las joyas y el coche y el chofer y las piernas cubiertas de encaje negro, y nunca iba a faltar alguien que comentara: *Mira, una puta rica.*

No era muy diferente a soñar con volverme *Wonderwoman.* Porque cuando cumplí quince años no había visto nada, ni sabía muy bien cómo eran los hombres. Un día, en casa de una amiga de mi mamá, me robé un libro de anatomía que seguro había sido de la vieja o del marido. Y ahí venían diagramas del cuerpo humano. Cosas que en la Secundaria Ejecutiva casi ni veíamos. Y como yo era ahí la niña retraída que reprobaba las materias de cinco en cinco o de diez en diez, nadie hablaba conmigo. Quiero decir, de temas importantes. No la tarea de taquigrafía ni el examen de cálculo mercantil. Temas como las gónadas, los penes, los meatos, las uretras, las próstatas. Cosas ejecutivas.

Eso último no es cierto. Bueno, lo de que nadie quería hablar conmigo. Lo que pasa es que yo siempre llevaba mucho más dinero que ellas. Inventaba que mi papá era el tesorero de un banco, que ya me iba a comprar un coche nuevo, que en mi casa no me dejaban tener amigas pobretas. No eres tú el único arrogante, ¿ajá? Pensaba que si me llevaba con amigas como ésas iba a ser para siempre una jodida. Porque bueno, eso sí, lo jodido se pega. Desde que me metieron en esa escuela yo había jurado que me iba a escapar. Cada que entraba a clases me decía: *Estás de paso*. Aparte nunca descartaba la idea de fugarme desde esa misma noche. *Hoy sí me voy a atrever*, pensaba. Con los ojos cerrados, imaginándome el camión que iba a tomar para Acapulco. Luego ya fui aprendiendo a manejar, gracias a un tío que a veces nos invitaba a su rancho. Sus dos hijos eran unas lacras. Fumaban mariguana desde los doce años y los muy mierdas me cobraban de a mil pesos por vuelta en la camioneta de su papá. Y como yo siempre traía billetes escondidos, me robaba con ellos la camioneta y me moría de ganas de volverme su amiga. Pero querían mi dinero, nada más. Yo creo que eran putitos. Y en realidad a mí lo que me interesaba era aprender a manejar. Me imaginaba paseándome por la Costera en el coche de mi papá, llegando al hotel más caro de Acapulco, metiéndome en un barco y huyendo del país. Puros sueños, ¿verdad? Por eso cuando me escapé hice tantas pendejadas. Por eso me agarraron en tres días. Por eso me querían internar en el hospital. Por eso todo, ¿ajá? Como que llegó un día en que toda mi vida era soñar. Es más, tenía ya el dineral escondido en mi clóset y seguía soñando. Con más ganas, porque otra vez era una niña rica. Voy a decirlo bien: *Porque ya había dejado pobres a mis papás.* Checa que los veía y hasta me preguntaba: *¿De dónde salen estos tristes jodidos?* Odiaba que trataran de darme órdenes. Que me llamaran *Rosalba.* Que me siguieran llevando en las mañanas a esa escuela mugrosa en la que no hacía más que reprobar. Aparte, no me habían hecho fiesta, me quitaron el chance de escaparme a lo grande. Y para colmo me tenía que esperar, no fuera que pensaran que yo estaba metida en el robo del dinero. Tú dime, ¿qué iba a hacer la Violetta que conoces para soportar tanta humillación?

Otra vez ya te estoy nublando la cabeza. Lo que pasa es que me fui dos veces de mi casa. La primera porque, como me sentía muy rica y los veía muy pobres, decidí pintarme el pelo de negro. Me dieron una cachetiza que corrí hasta mi cuarto y me encerré. Mi papá me gritó, me ordenó, me amenazó, pero yo no le abrí. Así que fue corriendo por la llave, y yo ya no alcancé a agarrar ni una sola de las bolsas. Abrí y cerré la puerta despacito, y me escurrí por la escalera como endemoniada.

Podría decirte que ese día conocí a mi familia, pero como te digo: pasó todo muy rápido. No dio tiempo ni de checar las jetas que ponían, me tuve que escapar en ese instante. Iba para la calle cuando vi que el coche tenía las llaves puestas: *bingo,* me lo llevé. Y como ya venían tras de mí, hasta me di el lujito de gritarles: *¡Pinches nacos!* O sea enfrente de medio vecindario. *Fraccionamiento,* pues, no me vayan a oír. Pero ese día bien que me escucharon, a mí y al rechinón de llantas: *Bye-bye, bola de putos.* Hasta hubo una vecina que también me oyó, y estaba como al doble de distancia. Lo sé porque después me anduvo haciendo fama de malagradecida. Eso sí, a todo el mundo le contó lo que grité. Para mí que desde ese día los vecinos conocen a mi familia como Los Pinches Nacos. Después que me agarraron les grité todavía más bonito. ¿Sabes cómo les dije? *Pinches nacos pintados muertos de hambre.* Lástima que esa vez no había testigos. Policías, solamente, y ésos no cuentan.

¿En cuántas horas crees que me agarraron? Soy una imbécil: En setentaiuna. Y después me tuvieron encerrada bajo llave, mientras veían dónde me acababan de embodegar. Según ellos no iba a ser más que un *tratamiento,* para ver si con eso entraba en razón. Yo planeaba volver para sacar la lana de mi clóset, pero ya no se me hizo porque antes me encontraron. Igual nadie se había molestado en registrar el clóset; o sea que mis papás no sabían del robo, ni de los *shows* con el jardinerito, ni de nada. Lo único que sabían era que reprobaba y no quería ser rubia. Con eso les bastó para diagnosticar que estaba loca.

Nunca me lo dijeron de ese modo. Más bien decían: *Hijita, ¿cómo amaneciste?* Pero luego en su cuarto soltaban en secreto las verdades. No se me olvidan las palabras de mi papá: *Tu hija está mal de la cabeza si cree que va a traer el cabello como prostituta.* Ellos decían así: *El cabello.* Todas las noches discutían de lo mismo, era obvio que me iban a encerrar. Así que todo el día lloraba en mi recámara. Cómo sería la cosa que hasta un día les pedí que me llevaran a la escuela. Claro que tan estúpidos no eran. Como que mi papá se las olía que yo me iba a escapar a la primera. Que al final fue lo que pasó. Porque una cosa era que mi papá tuviera la única llave de la puerta de mi cuarto, y otra muy diferente que adivinara la existencia de un duplicado de las llaves de su coche. Lo tenía en mi buró, era mi trofeo. Si con una de esas llaves había sido niña rica por un año, con todas juntas iba a ser cualquier cosa que yo quisiera. Libre. Pelirroja. Gringa. Rica. Puta. No sabía bien cómo, y por eso lloraba a toda hora. Pero en algún momento se iban a equivocar, no podían ser tan buenos celadores. El día que me anunciaron que me iban a internar *por unos días,* ni siquiera dudé. A la noche vacié casi toda la maleta y metí los billetes como pude. Total, si me los descubrían en el hospital, yo estaba preparada para contarle a quien me preguntara de dónde había salido esa lanísima.

No soy como mi madre, que no suelta a Dios ni cuando va a robarle a la Cruz Roja. Creo que por eso Dios me ha ayudado más a mí. Porque yo no presumo de ser amiga suya, ¿ajá? No me acuerdo ni cuánto tiempo pasó entre que me agarraron y me volví a escapar. Según yo tres semanas, pero igual fue menos. No podía salir ni a la azotea. Mi papá puso chapas especiales hasta en la cocina. Y como ni siquiera les pedí perdón por los insultos, tampoco se dignaban dirigirme la palabra. Digo, ni mis hermanos me querían hablar. Aunque ésos por lo menos se acercaban a la puerta de mi cuarto y me gritaban cosas. Las susurraban, pues, pero siempre tan fuerte que parecían gritos. *Pinche naca*, decían, y yo hasta me reía de pensar: *Les dolió.* Cada vez que se iban me dejaban en mi recámara, encerrada por fuera. Y para mí mejor, porque así cuando menos podía consolarme contando mis riquezas. Imagínate el nervio en la mañana, cuando ya me llevaban para el hospital. Casi toda mi ropa se había quedado en el clóset, hecha bola en las bolsas. Y el botín iba envuelto en una sábana. Pensaba: *Igual me sirve para sobornar a un enfermero.* Figúrate las jetas que iban a plantar cuando vieran que en lugar de equipaje traía puros fajos de billetes. De repente pensaba: *¿Y qué tal si se quedan con la lana, me atascan de pastillas y luego me declaran loca furiosa?* El caso es que en el coche yo estaba que abría la puerta y me bajaba en el semáforo. Y en eso *zas:* que viene Dios y me rescata.

Yo iba rezando, ¿ajá? Venía en el asiento de adelante. Atrás estaba mi mamá, con mis hermanos. Lo más horrible fue que se bajaran en su escuela y mi papá dijera, ya sabes, solemnísimo: *Denle un beso a su hermana.* No les dijo *despídanse*, pero haz de cuenta. Y me solté llorando como loca, ¿ajá? Total que ni pudieron darme el beso. Luego oí que uno de ellos, no sé cual, preguntó si en el manicomio me iban a seguir pintando el pelo. *Manicomio*, ¿me entiendes? Por mucho que dijeran que la clínica y la rehabilitación y la terapia, ya habían decidido encerrarme como loca. Por no querer ser rubia de mentiras. Y pues yo ya sabía que loca no estaba. Ajá, porque la loca traía la maleta hasta el culo de dólares. Y algo muy importante: *mis* llaves del coche. Era el último chance, ¿ajá? Pensé: *Dios, si me salvas te prometo que no vuelvo a robar*. Claro que pude haber prometido no volver a hacer trampas, pero una cosa de ésas no puede prometerse nunca. Sobre todo si tienes quince años y te andas escapando de tu casa. O más bien de tu familia, porque las casas nunca van y te buscan, ni te meten al manicomio porque no eres como ellas.

La última vez, o sea la primera, la única en realidad, me agarraron por cometer errores obvios. Qué importa cuáles, si vas a escribir mi vida lo menos que puedes hacer es quitarle las peores partes. O sea, donde de plano me veo muy mal, ¿ajá?, como tarada. El problema era que me había fugado a lo estúpido, sin pensarlo, ¿verdad?, entonces por supuesto que no podía ir a ningún lado. Dormía en el coche de mis papás, mientras hallaba el modo de clavarme a su casa y agarrar mi dinero. Porque, o sea, ya era mío, ¿ajá? Ni modo de largarme sin él. En todo el día no hacía otra cosa que vigilar mi casa de lejitos y regresar al coche. Hasta que me agarraron. Horrible, puta madre. Pero eso ya te lo conté. Tampoco importa mucho, a la hora de escribirlo vas a acabar inventando y cambiando y quitando todo lo que se te antoje, ¿ajá? Igual y hasta es una de las razones por las que te lo cuento, para que me deformes y me tuerzas y no sé, me hagas más interesante. Pon que me fui de puta y que agarraba el coche de mis papás de hotel de paso, y que la policía me atrapó gracias a que mi papi era *habitué* de no sé qué burdel. Nada más no me dejes durmiendo otra vez sola en ese coche feo, como muerta de hambre. ¿Te has fijado en lo poco decorativa que llega a ser la verdad?

En cambio lo que sí está interesante, y es la pura verdad, es lo que me pasó camino al manicomio. Te digo que empecé a rezar, y que le ofrecí a Dios un catálogo de sacrificios. Que si después iba a pagarles el dinero, que quería donar una parte a la Cruz Roja, que pensaba ir a misa todos los domingos del mes, o hasta del año. Porque en esos momentos una ofrece hasta la cabeza de su gato para que se le cumpla lo que pide. Claro que yo nunca he tenido gato. Mi mamá nos decía que era alérgica a los animales. Puro cuento, a lo que era alérgica era a que un perro, un gato o un ratón le ensuciaran o le rompieran o le orinaran los muebles de su sala. Por cierto, una de las promesas que le hice a Dios era que iba a ir a una buena mueblería y les iba a mandar la mejor sala. Tuve tiempo de prometer cantidad de mamadas, porque eran cerca de las ocho y media y había un tráfico de súper mierda. Se me salían las lágrimas cada vez que tenía que decir: *Hágase tu voluntad.* Porque yo no sabía cuál era Su voluntad. Ni ganas de enterarme, aparte. ¿Qué tal que me quería en la pinche Casa de la Risa?

Hasta que Dios habló, sólo que por los labios de Mi Santa Madre. *¿Por qué no nos paramos un ratito en la iglesia para que la niña se confiese? Sirve que se despeja un poco el tráfico.* Eso fue exactamente lo que dijo. Cómo quieres que se me olvide, si como decía el sacerdote era *Palabra de Dios.* De pronto me dio miedo que mi papá dijera que no, pero cayó enterito. Hasta le pareció muy buena idea. Digo, era obvio que les daba algún remordimiento, ¿ajá? Porque ya cuando entramos ellos también quisieron confesarse. Y si uno se confiesa es porque le hace falta. ¿O no, Diablo Guardián?

Nos sentamos a un lado del confesionario. ¿Qué edad tendría entonces mi papá? Unos cuarentaicinco, cincuenta años. Por mucho que corriera no iba a llegar al coche, abrirlo y arrancarlo sin que antes me cayera encima y me reventara el hocico, ¿ajá? A mi mamá le enferma que hable así. Hocico. Hocico. Hocico. Hocico. Hocico. En fin, que cuando mi papá entró a confesarse me dejó sentada junto a mi mamá, y hasta el final dejaron que pasara yo. Así que entré pensando en lo que calculaba que le habían confesado mis papás al cura.

Hubiera preferido ir yo primero. Porque te juro que yo sí pensaba confesarme de verdad. Después del súper paro que me estaba haciendo Dios, ya no podía andarme con mentiras, ni callarme, ni nada. La hija de ese piadoso matrimonio iba a confesar que era ratera. Que había desfalcado a los padres. Y el cura me iba a estar oyendo mientras los miraba a ellos, ¿te imaginas? Vas a decir que hasta ese momento Dios no me había hecho ningún paro, pero desde que entramos a la iglesia, es más, desde que mi papá aceptó pararse, yo tuve súper claro que algo iba a pasar. Pero igual antes sí tenía que confesarme. No por lo que iba a hacer, sino de menos por todo lo que ya había hecho. Además una nunca le confiesa al padre los pecados que piensa cometer. *Me acuso, padre, de que el año que entra voy a matar a un hijo de puta.* O sea, ve a matarlo y vienes, ¿ajá? Si acaso vas y dices que te acusas de haber tenido malos pensamientos, luego te los perdonan y ya: sales con la conciencia limpia a convertirlos en pecados.

Podía intentar algún operativo desesperado y en una de ésas Dios se decidía a completarme el milagrito. La otra opción era dejar que me encerraran en el locario y me quitaran el dinero, y además mi familia terminara de odiarme por ratera. No tienes una idea el trabajo que me costó contarle al sacerdote de mis enjuagues con el hijo del jardinero, más los tres espectáculos, incluyendo los dos que no quise contarte, más lo peor, que era lo del desfalco. Pero como te digo, el padre tenía a mis papás a un metro de distancia, entonces yo pensé: *Ave María Purísima... Voy a de-*

*cirle todos, todos, todos mis pecados, y de paso me entero si mis queridos padres también se confesaron de verdad.* Así que decidí soltarle lo de la Cruz Roja. O sea las comiditas, ¿ajá? Le platiqué con pelos y señales de los atracos míos y los de mis papás, y hasta le pregunté que si era cierto eso de los cien años de perdón para el ladrón que roba a otro ladrón. Pero no vayas a creer que se lo pregunté por ingenuota. Lo que pasa es que el padre me decía: *¿Me estás diciendo la verdad?*, y yo me hacía la niña pendejita. Y ahí tienes que le pregunto, ya sabrás, con voz de muñequito de caricatura: *Oiga, padre, ¿y a quién debería devolverle el dinero, a mis papás o a la Cruz Roja?* Se quedó calladísimo. Yo creo que más bien veía a mis papás y pensaba: *Cabrones.* Porque era obvio que ninguno de los dos había confesado lo de las comiditas. Por eso me costó que me creyera, ¿ajá? Yo hasta pensé que me iba a aconsejar que les devolviera el dinero a mis papás y que luego, no sé, intentara convencerlos de también regresarlo. Y entonces que me dice: *Dáselo a los pobres.* ¿Y a qué pobres? O sea qué quería que hiciera, ¿sí?, ¿aventar los billetes al aire desde un balcón? Ya te figurarás la sugerencia del padrecito: *Dónalos a la Iglesia, y nosotros los repartimos entre los pobres.* Pensé: *Sí, cómo no, mañana vengo a hacerte rico, hijo de puta.* Pero en fin, me absolvió de todos mis pecados y me dejó un rosario de penitencia. Además del encargo de la lana, claro. Y yo chillando, en parte para que me oyeran mis papás, pero más que eso para que el padre me creyera que iba a volver al día siguiente con su tambache. Ajá, sí, cómo no: que esperara sentado el Fray Cabrón. No íbamos mucho a misa, pero igual mi mamá lo conocía por las misiones de caridad. Y yo acababa de quemarla durísimo con él. Hasta entonces pensé: *Pues sí, ni modo que mis ratas padres le hablen de esas cosas al mismo sacerdote que les junta gente para sus colectas.* O sea que no decía: *Cabrones.* Decía: *Hijos de puta*, y en latín.

De cualquier forma, no pensaba llevarle ni un centavo. Según yo fue la señal que Dios me envió para quedarme con el botín entero. Qué cómodo, ¿verdad? Pero tú no eres cura, así que olvídalo. Salí de confesarme justo a la hora de la comunión, con los ojos hinchados de llorar. Cómo sería la cosa que mi papá me dio un abrazo, y hasta me acarició las manos. Pero ya supondrás que no estaba la cosa para ternuritas. Cuando vi a mis papás adelantárseme para ir a comulgar, dije: *Bingo, carajo, ésta es la mía.* No porque fuera yo a salir corriendo en ese momento. Me habrían agarrado en diez segundos, ¿ajá? Lo que pasó fue que, como estábamos los tres recién absueltos, y yo recién chillada, se les hizo muy fácil pararse a comulgar por delante de mí, con la confianza de que ya me habían sacado el diablo. O mínimo que estaba arrepentida, ¿ajá? Volví a pedirle a Dios que me ayudara y me paré detrás de mi papá. Luego le devolví sus cariñitos. En el hombro, nomás, para que comulgara sin remordimientos y se fuera rezando a su lugar. Comulgó, comulgué, caminé detrás de él unos pasitos, y mi mamá adelante: los dos con la cabeza inclinadita, muy devotos. Y yo que en lugar de darme vuelta con ellos me sigo de frente, todavía con pasitos. Habíamos entrado por la puerta del fondo, la más grande, y a lo mejor por eso mis papás no pensaron en las de los lados. Menos se imaginaron que yo traía llaves de su coche. Y menos todavía que en la cajuela de ese coche iban todos sus dólares robados. Y aquí me tocaría contarte de las vueltas que di, de cómo dejé el coche en un supermercado, agarré mi maleta y me escapé en un taxi, del miedo que me dio cuando ya iba en el taxi, de todos los lugares a los que pensé en ir y de un montón de cosas que recuerdo a medias porque ya supondrás que estaba como loca. De nervios, de emoción, del miedo, de la prisa. Pero mejor te digo de una vez la cantidad y así lo entiendes todo de un jalón: Ciento catorce mil seiscientos noventa dólares. Exactamente mil ciento dieciocho billetes de cien, cuareintaidós de cincuenta, treintaiocho de veinte y tres de diez. Sólo hay algo mejor que gastar el dinero: contarlo. Porque sólo lo gastas una vez, pero puedes contarlo todas las que quieras, y decir: *Es mío.*

De repente me pongo en tu lugar y me da pánico, porque digo: *No sabe casi nada, ¿sí? Igual ni le interesa enterarse cómo le hizo la pendejita ratera de quince años para que no volvieran a agarrarla.* Como si mi vida solamente existiera en los momentos tensos, cuando ni pensar puedo porque la situación afuera se ha puesto de lo más rasposa, no sé, el descontrol total y todo puede pasar y andas de aquí pa allá con el paranoión de que ahora sí van a alcanzarte y hasta al bote vas a ir a dar, o al manicomio que es igual o peor, o no sé, como que todo eso es lo que una no deja de pensar, pero te digo que eso no es pensar. Claro, yo te lo cuento porque si no ni me creerías cómo llegué hasta aquí. Pero no sé si sea tan importante. A lo mejor tú vas a estar oyendo este cassette mientras te comes una pierna de pollo, y te enteras de cosas de mí que nadie sabe. Pero ¿qué tal el pollo? ¿Te interesa, también? ¿Sabes cómo fue su vida, cuándo nació, quién lo mató, qué día, qué hora era? No sabes nada, ¿ajá? ¿Y si te confesara que por más que conozcas la historia de mi vida, sigo opinando que conoces más al pollo? Nadie conoce a nadie, vampirito. Por más que intentes, ¿cómo digo?, succionarme la vida. Como al pollo, ¿verdad?

No me hagas mucho caso. Te dije que pensaba contarte la verdad, y eso estoy intentando. Sólo que ni yo sé dónde está la verdad. Como dirías tú, *¿quién soy yo para saber quién soy yo?* Lo primero que dije fue: *Van a buscar el coche.* Por eso lo dejé en un estacionamiento. Luego me fui a un salón de belleza, pensando en no ser rubia ni un minuto más. Aunque viéndolo bien mi pelo era castaño, entre opaco y cenizo porque después de habérmelo entintado negro ya no volvió a quedar igual. Finalmente yo seguía sin saber de qué color tenía el pelo. Tampoco tenía idea de si mis papás mandarían buscar a la morena o a la castaña. Lo más probable era que fueran tras las dos. Cuando andas por la vida con cola que te pisen lo mejor es tomar decisiones radicales. Algo completamente inesperado, ¿ajá? Le pedí a la señora: *Rápeme*. Como diciendo: *Órale ya, antes que me arrepienta*. Y ella muy maternal: *No, hijita, cómo crees, mejor te pongo un acondicionador y una ampolleta y las arañas*, y yo: *No, gracias, rápeme*. Y ya para callarla le pregunté los precios de las pelucas. Tenía muy poquitas, horrorosas todas, pero había una pelirroja que me iba a servir, mientras iba a una buena tienda de pelucas y me compraba cuatro o cinco distintas. Mi único problema era tener quince años, ¿ajá? Eso pensaba mientras me rapaban y cerraba los ojos para ver a la quinceañera pelirroja escondida debajo de una coladera. *Anyway*, si ya había tomado la decisión de ser al mismo tiempo pelona y pelirroja, tenía que seguir no sé, buscando los extremos. Y digo, me sentía *extremadamente* rica. Pero igual no tenía pasaporte, ni acta de nacimiento, ni nada más que la maleta con dos suéteres, un par de pantalones, unos pocos cassettes y ni siquiera el walkman, que se me había olvidado en el buró. Total, ya luego iba a poder comprarme los que se me antojara, sin tener que esconderlos ni rasparlos ni ninguna mierda. No tenía ni que mentir. O casi, porque había que encontrar un modo de cruzar la frontera. Eso me quedó claro cuando me vi al espejo, ya con la peluca. Dije: *Esa pelirroja se va para New York*.

Me moví rápido. Del salón de belleza tomé un taxi a la tienda de pelucas. El taxista podía haber sido mi abuelo; le pregunté si me aceptaba dólares y no tienes idea de lo lindo que sonrió. Volví a pensar: *Podría ser mi abuelo*. Y yo necesitaba algo así como un abuelo. O sea, no estaba tan segura que me fueran siquiera a vender el boleto de avión.

Tenía cara de niña, ¿ajá? Aunque igual con el cuerpo ya me veía más grande: pregúntame la cara del niñito la última vez que le hice show. El caso es que el taxista me traía nomás a lo pendejo por Insurgentes, y le digo: *Señor... ¿cuánto me cobraría por llevarme de aquí hasta Monterrey?* Entonces se me queda viendo y dice: *Híjole, señorita, le sale como al doble que el avión.* La tienda de pelucas todavía estaba cerrada y yo seguía pensando ya sabrás: rapidísimo, como en un videojuego donde ya te robaste las frutitas y ahora toca salir del laberinto. *Señoras y señores: salvemos al pac-man.*

Le dije: *¿Me acompañaría en avión?* Se quedó mudo pero yo seguí. Que dejara su coche en el estacionamiento. Luego nomás compraba los boletos de los dos y ya. ¿Quién no se iba a tragar que era su nieta? Me miraba moviendo la cabeza, yo no sabía si para compadecerme o para decir: *Chin, se me hace que no le entro,* y entonces que le enseño el caramelo: *Usted va de mi abuelo a Monterrey y yo le doy trescientos dólares, mire.* Y que se los enseño, ¿ajá? Figúrate la cara de abuelito que me puso el cabrón. Y como me sonreía sin contestarme, que le digo: *Ya vámonos.* Total, él iba a estar de vuelta en la tardecita.

No habían dado ni las once cuando ya estábamos trepados en el avión. Y los dos nerviosísimos, porque ni él ni yo habíamos volado nunca a ninguna parte. Puta madre, qué nervio. Aunque no te imaginas lo bien que jaló el cuento del abuelo. Porque él me decía *niña*, y yo *abuelito*, *abue*, *papá grande*, o sea exagerada, pero ya ves que el show de la linda nietecita nunca parece demasiado cursi, ¿ajá? Tanto que hasta el taxista terminó creyéndoselo, porque luego me acompañó a Laredo.

Agarramos un taxi en Monterrey. Carísimo, por cierto: casi doscientos dólares. Después hice la cuenta y vi que solamente en llegar a Laredo me había gastado lo de cuatro viajes a New York. Más lo que luego me costó cruzar el río. El abuelo ya hasta quería acompañarme al otro lado, pero yo dije no, y no, y no, hasta que le pagué al taxista y me bajé en el centro de Laredo: no podía seguir alquilando abuelito, y además a las seis salía su avión de Monterrey. Eran casi las tres, o las dos, no me acuerdo. Apenas se fue el taxi me arrepentí perrísimo. Sentía hasta coraje porque estaba en una calle como apestosa, entre pura gente que me miraba no sé, raro, y te digo que yo me maldecía porque no podía evitar que se me salieran las lágrimas, porque pues mal que mal me hacía falta el abuelito, ¿ajá? Con el trabajo que me había costado convencerlo de que me acompañara hasta Laredo. Decía el pobre: *Nadie me lo va a creer, niña.* Y yo: *Pues mejor ni se los cuente, gástese ese dinero sin que se enteren.* ¿Creerás que ni siquiera preguntó quién era yo, ni en qué movida andaba? Aunque igual ya con lana todo el mundo es discreto. Más la aventura, ¿ok? Porque a ninguno de los dos se nos iba a olvidar el susto de subirnos a ese avión. Me da pena acordarme. La gente nos veía como con ternurita porque nos abrazamos a la hora del despegue. Aunque en mi caso no era el puro avión, sino todo, carajo. Me estaba escapando de mi familia con más de cien mil dólares y no traía ni la credencial del club. Por un lado había sido La Más Eficiente, y por el otro no sabía dónde estaba parada. Luego pasaban tipos que me decían cosas en un inglés que yo ya no entendía. Como si me estuvieran hablando de una bocina rota. Pensaba: *Necesito encontrar a otro ángel de la guarda.* Pero veía las caras de los taxistas y decía: *No, ése me va a hacer algo.* Hasta en la carretera iba pensando: *Me van a agarrar.* Y luego cómo iba a explicar todos esos billetes en la maleta. Tenía que haber un modo de cruzar al otro lado, aunque tuviera que pagar no sé, dos, tres mil dólares. Hasta diez, tú me entiendes. Porque claro que ya había llegado muy lejos, pero todavía no lo suficiente, ¿ajá? Lo único que medio me tranquilizaba era meterme en cualquier tienda, plantarme enfrente del primer espejo y pensar: *I'm a tramp.*

## 7. Mayúsculo Patíbulo

Estaba en la Calzada, con Mamita, cuando le vino El Pensamiento. Como un monstruo maligno al que nunca se ha llamado, El Pensamiento solía llegar justo cuando Pig menos lo esperaba. O cuando ya esperaba que nunca volvería (lo cual era, por cierto, la mejor forma de llamarlo). Y era imposible entonces pensar en otra cosa. Como si una ventana se abriera de repente. Y claro, hubiera que mirar. Y no bien se mirase, sobrevendría la compulsión de huir, el deseo tardío de jamás haber visto. Miraba dos, a veces cuatro, ese día en la Calzada cinco veces, y entonces ahuyentaba al Pensamiento como a un mal espíritu.

Nunca fue un pensamiento fácil de explicar. Además, Pig no estaba interesado en explicarlo. Jamás había hablado de aquel asunto que no se atrevía a mencionar ni en voz queda, de noche, bajo las cobijas, únicamente para sus oídos, que tampoco querían saber del Pensamiento. Había empezado (lo recuerda borroso, como esos sueños de los que nunca se vuelve del todo) imaginándose a los ángeles, después de una larga conversación nocturna con Mamita. O más bien lo intentó, porque al final no pudo reconstruir en su cabeza la imagen de un solo ángel. ¿Era él un ángel antes de venir al mundo? ¿Lo sería después? ¿Qué tal si no había nada? *Nada* quería decir: un infinito eterno, vacío y sin propósitos al que uno volvería, como el viento y el polvo, después de morirse. Eso era El Pensamiento: *nada*. Cada que lo pensaba —y esto no era frecuente, por fortuna— se sentía mareado, pero más que eso enmudecido por un miedo tan solamente suyo que no podía soportarlo por más de dos instantes. Y tampoco podía contarle a Mamita del Pensamiento. Ni siquiera sabía si ella lo tomaría en serio. Hay cosas que a los adultos no se les pueden contar. Tampoco cuando crecemos y nos volvemos adultos, pues para entonces ya hemos aprendido a arrepentirnos de haberlas pensado, creído, temido, y así las enterramos en el subsuelo de la memoria: donde nunca hay por qué rascar. Las personas adultas se avergüenzan de su infancia como de su inocencia, y luego también de su juventud, porque lo más fácil y lo más cómodo y lo de mejor gusto es olvidar a tiempo lo que ya no se tiene. Pero Pig no sabía eso. Pig solamente le temía al Pensamiento, y por eso jamás se lo contó a nadie. Cuando Mamita lo animó a subir al taxi, ándale niño que el señor te está esperando, El Pensamiento se había ido.

(Era como el dolor, que siempre llega pero siempre se va. Hasta que cualquier día nos vamos con él. Tendrían que haber pasado cuando menos quince años desde el día del taxi, pero él lo recordaba con nitidez maniática, obsesiva, cual si viniera ya no de otra época, como de otra vida. Especialmente desde que empezó a publicar: unos meses después de la muerte de Mamita.)

Se había quedado solo con la casa, y para no pensarlo se instaló en un hotel. El día del velorio —mirando de soslayo a tíos, primas, amistades, doctores, abogados: extraños inasibles— huyó a cenar a solas: fondue de queso, fondue de carne, una botella entera de Chablis. Y en los días que siguieron comió también así, con gula, casi con rencor, como quien se resarce de una ruina desleal. Tenía dinero: en una sola cuenta, Mamita había puesto el suficiente para dejar la escuela y apostar por la escritura, aunque tampoco el necesario para mudarse para siempre al Sheraton y ya nunca volver a la casa de San Ángel. Despertaba mirando hacia el Ángel de la Independencia, como intentando subrayar la irrealidad del caso. Esto no está pasando, éste no soy yo. Y entonces se soltaba redactando incongruencias en la cama. Escribía el título de alguna de sus películas favoritas y acto seguido la cubría de los peores insultos, sin más placer que el de saberse implacable. Un día invitó al Sapo a participar en el juego, y entre los dos lo bautizaron: *El Patíbulo*.

Parecía como el principio de algo, justo cuando el resto del mundo se estaba derrumbando. Por eso no dudó cuando, con el periódico en una mano y un vodka en la otra, concibió la gracejada de llevar a vender *El Patíbulo*. Así pensó: *vender*, cual si planease negociar cierta valiosa patente, y no un esbozo de columna periodística. Encontraba difícil que un editor se interesara por la idea, pero se conformaba con ver en su reacción alguna forma de sorpresa. Cuatro periódicos más tarde, ya sabía que para rechazar un artículo no es preciso leerlo, reaccionar, o ya siquiera verle la cara a su autor. Pero le afligió poco, porque en ese momento lo único importante seguía siendo no pensar en Mamita, expulsar el recuerdo del velorio y el entierro y la casa vacía, darles la espalda a todos los asuntos graves de este mundo, como hacía tantos años se la había dado al Pensamiento. De manera que Pig soportó de buen grado —con la vista perdida, sin hacer ni gestos— las negativas de uno y otro editor, hasta que alguno se ofreció a publicarlo. Una vez por semana, sin paga y con seudónimo.

Acababa de publicar la novena entrega de *El Patíbulo* cuando alguien resolvió que merecía cobrar: la idea le había divertido a la esposa del jefe de redacción, tanto que decidieron conservarle el seudónimo: *Pig*. Un sobrenombre que cargaba desde los nueve años, junto al vicio secreto de escribir. Hacerse responsable de un seudónimo así, y encima estar a cargo de una columna intitulada *El Patíbulo*, equivalía a convertirse en un irresponsable profesional.

Porque Pig, la persona, no iba a perder el tiempo dando la cara por *Pig*, el personaje, cuando podía invertirlo en La Novela. Con buena parte de la percepción sedada por la muerte inaceptable de Mamita, Pig estaba aún lejos de advertir que si no se atrevía a dar la cara por las pequeñas fechorías de su *Detector de Faulkner*—retorcido hasta desmerecer el apellido y recobrar su calidad original: *de mierda*—, menos iba a atreverse a enseñar los escritos que consideraba importantes, y en consecuencia mucho más expuestos a las mortíferas radiaciones del ridículo. Agazapado tras la imagen dura de su seudónimo, Pig asumía su sagrada irresponsabilidad con el celo de quien no se permite los pasos en falso.

(Aún hoy, cuando ya nada puede hacer contra el apodo, Pig se pregunta si era realmente necesario hacer tan acuciosas descripciones de los mocos, las cacas o los pedos; y luego de los sesos, las entrañas, cadáveres reglamentariamente putrefactos en cuya estampa Pig pormenorizaba con el placer de quien a cada instante se descubre capaz de perturbar, desconcertar, asquear, amedrentar a su auditorio. Frente a su nombre opaco, vulnerable, olvidable, *Pig* se le aparecía como un personaje convenientemente amurallado, entre cuyas almenas escapaban sarcasmos, puyas y ciertas divertidas autoinmolaciones que lo exhibían como un cínico sin culpas: el que ríe al principio, a la mitad y al último.)

Apenas regresó a vivir en la casa de San Ángel, decidió que era hora de empezar a desaparecer, y que lo haría obsesiva, sistemáticamente. Deshacerse del Sapo, romper con cada uno de los nexos familiares, huir de todo hasta fundirse con la nada, cual si al hacerlo se abrazase al Pensamiento que durante tantos años lo intimidó, y así viera llegar la hora de extender sus límites, hacer lo que nunca antes habría hecho. Por más que Pig pujara por ignorarlo, desde la muerte de Mamita se habían venido abajo todos los nuncas, y sentía la picosa tentación de desafiarlos.

Una mañana decidió deshacerse de los muebles: abrió las puertas del garaje y los remató a precios poco más que simbólicos. Cuando el Sapo llegó y vio la casa vacía, Pig dijo que pensaba irse a vivir a España, y en unos pocos días desapareció: cambió los números de los teléfonos, colgó un letrero de *se vende*, echó a la servidumbre, colgó un letrero de *vendido* y asumió la borrosa identidad de nuevo dueño eternamente ausente, apenas una sombra imperceptible tras los muros de una casona más o menos abandonada donde nadie tenía negocios pendientes. Más tarde contrató a una cocinera, guardó el coche en una pensión cercana y se habituó a vivir como un extraño dentro de sí mismo. Sin darse tiempo ni aire para meditarlo, Pig se había entregado al poder corruptor de *El Patíbulo*, hasta el punto de condenarse a vivir bajo sus leyes. Una mañana, mientras se concentraba en descuartizar a Isabella Rossellini, Pig observó las últimas deformaciones del *Detector de Faulkner*, y recordó que nunca se propuso levantar un auténtico matadero; menos aún ser víctima de sus rigores. ¿Qué había sido del amor, las fechorías, La Novela que con los años se hizo de mayúsculas, aunque no de cuartillas?

La Novela: tal vez se había desprendido del Sapo para ya no tener que seguir justificando la inexistencia de esa desvergonzada ausente que tenía el descaro de presentarse con iniciales altas y grandilocuentes, involuntariamente sardónicas. ¿Cuál Novela, carajo? ¿Cuál amor? ¿Servía de algo que ahora sus fechorías las firmara como un verdugo alegre: *Pig?* Desde que había empezado a publicar, se afirmó en la certeza de que el paso siguiente no podía ser sino La Novela. Pero nadie masacra a Scorsese impunemente: cada semana llegaban nuevas cartas al periódico, atraídas por el olor a sangre que despedía *El Patíbulo.* ¿De quién era la sangre? ¿De Herzog, de Polanski, de Almodóvar? Pig tardó en descubrirse como el único verdadero proveedor de hemoglobina para *El Patíbulo:* cada vez que descuartizaba una película, se ensañaba ya no con sus errores, sino en particular con sus aciertos. Sobre todo cuando éstos guardaban alguna semejanza con La Novela, y entonces parecía más clara que nunca la urgencia de inmolarlos públicamente. ¿Cómo atreverse, entonces, a contar nada, cuando la rabia propia de una frustración que se quiere discreta no ha dejado un camino sin minar? Los lectores asiduos de *El Patíbulo* estaban, como nadie, preparados para pitorrearse del primer intento del implacable *Pig* por escribir una novela. Pues era él, finalmente, quien había elegido el sitio del verdugo. Imposible lograr cualquier aplauso sin antes empuñar bien alto una nueva cabeza chorreando hemoglobina. Semana con semana, Pig escribía frenéticamente, sin el mínimo asomo de piedad, y también sin considerar que el más grande espectáculo de cualquier patíbulo consiste en ver rodar la testa del verdugo.

Con el Sapo no había compartido grandes cosas. Desde siempre celoso de su rigor, Pig nunca habló con él de nada *delicado*. Las mujeres, por ejemplo, eran un tema próximo a las competencias deportivas, y en momentos a las ciencias exactas, aunque nunca a las confidencias personales. Pig y el Sapo las mencionaban sin cesar, las seguían, las clasificaban, pero jamás se permitían el lujo de confesarse obsesionados por alguna de ellas. Entre mexicanismos y argentinismos cruzados, se habían entendido comparando a las compañeras de la prepa o la universidad con personajes de historieta: las de ropa de manta eran *mafaldas*, las ricas caprichosas *verónicas*, las feas y rechonchas *periquitas*, las vulgares simpáticas *borolas*, las lindas sin dinero *betys*, las morenas salvajes *rarotongas*, las más impresionantes *vampirellas*, y las monstruosas casi siempre *hermelindas*. Una vez que llegaba la hora de describir a algún nuevo valor, Pig y el Sapo se enfrascaban en largas discusiones matemáticas, tras las cuales concluían, por ejemplo, que la interfecta gozaba de una afortunada combinación al 40-40 de factores *borola* y *verónica*, pero sufría de un intolerable 20% de factor *periquita* que echaba a perder toda la ecuación.

Asociar a mujeres con ecuaciones: he ahí una fórmula eficaz para vivir a salvo de su hechizo. Sólo que Pig no andaba tras esa eficacia: el juego con el Sapo servía para camuflarlo del ridículo, y en un momento dado certificar sus buenos gustos, pero no daba para llegar más lejos. Y Pig, que aun sin escribir sabía que estaba haciendo una novela, se miraba en la reluciente obligación de ir mucho más allá de lo que el Sapo habría imaginado. Porque el Sapo jamás lo vio andar por el Centro, asediando a la clase de mujeres por sí mismas capaces de quebrar toda ecuación. ¿Qué cien por ciento habría resistido un cincuenta de *borola*, más otro tanto de *periquita*, más el doble de *rarotonga* y el triple de *hermelinda*? ¿Cómo se hacen caber cuatrocientos en cien? Estaba exagerando, por supuesto, pero allí justamente se hallaba el placer íntimo: frente a la contención taimada de crítico verdugo y amigo matemático, Pig oponía, no bien se veía libre de ojos conocidos, el deleite morboso de la exageración.

Exageraba desde que las escogía, pues solía poner el ojo en mujeres que a primera vista le parecían desagradables, o incluso repelentes, y luego se empeñaba en hallar *interesantes*. Las seguía de lejos, las describía en sus libretas, anotaba sus rutinas, y cualquier día comenzaba a bombardearlas con anónimos: nada que aquellas almas solitarias y sombrías pudieran resistir con la incredulidad en pie. Exageraba cuando se inventaba una historia desdichada, y no bien accedían a tomar un café con él, se entregaba a narrarla con acentos medidamente melancólicos. Exageraba al compararlas en secreto con monstruos, y así creer a solas que al hacerlo cursaba las más inaccesibles asignaturas del liceo de la vida. Exagerar su vida inconfesable, mirarla de soslayo, perplejamente, bajo el fuego de una lujuria sobrenatural: ¿no era todo eso vivir La Novela? ¿De qué valían *El Patíbulo*, el *Detector de Faulkner* o la devastadora cultura general del Sapo frente al beso voraz de la cajera que cada noche lo esperaba a la salida de la farmacia, lista para colmarle ojos, manos y boca de imperfecciones nunca confesables? ¿Cómo darse completamente a la escritura, sin desafiar con ello al buen gusto imperante?

Cuando Pig se encerró en la casa de San Ángel —vacía, inmensa, con la alfombra guardando polvo de años— lo hizo para escapar del Pensamiento, más que para ocuparse de La Novela. Porque el hueco angustiante del Pensamiento llenaba totalmente La Novela. O mejor: la infestaba, como el cáncer a Mamita, y así a menudo Pig se despertaba tentado a no escribirla nunca. Por más que luego no le concediera espacio a semejante posibilidad, Pig la consideraba relajante como un final feliz. Una a una, sus novias imposibles —*pero amantes seguras*, se reía en silencio— lo escucharon hablar de su amor por la medicina, la arquitectura o la administración de empresas, pero ninguna supo nunca de libros o películas o asuntos personales de verdad. Cuando, en extraños casos, atinó a llevarlas a la casa de San Ángel, se refirió con falsa reverencia a *la casa del patrón*. Un día, alguna de ellas le hizo en cierto momento la pregunta de cajón:

—*¿En qué piensas, Amor?* —salía del baño, desnuda y desenvuelta, lista para volver a acurrucarse a su lado.

—Pienso en El Pensamiento —precisó Pig, con la vista perdida en la textura del techo, tratando de rehuir con su insolencia el inminente abrazo.

—¿Qué pensamiento, *Amor*? —ya se le abrazaba, le pasaba la mano por lo alto del muslo, un poco demasiado tarde o demasiado pronto para encontrar respuesta.

—Nada —cerró los párpados, los apretó, escuchó una vez más el eco del horrendo apelativo: *Amor*. Pensó en gritarle: *Cállate, no me llamo Amor*.

—¿Se te fue, el pensamiento? —retrocedió, teatralizó, trató de ser simpática, remedó con las manos un vuelo de paloma.

—Me alcanzó, El Pensamiento —Pig la miró de frente, sin mirarla ni un poco porque sólo veía el cuerpo de Mamita, envuelto en una sábana, tendido junto a él, y entonces la abrazó con mucha fuerza, como habría hecho con el penúltimo sobreviviente de su especie, y se tendió a berrear entre sus brazos, para al final prenderse de sus piernas y seguir sollozando hasta rendirse, como niño atrapado por El Ogro.

## 8. Más rápida que *Superman*

*Incestuous and Vain, and many other last names.*

DAVID BOWIE, *Time*

Sería una injusticia decir que no pasé por *high school:* el colegio era inmenso, con canchas y jardines por todas partes. Llegué como si nada, las rodillas temblando pero la sonrisota muy bien puesta. Me decía: *Soy gringa, soy gringa, soy gringa, soy gringa, soy gringa*, y luego corregía: *I'm american*. Porque antes de que pienses que de verdad estudié en una *high school*, tendría que decirte que más bien fue una, ¿cómo dices?, *práctica de campo*. Había parado un taxi ya muy cerca del puente y el chofer se compadeció de mí. Me aconsejó primero que pasara la frontera como cosa normal. O sea haciéndome la gringa, diciendo: *U. S. Citizen*, y ya. Pero yo no tenía la sangre fría. O igual sí la tenía pero me daba miedo que me detuvieran y vieran el dinero. Y eso no iba a decírselo al taxista. Pero andaba de suerte. Me había tocado otro abuelito, aunque ya ni eso me tranquilizaba. Porque era la frontera, ¿ajá? Yo ni me imaginaba cómo estaban los trámites, las oficinas, todo. Y lo único que tenía era carita de niña buena. Podía conmover a los taxistas, pero no a un *immigration officer*. Claro que igual tampoco me iba a servir la miradita de *no rompo un plato* para quitarle a un asaltante las ganas de joderme, pero de menos él no iba a llamar al consulado, o no sé. No sabía, era eso, no sabía ni dónde estaba parada, y entonces el taxista se me queda mirando y dice: *Si tuviera usted dólares, hasta yo la pasaba*. Media hora después, ya estaba yo en la *high school*.

Me pasé por el río, como cualquier jodida. Con más de cien mil dólares en la maleta, trepada en un colchón inflable, el pollero jalándome y yo como pendeja allí, flotando. Me decía: *Si quiere déjeme aquí la maleta, luego yo se la entrego del otro lado.* Algo así me ofreció, y yo ni contestaba porque iba nerviosísima, imagínate. Total que me cruzó y yo me bajé abrazada a la maleta. Era de esos velices viejos horrorosos, que cualquiera los ve y jura que la dueña es una palurda. Pero con cien mil dólares, ¿ajá? Le había dado quinientos al taxista para que me ayudara. Me le solté llorando y le juré que no traía ni un centavo más. Total que la escuelita estaba cerca, haz de cuenta a dos cuadras, pero de pura tierra de nadie. Eran como las tres o cuatro de la tarde y yo con la maleta, solitita. Había un campo ancho, largo, con arbustitos en lugar de bardas. Me senté en la orillita sin saber qué hacer, diciendo: *Soy un pinche ratón en tamaña ratonera.* Y era cuando cerraba los ojos y pensaba: *Soy gringa, ¿sí?, I'm american.* Pero el acento gringo nunca me ha salido. Mis erres son muy fuertes, pienso en español, tartamudeo. No es que no me divierta hablar inglés, pero me atoro. Y más cuando me siento como acosada, ¿ajá? Entonces como que entendí que no lo iba a lograr cargando la maleta, tenía que dejarla en algún lado. Pero ¿en cuál? Estaba en esa cancha, te digo, solitita. Veía a los alumnos lejos, al otro lado. De uno en uno pasaban. Y nunca me veían porque yo estaba casi casi tendida en el pasto, con la maleta todavía bien agarrada. Pensaba: *¿Por qué no me fui a Acapulco?* ¿Qué carajos iba yo a hacer en una ciudad gringa, si ni siquiera me atrevía a cruzar una cancha? En eso llegó Eric y me salvó la vida.

Creo que nunca supe bien su edad, tendría dieciocho años, diecinueve. Traía un uniforme de beisbol, con todo y gorra. Salió no sé de dónde y se me plantó enfrente. Un ángel, haz de cuenta. Y yo tenía tanto miedo que le dije: *I'm american.* Y él no me dijo nada, me siguió mirando.

Como si de repente quisiera sonreírme, pero luego sintiera el impulso de no sé, regañarme. Como si fuera mi papá, mi hermano, mi marido. Y a lo mejor por eso me dio tanta confianza. También porque sonrió, aunque fuera sin mirarme, y me dijo: *I'm Superman.*

Claro que le pedí que me salvara. Estaba tan desesperada, tan miedosa, que dije: *Si éste no me rescata, mañana mismo estoy de vuelta en México.* O sea, con mi familia. Y al día siguiente no lo dudes: en el hospital. Sin un centavo y en el manicomio. Y encima con la fama de ladrona. Así que decidí confiar en *Superman.* Igual ya antes había confiado en el jardinerito, y luego en los taxistas. Porque hasta cuando sabes que no puedes confiar en nadie te topas con que tienes que confiar. Confías una, dos, diez veces, hasta que claro: llega uno y te acuchilla. Pero ese día no me traicionaron; me salvaron. Me salvó Supermán, que se llamaba Eric y tenía una moto.

Era una *scooter* vieja, no traía ni placas. Me pidió que esperara, juró que regresaba en un par de horas. Y yo no había visto ni la *scooter.* Sólo a él: alto, rubio, delgado, un gringazo bien hecho. O sea, me gustó. Y a mí me gusta un hombre y *zas:* se chinga todo. Claro que Eric tenía un gran defecto: era decente. O sea no decente que hablara con propiedad, o que fuera con toda su familia a misa. Decente de verdad, buen tipo, noble. *Qué remedio,* decía mi mamá cuando hablaba de mí. *Qué remedio con esta niña, sabrá Dios lo que va a ser de ella con esa cabeza.* Luego pasaron de pensar que tenía yo mala cabeza a, no sé, sospechar, o creer, o jurar que lo de verdad malo era mi espíritu. Se enojaban conmigo y me decían: *Mal Alma.* Pero de cualquier forma yo no tenía duda de que Eric estaba salvando a una chica buena. Pensaba: *Los ladrones son ellos.* O sea mis papás, que le robaban hasta a la Cruz Roja. Y la prueba era que me estaba encontrando pura gente buena. Pero Eric era tan bueno, el pobrecito, que ni siquiera me aceptó los cien dólares que quise darle para que me comprara una mochila. *I got one,* me decía, y se iba yendo, con unas ganas obvias de quedarse. Y volvía a decir: *I'm Superman!*

¿Qué tiene de malo que las personas te convengan? Lo contrario es peor, ¿no? Pongamos tu caso: según tú viniste a caer en mis redes contra tu dizque sano juicio. Te llamé la atención porque creíste que yo era totalmente inconveniente. Y yo entonces todavía creía que mi amistad era perjudicial para los otros. Tampoco había tenido amigas en la escuela, excepto cuando se les ofrecía que yo hiciera algo que ellas no se atrevían a hacer. Escribir un anónimo, comprar unos marlboros, meterse hasta el salón de profesores y volver perdedizas las listas de asistencia. Para eso sí era yo muy conveniente, para correr los riesgos y quedarme solita con la mala fama. ¿Sabes cómo me convencían? Me decían: *Oyes, Violetta...* Y a pesar de que yo pensaba: *Estas coatlicues hablan como sus chundas madres*, igual me fascinaba que me llamaran por mi nombre. Cuando alguien te prohíbe llamarte de algún modo, lo que en realidad hace es endilgarte un fantasma. Un monstruito que se alimenta de puras prohibiciones. Por eso digo que igual yo sí tuve infancia, pero Violetta no. Violetta nació linda, joven, atrevida, excesiva, millonaria, intensa. Violetta es la heroína de este cuento. Yo a Violetta la admiro tanto que estoy dispuesta a siempre ser y hacer lo que ella quiera. Y lo que siempre quiso ella y quise yo fue convertirme en ella y ser las dos nada más una. Sacarle el corazón a Rosalba y ofrendárselo a Violetta: de eso se trató el cuento. Transformar a la niña ñoña en mujer inconveniente. Aprender a buscar mi conveniencia en el mismo lugar donde los otros encontraban al amor. Ya sé que eso mismo hacen millones de hipócritas todos los días, pero no es de lo que te estoy hablando. Yo me acordaba de Iggy Pop cantando: *I need some lovin', like a fastball needs control* y decía: *Sí, eso me pasa a mí.* Una niñita ñoña con no sé, vocación de mujer inconveniente, cruzando la frontera con más de cien mil dólares robados a la Cruz Roja: eso era para mí una bola rápida. Todavía a lo lejos podía ver a Eric trepándose a su *scooter* y pensaba: *I'm the ball, you're my control.*

Te digo que me convenía enormidades. Y además me gustaba, y eso ya ves cómo es de conveniente. Si Eric no regresaba yo me iba a hacer chiquita y no sé, a regresarme. Como que ese truquito de habilitar al taxista como abuelo no me iba a funcionar igual del otro lado. Mientras Eric volvía yo decía: *Me urge un novio*. Y me lo repetía en voz bien alta: *You need a boyfriend, sweetie*. Nadie me lo había dicho, pero yo tenía claro que el mejor novio es el que una necesita urgentemente. Si me pusiera cínica te diría que los dólares de la Cruz Roja ya andaban por ahí buscando su ambulancia. Me moría de nervios y de repente me calmaba nomás de pensar: *If Superman comes back... soy Luisa Lane*.

No traía reloj, ni había a quién preguntarle la hora. Pero iba a oscurecer, no debía faltar mucho, ¿ajá? Y yo no tenía idea de lo que iba a hacer si se me hacía de noche sola. Igual sin la maleta me las arreglaba, pero de cualquier forma no tenía dónde esconderla. Ni modo de enterrarla. ¿Me regresaba, me iba a la calle con todo y veliz, me ponía a buscar un taxi? Me decía: *Ay, Violetta, tendrás mucho dinero pero estás bien jodida*. Y ya estaba llorando, pero a moco tendido, cuando me llevé el primer susto en plan de Luisa Lane. Nunca supe de dónde me salió *My Hero* pero puedo decirte que llegó igual que *Superman*. O sea puntualísimo, cuando ya sollozaba yo como niñita pobre. Porque entonces yo pensaba que los pobres se pasaban el día, o mínimo la noche, sollozando. Por pobres, por qué más. Checa el cuadro: la niña ñoña y chillona y muy pinche rica se topa con el caballero medieval disfrazado de gringo beisbolista. *Superman's back!*, me dijo, y me abrazó, y entonces que le digo: *I need some lovin', like a fastball needs control.* Y que lo beso, ¿sí? En la boca, sin más. Como te besé a ti ese día en la cantina. Sólo que a él no le puse la mano en ningún lado. Yo tan bestia que lo besaba así: *smack, smack, smack.* Supongo que así es como besaría Luisa Lane a *Superman.* Y no es que no estuviera yo dispuesta a hacer con Eric todo lo que el jardinerito había soñado hacer conmigo. Después de todo lo que ya había hecho, de lo único que me sentía incapaz era de regresar con mi familia. Además, para entonces mi única familia eran los internos del hospital siquiátrico. Yo no los conocía, pero igual allá estaban esperándome. Nunca me pregunté si de verdad quería ser novia de Supermán; tenía que serlo, y que desearlo, y que lograrlo, ¿ajá?, porque no había ninguna otra salida. En los cuentos, *Superman* se enfrentaba a Lex Luthor para salvar a su novia, y ya de paso al mundo. Pero yo no tenía ni un chingao Lex Luthor. Yo tenía una barranca horrible detrás de mí, y adelante los labios de un caballero medieval con superpoderes. A otra su primer beso le sabe a miedo, a lujuria, a romance, a *Soy la más feliz.* A mí me supo como a sello en el pasaporte. Más que abrazar a Eric, me colgué de él. Pero eso no me hacía inconveniente, ni convenenciera. Yo no podía correr el riesgo de que Eric sospechara eso de mí, hasta crees. Todavía no había dejado de besarlo, *smack, smack, smack, smack*, y ya hasta había decidido mantenerlo.

*El que paga, manda.* Se lo aprendí tan bien a mi papá que hasta la fecha no he dejado de aplicarlo. Si entiendes eso, todo se hace más fácil. No es cosa de dinero, sino de inversión. El que más invierte tiene la palabra. Por eso a mí no me bastaba con que viniera un hombre y me diera su dinero, yo tenía que tratar de invertir más que él. Hacerlo de algún modo sentir que no era él, que era yo la que estaba pagando el *ride.* Yo no quería que Eric me ayudara porque sí. Tenía que subirlo a mi tren, y ya ves que para eso el dinero se pinta. Por más que quieras resistirte a él, que te niegues a oír cuando dice tu nombre, que saques tus principios y tus convicciones, que le azotes la puerta en media cara, el dinero siempre va a hallar algún callejoncito para seducirte. Y tú hubieras jurado que a Eric el dinero le tenía totalmente sin cuidado. Con su escuela y su *scooter* y su equipo de beisbol podía sentirse dueño de su mundo, ¿ajá? Pero habrás de saber que a Eric le faltaba lo mismo que a mí: conocer New York. Igual nunca lo había deseado de verdad, a lo mejor porque nunca antes se había topado con una pobre chica mexicana desamparada y desesperada y cargada de dólares para llevarlo. Y eso yo lo sabía desde que regresó. No tenía ni idea de cómo lo iba a convencer, pero de sólo verlo cómo me miraba me sentía segura de que ya lo había comprado, y que lo iba a seguir comprando pasara lo que pasara, porque cualquier otro panorama me parecía infernal, y yo no iba a aceptar irme al Infierno. Entonces todavía pensaba que nadie puede obligarte a hacer lo que no quieres, lo que ya decidiste que no ibas a hacer. Y estar con mis papás o con los locos era exactamente lo que yo no iba a aceptar. Eric igual podía hacerme ojitos de éxtasis en abonos, pero eso a mí no me bastaba para controlar la situación. No podía desviarme del plan, ¿ajá? Después de la primera vez que me agarraron yo no iba a soportar una segunda, y no me sentía así que dijeras muy a salvo a un lado de la frontera, y si me insistes ni siquiera en Texas. Pensaba que sólo en una ciudad deveras grande no me iban a encontrar. Un lugar de lo más pinche lejos, para que ni con la imaginación me alcanzaran. Y además yo quería conocer New York. Para eso me había llevado el botín de mis papás, no para irme a esconder al primer rancho que se me apareciera en el camino. O sea que igual por esa noche necesitaba a Eric, y no tenía más que esa noche para que él me necesitara a mí. Que aceptara mis condiciones, mis órdenes, mis dólares. Que estuviera dispuesto a descubrir conmigo lo que se sentía ser inmensamente independiente. O como dices tú: *ofensiva-*

*mente libre.* ¿Qué iba a pasar después? Cómo iba yo a saber. Cuando andas escapándote de esa manera no hay después, ni antes. Tu único plan es que nadie te agarre hoy, que a la noche haya dónde dormir, que no te alcancen las culpas y los miedos, por más que todo el tiempo los traigas ahí detrás. Y te digo que yo de New York sabía muy pocas cosas, pero las suficientes para estar segura de que allí sí no me iba a alcanzar nadie.

Siempre tuve la sensación de que yo iba más rápido que los demás. Mis papás, mis maestros, mis compañeras, todos igual de lentos. A veces me decían que tenía prisa por vivir, y a mí me parecía que ellos eran los que tenían prisa por morirse. No te voy a decir que Eric era como yo, pero mínimo le atraía la idea de salir de ese pueblo. Además, era beisbolista. No hay beisbolista que no pele los ojos cuando le hablas de New York.

*Daddy wanted to be, you know, my boyfriend.* El *you know* es buenísimo, te permite decir lo que quieres pero no quieres decir y obliga a los demás a tratar de entenderte. Y así te vuelves de un sutil que bueno, *you know*, ¿verdad? Porque es como si le hubiera dicho: *Mi papá me quería de amante*, pero digo: *Quería ser mi novio*, con el *you know* en medio que lo explica todo. Del modo en que yo quiero, además. Porque por muy ladrona que yo fuera, me daba no sé qué cosa usar palabras como *lover* con el primer extraño que se me aparecía. Puede que en realidad me diera igual, pero igual él tenía que pensar que yo no me atrevía a llamar a esas cosas por su nombre, no porque fuera que tú digas mojigata, sino porque se suponía que me había escapado de mi casa porque mi papacito era un degenerado, y eso tenía que ponerme no sé, algo así como adolorida pero comprensiva. Por eso le seguía diciendo *daddy*, ¿ajá? Porque lo que planeaba, lo que no me podía fallar, era volverme de inmediato su, *you know*, novia. Si Eric iba a ser mi primer *lover*, yo tenía que ir poniendo carita de *girlfriend.*

No es que me hubiera propuesto así, engañarlo. Al contrario. Necesitaba que se diera cuenta de cuánto lo necesitaba. Que me viera desprotegida, que sintiera ternurita, que de verdad fuera Clark Kent y que se convirtiera en Supermán cada que yo se lo pidiera. No era así que tú digas *demasiado* pedir. Y él se iba a sentir bien, ¿me entiendes? Pero antes de que siga explicándote cómo hice para que Eric se portara como Clark, no estaría mal contarte cómo iba vestida. Una cosa patética, eso sí.

El taxista de la frontera me había dejado media hora en una tiendita, mientras él iba y conectaba al *bueno.* Era un viejito casi casi que adorable. Aunque supongo que cualquier taxista al que le das quinientos dólares sólo para que te haga cruzar un pinche río tendría que portarse como tu mayordomo. Total que mientras llegaba mi salvoconducto yo tenía que comprarme ropa. Igual traía un par de jeans en la maleta, pero el taxista me había aconsejado vestirme de colegiala. *Nomás te cruzas y corres para la escuela,* me dijo, como veinte veces. Pero igual no me supo decir si en la escuela llevaban uniforme, o si un color era mejor que los demás. Azul, gris, moradito, no sé. Y ni modo de adivinar. Lo peor que podía hacer era entrar a un colegio con el uniforme de otro. ¿Sabes de qué me disfracé? De tenista. La tienda mexicana no estaba muy surtida, el vestidito era una cosa vomitable y la blusa me quedaba demasiado ajustada. Pero había hasta raquetas. Las mochilas en cambio eran chiquitas. Y la naca de mí quería a fuerzas una mochila gringa. O sea que me crucé el río vestidita de tenista, con la raqueta en una mano y el veliz en la otra. *Next stop, Wimbledon.* Una de las primeras cosas que le pregunté a Eric fue cómo me había visto. Pues fácil. Facilísimo, digo. En su jodida escuela no había cancha de tenis. Me sentí poco menos que insultada cuando me dijo que me vio brillar como una foca en el desierto. Aunque ya si lo piensas suena un poquito a cuento de hadas. Eric se acercó a mí para estar bien seguro de que yo no era un espejismo. Eso fue lo que me explicó en la cafetería, pero yo todavía no sabía lo que era un *mirage*. *Mírate en el espejo*, decía. *Eso es un mirage*. Mirror, mirage, mirar. Yo lo pensaba todo en español y sufría muchísimo para desenmarañar su tejano. *You don't speak any english, you speak texan*, le decía y él se carcajeaba. Y a mí me daba por gritar: *Superman speaks texan!* Gritar, ¿ajá? No tenía ni tres horas en Estados Unidos y ya estaba gritando. Y Eric me decía: *Shhh!*, y movía los labios diciendo *i-m-m-i-g-r-a-t-i-o-n*. Pero estábamos solos. Era uno de esos puestos de comida que van creciendo hasta que el dueño pone dos mesitas y estrena cafetería. Estábamos muy cerca de la carretera, ya eran como las ocho y Eric sin puta idea de qué hacer conmigo, pero como que no se atrevía a dejarme. *I am your luck*, le dije de repente. Y *bingo*, que se lo cree. Me miró de otro modo, como si hasta ese momento nomás hubiera estado buscando alguna pista para entenderme. O para aterrizar, que es lo que tanto él como yo queríamos. Porque desde que había inventado el cuento del *Horny Daddy* todo se había puesto no sé, denso. Qué quieres que te diga, la estúpida de mí le dio en la madre al *mood*. Pero igual funcionó, como lo de la suerte. Si una le dice a un hombre: *Soy tu suerte*, lo más posible es que termine siéndolo. Y más si anda una con ganitas de comprarse un novio. Con faldita de tenis y los senos saltando de la blusa. Con dinero de sobra en el veliz. Con una canción que dice claramente que necesito amor, que soy una pelota sin control. Y otra cosa importante: que soy rápida.

Figúrate la escena. Una calle vacía, un changarro en la esquina, una *scooter* parada, yo de tenista y él de beisbolista. Comiendo *chili con carne* los dos. No sé si era porque Eric quería sentirse mexicano, o porque yo ya me creía gringa. Estaba nada menos que con *Superman*, ¿ajá? Estaba ocupadísima enganchando nuestros destinos, cerrándole salidas, volviéndome su suerte. Todo eso al mismo tiempo, con el mismo beso. Y un poquito más *muá* que *smack*, ¿ajá?, más saliva que tronido. Pero tampoco mucho. Bien que mal eran besos *inaugurales.* ¿Checas? Los primeritos. O sea que yo ya había bailado desnuda para un hombre pero seguía sin besar a ninguno. Algo muy parecido les pasa a las pirujas. Mucho sexo, pocos besos. A veces ningún beso. Y yo esa noche iba volando hacia los besos y el sexo, sin conocerlos casi para nada. Tampoco sabía un carajo de Eric, ni de Laredo, ni de Texas, y de New York apenas dominaba lo que todo el mundo: puras estupideces. Porque ni modo de aprender de besos, o de sexo, o de New York a distancia. Si Eric me enseñaba a besar, si me hacía el amor por primera vez en mi vida, yo podía enseñarle cantidad de cosas que sólo eran posibles con dinero en la bolsa. Le podía enseñar el Yankee Stadium. Le podía enseñar esos senos que crecían como milagros, y que entre más crecieran menos iban a quedar hombres capaces de decirme que no a lo que fuera. Por lo pronto una cosa era segura: yo no iba a permitir que Eric me negara nada. Empezando por el derecho a mantenerlo. Yo quería mandar, ¿ajá? Necesitaba un novio fuerte y obediente. Sólo los hombres fuertes saben obedecer las órdenes de una mujer. O sea, sin quebrarse, ¿sí? Y algo en las manos de Eric me decía que sí era Supermán. Suena tontísimo, pero nunca me falla. No es que fueran unas manos más grandes o más chicas, aunque de entrada las chicas no sirven. Ni para cocinarlas. Y tampoco es que sean flacas, gordas, huesudas, no es eso. Si ves las manos de una mujer igual te llevas una idea, pero lo más probable es que estén actuando algún papel. Las tres, sus manos y ella, ¿ajá? Las manos de los hombres no saben usar máscaras. Los hombres ponen duras las facciones hasta para sentirse guapos, pero las manos siempre los delatan. Cuando unas manos de hombre no te dicen nada, lo más probable es que el fulano sea un pendejito sin carácter. Prefiero ver a un hombre delineándose las cejas que en el manicurista. ¿Sabías que al asqueroso de Ferreiro le barnizan las uñas?

No te imaginas todo lo que pasa en una moto cuando vienen subidos un par de adolescentes. Yo sabía que Eric aceleraba todo el tiempo para fingir que no sentía mis pezones en su espalda, o que no se había dado cuenta que debajo de la blusa apretadísima yo no traía nada. Y yo le habría creído toda esa inocencia si no hubiera frenado tantas veces. Cada vez que sumía ese pedal yo me le untaba encima, me sacudía, me le abrazaba fuerte a mi veliz con una mano, mientras la otra me servía para abrazarlo a él. No mucho. Suavecito. Porque igual Eric me traía a brincos y jalones, pero yo no tenía ni tantito miedo. Yo era su suerte, ¿ajá? Yo lo había besado tres minutos antes, él no iba a darse el lujo de matarme en la primera vuelta. ¿Cuántas veces se supone que deberías confiar? ¿En qué personas? ¿Cuántas, de cada cien, traen un puñal guardado? Cada vez que confías en alguien estás tirando dados. Puedes saber cuáles son tus probabilidades con los dados, pero no con la gente. Tiras no sabes cuántos dados, con sepa La Chingada cuántas caras. Es una carretera sin señales, un Nintendo sin controles, *bum-bum-bum-bum, you're dead, game over*. Pero había que confiar. Había que creer en *Superman*, ¿ajá? Y además lo que yo buscaba era que Eric confiara en mí, completamente. Necesitaba que creyera que yo confiaba en él, y eso no era tan fácil. No lo decíamos, él no lo preguntaba y yo ni en cuenta, ¿ajá?, pero era una indocumentada, y a Eric seguro lo iban a joder horrible si nos agarraban. *Yo no soy pollerito, por ti seré.* Me ponía en su lugar y me lo imaginaba colgando de un tren que va a descarrilarse, calculando si debería soltarse de una vez o seguir otro rato gozando del viaje. Yo era el tren, y nadie más que *Superman* me podía salvar del descarrilamiento.

Lo escribí en una servilleta: *Hero wanted!* Y entonces él me miró así, divertidísimo, y me dijo algo así como: *Sorry, I'm a Superhero!* Y su sonrisa era tan transparente, se empeñaba tanto en que yo no pensara que me miraba el cuerpo, que de repente me sentía otra vez dentro del Nintendo, matando miles y millones de marcianitos con balas veinte veces más grandes que ellos. Me sentía invencible mientras le escribía: *Se solicita Superhéroe*, así, en español, y esperaba el momento en que leyera y preguntara y me dejara concentrar toda su curiosidad entre mis labios, mientras me decidía si se lo iba a traducir como *Superhero wanted!* o *Luisa Lane calling on Superman!*

Y entonces que me saco de la manga lo del papacito calentón. No podía dejar que Eric se tomara nada a broma, porque de entrada no sabía ni dónde iba a dormir esa mismita noche. Y yo quería que fuera problema de Eric. Te digo que necesitaba asegurarme de que creía en mí, y hasta donde yo sé esas ondas se arman con lana. ¿Cómo convences a una mujer de meter un paquete de coca en la panza de su hijo? *Money talks and the fuckin' dog dances*, querido. Yo no podía confiar en mis puros encantos. Traía una falda tableada con holanes rositas, una cosa terrible. O sea que iba con el uniforme de jodida, si no es que el de pendeja. O los dos juntos, que bien que combinan, y así no iba a poder comprar más que su compasión. La gente compasiva es de lo más estúpida. Traen la espina clavada desde que se enteraron de Todo Tu Problema, y ya les anda por librarse de ella. Haz de cuenta que echaste tu costal en su conciencia, y ellos con tal de no cargarlo van a desafanarse en cuanto puedan. Si Eric era nomás *compasivo*, podía decidir muy gringamente llamar al Consulado Mexicano, o a Inmigración, o a donde fuera para que me ayudaran a volver con mi familia. *Thanks but no motherfuckin' thanks*, ¿ajá? Te digo que no trago la compasión ajena. Me dan muchísimo asco los pendejos que buscan que los compadezcan. Compadezco a su madre, eso sí. Yo no iba a soportar que Eric compadeciera a mi mamá, ni a mí, ni a nadie. Pregúntame la jeta que me puso cuando volvió del baño y se encontró en la mesa un sobre con cincuenta billetes de cien dólares. ¿Sabes qué decía el sobre? Imagínatelo con letras de neón: *Ever been to Yankee Stadium, Superhero?*

Estaba verde como pinche dólar. Decía cosas como *Wait a minute, I guess, I would like*, pero no terminaba de decirme nada. Y yo lo interrumpía diciéndole: *You don't really have to go with me, I'll make it on my own*, y en fin, quitándole un poquito el caramelo. Y luego regresaba al tema *Daddy Boyfriend* y te digo que todo seguía siendo un videojuego. Yo tenía el control y quinientas vidas, digamos que a diez dólares cada una. ¿Sabes por qué hay gente que tiene y gente que no tiene dinero? Porque el que tiene puede enterarse de todos los secretos del que no tiene nada más con untarle una lana en los ojitos. Si te contratan y te pagan poco es porque ya el olfato les dijo tu precio. Ser rico es aprender a oler el hambre.

Poco a poco fui dándome cuenta de que a Eric el dinero no le importaba tanto. Que si estaba de acuerdo en ayudar a una indocumentada no era porque tuviera más o menos dólares, sino porque le daba miedo verme sola con todo ese *cash*. Digamos que sentía compasión de súbdito. O no sé, solidaridad de superhéroe. O por lo menos un poquito de la lujuria que debía de sentir cualquier beisbolista de *high school* frente a un montón de dólares en efectivo. Entrar al Yankee Stadium, aunque no hubiera juego. Y hasta entrar a mi cama, mínimo para no tener que estarme mirando las tetas dizque por error, ¿ajá? Y parpadeando todo el tiempo, con las manos que subían y bajaban de la mesa, siempre sin tocarme. Luego yo no paraba de pedirle: *Take me to New York!* Y él decía: *No passport, no visa*, y entonces yo le contestaba: *Five thousand dollars*, y volvía a pedirle que comprara los boletos del avión. Dos veces se calló y me dijo: *I don't even know who you are.* Las dos me molesté, me indigné, me le puse intratable. Hasta que me abrazaba y decía: *It's ok.* Y yo decía: *Kiss me!* Y él empezaba otra vez a hacerme ojitos de semáforo y estoy segura que sufría pensando: *Chin, apenas sé su nombre y ya me está pidiendo que cometa no sé, un delito federal.* O algo así, muy pesado, de lo más reprobable. Y era como tratar de convencer al hijo del jardinero, porque igual lo veía que dudaba, pero ya me quedaba claro que no se iba a rajar. Una mujer se vuelve mágica cuando las circunstancias la obligan a hacer magia. A Eric la pura idea de comprar unos boletos de avión le daba como vértigo. Yo le decía: *Entonces compra un coche y llévame.* Porque me daba miedo ir en *Greyhound.* Es fácil que te agarren en un *Greyhound.* No hay para dónde correr, ¿ajá? En el aeropuerto tampoco, pero son cinco minutos y ya, no cuatro días seguidos de martirio. Incomodísima, además, como pinche gatita cuidavacas. Y yo era rica. Tenía que viajar en avión. Y hasta en primera clase, ¿ajá? Iba a ser la segunda vez que volaba, me emocionaba horrores llegar así a New York. Volando, con mi novio y en *First Class.* No sabía ni cómo era o qué te daban, pero yo quería ir en primera, carajo. Y no iba a haber manera de que Eric se zafara. Le miraba las manos y decía: *Juro que este texano va a ir conmigo a New York.* Pensaba: *Sí, me gusta*, pero igual tenía claro que no podía valer más de cinco mil dólares. Más que un par de boletos para el Yankee Stadium. Ni tampoco más que unos senos a los que no se atrevía a ver de frente. Los senos son como el dinero, ninguno acepta que los necesita pero ninguno deja de pensar en ellos. Una mujer con el escote en su lugar tiene todas las armas para mover al mundo. Claro que eso también lo sabes tú. ¿Te acuerdas lo que me dijiste de mis senos? Que eran al mismo tiempo la palanca y el punto de apoyo. Supongo que Eric también se dio cuenta de eso, porque hasta cuando dejaba de parpadear y de mover las manos me decía a todo *sure, sure,* como para calmarme. Pero yo le decía: *Don't give me aspirins, no aspirins, no aspirins.* Hasta que se callaba: *no aspirins.* Porque de nada me servía un *sure,* necesitaba el *yes. Sure, of course, naturally, absolutely:* puros pinches analgésicos. Cuando una saca un sobre repleto de billetes de cien dólares, la única respuesta que se acepta es: *Yes.* Con su debido *right now,* ¿ajá? *Sure is aspirin, yes is surgery,* le decía. Y él contestaba: *Well...,* y yo volvía otra vez: *No aspirin, no tylenol. Sure is aspirin, Well is tylenol, gotta gimme some damn surgery!* Con un acento terrible, pero ya con las contracciones que me había aprendido en las historietitas en inglés. *Gonna, wanna, gimme, gotta.* Se siente una gringuísima cuando las usa. Ya luego te acostumbras, como buena arribista. Ni modo de negarte la cruz de mi parroquia. Toda mi sangre es *wannabe,* qué quieres que haga.

Aunque igual era bruta. Decía frases sin sentido, adaptadas directo del español. ¿Quieres reírte de mí? Cuando alguien me decía: *Thank you,* yo contestaba: *Of nothing.* Por eso cuando Eric me dijo en voz bajita: *You look pretty american,* juré que era un piropo doble. O sea que me veía bonita y gringuita. Qué pendeja. Pensando en sonrojarme y perdiéndome la mejor noticia de la noche. Porque en ese momento no estaba dudando, sino calculando. Quería convencerse, ¿ajá? Y ya ves cómo es luego la gente de persuasiva cuando ya se propuso convencerse sola. Yo no me daba cuenta de que *looking pretty american* era el camino más veloz para convencer a Eric de rentar un carro y largarnos esa misma noche a Houston. Tampoco me podía imaginar que Eric quería rentar el coche con todo y gringos. No me preguntes cómo se llamaban, si quieres ponles Dick y Jane. Dick era *short-stop* del equipo de la *high school* y Jane hermana de su novia, cosa así. Por cien dólares nos podían llevar, si yo pagaba la gasolina. Ciento sesenta en total. Si nos íbamos por la 59 podíamos llegar hasta en cinco horas, pero nadie tenía más de veinte años. Nos iban a parar. Era mejor irnos por los pueblitos, de día, vestidos de deportistas. O sea *pretty american.* Y que le digo: *Let's go now. Fifty nine, you and me.* Porque pensé: *No me conviene nada viajar con sus amigos.* Eran tres contra una, ¿ajá? Luego no sé por qué pero me daba miedo el viaje durante el día. Total que eran las once de la noche y Eric me suplicaba: *Please, tomorrow!*, con el teléfono en la mano y un montón de monedas en la bolsa. Pensé: *Llegó la hora de enseñarle quién manda a este cabrón*, y entonces que le grito: *Now, and without you!*

Me alcanzó un par de cuadras adelante y le armé tal dramón que al final regresamos a llamar a Dick para ver si le hacíamos la oferta de su vida: dos mil dólares cash por el coche. Eric estaba necio en que ese pinche coche no valía ni mil quinientos, y yo tenía la idea de que su pura discreción podía valer más de tres mil. Era un Escort viejón, aunque con buen estéreo. Acabamos comprándolo en mil seiscientos, pero Eric le soltó otros cuatrocientos para que se callara. Aunque igual le dijimos que habíamos decidido ir mejor hacia Austin, y después a Los Ángeles. Eric como que no acababa de entender pa qué tanto misterio, pero yo sí me daba cuenta del tamaño del pedo. Estaba secuestrando a Eric, ¿ajá? Ya lo había convencido de traer en su bolsa los cinco mil dólares, y lo iba a convencer de traer más. Y eso es más convincente que una pistola en la sien. Nadie sabe qué hacer con el dinero enfrente. Puedes pedirles que hagan cualquier cosa y ellos entienden que no son consejos, ¿ajá? Son instrucciones. El dinero la pone a una nerviosa, y no hay nada mejor para los nervios que seguir instrucciones. El dinero es mandón, gritón, asusta. Y más si viene acompañado de unos senos en flor y una sonrisa que se muere por corromperte y una mano que tiembla y otra que te acaricia un muslo y unos labios mojados que te ordenan: *¡Vámonos!* Cuando entramos a la 59 ya veníamos abrazados, yo temblando de frío y creo que él de miedo.

Pero estaba feliz, era clarísimo. Tenía dos hermanos también *pitchers*, y un padre que según él había jugado en el Yankee Stadium. Ya había terminado la *high school* y en unos meses iba a entrar en la universidad, pero seguía jugando con el equipo de beisbol. Y yo creo que también tenía unas ganas tremendas de escaparse de todo eso, porque a los diez minutos ya no temblaba, ni me esquivaba la mirada, ni movía la cabeza hacia los lados, que es lo que uno hace siempre cuando toma el lugar de su papá, observa el panorama y dice: *Ya ni la jodes. Ahora sí la cagaste. Parece mentira que a tu edad hagas estas putas idioteces.* Y ya ves que las putas idioteces son más guapas y más interesantes que las chingadas sensateces. Igual teníamos pavor de que en la carretera nos pararan, y eso como que le sumaba puntos al *score.* ¿Sabes lo que era ir por una carretera gringa, con galán a bordo y dineral en la cajuela, *right on the road to Heaven?* Me sentía poderosa, no sé, invencible. Era como si todo lo que había pensado y creído y dicho y gritado en los últimos tres años de mi vida se hubiera vuelto cierto de un madrazo, como si atrás del bosque o no sé, de los árboles, hubiera un juez diciendo: *Tiene Usted La Razón.* Era posible, ¿ajá? Por más que mis papás se hubieran empeñado en que mi mundo fuera pequeñito y apestoso, yo estaba consiguiendo espacio. Aire. Futuro. Cosas que una estudiante de secundaria-con-secretariado no puede imaginarse, y menos si su idea de vivir rápido es no sé, alcanzar a su jefe con el dictado. Yo quería obedecer, pero al destino. Y a mis necesidades. Y hasta a mis caprichos, que a la hora de la hora eran los que contaban. Yo quería que contaran y él estaba de acuerdo. *That's why he was my boyfriend.*

Mi primer novio no conocía mundo. Había estado en San Antonio, Dallas, Austin, Reynosa, Corpus. Creo que eso era todo. *Texas and Tamaulipas.* Nunca se había escapado de su casa, estaba totalmente aburrido de su novia, tanto que ya hasta habían pensado en casarse. O sea que yo era la locura menor que venía a salvarlo de la demencia total. ¿Tú crees que iba a volver a ser el mismo después de haber vivido como rico en Houston y New York? O más bien sólo en Houston, porque apenas aterrizas en New York el dinero se encoge. La gente se enamora de New York como de una golfa avariciosa. Una puta ranura de alcancía sin fondo que pide y pide y pide. Y le das, y le das, y no hay lana que alcance. Por eso te enamoras, porque dices: *Manhattan, no soy digno de que vengas a mí.* Y yo entonces podía ser una escuincla babosa, pero ya era la clase de mujer que disfruta tener lo que no se merece. Siempre que yo pedía un juguete, mi papá preguntaba: *¿Te lo mereces?* Y yo decía: *No, papito*, y bajaba la cabeza y me hacía la sufrida, porque sufrir también es una forma de ganarte las cosas. Pero luego, cuando lo conseguía, pensaba que seguía sin merecerme nada, y me reía muchísimo. ¿Por qué la gente cree que llorando y quejándose de lo triste que es su vida va a merecerse cualquier cosa mejor? ¿Quién va a recompensarte por joderle el *mood?* ¿No sería más lógico que te pagaran por hacerlos reír? Eric y yo seguíamos sin conocernos, pero igual nos reíamos. Todo el tiempo. Yo creo que dos personas que se hacen reír tienen derecho a todo. Y no he dejado de creer que fue por eso que nadie nos paró en todo el camino, y que cuando se apareció la policía fue para rescatarnos del Purgatorio.

Suena dramático, pero es que así se puso a media madrugada, cuando se tronó el coche. Nos quedamos tirados a un lado de la carretera, no sé muy bien a qué distancia de Houston pero ya no muy lejos. Eric decía: *Don't worry*, pero ni a él dejaban de temblarle las rodillas. Y eso que no sabía del dinero. Yo le había contado que en New York iba a cobrar más, y eso era todo. Él no quería que voláramos en primera clase, porque decía: *¿Y si en New York no logras cobrar nada?* Y yo: *Don't worry. Keep just cool. I'm rich.* Le había inventado la historia de que *Mummy* me mandaba hasta New York sólo para salvarme de *Daddy.* Que iba a entrar a una *high school,* que me sentía perdida, que tenía miedo. Y esto último era cierto, tenía un miedo horrible de quedarme sin Eric. *Don't leave me, Superman:* le lloriqueaba, lo abrazaba, me le untaba. Me sentía como Caperucita en la panza del lobo, metida con un gringo, sin papeles, en un coche jodido que no era ni mío ni suyo, y en eso vi las luces de la patrulla.

¿Sabes qué preguntaron? Que si íbamos al maratón. No sé qué maratón, ni siquiera estoy tan segura de que el policía dijera *maratón.* El caso es que dijimos *yes,* al mismo tiempo. Entonces me di cuenta de la hora: *diez para las seis.* Habíamos salido de Laredo vestidos con dos juegos de pants viejos que Dick y Jane sacaron de sus casas, yo de azul y él de verde. Una onda súper *sport,* ¿ajá? Tanto que la patrulla nos empujó por más de milla y media. Estábamos justo a la entrada de un pueblo rascuache, según yo se llamaba Edna. Ese día aprendí cuál es la hora de los inocentes: las seis de la mañana. Es como si de pronto el mundo se estuviera dando cuerda. La hora en que ni los policías trabajan, porque si hubieran trabajado de verdad de menos nos habrían pedido que nos identificáramos. Y yo que ni una puta foto traía. Pero nos empujaron hasta una callecita y se largaron. Eric todavía habló un rato con ellos, según esto de beisbol, pero algo debe de haber hecho muy bien para que la libráramos así. Y como él sí traía identificación, no le costó trabajo conseguir lugar para dormir. Un motelucho feo, descolorido. Dijo que para él solo y luego me metió de contrabando. Yo estaba paranoica porque ya juraba: *Nos van a agarrar.* Si Dick y Jane hablaban con el papá de Eric no iban a tardar mucho en encontrarlo. Ya ves que entre los gringos siempre se encuentran pronto. Las placas de los coches, las cámaras ocultas, los viejitos chismosos. Por eso yo insistía en parar cualquier taxi y escaparnos a Houston y tomar el primer avión para New York. En New York nunca nadie nos iba a agarrar. Entonces Eric agarró el teléfono y le habló a su papá. No pude ni evitarlo, creí que era de broma. Pero al final lo convenció de todo. Se suponía que estábamos en Austin, en casa de su amigo No Sé Quién. Luego le habló al tal No Sé Quién y lo puso de acuerdo. ¿Sabes qué es lo que sí tienen los gringos? Una mente de agenda impresionante. Son capaces de organizar hasta su propio entierro. Y eso a mí me servía enormidades, siempre he sido un desastre organizando. O sea que para entonces ya no era una, sino dos cabezas trabajando en hacer posible lo imposible. Por más que Eric tratara de arreglarlo todo legalito, yo me las ingeniaba para enchuecarlo. Siempre que me avisaba: *This is illegal!*, yo le decía: *I don't care, you legalize it!* Y luego lo besaba y le pedía: *Legalize me!* Creo que nunca falló. Aunque tampoco me importaba tanto la legalidad. Como que todo lo derecho a mí me estorba, pero igual ese día estaba haciendo una excepción. Eso es lo más podrido de tener un novio, que te pasas la vida haciendo excepciones. Cosas que nunca te daría la gana hacer. Yo quería dejar el Escort en la calle y largarnos a Houston de cualquier manera, pero Eric se empeñó en irse solo a venderlo. Me dejó en el hotel, no durmió nada. Ni siquiera me quiso dar un beso. Me decía todo el tiempo: *I must get going.* Como si yo fuera su jefa y él tratara de merecerse la lana que traía en la bolsa.

Caí en la cama y me morí, enterita. Odiaba que Eric siempre hiciera bien las cosas. Me decía: *Necesitas dormir*, y yo furiosa con que no tenía sueño. Total que desperté a las dos de la tarde, sana y salva. A Eric le habían dado menos de mil por el Escort. Por doscientos cincuenta un taxi nos llevó de Edna hasta Houston: eran casi las cuatro cuando vi el Astrodome. Y ahí sí no me aguanté. Le habíamos pedido al taxista que nos diera una vuelta por Houston y luego nos llevara al aeropuerto, pero nomás de ver el Astrodome me imaginé que ya estaba en un *mall*. Pobrecita de mí, era de pueblo. Eric decía: *The Astrodome ain't no mall*, y yo: *Claro, ya sé, sólo quiero ir a un mall*. Quería ir al más grande, comprarme unas maletas y llenarlas de ropa. De pronto no me daban ganas de llegar a New York como una prángana: como que mi veliz ya había hecho su trabajo. Yo no podía estar pasando junto al Astrodome con la maleta vieja y los pants de Jane y un novio con los de Dick. De niña me vestían con los remiendos de mis primas ricas. Nunca nos invitaron a su casa, pero la tía les pasaba a mis papás la ropa. O creo que sí nos invitaban, pero yo no quería ir para que no me vieran con sus trapos puestos: la pinche prima rica de mentiras haciendo el oso enfrente de los ricos de verdad. Aparte, ya habíamos llegado hasta Houston, y era mucho mejor que habérnosla jugado en los aeropuertitos de Laredo o San Antonio, que según Eric están llenos de cazadores de ilegales y traficantes y delincuentes. O sea cazadores de erics y violettas. Entonces yo decía que por esa razón había que renovar el guardarropa. Teníamos que vernos como gente decente. Igual yo no pensaba exactamente así, pero con esos argumentos podía convencer a Eric. Yo en el fondo tenía las puras pinches ganas de conocer un *mall*, y de gastarme un poco del dinero que me había pasado tantas noches contando. Ser rica, verme rica. Con más de cien mil dólares, no era mucho pedir.

Eric era tan lindo que ni siquiera preguntaba nada del veliz. Porque yo a ese veliz no lo soltaba ni dormida. Cuando me despertó, en Edna, yo estaba dentro de la cama, con los pants puestos y el veliz abrazado. Después me metí al baño con todo y mi veliz, y me negué de plano a que el taxista lo guardara en la cajuela. Ya ves cómo me niego yo de plano a algo: a puros gritos. Pero Eric tan tranquilo, sin hacerme preguntas. Yo podía traer hasta droga en la maleta, ¿ajá? Aunque también: cargar con cien mil dólares ya de entrada te mete en problemas parecidos. Y no es que le tuviera miedo a Eric, ni que creyera que me iba a robar. Era que todavía me sentía mareada con todos esos dólares, y quién me aseguraba que mi novio no se iba a marear tanto o más que yo. Necesitaba a un hombre con los pies en la tierra, y eso siempre es más fácil de creerse cuando el hombre trae puesto un traje de *fifteen hundred bucks.*

Lo convencí con uno de los dichos de mi mamá: *Como te ven, te tratan.* O sea que no íbamos a ir muy cucos y en primera clase por puterías mías. Era seguridad, ¿me entiendes? No podíamos arriesgarnos a que nos dieran trato de jodidos. Y como Eric tenía que entenderlo, el mejor argumento fue un nuevo paquetito de dólares. Sólo que ya no cinco, sino diez mil. Veníamos en el taxi y él pelaba los ojos casi tanto como los pelé yo cuando vi: *The Galleria.* No era un *mall,* era un mundo. Era exactamente la clase de mundo para el que yo había venido al mundo, y eso lo supe en cuanto me bajé del taxi, salí corriendo con todo y veliz, entré detrás de dos señoras con sus niños y me quedé pegada, tiesa completamente. Ya sé qué estás pensando: *Ésta es una súper naca.* Y sí, tal vez, pero más súper naca sería si te lo ocultara. Digamos que era yo una naca en *upgrade process.* Odio usar la palabra *superarse:* se oye una prángana y además cursi. Solamente las prostitutas se superan: el dinero las hace más y más y más putas.

¿Sabes en realidad por qué no traía nada debajo de la blusa? Pues porque prefería verme un tanto putoncilla. Eso iba a ser mejor que comenzar mi vida de rica con los brasieres luidos y los calzones meados de mis estúpidas primas. Me iba a dar mala suerte, ¿ajá? Ya solamente estaba esperando la hora de comprar ropa nueva y quemar toditita la que traía. Quemarla, ¿ajá?, no nada más tirarla. También necesitaba urgentemente un walkman. Traía en la cabeza todavía *The Passenger* y no la había oído desde México. Necesitaba que Eric la oyera conmigo, estaba segurísima que en cuanto la escucháramos un par de veces íbamos a querer saltarnos juntos cada una de las putas bardas de New York. No digo que no fuera el novio ideal, pero las cosas iban a salir mejor si conseguía que los dos tuviéramos la misma prisa. Y *The Passenger* es la clase de canción que te pega las prisas. Porque ni modo de no sentir cuando menos comezón cuando escuchas que las estrellas son todas tuyas y puedes comprobarlo en la tienda más cara del *mall*.

Estoy exagerando, no me creas. Si de verdad me hubiera dado por comprarme lo más caro, no habría ni llegado al aeropuerto. Ni siquiera podía imaginarme cuánto costaba un vestido caro de verdad. Yo veía tanto lujo en Macy's como en Neiman Marcus, y antes de que siquiera pisara la primera tienda ya me sentía más mareada que la primera vez que conté mi dinero. Había una pista grandísima para patinar en hielo; no sé si era por eso que allí dentro hasta el aire era distinto. No sabía cómo explicarle a Eric las ganas que me daban de respirar bien fuerte, de bajarme inmediatamente a patinar, de comprarle un regalo de quinientos dólares, de comerme solita todo ese lugar. Un día, a la hora de la comida, mis hermanitos le dijeron a mi mamá que en el Estadio Azteca podían caber hasta ciento diez mil espectadores. Pensé: *Con que cada uno de esos espectadores me regalara un peso, ya podría largarme de esta pinche casa.* Y ahí en la *Galleria* me imaginaba a los mismos ciento diez mil dándome ya no un peso, sino un dólar. Y me reía como estúpida. Eric sólo se me quedaba mirando, diciendo otra vez no con la cabeza pero igual divirtiéndose. Pensé: *Lo que le pasa a un beisbolista de pueblo con su primera novia rica.* Y apenas lo pensé me sentí una perrota. Como si un angelito, o Pepe Grillo, o una monja de adentro me regañara de repente. No me gusta hablar de eso, pero a veces me pasa. Cada vez que me tuerzo más de lo debido, cuando ya estoy a punto de meter una pata que no me va a dejar volver a donde estaba, viene ese regañito de algún lado y me enseña el camino por el que tengo que irme para no estrellarme. No es que estuviera haciendo algo *monstruoso.* Igual lo más monstruoso ya lo había hecho. Pero si aparte de eso tenía la desvergüenza de pensar que Eric era un pueblerino y yo una archiduquesa, o sea que mi novio no merecía ni respirar en mi aire, nada me iba a salir como lo había planeado. Porque yo había planeado tener a un noviecito que se saltara bardas junto a mí, y eso ya me prohibía hacerle trampas. Burlarme, degradarlo, así fuera en secreto. Lo había hecho piloto de mi vida, ¿ok? *I was his passenger.* Permitirme esos chistes, aunque nunca se los dijera en su carota, era como taparle los ojos al piloto. Y acuérdate que yo era Luisa Lane. Me acababa de arrepentir de mi mal pensamiento cuando miré hacia arriba y supe lo que tenía que hacer. Luego, cuando Eric me dijera: *Eres egoísta*—que me lo iba a decir, más tarde o más temprano—, yo iba a darme el gustillo de recordarle que la primera tienda a la que entramos en el *mall* más hermoso de mi vida fue exactamente una para beisbolistas. Tenía que ser justa, ¿ajá? Si había sacado a Eric de su pueblo era también con la promesa de que iba a hacerse Yankee. Y si ya iba a empezar a botarme la herencia, lo menos que podía hacer era comprarle a *Superman* una chamarra de los Yankees. Además, los hombres son más accesibles luego de que les cumples sus caprichos. Eso no lo sabía pero lo aprendí pronto. Supongo que es elemental. Y es todavía más elemental cuando en vez de pensar *mi novio* piensas *mi cliente.* Eric no era cliente. La clienta era yo, que lo estaba comprando. A un hombre se le empieza a comprar en veinticuatro horas; el resto lo negocias en diez minutos más.

Le brillaban los ojos con esa chamarra. *Superman's a Yankee*, me decía. Y te digo que había elegido el buen camino porque en ese momento se nos arregló todo. Yo quería entrar a un baño y Eric preguntó. Nos mandaron por un pasillo largo y cuando me di cuenta ya estaba en un hotel. Un hotel increíble. Apenas entré al baño, dije: *Yo aquí me quedo*. Pero a Eric la idea le dio terror. Como que no acababa de creerme que ya hubiera cumplido los dieciocho. Y además era una *illegal alien*. Podían encerrarlo no sé cuánto tiempo, ¿ajá? Meses o años, quién sabe, pero no se atrevía a ir y pedir un cuarto sin tarjeta de crédito y sin equipaje. Sólo que yo esa tarde andaba inspiradísima, y apenas vi salir a un botones de la escalera eléctrica pensé: *Si Eric viniera vestido de hijo de familia y no de fan de los Yankees, el empleado ya le estaría lamiendo los zapatos*. La ropa cara tiene como un imán, una red invisible que atrapa como moscas a los lambiscones. Eric me recordaba que yo era la más interesada en llegar pronto a New York, pero en ese momento supe lo que realmente me pinche interesaba. Yo quería ser inmune, que no pudieran encontrarme, ni agarrarme, ni saber cualquier cosa de mí. O sea que lo más urgente no era agarrar el vuelo de Houston a New York, sino de una vez irnos vacunando contra la jodidez. Porque si nos buscaban no iban a ir a un hotel de seis estrellas, ni a un *mall* de tiendas caras, ni a los asientos de primera clase del avión. Y como Eric ya había avisado en su casita que no iba a regresar en toda la semana, daba lo mismo andar por la *Galleria* que en la Quinta Avenida. Teníamos dinero y tiempo, estábamos juntos, podíamos dormir juntos en un súper hotel. Me di cuenta de lo fácil que iba a ser todo cuando empezó a reírse sólo porque le dije: *This is Superman's lifestyle, honey!* No supe si las carcajadas fueron por lo del *lifestyle* o por lo falso y hasta naco que me salió el *honey*, pero eso relajó las cosas una enormidad.

Creo que no habían dado ni las seis y ya teníamos todo lo necesario para regresar a los baños del hotel, cambiar de *look* y esconder el veliz en una maletota de seiscientos dólares. Me hacía como cosquillas el dinero, y lo mejor venía cuando me imaginaba los ojos que habría puesto mi mamá nomás de verme derrochar así la lana. Peor: *su* lana. Al principio las vendedoras nos miraban como diciendo: *Sorry, no aceptamos vales de despensa.* Pero apenas veían brillar el color verde se volvían unos bombones. No las culpo a las pobres: no podían adivinar que con tamaña pinta de muertos de hambre pudiéramos traer más de tres pinches *quarters* encima. Total que nos compramos unos jeans de doscientos dólares, igualitos, y un par de camisetas con tremendo logote de Ermenegildo Zegna. Yo insistía en el traje para Eric, pero eso tomaba tiempo y ya necesitábamos el cuarto. Cuando salió del baño me lo llevé al espejo y le pregunté si él, como gringo, no le daría un cuarto a un gringo así. No lo pensó dos veces. Agarró su licencia del Estado de Texas y se fue solo a conseguir el cuarto, con todo y la maleta. Y adentro mi veliz. Y adentro mi dinero.

No te quiero contar la amarga media hora que me pasé en el baño esperando a que volviera. Me mordía las uñas con todo y dedos, se me salían las lágrimas, apretaba las muelas y decía: *Necesitas confiar, necesitas confiar, necesitas confiar.* Porque con tal de que Eric no fuera a sospechar que no confiaba en él, yo me estaba arriesgando a que abriera la maleta y después el veliz y se enterara de una vez de todo. Porque no eran lo mismo cinco ni diez mil dólares que más de cien. Además él estaba en su país. Yo no podía ni demostrar que el dinero era mío. Si no podían demostrarlo mis papás, menos iba a lograr yo sola, en Houston, de ilegal. Y todo eso pensaba allí en el baño, me veía en el espejo y decía: *¡Estúpida!* Me arrepentía muchísimo de no haber salido inmediataputamente para New York.

Y todo por la prisa de ya no sentirme lo que todavía era. O sea una pelada que bajaron del cerro, ¿ajá? Eso era exactamente lo que la pobrecita de Violetta se sentía cuando escuchó la voz de Supermán.

Era puntual, te digo. Como tú. Llegan en el momento en que una más los llama, cuando ya estás de plano a punto de quebrarte. Me le quedé mirando fijo, como esperando que él sí se quebrara y confesara que me había abierto la maleta, y el veliz, y todo lo que tenía que abrir para enterarse de lo rica que era. Pero ni se inmutó. Tenía una sonrisa de orgullo, se derretía por contarme cómo había conseguido el cuarto. El caso es que él me lo iba contando y yo ni lo escuchaba nada más de pensar: *¿Y si ya sabe?* Aunque igual ya me daba menos miedo, porque si lo veía con más calma no había más que dos posibilidades, y ninguna era para preocuparme. Si Eric había esculcado en mi maleta y aun así había vuelto por mí, seguro no me iba a robar, y de paso no le tenía tanto miedo al dineral, o a lo que nos pudiera pasar por andarlo cargando. Y si no había visto nada, mejor porque así menos tenía que temer. Ahora podría jurar que no vio nada, pero entonces tenía como que mis dudas. Porque créeme que si yo hubiera estado en su lugar no habría dudado ni tantito en esculcar ese veliz. De hecho habría buscado la oportunidad. Sólo que Eric no era tramposo. Igual estaba haciendo trampas para complacerme, pero seguro no sentía la emoción que yo cada vez que veía una patrulla. Es algo que detestas, pero necesitas, tú ya sabes. El gustito enfermizo de aventar los dados y cerrar los ojos, casi con ganas de que a todo se lo lleve el diablo. Aunque generalmente lo haces sólo cuando de plano crees que ya te va a llevar. Mientras Eric me hablaba del botones y la caja y la reservación y la tarifa, yo no dejaba de pensar en las dos posibilidades, hasta que me di cuenta que había una tercera, peor que todas. ¿Y si alguien se metía al cuarto y abría el equipaje? Te juro que sentí las piernas como chicle nada más de pensarlo. Y ni modo de andar de tienda en tienda con el bulto cargando. Tenía que confiar en Supermán. Quiero decir, confiaba. Le había dado a guardar quince mil dólares. Menos los cuatro que ya habíamos gastado, once. Decidí que si Eric podía cuidar once mil dólares, no iba a ser más difícil que me ayudara a esconder cien. Y como no sabía ni cómo explicárselo, se lo solté así, en frío: *I got one hundred thousand dollars in my suitcase.*

Creo que ya se estaba acostumbrando a mí, porque ni abrió la boca cuando se lo dije. Al contrario. Lo tomó tan normal que hasta se le ocurrió guardarlo todo en una caja de seguridad. Lo cual era una estupidez del tamaño del mundo, porque ni él ni yo teníamos edad para cargar toda esa lana. Había que esconderlo y ya. Pero era demasiado, hacía bulto. Después de darle vueltas un ratito decidimos subir, cada uno en diferente elevador, recoger los billetes y cargarlos todo el tiempo con nosotros. De cualquier forma no podían vernos juntos. No en el hotel, pues. A lo mejor a nadie le importaba, pero Eric había dado el nombre de uno de sus hermanos como su acompañante. Por mucho que mi cuerpo se viera desarrolladito, seguía teniendo cara como de niña. O mínimo menor de dieciocho años. Y eso ya en el idioma de Eric significaba: *Jail.* Y en fin, me dio mi llave y quedamos de vernos allá arriba. Piso siete. Habitación setecientos veintidós. No te imaginas cómo me sentí nomás de entrar. Por más que Eric seguía quejándose por los doscientos veinte dólares que le habían pedido por el cuarto, yo ya estaba otra vez pasmada. Nadie podía saber lo que le estaba sucediendo a la pobrecita Rosa del Alba. Porque si lo ves bien a Rosalba no le pasaba nada; esa historia era toda de Violetta. Me tiré en una cama, miré el techo, las cortinas, la lámpara, la tele. Hice cuentas: llevaba menos de treintaiséis horas fuera de mi casa. Y estaba sola, con mi nuevo novio, en un nuevo país, con todo ese dinero, libre. Cerré los ojos y haz de cuenta que vi las mejores escenas de la película. El coche, mis hermanos, la iglesia, el aeropuerto, mi abuelito taxista, el segundo taxista, el pollero, Supermán, la patrulla, Edna, la *Galleria*, ayer, hoy. No podía creerlo: ¡Ayer! Y otra vez me sentía mareadísima, con ganas de abrazar a Eric y chillarle en el hombro. Como mejor deseando no haber hecho nada, ¿ajá? Porque no podía estar todo tan bien, algo tenía que salirme mal. Hasta que abrí los ojos y vi a Eric frente a mí. No los abrí completos, acuérdate que soy tramposa para todo. Lo vi entre las pestañas, tenía cara de alelado. Y entonces me sentí así, felicísima. *This is a dream*, le dije, y pegué un brinco y le salté hasta el cuello y le planté un *smack* de lo más *fuckin' mua. He was my hero*, ¿ajá?, no se te olvide. Y no creas que a mí se me olvidaba que por fin esa noche íbamos a dormir juntos. Y ahí sí yo no tenía ni opinión. Iba a pasar lo que Eric decidiera que pasara.

La confesión con Eric me puso en otro *mood*. Haz de cuenta una pastilliza milagrosa. Un coctel de calmantes, lo que tenía que haber sentido el día antes en México, en la iglesia. Sólo que Eric resultó más decente que el cura. Se guardó la mitad del dinero y me dio a mí el resto. Nos pasamos de menos media hora acomodándolos entre la ropa que traíamos puesta, y al final nos salimos de regreso a la *Galleria* cubiertos de chipotes. Muy poco naturales, te diré. Pero el chiste es que ya no era yo con mi veliz y él con su jeta de pregunta a medio hacer. Éramos él y yo, nosotros, trepados en el mismo tren. Mis compañeras de la escuela decían *nosotras*, y yo sabía que nunca iba a caber ahí. Mi mamá, mi papá, mis hermanos, ése era otro *nosotros*, pero yo era tan extranjera entre mi tribu que ya ves, los desfalqué y huí. Me daba un vértigo maravilloso, exquisito, te juro, pensar que aquél era el primer *nosotros* de mi vida. Un nosotros que no se iba a romper por cincuenta ni por cien mil dólares. Y no digo que no se fuera a tronar por otra cosa, si era fragilísimo. Yo sabía que igual después de una semana Eric me iba a botar con todo y mi New York, pero ya mínimo me habría dado una razón para no desconfiar de todo el mundo. Para confiar en mí. Para sobrevivir entre las calles y los edificios que con trabajos había visto en revistas y tarjetas postales. Y además yo ya no pensaba que a Eric fuera a perderlo en siete días. Lo difícil había sido sacarlo de Laredo, ya en Manhattan las cosas iban a ser más fáciles. No sé cómo podía imaginarme que iban a ser más fáciles, yo supongo que en vista del éxito obtenido. Porque era un exitazo: Eric y yo comprándonos un par de walkmans y dos veces el mismo cassette de Siouxsie. Apretábamos *play* al mismo tiempo y corríamos *non-stop* de pasillo a pasillo, entre las escaleras, por toda la *Galleria* escuchando *The Passenger* al mismo tiempo. *La la la la, la ra la la.*

Teníamos dos días por delante. Eric había pagado por esa y la siguiente noche, sólo faltaban los boletos y las compras, y algo que según yo era importantísimo: el momento en que íbamos a saltar juntos de *girlfriend* y *boyfriend* a *just lovers.* Puta madre, qué pánico. No me vas a creer pero todavía me sacudo de acordarme. Ya no me daba miedo el hotel, ni el avión, ni los gringos, ni la policía, ni mis papás, ni Eric. Me daba miedo yo, que no sabía ni madre de los hombres. Excepto el dato de que algunos eran pránganas y ambiciosos, como mi papá, y otros nomás calientes, como el jardinerito. Ya sé que estoy haciendo trampa, tenía que haber visto otros hombres, y por supuesto que los había visto, pero ninguno se parecía a Eric. Ni de lejos, ¿ajá? Y esa noche yo iba a *dormir* con Eric. Creo que todo ese jueguito de correteamos y ponernos la misma canción era nuestra manera de no pensar en nada, de hacer cualquier milagro por entendernos antes de que llegara la hora de no entender una chingada. Porque no era posible que solamente yo sintiera nervios. No es que no me quedara claro que los gringos ya andan saltando camas desde los catorce años, pero es que lo miraba y decía: *Necesito que esté muerto por mí.* Porque lo más posible era que se estuviera divirtiendo y ya. Que no hubiera querido quedarse mi dinero sólo porque era honrado. Pero cuando yo pienso que algo *tiene que ser*, es porque ya no queda de otra sopa. Va a ser así, no hay vuelta. Tenía que ser así porque si no Violetta se iba a derrumbar. Porque no sé si ya notaste que Violetta se estaba enamorando idiotamente de su novio. Qué caso tiene que te cuente todo lo que hicimos en la *Galleria* si de todas maneras no te voy a poder explicar lo que pasaba. ¿Podrías tú contarme exactamente lo que pasaba en tu cabeza la noche en que nos escapamos a la montaña rusa? Pues yo tampoco puedo. Lo único que sé es que Eric había dejado de ser *The Pilot*. Los dos éramos *passengers*, ¿me captas? Y por más que supiéramos que ese tren se tenía que estrellar, todo era demasiado lindo para andarse con pinches precauciones. Además, él podía regresar a su vidita en cuanto se le diera la gana. Y si yo, que no tenía regreso, estaba tan feliz y *so cool*, ¿qué podía esperar de Eric? La verdad es que yo esperaba de él sólo una cosa: que a todo me siguiera diciendo que sí. El tipo de costumbre que nada más las niñas ricas tienen.

Dicen que cuando una es feliz se queda sin historias que contar. Y ha de ser cierto, porque de Houston no sé ni qué contarte. Hasta donde recuerdo, solamente salimos de la *Galleria* una vez. Tres cuadritas de ida y de regreso. Había una revista en el hotel con un anuncio que no resistí. Nunca había siquiera oído hablar de Saks Fifth Avenue, pero ya el puro nombre me convenció: era mi primer paso a New York. O más bien el penúltimo. La antesala, ¿ajá? Creo que fue al segundo día en la mañana. Yo estaba enojadísima con Eric, y ni modo de reclamarle. ¿Creerás que el texanito se metió en su cama y se durmió?

Cuando salí del baño lo encontré cuajado, y por más que pensé: *Compréndelo, Violetta, llevaba un montón de horas sin dormir*, desayuné con el orgullo de a tiro malherido. *Estúpido*, pensaba. *Pendejo, mariquita, inútil, bestia.* Yo sudando de frío en el baño, pintándome los ojos y la cara y despintándome quién sabe cuántas veces. Poniéndome el perfume que me había comprado, probándome la bata, la toallita, no sabes. Y Supermán babeando su almohadota. Ni siquiera un *smack*, un *buenas noches*, un maldito *It's been such a crazy day.* Y ya ves que me mata eso de que alguien me prometa algo y me falle. Ya sé que no me había prometido nada, pero no me digas que ya el puro hecho de dormir juntos no era una especie de promesa. El caso es que yo iba muy sonriente, pero furiosísima. Y apenas entré a Saks se me bajó el coraje. No sé, me nivelé. Por mucho que la *Galleria* me hiciera tan feliz, esa tienda tenía algo conmigo. ¿Nunca has sentido que una tienda te comprende? ¿Que tiene tus colores, tus tallas, tus excentricidades? Ya sé que estoy sonando como anuncio, qué asco, pero te juro que así me pasó. Si no cómo quieres que justifique los ocho mil dólares que me boté. Y con Eric pegado, todo el tiempo. A él le tocó un traje increíble, más zapatos, corbata, camisa y mancuernillas. Armani, Ferragamo, Boss, ya sabes. Era todo tan loco, tan rápido, tan sin motivo, que nos moríamos de risa con cada nueva compra. *Jajajá* ciento veinte, *Jojojó* setecientos, *Jijijí* mil quinientos, y como que eso fue acercándonos muchísimo, tanto que en menos de tres horas ya traíamos un ondón, y hasta un par de clientas nos preguntaron si éramos recién casados. ¿Y sabes qué contestó Eric? Les dijo: *Yes, of course.* Y yo sentía que la cara se me quemaba, no tanto de vergüenza como de no sé, miedo, ansiedad. Me veía en los espejos de la tienda y claro, no tenía ni tantita cara de esposa. Ni siquiera Eric parecía marido, y eso que me llevaba como tres años. En la escuela había niñas de trece que se iban a fumar a las cafeterías y se veían chistosísimas. Quise decir tontísimas, me entiendes: ridículas, pendejas. Yo me veía en los espejos de Saks, que estaban por todos lados, y me acordaba de las niñas fumadoras, con unas ínfulas de *femme fatale* que hacían reír a todos menos a ellas. Pero igual me callaba, como se debe una callar siempre que oye una estupidez que le conviene. Si Eric quería presumir que era mi esposo, yo tenía el derecho de pedirle que me acompañara al Departamento de Lencería. Mi territorio, *baby*. Cuando estás con un hombre en Lencería lo puedes sonrojar de putimil maneras. Le pides opiniones, le comentas cositas, lo metes a la conversación con la empleada. ¿Cuál te gusta? ¿Me veré bien con éste? ¿Te atraen los ligueros? ¿Podrías detenerme estos calzoncitos mientras voy a probarme? O sea que lo tienes agarrado de los huevos sin tocarlo. *Remote control*, ¿ajá? Y aquí era donde yo tenía una cierta experiencia. Tres de ellas, más bien. Por más que Eric fuera muy diferente del jardinerito, a Dios gracias, yo iba a acabar usando las mismas armas. O sea el cuerpecito de la pequeña Violetta. *Little Red Riding Violetta.* Caperucita con el Lobo arrodillado y sonrojado. Y caliente, además. Eso tenía que ser lo más interesante. Porque si en la noche de Eric no había pasado nada, en la mía se iba a acabar el mundo. Porque lo que es a New York yo no estaba dispuesta a llegar sola, ni pobre, ni virgen. Te lo digo más fácil: *De ninguna manera quería aterrizar en la ciudad de mis sueños como una estúpida.* Y a mí una virgencita que viaja con su novio me parece estupidísima. Y aquí debería decir algo como *me vas a perdonar*, pero sigo pensando que aunque escribas mi vida no vas a perdonarme. Que la vas a escribir precisamente para sentenciarme. *Señorita Violetta: Queda usted condenada a ser la bruja de este cuento.*

Y en fin, que te decía que la bruja de este cuento traía a Eric dando vueltas entre calzones y brasieres de todos los sabores. Imagínate cómo se sentiría cuando se fue la empleada y lo metí de los pelos al probador. O sea, no estaba encuerada. Pero igual sí me había quedado en ropa interior. Entonces que lo agarro y que cierro la puerta y que le doy un beso como de aspiradora. En el mero hociquito, ¿verdad?, si no qué chiste. Y el güey no supo ni qué hacer, haz de cuenta que yo era un violador y me estaba tronchiplanchando a una monjita. Pa que mejor me entiendas, sólo metió las manos para zafarse de mí. Ahora que si prometes no triturarte el hígado, te diré que una de esas manos, la derecha, qué casualidad, se me metió hasta dentro de la copa. Y yo sentí una cosa helada que me subía por la espalda. Haz de cuenta los hielos de un bloodymary.

No sé, me dio terror. Un terror delicioso, pero igual terror. Total que el beso no duró ni diez segundos, porque cuando Eric metió las manos yo no pude evitar soltarle una patada en el pinche epicentro de la calentura. Y de mis intereses, si lo ves fríamente. Le di un golpe espantoso. Y el pobrecito nada más sabía decir *auch. Auch, auch, auch.* Gringuísimo hasta para doblarse del dolor. Y yo a medio encuerar, tapándole la boca porque si nos oían seguro que llamaban a Seguridad. Se calló, finalmente, pero afuera ya se oían voces de señoras. Ni modo de salir del probador con todo y Eric. Ni modo de dejarlo solo ahí. Y ni modo de no darle besitos, luego del patadón que le metí. Le decía, muy quedito: *Are you hurt?* Y él me decía: *No, it's ok*, pero yo le insistía: *Are you hurt?* Y como *hurt* podía significar tanto *herido* como *lastimado*, digamos que la conversación se nos fue yendo de uno al otro lado. Porque lo que al principio quería decir: *¿Estás herido?*, pasó a significar: *¿Estás sentido? I'm hurt*, puede querer decir que tienes madreado el cuerpo, o que quién sabe quién te tiene ardiendo el alma. Entonces te decía que al principio yo le preguntaba por el cuerpo y luego por el alma. Y después otra vez por el cuerpo. Con las mismas palabras, ¿ajá? Y también un discurso enterito en puro *body language.* No me enteré ni cómo, pero el susto nos lo quitamos con cariñitos. Primero en las mejillas, las orejas, el pelo, el cuello. Y ya luego del cuello los brazos, las piernas, y cuando me di cuenta ya estaba toda encima de él. Una cosa como de fuerza de gravedad, ni modo de evitarlo. Y él me besaba de ida y yo de vuelta y era como si en ese probador se fuera a acabar el mundo y tuviéramos que vivirlo todo en diez minutos. Y ni siquiera diez. Tres, cuatro, por mucho que ahí dentro parecieran eternos. Llegó un momento en que Eric empezó a jalonearme los tirantes, y yo decía *yes, no, yes, no, no, no, yes, go on, Eric, don't ever stop, my love*, todo muy quedito. Sabía que si nos agarraban en la mera maroma segurito dormíamos en la cárcel, y que a mí me iban a deportar y toda la función, y creo que lo mejor era eso: el miedo, la barda que te saltas porque te están saltando las ganas de no sabes qué, y todo el tiempo estás diciendo: *Bueno, ya llegué hasta aquí, pero no puedo ir más lejos*, y al minuto ya diste no sé cuántos pasos más. Llevaba un par de días de habérmele escapado a mi familia y ya tenía un fulano besuqueándome los senos en el probador de Saks. A lo mejor soy depravada de nacimiento, porque lo que más me excitaba del asunto era pensar: *Soy rápida*. Mínimo más que *Superman*, carajo. Aunque por muy veloz que fuera, igual tenía el otro pie en el freno. Deja que nos pudieran agarrar, lo que me convencía de ya no ir más lejos era pensar que Eric estaba como yo. No te voy a decir que había *trazado* un plan, pero si estaba preparando todo para *su* noche, la pequeña Violetta no iba a permitir que el inepto del Lobo la volviera a cagar. Yo podía no tener idea de mi papel encima de una cama, pero no era tan bestia para no sospechar que al probador de Saks le faltaba estatura para competir con un cuarto de doscientos veinte dólares. No es que sea una materialista, pero a ver: Cierra los ojos. Ahora conviértelos a pesos: no me digas que te los gastarías en tener a cualquier putilla bajo techo.

Pensaba: *No me va a pasar nada, basta con que mis calzoncitos se queden donde están.* Pero Eric no entendía, estaba como loco y me tocaba toda y bueno, yo no sé en qué momento se encueró el idiota. Eso como que nunca lo preví. Y para entonces ya la empleada había venido un par de veces a preguntarme si todo iba bien. Y Eric como que se quedaba congelado mientras yo contestaba: *I am taking my time, thank you.* Y otra vez arrancaba el revolcón. Ahora que lo pienso igual no fueron cuatro minutos. Tal vez diez, o hasta quince. Y es que con Supermán totalmente encuerado ya no tuve ni cómo meter freno. Metía velocidades, más bien. Y así fue como La Pequeña Violetta se estrenó. Con la boca cerrada. O callada, pues. Hechos los dos un ocho encima de la alfombra. Besándonos, sudando. Un cuento de hadas en el probador de Saks. Que es donde deberían suceder los cuentos de hadas.

No te voy a contar los detallines porque no son tu asunto. Invéntalos, si quieres. Sólo acuérdate de poner que Eric estaba como hipnotizado con mis senos, y que se me acercaba hasta el oído sólo para decirme que los seguía besando para estar bien seguro que eran de verdad. Y yo cómo iba a estar, orgullosísima. Por eso ni siquiera me importó que terminara en menos de un minuto. Igual que tú, ¿te acuerdas? Y estaba disculpándose conmigo así, quedito, en mi oído, cuando vino otra vez la puta empleada: *Are you sure you're ok?* Me dio un pavor horrible. Pensé: *Ya está con policías. Ya nos vieron. Ya nos van a joder.* Y Eric ya te imaginas: transparente como vampiro lampareado. Entonces que contesto: *Sure, sure, I will buy everything.* Como si en vez de preguntarme si me sentía bien me hubiera puesto una pistola en la cabeza: *¡Manos arriba! ¡Me compra esos brasieres o la mato!* Pero funcionó bien, porque dijo: *Terrific!*, y se largó. Pero luego volvió con más ropita. O sea sugerencias. Y yo apenas le abría, con Eric en el suelo encueradito, entre fajos y fajos de billetes de cien. Una cosa preciosa, porque a la empleada ya le había salido lo lambiscona. Un ratito después salimos juntos, yo tapándolo a él. Pero no había nadie, todo tranquilísimo. Dijo que me esperaba en la calle y se salió. Ni siquiera en el *mall*, en la calle. Con su carita de calcomanía. Y yo pensaba: *Nunca en su gringa vida se imaginó que iba a hacer esto en un vestidor de Saks, encima de tantísimo dinero.* Cosas que se te ocurren para calmar los nervios, porque igual yo seguía mosqueadísima. Pagué la ropa y ya no les pedí que la mandaran al hotel. Como si a los empleados de Saks les hubiera importado si de verdad estábamos casados. En el fondo lo que tenía era prisa. Necesitaba ver a Supermán. Tenía que saber si era sensible a mi kryptonita, porque lo que es la suya me tenía loca.

*Kryptonite on the rocks*, no sé cuántas botellas. *Superman* se me había escondido entre dos coches, en cuclillas, listo para salir a curarme del *bum-bum-bum* que me subía del pecho a las orejas desde que dejé el *mall* y no lo vi en la calle. Gran error de mi parte, porque quien debería haber temblado era él. Pero te digo que todo iba rápido, no había mucho tiempo para pensar. Creo que él se escondió de puro tímido, y que yo lo busqué de puro ansiosa. Puede que lo buscara para no pensar: *Acabo de perder Mi Honra en el probador de señoras.* Yo, que era señorita cuando entré. Yo que había planeado que ésa iba a ser mi noche. Yo que ya estaba haciendo lo que no debía, o sea sentir cosquillas, escalofriítos, sudar sólo de verlo saltar de entre los coches. ¿Creerás que ni siquiera me asustó? Sentía un miedo para el que no estaba preparada, tenía dos días con la paranoia de que en cualquier momento iba a perderlo todo. No me atrevía ni a gritar el nombre de Eric. Ni el de Clark, ni el de *Superman.* Ni ninguno de todos los nombrecitos que le había colgado en la cuarentaitantas horas que teníamos de conocernos. Una le inventa nuevos nombres a la gente para apropiarse de ella. Nombres con los que nadie más les llama, sólo tú. Porque si Eric no hubiera sido Supermán, no dudes que yo habría acabado dándome el estrenón con cualquier Hombre Araña. Y finalmente ese estrenón había resultado milagroso. No lo podría contar aunque me hubiera sucedido ayer. Pero me fulminó, como a una mosca. No sé la cara que habré puesto cuando no lo encontré afuera del *mall*, seguro sonreí como babosa cuando lo vi brincando, agitando los brazos, tartamudeando. Lo Lo Lo Lo, sin poder rematar porque algo le ganaba. Lois. Lois. Para él yo no era *Luisa*, sino *Lois Lane*. O *Violera*. No sabía pronunciarlo de otra forma. O tal vez no quería. Y yo lo que quería era escuchar mi nombre como él lo pronunciaba. *Crazy Ericsson*, le decía. Un poco ñoña, claro, pero toma en cuenta que dos días antes yo era *Superñoña*. Una niñita tonta y tramposita que cada día rezaba para no ir a parar al manicomio. Que prometía cosas que no podía cumplir. No sé cuántos rosarios ofrecí. Total, nunca he sabido rezar un chingado rosario. Al final ya no pude ni cumplir la penitencia, pero igual le pedí a Eric que me enseñara el *Padre Nuestro* en inglés. ¿Te acuerdas que te dije que por primera vez entendía la palabra *nosotros?* Tan fuerte me pegaron los nosotrismos que hasta la fecha rezo el *Padre Nuestro* y pienso en Eric. Cada vez que decía: *Our Father*, me venía a la cabeza la misma idea. Que ese Padre que estaba en el Cielo era solamente nuestro. O sea de Eric y yo. De nadie más. Porque yo no aceptaba que el Padre al que le rezaba mi padre fuera el mismo al que le rezaba yo. No me convenía, ¿ajá? Necesitaba un Dios a mi medida. Un Dios con membresía en mi club. Uno que me escuchara solamente a mí. Que me ayudara a mí, no a ellos. Como ya lo había hecho y lo seguía haciendo. Era la única explicación que yo encontraba para que nada, o sea: nada de nada me saliera mal. Por mucha kryptonita que tomara. Por más que cada vez que me gastaba mil dólares el futuro se hiciera un poco más chiquito. Sí, me estaba quemando el dinero como cualquier muerta de hambre, ¿y? Nunca lo habría podido hacer de otra manera. No sabía aguantarme, ni detenerme, ni arrepentirme. Nadie me había enseñado a eso. Siempre había trampolines esperándome, y yo ni cuando me caía resentía los golpes. Creo que me pasaba como a esa gente que es insensible a los dolores y trae toda la carne quemada y moreteada. Detesto que me compadezcan. *Pobrecita Violetta, qué mal las ha pasado.* Como si cuando a una le va deveras mal pudiera darse cuenta qué tan mal le está yendo.

Con mis papás a veces me miraba en el suelo: jodida por los siglos de los siglos, condenada a vivir como coatlicue. Por eso, apenas me escapé con su dinero, dije: *Prohibidas las quejas.* No podía lamentar la vida que me había escogido, que según yo era la mejor de todas: nunca pude entender cómo es que había historias donde los niños ricos eran infelices. Yo cada vez que me he sentido rica no he tenido problemas ni doliéndome las muelas. Todo lo malo llega siempre cuando los fondos se me acaban. Es horrible ver a alguien abriendo su cartera y sentir que los ojos se te van. Envidiar la cartera de un hijo de vecino, eso sí que es para roñosos. Una vez, muy chiquita, se me infectó una herida en el pie izquierdo, tanto que no podía ni apoyarlo. Veía pasar a la gente por la calle y se me hacía raro que no cojearan, que el pie no les doliera igual que a mí. Quería con toda mi alma uno de esos pies sanos que servían para correr y caminar con la sonrisa en la boca. ¿Te gusta que te duelan los pies, la cabeza, las muelas? ¿Verdad que es un dolor que no te deja hacer nada? ¿Que te vuelve envidioso, resentido, intolerante, perverso, horroso? Pues a mí eso me pasa con la escasez de lana. No aguanto la pobreza, carajo, no puedo soportarla.

¿Sabes cuánto gastamos en Houston? Más de veinte mil dólares. Nos pusimos guapísimos, eso sí. Aprendimos a patinar en hielo, caminamos como soldados, pedimos dos botellas de champaña en el *room service* y nos rociamos casi la mitad encima. Compramos los boletos de primera clase por Air France: carísimos, pero ni modo de echarme pa atrás. Y al final ya no nos importaba que nos vieran. Con botellas de cien dólares y propinas de cincuenta dime quién se iba a quejar. Claro que ya sabíamos que todo eso tenía que acabarse, que un día íbamos a dejar de ser novios y ricos y felices, pero todo eso estaba en el futuro, y nada del futuro cabía en el presente, ¿ajá? Todavía el segundo día me salió con que todos esos dólares podían alcanzarnos por no sé cuántos años en Laredo, pero yo lo miré tan feo que no volvió a tocar el punto. Nada más eso me faltaba: que mi novio pensara igual que mis papás. Hay gente que es capaz de inventar cosas sensatas con dinero en la bolsa. Invierten, compran, venden, rentan, hacen más y más lana. En cambio a mí sólo se me ilumina el panorama cuando el dinero se me está acabando. Así como hay un angelito que me avisa cada que estoy a punto de irme hasta el mero fondo del despeñadero, tengo un diablo integrado que empieza a pensar rápido cuando ve que se agotan los billetes. No es un diablo guardián, es diablo-diablo. Haz de cuenta que estoy en la ruleta. No paro de apostar, ni de perder. Apuesto con las ganas de perderlo todo, y cuando estoy a punto de lograrlo se me ocurre algo para hacer más dinero y volver a apostarlo. El día que mis papás tuvieron lana la guardaron, la cuidaron, le agarraron cariño y ya ves: su hija se las bajó, enterita. Tengo una relación muy rara con el *cash*. Lo amo y lo desprecio. Puedo atreverme a cualquier cosa por tenerlo, puedo pasarme noches enteras contándolo, y a la primera oportunidad acabo con él. Finalmente, si no se va a quedar conmigo, no voy a darle el gusto de que sea él quien me abandone. El dinero sólo abandona a los jodidos. Y eso sí no lo aguanto. Ya sé que es muy injusta, muy triste la pobreza, pero si me preguntan me siento más a gusto diciendo que ni la conozco, aunque eso sea nada más porque en cuanto la siento que se acerca le volteo la espalda. Por favor no permitas que tus lectores crean que alguna vez fui pobre. Y para que no quede duda, de una vez te digo que para mí eso de ser pobre no es injusto, ni triste, ni doloroso. Ser pobre es de mal gusto, punto.

Ya sé que soy una mamona. Y más ahorita que todavía te estoy contando de Houston. Déjame que lo goce, mientras dura. A lo mejor tendría que admitir que he sido pobre no sé cuántas veces, pero una cosa es ser y otra sentirse. Nunca en mi vida me he sentido pobre. No lo acepto. Si sólo tengo la mitad de la renta, voy y me gasto todo en cosas superfluísimas. Ser pobre es un horror que le pasa a cualquiera, pero de plano vivir como pobre es cosa de jodidos. He conocido tipos que andan en los mejores coches, con la ropa más cara, y no tienen ni para gasolina. ¿Cómo le hacen? No sé, es inexplicable. Supongo que hacen lo mismo que yo, que me siento a esperar el milagro. *Dios proveerá, hijo mío.* Y no te hablo de güeyes de treinta años; algunos tenían el doble, a veces más. La cuerda floja crea un hábito que ni el matrimonio arregla. He visto hombres casados, ya con hijos y nietos, viviendo como magos con dinero ajeno. ¿O tú crees que Ferreiro es otra cosa? Mira sus mancuernillas, su anillo, sus corbatas, esas camisas rosas con las que según él está guapísimo. No me digas que no se ve como padrote de segunda. Te lo dice Violetta, que lo conoce más que su mamá. Vieja puta, por cierto. A Rodolfo Ferreiro lo marea el dinero, le quita todo el piso. Necesita edificios de mentiras para seguir pegando el cuento del ejecutivo adinerado, confiable, padre de familia. Y eso es lo más cochino de todo, que se las dé de bueno sólo porque tiene una criada habilitada a última hora como esposa. La trata como puta, la ignora todo el tiempo, la obliga a comer huevo con frijoles mientras él le da al gato la mitad de sus angulas. Y todavía el muy cínico dice que a su mujer no le gustan esas cosas. A veces me dan ganas de ponerlo todo en un papel, sacarle muchas copias y mandárselas a sus conocidos. A clientes, empleados, a todos los que salen en su agenda. Tirarle su teatrito. A la gente le gusta creerse las mentiras, al final. Por eso de repente me pongo tan contenta cuando te hablo de Houston, porque ahí sí nunca tuve que mentir. O más bien porque había muchos dólares que se encargaban de mentir por mí. Nunca le creas al dinero. A todos los engaña, pero a nadie tanto como al que lo trae cargando. Tú no sabes la cantidad de cosas que me creí por su culpa. Y lo peor no es creerlas, sino tener que convertirlas en verdades. Ferreiro me decía que las verdades son mentiras en edad madura. Yo creo que las verdades son putas intachables: lo que sería Violetta si se hubiera casado con una cucaracha como Ferreiro. Que debe haber millones, con lo baratas que son.

Pero me estoy perdiendo, andábamos en Houston. Sólo que de eso ya te conté todo. Lo que pueda faltarme tú puedes completarlo. Cuenta que entre las tiendas de la *Galleria* viví los primeros días felices de mi vida. Y explica por favor lo que yo considero un día feliz: veinticuatro horas inesperadas. O no sé, peligrosas, divertidas, indecentes, y de pronto imposibles. Que el día que te pongas a contarlas te pase lo que a mí. O sea que te trabes, y sonrías, y pongas todo el tiempo cara de imbécil. Sólo que no la imbécil que era feliz en Houston, sino la que seguramente fue tan insoportablemente afortunada que aquí está, de rodillas buscando las moronas del pan de hace mil años.

Así decían mis compañeras de la Secundaria Ejecutiva: *moronas*. Bola de pueblerinas bajadas de su kiosco a claxonazos de *pick-up*. No sabes los insultos tan buenos que les escribía. Mi papá tenía un estuche lleno de sellos con las letras del alfabeto. Yo usaba esos sellitos para hacer los mensajes que luego les dejaba en las mochilas. Les ponía las cosas más hirientes que se me ocurrían, y ya ves que yo luego me pinto para eso. Les escribía cosas como: *Dice Fulana que Mengana vive de las limosnas que le dan a su hermanito.* Y la onda era que el hermanito de Mengana tenía polio. Al final sospechaban de mí más que de nadie, pero no se les hizo agarrarme en la maroma. Además no tenía que ver directamente con la escuela, porque ya luego les mandaba los sobres a sus casas, por correo. Cuando no había nadie me escapaba de la casa y me iba lejos, lejísimos, a veces hasta Reforma, sólo para que el sobre viniera desde allá. Era muy cuidadosa, ¿ajá? Una cosa muy buena de no tener amigas es que no hay forma de caer en trampas. Lo observas todo siempre desde lejos, nadie sabe dónde andas, ni quién se huela lo que estás haciendo. Igual que tú en la agencia: un bicho raro con quien nadie se lleva. Un día se enteró la directora y hasta exigió que se entregara la culpable. *Sí, cómo no, ahí te voy, vieja fofa malcogida.* Luego dijo que ya la policía estaba examinando cada sobre. Lo único que logró fue que le mandara uno también a ella, pero con cada uno de sus apodos y los nombres de las que se los habían puesto. Unos los inventé en ese momento. ¿Sabes qué hizo, la muy hija de puta? Le echó la culpa a la que según yo le había puesto un apodo que ya no me acuerdo cómo iba pero trataba de que estaba gorda y vieja. Una chuza de apodo, no sé cómo se me olvidó. Un día aparecieron dos anónimos, a máquina, en la mochila de la niña. Los únicos que yo no había hecho. Y qué casualidad que fue la directora y se los encontró. Total que así logró expulsar a la primera. La segunda seguro iba a ser yo, pero ya no hubo tiempo porque me expulsé sola. De la escuela, de mi casa y del país. Bueno, del manicomio más que de mi casa. No quiero ni pensar lo que me habrían hecho si me agarran en lo de los anónimos. Aunque igual se enteraron de los dólares y no se cayó el mundo. Lo que nunca entendieron fue por qué les quitaron lo de la Cruz Roja.

¿Tú crees que el sacerdote se iba a quedar tan *cool* después que yo le dije lo que estaban armando mis papás? En esos casos el secreto de confesión se va directo al diablo, ¿ajá? ¿Y sabes al final quién se encargó del patronato y las comidas y toda esa función? Adivina. Pues sí, el sacerdote. Pero de qué me quejo, si ya me tocó el turno. Y ni siquiera tuve que juntar el dinero poco a poco. No sé si mis papás, el cura o yo, pero de menos uno de los cuatro se va a morir en la Cruz Roja. ¿Tú qué crees? ¿Me merezco que me opere un camillero? ¿Cuántas camillas compras con ciento catorce mil seiscientos noventa dólares? ¿Cuántas jeringas, gasas, vendas, algodones, no sé, litros de merthiolate? Y es más, ya que hay dinero, ¿cuántas ambulancias? Todo eso se me ocurre cuando me entra el rémor y digo: *Ok, desfalqué a mis papás, pero ellos desfalcaron a la Cruz Roja y eso es peor*. Mucho peor. *Ladrón que roba a ladrón, deshonrará a su padre y a su madre*. El día que me escapé, me acuerdo que mientras hacía cola para confesarme, el otro cura dijo desde el púlpito que en realidad había sólo dos mandamientos importantes: el primero y el segundo. O sea que igual podías librar el Infierno con amar a Dios más que a todas las cosas y a tu prójimo como a ti mismo. Y no lo dije yo, lo dijo el cura. Entonces de acuerdo a eso el sacerdote y mis papás son más culpables o no sé, más pecadores que yo. Una cosa es robar y faltarle a tus padres y otra muy diferente ensartarte a la Cruz Roja en el nombre de Dios. O sea a tu prójimo, ¿ajá? Aunque sin mi oportuna intervención el sacerdote nunca habría tenido la no sé, devotísima ocurrencia de apañarse el changarro de mis papás. Lo que yo llamaría sacarle jugo al secreto de confesión. Y en vista de que nadie podía reclamarle a nadie, mis papás se tuvieron que tragar el berrinche de ver que el cura estrenó coche al año siguiente. Y luego hasta enterarse de que su propia hija los había robado. Peor todavía, que para entonces ya no me quedaba ni un centavo.

Hasta ahora solamente cuatro personas sabíamos del robo. De los tres robos, pues. El mío, el de mis padres y el del cura: qué bonito rebaño, carajo. Te aseguro que de los cuatro no salió. El día que mi mamá se acercó a preguntarle al sacristán por el coche tan bonito del padre, lo único que logró sacarle fue un cuento de una dizque herencia familiar. No sé bien cuánto tiempo le duró el sueldito en la Cruz Roja, creo que en un par de años llegó una junta de vecinos, algo así, pero ya con boletos foliados y no sé cuántos controles. Lo cual, querido, nos dice que eres el número cinco. El que se va a encargar de hacer pedazos el secreto, ¿ajá? O el que lo va a enterrar, porque igual se te ocurre hacer justicia y te pones del lado de mis papás y te saltas entero el detalle de la Cruz Roja. ¿Te das cuenta del papel de acusada que hago aquí? Te estoy contando los pedazos de mi vida que según yo te sirven para escribirla toda. O sea que por más que me pregunte si voy a irme al Infierno por hacer lo que hice, de cualquier modo tú me vas a condenar, y antes que el Diablo. O después, yo qué sé. No estoy nada segura de que sea buen negocio agarrarte de biógrafo al Diablo Guardián. Porque una cosa es que te mueras y te vayas al Infierno, y otra que aquí en la Tierra se entere todo el mundo.

## 9. Te jodí, Charlie Brown

Cuando cumplió los treinta se miró en una orilla, y por primera vez pensó en capitular. Detrás tenía el resto de la herencia de Mamita: una casa sin muebles, varias joyas y una cuenta bancaria volando apenas menos que en caída libre. ¿Había muerto Mamita en la tranquilidad, pensando que en nueve años más su hijo-nieto ya tendría una vida encaminada, o en la zozobra, segura de que pasaría todo lo que pasó? No pasó nada, claro, sólo el tiempo. Tras cuatro años decapitando nombres y prestigios del cine universal sin mayores repercusiones, Pig comenzó a entender la urgencia de cortarle la cabeza al verdugo; si bien tardó otro tanto en conseguirlo. Cuatro años más cuatro años: casi todos sus veintes yendo al cine solo, destazándolo a solas, ya con la indiferencia de quien desarrolló un proceso automatizado. Cada semana, el verdugo dejaba el hacha en casa, pues hacía tiempo que las ejecuciones se realizaban por intermedio de un sistema interior de poleas y engranajes, cuya rutina de funcionamiento lo tenía todo para hacer de un patíbulo un rastro, y del verdugo el matancero.

Desde los veinticinco trabajó de planta en el periódico: no duda que por eso, pero sólo por eso, *El Patíbulo* continuó publicándose. La columna no solamente había perdido su filo, sino que recurría con extenuante frecuencia a los mismos lugares comunes que años antes habíanle servido de fuegos de artificio. Mientras los otros críticos, cuyos estilos había parodiado y ridiculizado con frecuencia involuntariamente reverencial, se saludaban en funciones privadas y festivales europeos, Pig asistía a solas a las funciones comerciales nocturnas, cual si con su presencia fantasmal pretendiera emular la cauta soledad de los verdugos. Condenado a trabajar con la capucha puesta, cargando con sus méritos laborales como estigmas profesionales, Pig no sólo distaba de acumular prestigio, sino que como todo buen verdugo se obligaba a vivir por siempre enmascarado.

Igual que los burdeles, los periódicos duermen por las mañanas. Antes del mediodía, la redacción lucía inverosímil de limpia. No había más colillas, ni papeles, ni aire denso; en lugar de eso, Pig disfrutaba preparando los artículos del suplemento, generalmente sin reparar en su contenido, en mitad de un silencio con virtudes terapéuticas. Al principio el paisaje parecía desolado, pero más tarde se aliviaba con la presencia de las redactoras de sociales: mujeres cautamente pretenciosas cuya obvia vecindad con el salario mínimo difícilmente las recomendaba como gurús de trepadores sociales, y por ello vivían obsesionadas con el asunto urgente del *barniz cultural.* Y Pig, que igual que ellas ganaba una mierda de salario pero llegaba a trabajar en un carrazo, muy rara vez tenía objeción en *barnizarlas,* desde la asesoría en cuestiones ortográficas —sus jefes las amenazaban con la calle cada vez que les encontraban un «estubo»— hasta las referencias a novelas y películas, que en las crónicas de *sociales* brillaban con extraña mas segura distinción: el cliente quedaba más contento cuando en la crónica de la boda de su hija relucía alguna cita de Scott Fitzgerald. O al menos eso les decía Pig, que en realidad estaba usando alguna línea de Sacher-Masoch, divertido en la siempre fundada sospecha de que de cualquier forma nadie se daría cuenta.

—Como decía Kafka: eres una ingeniosa aliada de tus sepultureros —atacaba Pig a una nueva redactora, y por días la avasallaba con toda suerte de cápsulas inculturales, hasta que eventualmente la cacería daba frutos. Iba con ellas a inauguraciones, bodas, cocteles diplomáticos, cenas de beneficencia: espacios que él abría ante sus ojos con soltura sobreactuada, *juiciosamente* irreverente. Más que un acompañante, Pig era un pasaporte, y lo sabía. Les hablaba de grandes nombres, grandes obras, grandísimos conceptos, todos perversamente equívocos. Pero jamás tocaba el tema de sí mismo: demasiado pequeño, a sus ojos. Inoportuno, aparte. ¿Quién tenía tiempo y estómago para desperdiciar la vida hablando de cosas verdaderas?

Con alguna excepción, jamás se fue a la cama con ninguna. Y la excepción no fue una joven redactora, sino una mujer grave, hosca, madura como habría estado Mamá, que murió de veinticuatro y ya habría cumplido los cincuenta. Era editora de la sección financiera, tenía ojos de gato, se llamaba Noemí. Llegaba ya pasado el mediodía, bajaba de un horrible Chevrolet negro, de la mano de un chofer con bombín y corbata de moño. Y Pig estaba tan perdido por ella que ni siquiera osaba criticar el ritual, del cual Mamita se habría reído hasta las lágrimas. Trepadora exitosa, la señora Noemí tenía el semblante frío, impenetrable, pero una vez que la lengua de Pig cruzaba las fronteras de sus labios, todo en ella invitaba a la invasión. Sus ojos se tornaban agridulces, su temblor perceptible, sus ansias cosquilleantes y a la postre tiránicas. ¿Qué podía desear más el verdugo, sino enfrentar las uñas de *La Venus de las pieles*, y solamente en ellas encontrar su merecido? ¿Cómo no capitalizar el privilegio de la pequeñez cuando uno se desplaza a ciegas de sí mismo por el cuerpo escarpado y sabihondo de una materialista inconveniente?

*Su merecido* era: soñar el día entero con ella. Delirar con el solo recuerdo de sus imperfecciones: el mentón pronunciado, la nariz ganchuda, el talle disminuido, la papada incipiente. Nada que perturbara la imagen de esa zorra inconquistable, doblegada de súbito por los relámpagos de una entraña golosa, insospechablemente afecta a la ternura. En otras circunstancias, las zorritas de la redacción habríanse bastado para monopolizar sus obsesiones, pero habida la cuenta de tamaño zorronón, Pig se dejó adoptar con entusiasmo de huérfano anhelante, y así bebió de aquellos pezones casi tan grandes como su boca —que nunca fue pequeña, y menos ante biberones semejantes— la miel de una experiencia rancia y ponedora. Porque Noemí *ponía*, como los hongos, y tripularla a ella era todavía más difícil. Uno puede comerse un plato entero de *derrumbes* y conservar los pies sobre la tierra, resistiendo al embate de la psilocibina mediante los poderes de un cerebro alerta, pero la cama de Noemí no tenía contacto con la tierra. Para quien, como Pig, el verdadero sexo ocurre no a partir del coito, sino del *despegue*, tripular a Noemí era montar a pelo una cabeza de misil, donde la hembra monopolizaba el derecho al rugido y el macho se entregaba a la misión sagrada de desgañitarla, con los solos oficios de su imaginación *cochina*. Pues mientras se batía con Noemí en inenarrables duelos de secreciones, ella jamás dejaba de insistir: *Dime más cochinadas, hijito.*

Se las decía en el oído, muy quedito al principio, y ya al final a gritos. Se pasaba mañanas inventando las frases, los personajes, las historias: un catálogo profusamente ilustrado de *cochinadas* a la medida de sus apetitos menos mencionables. *¿Desde cuándo te dicen Pig, depravadito?*, le ronroneaba en el oído Noemí, que más que depravado lo encontraba depravable, y no bien escuchaba la respuesta contraatacaba: *¿Y qué les hacías a las niñas a los nueve años? ¿Te las cogías, cochino?* Sólo ella le decía así: *Cochino*. Aunque no sólo él era beneficiario de su sentido del humor: había un banquero, según sus cuentas el penúltimo de sus amantes —aunque las cuentas bien podían fallarle en cualquier momento, si es que no le fallaban de origen— que aún tenía nexos con ella. Pig sabía que el tipo la veía. Sabía que le pagaba un sueldo exorbitante como consejera, y que el orgullo más vigente de Noemí consistía en seguir cobrando todo ese dinero *sin haber puesto nunca un pie en su pinche banco*, pues el cheque lo recogía cada quince días el chofer, junto con su salario, más un obeso talonario de vales de gasolina. Sabía que cenaban, a veces, y que la mayoría de las veces se iban a la cama. Y que de todas esas veces ni una sola lograba penetrarla, y en lugar de eso le pedía que lo vistiera de niño. Pig no podía estar del todo seguro de esa historia —Noemí era mentirosa vocacional— pero le acomodaba creerla, tanto que ni siquiera se sentía afrentado cada vez que llenaba el tanque de gasolina y pagaba con vales. En un par de ocasiones, un empleado de la gasolinera le pidió identificarse, y Pig, que había quemado buena parte de su herencia estrenando automóviles soberbios y notorios, recurrió al truco elemental de dar el nombre del dueño del banco y añadir la palabra mágica: *junior*, sólo para después avergonzarse hasta los huesos y pensar: *Yo soy otro entenado de ese pinche viejo.*

Pero uno a todo se acostumbra, y así como gastaba de más en cambiar coche, Pig se fue acostumbrando a juntar las facturas de mecánicos, seguros, accesorios, comidas, cenas, desayunos, despensas, latería, vinos y, felizmente a menudo, viajes. Siempre que entre las páginas del periódico la firma de Noemí aparecía seguida de la palabra *enviada*, era cosa segura que Pig andaba también de vacaciones. Así, sin darse cuenta, Pig le fue devolviendo su apelativo al *pinche viejo:* Don Armando, asumiéndose al propio tiempo como una versión libre de *Armandito.* Todo lo cual difícilmente pasó de noche en el periódico, donde el sueldo de Pig era en tal modo ridículo, comparado con la cadena de *prestaciones* tramitadas por Noemí, que podían pasar diez semanas sin que se molestara en cobrarlo. Había un placer especial en saberse el único ser vivo en toda la redacción al que Noemí —ahijada de los dueños, confidente del subdirector— le dispensaba una sonrisa, inconcebiblemente plena de una alegría que desaparecía tan pronto se volvía hacia las redactoras de sociales con ojos de pistola y de sorpresa, como recién rememorando los alcances de su poder hacia dentro de la corporación. Para todos allí, Noemí era una bruja que miraba como diablo, y ello llenaba a Pig de la arrogancia propia de quien pacta con quien no debe.

—Como dicen los gringos, hijito, tu culo me pertenece —le dijo un día, cuando supo de la llegada de una nueva redactora, y más tarde lo vio contemplarla con la boca a medio abrir. Y se sentía bien, luego de estar tres horas corrigiendo y escribiendo idioteces intolerablemente ajenas a ese viaje vestido de traje sastre: Noemí.

*Viaje: puta palabra*, pensaría después, ya en pleno declive, sentado ante la misma computadora, esperando su carta de despido. Noemí se fue de viaje para siempre dos días después que Don Armando, una vez que se supo del desfalco: diez millones de dólares, más otras cantidades que por alguna causa no podían contabilizarse en la versión oficial. Hasta que, según despepitaba en los pasillos la que fue secretaria de Noemí, la junta de accionistas del banco decidió que, por el bien de todos, tampoco habría versión oficial. Ni denuncia, ni delito que perseguir. Allí no había pasado nada, pero ello no evitó que pasada una semana del no-suceso lo detuviesen a la entrada del periódico: ya no podía pasar. Le recogieron el gafete, le entregaron sus cosas en una caja de cartón y le hicieron firmar su renuncia en la caseta de vigilancia. Todavía atolondrado por la aspereza del acontecimiento, Pig consiguió sonreír cuando se imaginó a una multitud aclamando la muerte del verdugo. Miró el cheque: tres meses de sueldo y una parte proporcional del aguinaldo, menos ciento cincuenta pesos de un teclado roto. Ni la mitad de lo que se gastaba en una sola quincena con Noemí. Tenía una acidez en la boca del estómago desde que, en la caseta, escuchó a alguna de las redactoras de sociales —de tiempo atrás sus enemigas, por cuenta de la amante recién fugada— murmurar algo parecido a *pobrecito huerfanito*.

No sabían a quién habían corrido, aunque quizás comenzarían a sospecharlo en unas pocas semanas, no bien dejaran de suceder los múltiples desaguisados, todos inexplicables, que durante cuatro años habían azotado a toda el área de redacción del periódico, y a veces más allá. Puesto que los primeros días de Pig transcurrieron únicamente al frente del monitor, y en esa situación algunas mentes tienden a incubar ideas tan peligrosas como la de asumirse francotirador. Sus jefes directos —dos periodistas viejos, mañosos y borrachos que todo lo arreglaban desde la cantina— llegaban ya entrada la tarde, y él casi siempre se iba antes de las cuatro. Una vez que entendió las instrucciones básicas para manejar la computadora, y así acceder a toda la red del periódico, no tardó en aprender a hurgar en archivos ajenos, hasta hallar la manera de modificarlos sin dejar huella.

(El día que la acompañó al panteón a dejarle unas flores a Papá y Mamá, exactamente cuatro años después de muertos, Mamita le contó del accidente. Se habían ido rápido, sin sufrir, y hasta contentos porque él no se iba a quedar desamparado; pero eso no debía de ser tan cierto, si de sólo contarlo se le salían las lágrimas. En lugar de llorar, Pig regresó a la casa y corrió a su recámara. Poco rato después subió a la azotea, con el rifle de diábolos que recién le había comprado Mamita, decidido no tanto a hacer justicia como a sólo extender el infortunio. Quince minutos más tarde, ya le había metido al vecino un diábolo en la nuca. Amaba las maldades, odiaba la orfandad, le cagaba la madre que no tenía que viniera una tía a preguntar: *¿Y no te habría gustado tener un hermanito?*)

¿Cómo iban a saber, los inocentes, que acababan de despedir al francotirador, cuando el solo favor de Noemí lo había librado de sospechas aledañas? A los ojos de los demás, Pig era un arrogante más al servicio de la Bruja Mayor —que al parecer tenía un historial de seducciones—, y de seguro no tendría tiempo, ni menos interés, para martirizar a los jefes de sección con la publicación constante de extraños errores, como la inclusión de la palabra *coprofagia* en la crónica de una fiesta diplomática, la sustitución de *Karol Wojtyla* por «Karol Wurnett» en plena visita papal o la misteriosa aparición de un párrafo de aliento nazi-estalinista en el editorial de cierto articulista prestigiado, para más señas ex amante de Noemí. Y se sentía bien, aún mejor que cuando los primeros episodios de *El Patíbulo*, que habían sido un lujo de crueldad innecesaria. Sobre todo después, entre las sábanas de su amante y protectora, cuando la hacía confidente y a veces también cómplice de las maldades. Se volvía una bravucona insolente, una niña malcriada semejante a Lucy, que mientras viva nunca dejará de joder a Charlie Brown, y eso a Pig lo ponía filoso, venenoso, francotirador. Lo hacía sentir niño, y mirar a Noemí como una niña, y entonces traspasar las barreras morales como verjas sagradas, unirse a ella para joder a cada uno de sus enemigos, sin meter las manitas porque las verdaderas brujas de este mundo no se ensucian ni para lavar el perol. Y más tarde reírse juntos en la cama, mirándose a los ojos tímidos y triunfantes, como dos niños que recién ahogaron al bebé de la sirvienta.

¿De manera que la muy puta lo había convertido en sapo, sólo para después largarse con su cerdo ratero y achacoso? Pig pasó varios meses mascando las raíces ácidas de un rencor sentimentalista a su pesar. Habría preferido no detestarla así, no añorar sus abrazos incomparablemente más que los patrocinios bancarios, no tirarse en el pasto a lloriquear por ella justo el día que cumplió treinta años.

No sentirse en la orilla de ese estúpido abismo, con más fuerzas para rendirse que para concebir cualquier tipo de salto. Pues si saltaba, ¿dónde iba a caer? ¿En El Amor, en La Novela, en El Futuro? Ninguno de esos tres tenía cara de existir sobre la Tierra cuando Pig resolvió que tampoco quedaba una historia por contar. Si el diablo finalmente se había llevado su alma, en la apostólica persona de Noemí, también se habría llevado a La Novela, como quien roba un Cadillac con la cajuela llena de carroña.

## 10. *Start spreading the news...*

Mis papás podían soportar que el cura se paseara en un carrazo, pero no que su hijita se quedara a vivir en New York. Aunque tampoco podían hacer mucho, yo estaba a punto de cumplir veinte años y ellos recién me habían localizado. Cuando agarré el teléfono y dije *Hello?* y oí que me decían: *¿Rosalba?* se me fue todo el aire. Sentí un hueco espantoso en el estómago, las manos me temblaban con todo y reloj. Oía mi corazón. Y oía a mi papá, encabronadísimo. Con cuatro años de bilis fermentados adentro. ¿Cómo podía ser posible que yo, *su* hija, hubiera cometido la canallada de robarles *sus* ahorros? ¿Y él quería que yo le explicara eso? Decidí que no había más que una manera de explicárselo, y le colgué. Una hija que le cuelga el teléfono a su propio padre bien puede ser capaz de dejarlo en la calle. Cada vez que sonaba, levantaba la bocina y colgaba sin oír nada. Rosalba. Me había dicho Rosalba a mí, que tenía cuatro años de ser Violetta. Y que ya no tenía ni uno de sus dólares.

En otras condiciones habría sido fácil escapármeles. Un año y medio antes, por ejemplo, podía cambiarme de casa y perdérmeles otros cuatro añitos. Porque un año y medio antes yo cambiaba de domicilio todos los días de la semana. Pero cuando llamó mi papá, no había otra forma de escaparme que colgando el teléfono. Digamos que de pronto no tenía en qué caerme muerta. Mi ropa, en todo caso. Mi reloj. Pero una no se cae muerta en su ropa, ni en su reloj. Eran las únicas pruebas que me quedaban de que yo no era pobre. Podía engañar a la gente, a los turistas, a los policías, pero nunca a New York.

Hay millones de lugares en los que te las puedes arreglar con cien mil dólares, pero no esperes que New York te crea ese cuento. Cien mil dólares podrían durarte más tiempo en Las Vegas que en New York. ¿Sabes a mí cuánto tiempo me duraron? Muchísimo: dos años quince días, y eso porque Clark Kent se dejó un rato puesto el traje de *Superman*. Aunque ya no gastaba igual que en Houston. De hecho nunca volví a gastar así. Porque New York desde que llegas te hace entrar en cintura. Cien *bucks* por una *limo* del aeropuerto, cuatrocientos más por un cuarto en el Plaza sin vista al Central Park, mil quinientos de dos faldas en Saks y no había ni pasado la semana cuando hicimos cuentas y ya habíamos gastado diez mil dólares. A los diez días Eric se puso a hacer los cálculos y me aventó en la cara un pronóstico espantoso: íbamos que volábamos para quebrar la empresa en mes y medio. Lo dijo todavía más horrible: *Guess we'll be poor by Christmas. Poor*, ¿me entiendes? Yo que había llegado en primera clase, y luego en *limousine*, y luego al Plaza, iba a ser una muerta de hambre en Navidad. Llevaba cuatro mil de hotel, dos de comidas, tres de tiendas, y eso que según yo estaba cuidando el dinero. Eric me lo explicó y yo me ofendí muchísimo. Tanto que me salí del cuarto huyendo. En lo que él se vistió para alcanzarme, yo ya estaba bien lejos de su texano alcance. Eran como las once, me había bañado media hora antes y Eric seguía en pijama. Una pijama de asteroides que yo le había comprado en Bergdorf Goodman. Salí a la calle y lo primero que pensé fue: *Hace frío*. Y yo que me había comprado de todo menos ropa de invierno. Y no me la podía ya comprar. O sea no en Saks, ni en Bloomingdale's, ni en ninguna de las tiendas que me habían hecho tan feliz por diez días. Aunque te digo que ya no me sentía rica. En

New York nadie es rico. No suficientemente, ¿ajá? Siempre hay algo que no puedes tener. Y en cambio la ciudad te tiene, no te suelta. Te atrapa entre sus garras y te recuerda que eres una caquita de mosca flotando entre toneladas de toneladas de polvo. Y aun con lo poco que vale el polvo, la caquita de mosca es mil veces más barata. Porque en New York ni tu dinero es tuyo. Lo andas cargando, sí, pero es de la ciudad. Cualquier cosa que cae sobre la superficie de New York es automáticamente newyorkina. O sea propiedad privada de New York. La ciudad no te adopta, te soborna. Te compra y te tira, por eso la quieres. Y querer así envicia, tú ya sabes. Yo sabía que lo más fácil era irme a otra ciudad en la que no me sintiera tan pobre con tantos miles de dólares, pero estaba enviciada con New York. No me iba a ir a ningún pueblo, ¿ajá? Y cuando vienes caminando por la Quinta y ves a un Santa Claus entrando en San Patricio y luego no ves nada porque estás entre cientos de fulanos que caminan todo el tiempo y acabas caminando rapidísimo, como ellos, puedes cerrar los ojos, pensar en Hollywood y decir: *Pinche pueblo.* No conocía Hollywood, pero no hacía falta. Yo estaba en el ombligo del mundo y no me iba a salir de ahí. Aunque eso sí, tenía que salirme del Plaza. Y por lo pronto tenía que caminar hasta que se me fuera el coraje. Me acuerdo que pensaba, enojadísima: *¿Qué les habría costado a mis papás robarse mínimo otro tanto?* Cuando me di cuenta ya iba por la 32. Hice la resta: veintisiete cuadras. No se me había pasado el berrinche, pero digamos que había logrado transferirlo a México. Y ya con el coraje así de lejos volví a pensar en Supermán. Cada instante pensaba en Supermán. Y no podía soportar imaginarme que estaba a punto de perder mi capacidad de sorprenderlo. No digo que sólo con lana pudiera divertirlo. Cómo crees. Pero lo que sí tengo que aceptar es que a mí sin dinero se me quita completamente lo divertida. Me vuelvo insoportable. Gruño. Muerdo. Araño. Soy uno de esos gatos callejeros que le clavan las uñas al primero que trata de acariciarlos. Aunque igual tengo la ventaja de que en esas condiciones soy el ser más sobornable del universo.

Pero Eric no podía sobornarme. Más bien yo era la que lo sobornaba a él. Era su Santa Claus, y estaba en quiebra. ¿Te imaginas qué triste? No hay cosa más no sé, desoladora que un Santa Claus quebrado. Y así era como estaba yo, sentadita a la entrada del Madison Square Garden. Echada sobre el piso, como pinche india. *Mexican Santa Claus is going bankrupt. Shit, shit, shit.* Me daba vueltas la cabeza viendo gente y gente que pasaba, todos con prisa, todos con algo urgente por hacer. Con lo que a mí me urgía encontrarme un millón de dólares. Y estaba allí tirada, pensando en Santa Claus formadito en la fila del Monte de Piedad. *¿Cuánto me puede dar por la autopista? ¿Ya vio que las muñecas también hablan? Créame que tengo mucha necesidad.* Hasta que ya de plano me solté llorando, como niña chiquita. *No sirvo ni para Santa Claus*, decía. Y estaba así chillando en mi rinconcito cuando pasó un señor y me echó una moneda. Un *quarter.* Ya te imaginarás todo lo que lloré cuando lo levanté del piso. De esas veces que tienes que acomodarte, que hasta metes la cara dentro del suéter para seguir moqueando a gusto. Y ya no era siquiera por dinero. O sea, ni por el *quarter*, ¿ajá? Porque igual el fulano me había confundido con limosnera pero yo todavía tenía más de ochenta mil dólares guardados. Y es más, traía como mil encima. Pero ni modo que no me viniera algún remordimiento por todo lo que había hecho. Decía: *Soy una hija de La Chingada.* Pero luego me consolaba: *Las hijas de La Chingada no lloran, Violetta.* Me ponía la palma de la mano entre la boca y el oído y me decía cosas, sin dejar de llorar. No tenía ni dos semanas en New York y la puta ciudad me estaba dando de patadas. No sé cómo explicártelo. Ya sé que lo más fácil habría sido decirme muchas veces: *Tengo ochenta mil dólares.* Pero para hacer eso tenía primero que callar las voces que me decían: *No tienes familia. No tienes casa. No vas a tener novio cuando se acabe el dinero.* De esas veces que tus ángeles y tus demonios se ponen todos de acuerdo para chingajoderte. Hasta que finalmente sí acabé diciendo: *Violetta, tienes ochenta mil dólares, y además tienes unas lágrimas que le sacan los quarters a la gente.*

Cuando logras reírte después de haber llorado mucho se siente igual que vivir en la calle y ver salir el sol y hasta pensar: *Voy a echar un sueñito al Central Park.* Pero eso me pasó más bien después, cuando ya había perdido la vergüenza. Como que levantarse del suelo a la entrada del Madison Square Garden luego de diez minutos de llorar como niñita malcomida es mucho más sencillo que abrir el ojo a mediodía a medio Central Park y jurar: *Esta noche me cae que duermo en el Waldorf.* Me estoy adelantando, pero igual todo es parte de lo mismo. Tengas o no tengas dinero, cuando estás en New York los días y los lugares se confunden. Haz de cuenta que vienes en un tren rapidísimo, y por más que te clavas en mirar el paisaje las cosas se revuelven. Es como estar comiéndote una sopa de verduras y preguntarte exactamente a qué saben los chícharos, o las zanahorias, o los aguacates. Creo que conocí New York esa mañana, porque hasta entonces había sido como una turista naca. Para poder decir que has estado en New York necesitas haber llorado allí. Sentir que hasta el cemento te mira como mierda. Que de todas esas indiferencias juntas con trabajos vas a sacar un puto *quarter*. Claro que todavía a la hora de levantarme del piso y secarme las lágrimas y comprarme un café, me seguía faltando una experiencia básica: que me estafaran. Cuando New York por fin se las arregla para hacerte sentir una basura, vienen otros basuras como tú y terminan de darte la bienvenida. Porque no creas que a New York le bastó con mis lágrimas. La idea era que terminara yo sufriendo como heredera en orfanatorio, ¿ajá? *We love you, Miss Fuckin' Hannigan.* No basta con pegarle a la mosca, tendrías que aplastarla. Es obvio que alguien como yo no entiende de otra forma. Soy La Mosca Violetta y el dinero es la mierda de mi vida.

Los basuras estaban en plena 34, frente a Macy's. Yo me había quedado en la esquina, esperando el semáforo, cuando vi al de las cartas. Creí que estaba solo, la muy *asshole.* Tenía una mesa plegable, chiquitita. Ponía las tres cartas encima y empezaba a meroliquear. Había dos tipos jugando y una mugrosa como de mi edad mirándolo mover las manos sobre las cartas. Dos rojas y una negra. El chiste era saber dónde estaba la negra. Yo veía que los que apostaban eran estupidísimos, y si le sumas a eso que ya desembarcadita en New York me sentía más inteligente que todos mis semejantes juntos, ya supondrás que yo no me podía mover de allí. Los dos idiotas que seguían apostando ya habían perdido fácil quinientos *bucks.* Y claro que en mi situación ni los quinientos juntos me salvaban de nada, pero no era lo mismo estar chillando en el rincón que mínimo llevarte a una rata callejera entre las patas. Claro que suena de lo más ingenuo, pero yo en realidad pensaba que podía. ¿Cómo iba a adivinar que todo el pinche público se había puesto de acuerdo para engancharme? ¿Sabes qué estaba haciendo ahí la mugrosa esa? Cuando te arrepentías de apostar, se arrimaba y te daba *tips* para ganarle al de las cartas. Luego decía que tenía una supertécnica, y te pedía a cambio la mitad de las ganancias. Según mis cuentas ya llevaba perdidos trescientos veinte dólares cuando me quise ir. Me temblaban las manos, las piernas, la mandíbula. Sobre todo la mandíbula. Porque no había podido ganarle ni una, ¿ajá? Dieciséis veces había puesto veinte dólares encima de una carta y todas los había perdido. En eso viene la mugrosa y me propone el trato. Ni modo de decirle no, porque yo ya no estaba pensando en quitarle sus dólares al de las cartas, sino de menos en recuperar los que me había quitado. Y eso fue exactamente lo que acabó de joder a La Pequeña Violetta: creer que iba a lograr hacer justicia. Como me dijo Eric esa noche, el que lucha por la justicia es *Superman*.

La técnica era fácil, según esto: no debía dejar que mis ojos me engañaran. Todo lo que tenía que hacer era mirar cuántos dedos me enseñaba la mugrosa: un dedo era la carta de la izquierda, tres la de la derecha y dos la de en medio. La primera vez no le quise hacer caso. Estaba muy segura, más que ninguno de los otros chances. Y perdí, claro. Entonces puse cara de *me equivoqué*. O sea de zopenca, que me sale tan bien. Volví a apostar, pero ya a la carta que me aconsejaba con su mano izquierda la mugrosa. Y *zas:* gané. Ya con ese pretexto, la mugrosa me acercaba el aliento y me decía: *Hey, partner!* Uno puede llegar a controlar sus apuestas mientras nada más pierde, pero gana una vez y vas a ver qué viaje. No te puedes parar, se hace cosa de orgullo. Yo estaba tan atarantada que no me daba cuenta del doble robo, porque había como cien dólares que iban y venían, y cada vez que yo cobraba daba un par de pasitos para atrás y le pasaba su comisión a la mugrosa. Pero ella no me daba a mí ni un pinche *penny* cada que yo perdía. O sea que entre los cuatro me tenían totalmente enaneada. Total, que se me fueron novecientos. Y si no ha sido por el policía que pasó, no me habría quedado ni mi *quarter*. El de las cartas dobló la mesita, la guardó como pudo y me dejó con la mugrosa y sus paleros. Y los tres me decían: *No te vayas, espérate*, y en eso pensé: *¡Imbécil!* Me estaban agarrando de las mangas del suéter para que no me fuera, la mugrosa hasta me rogaba: *Please! Please! Please!*, pero yo estaba calculando, sin mucha idea porque todo había sido rapidísimo: me habían pelado en menos de diez minutos. Según mis cuentas la mugrosa tenía fácil unos doscientos dólares, y el resto me lo había clavado el de las cartas. En eso sentí ganas de llorar, pero ya no de triste.

Estaba tartamuda del coraje, y como no sabía ni qué decirle a la maldita mugrosa, lo único bueno que se me ocurrió fue soltarle un cachetadón que hasta la mano me dolió. Muchísimo, por cierto. Y ya, me eché a correr. Crucé la 34 saltando entre los coches, me metí a Macy's como si yo fuera la ratera. Aunque si nos ponemos exigentes yo era mucho más ratera que ellos. Por eso todavía estaba en el Plaza. Pero de todos modos acabé otra vez chillando. No podía creer que New York me estuviera tratando así. Y eso que yo decía que era la buena suerte de Eric, su estúpido amuleto. Llevaba una hora y media peleada con mi novio y ya había perdido casi mil dólares. Me acuerdo que iba caminando por el Macy's, perfectamente ida. Me cambiaba de pisos, subía y bajaba por distintas escaleras, veía las ofertas, las faldas, los juguetes. Y era como si todos se rieran de mí. *Ésa es la primitiva que se dejó estafar por ambiciosa. Mírenla, cree que es rica. Mírenla, trae los ojos rojos. Mírenla, está llorando detrás de esas vajillas.* No sé ni en qué momento fui a dar hasta el sótano. No registraba nada, no podía concentrarme ni en chillar. Tenía ganas de berrear con toda mi alma, pero sólo traía fuerzas para seguir caminando. Hasta que leí: *Subway.* No conocía el *subway.* Me había estado sintiendo demasiado rica para bajar a presentarme con él. *Buenos días, señor Subway, soy la nueva pendeja que viene a devorarse Manhattan. Perdón que no le dé la mano pero está usted muy sucio. ¿Alguien podría decirme qué tren tengo que tomar para ir al Plaza?* Yo no podía saber que en New York la gente toma el *metro* por falta de tiempo, no de dinero. Cualquiera me habría dicho cómo llegar al Plaza, pero yo prefería preguntar por la 59. Me moría de vergüenza de verme así de miserable y encima presumir que dormía en el Plaza. *Dios mío,* pensaba, *tengo que salirme de ese hotel.* Iba tan *zombie* que me bajé dos estaciones después, pasando el Lincoln Center. Pero no me importaba. En realidad no tenía ni tantitos deseos de llegar al Plaza. Me fui por Broadway para abajo y llegué hasta la 59, pero me daba miedo verle la cara a Eric. No podía dejarle de contar lo que me habían hecho, pero tampoco me atrevía a decirlo. Iba inventando formas de empezar, pero con todas me sentía igual de bruta. Excepto por la escena de la cachetada, que de seguro lo iba a hacer reír. Hasta ahora me acuerdo de las caras que pusieron los paleros y me gana la risa, porque en ese momento juraba que me había fracturado la mano. A la mugrosa ya no pude ni verle la jeta, pero por el dolor que traía en mi manita te digo que le di el madrazo de su vida a la infeliz. Nunca se lo esperó, le di de lleno. Y además de revés.

Tenía como dos horas de estar tirada al sol en el Central Park y todavía me punzaban los nudillos. Te juro que yo nunca aceptaría doscientos dólares a cambio de un madrazo de ésos. Me sentiría estafada. Cuando llegué al hotel eran más de las seis. Eric no estaba y yo no tenía llave. Tampoco me atrevía a pedirla en la administración. Había mucha gente que entraba y salía todo el tiempo, yo sentía que me veían como limosnera. *Mira, ésa es la que duerme en el Central Park.* Una puede dormir en el Plaza o en el parque, pero no las dos cosas. Te pierdes el respeto, ¿ajá? Y a mí me urgía muchísimo volver a respetarme. Sentirme poderosa, linda, a salvo. Nada que no pudiera conseguir llorándole en los hombros a mi Supermán.

Los gringos son increíbles. Yo estoy segura que Eric andaba cacheteando el pavimento por mí, que por lo menos se sentía igual de mal que yo después del berrinchazo que le armé por nada. Sólo que a él nada de eso le afectó. Salió, no me encontró, se regresó al hotel, se bañó, desayunó y se fue a conseguir departamento. Y lo más increíble es que lo consiguió. Se iba a desocupar en dos semanas. Mil quinientos al mes: menos de cuatro días en el Plaza. Sólo que en un octavo piso y sin elevador. Una ganga, porque del otro lado de la calle había uno más chiquito en dos mil. Aunque en el tercer piso, que en verano podía hacer toda la diferencia del mundo. Pero yo qué iba a saber del verano. Yo quería enterarme cómo le había hecho para conseguir un departamento así de fácil. ¡Fácil! ¿Sabes lo que hizo el bestia para que se lo rentaran? Le dio a la dueña nada más treinta y cinco mil dólares. Dos años completitos por adelantado, más un depósito de cinco mil. Ya podrás suponer que es más de lo que yo podía aguantar.

Me había pasado el día consolándome con mi gran capital de ochenta mil y ya Eric me lo había recortado a poco más de la mitad. Y había recortado mi libertad, porque yo ni siquiera había escogido, ¿ajá? ¿Con qué derecho? El caso es que le estaba reclamando enojadísima cuando me dio un sentón que no me chingues. Dijo: *No te quiero viviendo en la calle cuando yo me vaya.* Y yo me quedé muda. ¿Qué iba a hacer Luisa Lane en New York sin Supermán? No podía perderlo, no mames, no iba a sobrevivir. Me dio tanto terror que me le abracé fuerte, como si en ese instante se estuviera yendo. Y cerraba los ojos y apretaba los dientes y no le decía nada porque ya con el cuerpo le estaba gritoneando. *Don't you leave me, Clark Kent. Not now*, ¿ajá? No podía aceptar que Eric tuviera un plan diferente del nuestro. Que viniera a decirme que él sí podía respirar afuera de nosotros. Que primero se dejara consentir por la dulce Violetta y luego le saliera con que *ya me voy, I was so glad to meet you, have a nice fuckin' life.* A mí no me importaba que el dinero me rindiera la mitad, con tal de ver a Supermán despertarse conmigo. Y ésa era mi más grande paranoia, pensar que yo tenía que seguir siendo Santa Claus para que Supermán no me dejara. Por eso no aceptaba que me quisiera dar clasecitas de vuelo. No quería que me enseñara a no necesitarlo, me daba pinche pánico quedarme sola. Por más que ya supiera que Eric se iba a regresar, me empeñaba en creer exacto lo contrario. Había logrado que llamara dos veces a Laredo y dijera que se iba a tardar más, pero el papá lo estaba amenazando con ir a buscarlo. Por eso le urgía tanto encontrar departamento, para que su familia dejara de llamarle al Plaza. El muy bruto le había dado el teléfono a su hermana. Y ya tú me dirás cómo le iba a explicar que estaba allí. Creo que sus papás no habían estado nunca en New York, pero por ignorantes que fueran tenían que olerse algún asunto chueco. Tenían que convencerlo de regresarse y estudiar una carrera y disfrutar de todo lo que con Violetta nunca iba a tener. Pero tampoco me iba yo a rendir tan fácil. Digo, de algo tenía que servirme dormir en la misma cama, quitarle su pijama, repartirle besitos como caramelos, jurarle que ya nunca me iba a poner así, hacerlo reír y bueno, hasta aceptar su pinche plan de austeridad. Porque lo que es los Yankees no iban a jugar antes de abril. Entonces yo quería tener conmigo a Eric mínimo hasta la primavera, y para eso necesitaba que cortara los cables con su tribu. Pero eso no podía pedírselo. Santa Claus nunca pide, nomás da. Aunque sólo a los niños que se portan bien. Por eso al día siguiente nos cambiamos de hotel.

New York se ensaña con quien no tiene casa. Los hoteles baratos son unas cuevas infectas, y los que te parecen más o menos decentes nunca te cuestan menos que un súper suéter. Un robo en todas partes. Y aparte triste, porque en las cuatro semanas que no tuvimos casa fuimos bajando poco a poco de nivel. Cada vez que hacíamos cuentas, yo veía cómo se nos caían las estrellas. *Cinco, cuatro, tres, dos, welfare!* Todavía en el Sheraton y el Doral Inn la cosa estaba soportable, pero abajo del Edison se puso truculenta. Fuimos a uno que estaba en Broadway, por la 96, donde yo ya juraba que iba a acabar en una casa-hogar. *Hi, we are Eric and Violetta Welfare. Leave your quarter, God bless you.*

Había ratas y cucarachas en los pasillos. Llevábamos veintitrés días esperando que se desocupara nuestro departamento y ya no había lana que alcanzara. La primera semana de austeridad nos salió casi en dos mil *bucks*, y la última la habíamos bajado hasta cuatrocientos. Comíamos hot dogs en la calle, me robaba chocolatitos en las tiendas, íbamos a los cines más baratos. Hasta que un día estallé. Seis noches en el Sheraton, cuatro en el Doral Inn, diez en el Edison, luego ya con las cucarachas. Y deja que las ratas infelices corrieran a esconderse cada que salías al pasillo, hasta a eso me podía acostumbrar. Pero saber que había tipos allí dentro que pagaban pensión y vivían de pedir limosna, eso me corroía horriblemente el respeto por mi personitititita. Según los numeritos de Eric, no podíamos gastar más de trescientos noventa por semana. No recuerdo muy bien cómo estaban sus cuentas, odio con toda mi alma la aritmética de la clase media, pero la idea era que mis dólares me duraran dos años. Y así decía Eric, ¿ajá? *Your money. Your apartment. Your next couple of years. Couple my ass, pendejo.* Y yo me hacía la sorda. Total, si ya lo había divertido por cuarenta días, podía retenerlo setecientos más. Pero no así, viviendo como pordioseros. Y yo no decía nada porque luego pensaba: *¿Qué me cuesta aguantarme una semana?* Pero cuando me vino con que *three more days*, después de *cuatro weeks* cayendo de clavado hasta el fondo de la mierda, me puse como tú ya sabes. Rompí un vidrio, estrellé la lámpara en el piso y me solté gritándole: *Si tú crees que en dos años yo no puedo arreglármelas para seguir viviendo como reina estás hecho un pinche asshole.* Algo por el estilo. Eran las nueve de la noche y a mí me valió madre. Bajé hecha un monstruo a la administración, que por cierto apestaba a humedad igual que el pinche cuarto roñoso ese, pagué el vidrio y la lámpara y salí a parar un taxi. Supermán no decía ni *fuck you.* Venía calladito, siguiéndome. Ayudó a acomodar las maletas en el taxi, se sentó junto a mí, me abrazó y se calló el hocicote cuando le pedí al chofer que nos llevara al Waldorf. Yo sabía que ésa era la única manera de obligar a Eric a joder a la dueña para que ya nos diera el departamento. O por lo menos eso fue lo que le dije. No podía confesarle las ganas que tenía de quemarme esos dólares como Dios manda. Tampoco iba a decirle que después de esas cuatro semanas de cargar con su puto plan de austeridad yo sufría cada vez menos con sus insinuaciones texanitas. En el taxi camino al Waldorf, pensaba: *Que se vaya a Laredo este pendejo.* Tanto que hasta me parecía divertida la idea de estar sola en New York. Como que había una escandalosa cantidad de diablos listos para saltar como *Jack In The Box*, y ninguno iba a hacerlo mientras Mr. Clark Kent anduviera por ahí. Y al mismo tiempo yo seguía empeñada en retenerlo. Andábamos a toda hora juntitos, caminando. En una de esas caminatas me metí a una tabaquería para robarme un chocolate. Habíamos discutido por no sé qué cosa, y como a Eric le cagaba que yo fuera raterilla, me metí con más ganas, como diciendo: *Te chingas, gringo putito.* ¿Sabes qué me robé? Un billete de cien de la registradora. La señora de la tienda se distrajo un ratito y *zas:* atacó Luisa Lane. Llevábamos dos noches en el Waldorf Astoria, ya nos habían dado las llaves del departamento y Eric había corrido como diez cuadras conmigo, los dos con unas carcajadas que no veas. Sólo que nunca supe muy bien de qué se reía. De hecho mi risa se detuvo cuando me di cuenta que en realidad nos estábamos riendo de cosas distintas. Porque Eric no pensaba que yo fuera capaz de hacer dinero. Creía que me había robado el billete nomás por divertirlo. O sea que por más que yo me riera de felicidad por el rotundo éxito de mi demostración, él no creía que yo hubiera demostrado nada. Así como lo más cómodo para Violetta era pensar que Eric no iba a dejarla, lo más cómodo para Eric era suponer que Violetta podía vivir feliz comiendo hot dogs en lugar de seguir estafando a su prójimo. ¿Qué quería demostrarle? ¿Que era buena ratera? No. Solamente que era capaz de cualquier cosa. *Supergirl finds her way:* ésa fue la noticia que a Eric le pasó de noche.

Nunca supe muy bien cuándo pensaba irse, pero podía habérmelo hecho desde el segundo día en el departamento. Con dos años de renta pagados, la dueña no tenía para qué aparecerse. Yo era la hermana chica de Eric, según ella. No había más que explicar. Tenía dos años limpios para hacer lo que se me diera la gana con mi vida. Y como lo único que no me daba la gana era ponerme a ahorrar, decidí que con Eric o sin él tenía que aplicarme a sacar una lana. Sabía que mi capital no iba a durar ni un año, y tampoco podía dedicarme a ladrona porque seguro me iban a agarrar. Aunque eso todavía no estaba tan claro. Yo supongo que todos los ladrones audaces se consideran buenos, hasta que los apañan. Y ya ves que Violetta era de esa pandilla. Mi papá decía: *Te pasas, Rosalba, te pasas, te pasas, te pasas, a toda hora te pasas.* ¿Qué quería que hiciera? Un día me acuerdo que le dijo a mi mamá: *Esta muchacha es chiva de otro corral.* Y yo lo odié muchísimo. Durante dos semanas estuve echándole una cucharada de laxante a su chocolate. Lo veía y pensaba: *Muérete, chivo viejo.* Eric se reía mucho de que yo le dijera a mi papá *Gran Jefe Chivo Viejo.* Jugábamos a que me habían secuestrado de una diligencia. Yo era una pobre *mexican señorita* en desgracia y él era el texanazo que me rescataba sana y salva. *Don't be afraid, Miss Welfare!* Esto último ya era mío, y cuando lo decía se acababan las risas. Me decía: *Eres una privilegiada, puedes seguir tus estudios en los Estados Unidos.* Y a mí no me pasaba por la mente estudiar nada. Le decía: *Si me gasto mi tiempo en estudiar, voy a acabar estudiando el mapa del subway.* Yo sentía que Eric sólo se quedaba porque según él no había terminado de cumplir su misión, que era verme conforme con trescientos *bucks* a la semana, tomando clasecitas de cualquier pendejada. Digamos que camino a convertirme en Luisa Lane. *En Texas te habrías podido pagar una carrera*, decía, y yo me preguntaba si a la hora en que oíamos juntos *The Passenger* nos pasaba la misma película por la cabeza. Y obviamente ni madres, ¿ajá? O sea que nos queríamos horrores, pero sólo porque la lana y el desmadre nos habían hecho muy felices juntos. Porque igual yo le estaba muy agradecida. Era no sé, decente, buena persona, se reía todo el tiempo, se afligía muchísimo por mí. Yo a Eric lo quería por puras buenas razones. Tenía todas las cualidades que a mí me faltaban. Aunque tampoco sé si me faltaban. Lo que te digo que sí tengo claro es que me gustan mucho los malditos. Los villanos que van detrás de Luisa Lane ya sabes cómo: con las más nefastas intenciones. Los malos-malos: ésos son los buenos. Y Eric nada más no calificaba en la categoría. Era más transparente que un calenturiento, el pobrecito. Y cada día que pasaba yo me iba como despegando de él. Pensaba: *Si se va, que se vaya en dos semanas*, porque igual calculaba que era el tiempo en que me iba a empezar a hartar. Si no hubiera llorado todo lo que lloré después por ser al mismo tiempo tan perra y tan bruta, me sentiría todavía mal. Parte de la aritmética de la clase media se hace con esa misma mezquindad, y yo me odié por eso. Me odio por mi capacidad de hacer pedazos todo lo que tengo, pero también me admiro por lo mismo. Hay millones de viejas con jerga y delantal que controlan a sus maridos como pinches monitos de videojuego con la estrategia que yo le estaba aplicando a Eric, por eso ya en el fondo quería que se fuera. Tenía que estar sola, ¿ajá? Claro que no dejábamos de revolcarnos, pero hasta eso se había vuelto un poquito mecánico. Y otro poquito atlético. Hasta que empecé a hacerme la soñolienta, y Eric no entendía nada porque ya estaba trepadísimo en el rollo de Clark Kent. Imagínate las que pasa un superhéroe en la cama, cargando todo el tiempo con la obligación de ser Mr. Big Time. O tal vez era porque tenía claro que iba a irse, pero yo ya no estaba en esa historia. Desde el hotel de las ratas me había salido corriendo del tal *nosotros.* De repente jugaba a creer que me había secuestrado el mismo superhéroe que me rescató. A veces se acercaba para acariciarme y yo gritaba: *Stay away! I wanna fuck Lex Luthor!* Como cincuenta veces. Y lo decía totalmente en serio. Si no podía ser princesa, entonces que viniera un villano a esclavizarme. No sabía nada de eso, pero estoy segurísima de que alguien muy adentro me llevaba derechito para allá. Como si los cuarentaitantos mil que me quedaban trajeran una maldición incluida. Llegué a pensar que en una de ésas me andaban persiguiendo los espíritus en pena de todos los que se murieron por falta de ambulancia. ¿Sabes por qué te dicen Pig? Porque siempre te ríes de cosas como ésa. Te ríes cuando deberías horrorizarte. Te enamoras de mí cuando más bien tendrías que esquivarme. Traes integrado el héroe y el villano en el mismo diskette. ¿Ves por qué eres una desgracia como Diablo Guardián?

Voy a quedarme sin saber tu opinión, ésa es la gran ventaja de no tenerte enfrente. ¿Cuáles son los requisitos básicos para ser personaje? A lo mejor estoy aquí hable y hable y resulta que ni los cumplo, ¿ajá? Si yo estuviera en tu lugar, me aseguraría de que ninguno de mis personajes leyera la novela. Si no con qué confianza vas a decir tantas mentiras. Es posible que yo esté aquí contándote mi vida no para que te enteres de la verdad, sino para que me perdones y no me hagas pedazos en la historia. Pero como ya sé que no me vas a perdonar, no descartes el chance de que sea todo cierto. La gente se pasa la vida contándose mentiras para que pasen por verdades, cuando es más divertido lo contrario. La verdad se disfraza de mentira para que una pueda soportarla. Yo realmente creí que había dejado de querer a Eric. Lo provocaba para que de una vez hiciera lo que tenía que hacer. *Judas*, le decía, *ve a arreglar tus asuntos.* Un día le pedí un beso y le escupí en la cara. Y él no me respondía las agresiones porque creía que eran mi manera de decir: *No te vayas.* O porque las estaba coleccionando para cualquier mañana echármelas en cara y largarse a su pinche pueblo naco. Y la verdad es que yo temía tanto que se fuera que me quitaba el miedo desafiándolo: *Déjame, déjame, déjame, déjame, ya no te quiero.* Ni siquiera me imaginaba todo lo que iba a chillar después por ser así de atrabancada. Fueron ocho, diez días. Y no me daba cuenta del calendario, no había para qué.

Todos los días eran igualitos. Habíamos comprado una televisión y no sé cuántos videojuegos. Salíamos al parque, comprábamos revistas, jugábamos el día entero. Noches, tardes, mañanas, daba igual. Nos hablábamos poco. Además, yo traía los audífonos puestos. *The Passenger, of course.* La canción no decía *the passengers*, hablaba de uno solo. Y aparte no era yo quien quería largarse, carajo. Pero necesitaba creer que sí, que ya estaba podrida de cargar con ese bulto, que su pura presencia tenía que ser la ruina de mis planes. La manera más eficaz de sacar a alguien de tu vida es echártelo encima. Cargarlo todo el tiempo, para que hasta cuando sonría te parezca insoportable. Crear una incomodidad artificial para que esté ahí siempre, que te despiertes y le mires la jeta y sientas como ganas de no haber despertado. Es increíble lo que esa estrategia puede hacer en ocho días. Lo aburrido que llega a ser un beso, un café, una cama, una cena, un videojuego. Y al mismo tiempo lo maravilloso que se ve el futuro con la cama y la mesa y el baño y el cepillo y los platos y las tazas toditos para ti. Pensaba que sabía demasiado de Eric y nada o casi nada de mí misma. Quería dar una vuelta por mi propia Disneylandia. Y claro que también quería conservar a Eric, pero igual ya me había rendido. Era obvio que no se iba a quedar, y si de pura suerte se quedaba iba a acabar odiándome. Te digo que los tipos decentes no me van. Les traigo mala suerte.

Las historias de pactos con el diablo siempre cuentan lo mismo: alguien lo llama, él llega y luego no hay ni cómo correrlo. Los diablos no toleran una falsa alarma. Una mañana puedes levantarte con buenas intenciones, pero si el día anterior se te ocurrió llamar al diablo, va a ser él quien se encargue de tus intenciones. Porque las va a torcer, ¿ajá? Y todo va a salir como él decida, tu opinión tiene sólo un papel decorativo. Porque ese día te juro que me desperté pensando en contentarlo. Pensé: *Si Eric de todos modos se va a ir, lo menos que tendríamos que hacer sería reírnos juntos, como en Houston.* Hice unos planes lindos. Podíamos ir a desayunar juntos, y luego dedicarnos a recorrer New York como turistas. Y después ir a patinar en hielo al Rockefeller.

Éramos insultantemente distintos, por más que los primeros días hiciéramos cualquier cosa por sentirnos iguales. Eric había comprado una tarjeta, casi llegando a New York. Era la clásica postal del Rockefeller Center, con la pista repleta de gente patinando. ¿Nunca has tratado de caber en una postal de ésas? No te lo recomiendo. Y eso que ni siquiera lo intenté. Porque te digo que ya había llamado al diablo. Por más que se disfrace, el demonio no cabe en las postales. El demonio se te aparece cuando te propusiste que tu vida pareciera tarjeta postal. Como uno de esos edificios que jamás se mueven de su lugar. Ni siquiera se ensucian, ¿ajá? La gente escribe cosas tontas y bonitas al reverso de la foto, y es como si nos propusiéramos que todas esas palabras se quedaran sembradas allí, con cemento y varillas. En las postales hay gente contenta que jamás deja de patinar, ni se quita el gorrito, ni los guantes. Gente que se está dando regalos todo el tiempo. Gente que nunca marca el número del diablo. Gente quizás como Eric, pero no como yo.

¿Qué se siente mandar una postal? Yo soy tan egoísta que ni eso sé hacer. Nunca he estado siquiera cerca de mandar una. Ni de comprarla, pues. Creo que traigo mis propias postales integradas. Un mostrador de perfumes, un probador con doble espejo, un aparador de Saks: ésas son mis postales. Y en ésas por desgracia sí cabe el demonio. Tendrías que haber visto la cara que puso Eric cuando me vio mirar a Saks como niña de la calle. Aterrado. Haz de cuenta que me brotaban granos en la cara. Y no era para menos, porque seguramente vio al demonio que me tenía hipnotizada en la banqueta. Yo no podía verlo. Yo veía solamente los foquitos y los santaclauses y me estaba muriendo por entrar. Hasta que a Eric le ganó la risa. Y de repente allí estábamos otra vez, doblados de la risa y afuerita de Saks. ¿De quién era la magia? ¿De Eric, mía, de la tienda? Para qué me hago tonta. La magia sólo podía venir de toda esa laniza que yo ya no tenía, pero seguía con prisa por gastármela. Sólo de imaginarme los miles de carteras que iban a adelgazar ese día en esa tienda, sentía unos deseos perrísimos de entrar. Ya sé que es una estupidez vivir esperanzada en encontrarse un portafolios con un millón de dólares, pero eso es algo fácil de esperar en New York. Mínimo yo tenía la impresión de que pasaba todo el tiempo. Dinero que se pierde, o que se cae, o que cambia de manos cuando menos lo piensas. Entré a Saks con la idea de que me iba a pasar algo así. Ya sabrás, con el diablo pisándome los talones. Y Eric atrás, callado. Contento nada más de darme gusto.

Eran como las dos de la tarde. No traíamos dinero más que para patinar, y si acaso comprarnos unos hot dogs. Ésa era la tranquilidad de *Superman*, que Luisa no pudiera derrochar su dinero. Me decía: *C'mon, let's just go skating*, pero yo andaba en otra frecuencia. Estábamos en uno de los pisos de arriba, entre la ropa de hombre. Y el inocente me pedía que no fuera a comprarle un regalo: *Please, Violetta*, mientras a un lado mío había un güey probándose un saco de los caros. Era un señor bajito, con tipo de extranjero, aunque en realidad casi ni lo vi. Lo único que Violetta no paraba de vigilar era el abrigo: el del saco lo había dejado en una silla, cerca de donde estaba Eric. No podía pensarlo mucho tiempo, tenía que irme directo sobre la presa. ¿Qué crees que hice? Le pedí a Eric muy amablemente que me lo pasara, y hasta le dije que era para mi papá. Y tanto le extrañó que me acordara de mi padre que nunca se fijó en lo que me estaba dando. No era un abrigo nuevo, ni de lejos. Pero Eric me lo dio y yo dije: *Si éste no se da cuenta, nadie más se va a dar.*

El abrigo tenía como siete bolsas, casi todas vacías menos dos. En una había una manzana, que hasta pensé en robármela para divertir a Eric. Pero en la otra hallé un bulto de lo más amigable. Cuadrado, suavecito, gordo, como tenía que ser. Dejé el abrigo encima de un montón de ropa y me guardé el bultito debajo del suéter. Le dije a Eric: *Let's go now*, y me fui casi que galopando a los elevadores. Pero no había ni uno con las puertas abiertas, y yo me iba a morir del nervio si me quedaba allí esperando como pinche zopenca. No lo pensé dos veces: me metí al baño de mujeres y dejé a *Superman* a cargo de la situación. Necesitaba sentir que el mundo todavía estaba en su lugar, jalar aire, checar cuánto dinero había en la cartera. Eric no me había visto, para él yo nada más estaba entrando al baño. Pensé: *Me está esperando*, por eso me quedé un ratote adentro. Y sí, la billetera estaba llena, pero de cheques de viajero. Yo nunca había visto un cheque de viajero. Eran como cinco mil dólares, pero me daba miedo llevármelos. Había también un pasaporte alemán y tres billetes de diez marcos. Cuando me decidí a salir, tiré los cheques con todo y cartera al bote de basura. Guardé los treinta marcos en un zapato y el pasaporte dentro de los calzones. Ratera *cheesy*, ¿ajá? Me sentía pésimo, además. Sobre todo porque al salir no encontré a Eric. Tomé el elevador, llegué a la calle y no lo vi. Crucé la Quinta, fui hasta las escaleras de la plaza y nada. Entonces me senté y me dediqué a ver a los personajes de la postal, con una de esas envidias en las que mejor ni piensas porque seguro te sueltas chillando. Pensaba: *Todas estas personas tienen algo que hacer en New York, y yo no.* Eric me preguntaba por mis planes, y ni modo de confesarle que no había planes. Le decía: *It's a secret. You know, Violetta's Secret.* Pero también, ¿qué planes iba a tener? ¿Casarme? ¿Trabajar? ¿Estudiar? No, no, no. Mi único plan era seguir lejos de mi familia, y el lugar más lejano de mis papás era ése, New York. Pero New York tenía que ser algo mejor que estar ahí arranada como pordiosera, con treinta marcos dentro del zapato.

El botín lo cambié en el Plaza. Me senté en la cafetería y pedí un café con galletitas: ahí se fueron los marcos. De cualquier forma, no podía enseñárselos a Eric. Ni modo de contarle lo del robo, qué vergüenza. Total que me pasé la tarde entera caminando sola. Me imaginaba a Eric buscándome por todas partes, marcando nuestro número, vuelto loco por mí. Y entonces me sentía tan bien que hasta pensaba: *Ya me toca seguirlo.* Porque él me había seguido desde Laredo, lo había traído todo el tiempo tras de mí, hasta que me metí con la cartera al baño. Entonces me di cuenta que tenía que seguirlo, que Eric era lo único realmente bueno que me había pasado en la vida.

Al principio no me creyó nada. Tenía las mandíbulas trabadas del coraje. Por mucho que dijera que era de puro susto, que no podía imaginarme las angustias que había pasado por mí, era obvio que Eric temblaba de enojado. Lo habían tenido no sé cuántas horas encerrado en una bodega de Saks. Le dijeron que yo ya había confesado, que se iba a ir a la cárcel del Estado. Y él no sabía de qué mierdas le estaban hablando, pero podía irlo suponiendo: la ratera de Violetta había vuelto a atacar. Ya era casi de noche cuando lo soltaron, juraba que me habían llevado presa. Le expliqué como pude que yo no había hecho nada, que no tenía idea de lo que me hablaba. Lo abracé, le di besitos, me indigné y en fin: lo convencí. Quién sabe quién nos vio, y cómo, y dónde, pero desde el principio le preguntaron por *your girlfriend.* No se les ocurrió ir a buscar al baño. No la vieron salir, ni subir al elevador, ni largarse a la calle: no sirven para nada los policías de Saks. Aunque igual por un rato no iba a poder volver: un obstáculo menos para el plan de austeridad. A menos que cambiara de peluca o me pintara el pelo, que por cierto cada día estaba más pinche lamentable.

Tenía como dos centímetros de pelo nuevo que no era negro ni castaño. Era un color mediocre, *of course.* ¿Qué más podía esperar de mi cochina sangre? Y si no me lo había puesto de un buen color era porque no había decidido entre el negro y el pelirrojo: los únicos que puedo soportar. Pintármelo de rubia era como seguir a un lado de mi naca familia, pero dejármelo tal cual era como reconocer que llevaba su sangre. Te digo que tenía que ser negro o rojo. Según yo era la única manera de sacar a mi tribu de la película. *Que dice el general Custer que se vayan galopando a La Chingada.*

Eric había opinado que me iba a ver mejor de pelo negro, y yo sólo por eso quería ser pelirroja, pero después de Saks me puse dócil. Dije: *Mañana voy y me lo pinto.* Por fin iba a traer el pelo negro: qué emoción. Aunque en el fondo me seguía sintiendo chinche. No podía sacarme de la cabeza que Eric seguía como sin creerme. Porque según yo estaba pegando los platos rotos, pero eso él no podía saberlo. Por más que no me hubiera visto ni un marco, Eric se las olía que yo me iba a atrever a todo, menos a confesarle la verdad. Sospechaba de mí, ¿ajá?, todo el tiempo. Se había convertido en un buen padre. O sea: puta madre.

Las mujeres como yo acostumbran llevarse mejor con el taxista que con el mesero. Con ciertas excepciones, ya te contaré. ¿Sabes por qué me agradan los taxistas? Porque hacen porquerías por dinero. No son simples choferes, son cómplices. Tú dime qué chofer no es un palero natural de su patrón. Pero ni los taxistas ni las putas ni los limosneros tienen un patrón. Ni siquiera los *dealers*. Y aunque hubiera patrón. Sería igual, porque en la calle no hay patrones, hay clientes. Y eso es lo que no entienden los meseros. Viven jodidos por todas y cada una de las patadas en el culo que les da su patrón. Y las de los clientes, que también son un chingo. Imagínate al tipo: se pasa todo el día sirviendo los mismos platillos y oliendo las fritangas más exquisitas, pero igual todo el día le llueve mierda. *Promoción especial: Disfrute de nuestros platillos y cáguese en nuestros meseros.* Y entiéndeme que los meseros son también de la calle, pero están en cautiverio. Estafan al patrón, se orinan en la sopa del cliente, y hasta trafican cois o se tiran a la clientela distinguida. Los *habitués*, ¿ajá? Todo por una pinche propinuca. O sea que como ves son colegas de todos los callejeros. Putean, mendigan, transportan, conectan y comen platos y platos de *shit*, pero se dan el gusto de correrte porque fíjese que éste es un lugar decente. *My God, imbécil, si este lugar fuera decente tú nunca habrías entrado.* Porque lo que ellos quieren decir con «decente» es *nice*. O sea *chic, posh, so-cool, Big Motherfuckin' Bucks, My Dear*. Y en un lugar donde reina esa clase de decencia no entran meseros nacos. Ni limosneros, ni taxistas. Aunque a veces las putas y los *dealers* conseguimos la visa temporal. *While supplies last*, ¿ajá? Y los meseros quieren que tú pagues por eso. Tú que me estás besando en medio del escote con la bocota llena de arroces y yo que te devuelvo el beso para que me regreses el bocado que te pasé. Y los meseros verdes, ¿te acuerdas? ¿Cómo supiste que yo odiaba a los meseros? ¿Cómo podías saber tanto de mí, tú que no sabías nada? Creo que nunca te lo he dicho: por más que lo deteste, me gusta que me espíes. Esa costumbre tuya de encuerarme sin verme, sin tocarme, sin dejar de olerme, a mis espaldas siempre. Soy una pinche adicta: no puedo desnudarme sin pensar que podrías estarme espiando. Como viejo asqueroso, como cojo depravado, como hijo de jardinero. Sabes que soy completamente inaccesible, pero igual decidiste meterte en mis sueñitos.

No está bien que lo diga, pero creo que el problema entre Eric y yo no estaba en que él fuera muy gringo y yo muy mexicana. Digo, cuál mexicana, no mames. La bronca es que el mesero y la puta no se llevan. Yo no era puta, claro, pero sí ladrona. Y puta *wannabe.* Y *dealer wannabe.* Y gringa *wannabe*, ¿ok? Con todas esas medallitas ya colgando no querrás que un tipo de verdad decente, mínimo decente *wannabe*, quisiera compartir su vidita conmigo. ¿Sabes lo que le pasa a un mesero que se hace amigo de los callejeros? Que termina en la calle. Y yo estaba llevando a Eric camino de la calle. Con todas las desventajas y ninguna ventaja. Yo la verdad no estaba interesada en joder a Eric, pero si él se quedaba iba a acabar jodiéndolo y jodiéndome. Porque yo no quería ser ladrona, y menos otras cosas, pero tampoco había muchas profesiones disponibles. Y con Eric ahí no podía ni explorar el mercado de trabajo. Al mismo tiempo, Eric era la prueba viva de que yo tenía no sé, ciertos talentos.

Sabía cómo sobornar a un hombre. Pero igual todavía tenía que probarme que podía corromperlos sin lana de por medio. No digo que Eric hubiera ido hasta New York solamente detrás de mi dinero, pero a ver: si en lugar de ofrecerle una lana se la hubiera pedido, ¿qué me habría dado el bueno de Supermán? Te lo pongo sencillo: *Violetta necesitaba probar su kryptonita.* No quería ser la ratera, sino la villana, ¿ajá? Ser villano es mil veces preferible a ser ratero, y con un cuerpecito como el que se me había hecho sólo podía convertirme en dos cosas: villana o pendeja. Como yo era ladrona y mala hija y fugitiva, no podía inscribirme más que en el primer club. No dudo que en tu mundo de casas propias, coches nuevos y escuelas bonitas una tenga muchísimas opciones, pero en la calle hay una: *Survival.* La tomas o la dejas.

Me había echado la noche completa sin dormir. Desperté ya pasado el mediodía, y entonces que me acuerdo del pasaporte. ¿Para qué me lo había robado? ¿Para poner mi foto y llamarme Ulrich? ¿Dónde lo había dejado? ¿Y dónde estaba Eric? Me molesta muchísimo reconocerlo, pero creo que sin pensarlo dejé ese pasaporte en el lavabo para que sucediera exacto lo que sucedió. Para que yo gritara: *Eric! Eric! Eric! Eric!*, y él no me contestara. Y lo horrible es que yo sabía que no estaba. Que entre sueños lo oí pararse, bañarse, abrir cajones, mover muebles. ¿Sabes por qué me desperté pensando en el pasaporte? Porque mis monstruos, o mis diablos, o como se te dé la gana llamarlos, habían decidido expulsar a Eric de la cancha. *Elvis, please leave the building!* Tú conoces mis reglas: prohibido el juego limpio. Pero entonces ni yo sabía que tenía esas reglas. Las seguía por instinto o no sé, por vocación. El caso es que la asamblea de monstruos o demonios o pigs decidió que Violetta tenía que estar sola. Necesitaba hacerme dueña de mis pinches actos. Ponérmele de frente a la ciudad, medirme con la calle. Me había estado portando como mesera desde que llegué. Mirando para abajo, todo el tiempo. Buscando el portafolios, el billetote, el *quarter*, a ver si de casualidad topaba a mi destino saliendo del drenaje. Y no sirvo para eso, ¿ajá?

*Dear Ulrich: Went back to Texas. Bless you & love you. Eric.* No escribió más, sólo eso. *Dear Ulrich:* pendejo. Pero había funcionado, por encima de mis buenos dizque propósitos. Me sentía como una cirujana que tuvo éxito amputándose la pierna. Quería felicitarme y estaba llorando. Como niña otra vez. Y chillaba por eso, por la niña que se me estaba yendo con Eric. Por el único ser viviente que me creía no sé, *esencialmente buena. Esentially*, decía, con la cara de enamorado que me encargué de irle borrando. Y después con su jeta de padre de familia y de la iglesia y de la tribu. Mi papá en esteroides, *made in Texas.* Pobrecito de Supermán: no daba pa New York. Teníamos que habernos despedido en Houston. O igual fue mi fortuna la que no dio el ancho. *Cómo convertir más de cien mil dólares en mierda, por Violetta la Compulsiva. Capítulo uno: It's up to you, New York. Atención: Éste es un libro no apto para jodidos. Texanos, absténganse. Mexicans, ni lo sueñen.*

Luego también lloraba porque pensaba: *Soy una jodida. No puedo entrar a Saks, podría soltarme berreando en la puerta de Bloomingdale's, pertenezco para siempre a Macy's. O a Sears. O a Woolworth.* Lloraba porque no quería ser carne de Woolworth. Lloraba porque ni con cien mil dólares había logrado quitarme mi carita de Sears. *Violetta Roebuck, a sus órdenes.* Y lloraba por todo, carajo. Hasta pensaba en regresarme a México, irme a vivir a cualquier pueblo méndigo con el dinero. Rentar una casita con gallinero, hacerme trenzas y vestirme con ropa de sirvienta. Todo eso lo pensé, parecía que estuviera inventando penitencias. *Yo soy la que está mal,* decía. Y lo peor era que Eric se había llevado sus cosas, pero no la chamarra de los Yankees. Abría el closet y *zas:* a chillar otra vez. Sentenciada a vivir en compañía del muerto. También estaban sus tenis viejos, su cepillo de dientes, su uniforme de *Superman,* que era una bata que yo le había comprado en Houston. Los muertos frescos siempre están en todas partes.

No había muchas cosas en el refrigerador, pero igual la libré por cuatro días. No podía soportar la idea de que *Merry New York* me embarrara sus *Christmas* en la jeta. Faltaban pocos días para el veinticuatro y yo sentía que iba a romper un récord: si no hacía algo pronto, me iba a pasar la Navidad más agria de mi vida. Y mira que había competencia: las navidades con mis tías y mis primos y toda la manada eran de a tiro pestilentes. No tienes una idea. Pero no podían ser peores que estar solita y pobre en un octavo piso, sin perro que te ladre. Ilegal, además. Ni siquiera podía escaparme a una playa, porque igual me agarraban y no volvía nunca. Era menor de edad, ¿ajá? Y mi único papel era un pinche pasaporte robado. Escaparme, qué bruta. Yo era mi propia cárcel, cómo me iba a escapar. Estaba ahí guardada, escondidita igual que mi dinero. Pero tenía hambre. Y sed. No quedaba una puta cocacola y yo de plano me negaba a tomar agua. Una noche bajé a buscar una tiendita, pero estaban cerradas. Caminé muchas cuadras, por West End, y no había nada abierto. Me moví para Broadway. Una zona asquerosa. Gente hablando español y de repente algún McDonald's cochambroso. O como tú decías: chancroléptico. Detesto los McDonald's. Un día mis papás nos tuvieron horas haciendo cola para entrar a uno, creo que era el primero que ponían en México. Yo tenía no sé, como doce años. Y estaba segurísima de que la eme tenía el mismo amarillo de las vomitadas de los clientes. Ya sé que no tiene sentido: la chica *cheesy* no se halla en McDonald's. La gringa de mentiras que estudia inglés como si fuera catecismo, pero no quiere ser rubia. La que va y hace cantidad de cosas con tal de convertirse en la que no quiere ser. Pero bueno: ¿qué es lo que yo quería ser? ¿Qué quiero ser ahora? El problema es que siempre ando queriendo cosas que no van, tengo una colección de deseos contradictorios. Y encima urgentes todos. Tengo esta prisa que me come las entrañas y que lo mismo sirve para pinche hundirme que para rescatarme. Esta puta premura carroñera.

New York es como yo: tiene prisa por ser. ¿Ser qué? Lo que tú quieras. O lo que tú no quieras, pero no va a haber términos medios. Puedes vivir alejada de la calle y no enterarte y ser todo lo desgraciada que decidas, pero sal y verás: New York te jala. *Ven para acá, putita.* Y tú dices: *Yo no, te estás equivocando, cómo puedes creer*. Pero New

York siempre te llega al precio. Lo que no alcanza a pagar con Broadway lo compra con la Quinta, con Park, con la Séptima, con Bowery. ¿Qué veneno buscabas? New York te lo regala. En New York puedes ser la porquería que tú gustes. En New York comes mierda a la carta. Y si te duele el alma todavía mejor, porque a New York le encantan las ratas vulnerables. Y esa noche Violetta era algo así como La Más Hipersensible de las Ratas. La que necesitaba urgentemente sobornar a un taxista o insultar a un mesero. Dejarme corromper por la ciudad en la que de cualquier manera iba a vivir. No creo que nadie olvide su noche de bodas con New York. Aunque tampoco puedo recordar detalles. Debo haberme bajado del taxi por ahí de la 48.

Íbamos por la Séptima, pero hacia ningún lado. Le decía: *Turn right. Turn left. Go straight ahead.* Y cada vez que hablaba me sentía un poquito menos extranjera. En un momento dije: *Violetta, bájate.* Llevaba ya casi dos meses en New York y ni siquiera conocía la Séptima de noche. No sabía lo que era ese olor a pecado que no resiste nadie. No había logrado sincronizar no sé, la prisa de las calles con la mía. Total que me bajé y empecé a caminar. Al principio tenía tanto miedo que iba viendo nomás el puro suelo. Colillas de cigarro, zapatos, papeles arrugados con viejas desnudas. Pero igual seguía oyendo a los gritones y a los merolicos y a los negros que me pasaban a los lados: *coke-and-smoke, coke-and-smoke.* Como si todos estuvieran de acuerdo en espantarme. Claro que en un ratito entré en razón. ¿Quién se iba a interesar en asustar a una extranjera sin papeles, ni edad, que no podía entrar a ver todas esas películas y muñecas y dildos y revistas y mamadas de todos los tamaños? Yo pensaba: *Esas viejas de las fotos empezaron como yo.* En la calle y solitas. En la calle y calientes. En la calle, que es adonde pertenecen. Se metieron a una tienda, o compraron *coke*, o les dieron su *smoke*. Pero también había un chingo de dinero. Y la lana calienta. Un hombre con dinero sabe que puede hacer lo que se le ocurra. No tiene que pedir ningún permiso. Lo más siniestro de las sex shops de la Séptima era oler todas esas seguridades juntas. Güeyes que van de tienda en tienda buscando quien les quite la comezón. Tipas metidas en covachas chiquititas, listas para enseñarle el cordón del támpax al primer infeliz que le eche unas monedas a la alcancía. Dinero que se mueve todo el tiempo. Dinero en erección. Dinero con una prisa insoportable por cambiar de manos. Y yo ahí, con doscientos veinte *bucks* en el zapato. Con ganas de comprar una película, una porquería de esas que sacan a la gente sola de su casa a medianoche. Quería una rebanada de la acción, ¿ajá? Necesitaba un poco de contagio; que New York me encajara su aguijón.

## 11. Porquerías de vedette

Papá y Mamá murieron dentro del Ford azul que se desbarrancó en la Cuernavaca-México, justo en la víspera de su sexto cumpleaños, pero él llegó a los doce asegurando que los dos seguían de viaje. Luego, desde la muerte de Mamita, se dedicó a inventarse toda suerte de pasados, presentes, familias o amistades a la medida del momento. Ni siquiera Noemí, con ese ejército de mañas, guiños y patrocinios, le había sacado la verdad sobre su familia. Aunque había, entre tantas mentiras, un común denominador auténtico: su condición de hijo único. Habituado a ser siempre objeto de privilegios indivisibles, Pig había crecido jactándose de sus carencias fraternales con celo monopólico y arrogancia defensiva. No quería ni saber lo que se sentiría tener que dividir en dos su autopista con triple cantidad de tramos.

Tampoco había tenido que dividir sus herencias: la casa, los pesos, los dólares, las joyas, los fantasmas. Al principio pensó en llevar a vender un collar con brillantes y esmeraldas, pero conforme fueron pasando los meses y a los espectros les dio por asediarlo, se propuso que, en lo posible, lo conservaría todo. Hasta que un día descubrió que «en lo posible» equivalía a doce meses de sus gastos corrientes. Salía poco, daba vueltas en el coche, se hacía amigo de las putas, les pagaba por invitarlas a tomar un café. De repente viajaba, sin saber hacia dónde. Una noche dormía en Guanajuato, la siguiente en Acapulco. Alguna vez llegó hasta Baton Rouge, y se gastó en una semana el presupuesto de tres meses. A veces todavía le daba por comprar ácidos, aunque seguía sin conocer la mariguana: prueba, a sus ojos, de un férreo equilibrio emocional, mismo que a los treinta años amenazaba con venirse abajo, seguido de cerca por una estabilidad económica en estampida. Y tampoco quería vender la casa, que bien podía ser el primer paso para convertirse en pordiosero.

—Pareces pordiosero —sentenciaba Mamita cuando lo veía sucio o desaliñado, y él salía corriendo al baño a ponerse presentable, sabiendo que al volver recibiría un premio. Una vez solo, aburrido y desempleado, cuando ya no podía ni mirarse al espejo sin atisbar la sombra del Menesteroso Inminente, Pig comenzó por preguntarse cuánto debía exigir como recompensa por capitular; al paso de unos meses de empobrecimiento acelerado, la palabra *exigir* fue suplantada por el verbo *esperar*, mientras que *recompensa* degeneró en *compensación*. El día que Noemí llamó, casi un año después de haberse ido, para al fin anunciar que nunca iba a volver, Pig acertó a pedir lo único que la amante furtiva estaba en posición de darle: su bendición. Dos días más tarde, recibió la llamada de una *buscadora de talentos:* la señora Noemí lo había recomendado, le tenían una entrevista de trabajo. Tiempo completo, claro. *Es una prestigiosa agencia publicitaria*, le repitió la ejecutiva en tono monocorde, como reproduciendo la grabación. Colgó el teléfono, dio un largo resoplido y tarareó: *Welcome to the machine.*

Llegó a tiempo, de saco pero sin corbata, sonriente pero pedante, como entregando con la mano derecha lo que seguía apergollando con la izquierda. Llevaba entre las manos una carpeta, en cuyos tres extremos sobresalían los recortes de periódico donde en letras bien grandes se leía: *El Patíbulo*. No era para sentirse Cabrera Infante, pero entre semejantes socios de Mickey Mouse —seguro no leían más que anuncios y contratos— *El Patíbulo* tendría que refulgir como esos *Dublineses* que James Joyce llevó, sin éxito, a diecisiete diferentes pero iguales editores. Eso fue lo que quiso figurarse esa mañana, cuando la recepcionista de los lentes cortos y las nalgas anchas le dijo que pasara, que doblara a la izquierda, que Lerdo estaba listo para recibirlo. Así lo dijo: *Lerdo.* Sin siquiera un *señor*, un *licenciado*, un asomo de nombre que diese al apellido la prestancia bastante para no suponer, tragicómicamente, que aquel «Lerdo» era el mote que su escasa diligencia le había ganado. Fue de seguro no por compasión, sino por un taimado asomo de respeto a sí mismo, que una vez adentro preguntó por *el señor Lerdo.*

—Allá está, el viejo cerdo —resonó en sus oídos un murmullo que no deseaba constituirse en respuesta.

—¿Perdón? —Pig se detuvo, interesado ya no tanto en confirmar lo que acababa de oír, como en verle los ojos a quien lo había dicho.

—¿El señor Lerdo? ¡Claro que sí! Allá al fondo, donde está la luz prendida —ahora la voz hablaba fuerte, con dulzura sintética y ojos distantes: ofensivamente impersonal.

Pig no supo qué hacer, y en ese desconcierto se distrajo observándola: era una de esas mujeres que podrían ser bonitas si-no-fuera-por-algo, un defecto visible o invisible, una ligeramente extrema asimetría en la mirada, un detalle perturbador que no le permitía contemplarla de fijo sin lanzarse en fugaces incursiones por sus pechos, su falda, su vientre, buscando acaso allí, bajo la ropa, el motivo faltante para volver a sus ojos con un interés sólido, diríase más redondo, en arrancarle una sonrisa entera. Pero ella lo miró con desdén imperial, mientras alzaba a medias el índice para señalar, ya en los albores de la mala gana, la oficina de Lerdo. Un cubículo opaco, vacío de ventanas, en cuya entraña reposaba un hombre somnoliento, gordo y encanecido cuyo nombre de pila ni a él debía importarle.

Yacía sobre el escritorio de su entrevistador una IBM eléctrica, con un papel rosado preso en el rodillo. Pig pensó: un formulario. Y ya no tuvo tiempo de horrorizarse ante la idea de pasarse el día llenando formularios, luego de haber llegado a la no menos triste conclusión de que a él tampoco le darían computadora.

—¿Vienes por el anuncio en el periódico? —la voz de Lerdo, cascada, irregular y monocorde: voz de perdedor cómodo, lo hizo sentir a sus discriminantes anchas. Porque aunque no pensaba soltárselo a Lerdo, quizás él lo sabía: venía recomendado.

—No sé bien por qué vengo, pero esto es lo que hago —una insolencia súbita le crecía en el gesto, cual si de pronto ambicionara ser devuelto a la calle sin empleo. O como si unos cuantos recortes de *El Patíbulo* bastaran para que lo recibieran con fanfarrias. O también recordándole a aquel lerdo Lerdo que sus recién treinta años le otorgaban derecho a empuñar la petulancia con gracia de esgrimista. O porque, como tanto se lo había dicho Mamita, su temperamento de hijo único lo emparentaba naturalmente con los chivos: animales habituados al gozo simultáneo de mamar y dar topes.

Lerdo leyó sonriendo, y Pig habría jurado que por esos instantes sus pensamientos se fugaban de la agencia para instalarse en el recuerdo de otros años, cuando él también había querido ser narrador, o periodista, o crítico, o poeta. Mas como en un instante lo comprobaría, la sonrisa de Lerdo no era una evocación, ni menos un indicio de ternura, sino el puro preludio de un ritual humillatorio, insuflado de un súbito *entusiasmo administrativo.* Pues no bien terminó de leer algunas pocas líneas, Lerdo tomó sus gafas bifocales, las posó en la IBM y procedió a bajarlo de su nube con una despaciosa pero contundente artillería verbal. Palabras crudas, autodenigrantes y en consecuencia dos veces hirientes, ya que, como en esos momentos pudo descifrarlo, Lerdo no sería jefe, sino compañero. Es decir su igual, sólo que más versado, más vencido, más conforme. Y también con más sueldo, se entendía. Un igual que, de entrada, quedaba arriba de él. Un igual con el doble, y aun más del doble de su edad. Un igual recitando los derechos y deberes de cada redactor —*copy*, era la palabra, *copywriter*, algo así como el último peldaño entre los *writers*, la humildad sin honor del escribano que no vende sus palabras, sino sus horas: diario de nueve a seis, con una hora para comer—, cada uno un insulto inapelable, porque ni modo de quejarse cuando era el mismo Lerdo, todavía sonriente, quien le aclaraba que esto de ser *copy* es lo más parecido a ser vedette: no eres así que digas bailarina, pero bailas; tampoco eres cantante, pero cantas; menos aún actriz, y sin embargo actúas.

—Hay que hacer porquerías —lo instruyó Lerdo, y a cada nuevo aliento su sonrisa parecía ligeramente más burlona—: Textitos de almacén, hay que vender perfumes y carteras y brasieres y herramientas, lo que venga. Hay que olvidar el periodismo, las novelas, los poemas. Aquí vas a aprender a hacer basura.

Cuando salió, con la cabeza gacha y las cejas alzadas, la mujer de los ojos asimétricos no estaba allí. Las otras secretarias tampoco. Incluso los cubículos en torno parecían vacíos. Lerdo lo rebasó: ¿No gustas pastelito? No, gracias, ya me voy. Pero no se movió, como esperando que alguien lo llamara. ¿No le había dado ya sus datos a Lerdo? ¿No tenía claro que después, hoy o mañana, lo llamarían para una nueva cita? Conforme Lerdo se alejaba por el pasillo y penetraba en la última oficina —un privado más largo que el pasillo mismo— llegaba el *happybirthdaytoyou* que le invitó a fisgar por sobre los papeles de aquel escritorio hasta presuponer, creer y confirmar que la casi-bonita se llamaba Rosalba. Seguramente secretaria de alguien, cualquiera en esa agencia menos Lerdo, que por supuesto no tendría secretaria. Cuando llegó a la calle lo había olvidado todo: el apellido de Lerdo, los clientes de la agencia, el nombre de Rosalba. Pero ya no sus ojos, que lo perseguirían sin sosiego mientras él terminaba de capitular, echando tierra sobre La Novela como nueve años antes la había tirado encima del ataúd de Mamita, para hacerse a la mar entre las aguas negras de un conformismo vedetil hediondo a resignación burdelera: *copy.*

Una vez más, la tierra cayó pronto: la semana siguiente le llamaron. Y conoció a su jefe, y al jefe de su jefe. Es un camino largo, corto si tú quieres, le dijeron, y Pig habría querido confesarles que prefería regresar a la calle, ir a pedir clemencia en el periódico, suplicar de una vez a quien fuera preciso que lo dejara ser el pobre diablo que hacía las reseñas que a nadie le importaban. No era, quizás, su fuerza, sino la falta de ella lo que le tenía fijo en esa silla, de frente al escritorio con esa insostenible comezón:

—¿Cuánto quieres ganar?

¿Cuánto sería bueno? ¿Dos y media, tres veces el sueldo del periódico? Le pareció un abuso. ¿O había sido un abuso —en su contra, eso sí— el sueldo del periódico? Mientras escudriñaba al jefe de su próximo jefe (andaría a mediados de los treintas), resonaban aún entre sus tímpanos las frases que habrían sido, en manos del ejecutor de *El Patíbulo,* motivo de un rabioso descuartizamiento: *Amplias oportunidades de desarrollo, Nombre y prestigio entre profesionales de objetivos delineados, Un arte muy difícil, pero también muy noble.* Y sería eso lo que persiguiera de lunes a viernes, a veces hasta las siete o las ocho. De cuando en cuando un sábado. Pues no eran sus palabras, tampoco sus ideas, lo que le comprarían. Como esos restoranes que por la misma cuota ofrecen todo aquello que uno consiga embuchacar, él vendería su tiempo, con todas las palabras y conceptos y obediencias que cupieran en él. Con una hora para comer. ¿Cuánto valía su tiempo? ¿Cuánto habría cobrado, cuando niño, por aquellas seis horas de cautiverio estricto y obediente, con media de recreo? Tendría que cobrar venganza, en todo caso. Fue entonces que pensó: *Métanse por el culo su sueldito, córranme de una vez.* Multiplicó por cinco el sueldo del periódico y escupió:

—Quiero treinta mil pesos.

Era una estafa, y Pig no lo ignoraba. Sólo un descaro así podía garantizarle que en cinco minutos volvería a la calle, donde lo aguardaría su dichoso desempleo. Su tiempo insobornable. Su falsa dignidad: *Yo no me vendo, ni me alquilo, ni tengo más tarifa que la del placer.* Sonaba muy bonito, tenía ritmo, pero nunca tanto como la respuesta del jefe del jefe:

—Veinte para empezar, treinta dentro de un mes.

*Puta madre*, pensó, aunque lo que es *pensar* no lo lograba, preocupado por el temor creciente de que aquel doble jefe descubriera en sus ojos el brillo de avidez que sin duda tenían. Miró hacia atrás de nuevo: el cine, las reseñas, las redactoras, el sueldo, el arcón navideño lleno de muestras gratis, los correctores, jefes, coordinadores, el director-y-dueño con quien nunca se topó, la papada inminente de Noemí, que moriría como un pelícano en el exilio. Quiso no sonreír, conservarse impasible, incluso alzar los hombros y adornarse con un «Voy a pensarlo», pero las sombras del periódico, grotescas, miserables, no se lo permitieron, y de hecho le obligaron a soltar la sonrisa, junto a un «sí» tan rotundo, seguido de un «de acuerdo» en tal modo resonante, que ya no le importó delatar su entusiasmo ante una dignidad de pronto recobrada por obra de aquel golpe de fortuna. Y mientras el jefe de su ya jefe le hablaba de clientes, compañeros, diseño, redacción, él lo miraba fijo y calculaba: *500%.* Más que un aumento de sueldo, una revaluación de sus capacidades. Un acto de justicia. Una seguridad de súbito serena, no tanto en su persona —que, como había dicho el jefe de su jefe, estaría un mes a prueba, sin contrato— sino en el hecho claro de que ahora podía mirar hacia los viejos compañeros y jefes y rumiar en silencio, con la sonrisa tiesa y la quijada de repente chueca: *Pandilla de jodidos.*

Se sintió libre, al fin inalcanzable por la mediocridad que desde tiempo atrás lo perseguía por sueños y vigilias. ¿Qué le decía el jefe de su jefe? ¿Por qué se levantaba de su silla? ¿Eso era todo, así de fácil? ¿Cuál era el nombre de ese Jefe Mayor al que llevaba rato oyendo sin oír, en cuyos ojos no podía ver sino la retirada de esas olvidables jodideces que nunca más vendrían a danzar en sus sueños? Cuando volvió a la calle descubrió que todo —nombres, clientes, normas, compañeros— era un amasijo de datos sin sentido que no recordaba, o que nunca escuchó porque adelante, encima, por sobre todo lo visible y lo invisible, se hallaban las dos cifras mágicas cuya invencible mística nada podía ya opacar: $20.000,00 - $30.000,00.

Aunque, si ha de empeñarse en ser estricto, Pig tendría que aclarar que se trataba de un vértigo inducido, como cuando de niño se ahorcaba con el cinturón y entraba dando tumbos a la recámara de Mamita. Si pensaba en dinero, estrictamente, el sueldo prometido era apenas bastante para sostener la casa, y eventualmente comprarle algunos muebles; a la postre, habría renunciado a escribir novelas en el nombre de una casa, un coche y unos muebles. Por eso hay que insistir: si Pig cedía al vértigo de las cifras era para evitar la danza del espectro cuyo nombre apuntó ese día con tinta verde sobre su antebrazo, mientras el jefe de su jefe le explicaba un par de soporíferos aspectos contractuales. Leyó el nombre completo, de cabeza, impreso en una suerte de listado de nómina: Rosalba Rosas Valdivia.

Un vértigo sintético: eso era lo que Pig quería creer sentir, cada vez que pensaba en cifras y porcentajes para ya no seguirle dando vueltas al recuerdo de esos ojos antipáticos, mucho más inquietantes que aquellas cantidades cuya sola irrealidad anunciaba un futuro de reclusión y trabajos forzados: nadie da más de dos mil dólares al mes por alquilar a un hijo de Mamita. ¿Qué clase de ironía del destino lo obligaría a probar en la publicidad lo que no pudo demostrar en la literatura? Sintió otra vez calor en las mejillas de sólo repetir, con estilo impostado y desprecio irrestricto, la última frase de Noemí en el teléfono: *Tampoco me agradezcas, después de todo no eres* estrictamente *un bueno para nada.* En la noche del día de su contratación, Pig calculó la cantidad de horas que mediaba para el próximo lunes a las nueve: 98. Y no quiso desear, pero deseó —lo pensó rápido, sin mucha tolerancia— que el destino premiara su docilidad con unos ojos así de insolentes: la clase de mirada que se atreve a mentir con la verdad, cínicamente. Y esa mueca mordaz, de reina emputecida y desdeñosa. ¿Miraría de ese modo a todo el mundo ahí, o lo habría distinguido a él con el *performance?*

En la mañana del lunes, apenas despertó y vio que eran las ocho, calculó que difícilmente llegaría a la agencia antes de las nueve y diez: razón más que bastante para tenderse diez minutos más a reposar y, si todo salía bien, llegar en punto de las nueve y veinte. Pensó que, de cualquier manera, recibiría completo el sueldo del día. Una idea poco civilizada, si se la examinaba a partir de una mínima ética profesional, pero Pig no podía escuchar, tendido ahí en la cama a las ocho y cuarto, el llamado de la civilización; básicamente porque estaba concentrado en atender al grito de la selva. Cuando cruzó las puertas del elevador —el reloj de la recepción marcando nueve veintiséis— llevaba en el semblante una insolencia ensayada en el espejo: la que Mamita parodiaba como *cara de no-me-digan-lo-que-tengo-que-hacer.* Pero no bien entró, los ojos pachorrudos de Lerdo lo ubicaron:

—Espérate en la entrada hasta que llegue el jefe, para que de una vez te diga lo que vas a hacer —le sonrió el comemierda y se dio media vuelta, mientras Pig asumía su reciente falta de combatividad, luego de tantos meses de no enfrentarse a las redactoras de sociales: pinches brujitas frígidas, qué tal de caro les había salido. Dio unos pasos atrás, se acomodó en la orilla del sillón de la entrada y esperó su momento con la vista en el techo, cavilando. Entre tantas incógnitas, tenía un dato claro: no sabían a quién habían reclutado.

## 12. *Femme Fœtale à Manhattan*

Oye: ¿tú crees en los genes? Digo, ya sé que ahí están, pero no sé si piensas que esas cosas se heredan y entonces una sale del útero con un coctel de puros genes ajenos. Te transmiten los mismos putos monstruos que te enseñan a odiar, ¿ajá? Llegas a aborrecerte por lo que tu familia hizo de ti. Y tal vez ni siquiera lo hizo. Si el problema comienza por la sangre, yo tendría que estarme cortando las venas. Y hoy en la noche ya estaría tendida en una plancha con mi nombre en una etiqueta amarrada en un dedo del pie. *¿Cómo la reconoció, doctor? La occisa tenía un esqueleto de genuino duraflex, el novedoso material plástico que incluye el número de serie en cada pieza. De venta en Sears Roebuck.*

Si de verdad mis genes son tan corrientes como sospecho, mi problema está en que soy una mercancía de Sears empeñada en llegar a un aparador de Saks. ¿Cómo haces para que una blusa de diez dólares parezca de quinientos? Eso era exactamente lo que yo traía en la cabeza cuando iba caminando como loca por la Séptima. Me preguntaba cuánto podían ganar esas viejas siniestras que salían en las etiquetas de las películas, encueradas entre quién sabe cuántos hijos de vecino. Y yo, que me había especializado en hijos de jardinero, como que regresaba de repente a mis telarañas. Ya no era virgen, claro, pero la relación con Eric era *spiderweb-free. Por disposición de la gerencia, no se admiten ideas pirujonas.* Cuando esa noche el hambre y la sed me sacaron a la calle, afuera había otros amiguitos esperando. Morbo. Ambición. Calentura. No te digo que entonces todavía soñara con ser piruja. Tenía intereses muy afines, por supuesto, pero una cosa es preguntarte qué se sentirá que te filmen haciendo circo, y otra ponerte a hacerlo por una lana. No me prendía pensar que les pagaran mucho, sino lo contrario: me ponía caliente imaginarme que les pagaban una mierda. Ni siquiera cien dólares. Digamos que cuarenta, por abrirle las piernas a diecisiete puercos. Y que la cosa sea tan humillante que te filmen a la hora en que cobras. Ése sería el orgasmo de la película: ver el par de billetes arrugados que le dan a la Primera Actriz. *Tome usted sus cuarenta dolarotes y llévese estos dos bolillos para que se quite el hambre en el camino.* Igual entonces no me daba cuenta, o no quería dármela, o me la daba y me importaba poco, ya no sé, pero lo que quería era caerme. O sea, mediomorirme. *Elevator going down!* Y esas luces horribles, como de hospital, con las películas y las revistas y todas esas mierdas, parecían todavía más *spooky* que la oscuridad. *Danger. Dungeons and Dragons Area. Beware of inner fires!* Soy una naca, ya sé. Una chicuela de dieciséis años que se la pasa súper paseándose entre putas y calientes jamás será una señorita decente. Siempre Sears, nunca Saks. Qué le vamos a hacer, Woolworth no cabe en Tiffany.

¿Sabes qué no soporto? Estar en medio. Me gustan los principios, los finales, los sótanos, el penthouse, las pirujas, las monjas, pero lo que hay en medio es apestoso. Yo tenía dinero suficiente para vivir dos años en New York como la más conforme de las pránganas. Y mientras encontrar algún trabajo, y así extender mi vergonzosa situación por un equis número de años. Equis, como mis tíos y mis primos. Hasta que me encontrara a otro prángana dispuesto a mantenerme en la misma situación por el resto de mi vida. Luego pensaba: *Sí, pero en New York.* Y me sentía entonces tan mediocre que me decía: *Violetta, tienes que saltar*. De chiquita veía a los otros niños saltar de la resbaladilla y me daba horror. Además el metal estaba muy caliente y yo traía falda cortita. Mi mamá me gritaba: *Salta, Rosalba*, y yo nada, a berrear. Pero un día se me acercó al oído y dijo: *Salta, Violetta*. Sabía que yo siempre decía que sí cuando me pedían las cosas por ese nombre, o sea el que mi papá no podía ni oír, y que después ella tampoco quiso seguir diciendo. Pero ese día lo dijo y me pidió que saltara, y ni modo: salté. Desde entonces, cada que estoy realmente a punto de hacerle un berrinche a la vida, cierro los ojos y digo: *Salta, Violetta*. Y todo se arregla, ¿ajá? Porque saltar es lo más fácil del mundo, y una termina por saber hacerlo de cualquier manera. No sé si me entendiste. Yo estaba harta de ser una jodida hija de familia jodida, y salté. Primero sobre los dólares, luego sobre la frontera, y de repente estaba en New York sintiendo como que otra vez tenía que saltar, y te juro que no sabía para dónde. ¿No sabía, dije? Puro cuento, claro que sabía. Una siempre sabe para dónde tiene que saltar. Es como si me regalaras ahorita mismo un millón de dólares. ¿Tú crees que no sabría quemármelos de aquí a mañana?

Saltar es como apostar: nadie te obliga, pero lo haces como si no tuvieras otra opción. Lo que pasa es que cuando eres como yo nunca tienes más que una opción. No aceptas otra. Yo quería volver a Saks, era la única opción. No podía esperar, por más que me sacaran de onda los pendejos detectives. Sentía que si no lo hacía iba a acabar en Woolworth. Además, ya tenía pegada la costumbre de imaginarme la cara que pondría mi familia si un día me veía haciendo esto o aquello. Hasta la fecha lo hago, aunque no sé si todavía me divierte. Lo que me parecía muy poco divertido era tener que imaginármelos viéndome entrar a Woolworth. O viviendo en la calle. O jodida, ¿verdad? Buscando trabajillos para *Coatlicues Only*. Mojaditas gatonas, *you know*. Nadie se roba ciento quince mil dólares para ir a buscar chamba de lavaplatos. Si lo que me quedaba de esa lana iba a servirme de algo, tenía que devolverme el sabor a *junior suite*. Aunque fuera por pocos meses. Ese dinero estaba ahí para quitarme lo prángana. Si yo sabía disfrutarlo de verdad, seguro iba a encontrar el modo de conseguir más. No lo tenía tan claro, me imaginaba que la pinche necesidad iba a acabar por despertarme el ingenio. Que cuando me acabara el dinero iba a tener que echar un nuevo salto mágico. Si cuarenta mil dólares me daban para vivir como mediocre dos años, muy bien podían alcanzarme para una buena vida de seis meses. Sin demasiados lujos, nomás bien atendida. Si lo gastaba así, tenía para pasarla hasta mayo o junio. Mientras, se iba a ir el frío, y Violetta ya iba a tener la mente fresquecita.

Pero estábamos en las tiendas de la Séptima. Yo quería hacer algo indigno, cochino, como a la altura de todos esos mierdas que se pasan las horas encerrados en cabinas, calentándose todas las pinches noches con las mismas porquerías. Intenté cuatro o cinco tiendas y nada: era menor de edad. Había siempre un negrote en la puerta o en el mostrador que te sacaba a gritos de la tienda. Y yo sentía una vergüenza deliciosa cada vez que me gritoneaban. Pensaba: *Soy lo peor, que me vieran mis papás.* Hasta que me llegó un gordo en la calle a ofrecerme *two pornos* por *fifty bucks.* Le pagué y me solté corriendo, como loca. Tenía miedo de todo. De la gente en la Séptima, de los policías que me miraban, de las banquetas llenas, de las vacías. *Chica de rancho descubre Manhattan.* Bajé por la 47 hasta Las Américas y seguí sin parar. No quería ni voltear, tenía miedo de que atrás vinieran no sé cuántos policías, que apenas los mirara me dijeran: *Ladrona, tramposa, pornógrafa, piruja.* Puros insultos de lo más justificados. Según yo, mi radar fue el que me llevó al Waldorf. No me preguntes qué carajo estaba yo pensando hacer a medianoche a medio Waldorf Astoria, creo que me metí para sentirme más segura. Claro que sólo había estado cuatro días hospedada, pero igual podía esperar que alguien me reconociera. Un empleado, un botones, un gerente. No es que piense que tengo senos muy grandes. Nunca lo he pensado. Pero ya desde entonces eran ya sabes cómo, carnositos. Como que no les gusta pasar inadvertidos. Si yo quería arreglármelas en el Waldorf, no tenía más que tapar las películas y destaparme el pecho. Pero nadie se molestó en mirarme. Llegué, le di una vuelta al lobby, alcé otro poco el busto y me quedé parada junto a una columna. Pero nadie llegó. Y en ese instante dije: *¿Para qué quiero que me hablen?* Lo único que realmente necesitaba era que alguien, cualquiera, me tratara otra vez como niña rica y decente. Todavía me estaba ardiendo la cara de la pena, sentía que por más que tapara las películas todos podían ver los títulos, las fotos, las escenas que yo pagué por ver, niña piruja. Entonces yo necesitaba que viniera un botones y me diera trato de huésped. Para eso me ponía la peluca, los kilos de pintura, el abrigo, para que no dijeran: *Niña idiota.*

A los cinco minutos de haber entrado al Waldorf ya me moría de ganas de ir a buscar un taxi, pero necesitaba probarme. Si una sola persona me trataba bien, yo podía regresarme al departamento con la tranquilidad de que todavía no era todo lo que me sentía. Y en esas paranoias andaba cuando se apareció el nuevo ángel de la historia. Era un señor bajito, decentísimo, vestido como rey. Llegó conmigo de lo más ceremonioso, diciéndome *Young Lady* para todo, rogándome que me sentara dos minutos a hablar con él. No acabé de entender el cuento, pero al final salió con que necesitaba setentaicuatro dólares. Si yo se los prestaba, él después me los iba a enviar a mi suite. Hablaba chistosísimo, no decía: *Tengo un problema*, sino algo así como: *Soy víctima de un desafortunado contratiempo*. Yo veía sus labios moverse, sin tratar de entender lo que me hablaba porque así ya me estaba sintiendo perfecto. Yo decía: *Éste es el limosnero más elegante del mundo*. Y si un menesteroso de esa categoría creía que yo era rica, decente, *Young Lady*, seguramente todos pensaban así. Por eso ni siquiera se acercaban a decir nada. Qué palurda, ¿verdad? Qué polluela, más bien. Total que el Superlimosnero me hizo sentir tan bien que le di los setentaicuatro dólares. Y claro, me sentí riquísima. Otra vez millonaria, repartiendo billetes en el lobby del Waldorf. ¿Sabes cómo me fui a dormir? Llamé a un botones y le pedí que me llamara una limo. Suena idiota, idiotísima, pero para que veas lo que hace la prosperidad, en esa limousine se arregló mi futuro.

El feliz poseedor de mis dólares se quedó en la banqueta, despidiéndose con las dos manitas. Igual de sorprendido que yo. Porque en esos momentos Violetta estaba dando el salto: fue en aquel viajecito del hotel a mi casa que decidí quemarme mi dinero en seis meses. Y no creas que resolví el problema con la fuerza del puro caprichito; en realidad la bomba se desactivó sola. O sea, vino el ángel. Porque si ese señor superdecente me había sacado setentaicuatro dólares en dos minutos, seguro yo podía sacar más por menos. Sin tener que pedir limosna, ¿ajá? Una chicuela buena, rica, decente y momentáneamente desamparada nunca pide limosna; basta con que se sepa que es *víctima de un desafortunado contratiempo*. Sólo que para lograr eso yo necesitaba dos cosas: parecer decentísima y no tener ni un centavo. Y todo eso podía conseguirlo con la misma estrategia, que consistía en sobrevivir al crudo invierno quemándome doscientos dólares al día. O trescientos, o hasta más, de repente. Pero había que estirarlos de enero a junio. Y adiestrarme, ensayar, inventar lo que fuera. Tenía seis meses para enviciarme con la buena vida, y ese asunto sólo podía empezar como Dios manda en Saks. Ya en mi depto hice cuentas: me había gastado casi doscientos dólares en un taxi, dos películas, un mendigo y una limo, pero había regresado con un plan armado: *Cómo saltar ahora mismo y no hundirse en los próximos seis meses.* Salta, Violetta. Nunca, antes ni después, hice planes tan largos. Estoy acostumbrada a no saber ni madres de la semana que entra, pero al menos un día de mi vida me preparé para seis meses. Una noche, un ratito: lo que tomó llegar del Waldorf a West End y la 92: Residencia Invernal de la Dulce Violetta.

Nunca supe muy bien quiénes eran mis vecinos. Me escurría al entrar igual que al salir. Pensaba: *Soy ilegal y menor de edad, see you later, pendejos.* Lo que sí nunca quise dejar de hacer fue impresionarlos. Por eso, aunque yo no los conociera, suponía que todos me tenían fichadísima. Yo era la pelirroja que una o dos veces por semana llegaba en limousine. ¿Dónde, si no en New York, consigues limousines por el doble de lo que cuesta un taxi? ¿Dónde más puedes pararlas en la calle? Aunque eso igual no debería decirlo. Seguro hay más ciudades llenas de taxis-limo y yo aquí presumiendo un mundo que no tengo. Es más, mejor ni pongas lo de las limos. Si yo leyera una novela donde un personaje de dieciséis años se pasea en limousines para impresionar a sus vecinos, seguro esa pendeja me caería tan gorda que acabaría quemando el pinche libro. Como que suena de lo más ordinario. ¿Cuántos millones de papanatas habrá en el mundo decididos a demostrarles a sus vecinos que tienen algo más que ellos? ¿Cómo vas a engañar a un fulano que paga la misma renta que tú? Pero qué iba yo a hacerle, traía conmigo mañas de coatlicue; sólo una vida *nice* me las iba a quitar.

Bonito plan, ¿ajá? Lástima que en el fondo lo único que quisiera fuera quemarme la lana. Me hacía cosquillas todo el tiempo, sentía que no me iba a pasar nada interesante mientras no me gastara todo lo que tenía. No entendía por qué, sólo sabía que me urgía botarlo. Eric decía que era mi parte buena buscando penitencia. Supongo que porque Eric era todo una sola parte buena. *Too bad he was too good*, ¿ajá? Y yo ya no podía estar en la cama lloriqueando por Supermán. Tenía que matar a Luisa Lane, o Louise, o Lois, o como se llamara esa pendeja, y eso sólo podía lograrlo dando el salto, bajando, metiéndome en honduras que ninguna babosa de cómic se imagina. Tenía que poner en ridículo al Hombre de Acero. Y una cosa como ésas sólo la consigues cuando estrenas la ropa que jamás te compraría Clark Kent.

¿Te acuerdas del vestido de seda de bolitas? Uno entallado, negro, con escote en la espalda. Lo compré en mayo 23, ahí se fueron mis últimos dieciocho billetes de cien dólares. Me miraba en el espejo del baño y decía: *Te apuesto los ochenta dólares que nos quedan a que nadie adivinaría que eres una muerta de hambre.* Tampoco es que me hubiera comprado el gran ajuar. Tenía una pulsera, tres pares de zapatos, un abrigo. Cosas que además de ser caras *se veían* caras. Yo quería que se vieran, pero no sólo para impresionar a los vecinos, también a la ciudad. Estaba decidida a demostrarle a New York lo mismo que a mis papás, y para eso necesitaba mucho más presupuesto del que la Cruz Roja gentilmente me había cedido. Necesitaba *cash flow.* Un río de dinero pasando por la tina de mi baño. Y si no era dinero, que fuera por lo menos algo de lo que el dinero compra. Si yo no iba a poder pagar una sopa ramen de medio dólar, alguien tenía que invitarme a comer al Plaza. O a cenar al Four Seasons. ¿Sabes para qué hace una bajar al elevador? ¿Por qué siempre me voy al agujero? Para saber que ya no hay más abajo. Para obligarme a mirar hacia arriba. Para salir huyendo en la primera limousine que se me ponga enfrente. Aunque siempre hay un más abajo, que ni qué.

Todos los días veía de menos una de las películas. Ponía pausa, me iba de cuadro en cuadro, me clavaba en las caras que iban poniendo las actrices y juraba que nunca iba a hacer esas cosas. Siempre me ha dado asco la gente que vive del porno. Claro que todo el mundo vive un poco del porno, pero en New York lo ves mucho más cerca. Ves sus fauces, sus garras, sus tentáculos. No te voy a decir que de repente no me llamara la atención la idea de hacer una locura inmensa. Pero siempre pensaba que eran eso, no sé, cosa de locos. Porque te mentiría si te contara que no me puse loca con esas dos películas. Eran muy malas, como todas las porno, pero también muy buenas. Como todas las porno. Por eso, así como me daba pavor la idea de que cualquiera me viera encuerada en el cine, coge y coge, me gustaba soñar que me filmaban. Veía las películas y en la noche soñaba que era *Porno Queen.* ¿Sabes cuál era el título de la que más me gustaba? *Gang Bang 7: Snow White Does The Horny Seven.* O sea Blanca Nieves oliendo a manada. Como que las películas porno te enseñan tus alcances. Parece que son límites, pero no, son alcances. Cuando veía a esos puercos manoseando y babeando los senos de las Porno Queens, me acordaba del limosnero del Waldorf: ¿Qué no habría conseguido ese hombre tan decente con unos senos firmes y de buen tamaño?

En eso sí tú y yo nos parecemos: tenemos sentimientos muy ambiguos sobre la prostitución. Sentimientos encontrados, y no porque sean distintos sino por el milagro de que se encontraran, después de tanto buscarse. Aunque no sé si esté muy bien llamar *milagro* a esta puta catástrofe que me tiene escondida en un hotel de mierda grabándote un mensaje en no sé cuántas cintas que luego a lo mejor ni vas a oír. Hay ratos en que apago la grabadora y me pregunto cosas sobre ti. Pero no me conviene. Me voy a los extremos todo el tiempo. A veces te maldigo tanto que hasta rezo para que te vaya mal. *Virgen Santísima, que le amputen un brazo a ese Hijo de La Chingada.* Y otras estoy rezando para que me llames y me saques de aquí y nos vayamos a cualquier pinche *nowhere* a volvernos una feliz pareja de *nobodies.* Pero el resto del tiempo trato de no pensar en nada, más que en mí. Sólo así se me da prender la grabadora y ponerme a contarte. Porque obviamente no te voy a llamar, ni estoy dispuesta a ir a ningún *nowhere* con ningún *nobody*. Pero no te enojes, que ni es tu problema. Es todo mío, ¿ajá? Me asfixia la miseria, y te lo digo ahorita que estoy adentro de ella. Tendría que mandarte unas fotos de este cuarto apestoso. No digo así que apeste de verdad, pero igual sí: huele a pura miseria. Y es un olor horrible. Créeme que el hambre huele peor que la comida descompuesta. Pa que mejor me entiendas: la miseria es la mierda de la desgracia.

Total, que al día siguiente me fui a Bloomingdale's. Lista la señorita para hacer sus compras de Navidad. Los regalos pensaba comprarlos en Saks, pero antes de intentar mi regreso triunfal tenía que ambientarme. Comprar algunas cosas, hacerme de nuevo a la idea de que era gente bien, ¿ajá? Calcúlale qué tanto me cambió el humor: con decirte que a la salida traía ya hasta ganas de comprarme un arbolito. ¿Sabes qué estaba haciendo? Vacunarme contra el Tradicional Shock Navideño, que me había perseguido toda mi puta vida. Cada año, mi mamá se encargaba de escribirle nuestras cartas a Santa Claus. Eran unas cartitas sencillísimas. Decían: *Querido Santa Claus: Te pido que me traigas los juguetes y la ropa que yo merezca.* Y ya, ¿ajá? Me levantaba el veinticinco para abrir los paquetes con ropa y juguetes usados. *Hijos, no rompan la envoltura, que tenemos que regresársela a Santa Claus.* Y al año siguiente Santa Claus nos traía nuevas porquerías recicladas. Envueltas en papel reciclado, para hacer juego. Muñecas medio calvas, mecanos sin tornillos, libros pintarrajeados y con hojas de menos. Me acuerdo de un vestido azul viejísimo, con no sé cuántos lamparones de grasa que nunca se pudieron quitar. Lo vi y me solté llorando, pero inconsolable. Tenía seis añitos. O cinco, o siete. De lo que sí me acuerdo muy bien es de la razón exacta por la que lloraba.

Pensaba que según Santa Claus yo era una niña pobre. Carajo, qué vergüenza. Y no creas que luego lo dejé de pensar. Al contrario, pero me consolaba con la idea, fíjate qué estúpida, de que de menos mis papás se iban cada año a Europa.

Cuando mis hermanitos andaban por esa misma edad yo les decía que éramos adoptados, y que por eso todo el mundo nos trataba como pránganas, pero tenía más razones para sospechar que ahí la única adoptada era yo. Entonces te decía que había decidido no pasar otra de esas navidades pestilentes, y la única manera de lograrlo era no sé, metiéndole entusiasmo y presupuesto. Cuando el departamento y el arbolito quedaron más o menos listos, me armé de mis mejores trapos y me dirigí a Saks. Chingue su madre, dije, ¿ajá? Pero igual con el susto no podía acordarme cuál era la peluca que traía puesta cuando agarraron a Eric. O sea que para no errarle fui primero a Macy's y me compré una nueva, con el pelo asquerosamente rubio. Me sentía mi mamá, carajo. Pero igual decidí que a mi mamá nadie se la iba a llevar a la cárcel sólo por entrar a Saks. En todo caso le dirían: *Sáquese para Sears, pinche vieja corriente.* Finalmente llegué, me pasé el día adentro y ni quién fastidiara. Compré cinco regalos para mí: uno por cada miembro de mi renunciada familia y otro de parte de Eric, que todavía tenía sus acciones en Violetta, Inc. Ni modo de quitárselas, tan lindo él.

Llegué al departamento a las siete y todavía tuve pila para salirme a buscar una cinta. Ya sabes, de Iggy Pop. *Here comes Johnny Yen again with the liquor and drugs and the sex machine.* Tenía todavía el walkman que me había comprado en Houston. Carísimo, por cierto. Hice mis cuentas: dos mil trescientos *bucks,* con todo y árbol. Para ser Navidad, era yo un modelito de austeridad. Con el frío que hacía, esa moderación era una cosa heroica. Así pensaba, ¿ajá? Pero todos los días me gastaba kilos de dinero en pendejaditas. No sé cuántos cassettes, cuatro pares de guantes, unos patines de ruedas, un Bugs Bunny grandísimo, seis libras de chocolate, unos patines de hielo, clases de patinaje, tres bufandas, dieciocho películas... ¿Me creerías que fue el diciembre más lindo de mi vida? No hablaba más que con empleados. *Gimme this. I'll take that one. Cash, please. Hello, wrong number.* No había quien me llamara, ¿quién me iba a buscar? Y a encontrar menos. Estaba solitita en las calles de New York, echando vaho todas las mañanas entre miles de güeyes ocupados y con prisas, con la cabeza llena de un vapor más caliente que todos esos vaporcitos juntos. Traía orejeras, abrigo, doble pantalón, botas, audífonos. Consumía cantidades vergonzosas de hamburguesas, cocacolas y pretzels. No conocía a nadie, ¿tú crees? Ni siquiera las cosas de mi casa las compraba en la misma tienda. Me la vivía a galope, como si nunca hubiera dejado de correr. Que si lo ves con calma es la verdad: siempre estoy escapándome de algo. Miro una cara conocida y mi primer impulso es correr a esconderme. De repente la vida es como un videojuego que no puedes apagar. Y tienes que correr, antes de que él te apague a ti. Así que yo corría, diario y a toda hora. Ésa era la idea que tenía yo de New York: un maratón que nunca se detiene. Igual que el videojuego de mi vida, ¿ajá? Pero todo eso se me iba a acabar, era de lo más obvio. Porque diciembre dura hasta el día veinticuatro, y después quedan sólo el frío y los monstruos, que luego en esas épocas les da por chambear juntos. Pero estarás de acuerdo en que La Navideña Violetta no iba a permitir que le pasara eso así porque sí. Ya ves que soy una egoísta diligente. Así que el veinticuatro me fui a FAO Schwartz a comprarme como mil dólares de juguetes. Con el par de calentadores de gas que había en el departamento, no iba a haber forma de que el frío o los monstruos llegaran a joder. Que esperaran hasta la primavera, la niña Violetta estaba muy ocupada con su osito y su

Nintendo. Y sus cassettes, y sus abrigos, y sus demás muñecos, y también la autopista que les compré a mis hermanitos para usarla yo. Al final de diciembre me había gastado casi nueve mil *bucks*, pero igual en enero no pensaba salir más que por comida. Y cassettes. Y películas. Y el rollo es que no había forma de pararle a mis gastos, pero finalmente llegué a los primeros días de marzo y todavía me quedaban veinte mil vivos. Había estado viviendo desconectada de recuerdos, de emociones, de problemas, de todo lo que no fuera disfrutar solita de mi propio New York. Me compraba revistas, me pasaba mañanas en el Central Park, me metía a las escuelas nada más por el gusto de confundirme con los alumnos. Pero entonces todavía no me afectaba esto de no pertenecer a ningún club. No me afectaba nada. Veía televisión hasta las ocho de la mañana, dormía a cualquier hora, con trabajos me daba cuenta cuándo era domingo. Tampoco era una vida así que digas envidiable, pero yo había pasado demasiado tiempo soñando con tener todo eso para privarme del placer de atragantarme, ¿ajá? O sea que los monstruos seguían entrando. Sobre todo si me ponía a ver *Gang Bang 7*. Rodeada de muñecos y juguetes y adornitos de Navidad, oyendo *Jingle-Bells* en las cajas de música y repitiendo sola, como cotorra vieja, todo lo que decía la puta de la película. Y pensando, además: *¿Qué diría mi familia?*

Por más que yo tratara de sentirme una buena hija de familia acomodada, los monstruos no paraban de avanzar. Monstruos, fantasmas, diablos, lo que quieras. Cada día ganaban un cachito de terreno. Cuando la pantomima de la niña rica se pudriera, ellos iban a ser los que mandaran. Dentro de mí, ¿me entiendes? Haz de cuenta el Consejo de Administración de Violetta, Inc.: puros hijos de puta con aliento a azufre. Y yo creyendo que tenían alas. ¿Sabes para qué sirve el dinero? Para comprar a tus demonios. Aunque igual ya te has dado cuenta que los míos no son todo lo sobornables que yo quisiera. Debe haber una técnica para corromper a tus alimañas más dañinas. Una especie de opio para fantasmas, algo que no te traiga más problemas de los que te quita. Aunque claro, yo no quería pensar en el amor. Siempre me ha molestado esa palabra. De hecho, me abochorna. Y cuando su significado me agarra desprevenida y se me mete por las venas, ya sabes lo que pasa: todo lo rompo. Crash y crash y crash y crash. Ahora mismo te cuento cosas de mi vida tratando de que no me juzgues mal, pero también haciendo todo lo posible para que al fin me odies como Dios manda. ¿Captas la idea, *darling?* Imagínate el odio de Dios; ahora prueba sentirlo en contra mía. No negarás que es el efecto que consigo cada vez que me pongo en plan intransitable. Puede haber mucha gente que me desprecie, o que me menosprecie, pero si un día sientes que de verdad me odias, acuérdate de todo lo que te pinche amo: soy el amor apache de tu vida.

Como que el egoísmo y la inconsciencia se llevan bien. Y el ocio hace la tercia, ¿ajá? No recuerdo haber salido del departamento después del veinticuatro. Tenía hasta la madre el refrigerador, hacía mucho frío en la calle, había demasiadas escaleras, y aparte mi recámara era haz de cuenta un parque de diversiones. ¿Para qué iba a salir? Ni siquiera me enteré de la noche de Año Nuevo. A veces descorría las cortinas creyendo que era medianoche y resultaba que era media mañana. Entre los videojuegos y las películas se me perdía toda la idea del tiempo, pero igual yo sabía que eran días peligrosos: si salía a la calle y realmente asumía la época en que estaba, era capaz de hacer alguna pendejada de consideración. No sé, llamarle a mi mamá, buscarme algún problema, gastarme más dinero, ponerme a lloriquear diez días seguidos. Porque era como si estuviera viviendo dos vidas: la que yo quería ver y la que había debajo. Porque igual en el mundo los días seguían pasando, y en

México era una desaparecida y en New York una ilegal y no tenía a nadie con quien hablar, o quejarme, o por lo menos presumir de mi mundo autopinchesuficiente donde podía pasarme tres semanas sin mover un dedo. Por eso de repente me quedaba quietecita y me decía: *Ok, Violetta, ya tienes todo lo que alguna vez soñaste, ¿y luego?*

No es que no me sintiera orgullosa de haber llegado así de lejos con dieciséis añitos recién cumplidos, pero el orgullo es como un caramelo que se acaba pronto. Aparte, dime tú de qué me iba a servir la presunción estando así de sola. Pero te digo que yo no me daba cuenta. Vivía en una nubecita cubierta de regalos, había envolturas tiradas por todas partes y la música estaba hasta arriba todo el tiempo. Las mismas cintas: Iggy, Siouxsie, Siouxsie, Iggy. Por más que igual me diera por comprar de otras, ésas eran las que tenía sonando sin parar. *I was The Passenger*, ¿ajá? Ni modo que no oyera mi canción. Mi, mi, mi, mi, mi, todo era mío ahí dentro, menos yo. Violetta era una burbujita de jabón que rebotaba entre las horas y se pasaba días flotando en el aire. Siempre caliente el aire. Hasta que por ahí del veintitantos de enero pesqué un gripón del otro pinche mundo. De repente me estaba sintiendo tan mal que no tenía fuerzas ni para ir a la puerta, menos para bajar a una farmacia. Y en todo el maldito edificio no había un alma buena que me diera una aspirina. Una noche tenía tanta fiebre que pensé: *Voy a morirme*. Y me puse a llorar, ¿ajá? Pero a llorar con ganas, porque la fiebre me había hecho el maldito favor de ubicarme en la otra vida. La fea, la de abajo, en la que yo era un moco solitario sin presente que tiraba el futuro a la basura y volaba camino de hacerse limosnera. Me miré con el filtro del catarro, cosa que debería estar prohibida por las leyes más severas porque lo que una ve la hace pensar en pinche suicidarse. A los dieciséis años parece fácil suicidarse. Por lo menos la idea te llama la atención. Saltar del pinche octavo piso y librarme para siempre del catarro: era lo que me despertaba pensando. No deseando, pensando. En realidad yo no deseaba nada, y ahí estaba lo malo. ¿Cómo puedes tener esa edad y no sentir deseos? Sólo con una gripa de ese pelo y en un mes como enero. Era como estarme muriendo dentro de la panza de mi mamá. Por eso no se me ha olvidado la fecha exacta de la resurrección: treintaiuno de enero de mil novecientos noventa.

Todavía tenía tos, pero con el bañito, las pinturas y mi peluca favorita, que era una pelirroja de lo más notoria, me miré en el espejo y dije: *Guau. That's my girl.* Eran como las cinco de la tarde y a mí me urgía un cambio de escenario. Saqué mi pasaporte alemán, le pegué una fotito que me había tomado en la calle y así, a mano, encimé las letras V-I-O-L-E-T-T-A sobre el nombre U-L-R-I-C-H. Se veía muy mal, sucio, *cheesy*. Pero qué más me daba: era yo, con el nombre que me gustaba y un apellido que no me iba tan mal: Schmidt. *Good morning, Sir, this is Violetta Schmidt. Smith? S-c-h-m-i-d-t, my father was from Germany. Me? I'm from New York.* Iba en la calle con el walkman puesto, ensayando mi nuevo papel. O sea que ya tenía yo un deseo: quería ser Violetta Schmidt, y era el mejor momento para no sé, intentarlo. Había estado nevando con ganas, la calle estaba tapizada de lodo y charcos y hielo, y eso me dio la idea. Aventé el pasaporte al pavimento, lo pisé, lo pateé y dejé que se hundiera en el charco más negro que vi. Cuando lo levanté, la tinta de mi nombre se había corrido para todas partes, tanto que ya no se leía ni *Ulrich* ni *Violetta.* Ya en el departamento lo recalqué un poquito y me quedó precioso: no podía viajar a Berlín con él, pero en New York me iba a servir de mucho. Si realmente quería conmover a la gente, lo mejor era comenzar por un triste pasaporte remojado.

No había ensayado nada de mi plan. Tenía algunas ideas sobre lo que pensaba hacer, pero era parecido a mis últimas semanas en México: sabía que me iba a largar a New York, aunque no había decidido cuándo, ni cómo, ni por dónde. Y ya ves: cuando vino la presión todo se fue en rezar e improvisar. No me digas que no le has hecho igual. Cada quien reza como puede y a quien puede. Yo les rezo a los ángeles, aunque a veces no sean ellos los que vienen. Pero ni modo que me diera por persignarme cuando todavía me quedaban treinta mil dólares. O veinte, o diez. Las semanas pasaban y yo me iba volviendo pobre, pero todavía no lo suficiente para echar a andar el plan. ¿Sabes qué hacen los pobres? Rezan y trabajan. Quieren dinero, ¿ajá? Si no, no harían ni una cosa ni la otra. Y ni modo que fuera yo la excepción. Sólo que yo en lugar de trabajar improvisaba. *Cómo aprender a vivir al chilazo, en 4 prácticas lecciones*, por la eminente doctora Violetta R. Schmidt. Lección número uno: *Róbese muchos dólares.* Lección número dos: *Pélese pa New York.* Lección número tres: *Quémeselos.* Lección número cuatro: *Arrégleselas.* Lo ideal sería que el cuarto capítulo fuera el más largo, pero aquí va a salir al revés. Finalmente prefiero que me conozcas con dinero a que te enteres de la clase de monstruo que me vuelvo cuando estoy jodida. Ya lo sabes, aparte. Y en realidad no sé si tenga tiempo o ganas de platicarte cómo me las arreglé. Tendrías que escribir los siguientes seis libros de la doctora Schmidt. Y después añadirle los tuyos, que en eso de la improvisación tienes unas mañas que me quito el sombrero: hijo de puta.

¿Tú qué piensas? ¿Que te odio? ¿Que soy una cajita de rencores? ¿Que a Ferreiro yo lo trataba como mi amo y a ti como mi gato? Si yo tuviera un gato lo querría muchísimo, pero te seguiría queriendo más a ti. No sé si deberías tomarlo como declaración de amor, ya ves cómo me enferma esa palabra. Qué lástima que mis mejores sentimientos me hagan vomitar. La gente se enamora y no vomita, por eso se envenena. Una vez un imbécil me besó a fuerza en la boca y me le vomité. Muy feo el episodio, no lo pongas. Besar a una persona en los labios es algo mucho más íntimo que hacer el amor. Hay miles de calientes que en este momento están haciendo el amor sin besarse en la boca, ni mirarse a los ojos. *No mires a los ojos, no beses en la boca:* la receta de la doctora Schmidt para evitar contagios ulteriores. Así decía mi médico: ulteriores, y yo de bruta un día le pregunto si era cosa del útero. Pero no estábamos en el útero. Te hablaba de los besos en la boca. No te quería contar para qué me metía en las escuelas, casi siempre a la hora de la salida. ¿Ya lo adivinaste? Claro. Andaba buscando algún buen reemplazo para Eric. Un *Batman*, un *Spider-Man*, un *Silver Surfer*. Pero esas cosas sólo pasan en el cine, y eso a veces. Creo que andaba en busca de una nueva película, pero en New York era otra cosa. Llegaba, me agarraba de algún alumno solo y le preguntaba por la oficina de becas. O sea que me ponía por debajo de él, ¿ajá? *Necesito una beca, soy pobre y sufro mucho.* Sólo que los newyorkos no tienen vocación de *cowboy*. Los miraba a los ojos, me quedaba callada y *zas:* les besaba el hociquito. Luego me hacía un poquito para atrás y les decía: *I'll be back some other day*. Y corría, como loca. De hecho la idea era que pensaran: *That girl is fuckin' nuts,* ¿ajá? Y que por pinche loca corrieran tras de mí. Pero no sucedía. De repente me daban ganas de inscribirme, aunque fuera a unas clases de guitarra. Pero yo no quería tocar guitarra, y tampoco era nadie para inscribirme en una escuela de verdad. ¿Tú crees que iba a estudiar? Pensaba que sólo había dos cosas en el mundo que podían servir para quitarme lo naca: un montón de libritos o un montón de dinero. En mi caso la decisión estaba tomadísima: el dinero es más rápido. Y más fácil, también. Aparte, sin dinero no tienes para libros. Tú mismo no podrías ni escribir mi vida sin algún presupuesto para cocacolas. O sea que la escuela y el amor podían esperar, yo quería el dinero. El dinero o la vida, ¿ajá? Y hasta entonces la vida me parecía ingrata como puta manadera. No porque yo no fuera igual de malagradecida, pero tampoco había tantas opciones. Mis papás todavía no sabían que yo era la ratera de los dólares, aunque eso no cambiaba nada: si regresaba me iban a encerrar. Tampoco me podía ir a otra parte. No tenía papeles, mi nombre era inventado, en ningún lado me iban a tratar mejor que en New York. A ver si me captaste: para mí ser así que dijeras *bien tratada* era igual a que me ignoraran totalmente. No podía esperar a otro Eric, y si llegaba yo no iba a lograr que se quedara. Sirvo para espantar a la gente, no para retenerla. Cuando retienes algo necesitas cargarlo, o guardarlo, o esconderlo, y yo para las dos primeras cosas no sirvo. ¿Quieres que algo se pierda? Dámelo a guardar. ¿Que se caiga? Pídeme que lo cargue. Aunque eso sí, para esconder soy buena. Cualquiera pensaría que odio a mi mamá, pero tampoco es cierto. Me odio yo, de repente, y entonces la odio a ella por parecerse a mí. Los egoístas nos odiamos para destantear al enemigo, y después regresamos a la cama donde espera nuestro cochino ego. ¿Ya te fijaste que a mi ego lo trato igual de mal que a ti? ¿No te dice algo, eso? Por más que trato de contarte todo tal como me pasó, hay como una segunda Violetta que se oculta detrás de lo que digo. Y se esconde tan bien que tengo que decir que es la segunda, cuando es obvio que siempre ha sido la primera en todo, que yo no estoy aquí más que para cumplirle sus caprichos. O sea que a lo mejor no soy yo ni eres tú quien va a escribir la historia. Es ella, nada más. Nos escogió a nosotros porque ninguno de los dos sabemos controlarla. Entre el dinero y la vida Violetta no escoge nada, pero lo agarra todo. Una jamás escoge las cosas que se roba, son ellas las que eligen: *Ven a mis brazos, ratera de mi vida.*

Siempre creí que era muy buena para la ratería. Digo, ahí estaban las pruebas, ¿ajá? Pero igual luego no paraba de reprocharme que por andar de uñas largas me había quedado sin Eric. Claro que él se iba a ir de cualquier forma, pero eso no acababa de constarme. Menos desde que habló: me llamó ya en abril, el diecinueve. ¿Sabes por qué se fue? Porque mientras lo tenían agarrado en Saks se le ocurrió hablar a su casa. El papá les rogó a los de Seguridad que lo dejaran ir, por eso lo soltaron. Creo que habían filmado a Eric pasándome el abrigo, no sé si sería cierto. Hablamos mucho tiempo. Dos horas, dos y media. Estaba preocupado, según esto. Quería saber qué había pasado con Lois Lane. *She's dead*, le contesté. Y él callado, de esos putos silencios que aturden como gritos. Yo le había dicho que Luisa estaba muerta porque quería saber si le afectaba, si tenía por ahí alguna voluntad de regresar. *That's too bad*, me decía, pero no hablaba nada de vernos otra vez. *How much money you got left?* Estúpido pendejo. Tenía cuatro meses sin saber de mi vida y se ponía a hablar de pinche dinero. Ya sé que igual se estaba preocupando por mí, pero ni modo de decirle: *Fíjate que me quedan tres mil dólares.* Además qué iba a hacer. ¿Rescatarme otra vez? Eso era lo que más me molestaba, que se pusiera en el lugar de mi papá. Que supiera tan bien cuál era el pie del que cojeo. ¿Qué quería? ¿Dormir un poco más tranquilo? El pobrecito ya no hallaba cómo disculparse, porque igual no pensaba rescatarme, pero estaba sinceramente *worried* por Violetta. Desde la pura voz se le notaba. Pero eso no me iba a quitar el gusto de martirizarlo un rato, hasta que me dijera lo que yo quería oír. Checa que con seis meses en New York seguía sin conocer a nadie. Desde que Eric se fue no había tenido un pinche poste con quien platicar. Y si Eric no decía que me quería, o que me extrañaba, o que a veces le daban ganas de llorar, yo iba a quedarme como idiota con el teléfono en la mano, diciéndome: *No sirves para nada, Violetta R. Schmidt.* Total que Eric terminó chillando, pidiéndome que lo esperara y bueno: todo lo que Violetta necesitaba oír. Aunque no me creyó un demonio cuando al fin le conté que me quedaba casi todo el dinero, tenía trabajo y estaba yendo a la escuela. O sería que yo tampoco me empeñé en ser así que digas convincente. Como esas veces en las que les juras: *Estoy bien*, y pones cara de panteón para que sigan preguntándote.

¿Sabes por qué te digo que Eric estaba *honestamente* preocupado por mí? Me siento pésimo nomás de pensarlo: ese día en el teléfono soportó una por una mis rabietas sin decir nada, y al día siguiente en la mañana me llegó por correo un sobre con un cheque por mil dólares. O sea que cuando me llamó ya me lo había enviado, ¿ajá? Siempre que quieras que alguien sepa que te importa, no lo dudes: envíale mil *bucks* y va a tenerlo claro. O quinientos, o cinco mil, los que puedas mandarle. Yo veía los mil dólares de Eric y me parecían muchísimo dinero, más que todo lo que me había robado. Porque éste era dinero con el que yo podía encariñarme. Una cosa es que te gusten los billetes y otra que les agarres cariñito. Decidí no gastarlos: iban a ser mis únicos ahorros. Cobré el cheque, sin tener que identificarme porque ya ves que Supermán pensaba en todo, y guardé los billetes en el mismo sobre donde mi primer novio había escrito las dos mejores frases de su vida:

*Just because you're lovely?*
*No. Just because I love you.*

Nunca entendí muy bien la primera. ¿Quería decir que yo no le parecía suficientemente adorable? ¿Me quería por eso, o a pesar de eso? Afortunadamente los billetes son mucho más explícitos que las palabras. ¿De dónde iba a sacar Eric mil dólares? Seguramente tuvo que vender su *scooter*, o alguna estupidez así. Porque hay que ser un bestia para quedarte sin tu *scooter* por ayudar a quien ya ni siquiera vas a ver. Que fue lo que pasó: no volví a verlo. No volvió a llamarme. ¿Será por esa causa que ni siquiera ahora he dejado de quererlo? ¿O será por los otros dos cheques de mil dólares que me llegaron luego? Otra más material o menos sola que yo habría hecho cuentas y ya estaría diciéndome: *Violetta, eres pendeja.* Porque claro que yo me había gastado mucho más en él, pero eso igual no cuenta porque entonces yo lo necesitaba, y él me mandó los tres mil dólares sin pedir nada a cambio. No tenía que mandarlos, ¿ajá? Nunca me contó mucho de su vida, pero yo ya sabía que no era millonario. O sea, no tenía en qué caerse muerto. Su papá trabajaba de achichincle en un banco, nada muy importante, haz de cuenta un agente de seguros. Qué horrible profesión: alimentar a tu familia de la paranoia ajena. Te decía que la familia de Eric era como la mía: equis. Pero debían de ser más decentes que mis queridos padres, si no su hijito jamás me habría enviado esos cheques. *Mr. Kent. Mrs. Kent.* Así hablábamos Eric y yo de sus papás. Los míos por supuesto se apellidaban Lane. ¿Cómo te explico la podrida depre que agarré cuando cambié el dinero y guardé el sobre? No sé si Eric se quedó siendo mi novio, mi amigo o mi papá, pero de cualquier forma era la única persona en el mundo, punto. No había nadie más. Y lo peor era que no podía llamarle. Nunca me dio su número. Creo que los señores Kent tenían un problema con la señorita Lane. O sea la ratera mexicana que se llevó a su hijito y por poco lo deja en la New York State Prison. El sobre no tenía dirección y yo había perdido las de Dick y Jane. O sea que cero: Eric estaba completamente fuera de mi alcance, y ni modo de irlo a buscar a Laredo. Tampoco era para tanto, ¿ajá? Por mucho que lo extrañara, no se me había olvidado lo insoportable que me puse cuando empezó a estorbarme. Una puede pasar que un hombre la maltrate, pero no que la estorbe. Por no hablar del estorbo que también era yo en su vida de sano beisbolista. *Let's say we did not fit into each other's plans.*

¿Cuáles eran mis planes? Tenía que atacar. Desde abril se me había pegado la costumbre de tomar cafecitos en hoteles. No creas que no me acordaba del ángel del Waldorf. Sólo que yo quería ser más profesional, dominar todo el territorio. Por eso si la cuenta era de siete dólares, yo le daba al mesero diez de propina. Ya casi no tenía para esos chistecitos, creo que al fin de mayo me quedaban menos de quinientos. Pero era una inversión, tanto por convencerme sola de que era gente bien como para hacer fama entre los lacayos. No te imaginas todo lo que un lacayo puede hacer por ti cuando sabe que tú eres el único espécimen que lo trata como gente. Porque además de darles las superpropinas me preocupaba por mirarlos, sonreírles, hacerlos sentir alguien. Claro que mis escotes también hacían lo suyo, ¿ajá? Cartera generosa, sonrisa generosa, escote generoso, ¿quién no se iba a acordar de tantas atenciones? En cambio las mujeres no me funcionaban. Nunca he podido ser amiga de mujeres, ni cómplice, ni nada. Por eso me buscaba hombres trabajando. Lo de menos es que unos sean mariconcitos; igual te ayudan más que las mujeres. ¿Tienes alguna idea de por qué me odian tanto? ¿Se me ve desde lejos lo tramposa?

Me tuve que inventar toda una historia. Estudiaba *business administration* en Columbia, vivía en *244 Claremont Avenue* y mis padres viajaban muy seguido a New York. No se quedaban en mi depto porque estaban mejor en el hotel. Mi papá tenía citas con socios, clientes, *business people, you know*. ¿Qué hacía mi papá? Tenía una agencia de Mercedes Benz. Claro que en México no había ni Mercedes Benz, pero eso no tenían por qué saberlo en la cafetería del Plaza. Además, yo no me ponía a platicarles. Más bien me daba por preguntar cosas, pedirles que me guiaran, *you know I'm not from town*. A los hombres los tranquiliza enormidades verte desprotegida. Todos quisieran ser *The Amazing Spider-Man*. Les pedía que me dijeran cómo llegar a un banco, cómo cobrar un cheque, dónde estaban las oficinas de American Express. Y como de todo ese dinero que iba y les embarraba en la jeta siempre les salpicaba algún billete, ya supondrás que me hice popular. Sin perder la distancia, ¿ajá?, porque yo era una niña rica y los amigos de las niñas ricas no trabajan de gatos en el Plaza. En algunos lugares el mozo de la puerta me reconocía. *Good afternoon, Miss Schmidt.* Luego también a ellos les daba su tributo. Son básicos, te juro. ¿Sabes de cuánto fue la última propina? Cien dólares. No me quedaba otro billete grande. Claro que cuando tuve más dinero regresé a las propinas, ni modo de pararle a la inversión. Digo que era la última propina porque creo que el capítulo tendría que acabarse junto con la lana de la Cruz Roja. Me quedaban cuarentaicuatro dólares con treintaisiete centavos. Podía comerme unas cuantas hamburguesas, ver un par de películas y quedarme sin nada. Fuera del sobre de Eric ya no había ni un centavo. Era un lunes el día que tronaron las finanzas de Violetta. Lunes cuatro de junio del noventa, *nearly five, p.m.*

## 13. Las horas moribundas

CABEZA: *¡Mande usted!*
BALAZO: *Hágala suya y hágase obedecer.*
TEXTO: *A usted que es un caballero de buen gusto, le ofrecemos un genuino símbolo de elegancia: la esclava en baño de oro de doce kilates, que le proporcionará la prestancia natural del hombre moderno. Ahora a precio especial, para el hombre que siempre controla la situación.*

De acuerdo con su bitácora —una suerte de *diario del exilio*, saturado de cálculos y porcentajes ociosos—, la redacción del texto le había tomado un total de 12 minutos con 47 segundos. Es decir, 767 segundos. 53 palabras. Algo más de 14 segundos por palabra. Si se sumaba el tiempo total que exigían la inclusión de los precios, las modificaciones del cliente y la joda de transcribirlo a máquina mientras le conseguían una computadora, el resultado no pasaba de la media hora. Si redactaba un promedio de tres anuncios diarios, su tiempo de trabajo neto ascendía a 90 minutos: el 18,75% del tiempo que le estaban pagando. Claro que de repente lo llamaban a junta, y entonces había que realizar el verdadero sacrificio: ceder al cautiverio total de carne y seso. Pues no tenían bastante con que uno estuviese allí sentado frente a ellos, escuchando sandeces a las que no concedía la mínima importancia; era preciso, también, opinar. Dar ideas. Permanecer alerta. Esquivar los golpes. Transpirar entusiasmo. Apasionarse. Lanzar los disparates al aire como gotas de esperma impenitentes. Pero ni eso, porque quién eyacula calculando ulteriores conveniencias, quién diablos tiene tiempo en plena plenitud para, como Lerdo, robarse al vuelo las ideas ajenas (las cachaba en el aire, las escupía sin siquiera pensarlas, sonreía en espera del aplauso). Más bien aquellas *brainstorms* le parecían batallas sin cuartel al interior de un mismo pelotón de pedorros. Se trataba de establecer no sólo quién había lanzado el pedo más sonoro, sino cuál de ellos se internaba con más vigor en los pulmones. Cuando tal cosa sucedía pronto, la junta terminaba felizmente, y Pig podía volver a su privado a gastarse en silencio sus cientos de minutos restantes. Cuando no, más valía resignarse a soportar aquella peste densa y redundante donde las grandes ideas nunca aterrizarían, acaso porque el águila no suele cazar moscas.

Aunque, para ser franco, la humillación iba un poco más lejos: se sentía un desecho del azar entre tantos *profesionales de objetivos delineados.* Había un engañoso requisito de ductilidad que Pig no conseguía cubrir, de modo que entre más se miraba forzado a negociar, menos quería enterarse de lo que estaba haciendo. Negociar: virtud de creativo, pecado de creador. Por eso ni chistaba cuando Lerdo le robaba las frases; la sola idea de recibir un crédito por aquellos rebuznos lo avergonzaba hasta la náusea. De pudor a pudor y de fastidio en fastidio, Pig descubría sus incompatibilidades orgánicas con la vida de *copy,* al tiempo que advertía las carencias de los jefes: casi nadie sabía lo que estaba haciendo. El mismo Jefe Máximo tenía siempre el coco en otra parte, sus opiniones eran, más que excéntricas, estólidas; sus frases, inconexas, rengas quién sabe si de puro apresuradas. Había una irrealidad guiñolesca en cada una de esas reuniones ejecutivas, donde Pig expresaba su opinión a través de bostezos largos, insobornables. Había, también, espacio para entretenerse haciendo otras cosas. Anuncios, por ejemplo, como ése de la esclava, que era puro humor negro involuntario. ¿Quién era tan ingenuo para creer que una esclava de bronce le llevaría más allá del departamento de *intendencia?* ¿Quién tan cerdo para cobrar por prometerlo? Había que poner la cara dura al promover una estigmata como símbolo de prestigio social, y por supuesto había que reírse al releer: el texto de la esclava pertenecía a esa categoría de escritos abyectos cuya sola factura le reserva a su autor un sitio en el Infierno.

Posiblemente lo infernal no fuese en sí la junta, como esa crónica incapacidad para concentrar un mínimo de su atención en los asuntos ajenos. A veces, al principio de la reunión, escribía una lista de ideas rápidas, que luego iba dosificando, mientras se concentraba a placer en otros temas. Y si bien ello no promovía su imagen *a nivel corporativo*, ciertamente le daba el halo retraído del creativo: atleta de la imaginación sometido a exigencias de alto rendimiento. Alcahuete verboso de las registradoras. Fantasma sobornado por la máquina. Y eso era lo que más odiaba de las juntas, pues durante esas horas se entregaba a incubar ideas egocéntricas y destructivas, como la de jugar a verse cautivo del *Planeta de los Simios:* truco viejo, ensayado y perfeccionado desde la primaria, útil siempre que el mundo se negaba a cumplir su voluntad: *los changos son los otros.* Las juntas parecían infernales porque durante su transcurso se presentaban, alternativamente, ángeles y demonios a increparlo. ¿Debía menospreciar el medio ambiente y entregarse sin culpas a la divagación fecunda? ¿No era más práctico aprender a usar el idioma reinante, con lo fácil que parecía? Si se metía de lleno al juego, ¿los estaba comprando, o se estaba vendiendo? Pensó: *Me vendo para así poder comprarlos*, y concibió una larga espiral de compraventa, que con alguna suerte desembocaría en *la seguridad de un retiro confortable.* Escribió: *Bienaventurados los pigs de hoy, porque ellos serán los lerdos del mañana.* Rimó «cerdo» con «lerdo», «anuncio» con «renuncio», «idioma» con «sarcoma», se entretuvo apilando versos contra Lerdo que al cabo le dolieron más a él. Al terminar la junta, descubrió que lo detestaba no exactamente por mediocre, hipócrita y servil, sino por el mediocre hipócrita servil en que él mismo se estaba convirtiendo. Además, el muy mierda acababa de adornarse con dos de sus ideas, sin tantito pudor. Tal vez por eso no acabó de sentirse satisfecho cuando poco después, tras una leve distracción del enemigo, depositó un discreto escupitajo en su taza de café.

Cualquiera podía verlo desde afuera, por más que disfrutara de una relativa segregación. Tanto como las secretarias, cuyo trabajo es un asunto más o menos público, Pig se pasaba el día enmarcado por el cristal de dos por dos, visible como un pez en su pecera: *Estrictamente prohibido dar de comer al copy.* Cada vez que escuchaba la palabra *privado*, pensaba: privación. Puesto que la privacidad era privilegio improbable allí donde cualquiera podía verificar, con sólo ver hacia el cristal, si en efecto se hallaba trabajando. Aunque de todos modos nadie supiera en qué.

A cambio de *privarse* de 480 minutos del día, percibía diabólicos $ 666,66. O sea que sus minutos valían $1,38. A menos que contara solamente los días hábiles: entre 21 y 22 al mes. Pongamos que 21. El resultado era ligeramente más halagador: $ 952,38 por día. Casi dos pesos por minuto. Pero luego sumaba los minutos que tardaba en llegar por la mañana, en irse por la tarde, y al sueldo le restaba los costos de la gasolina, el desgaste del coche, los extras. Lo importante seguía siendo, en cualquier caso, estirar, bifurcar, desmenuzar, desglosar más allá de la lógica las especulaciones aritméticas cuyo puro transcurso hacía desaparecer esos minutos. De otra forma, tendría que haber llevado desde temprano las cuentas angustiantes que apuntaba en las hojas de la agenda de escritorio cuando habían pasado las cinco de la tarde: una detrás de la otra, se sucedían las hileras de cuatro rayas pequeñitas, paralelas, verticales, cruzadas finalmente por otra horizontal. Doce grupos de rayas en total: otra hora repleta de nada.

Paladeaba un deleite díscolo en la sola sospecha de tener, contra todo pronóstico, un proyecto. Pero era una sospecha, nada más. Un olfato quizás desesperado, harto de soledad, listo para treparse en cualquier tren. Era un escalofrío recurrente, cuya irrupción intempestiva le dejaba a merced de no menos chocarreras comezones: imposible saber si realmente sentía lo que sentía, o nada más lo que quería sentir cada vez que olisqueaba la presencia de esa mirada extraña, y por ello dos veces familiar. ¿Cómo hace una mujer para insertarte en su órbita sin ni siquiera verte?, se preguntaba a veces, a la salida, luego de vigilar durante horas al único ser vivo en esa empresa que a todas luces se aburría más que él: *Rosalba Rosas Valdivia.*

Llegó a pensar que era una mujer hueca, cuyo temperamento inhóspito delataría la lóbrega existencia de unos monstruos vulgares y acomplejados. Pero eran pensamientos defensivos. Incubados, por cierto, en equivalentes catacumbas. Porque no había que ser un especialista para colgarle a ella, tanto o más que a él, la etiqueta de *antisocial:* se sentaba por horas a perder sistemáticamente el tiempo, y parecía empeñada en demostrarlo: Mírenme, no hago nada. Recortaba revistas, se maquillaba, se desmaquillaba, se cambiaba de anteojos, sin jamás devolverle la mirada ni el saludo a nadie. ¿Era una secretaria, una ejecutiva, una simple heredera berrinchuda? ¿Quién le patrocinaba el privilegio de vacacionar en la oficina, si es que alguien ya la había molestado para comunicarle que ésa era una oficina? Pig no estaba dispuesto a preguntarlo, menos aún tratándose de un pálpito con ruedas al que insistía en llamar *sospecha de proyecto:* «Creo que tramo porque tramo que creo», la clase de entusiasmo transformista que permite ceder el poder a los monstruos, para luego maravillarse por *sus* estropicios, con la misma esmerada estupefacción de siempre.

(La empleada desdeñosa a quien, gafas mediante, conoció para sí como casi-bonita, parecía guardar detrás de los anteojos no sólo una hermosura terrible y asimétrica como el más glorioso de los casi-estrabismos; también malocultaba una dosis extrema de ese afán torcido al que suele llamarse mala voluntad. O mala condición, o mala leche. Mas se advertía, y en eso Pig es firme, que el solo intento de quitarle ese defecto —si tan torpe misión resultaba posible— tendría que echar por tierra su ilógica belleza.)

Pero he aquí sus monstruos, uno a uno atraídos por la obsesión secreta, perdían cada mañana un poco de su fuerza destructiva, tanto que ni la idea de un día joder a Lerdo le parecía ya realmente atractiva. Despreciaba la perspectiva de seguir entregando sus horas a la gestación de pensamientos *tan* ociosos con fines *tan* vulgares, y experimentaba, cuando alguien tenía a bien felicitarlo por la redacción de un texto, el bochornoso impulso de salir corriendo y ya nunca volver la vista atrás. Tenía unos deseos temblorosos de que cualquier mañana lo corrieran. (Total, que le pagaran la segunda quincena y lo dejaran ir.) Trataría de divertirse, mientras tanto. Sería puntillosamente ocioso y generosamente inútil. Soportaría la miseria de saberse extranjero en el reino cerrado de una casi-bonita que ya le parecía hermosa hasta la orilla del sacrilegio, pero ni su insultante indiferencia le quitaría el placer de escribirle unas líneas orgullosamente buenas-para-nada, y lanzarlas después hasta sus meros dominios. Lo pensó una vez más: no era una mala idea. Si a esa Rosalba le quedaba algún rastro de sangre en las venas, tenía que ser sensible a los tulipanes.

## 14. Snoopy se llamaba Supermario

Nunca voy a acabar de arrepentirme de esa carta. No me acuerdo qué puse, era muy corta. No había ningún motivo para escribirla, y menos para enviarla, pero andaba tan necia que igual la mandé. Me acuerdo que sentí un escalofrío cuando escribí la dirección de mis papás. El puro nombre del fraccionamiento me metió ganas de chillar. No sé si era nostalgia o cargo de conciencia. Podía haberme limitado a saludarlos, desearles mucha suerte y despedirme con el clásico *no se imaginan cuánto los extraño*. Pero en lugar de enviarles unas lindas patrañas, cometí la burrada de soltar la verdad. Haz de cuenta que era una carta de niña rica. *Mamá, papá, ya me acabé el dinero*. Sólo que luego puse cuál dinero: el de la Cruz Roja. Con esa aclaración, ya todo lo demás salía sobrando. Si firmaba *Violetta* en lugar de *Rosalba*, si no ponía mi dirección ni mi teléfono, todo era poca cosa frente a ciento catorce mil seiscientos noventa dólares. Todavía tuve humor para escribirles al final que nadie sabe para quién trabaja. Según ellos lo de los dólares no fue tan grave como lo de la burla, por eso hasta la fecha no terminan de perdonarme. No es que fuera más grave, cómo crees que iba a ser más fuerte un chiste que un desfalco, lo que pasa es que fue el pretexto que agarraron para guardarme rencor. Después hasta querían que les creyera que todo ese dinero era para nosotros, mis hermanos y yo. Ya ves cómo es la clase media de cursi y de dramática cuando usa la palabra *patri-*

*monio. Era Su Patrimonio, hija, ¿cómo pudiste? ¿Su* patrimonio? ¿Mío y de mis hermanos o de la Benemérita Cruz Roja? En fin, me estoy justificando y de nada me sirve. Ya te contaré luego lo que pasó, ahorita todavía estamos en New York. Es la noche del cuatro de junio. ¿Sabes en dónde estoy? Piso quince del Waldorf, *junior suite*. Un señor y su hijita se apiadaron de mí. Me dieron unos dólares, me ofrecieron asilo y se fueron al teatro. Y yo desamparada, bañándome en burbujas y cenando en el cuarto. La otra hija no sé por dónde andaba, la cosa es que esa noche les sobraba una cama y me la dieron. Y me dejaron sola, como dueña, mientras se iban a ver *Los miserables*. No trates de hacer chistes de segunda, si hubiera sido una verdadera miserable nadie me habría ofrecido una camita en el Waldorf.

Había caído al hotel como a las seis y media. Venía de escribir la maldecida carta esa. Pensaba: *¿Y si vienen a buscarme?* A ver qué iban a hacer para dar conmigo. Pero por si las moscas me había ido hasta Queens a enviarla. De esas precaucioncitas paranoicas que una se toma no tanto para protegerse como para sentirse protegida. Cosas que nada más engañan a los detectives de la tele. No me imagino a mi papá contratando a un detective para localizarme, sobre todo que ya ni botín había. Quedaba un año y medio de alquiler, pero fuera de ahí hasta el refri estaba en las últimas. La idea era que yo no iba a moverme hasta que se acabara todo, ¿ajá? Y ya no había ni leche, ni limones, ni una chingada cocacola para el día siguiente. O sea que entré al Waldorf limpia, con dos *quarters* y un *nickel* en las bolsas de los jeans. Más un *token* del *subway* por si se hacía muy noche y no sacaba nada. Que era lo más posible, claro. Tenía que llegar en la mañana, bañadita, arreglada, como estaba el señor tan decente que me había sacado setentaicuatro *bucks* de un solo fregadazo. No habían pasado ni cinco minutos desde que llegué cuando vi a mis benefactores. Tenían unas caras de mexicanos que no podían con ellas, pero de todos modos les hablé en inglés. *Excuse me, Sir, where are you from?* Pésimo arranque, pero apenas estaba comenzando. Tenía que aprender, ¿ajá?

El cuento no era malo. Había perdido mi equipaje con todo y billetera y boleto de avión. No tenía un centavo y no sabía dónde iba a dormir. Tenía que juntar trescientos *bucks* para irme a mi casita. Apenas estuviera en México yo les iba a mandar todo lo que me prestaran. El problema era que en mi casa no había nadie, y los del consulado no tenían presupuesto... Claro que se podía mejorar, ya después fui aprendiendo. Lo que vale no es tanto la mentira que cuentas, como lo convencida que estás de que es verdad. Hay una angustia, un desamparo que te brota por los ojos mientras hablas. Si lo haces bien, *transfieres* el problema, se lo pasas entero al que te está escuchando. Y si es más de uno, tienes que concentrarte en quien creas que es más tu aliado, pero sin descuidar a los que lo acompañan. Es un trabajo fino. Si dramatizas mucho, corres el riesgo de llamar la atención de los empleados del hotel. Y al mismo tiempo tienes que cuidar la dignidad. Muchísimo, ¿me entiendes? Si te humillas, o si dejas que te humillen, vas a sacar los dólares de uno en uno. Si no es que *quarters*, *dimes* y *pennies*. *Why should I long for any pennies from heaven when I can get some real bucks on Earth?* ¿Crees que tengo un acento muy terrible? Carajo, yo también. Los últimos dos años en casa de mis papás aprendí todo el inglés que pude. Luego tenía una tele que ponía subtítulos para sordomudos, allí acabé de aprender. Pero ni con el compradero de cassettes pude enseñarme a pronunciar decentemente. Aunque igual luego me di cuenta de que eso tampoco importaba. En mi negocio, ¿ajá? Más bien era al contrario: mientras más feo y chafa era el inglés que hablabas, mejor pegaba el cuento de La Desamparada. A la gente le gusta ver sufrir a la gente. Les da seguridad, se sienten importantes, afortunados, buenos. En realidad no les estás pidiendo que te regalen nada; les vendes la tranquilidad de su conciencia. Alguna vez leí no sé dónde una historia de un cura que se consideraba a sí mismo el Cordero de Dios, según esto porque su chamba era quitar el pecado del mundo. Igual yo, ¿ajá? La gente se iba siempre más ligerita, más contenta luego de que te habían ayudado. Yo no los estafaba, ni les quitaba nada. Más bien les ayudaba a deshacerse del dinero que en el fondo no querían cargar. Cuando haces una obra de caridad, o en mi caso de solidaridad, te sientes con derecho a ser como eres y tener lo que tienes. Ya pagaste tu impuesto, ¿ajá? ¿Te acuerdas que te dije que el señor de los setentaicuatro dólares era un ángel? Tú no sabes lo bien que me sentí después de regalarle esa lana. Además no era para menos, el tipo me había enseñado a distinguir entre caridad pública y solidaridad privada. Con nada pagas eso.

Veía por las ventanas y no me lo creía. El primer día de trabajo, los primeros clientes y *chuza:* ya estaba yo durmiendo en el Waldorf. No me habían soltado gran cosa, al principio. Treinta dólares. Pero ya al día siguiente, cuando me levanté, la hija me dio cuarenta más. ¿Cómo ves que el papá todavía me invitó a desayunar y antes de que me fuera se me puso guapo con otros cien? ¡Ciento setenta *bucks*, Violetta! Sentía una felicidad grandísima. Iba en el *subway* a las diez de la mañana mirando mi reflejo en los cristales: una sonrisa tamaño *Big Apple* que no se me borró en el día entero. Luego hasta hacía cuentas: si lograba sacar quinientos diarios y me gastaba cinco mil al mes, en dos años iba a tener ahorrado un cuarto de millón. Dios mío, qué pendeja. Si esas cuentas se hubieran hecho ciertas ahorita ya tendría el primer millón de dólares. Más interés compuesto, imagínate. Con el puro interés me compraba un carrazo. ¿Cómo iba yo a esperar que en los siguientes cuatro días con trabajos iba a juntar sesenta?

Humillante, ya sé. Deprimente, descorazonador. *Ladies and Gentlemen, directamente de New York, con ustedes: Miss Misery.* Vivía como prángana gastando menos de cuarenta diarios, y ni así se me hacía salir con los gastos. El sábado me levanté pensando: *No me alcanza para ir mañana al cine.* Y apenas el lunes había estado desayunando en el Waldorf. Según me habían dicho los colombianos, que no sé si te dije pero tenían cara de mexicanos, pensaban quedarse toda la semana. O sea que no podía volver al Waldorf antes del siguiente martes. Y en el Plaza como que no me acomodaba. Demasiados pasillos y demasiada gente. Muchos que ni siquiera son turistas, y ésos nunca se acaban de tragar el cuento. Lo más que llegas a sacarle a un newyorko es una dona y un café. Ya están todos curtidos de *freaks* y cuentos chinos. El Sheraton tampoco me servía de mucho, como que está contaminado del ambiente de la Séptima. Es de esos hotelitos más o menos *nice* donde todos los cuartos tienen vista a los *losers de la ciudad.* A la vuelta está el Hilton, pero es más pobretón. Y en el Hilton yo no me había hospedado. Al principio sólo quería ir a los que conocía bien. Pensaba que si había cualquier problema iba a decirles: *Yo soy clienta de este hotel. ¿Qué no saben quién soy?* Miss Violetta Schmidt. *Violetta who?* La idea era que las cosas no llegaran hasta allá, por eso me movía en puro territorio conocido. Pero ya ves los resultados: sesenta pinches dólares. Jueves y viernes me había quedado dormida llorando. Y el sábado me dije: *Violetta, go for it.* Era *weekend,* ¿ajá? Tenía que irme bien, carajo. Salí a la calle pensando que no era más que una niña rica en apuros. Lo pensé de verdad. Alguien había cometido un error en la maternidad y yo, que había nacido para millonaria, fui a dar a una familia de clase media maromera. Pero esa puta suerte ya se había terminado, la prueba era que yo andaba en New York. Llegué a la conclusión de que estaba viviendo lo que un año antes no me atrevía ni a soñar. ¿Doscientos treinta dólares en cinco días, sin papeles y con dieciséis años? No eran los quince mil al mes que había calculado, pero igual un año antes no podía aspirar a la décima parte de eso, y encima mi papá me tenía de su criada.

Nunca puedes saber qué tal te va a ir, pero ayuda muchísimo estar de buen humor. Controlas más tus sentimientos, no proyectas tus dudas, tus expresiones te salen exactas a como las quieres. Más que hacer cara de miedo o de necesidad, tienes que armar una *performance* marca Qué Vergüenza. Porque claro que es la primera vez que te sucede una cosa de éstas. Luego también hay unos que no te creen, pero como ya conseguiste conmover sus sentimientos paternales, te dan de todos modos. Lo de menos es que te crean; hay que simpatizarles y todo sale bien. De repente funciona ser un poquito cínica. Pero sólo un poquito, casi nada. Te digo que lo tienes que hacer todo muy finamente, acuérdate que es pura cirugía mental.

Nada de eso lo sabía ese sábado, pero de todos modos me pasé la mañana cosechando billetes. Ciento diez a las once, treinta más por ahí del mediodía y regresé a mi casa muy contenta. Me había dado una vuelta por el Saint Regis, un hotel chiquitito no apto para jodidos, tanto que ni siquiera me dejaron entrar. Pero afuera se me hizo atrapar algunos cuantos, con espléndidos resultados para mi autoestima. ¿Sabes qué les rompía el corazón? Mi pasaporte. Lo traía en la mano, que por cierto me estaba temblando de lo más a propósito. Cuando veían lo que le había pasado a mi pasaporte me miraban con una ternurita que yo decía: *Bingo.* A partir de ese punto ya sólo se trataba de reforzar el estímulo y elevar el nivel de la solidaridad. O sea el *cash*, ¿ajá? Porque tenía que ahorrar, no para mi vejez sino de menos para no pasar hambres la semana siguiente, si me iba mal con la recolección. Y así fui poco a poco aprendiendo las mañas de esa noble profesión que me estaba salvando la vida.

Era intenso, y a veces peligroso. Cualquier día te encontrabas con un depravadote que te ofrecía una lana por subir a su cuarto. Y no creas que no sentía tentación, pero me daba una vergüenza horrible preguntarles con cuánto pensaban sobornarme. De cualquier forma me faltaba práctica, en todos los sentidos. ¿Sabes en realidad por qué mandé la carta para mis papás? Quería asegurarme que por muy mal que me fuera no me iba a regresar con mi familia. ¿Cómo se llama eso? Quemar las naves, creo. Como Cortés, ¿ajá?, que tuvo que decir: *O conquisto a estos indios hijos de puta o me voy a la mierda en el intento.* Si ya tenía toda esa renta pagada y en México no me querían más que para asesinarme, no me quedaba otra que conquistar New York. Iba a hacer cualquier cosa, todas las veces que fuera necesario, con tal de llegar a los dieciocho años como newyorka profesional. Violetta R. Schmidt, mexicana en New York, hija de padre alemán y madre canadiense. No me digas que no suena de lo más *cool.* ¿Verdad que la película iba mejorando? Ya sólo me faltaba arreglar el problema del presupuesto, pero antes de eso había que joderse no sabía cuánto tiempo, me imaginaba que todo el verano.

Había que madrugar. El dinero caía entre ocho y media y once. Además cada hotel tiene sus claves. Si sabes trabajarlos, todos te dan dinero, pero antes tienes que agarrar su ritmo, entender los horarios, los movimientos, el tipo de cabrones que te vas a encontrar. No es lo mismo tratar de conmover al que lleva mil dólares para todo su viaje que al que ni a chingadazos llega al mediodía con ese presupuesto. Todos tienen por dónde, eso sí. A veces necesitas demostrarles candor, a veces lo contrario. Hay que usar las antenas.

Lo más difícil viene cuando el güey quiere más, pero no te hablo de los asquerosos que te ofrecen uno de veinte por que se las chupes. Con esos nomás pones cara de espantada y huyes. Pero hay otros que se ponen un poco en plan Eric, y eso ya se trabaja de otro modo. Están solos, les gustas, no saben qué decir o se pasan de amables. Uno puede leer perfectamente toda esa información en una miradita, un parpadeo. Un gesto que se escapa sin querer. Porque aparentemente yo era la que hablaba y ellos los que miraban y escuchaban, pero yo no podía aventarme el tiro de que me analizaran, ¿sí?, yo tenía que analizarlos antes. No les tiraba nunca el mismo rollo, más bien lo iba adaptando a sus reacciones. Si se ponían difíciles, lo mejor era abochornarse, decirles: *Qué vergüenza, nunca me había pasado una cosa así, no se imagina usted los días que he tenido.* O sea, se trata de ponerlos en una situación insólita, complicada para ti pero muy fácil para ellos. Cuando al fin logras que el problema sea todo suyo, ellos son los que acaban el trabajo: soltarte ese dinero es un alivio, les da una paz de espíritu que no esperaban. Por eso cuando ves que te miran de otro modo, la idea es que te dejes convencer, poco a poquito. Una vez que el fulano compró tus ojos, ya lo de menos es que compre tu problema.

Por supuesto que mueren por resolverlo solos, tanto que hasta se sienten no sé, recompensados, cuando al fin te demuestran que lo hicieron bien. O sea mejor que nadie, ¿ajá? Un tipo solitario al que una hace sentir mejor que los demás se vuelve un corderito amaestradísimo. Al final te das cuenta que ése es el negocio. Si en el nivel más bajo está la caridad, y el que sigue hacia arriba es la solidaridad, necesitas brincarte tú dirás cuántos pisos para llegar hasta el nivel de la ilusión. Comprensión, compañía, conveniencia: todas están debajo de las ilusiones. No tienes una idea de la cantidad de hijos de vecino que te dan cualquier cosa a cambio de eso. Y yo creyendo que la solidaridad me iba a sacar de pobre. Si vendes ilusiones consigues lo que quieras, la onda es que dejes al cliente contento. Les des lo que les des, nunca tienen bastante. Se hacen adictos antes del tercer cariñito. El chiste está en saberlos elegir, porque si te equivocas puedes meterte en broncas espantosas. Y ni modo de ir a quejarte, porque si llaman a los de Seguridad lo más posible es que termines en la cárcel. Claro que antes negocias. Algunos se ponían verdes en cuanto confesaba que era menor de edad, pero a otros les salían los chamucos. Otro nivel, te digo.

En el fondo tanto ellos como yo sabíamos muy bien qué estábamos haciendo. Primero les contaba mi problema, luego se conmovían y me invitaban un café. Los hacía reír, les contaba la vida turbulenta de Violetta R. Schmidt y acababa llorándoles encima. O sea que primero les vendía el problemita, y ya en confianza hacía que me compraran el problemón. Se había muerto mi padre, yo estaba muy enferma, me habían estafado, mi madrastra me odiaba, cualquier cosa. Ya con eso tenían el pretexto para ofrecerme más ayuda de la que les había pedido. Generalmente nos hacíamos novios, pero como según esto yo estaba traumadita, me hacía la difícil todo el tiempo. Digo, si ya el tipo insistía en que me quedara a dormir, ni modo: jugábamos un día, dos días, cuatro días a los *casaditos.* Una vez me quedé dos semanas en el Waldorf con un idiota que por nada me soltaba. Luego había otros que salían con la batea de babas del anillo. *¿Acepta usted por esposo a su querido patrocinador, hasta que la quiebra los separe?* Sí, pendejo, estoy lista para hacer el peor negocio de mi vida.

Algunos te dejaban más de quinientos. Otros no regalaban mucho, pero te dabas gusto pidiendo lo más caro del *room service.* Ciento cincuenta dólares la copa de Luis Trece, doscientos la botella de Dom Pérignon. ¿Ves lo que te decía? El dinero te libra de la mediocridad, de la ignorancia, de todo mal, te juro. Pero igual se te pudre si lo guardas. No vayamos más lejos, los mil dólares de Eric se estaban fermentando, cualquier día iban a apestar a amor podrido. Y si esas cosas pasan con el dinero bueno, qué enfermedades no te causará el malo. O sea el que te pesa en la conciencia, el que ya no te deja pensar en otra cosa. Te digo porque yo veía a mis mariditos y me daba horror. No sabían qué hacer con su dinero, ni sin él. Nadie les había dicho lo tramposa que es la lana: te descuidas tantito y dejas de ser su dueño para volverte su administrador. ¿Cómo entiendes que un tipo rodeado de sirvientes cabizbajos se convierta en sirviente de sus pinches posesiones? Tienen mucho dinero pero no compran nada. No es muy justo que sea yo la que lo diga, después de todo lo que les vendí, pero según yo los billetes grandes sirven para comprar la libertad. Siempre hay unos que van y se las venden, y ellos a huevo que la compran, aunque luego no la usen. La única libertad que deveras usaban era la que les vendía yo. Casi siempre tenían madrecientas mil citas, pero una vez que se encerraban en el cuarto disfrutaban con ganas la libertad que les quedaba. ¿Sabes cómo la disfrutaban? Poniéndola en mis manos.

Primero fue una cosa no sé, *totalmente casual:* el tipo me agarró descontrolada, no sé por qué me entró la idea de que era policía. Le apliqué el tratamiento intensivo: más lágrimas, el doble de sollozos, broncas más intrincadas, todo un pesadillón. Cuando empezó a mirarme con restos de ternurita, decidí que aquél iba a ser mi día. Al principio lo único que había querido era librarme del fulano, pero apenas lo vi que se quebraba me sentí desafiada. Llevaba tres semanas viviendo de la solidaridad humana, con menos de mil dólares ganados; si la ilusión en los ojitos del tipo ese no mentía, podía cambiar de liga en esa misma noche. Todavía no cumplía los diecisiete y ya quería ser *Big Leaguer:* eso es tener espíritu deportivo, ¿ok? Y conste que hasta ahí no había dado nada el güey. Pura lágrima pronta, *tailor made prime time tears.*

De nombres no me acuerdo. Creo que me empeñaba en olvidarlos, era parte de mi estrategia defensiva. *Técnicas avanzadas de aperrizaje forzoso: una nueva mirada a la gol-*

*fería ligera*, por la doctora Violetta R. Schmidt. Pero el problema no era que yo me deshiciera de los nombres, lo malo es que también se me olvidaban las caras y las historias. No sabes lo angustiante que es volver a toparte con el mismo fulano y no saber quién le dijiste que eras. Lo peor es cuando se te ocurre abordarlo con una nueva historia y ya se te olvidó que viviste tres días con un güey igualito. Manhattan es la típica ciudad donde te pasan esas cosas. Hay muchísima gente, pero te encuentras conocidos en cualquier esquina. ¿Sabes qué es lo que ningún hombre olvida de mí? La voz. De nada sirve que cambie de pelo y ropa y maquillaje, si de cualquier manera abro la boca y me delato. Según yo no es voz ronca, es otra cosa. Suena a mujer, muchísimo, pero igual no es tan fácil hallar a una mujer con este tono, ¿ajá? Y no sé fingir voces, no me sale. Cambio el tono y hablo igual que monita de caricatura. Como decía un hondureño del Doral Inn: hago la voz de Vilma Picapiedra. Y me lo notas todavía más si me ves a los ojos. Me voy haciendo chiquitita, la voz se me entrecorta, muevo los pies para adelante y para atrás. Movía, pues, mientras me acostumbraba a trabajar del nuevo modo, ya luego me enseñé a no mover ni las pestañas sin provecho. Control, ¿me entiendes? Hasta para lucir desamparada, sobre todo para eso, una tiene que controlar toda la acción. Ni siquiera los nervios son casuales (nunca sabes cómo los van a interpretar, a menos que domines los detalles). *Si desea condenarme su Señoría, écheme de una vez el cargo, con todo y agravantes: Bitchcraft.*

Ahora que para ser deveras *bitchy* tenía que hacer peores cosas, como fingir los sentimientos que por ningún lado tenía, pero eso nunca lo he sabido hacer. Para mí son las clásicas mentiras que te acabas creyendo, y eso es lo más imbécil que le puede pasar a una pirujibruja. Creerte tus mentiras: error fatal, pa que mejor me entiendas. Es como si yo ahora me creyera que soy la que te cuento. Hay cosas que no dices nunca, ni frente al puro espejo, ni a solas, ni a oscuras. Son las verdades intragables que según nosotros no son parte de nosotros. El chiste no es negarlas, sino hacer que parezcan imposibles. *¿Yo, eso? ¿Cómo crees? Ni estando loca. Es la última cosa que haría en la vida.* Todos dicen lo mismo y ni uno solo está diciendo la verdad. Cuando mis papás quisieron tantear si su virginal hijita se había corrompido en New York, de plano me negué a entrar en discusiones. *Piensen lo que quieran,* les dije, *yo sé quién soy y tengo claro lo que valgo.* Esas cursilerías funcionan de maravilla entre la clase media que me vio nacer. Aparte, si una no sabe lo que vale va a acabar ofreciéndose por menos, y Violetta R. Schmidt estaba decididamente a favor del precio justo. Esas cosas pensaba mientras decía mis ñoñerías para salvar el pellejo de mi honra. ¿Te acuerdas de las campañitas que hacías en tu cuaderno, echando toneladas de caca sobre el pinche producto que tan gordo te caía? Y luego de ahí mismo sacabas la campañota, sólo que ya con *bullshit* al gusto del cliente. Pues lo mismo hacía yo cuando tenía que decir cursilerías o portarme como la noviecita de un pendejo en el Plaza Atheneé: pensaba exactamente lo contrario de lo que le estaba diciendo. *Las tradicionales vacunas contra el amor de la doctora Schmidt.* Vía de administración: *oral, of course.* Dosis: *hasta que el puerco aguante.* Había unos que eran lindos y me caían simpáticos, pero igual les hablaba pensando: *puerco-puerco-puerco-puerco-puerco.* Imagínate el *freak* que me invadió cuando se te ocurrió contarme que te dicen *Pig.* Era como decirme: *Soy inmune a tus venenos.* Y eso no se le dice a una dama, pendejazo. Un día se me ocurrió que a lo mejor la protección no era contra los clientes, sino contra todo el mundo. Era una cucaracha antisocial, ¿ajá? Trabajaba de actriz, a veces *twenty four hours a day, seven days a week, day or night, rain or shine, puta madre.* Llegó a ser desquiciante. Cuando vino otra vez diciembre dije: *Bye.*

Eric me había mandado los segundos mil dólares, y entonces a Violetta se le ocurrió una idea revolucionaria: ¿Y si me iba a la playa? Claro que era arriesgado, pero igual me quedaba en New York y me arriesgaba a terminar tirándome por la ventana. Estaba mal, ¿ajá? Había aprendido las nociones básicas del *bitchcraft,* pero seguía teniéndole miedo a la gente. Así que mi manera de no pensar en la Navidad fue decirme: *Violetta, tienes que arreglarte.* No podía seguir viviendo con la cabeza descompuesta, debía de haber cientos de millones de *bitches* más felices que yo.

Todavía era noviembre cuando a uno de mis mariditos se le ocurrió invitarme de vacaciones. Claro que lo mandé al carajo, pero como con ganas de que me insistiera. Y así lo traje toda la semana, ruégueme y ruégueme y ruégueme, hasta que decidí que le iba a dar el sí en el último momento. ¿Te acuerdas del taxista que parecía mi abuelo? Pues haz de cuenta que era de la misma rodada: fácilmente pasaba como mi respetable ancestro. Me acuerdo que se fue el seis de diciembre. Vivía en Miami y según él tenía un yate *very impressing.* Nunca lo comprobé. Acepté que me diera mi boleto para el veintiocho, con regreso el seis de enero. ¿Checas lo fino de mi humorismo? Íbamos a estar juntos del día de los Santos Inocentes al de los Reyes Magos. Puros cuentos, ¿ajá?, pero él se los tragó enteritos porque no se quería ir sin comprarme el boleto de avión. ¿Sabes entonces qué hizo la muy *bitch* de mí? Llamé a reservaciones y cambié la fecha de salida. El veintidós ya estaba yo en el aire.

Hay lugares en los que nunca acabas de aterrizar, así es Miami. Un pueblucho nefasto, debería decir. ¿Me creerías que no hubo un mierda hotel donde no me exigieran identificación? Había reservado en el Hyatt, pensando que para el segundo día ya se aparecería un buen hombre que quisiera cargar con la cuenta, pero por más rabietas que hice no hubo modo de que me dieran el cuarto sin *id.* Me solté caminando por las calles del Centro, asombradísima de estar en un ambiente tan rascuache, donde aparte de todo se daban el lujito de rechazar mi *cash.* Eran casi las seis de la tarde, yo había llegado a las diez y no había manera de que hallara un lugar donde dormir. Hasta estaba pensando en llamarle al abuelito para que me llevara a su yate de juguete, y en eso se aparece un anuncio a media calle:

*Miami - Vegas*
*10 days $1,000*

O sea que con uno de los envíos de Eric podía escaparme a una playa de las que sí me gustan: ésas donde el rumor del mar es un coro de monedas que caen y caen y caen, *non stop.* Era lo que decía uno de mis mariditos, que en Las Vegas la gente se ahoga, una de dos: *en* dinero o *por* dinero. Y la agencia de viajes era tan chafaldrana que con tal de venderme la excursión me aceptaron el pasaporte alemán, que hasta entonces había estado escondido en la maleta. Total, no sé ni cómo le hice pero esa misma noche salí para Las Vegas, ya sin la paranoia de encontrarme al viejito del yate en cualquier parte. Estaba amaneciendo cuando por fin se me hizo tumbarme en la cama de un hotel, pero igual yo tenía ganas de celebrar. Y para eso Las Vegas funciona a cualquier hora. Era mi primer viaje de placer, ¿ajá?, el primero en mi vida, solita y con mis medios. Claro que todavía faltaba hablarle al de Miami y aventarle alguna excusa para no quedar como ladrona, pero antes yo tenía que inaugurar mis vacaciones, porque en Las Vegas tampoco había así que digas aterrizado. ¿Cómo iba a aterrizar, si por más que miraba el cuarto donde estaba no podía creer tanta hermosura? Las Vegas. Nunca nadie me había dicho tan clarito: *Eres rica, Violetta.*

Aunque eso de ser rica era tan relativo como los quinientos dólares que me quedaban, porque los de la agencia me habían sacado quinientos más por el cuarto sencillo. Pero el dinero allí rendía. ¿Sabes cuánto costaba un *club sandwich* en tu habitación, servido en una mesa elegantísima, con una jarra de agua y dos copas de cristal cortado? Ocho cincuenta. Increíble. Y todavía no te he dicho cómo se llamaba mi hotel: hasta ese día supe que *Mirage* significa e*spejismo*. Todo hacía sentido, ¿ajá? La alberca tenía cascadas, en las peceras había tiburones y el lobby se te perdía entre hileras de mesas y maquinitas que te susurraban: *cash-cash-cash. My kind of town*, ¿ajá? Mientras en otros lobbies yo sufría para que nadie se enterara de lo que estaba haciendo, el lobby del Mirage era un fiestón donde cualquiera entraba a cualquier hora y hacía lo que se le pinche daba la gana. Y eso que todavía no conocía el Caesar's Palace, que además tenía un *mall* en el que podías ser feliz por los siglos de los siglos. ¿Te parezco muy naca con mis comentarios? Entonces vete conformando con saber que Violetta volvió a nacer en Vegas.

El dinero es como el trasero: te saca de onda presumirlo y te saca de quicio que te lo presuman. A la gente le gusta enseñar su dinero, pero no que los otros les embarren el suyo. Es una ley universal que se rompe en Las Vegas. En Vegas solamente los croupiers tienen algo que ocultar. Nunca fui a Atlantic City, ni a Nassau, ni a Montecarlo. Algunos de mis mariditos me contaban, pero dudo que haya algo como Vegas. *Motherfuckin' Disneyland*, ¿ajá? Es un sueñazo al que entras de cabeza y poco a poco vas enderezándote, hasta que de repente ves que vas volando sobre una alfombra mágica. El chiste está en no aterrizar, no apagar las turbinas y creerte todo lo que veas, aunque realmente no lo veas. Mientras en los hoteles de New York no era más que una brujita friolenta con aires de tarada en apuros, el Mirage me dejaba poner sobre la mesa todos mis encantos, que son indispensables para apostar sin perder. Claro que hay una competencia feroz: no te imaginas la de lagartonas que se pelean por los apostadores solos, pero al final hay tantos que ni las más horrendas se van lo que se dice en ceros. Aparte no te he dicho las maravillas que hizo la llave de mi cuarto, metida por el lado derecho del escote con tremendo logo: *Mirage*. Sería todo lo *cheesy* que tú quieras, pero me daba buen nivel sobre las otras viejas: no es lo mismo ser una advenediza de quién sabe qué calle que estar hospedadita en el hotel. Si lo sabría yo, que trabajaba en eso. Nunca miras igual el lobby de un hotel cuando vienes de dormir en uno de sus cuartos. Los otros huéspedes son como tus colegas, te mueves al nivel de los patrones y no tienes que hacerles caravanas a los criados. Ni siquiera les ves la cara, no hace falta. A menos que de pronto, como a mí, se te meta el chamuco.

No sé si esté así siempre, pero yo vi Las Vegas hirviendo de chamucos. Hay una cáscara como de plástico que tienes que quitar, porque aparentemente todo es de lo más sano, pero una vez que te trepaste al patín no te queda más que el camino hacia el vicio, que en mi caso puede llegar a ser cortísimo. Sobre todo cuando la suerte se deja sobornar por ti. Yo sabía que tenía ciertas armas para manipular al enemigo, y que gracias a ellas había sobrevivido desde junio, pero Las Vegas tiene una manera tan poco sutil de emputecerte que apenas pones la primera apuesta, tus escopetas se transforman en cañones, y si tenías cañones despiertas con misiles. ¿Sabes todo por qué? *Ask the croupier*. Cuando el dinero corre de esa forma y te das cuenta que en cualquier momento podría terminar en tus manos, hay una calentura que te obliga a atacar con todo. Flota una cosa sexy en el ambiente, algo que te seduce, o te hipnotiza, o te envenena, o todo junto. Una bruma putona pero transparente, como una fila mustia de lucecitas verdes que te jalan: *Órale, vente*. Seguramente es la resaca del Infierno, porque yo ni las manos alcancé a meter. Una vez tuve un maridito que decía que el Infierno es una fiesta tan maravillosa que sólo después del primer mes te das cuenta que aquello es un castigo. Afortunadamente me quedé nada más tres semanas.

Como siempre me pasa, el chamuco se me metió mientras estaba sola. Quise decir en medio de mi cuarto grandísimo donde todas las noches me dormía desnuda para sentirme todavía más reina. Era apenas la noche del veinticuatro y yo no había hablado más que con los del *room service.* Uno de ellos, el del turno de la noche, tenía una mirada tristísima. En la televisión había películas de zorritas encueradas y camioneros calientes, lo menos navideño que encontré. Pero seguía pensando en el *room service.* Y en Navidad, carajo. Todo el mundo cenando con su familia y Violetta en Las Vegas viendo *pornoshit.* Son historias idiotas, si tú quieres, pero te dan ideas, ¿ajá? Cualquier idea que sirviera para aplacar a mis monstruos santaclauses era mucho mejor que dejarlos libres y furiosos en media Nochebuena. Me sudaba la espalda cuando pedí el *club sandwich.*

Las mujeres tenemos el don de hacer posible lo imposible. Hay cosas, por ejemplo, que sólo pueden suceder en la mente de un estúpido calenturoso. Pero si se me da la gana, puedo encargarme sola de que todas las cosas que soñó le pasen ahoritita en su recámara. No sé si sea frecuente que un bombón de diecisiete años abra la puerta de su habitación así, encueradota, pero seguro a Snoopy jamás le había pasado. Creo que se llamaba Marco, o Mario, o Marcos, algo por el estilo. Un nombre aburridísimo, triste como él, por eso preferí ponerle Snoopy. Pero tampoco creas que nos hicimos tan amigos. De por sí me costó mi buen trabajo secuestrarlo, era uno de esos sudamericanos que creen que van a convertirse en gringos si trabajan como negros. Pero ya ves cómo es de perro el instinto de la especie, así que Snoopy se las arregló para desafanarse de la chamba con un par de llamadas. Luego llamó otra vez y en tres minutos llegó uno de sus compañeros con un sobrecito. Para entonces yo ya tenía terror. Había creído que el mesero se me iba a postrar como el jardinerito, o que se iba a aventar como los mariditos; se me estaba olvidando dónde estábamos. Y como con el susto ya tampoco podía pensar en la fecha, la mesa estaba más que puesta para que la pantalla de mi vida me dijera otra vez: *Welcome to the next level.* Todavía no era muy buena con el alcohol, pero Snoopy resolvió ese problema con tres botellas de *Cheesy Champagne*, más un par de jalones que me volvieron ciudadana de Las Vegas. Nunca había visto la coca, pero apenas la probé sentí como si fuéramos amigos de toda la vida. Al día siguiente, cuando ya estaba sola, pensé que el tal Snoopy era un demonio. Tenía que conservarlo, ¿ajá?

Me había dejado el papel en el buró. Podía metérmelo en ese momento y bajar a hacer chuza en el casino. Pero me daba miedo que se dieran cuenta. Dios mío, qué bestia. Medio mundo allí dentro andaba igual o peor y yo preocupadísima por mi buena imagen. Bajé como flotando, entre dormida, borracha y drogada. Me sentía no sé, un asco de persona, pero igual ya me había pintado y traía una peluca recién peinadita. De bañarme ni hablar, hasta crees. Iba por el hotel con los ojos entrecerrados, viendo por los huequitos que me dejaban las pestañas. Pretendía llegar a la alberca, pero apenas vi el sol sentí que me iba a derretir por dentro. Y en eso que me viene una idea revolucionaria: ¿Qué tal si me compraba unos lentes oscuros? ¡Unas gafas, Violetta! Era pero obvio, y yo sufriendo en esas putas condiciones. En Las Vegas los únicos que sufren son los *losers, darling.* Igual seguía perdiendo un poco la vertical, pero ya con unas gafotas milagrosas, ¿ajá? *Cordero de Dios, que quitas el pecado del mundo, danos las gafas.* Pensé: *Lo más sano sería pedir el desayuno*, pero luego me corregí: *Lo más sano sería no vomitar antes del mediodía.*

Y todavía más, más, más sana me pareció la idea de salir a estrenar mis gafas, patrocinada amablemente por dos jalonzotes de *coconut groovy.* Qué quieres que te diga: *Fuck you, Miami!*

En Vegas no hay juguetes, hay juguetazos. De hecho me tuve que ir por eso, no podía ser cierto que la vida fuera tan maravillosa. Un día despiertas y descubres que estás en *The Ultimate Fuckin' Videogame.* Tienes todas las vidas, los controles, la energía, las contraseñas, los atajos. Sobre todo eso: atajos. Las Vegas es una supercarretera, pero sigue valiendo más por sus atajos. Unos se pasan años inventando sistemas para tronar a la banca, otros ganan y se lo queman todo en putas a la carta, y otros igual se meten drogas menos fuertes. Ácidos, tachas, papeles, chochos, no sé cuántas virginidades perdí en el viajecito. Supongo que las suficientes para estar segurísima de que no iba a llegar a los dieciocho años hecha una pendeja. No sabes cómo me podía molestar que mis mariditos se encerraran en el baño a meterle a sus vicios, mientras yo me quedaba viendo tele como retrasada mental. No se me da la tele. Si acaso las películas y los videojuegos. Y *Saturday Night Live*, que en Las Vegas era como asomarme a mi depto. Yo oía que decían: *Live from New York!* y sonreía, me ponía de buenas pensar: *Yo soy de allá.* Como indita, ¿me entiendes? Aunque tiene su *chic* ser indita newyorka, por lo menos te sientes ladina internacional. Aparte tienes la tranquilidad de que siempre habrá un mamón galante que te diga: *You don't look very mexican*, y tú le puedas contestar que tu papá es alemán y tu mamá española. Sí, cómo no, babosa, de Naucalpanburgo y Sevillatlán. Claro que con mi carita de muñeca de lladró nadie iba a imaginarse la cantidad de coatlicues que mis putos antepasados me dejaron escondidas. No me vas a decir que no es de pinches coatlicues pedir un sandwich de ocho cincuenta y encuerársele al mesero. Pero bueno, tampoco fue tan fácil conquistar Tenochtitlan. Puedes ir y sacar al tlahuica de su templo, pero intenta sacar al templo del tlahuica. Yo sé lo que te digo: ni en una suite del Plaza se te sale entero. Ya el solo hecho de sentirte tentada a chingarte la toalla es delator, pero igual sales con el cenicero, los cerillos, el jabón, el shampoocito. O sea como pinche muerta de hambre, ¿ajá? Estás viviendo en pleno primer mundo y te da por ponerte plumas en la cabeza. Güey, no me digas que no te han informado quién ganó. Por eso te decía que el dinero te arregla ese problema de un día para otro. Cómprate unos jabones en Saks y un encendedor Dunhill y a ver si andas robándote pendejaditas. En fin, que estábamos en el capítulo de los vicios, que como te decía llegaron bien juntitos, haz de cuenta que pegué un seco en la ruleta. Pero tampoco fueron tantos, qué te crees. Lo que pasa es que yo en Las Vegas descubrí que me hacía mucha falta reírme. Nunca me reía, ¿ajá? En Las Vegas, en cambio, no paraba. Con Snoopy chillaba de risa porque hablaba un español divertidísimo. En realidad hablaba de la mierda, pero a mí en ese estado me parecía de lo más gracioso: guatas, tulas, rajas, coyomas, lachos, pitos, cocos, todo me divertía en grande luego de echarme la gotita de ácido en los ojos. Era como si se quebrara el parabrisas, por dos o tres segundos no veías un carajo, pero después aparecía la siguiente pantalla y *Welcome to The Princess' Castle, Mario*. Ya me acordé: sí se llamaba Mario, porque después pasé a decirle *Supermario*. No porque fuera muy bueno para algo, más bien porque era idéntico al muñeco del videojuego. Chaparrín, de bigote, asalariado, ingeniosito, y además se hacía grande con un hongo. Lo que más nos hacía reír era que con los ácidos nos hacíamos grandotes y chiquitos. Los jalones de cois eran vidas extra, las tachas nos volvían invencibles, ya sabrás. Los chilenos son buenos para los chistes. O sea, no para contarlos, para reírse de ellos. Por un lado son de lo más calientes, pero también son público agradecido. Y los hombres son fáciles de controlar. Claro que no era el caso de Supermario, o Snoopy, o como quieras que le llame. Éste era un ambicioso y un cabrón. Desde el segundo día me cobró los dulces, el muy prángana. *Ésta es la historia de Mario, que era un pinche proletario.* Claro que al tercer día no me volvió a tocar más que con algún *candy* por delante. *But we were heavy users, you know.* Se supone que las primeras veces una se modera, pero desde el momento en que me vi coronada como reina de Las Vegas dije: *Shit, yo no quiero bajarme de aquí.* Además, ya te conté lo pésimo que me estaba yendo antes de darle cuello al sobrecito. ¿Qué querías que hiciera la pobrecita reina, si nunca ha soportado ser parte de la plebe? Aunque eso nunca lo haya descubierto Snoopy, que era bueno de plebeyo. No dudo ni tantito que me haya cobrado los caramelos al doble, pero me daba tanta hueva ponerme a conseguir otro *candyman* que al final casi me asocié con Supermario. Bonita reina salí, tirándome a los pinches lacayos para que no me quiten mi corona. Pero como decía una amiguita que tuve luego en México: *Antes cobro diez mil pesos por ahogarme entre la mierda que recibir cincuenta por limpiarla.* O doscientos por comértela, que es lo que muchos prefieren. Qué asquerosidad. Yo más bien quería hablar de los lacayos: malditos sean todos. Los trepas a un ladrillo y se marean, los pinches changos. Apenas les das trato de personas y te pasan las cuentas de sus traumas. Como si no sufriera una de los mismos calambres. Nunca he visto un periódico que diga: *Solicito lacayo.* No sé de dónde salen tantos con la ele en la frente. ¿Sabes por qué creo que los detesto? Porque igual que Violetta son capaces de cualquier cosa. O sea por igualados, pero ya ves tú que las reinas somos las menos indicadas para enderezar el mundo. Toda la gente que se propone enderezar al mundo lo que en realidad quiere es enchuecarlo a su medida. No hay nada más torcido que un enderezador. ¿Te digo lo que pienso, Pig? Creo que lo único deveras recto en este mundo está lleno de mierda.

Nunca pude evitar que me dijeran *malagradecida*, pero tampoco puedo ser de otra manera. No sé por qué termino maldiciendo todo lo que la gente me da. ¿Será que soy tan *mala usuaria* de mi suerte, como decía un pendejo que luego conocí? Hace rato te dije que planeaba hacer chuza en el casino, pero no dije cómo porque ni yo sabía cómo, ¿ajá?, aunque ya me iba imaginando que mi lacayo amante no me iba a regalar más caramelos, por más que yo le regalara toda mi dulzura. ¿Me entiendes? Hay quienes dicen que a los lacayos les falta educación, o sentido común, o elegancia de verdad, pero para mí el único problema es que les falta presupuesto. Y eso ante mis ojitos los descalifica totalmente. Hasta Disneylandia es insoportable sin boletos. Entonces Supermario podía tener todos los caramelos, pero yo ya sabía que en cualquier momento le iba a dar por pedirme unos boletos. O sea que tenía que bajar a donde había boletos y hacer chuza a como diera lugar. Según Supermario, nomás lo que él y yo nos habíamos metido le salía como en trescientos *bucks.* Ya con el combustible en la nariz, La Terrible Violetta agarró el elevador, se arregló la peluca, pensó en todas las tiendas que iba a visitar y dijo: *Piece of cake.* Yo sentía que todo tenía que ser fácil, pero ya no decía ni pensaba nada porque otra vez ya estaba doblada de la risa. Me acuerdo que pasé por la pecera de los tiburones, que no sé si a propósito estaba justo atrás de las cajas, y le grité al cajero: *You fuckin' shark!* Sin control, la pendeja. Felicísima.

Al principio se me quedaban viendo raro, pero cuando una se endereza y saca el busto los demás se cuadran. Como si les dijeras: *Esto es un asalto.* Pero yo ni siquiera los miraba a ellos. Yo no miraba nada, para eso traía puestas mis supergafas, quería reírme a gusto de lo que no estaba viendo. Luego de tantos meses de andar por la vida plantando mi carota de bruta atribulada, sentía como alivio cada vez que decía: *Puedo reírme todo lo que quiera.* Y al final muchos terminaron riéndose conmigo. No te digo que fuéramos un club de imbéciles carcajeándose, la única que se carcajeaba era yo. Pero estaba aprendiendo a descubrir las maneras que tienen los hombres para reírse contigo, a veces sin mover ni un músculo. Sobre todo si tienen a una mujer junto. Igual todo eso ya lo había visto hasta en el cine, pero checarlo así, tan arriba como estaba yo, le daba un aire como de *revelación.* La coca es como el amor: llega y te vuelve reina, pero después te va pudriendo sin decírtelo. ¿Qué te pudre? ¿Lo reina o lo cocainómana? No sé, el caso es que yo recuerdo bien Las Vegas porque fue el escenario de mi coronación. Varias veces he pensado en regresar, y si no lo hago es porque no estoy segura que vuelva a ganar. Puedes disimular lo *loser* en cualquier lado, menos en Las Vegas. ¿Para quiénes crees tú que se inventaron las máquinas tragamonedas? ¿Quién, que no sea perdedor de nacimiento, se está tres horas solo peleándose el dinero con una alcancía? Y yo sé que si un día vuelvo a Las Vegas voy a acabar peleándome los *quarters* con las máquinas, como acabé en New York inhalando la alfombra donde según yo me quedaba un poquito de reinado en polvo. Las Vegas tiene mi veneno, ¿ajá?, es como si hasta los semáforos del Strip me dijeran: *Ya conozco tus vicios.* Este capítulo podría llamarse: *Bitchin' Las Vegas.* ¿Cómo dirías tú? *¿Perreando?* No creo. Una cosa es *perrear* y otra *bitchear.* Y por supuesto que *putear* ya pertenece a una categoría superior. O inferior, depende. *Bitchear* es según yo algo así como expropiarle la cartera al maridito en turno y aventarse pidiendo lo más caro del menú. Según mi mamá, eso se llama *golfear.* Yo opino que es pensar más rápido. O sea que lo dejamos en *bitchear,* que no suena tan feo. ¿Sabes cómo me dijo el puto viejo de Miami cuando le llamé? *You fuckin' slut!* Me enojé tanto que le grité: *¡Slut tu puta madre,* *pendejo!* y le colgué. Ya después me pasaba lo mismo a cada rato. Me acuerdo que pensaba: *Un día de éstos voy a meterme en un broncón, por pinche respondona.* En el Waldorf no puedes armar esos panchitos sin arriesgarte a que los de Seguridad te saquen a patadas por la puerta de servicio. No digo que me lo hayan hecho, pero creo que lo hubiera preferido. Es más, estoy segura. Yo podía imaginarme a los hijos de perra sacándome a patadas, pero nunca jodiéndome el destino sin que yo hiciera nada. Que es lo que sucedió, al final. Pero andábamos en Las Vegas, Your Royal Highness Violetta R. Schmidt se estaba acomodando la corona desde adentro de la nariz. Supermario juraba que la coca te va poniendo azul la sangre, pero yo decía: *Si esas cosas fueran ciertas no las sabrían los plebeyos,* ¿ajá? El chiste de la coca está en saber dos cosas: *Es rica y no hay pa todos.* Y aquí tendrías que añadir: *Je, je,* para que tus lectores me odien rabiosamente. ¿Morderán, tus lectores? Si tú muerdes y yo muerdo, supongo que igual ellos tendrían que morder. *Perdone, señor Pig, ¿muerde su libro? ¿Por qué dice aquí* arf, *en vez de* guau? *¿De qué clase de perra está usted hablando?*

No podía parar de reírme. Y por supuesto los que más se reían conmigo eran los que ganaban. Por eso cuando me di cuenta ya tenía amiguitos por todas partes. No sé bien cómo le hice, si es que hice algo. Estaba bien arriba, ¿ajá? No tenía idea cómo controlarlo, ni siquiera quería controlarlo. ¿Te acuerdas cuando fuimos a la montaña rusa? ¿Verdad que el descontrol tiene su encanto? Sólo que los efectos de la coca no los había planeado. No sé si debería decírtelo, pero todo el evento de la montaña rusa me lo saqué de la manga para comprarte. Y a lo mejor también porque necesitaba que alguien me abrazara. Nunca he reconocido todo lo que te necesito, me molesta la idea de tener que justificarme frente a mí. ¿Quién se iba a imaginar que la noche de la montaña rusa tanto tú como yo traíamos estrategia? Puede que más utilitaria la mía que la tuya, pero también menos tramposa. No tengo nada que inventar, todo se va inventando frente a mí. Si ahora mismo tuviera que mentirte, no habría más que checar en la pantalla mi menú de mentiras, elegir la que fuera y disparar. Las mentiritas pasan frente a mí como las notas musicales en los cuentos, y yo voy agarrando las que necesito. Siempre me las he dado de ser así, muy libre, pero nadie que necesite soltar patrañotas puede presumir de eso. Dime cuántas mentiras cuentas y te diré qué tan esclavo eres. Suena un poco a consejo de viejita de pueblo. ¿Me imaginas de chal y bastón? Una adorable viejecilla que vende manzanas bajo la nieve al grito de *I need some lovin', like a fastball needs control.* ¡Qué asco de puta vieja limosnera! Y aquí sí que me sale durísimo la clase media: no soporto la idea de parecer patética.

¿Ves? Tampoco se puede ser libre mientras tenga una miedo a los papelazos. Y hablando de papelazos, ¿te dije a cómo me vendía Snoopy cada papel? Doscientos, el muy mierda. Pero ni modo de pararle al cochecito. Haz de cuenta una mano que sale de otro mundo y te jala: *Ven para acá, amor mío.* Los hombres te dan coca para ya no tener que preocuparse por tu orgasmo. *They know drugs always get the job done.* Aunque nadie te explique las putas condiciones de pago. De pronto te despiertas y *zas: ¡Órale, muerta de hambre, ya te cayó el chahuistle!* Cuando según tú habías pagado la factura, te llega el verdadero estado de cuenta.

Ahora que yo más bien estaba hablando de estadazos. Creo que me veía más patética que la viejita de las manzanas, pero ya ves que Vegas es como una fiesta, y en las fiestas la gente la caga todo el tiempo. Y aun así tú dime cuántas cosas no se arreglan en las fiestas. Tú crees que yo en Las Vegas nomás me hice viciosa, porque no te imaginas la cantidad de cosas que aprendí, pero si me preguntas qué es lo más importante de Las Vegas, te diré que ese pueblo me enseñó a ubicarme en mis dominios. Lo mío son las fiestas, la noche, el movimiento. La ruleta que de verdad importa no se juega en la mesa, y si no estás jugando nadie te va a explicar las reglas. Tienes que pensar rápido, no hay de otra. Si yo trataba de jugar en la mesa, me arriesgaba a que cualquier empleadillo me pidiera un *id.* Ni modo que sacara el pasaporte: qué tal que me encerraban por falsificadora. Por *cheesy,* en realidad. Los falsificadores *cheesy* no merecemos ni derecho a fianza. Además, ni siquiera me sabía las reglas de la ruleta. Parecía muy confuso, fichas por todos lados. Hasta que algunas fichas empezaron a pasar por mis manitas.

La risueña Violetta repartía su buena suerte entre los ganones. ¿Te has fijado en el parecido que hay entre los escotes y las alcancías? Pues yo esa noche me sentía toda una invitación al ahorro, sobre todo cuando me daba por contar el número de ojos que habían caído en la ranura mágica. Unos porque no dejan de mirarte, otros porque no paran de parpadear, y otros porque se ponen a fingir que están checando cualquier otra cosa, pero una sabe bien que aquí los tiene. Y que no se te ocurra devolverles la mirada, porque no va a haber modo de quitártelos de encima. ¿Ves cuál es la ventaja de las gafas? *Nobody knows your number, honey.* ¿Cómo van a saber qué es lo que quieres si no ven lo que ves? Lo único que miran es la alcancía, ¿ajá? ¿Qué más quieren saber? ¿No está bien claro?

Pero tampoco soy tan ambiciosa. Mi única ambición es seguir jugando. Pero eso no tenían por qué saberlo allí en la mesa, ni en el casino, ni en todo Las Vegas. No quería venderme tan barato. Aunque claro, el orgullo no venía al caso, menos si te pusiste en el lugar de la alcancía. Así como un ganón te daba cien de un golpe, otros apenas se ponían guapos con un dólar. Y ni hablar, yo estiraba la mano. Una sabe dónde y con quién hacerse la muy digna. Hay tipos que primero te dan uno o dos dólares y terminan pagándote la *party*. Nunca sabes, querido. Necesitas paciencia, pensar: *Estoy pescando*, y aguantarte. Yo, que soy impaciente, no sabes todo lo que aguanto cuando sé que no hay de otra. Ni modo, soy corrupta. No quiero vender nada pero lo alquilo todo. ¿Lo alquilo o lo hipoteco? Tengo la horrorosísima impresión de que me ahogo en deudas que nunca firmé. De que por más que gano sigo perdiendo. Déjame que me explique: A mí el dinero me ha elegido solamente como intermediaria. El dinero es como los hombres: si se queda a dormir te jode la existencia.

¿Te has fijado lo mal que trato yo al dinero? No lo respeto nada, ¿ajá? Ahí también los billetes se parecen a los hombres. Está bien perseguirlos, pero de respetarlos nada, que se jodan. Personas como yo estimulan el crecimiento económico de los países. Hacemos que el dinero cambie de manos pronto. Qué quieres, no sabe una calentarlo. Luego hay otros que se desvelan empollándolo nomás para que llegue un gavilán a madrugarlos. Y en Vegas al dinero todo el mundo lo trata como puta. Haz de cuenta que hubiera un letrero a la entrada del casino: *We fuck with your money*. A mí se me hizo un poco menos difícil emputecer cuando llegué a la sabia conclusión de que mis mariditos no lo estaban haciendo conmigo, sino con su dinero. Yo era, otra vez, una simple y humilde intermediaria.

Salía del casino con la bolsa repleta de fichas que ni siquiera trataba de cobrar: se las daba directo a Supermario, que en dos horas volvía con billetes y caramelos. Y como yo le compartía de unos y de otros, lo tenía de siervo casi casi *full time*. No sé cómo le hacía para que no se dieran cuenta en el hotel, pero salía del cuarto trabadísimo, según él a seguir trabajando. El muy zángano me consideraba parte de su trabajo, seguramente porque se daba cuenta de que yo lo veía como parte de mi servidumbre. No te digo que no lo divirtiera, y es más, por eso lo digo: *Your slaves are meant to amuse you*. A veces le decía *Gladiator*, en lugar de Snoopy o Supermario, y él hinchaba el pechito muy orgulloso, cuando lo que yo estaba pensando era: *Mi gladiador*. Mi esclavo, la estrella de mi circo. Acepto que esos grados de mamonería no me iban para nada después de andar en las ruletas ordeñando apostadores, pero una también tiene su derecho a enanear al prójimo. Todos somos cacagrande o cacachica de alguien. Es por ley natural, siempre puedes estar mejor o peor de como estás. Ahora que mejor o peor para quién. Porque yo me sentía maravillosamente bien, pero igual si le preguntabas a mi papá te iba a decir que yo era de lo peor. Y ni siquiera de lo peor, sino Lo Peor. O sea del mundo, ¿ajá? No podía haber nada más bajo que yo. Aunque eso todavía estaba por demostrarse, porque de un lado yo seguía rompiendo mis propios récords, pero del otro ya iba a entrar en escena Nefastófeles, y a ese cabrón te juro que no le llego. Ni de lejos, ¿ajá? O sea que volvamos a mi amadísimo lacayo.

Supermario no podía creer el gusto que le agarré a la coca. Juraba que era una viciosa de abolengo. Decía: *Tú lo traes de familia*. No sé si fue el efecto de la coca, o el de los *hoffmans*, o el de los *ecstasies*, o el que daba saber que nunca más iba a volver a verlo, el caso es que acabé contándole mi vida a Supermario, y él se reía tanto que yo hasta me engolosinaba platicando, a pesar de que era obvio que estaba pagando por las carcajadas de mi público. *Perdón, señor, ¿cuánto me cobraría por reírse de mi plática? ¿Va a querer que le pague por hora o por risotada? ¿Hay algún cargo extra por tirarse al piso?* ¿Sabes en qué se fue todo el dinero que saqué de Las Vegas? En Las Vegas, *of course*. Debería decir que en Supermario, pero como que yo eso no acabo de aceptarlo. Y aparte me compré kilos de ropa. Cuando la gente quiere hablar de mis defectos dice que soy tramposa, egoísta, interesada, manipuladora, y entonces digo bueno, con esos defectazos yo tendría que estar nadando en dólares. ¿Dónde están esos dólares, carajo? Y ahí es cuando deveras brinca el peor de mis defectos: soy una horrorosísima administradora. Una vez le conté a uno de mis mariditos que yo al escote lo consideraba una alcancía, y él opinó que si se trata de dinero, yo no tengo alcancía: tengo *drenaje*. Y esto era por supuesto una galantería, porque ya ves que a mí nada me dura. Todo lo que me llega es desechable. Soy el mismísimo Drenaje Profundo. *Which means I'm always into deep damn shit.*

Creo que lo único profundo de mi vida son los abismos. El resto como que lo tengo controlado. Hasta antes de Las Vegas mis abismos no eran tan pinches hondos. Gracias, claro, a la diaria práctica de la inconsciencia, *que en mi caso es deporte de alto riesgo.* ¿Ves cómo sí me fijo en las cosas que me dices? Hasta podría decirte dónde y cuándo me echaste ese piropo. Creo que los abismos crecen conforme una se va alejando de las demás personas. Tratar a los mariditos como perros, a Supermario como gato y al dinero como mierda era mi modo de marcar distancia, como plantar el foso afuera del castillo. De pronto le tendía el puente levadizo y Supermario atravesaba como amante, pero igual media hora después lo iba a cruzar de vuelta como criado. Claro que si te fijas no he dicho ni palabra de su chamba de *dealer*. Si vas a usar mi idea del castillo para contar esto, pon también que el amante, criado y *dealer* llenó de cocodrilos ese dique. La coca te hace reina, y una reina no puede rozarse con la plebe. Hablas más, por supuesto, y hasta gritas, pero toda esa gasolina te vuelve inaccesible. La coca deja guardias, diques y cocodrilos para que sólo puedan acercársete dos tipos de personas: proveedores y patrocinadores. A los demás ya ni volteas a verlos. Para qué, pues, si no los necesitas. El dinero, la coca, los hombres, todos pinche conspiran para que una se encierre en su ruleta.

Ya podrás suponer que yo ni me enteré. Mis días en Las Vegas pasaban entre el cuarto, la alberca y los casinos.

Hice por ahí un par de mariditos, nada muy importante aunque eso sí: sublime patrocinio. Y aparte con total honestidad, porque estaba bien claro que yo me iba con ellos porque estaban ganando. ¿Quién va a querer pasar la noche, o el día, o el rato con un güey que no para de perder? Ésa también es ley universal, sólo que ya en Las Vegas es más clara porque los numeritos están a la vista: éstos pierden, aquél gana, tantas risas, tantas jetas. Los perdedores no tienen ni sentido del humor, y cuando tratan de tenerlo se ríen de sí mismos, qué patético. Yo también lo hago, claro, pero yo no cuento. O sea que todos cuentan, excepto la que te lo está contando. Además yo no gano, ni pierdo, los que vivimos de hacer trampas no tenemos derecho a entrar al marcador. ¿O sí, Diablo Guardián?

A lo mejor por eso siempre pierdo más, porque me niego a competir de acuerdo al reglamento. No le hago caso, pues. Cierro los ojos cada vez que se me aparece una verdad, y no los vuelvo a abrir más que para torcerla. O bueno, maquillarla. Para qué sirve el maquillaje, si no para hacer trampas. La ropa, los cosméticos, las palabras, los gestos, los abrazos, los besos: puras herramientas para engañar, a la gente le gusta que la engañen. Cómo será la cosa que hasta a ti y a mí, que nos hemos pasado la vida haciendo trampas, las mentiras nos sirven de pinche alimento. Sólo con que juntaras las que tú me has contado y las que yo te inventé, habría el mentiraje suficiente para que no tuviera yo que estar como enferma mental contándole a una grabadora lo que nunca diría en tu cara. Soy orgullosa, claro, por más que haya vivido tantos años de doblegar mi orgullo. *Doblegar*, qué chistosa palabra. Podría decir *humillar*, o *arrodillar*, o *ridiculizar*, pero uso la palabra que más me favorece, la única que deja viva mi dignidad. Y claro, así podríamos decir que en Las Vegas mis nuevos vicios me iban *doblegando* sin que yo me enterara, porque al final no eran más que mis vacaciones. Supuestamente yo volvía a New York en pocos días y ya: todo olvidado. Podía regresar a mis hoteles y a mi depto y a mis mariditos, y hasta me había propuesto ahorrar. ¿Sabes qué es lo realmente malo de la coca? Te pinche desactiva las alarmas. Juras que todo está perfectamente bien y jamás se te ocurre que es una película. ¿Tú crees que luego de estar tres semanas en esa superproducción iba a querer volver a hacer documentales? En Las Vegas el mundo era en color. La música de las monedas te acompaña a todas partes, el dinero es el héroe de la *movie*. New York es blanco y negro, monaural. Y si quieres colores y sonido estéreo, más te vale que pagues. En New York sale caro ser rico, en Las Vegas hasta los camareros viven como blancos. No sé cuántos clientes tendría Supermario, pero lo que es en un lugar como New York habría terminado ofreciendo *coke-and-smoke* en los encueraderos de la Séptima. O en el *subway*, ¿ajá? Ya sé qué estás pensando: *¿Por qué esta estúpida no se quedó en Las Vegas?* Por la misma razón que tuve para seguir coqueándome en Manhattan. *It's called addiction, honey.* Si la coca te trepa hasta el trono del mundo, New York es ese mundo en el que tú quieres reinar. No te puedes creer que Vegas es verdad, sería como enamorarte de *Minnie Mouse.*

¿Sabes lo que es sacarle tres mil dólares a un desconocido en diez minutos, darle un par de besitos más o menos majaderos frente a todo el mundo y largarte al *mall* del Caesar's por un traje de baño de quinientos y un vestido escotado de dos mil y largarte a tu hotel y echarte en un camastro y beberte un bloodymary y meterte a una alberca con cascada y debajo del chorro acordarte que tienes cuatro gramos nuevecitos detrás del buró? No es posible vivir la vida entera así, se te rostiza el alma, ¿ajá? *Bye-bye, Violetta, your ass belongs to Vegas.* ¿Te acuerdas de la historia del Infierno donde nunca parabas de bailar y beber y drogarte? Las Vegas es así, los que llegan son siempre el alma de la fiesta, pero los que ya llevan rato allí sufren muchísimo, están cada día más hechos mierda. No sé, a mí me dio miedo. Las Vegas y la coca son demasiado *cool*, no pueden ser verdad.

Salía de mi cuarto trepada en el avión, ya el puro elevador era un tobogán mágico, y yo llegaba al lobby como si estuviera saltando del tobogán, o de la nave, o de la luna. Que es donde en realidad estaba. Nunca se me va a olvidar cuando me dijiste que en mis dominios no se ocultaba la luna. Tenías todas mis *passwords*, Diablo Guardián. Entonces yo me desprendía como del fuselaje y decía: *¡Jerónimooo!* Te juro que lo decía, casi que lo gritaba cada vez que salía del elevador y oía las monedas y las voces y la música y *bingo-bingo-bingo*, el mundo era una lotería donde una chica buena como yo no podía perder. Aterrizaba en la ruleta con un ondón adentro, pensando que la vida era perrísima y yo más. La vida era un Nintendo inagotable, un *pinball* sin agujero, una puta ruleta con el imán debajo de mi número. Y yo acá, invulnerable, tras mis gafas, como mujer de gángster a los diecisiete años, pero sin soportar a ningún gángster. A excepción del demonio, claro, pero ni modo de pelearte con los inquilinos. Me metía cuatro jalones en el cuarto y hacía cuentas de lo que me rendían. Mente de clase media pichicata, pero no había de otra porque estaba jugando. Tirando dados *full time*. A veces en el cuarto jugábamos *Monopoly*. Creo que Supermario se dejaba ganar, o a lo mejor era que yo entrenaba todo el día. Cada nuevo vestido, jeans, zapatos, era como ir comprando propiedades que después producían dinerales, porque ni modo que a una princesita que trae cinco mil *bucks* de ropa encima le des una fichita de diez dólares. Había unos coquetos que te pasaban tres o cuatro de veinte, pero los buenos se ponían guapos hasta con quinientos de un solo golpe. Qué barata me vi cuando te dije que era yo tu amuleto: creo que ya lo había dicho como trescientas veces.

De cualquier modo había que moverse rápido. No podías darte el lujo de que te ficharan en una mesa, ni en un salón, ni a la entrada de un hotel. Me pasaba dos horas en el MGM, dos en el Caesar's, dos en el Mirage, dos en el Treasure Island. Ahora calcula cuánta coca me metía, si por cada dos horas me tenía que dar los cuatro jalones reglamentarios. Súmale que a la alberca me iba en ácido, y que luego en el cuarto me ponía trifásica. Burbujitas, pastillas, jalones, y unos besos tremendos, de repente. No podría contarte bien cómo era, creo que no alcanzaba ni a enterarme. Y además tú no quieres que te cuente, ya ves cómo los diablos de la guarda sufren de horribilísimos ataques de celos. Lo que quiero explicarte es que el carrito nunca se paraba. Dormía poco y se me olvidaba comer, pero igual el negocio me obligaba a hacer no sé, vida social. También llegó a pasar que me llevaran a cenar tres veces en la misma noche. Si fuera dueña de un casino, lo primero que haría sería poner un letrero: *Escote obligatorio.* Supermario decía que en el hotel salía oxígeno por los tubos de aire frío; yo creo que los escotes son más efectivos que el oxígeno. Además de tener despierto a medio mundo, provocan que la gente apueste más.

De pronto me quitaba un ratito las gafas. Había que dejar que los ojos hicieran su trabajo. Pura actuación barata, pero productiva. Luego me las ponía otra vez y regresaba a mi jueguito. Supermario juraba que me ponía las gafotas para que no se dieran cuenta de la puta divertida que me estaba dando. Y a veces sí tenía toda la razón. Mis ojos iban volando por una carretera, recibiendo señales de un chingo de satélites. El patrocinador en turno, los otros jugadores, la ruleta, el tapete, las manos del croupier, los mirones, las mesas, los que andan dando vueltas con el bote de plástico hasta el culo de fichas. Había que verlo todo y moverse rápido. Cada casino era como una pista, veías aviones llegando y despegando todo el tiempo, y yo odiaba perderme de un buen vuelo. Cuando llegaba al cuarto me veía en el espejo y movía la boca: si tenía el labio tieso de algún lado, le paraba a la coca y me iba a la alberquita. Por eso te decía que no podía durar, era un suicidio. Y además para la tercera semana ya no sentía igual. O sea que me metía cada vez más y subía cada día menos, a veces no quería ni salir del cuarto. Supermario se encargaba de pagar los ciento veinte dólares de cada noche en el Mirage. Con mi dinero, *of course*, hasta que me di cuenta que me quedaban doscientos, y ya no iba a ir por más. ¿Sabes qué hice? Le pedí a Supermario quinientos prestados, le saqué tres gramitos para el postre, le dije que volviera en un par de horas y en poco más de media me largué al aeropuerto. ¿Me creerías que a la noche ya estaba yo en New York? Nieve por todas partes, un frío francamente chingativo y mi casa cubierta de polvo, pero igual me sentía otra vez en la tierra. Tenía los tres gramos, más setecientos dólares y el refri vacío. Pobre, pobre, la señorita Schmidt. Y aparte sin saber que a los dos días iba a andar persiguiendo vendedores de *coke-and-smoke*. Digamos que era la otra cara del tobogán. Otra vez el maldito aperrizaje forzoso, pero ya con un chingo de turbulencias nuevas. *Welcome to the next level. Press red button to start game. Game over. Game over. Game over*. Apenas me bajé de los últimos jalones y que empiezo a perder. Todo el tiempo en picada. No sabes lo espantoso que es andar por New York buscando patrocinador a medio enero. ¿Quieres que tus lectores se pongan a chillar? Pídeles que se acuerden de la última vez que se tiraron por veinticinco pinches dólares a un vejete apestoso. *Twenty five bucks, you got it?* Todo con tal de no bajarme de la nube. Según yo no era adicta, o sea todavía, pero apenas me daban un jalón y ya quería quedarme a vivir en ese estado. *State of Confusion, U.S.A.* Mierda, qué rico era. No tenías que esperar ni un pinche momentito para treparte al trono del planeta.

## 15. No olvides que no existo

Mírame bien: no soy Supermán.
Óyeme mujer, yo soy tu Diablo Guardián.
He venido hasta aquí para seguirte a ti,
mi boleto de regreso hace rato lo perdí.
Ya sé lo que dicen si me ven pasar:
tengo cola que me pisen y no sé rezar.
Yo soy aquel que explora tu interior,
soy Caín y soy Abel en tu retrovisor...
¡Mi Cielo!

*Rap del Diablo Guardián*, parte I
(anexo a 12 tulipanes de procedencia no especificada).

Lo había citado lejos, en un bar solitario cuya mediocridad difícilmente justificaba el desplazamiento. Tres kilómetros. La explicación, pensó Pig tantas veces que a las dos horas tuvo que prohibirse el pensamiento, sólo podía estar en el sigilo autoritario con el que ella propuso el nombre del bar, de manera que sugerir una segunda opción habría parecido inconsecuente. De hecho, ni siquiera le dio el nombre. Tampoco le aclaró cómo lo supo todo: ¿tenía Pig cara de tulipán, o de Diablo Guardián? Rosalba sólo dijo que se fuera por Insurgentes, que diera vuelta en Álvaro Obregón, luego en Cuauhtémoc. Que a tres cuadras vería una puerta de madera con un letrero pequeñito, ahí era. Y a Pig le pareció que lo estaba invitando a asaltar un banco.

Rosalba solía llevar unas gafas amarillas lo suficientemente horribles para disimular el poder de sus ojos, y esa tarde se las había quitado. Tenía los ojos anchos y profundos, como esas madonas eslavas que acostumbran mirar desde un enigma en tal modo hermético que sólo previa defunción se puede entrar en él. Pig supo entonces que la sola desnudez de ese rostro asimétrico era más que bastante para convencerlo de cualquier cosa, literalmente. Ojos que viajan pronto de la humedad al fuego, montados sobre pómulos escarpados y casi desdeñosos, de modo que los labios, al extenderse, dibujaban la clase de sonrisa frente a la cual sólo un completo miserable podría decir que no. Pues sólo esa sonrisa mitigaba, hasta el extremo de borrarla por completo, la angustia provocada por los ojos hondos y voraces que parecían siempre esperar más. Ojos crepusculares, de emperatriz en el destierro, miraban dentro de los suyos con la misma fijeza que exige un telescopio. Y a veces más allá, en ese punto donde la mirada inmóvil pasa del alcance telescópico al recorrido quirúrgico, de tal forma que quien así contempla no hace sino exigir tributo y vasallaje: *tienes que mirarme.*

Pig recordó: le faltaban dos días para saber si se iba o se quedaba. Lo cual hasta ese día le preocupaba poco, y si bien no deseaba que lo despidieran, había sentido, mañana con mañana, una profunda, cosquilleante gana de ser rechazado ahí donde todo le parecía rechazable. Todo menos Rosalba, ahora lo descubría, y se daba a temer como cosa inminente el veredicto adverso.

—No me conviene nada que te corran —reflexionó Rosalba en voz nunca tan baja para no ser oída por Pig que, de una pieza, permaneció mirándola y dudando si aquel «No me conviene nada...» llevaba dentro cualquier cosa además de conveniencia. Aunque, si lo pensaba, prefería convenirle a serle indiferente.

—¿Y cómo se hace para con-ve-nir-te? —atacó Pig con sorna inofensiva.

—No dejando que te corran —contrasonrió ella en completo control, sin molestarse en decorar la situación con la falsa sorpresa de haber sido escuchada.

—¿Qué gano si me quedo? —resolvió provocarla, estirando su suerte más allá de lo estrictamente recomendable para quien ya sabía lo que podía ganar y a cada instante le fastidiaba un poco más la idea de perder.

—¿Que qué ganas? Nada, claro, tú nada —bromeó Rosalba, en apariencia distraídamente, mientras miraba a un lado, atrás, arriba. Luego se levantó, cambió de silla y se plantó a su lado—; la que gano soy yo, pero a veces —calló, ronroneó, sonrió— me da por compartir.

Lo que vino después apenas lo recuerda. Con excepción del brinco que dio sobre la silla cuando sintió esa mano invadir su entrepierna y apergollar al miembro sorprendido y hasta resucitado porque al tiempo que comenzó a apretarlo propinole un beso lascivo resbaloso que llegó y se fue rápido de entre sus labios, sin que él pudiese al menos rozarle una rodilla, o rodearla del cuello, o mínimo insinuarle que estaba preparado para darle respuesta. Pero nunca lo estuvo, y ella debió preverlo, porque en un nunca que no dura más de cinco segundos difícilmente cabe otra respuesta que el asombro.

—¿Entonces qué? —sonrió otra vez Rosalba, suntuosamente cínica—. ¿Te convengo también? ¿Verdad que te conviene convenirme?

Había en esos ojos un ansia contagiosa. De sólo contemplarlos, intermitentemente porque hay desasosiegos que no dejan mirar, ni hablar, ni respirar de fijo, Pig se sentía obligado —más aún, destinado— a compartir su prisa. O era probablemente que, después de haberlos habitado, el más pequeño atisbo de destierro de esos iris ansiosos le ocasionaba una inquietud picante como el par de bloodymaries sobrecargados de pimienta que se iban terminando solamente para dar a sus ansias compartidas el sabor de un sarcasmo con tomate, sal, chile piquín, limón, salsa inglesa y de nuevo esa luz, flagrantemente roja, saltando entre los dos como un SOS. Mas ¿no es así, buscando entre la nada banderines de alerta y naufragios crepitantes, como nos resignamos a volvernos salvavidas y volar al rescate de quien no lo ha pedido con palabras pero demanda terminantemente todo el concurso de nuestros cuidados? ¿Y no es verdad, entonces, que al hacerlo y salirnos de nosotros encontramos o armamos la ficción suficiente para asumir que tan obvia cacería espiritual es resultado de la innata nobleza de nuestros sentimientos? No es de dudar que Pig haya arribado a tan sinuosas consideraciones a fuerza de buscar, sin conseguir, construirse la dureza indispensable para enfrentar esa coraza de cinismo y dolor —tenía que haber dolor, o entonces el rescate perdería propósito— que subyacía a la sonrisa de Rosalba.

—Rosalba... —titubeó, reculó, miró hacia abajo Pig, como buscando entre sus piernas aún inquietas las palabras exactas de una, dos, tres frases que, de estar bien armadas, pudieran ser capaces de arrancarle de los labios la pura conveniencia para ceder el paso a cualquier cosa parecida a un sentimiento.

—No me llames Rosalba —lo frenó de inmediato y sus ojos saltaron del contento al espanto, cual si su puro nombre contuviera conjuros trágicos insondables.

—¿Cómo te llamo, entonces? ¿Mi Cielo? —jugó Pig, defensivo.

—No me llames y ya —sonrió casi enigmática, de nuevo dueña de la situación—. No tengo nombre. Y es más, para que entiendas lo que quiero, o para que de menos sepas lo que no quiero, en la oficina no me puedes hablar, ni llamar, y si se puede tampoco mirarme, ¿ok?

(Los ojos de Rosalba resplandecían al otro lado de la mesa con algo que no sólo era simpatía, ni nada más interés. Voracidad, eso es lo que brillaba, cual si aquellas palabras en cadena fuesen exactamente las piezas requeridas para la solución de un acertijo. Mejor aún: para el completo ensamblaje de un mecanismo en apariencia infalible.)

—No —respondió Pig, entrampado en la sorpresa—, no te entiendo nada.

—Entiéndeme dos cosas: no quiero que te corran, no quiero que me llames. Tú y yo vamos a vernos siempre afuera. Y siempre lejos. En lugares así, como este que es tan feo que seguro no vamos a encontrarnos a nadie.

—Tienes novio en la agencia —se arrepintió de nuevo, tarde porque la vio otra vez reírse, pero ya no como antes, largamente, sino de un modo turbio, entrecortado, sardónico.

—¿Novio yo? No seas bestia —y Pig quiso pensar que ese *bestia* traslucía un dejo de ternura inconfesa—, pero si te interesa que seamos amiguitos tienes que hacerme caso. Allá ni me conoces. Ahora que si prefieres ser mi compañero de trabajo, te olvidas de una vez de lo que hemos hablado hasta ahorita y nos vemos mañana en la oficina...

—Pero en ese caso tendrían que acabarse las citas por aquí...

—En ese caso ni tú ni yo recordaríamos que una vez nos citamos aquí.

—¿No hay otra opción?

—Claro que sí. Que te corran y nunca más volvamos a vernos —Rosalba iba muy rápido, pero Pig aún seguía sin saber hacia dónde— y entonces ya tampoco podamos convenirnos.

—Y eso resultaría de lo más inconveniente —se hizo el gracioso Pig, pero antes de obtener una respuesta le acarició la mano y no pudo evitar preguntarse si estaba penetrando los territorios de la cursilería.

—No te he dicho —respingó Rosalba, retiró la mano, rebuscó en su bolsa— que nada sea *conveniente*, ¿ajá? Dije que en una de éstas a lo mejor podíamos convenirnos, y hasta te di una pequeñísima demostración. Pero nunca pedí que me demuestres nada.

*Como querer cargar a un gato callejero...*, pensó Pig protegiéndose de otros pensamientos. Por eso decidió que frente a él no había más que miedo. Un inmenso pavor a sí misma, se dijo mientras la miraba sacar la cajetilla de Virginia Slims, un encendedor caro y masculino —¿Dunhill, Dupont, alguna imitación aproximada?— y al final el teléfono. La escuchó, no sin una molestia que resultó doble porque por qué tenía que molestarle, responder la llamada con un *Aló!* en tal modo impostado y musical que quiso levantarse, como quien aprovecha la llamada para salir en busca del lavabo.

—*What do you want?* —preguntó en tono brusco, descarnado, poco a poco sensual, y al hacerlo extendió una de sus manos para atraparlo allí, en la silla de la que no lo dejaría levantarse. Hablaba un inglés seco, marcado, diríase turístico. Sin contracciones, aunque con un cuidado en la gramática que a cada frase develaba la presencia de un esfuerzo consciente: el de quien piensa en un idioma para hablar en otro.

—Voy al baño, no tardo —persistió Pig, al tiempo que hacía señas y hasta movía los labios más despacio, pero ella se prendió de su antebrazo, lo miró más ansiosa que nunca antes y cortó la llamada con las justas palabras que lo dejaron tieso en su lugar: *I will be there in five minutes.*

¿Adónde iba a llegar en cinco minutos? ¿Pensaba simplemente dejarlo con la cuenta y las bebidas mientras se largaba con sabría el carajo qué gringo oportunista? ¿Sería deveras gringo? ¿Y si el oportunista, a fin de cuentas, era él?

—Me voy —sentenció la mujer sin nombre mientras apagaba el celular y se bebía los vasos de un tirón, el suyo y el de Pig, luego un adiós con beso en la mejilla, o más bien en el aire porque le entró la prisa, y un último mensaje—: Te veo aquí mañana, no se te olvide que en la agencia no existo.

Ni siquiera sonrió, sólo se fue. Pig levantó el cigarro, miró el color naranja del bilé y decidió chuparlo largamente. Luego tosió y tosió, y todavía así volvió a chupar el humo. Siguió tosiendo, se dobló, jaló aire, sintió los ojos empapados y sin poder hablar pensó, intermitente, fragmentariamente, mientras le hacía señas al mesero para que le trajera un vaso de agua, que no hay en este mundo situación más jodida que la de un hombre solo en una mesa con un cigarro de mujer a medio terminar. Peor todavía, a medio comenzar. Por eso prefería continuar ahogándose con su penoso rictus de no-fumador, antes que compartir la mesa con el cigarro solitario y todavía humeante. Prefería imaginarla riéndose a sus costillas, con mandíbulas, párpados y pupilas danzando juntos sólo para él.

(Aquella risa cuyos solos brillos le hacían temer la soga, el paredón, la cruz, la guillotina, cualquier patíbulo habría sido precio pequeño con tal de continuar bebiendo de esos ojos cada vez que reían. Sin saber nada de ella, Pig creía ya entender lo único importante: Rosalba se reía con los ojos, y era ésa una morfina del todo irrenunciable.)

## 16. La sombra de Nefastófeles

No quiero ni contarte del invierno maldito del noventaiuno. Tres maridos en todo febrero, todos de *hit-and-run*. Total: doscientos dólares. Más los mil novecientos que le birlé al tercero antes de irme. *Which means:* un hotel menos en la lista. No podía enterarme si me había denunciado, aunque nadie supiera nada de mí. *Bye-bye, Plaza Athenée.* Marzo también estuvo pésimo: seis mariditos, novecientos *bucks.* Violetta abaratándose a velocidades supersónicas, lista para volver al robadero para poder pagarse sus polvitos mágicos. Como decía un maridito madrileño: *Un polvo paga otro polvo.*

Uno de los defectos de la vida entre polvos es que no deja huella. Todos los días son distintos pero iguales. Por más que te hayas empeñado en recordarlos no puedes distinguirlos, parece como si estuvieran pintados en una barda lejos. Como si tu memoria fuera no sé, astigmática. Miras colores, pero nunca detalles. Recuerdas las canciones, no las palabras. Porque todo iba rápido, mi vida se volvió un poquito ruleta: siempre estaba girando, y cuando se paraba lo único importante eran los números. Que por cierto empezaron a mejorar por ahí de mayo. En realidad yo no veía caras ni escuchaba palabras, sólo tenía tiempo para numeritos. Me había comprado una calculadora, todo el día sumaba y restaba cantidades. Pensaba, por ejemplo: *Esta blusa la voy a usar en treinta enganches.* Así decía: *enganches.* Los mariditos me pasaban por la vida como los ganchos por la ropa. Tú nunca dices: *Éste es el gancho de estos pantalones.* Agarras el que sea, es igual. Entonces yo pensaba: *Si esta blusa me salió en ciento veinte dólares, la inversión es de cuatro por enganche.* Le sumaba el vestuario completo, las comidas, el transporte, el perfume, el rímel, las sombras, y así me daba idea de lo que había que invertir en cada *enganche.* Sesenta, ochenta *bucks.* La idea era sacar diez veces la inversión. O sea, cuando menos. Pero el maldito vicio me forzaba a hacer ofertas, porque ni modo de volver a mi departamento sin las debidas provisiones, ¿ajá? Y así fue como me enseñé a reconocerlos. Me sentaba muy digna en un sillón del lobby, con el *Vanity Fair* abierto en cualquier parte, hasta que aparecía un tipo solo con los ojos vidriosos. ¿Te has fijado lo fácil que se entienden los borrachos? Pasa igual con los cocos: una los reconoce a treinta metros. Y no nada más eso, también puedo decirte si traen o si les falta. Yo traía, casi siempre, pero me comportaba a la altura de las circunstancias. Si el tipo andaba bien surtido, lo más seguro era que la quisiera compartir. Si le veía la ansiedad en los ojos, había que echar a andar el *Plan B,* que al principio me funcionó como reloj. Entrábamos al cuarto del fulano, pedíamos unos drinks al *room service* y yo sacaba una probada de cois; el resto lo traía guardado en servilletas de Pizza Hut. Cuando el tipo pedía más, o sea inmediatamente, yo agarraba el teléfono y llamaba a Pizza Hut, dizque dando unas claves en secreto. Luego llegaba el monigote, y yo hacía como que le pagaba todo lo que me había dado aquel cabrón. Doscientos, cuatrocientos. Después ya entraba muy sonriente, con la lana en lugar seguro. Y claro, con la pizza y las servilletas en las manos, bien cargadas de cois. Ya luego al tipo le crecía lo espléndido. A un güey subido en coca no le gusta regatear. Es el rey, el patrón, el *superboss.* Yo compraba el gramito en setentaicinco dólares y cargaba tres, cuatro, por si se ofrecía. Ya ves que en los hoteles abunda la demanda. Todos andan buscando algo ilegal, sobre todo en New York. No importa qué tan bien se estén sintiendo, pagan para sentirse de otra forma. Entonces te decía que el *Plan A* era sencillo: si el tipo era vicioso y traía materia prima, me le pegaba hasta ponerlo generoso. Cuando un güey anda en coca no soporta que piensen que es un pichicato. Si le encuentras el modo, le sacas lo que quieras. Pero el *Plan B* era todavía mejor, porque yo hacía mi *business* como siempre y *además* le vendía de mi coca. ¿Has visto a los revendedores de boletos? Yo hacía algo muy parecido en los hoteles. Era una *superscalper*, vendía cada viaje a más del doble de lo que me costaba. Y como el proveedor era *my friend*, todo se hacía más fácil. Nos veíamos en la Séptima, muy cerquita del Sheraton, afuera de una *sex shop* que siempre estaba abierta. ¿Te acuerdas de las dos películas que compré por ahí? Pues ahora ya era clienta, iba dos o tres veces por semana y esperaba al negrote de la boina: ése era mi amiguito. Al principio me despachaba sin mirarme. Sin hablarme, casi. Pero luego se fue aflojando, y a veces hasta me invitaba un cafecito. Las ventajas de ser cliente distinguido, ¿ajá? También me daba crédito, y lo bueno era que él no sabía mi nombre, ni yo el suyo. Era altísimo, delgadísimo, negrísimo y una de dos: estaba bizco o le faltaba un ojo. Nunca le pregunté, me intimidaba mucho. Pero te digo que éramos amigos, tanto que un día hasta fuimos juntos al cine. No traía mercancía, le iba a llegar más tarde, y entonces me invitó, para hacer tiempo. Luego me dijo que era su cumpleaños, y hasta me dieron ganas de abrazarlo. Supongo que ésos eran los únicos amigos que la pobre Violetta podía tener, con tantos mariditos en la agenda. No sabía su nombre pero sí la fecha de su cumpleaños. Y eso ya era una forma de ser su amiga. Veintinueve de julio. Cómo voy a olvidarlo, si dos días después se apareció en mi vida Nefastófeles.

Treintaiuno de julio del noventaiuno, miércoles, por ahí de las cuatro. Si esa tarde me hubiera quedado tranquilita polveándome en mi casa, Nefastófeles habría pasado como bala perdida y el mundo habría seguido en donde estaba. Pero me fui a chambear, y ahí la cagué. Por mediocre, aparte. Quién me mandaba ir a meterme al Hilton, que era un hotel de pránganas. Quién me decía que aquel marrano me iba a comprar un gramo, cuando menos. Nadie me dijo nada, no hubo un ángel ni un diablo que llegara a avisarme: *Cuídate de este mierda, que te va a joder*. Claro que yo tendría que haberme protegido. Ver sus labios de hipócrita, su nariz de traidor, sus cejas de libidinoso, sus manos regordetas de ladrón rastrero. Pero yo no buscaba más que ojos de viciosos. *Una línea, por el amor de Dios*, eso era lo que yo quería leer en su puerca mirada menesterosa. Hasta pensé: *Con suerte y vendo tres o cuatro gramos*. Más lo que levantara por concepto de maridaje, podía salir de ahí con más de setecientos. Y si a eso le sumaba lo que llevaba desde el lunes, igual llegaba al sábado con dos mil limpiecitos. Buenas noticias para Bloomingdale's, ¿ajá? O sea que si te preguntas en qué andaba pensando la bruta de Violetta cuando cayó en las garras de Nefastófeles, la respuesta es la misma de toda la vida: en gastarse el dinero que no tenía. ¿Qué me hacía creer que un rejodido huésped del Hilton iba a tener toda esa lana lista para mí? Pregúntame la cantidad de cois que me metí al salir de mi casa. ¿Cómo atrapas a una mujer que anda en las nubes? ¿Saltas, vuelas, planeas, levitas? Nefastófeles se las arregló sin despegar un pie del piso, por eso me agarró desprevenida. Nunca confíes en nadie que se arrastre para llegar a ti.

Yo diría que salió de abajo de la mesa, como una puta jerga inoportuna. Y ni modo que con el nivelazo que traía fuera a ponerme en guardia la honorable presencia de un pinche trapeador. Como que luego se le fue mejorando el disfraz, pero en noventaiuno era una porquería y apenas lo disimulaba. Los lambiscones se esmeran como putas menopáusicas para hacerte creer que son muy útiles. Se vuelven herramientas, aparatos, utensilios, lo que sea con tal de que los acomodes en cualquier cajón. Cuando ya están ahí, se las van arreglando para ganar posiciones. ¿Sabes cómo llegó? Con las pezuñas por delante. Se tropezó, aparentemente por error, y no sé cómo me rasgó la falda. Casi diría que ya estaba pidiéndome perdón desde antes de cortármela. *I will buy you another outfit right away, mademoiselle. I am terribly, terribly, terribly sorry. But money's no problem, believe me, I will pay*. No me había ni agachado cuando ya estaba ese reptil en el suelo. *Please, mademoiselle*, decía, *let me just make it up to you, I can handle, mademoiselle*. Mamuasel, mamuasel, pinche naco. Y yo instalada en Hollywood, sonriéndole pesado, apostando mi resto cada vez que me agachaba y le ponía el escote a media jeta. Según yo, lo llevaba a una emboscada; según él, me iba a poner su marca, como vaca. ¿Te acuerdas quién te dije que iba hasta la madre? Entonces ya podrás ir suponiendo cuál de los dos vino a tener razón. O sea que ni él cayó en mi emboscada, ni yo pude zafarme de ir a dar a su establo. Hay tipos que son poderosos por su personalidad dominante, por su carácter fuerte. O por su simpatía, o por su lana. El único poder de Nefastófeles viene de su mediocridad: el cabrón es capaz de prescindir de cualquier cosa, con tal de que al final se haga su voluntad. Él no pensaba: *Esos senos podrían alguna vez ser míos*, sino: *Un día esas tetas van a mantenerme*. Pensaba en ordeñarme, nada más. Yo quería enseñarle mis puntos fuertes, pero él había decidido encontrarme los débiles. Y tú ya sabes que eso es facilísimo, sobre todo si tienes con qué impresionarme. Nefastófeles podía ser naquísimo, pero yo andaba lejos de ser una *Milady*. Parecía una mocosa caprichuda, ése era mi papel. Ya había visto dólares correr, pero igual todavía no los suficientes. Me dejaba llevar por la bisutería, era la clásica palurda que se traga los cuentos de los otros palurdos. Y además no miraba para abajo, me había vuelto como un tanque de guerra. Veía el mundo todo en un marco negro: aparte de los kilos de rubor y bilé, me embarraba las puras plastas de rímel sobre los pestañones que traía. Era como esconderte detrás de una monita de historieta. *Cómo llegar de Luisa Lane a Superniña*, por la doctora Violetta R. Schmidt. Lección número uno: *Cuidado con los palurdos.* Lección número dos: *Si las pendejas volaran, no veríamos la luz del sol.* Lección número tres: *Chances are, you're one of them.* Y claro, claro, claro, claro que yo era las dos cosas. Naca y bruta: la combinación nuclear. Además de pobre y viciosa. *Oportunista urgida de darse una shineada solicita papel de hija de familia nice. Me acomodo a cualquier presupuesto.* Y eso venía a ser lo peor del caso, que Violetta podía pasarse de abusiva, pero sus honorarios terminaban ajustándose a las posibilidades del cliente. Trabajo transilvano, *you know.* Chupas toda la sangre que puedes y te dejas chupar toda la que te piden. Nefastófeles nunca me ofreció un *penny* por encamarme, pero tranquilamente se botó quinientos *bucks* en mí. ¿Nunca has tenido esa cosquilla horrible con los lambiscones, que al mismo tiempo los desprecias y te sientes en deuda con ellos? Nefastófeles pertenece a esa pútrida categoría de bicho. Su arma es la compasión ajena. Quiere causarte lástima y pues sí: lo logra con la mano en la cintura. A Nefastófeles le das el corazón y te agarra del culo, pero al principio finge lo contrario. Y tú no te imaginas la necesidad que yo tenía de que alguien me pidiera cualquier otra cosa. De entrada, cuando menos. Mis sonrisas forzadas, mi lástima vestida de simpatía, cualquier cosa era buena luego de tantos meses de vivir persiguiendo pendejos entrampables. Y como Nefastófeles te vendía la idea del lambisconcito inofensivo, no tardé mucho en verlo como uno de esos desconocidos tan pinches perfectos que les puedes contar tu vida entera. Al fin que no vas ni a volver a verlos.

Mexicano en New York, veintinueve años, estudia un doctorado en *Business Management*, hijito de papá, rastrero, torpe, ñoño. Ambicioso, eso sí. No lo puede ocultar, el angelito. Muy vicioso, también. Coco y borracho, el unodos que yo siempre buscaba porque son los que más billete sueltan. Ni modo que dejara ir a semejante prospectazo. Además, yo no sé si ya te dije que mis mariditos andaban más bien por los cincuenta, sesenta años. A veces más, y mientras más mejor. Siempre he dicho que los negocios son para personas maduras. Pero eso no quitaba que en el fondo quisiera conocer a uno más de mi edad. Ya no como Eric, pero que por lo menos no llegara a treinta. O sea Nefastófeles, con todas las mentiras que yo le fui a creer porque traía unas inmensas ganas de escucharlas. Y él vino y me las dijo. Me tiró el cuento de que estaba solo porque era muy tímido, que en la universidad no tenía ni un amigo, que se había ido a meter al Hilton porque en el departamento se sentía muy controlado, que hacía unos días se había muerto su mamá y bueno, que se me puso tan abajo que yo dije: *Perfecto, hasta que veo a uno más jodido que yo*. Pero con lana, ¿ajá? Porque el muy comecaca se la pasó hablándome de lugares exóticos y caros. Luego supe que lo que hacía era comprar revistas para multimillonarios y aprenderse las pendejadas que leía, empezando por los anuncios. Lo veías salir del Plaza mirando para arriba, con el último número del *Members* en la mano, casi gritando: *¡Mírenme, yo no soy un muerto de hambre!* Claro que si eres él lo gritas o lo gritas, si no nadie te cree. A excepción de las niñas palurditas que ya se sienten dueñas del trapecio y cualquier día se revientan el hocico por irse con la finta del naco adinerado. *Adinerado*, sí, tú, sobre todo iba a ser *adinerado* el farsante ese que me compró con pinches quinientos dólares, más no sé cuántos kilos de trompa. Los suficientes para hacerme creer que yo iba a ser la mala de la historia. *La embaucadora sin escrúpulos que exprime sin piedad al muchacho decente de provincia.* Porque aparte decía: *Soy de Guadalajara*, como si en realidad dijera: *Soy inválido.* No sé explicarlo bien, porque al mismo tiempo que hacía todo lo que podía para deslumbrarme, buscaba la manera de causarme lástima. Como si tener esa dizque lana fuera un pecado horrible, y sólo hubiera un modo de pedir perdón: cruzarse en el camino de tus escupitajos. *Písame, ignórame, maltrátame, sobájame, que he pecado muchísimo.*

Pero no, no era así. Me estoy equivocando. Nefastófeles no vendía pecados, vendía ingenuidad. Se ponía todito en mis manos, igual que un empleadillo inútil pero servicial. *Mamuasel, mamuasel:* hay que ser muy patético para maullar así, y encima pretender que crean que eres gente bien. Pero te digo, yo era más patética. Apenas escuché que el güey quería comprarme una falda nueva, me subí en el avión sin hacer más preguntas. Dejé que levantara mis cosas del piso, que me invitara un cafecito primero y una cena después, que me inventara todos sus cuentos chinos, que me dejara creer que era un súper junior. Total que a tres, cuatro horas del siniestro, ya tenía para una falda nueva. Además de un prospecto de maridito con madera de siervo y hasta ínfulas de novio. Lo escuchaba alelada cuando me contaba de la casa en Burdeos y el chaletito en Buenos Aires y en fin, impresionante el tipo. El tipo de canalla que cuando quiere es muy simpático, y con eso de que también era mexicano, ni por dónde escaparse. ¿Cómo iba a imaginarme que mientras yo hacía cuentas guajiras en el baño, pensando: *Bingo! Bingo! Bingo!*, aquella cucaracha registraba mis cosas y checaba mi pasaporte de mentiras? Cuando le pregunté qué hacía su familia, tuvo el descaro de inventarme que era hijo de un cónsul, y después me ofreció tramitarme un pasaporte, *tuviera o no pa-*

*peles.* Eso lo repitió, y las dos veces se me quedó viendo, como si preguntara ya sabiendo la respuesta. Y yo tampoco quería hacerle creer que tenía los papeles en regla, porque ya había mordido el anzuelote y pensaba: *Superman The Second is coming to town!* Otro ángel de la guarda que venía a rescatarme, sólo que ahora con dinero suyo. Irresistible oferta, *darling*, o sea que dije: *Voy a contarle mi vida.* La versión expurgada, ¿ajá? Padres divorciados, niña que carga traumas, hermanos desalmados, niña que se escapa. Le conté de Eric, de Las Vegas, pero todo muy sano, versión Disney. De cualquier modo más que suficiente para que se enterara de los datos básicos. Mi nombre verdadero, mis datos en New York, más algunas mentiras, como que mi familia vivía en Bosques de las Lomas y yo había estudiado en puras escuelas del rumbo. Así dije: *del rumbo*, porque no me sabía ni los nombres. Cuando regresé a México me dediqué a quitarme lo naca día y noche, pero entonces me salía lo coatlicue por los poros. Sobre todo cuando tenía que hablar de México. De New York ya sabía muchísimas cosas, pero de la ciudad donde había vivido dieciséis años, nada. O sea nada que pudiera presumir. Más bien lo que sabía tenía que ocultarlo. Pura información furris, cultura de fraccionamiento suburbial, supersticiones pránganas sobre lo que supuestamente debe ser la gente bien. Cosas que hay que callarse, ¿ajá? Pero ya era muy tarde. Nefastófeles había averiguado lo suficiente para luego enseñarme lo mal que se lleva la libertad con la indiscreción.

No sé si esté muy mal, pero yo soy de las que van haciendo la cuenta de lo que les gastan. No recuerdo muy bien las cantidades, la suma eran quinientos casi exactos, contando la coquita que le puse en cien dólares. *Por tratarse de ti*, le decía, y pa acabarla de joder le expliqué mi truquito de la pizza. Y él soltaba unas risotadas bien desagradables, de esa risita sucia que da náuseas. Pero ya andaba tan arriba, tan contenta, que hasta sus risotadas me parecían simpáticas. Me acuerdo que pensaba: *Sonríele a tu público, Violetta, que te está festejando.* Qué iba yo a imaginarme de qué se estaba riendo el pocoshuevos. Según esto los dos estábamos en el relax. Cero sexo, ¿me entiendes? Relax-relax. Pero el hijo de mala madre tenía la computadora funcionando. Una cosa increíble, memorizaba nombres, fechas, frases, números. Y yo sin enterarme de un demonio, despepitando mis secretos en la jeta de un desconocido para el que yo iba siendo más y más y más conocida. Ya con esa confianza le conté de cada uno de mis lugares de trabajo. Lobby por lobby, mentira por mentira, y él todo me lo celebraba a carcajadas. Con la encía de fuera y los mocos a medio atorar, que es como siempre se ha reído Nefastófeles.

No supe si salí a las doce, a las dos o a las cinco. Me acompañó a la calle, muy galante. Paró un taxi, me abrió la puerta, me besó en la mano. Y ahí fue donde me olí algo turbio, una incomodidad que me entró de repente. Tal vez porque la mano me la dejó babeada, o por la miradita puerca que me echó al despedirse, pero con todo y el estado que yo traía luego de darnos juntos los últimos jalones, supe que algo espantoso iba a pasar. No podía explicármelo, pero si ya no me fijé en la hora y me bajé en mi casa como zombie fue porque no podía dejar de pensar en su nombre. No sabía su apellido, ni sus mañas, y hasta se me hacía raro pensar en él así, con nombre. En la chamba que yo me había conseguido los nombres no servían para nada. Se confunden, se olvidan, se tergiversan solos. Es mejor inventarlos una misma: nombrecitos, apodos, varios de preferencia, pero siempre los mismos.

*Honey, Cutsie, Tiger, Baby, Macho, Teddy, Handsome, Tough One, Mr. Goodbar, My Saviour, My Hero.* Que era el mejor, porque yo sólo le decía *Mi Héroe* al que invertía de mil para arriba. Y la idea era llamar al mismo tipo, o sea a todos, de diez, quince maneras diferentes. Así no había malentendidos, podía verlos al día siguiente o seis meses después y demostrarles la mismita familiaridad. A los hombres les gusta que una los recuerde, que los reciba de regreso en el mismo nidito, que los haga sentir *at home.* Ya saben que es mentira, pero igual lo disfrutan. Si a él lo hubiera tratado como a todos, nunca se habría convertido en *Nefastófeles.* No para mí, de menos. Pero se me ocurrió tratarlo como gente, contarle cosas ciertas, llamarlo por su nombre. Abrirles las ventanas y las puertas a los buitres. Nefastófeles era menos gente que el más patán de todos mis mariditos, y creo que te miento si te digo que nunca me di cuenta. Puede que lo haya descubierto desde el instante en que se disculpó por romperme la falda, pero ya ves que a mí los cerdos se me dan. No sé que les encuentro de atractivo, cómo me las arreglo para ponerme un filtro en el olfato, y otro en la mirada, y otro en los oídos. Como que me entra a huevo la creencia de que el cabrón ojete va a ser así con todos, pero no conmigo. Me seduce el cinismo, me atraen las canalladas, me río de las víctimas ajenas como si fueran mías. Nefastófeles no había dicho casi nada, pero sus risotadas eran como palabrotas, de pronto me hacía sentir que no era nomás yo sino también él quien engañaba a los turistas y les vendía coca de tercera y hasta de cuando en cuando los bolseaba. Era una risa lambiscona, ajá, pero igual podía confundirse con los aplausos de un niño que se entusiasma de ver a los payasos y pide que le pongan zapatotes, peluca y nariz de pelota. Nefastófeles quería estar en mi club, hacía comentarios tipo *¡Qué maravilla!*, *¡Eres sensacional!*, *¡Deberías invitarme un día de éstos para verte en acción!* Claro que son las típicas frases del *mexican small talk: ¡Qué genial! ¡Qué increíble! ¡Seguimos en contacto! ¡Te cuidas! ¡No te pierdas!*, sobre todo si adentro estás pensando: *Ay, qué hueva me da este pinche naco.* Cosas que en el momento caen simpáticas, y parte de su gracia es que no tienen peso. No significan nada, son como golosinas pequeñitas, chamois, chochos, pasitas, de esos dulces que nunca comes de uno en uno. ¿Cómo iba a imaginarme que mientras yo flotaba en coca y me echaba sus carcajadas al oído como puños de chochos directo a la garganta, Nefastófeles invertía cada segundito en armar el contrato con el que iba a chingarme? Igual que esas historias en las que el diablo llega y dice: *¿Me llamaste?* No sé si lo llamé, pero él vino corriendo contrato en mano. Y yo no tuve ya ni que firmar. Aterrizó en mi vida, eso fue todo. Un maldito demonio, o vampiro, o sanguijuela. Una lombriz intestinal que cualquier día te despierta pidiendo el desayuno.

Claro que Nefastófeles nunca pide nada. No pide, espera. Tiene la paciencia de un escusado: ni habla, ni se mueve, ni reclama. Entiende que más tarde o más temprano le va a caer su mojón. Eso es lo que parece, claro, porque atrás del telón está armando maniobras asquerosas. No es un tipo paciente, al contrario. La coca te da todo, menos paciencia. Una le ve la piedra, pero no la mano. Y para entonces ya la piedra la tienes en la cara y él se te queda viendo así, como asombrado: *¿Qué te hiciste, hija mía?* No sé si me entendiste: lo peor de Nefastófeles no es el tiempo que pasa fregándote el destino, sino el que tú te tardas en darte cuenta. Cuando te digo que algo en él de repente me olió mal, te estoy hablando de una pestilencia larga. Casi un año en la baba, creyendo que el maldito me estaba ayudando pero qué le iba a hacer, yo tenía una puta suerte de Mujer Serpiente. *¿Por qué está usted así, Mujer Serpiente?* Por haber desobedecido y desfalcado a mis padres. Trata de no reírte, me cagaría que te hicieran gracia los chistes de ese imbécil. Me acuerdo de la cara que ponía, como de santo ecuánime. Porque ni modo que la equivocada no fuera yo, si estaba pinche loca. Él era tan correcto, tan decente, tan *cool*, que había que ser una auténtica puta de poca fe para poner en duda su honorabilidad. *Puta de poca fe:* ¿cómo ves el piropo? Nunca supe gran cosa de su puerco pasado, pero un día me contó que estudió no sé cuántos meses en el Seminario. Ahí aprendió a callarse y a insultar, seguramente. Cuando me sermoneaba para echarme la culpa de todas mis desgracias, me decía *Mujer Serpiente.* O sea monstruo de circo, ¿ajá? Pero cuando sacaba las uñas porque no lo obedecía, como que se ponía creativo. *Puta de poca fe. Bastarda malaentraña. Huérfana suburbial. Mata Hari en huaraches. Raterilla sin alma. Viciosa pestilente. Busconcita silvestre. Mexican jungle bunny.* Cualquier cosa que me pusiera por debajo del piso, ¿ajá? Así como yo usaba no sé cuántas decenas de nombres para mis mariditos, él se las arreglaba para ofenderme de chingo mil maneras con una puntería de diablo cocainómano. Luego a veces pensaba: *¿Con qué cara me insulta este cabrón, si es igual de vicioso que yo?* Pero igual me ganaba el arrepentimiento, porque acababa dándole la razón. Siempre que pintan a los ogros en los cuentos, los describen malísimos, geniudos, antipáticos. Pero ésos no son ogros, son pendejos. Los verdaderos ogros te quitan y te dan: un día son encantadores, generosos, hasta paternales, y otro se vuelven duros, crueles, unos hijos de La Chingada hechos a mano. Y al final te hacen falta, sientes que no la vas a armar sin ellos. Cualquier semejanza con un kilo de cois debajo de la cama es todo menos mera coincidencia.

¿Tú sabes la alegría que es recibir toda esa coca gratis en la puerta de tu casa? La verdad yo tampoco, pero eso creí entonces. Cuando llegó a mi casa y tocó el timbre —que de por sí me dio tremendo *freak,* porque nadie tocaba el timbre ni la puerta de ese departamento— oí su voz y como que sentí no sé, no mames: un alivio inmenso. Pensé: *Mi pasaporte,* pero quería más que eso. Estaba muy segura que podía sacarle toda clase de cosas. Me creía la mala, te digo. No me gustaba nada, físicamente, pues, pero de todos modos era menos feo y gordo y ruco que la mayoría de mis mariditos. Quiero decir que no era exactamente una compañía desagradable. No al principio. Además, no buscaba a huevo sexo. Cuando llegó a mi puerta me encontró chamagosa, con los pelos entre parados y aplastados, sin peluca, pero con un atuendo de lo más conveniente: camisón sin brasier, calzones chiquititos, todo como transparentoso. Y así le abrí la puerta, como si fuéramos grandes y viejísimos cuates. Pero él *cool*, sin mirarme los senos ni las piernas ni las nalgas. Directito a los ojos, nada más. Miradita de cura cruzado con verdugo. O también: de rohipnoles cruzados con Jack Daniel's cruzado con caspita de Satanás, trifásico el muñeco. Me lo dijo en el interfón: *Aquí traigo tu caspa, muñequita.* Y ante una oferta de ésas la falta de peinado, vestido y maquillaje pasaba a ser, digamos, cosa circunstancial. Cois, pasaporte, dólares: ni modo de estamparle la puerta en las narices a quien trae los disfraces para tu carnaval.

También traía leche, pan, Milkyways, pretzels, todo lo necesario para quebrar posibles resistencias. Como si esa coquita no fuera suficientemente irresistible. Porque era una delicia, no lo voy a negar. Cinco veces más rica que la que yo compraba, aunque el doble de cara: ciento cuarenta el gramo. ¿O a poco crees que el puto Nefastófeles me la iba a regalar? Digo, ese día me la dio, pero no tardó mucho en pasarme la factura. De hecho, ese día me paró los pelos. Ya que estábamos tranquis con el primer jalón, me contó que en el Hilton habían agarrado a una colega. Según esto la niña vendía coca a los turistas y la apañaron a media maroma. La policía en el cuarto y todo el rollo. Lo que más me asustó fue cuando Nefastófeles me dijo que se la habían llevado casi desnuda. ¿Qué quería decir *casi* desnuda? ¿Sin la blusa? ¿En calzones? ¿Envuelta en una sábana? Cómo sería mi miedo que ni pregunté. Además, según él, la pobre traficante no tenía ni papeles. ¡Traficante! ¿O sea que yo era narca, como ella? No lo pensaba, ¿ajá? Una roba y putea y vende coca sin verse en el espejo y decir: *Yo soy todo esto.* Pero igual se lo había contado a Nefastófeles, y él sí podía decir que su nueva amiguita era ratera, narca y puta. Vaya que si lo dijo: no teníamos ni dos semanas de conocernos cuando ya me lo estaba gritoneando en mi carota. Todavía más feo, en diminutivo. *Narquita. Raterilla. Putita.* Para acabar de entrada con el respeto, porque todavía a La Gran Puta te le cuadras, mínimo por ser madre de tantos hijos. Pero a las putezuelas les escupes, ¿ajá?

Tú no, tal vez. El Nefas, puta madre: nada más empezaba a oler que yo traía algo chueco y ya iba preparándome el gargajo. ¿Qué haces cuando te llega el primogénito de La Gran Puta y te escupe en la cara? En condiciones normales, me habría encargado personalmente de dejar a La Gran Puta sin nietos, pero en las dos semanas que estuvo visitándome se encargó de amarrarme completita. O sea que te repito la pregunta, sólo que adicionada con nuevos y deliciosos ingredientes: ¿Cómo te defiendes de quien te amarra y te escupe? Voy a darte una pista: ¿Qué es lo que mueves cuando no puedes moverte? Los ojos, claro. A los ojos no puedes amarrarlos. Y si los vendas le quitas todo el chiste al escupitajo. A lo mejor el que te escupe espera que mires para abajo, o que lo veas con odio. O con miedo, o tristeza, o arrepentimiento. Pero yo lo miraba fijo, neutro. Como una Polaroid que nada más te capta. Sin ninguna opinión.

Aunque los psicodramas se tardaron más. No mucho, por supuesto. Nefastófeles fue totalmente lindo durante exactamente quince días y medio, tanto que yo hasta le ofrecí que se quedara en mi casa. Y él todo diplomático, jurándome que no quería molestarme, pero de cualquier modo iba a ser un placer. *Se vende hijo de puta con buenos modales, aproveche esta oferta por tiempo limitado.* Tenía que haberme dado cuenta, pero como Violetta quería a huevo comerse Manhattan, su destino era confundir buitres con pavos. ¿Cuándo has entrado a un restorán donde preparen *Zopilote a la plancha* o *Buitre parmesana?* Siempre que te propongas desayunar pechugas de aves de rapiña, recuerda las palabras de la doctora Schmidt: *They will find you delicious.* A los buitres a veces se les mata, pero no se les come. No basta con que el hijo del usurero acuchille a su papá, también hay que quemar sus putas libretitas. Mírame a mí, frameadísima como el chingado *Roger Rabbit* por quererme otra vez pasar de viva a costillas de los buitres.

El chiste preferido de mi familia era decir: *Rosalba, tú eres adoptada,* porque cada año que pasaba me parecía menos a ellos. *¿Cada año?* No me chinguen: cada instante. Por eso yo en secreto estaba muy de acuerdo con los cuatro, hasta que un día desperté de un sueño horrible donde mis padres se robaban a un bebé y se lo comían, y ahí sí me quedó clarísimo el oscuro misterio: yo no era adoptada, sino robada. Seguro que me habían sacado por la ventana de una casa rica. Un día que estaba enojadísima no me acuerdo por qué, me encerré con mis hermanitos —habrán tenido seis, ocho años— y les dije que tenía pruebas de que mis papás me habían robado de un castillo. Por dos o tres añitos funcionó: los tuve amenazados con que iba a refundir a sus rucos en la cárcel. Ya luego se les fue quitando lo crédulos y les dio por decirme *La Momia del Castillo*, pero debo decirte... ¿Qué debería decirte? Nada, en realidad. Te iba a decir que yo fui la única que se tragó entero ese cuento. Todavía hoy siento que mi vida es la de un pececito de agua dulce al que quién sabe quién echó al agua salada. En el agua dulce todo es más suavecito, no sé, más sutil. Las cosas están dadas desde siempre, no puedes recordar un solo instante de tu vida en el que no hubiera coches nuevos, sirvientas, mozos, viajes, hoteles, vinos. Y yo lo que no puedo recordar es una sola de esas cosas en mi vida, con excepción de las que me tuve que robar, alimentándome de carroña de pájaro carroñero, como ha sido mi desdichada y recontraputa costumbre. Pero ¿qué más chingados va a hacer un pez de agua dulce entre el agua salada? Tratar de regresar a su ambiente, ¿no es cierto? No sé si sea muy buena mi teoría, pero a mí me ha servido horrores para ponerme en paz con mi conciencia. Suena un pelito ecologista, además. *¡Salvemos a las Violettas!*

Lo primero que yo pensaba de Nefastófeles era que se me parecía en un montón de cosas. Superficiales todas, porque yo no me había ni asomado a la cloaca que tiene en lugar de alma. Además, en la superficie estaba enterito el negocio: el güey me proveía de mi vicio, hacía como que me resolvía los problemas y me ponía en la carota unos números que me mareaban. Según él, yo podía dar madrazos de tres, cuatro mil dólares. Me decía que era experto en atrapar herederos. Gente como él, debía yo suponer. Como si no se le notara el morral escondido debajo del traje. No estás para saberlo, pero huele a petate ese cabrón. Un poquito que sude y se le va el aroma de su *Gato Rabonne*, por más litros y litros que se ponga. ¿Sabes en qué momento suda más Nefastófeles? *When he's fucking you.* Y en esos días de tanta amabilidad, el mierda no me había mojado más que la mano, primero con su baba y después con el sudor de sus manitas. Yo igual me convencía de no sentir tanto asco, al cabo que para eso era buenísima, pero nunca me imaginé que el apestoso me estuviera fuckeando a mis espaldas. Vas a decir que es cosa mía, pero te juro que le sudan a chorros cuando está de algún modo por encima de ti. Si tienes la desgracia de ser su empleado, su mujer, su mozo, su enemigo con la espada en la garganta, y en un momento le viene la ideíta de sentirse mejor a tus costillas, vas a ver que las manos le sudan pesado. No sería lógico que tamaño traidor fuera incapaz de traicionarse solo. ¿Sabes por qué salió del Seminario? Se la estaba jalando solo en la capilla, con los ojitos puestos en la Virgen. Creo que primero le dieron una entrada de patadas y cuerazos, ya te imaginarás que desde entonces Monseñor Nefastófeles gozaba de muy pocas simpatías. Los papás lo corrieron de la casa y él acabó chambeando en un burdel. Pero como tenía más ambiciones que todas las empleadas juntas, se fue metiendo a cursos y carreritas cortas. Aprendió hasta taquigrafía, más contabilidad y mercadotecnia y publicidad y las arañas, mientras en el burdel se aprendía los peores trucos de nuestro querido gremio. Me acuerdo que decía: *El cliente tiene derecho a la razón, pero no al clímax.* Decía también: *Orgasmo entregado, cliente perdido.* Sólo que los orgasmos de Nefastófeles no son cualquier calambre. No digo que te ruja, ni que se te sacuda como epiléptico atropellado, son sus manos, su boca. Cuando más sientes que lo odias, lo miras y descubres que está pasando saliva. *The guy is fucking you*, ¿ajá? Ya sé que no te agrada, que vas a aborrecerme por decírtelo, pero si vas a ser mi biógrafo cállate y apunta. ¿Sabes con qué poéticas palabras te invitaba ese güey a meterte en su cama? *Véngase, mamasota, vamos a hacer el rencor.* Dime una cosa, *darling:* ¿Sientes las mismas ganas de vomitar que yo?

Y eso que no te he hablado de las babas en la boca. Las suyas, claro. En la mía, por supuesto. Pero eso fue cuando él ya había sacado el cobre. En esas dos semanas sólo tragaba saliva y se secaba las palmas empapadas en mi sillón. Pero me iba a ayudar. Por eso yo le echaba ganas para que me cayera bien, como que todavía le quería ver la cara de *Superman The Second.* Y él con la capa puesta, ¿ajá? Sólo que ya con otros métodos, como el de darle a Luisa Lane las grapas en ciento cuarenta *bucks* y obligarla a venderlas a doscientos cincuenta. Según él era el precio de esa coca en la calle, y cualquiera que la vendiera más barata o más cara se metía en problemas con los malos de la *movie.* Sólo que yo pensaba: *Nadie va a ser más malo que Violetta,* y las vendía al precio que se me antojaba. Pero ya no lo pude hacer con mi proveedor. A partir de ese día me dediqué a vender la cois de Nefastófeles. Me decía: *Te arriesgas mucho si vendes de la otra, la policía lo controla todo.* ¿Veinte años enjaulada? Dime tú si no me iba a dar pavor.

Aunque le hacía trampas. Siempre supe arreglármelas para sacar más dólares por fuera. Lo que no te he contado fue cuando me apañó por primera vez, exactamente a los dieciséis días de conocerlo. Cómo voy a olvidar la madrugada del dieciséis de agosto del noventaiuno: Nefastófeles me cachó mezclando de mi coca con la suya para hacer más ganancia, y no quiero decirte lo que me hizo. Digamos que yo nunca me había acostado con nadie sólo para que me dejara de escupir. Cachetada, cachetada, escupitajo. Otras dos cachetadas, otras babas. Y vaya que había materia prima. Te juro que las cachetadas me tenían sin cuidado. O sea las soportaba, ¿ajá? Pero sentir los salivazos en la cara, no poder ni abrir los párpados sin ver los hilos de su baba en mis pestañas, o en los pelos que ya me había jaloneado, o en la peluca que en cualquier momento iba a echar por la ventana, eso yo no podía seguir soportándolo. Me gritaba: *Te van a matar, narquita patiabierta*, y con eso me hacía llorar más, así que de repente dije: *Lo beso o me mata.* ¿Te imaginas lo que es sentir horror de que un gañán te mate a punta de gargajos? Claro que darle besos no era así que dijeras la solución ideal, porque a partir de ese momento su saliva pasó de mi cara a mi lengua. ¿Sabes lo que es un beso de Nefastófeles? Todo menos una delicia para el paladar. Así que yo pensaba: *Violetta, estás cogiendo con un rottweiler drogadicto, acuérdate de que su aliento a chinche putrefacta es un poco mejor que sus mordidas.*

Di que soy una estúpida, pero el güey me agarró. Aparte, eso de que fuera hijo de influyente me convenía mucho, pero igual me podía joder. Dependía de lo que Nefastófeles quisiera. Y como yo me había tragado toda la patraña de Papá Cónsul, estaba segurísima que al día siguiente de que nos peleáramos iba a caerme *Immigration.* Súmale que bien o mal yo también era adicta, y además me metía una lana vendiendo cois. Tenía que llevar la bronca por la suave, en agua dulce, pensando: *Soy una princesita secuestrada por los malos.* Y aguantando la vara, como diría el Nefas. A veces pienso que si no me hubiera agarrado él, tal vez habría ido a dar con otro peor. Imagíname, por ejemplo, en manos de los que le vendían el perico a Supermario. Creo que era una banda de superojetes, ¿ajá? Y en cambio Nefastófeles hacía guarradas, sacaba el cobre, se abaratraba tanto que de repente le podías sacar ventaja.

Nunca paré de intentarlo. Cada que Nefastófeles se descuidó, yo me pasé de lanza como pude. Y hubo días en que pude muchísimo, aunque de pronto él me cachaba en algo, y no te cuento cómo se cobraba. Pero igual yo a todo eso me fui acostumbrando. Al principio lloraba mucho cuando me escupía; luego fui haciendo concha, ya qué. Pero eso sí: nunca dejaba de mirarlo a los ojos. Como una máquina registradora: mierda que el güey me hacía, mierda que le sumaba yo a su cuenta. *Tu crédito es bueno, Mariquita Sincojones.* Era muy fácil: las cachetadas valían cincuenta dólares, los escupitajos cien y los golpes más fuertes doscientos cincuenta. Además, los insultos se los cobraba a diez. Entonces yo lo estaba mirando y ya no me importaban el dolor ni las humillaciones, porque estaba concentradísima en la suma. Había días en que de plano perdía la cuenta y me soltaba chillando, pero alguien desde adentro me decía: *Violetta, lo grave no es que te hagan lo que te hacen, sino que no te paguen por hacértelo.* Así que terminaba redondeando la cantidad a mi favor, y sumándole los trescientos de las lágrimas, que eran aparte. Luego ya sólo me quedaba ser paciente. Porque siempre llegaba la hora de cobrarte. Nefastófeles podrá ser un tigre para levantar *cash*, pero el pobre rebuzna a la hora de contarlo.

No creerías las veces que le bajé la lana en su carota con el mismo truco. Le hacía las cuentas chuecas en voz alta y él me seguía como ciego tras su perro. Claro que yo tenía muchas formas de estafarlo. Cada vez que le daba por pegarme y decirme esas cosas horribles, le hacía cuentas de tres, cuatro mil dólares. Y a partir de ese día me clavaba a robárselos. Le ordeñaba la billetera, le hacía magia negra con la cuenta de cheques, era una rata alerta con los cinco sentidos clavados en el queso. De repente me andaba descubriendo, pero yo hacía las cuentas a mi modo y le callaba la boca. Prefería fingir que comprendía mis cuentas antes que confesar que sus neuronas eran más lentas que las mías. Un día lo vi muy concentrado leyendo y escribiendo, no sé por cuántas horas. Luego, sin que me viera, me asomé. ¿Sabes qué estaba haciendo? Inventando insultitos. Tenía un diccionario de sinónimos subrayado en cada una las palabras que le gustaban, y un cuaderno donde iba haciendo listas de frases perversitas. ¿Checas todo lo que ese puerco acomplejado hacía para sentirse más que yo? Pensar en eso era otra de mis defensas. Si el gusano apestoso se sentía menos, los insultos que me decía tenían que tocarle de rebote, y más de lleno. Su saliva en mi cara era como un tributo de tlahuica. *Acepte usted, Señora Mía, el santo sacrificio de mis babas, y que por su divina gracia mis putas palabrotas se conviertan en plegarias.* Nefastófeles todavía debe de estarse preguntando cómo aguanté más de dos años en ese plan. Cómo pude mirarlo tantas veces a los ojos sin decir nunca nada. Si quieres que te dé la fórmula de la doctora Schmidt, es muy sencilla: venganza y anestesia, revueltas en la misma taza. Dosis: la que el orgullo señale. Porque el orgullo de Violetta es enorme, pero igual tiene precio. Ésa es mi gran ventaja. Soy una chica llena de virtudes negociables.

¿*Venganza*, dije? Tampoco creo ser tan vengativa. Más bien creo en la justicia del dinero: siempre que alguien se porta mal conmigo, se lo quito. ¿Quieres joder a la gentuza? Dispárales directo a la cartera, que es donde más les duele. En mi caso no es tanto así, *vengarme*. Más bien es como un trámite para sacudirme el rencor. *No hard feelings*, ¿ajá? En cambio, la anestesia funcionaba a medias; por un lado, mis métodos de, digamos, *insensibilización al medio ambiente*, me dejaban pararme al día siguiente fresca como un ostión salido de su concha. Pero también los días me pasaban así: babosos, como ostiones. Y de paso vacíos, como conchas. Los días eran plastas. Obstáculos, a veces. Masas sin forma, sin color, sin olor, sin fondo. Coágulos que aparecían y desaparecían en la piel de los meses, que eran también iguales. Como las calles y las avenidas y los taxis y los restoranes y los baños y las pizzas y las televisiones y los billetes y las flores y los mariditos y en fin: miles de fichas que iban y venían en el mismo juego, sin que yo me tomara la molestia de ver más que los dados. Resultados, ¿ajá? Eso era lo único que tenía que importarme. Solamente con resultados iba a poder ganarle el juego a Nefastófeles. Por eso digo que las cosas y las personas y los días me daban lo mismo: pasaban frente a mí, como autobuses a los que nunca me subía. Perdía la noción del día, la semana y el mes en que vivía, pero no había dólar que se me fuera vivo, y eso a veces incluía comportarme como una perra despiadada. O hasta como una ratonera muerta de hambre. Siempre que un maridito me llevaba a comer a un lugar caro y pagaba con *cash*, por sistema me levantaba de la mesa llevándome discretamente la propina. Le decía al maridito: *Ese tipo de allá me está mirando*, y señalaba alguna mesa muy lejana, mientras la otra manita salía en defensa de mi patrimonio. No podía gastar mucho de ese dinero —si Nefastófeles llegaba a descubrirme, era capaz de ahogarme en sus gargajos— pero esperaba el día en que me iba a escapar a México, luego de una *larguísima* escala técnica en Saks. Después me imaginaba cómo sería un mes entero riéndome de Nefastófeles, lejos de él para el resto de mi vida. Planeaba desfalcarlo, y además joderlo, para que un día pudiera comprender lo que decían mis ojos cuando se le quedaban mirando sin parpadear. *Muérete, hijo de puta*, eso decían. Qué otra cosa querías que dijeran, si desde que conocí a ese asqueroso dejé de vivir en New York, y hasta en mí misma, por volverme una máquina que hablaba y estafaba y cogía y se pasoneaba y hacía cuentas todo el tiempo para no pensar, y no pensar, y no pensar. Nefastófeles podía contar con todo, menos con mis planes. Era lo único que deveras me tranquilizaba: imaginar su jeta al día siguiente de la supermierdada que pensaba hacerle. Algo que no se le olvidara nunca, que pudiera dolerle por años. Una bala expansiva que perforara sus bolsillos y le hiciera cagada la moral. No era un simple berrinche, ni puro odio podrido. Eran ideas sensatas, claras, bien planeadas, y la prueba es que todavía las tengo. El que yo me haya ido de New York sin herir de muerte a Nefastófeles no significa que ya renuncié a joderlo. Hay unas carcajadas que ese cabrón me está debiendo desde el noventaiuno, y que te juro que las va a pagar, aunque igual no sea yo quien se las cobre.

¿Me oyes lo que te digo, Diablo Guardián?

## 17. Positivamente tuya

Será inútil expulsar a este demonio de ti:
soy inmune al exorcismo y no me iré de aquí.
Te llevaré a bailar el tango del placer,
verás que no es lo mismo delirar que proceder.
Me sobran las alas para el cielo cruzar...
¿A qué nube quieres ir? ¡Yo te puedo llevar!
Mis entrañas no son malas si las sabes cocinar,
te toca decidir qué postre quieres probar...
¡Mi Cielo!

*Rap del Diablo Guardián*, parte II
(anexo a 24 tulipanes de procedencia no especificada).

El empleado tiene las ideas, el equipo los conceptos. El equipo tiene los medios, la agencia los fines. La agencia tiene la ética, el cliente la filosofía. El cliente tiene la competencia, el producto las ventajas. Imaginó cada frase colgada y enmarcada en un flanco de la sala de juntas, con los anuncios de la agencia en torno. Pequeñas y sobrias, como sentencias bíblicas, con un motivo abstracto y a la vez concreto acompañándolas. La pluma y el tintero, cosa así. Lo que más de un cliente llamaría Estilo Clásico, aunque eso ya sería problema del dibujante. Se había pasado la noche entera rayoneando un cuaderno. Escribió frases lindas y un poquito tramposas sobre la poética de la productividad. Hizo listas inmensas de adjetivos, adverbios, metáforas y frases compatibles con sus textos diarios, de modo que los próximos salieran bien y rápido. Llegaría temprano, antes que Lerdo, y escogería los anuncios más difíciles de entre el altero de órdenes acumuladas en la tarde anterior. Cuando por fin sintió que el alud de frases y palabras bastaba para permitirle conservar su empleo, con todo y el aumento de sueldo prometido, escuchó pájaros, miró tras la cortina y recibió de golpe la claridad del día. Se tiró de clavado en la cama, sin cambiarse de ropa ni preocuparse más que por ajustar el despertador a las ¿ocho y media? Cuarto para las ocho, si pretendía llegar antes que Lerdo.

Despertó recordando, muy lejos en el sueño, el timbre del reloj, pero había olvidado el instante en que lo apagó. Debían ser las once, quizás el mediodía. Entró en la regadera tejiendo conjeturas sobre Rosalba. Sabría el demonio cuántos jefes habrían preguntado cuántas veces por él. ¿Por qué no habían llamado? Por supuesto tenían su teléfono, recordó Pig comido por la prisa de secarse la cabeza con el pundonor elemental para llegar a la oficina con el pelo perfectamente seco, y así a nadie le diera por pensar que venía directo de la regadera sin escala en la toalla. Pero ¿valía la pena fingir? ¿No era verdad que se pasó la noche trabajando? ¿No se parecía eso a lo que el jefe de los jefes había dicho que esperaba de todos: un compromiso al borde del insomnio?

—¿Qué tal, Paul? —fingió Pig familiaridad con quien, vista la situación, no podía tenerla. Y en tal sentido el ceño del jefe de su jefe difícilmente le mentía: su sola extrañeza, matizada innecesariamente de una vaga diplomacia forzosa, semejaba ya un reproche, pero igual podía ser el solo fastidio de haber sido distraído por algún asunto menor. ¿Tenía Paul por qué saber que acababa de llegar? No necesariamente, creyó Pig al tiempo que plantaba la expresión de una Gioconda súbitamente aburrida. Ese instante de timidez extrema cuando el dueño de la iniciativa duda entre creerse deudor del orgullo y sospecharse acreedor del ridículo. Cuando preferiría no haber hecho nada y escapar de allí y estar aún en su cama.

—¿Te bañaste? —ironizó Paul, casi ácidamente.

—Perdón, pero es que no dormí en toda la noche. Mira lo que te traigo.

Pig había desplegado una hilera de papeles sobre el escritorio. Y a Paul no le quedó más que caer en una honda, poco a poco sonriente estupefacción. Pig ni siquiera lo miraba, tampoco abría la boca. De pronto acomodaba algún papel, cada vez que el ventilador volvía sobre su izquierda y los hacía flotar por un instante. Los claxons de la calle, las aspas del ventilador, las respiraciones: ruidos que cobran forma en medio del silencio que se va haciendo largo y es como si sonara una fanfarria, pues cada tanto Pig alcanzaba a rechinar las muelas diciéndose que ahora ya el silencio —mejor: el tiempo silencioso— corría en su favor. Entre más fueran los segundos —¿los minutos?— que Paul permaneciera sin hablar, mejor parado encontraría a quien había motivado ese silencio. Es decir Pig, cuyas ideas se iban escapando hacia otros escenarios: el privado, Rosalba, la tarde, las seis treinta.

—No te duermas... —sonrió, ya abiertamente, Paul—. ¿Cuántas horas te pasaste haciendo esto?

—No sé —dijo al instante Pig, con esa diligencia tan usual en quienes han sido atrapados en medio de una ensoñación—, no me di cuenta.

—¿Te gusta la publicidad? —Paul abrió todavía más la sonrisa sólo para cerrarla de inmediato y mirar hacia el fondo de los ojos de Pig—. La verdad...

—¿La verdad? —ganó tiempo Pig, se preparó para el silencio largo que debe preceder a toda confesión difícil.

—La pura verdad —volvió a sonreír Paul, como quien salta de la gravedad del púlpito al relax del confesionario.

Pig clavó la mirada en el piso y supo una vez más que con sólo dejar correr unos segundos, su respuesta ganaría contundencia.

—No hay bronca, te lo juro, ya tienes tu contrato —se quebró Paul.

—Pues, igual que tú. Me gusta lo que se hace con la publicidad —y entonces Pig alzó la mano derecha entrecerrada, con la yema del pulgar sobando cadenciosamente el índice.

—Te gusta el dinero... —Paul lo miró de nuevo hondo y a los ojos, próximo a lo que igual podría ser un signo de condena que de complicidad.

—Mucho —le sostuvo la mirada Pig. Si su lectura de los signos no le estaba engañando, Paul había escuchado lo que más quería oír. Por eso de repente le daba la espalda, se llevaba la mano hasta las cejas y se dejaba ir en un temblor que ya no tardaría en aceptarse como carcajada.

—¿Se nota mucho que me gusta el billete? —casi susurró Paul, más para sofocar la risa que en realidad haciendo una pregunta.

—Pues cuando yo he tenido, me ha gustado muchísimo —declaró seriamente Pig, creyendo, con razón, que eso de compararse campechanamente con el jefe de su jefe le permitiría negociar desde un sitio distinto al de, digamos, Lerdo.

—Pero ¿y la publicidad? ¿No te gusta? —atacó de regreso Paul, ya recompuesto.

—Claro que me gusta: da mucho dinero —alardeó Pig, mientras con ambas manos señalaba todos sus papeles sobre el escritorio.

—¿Acabas de llegar? —Paul tampoco quería dar demasiado peso a los papeles: una sucesión de frases afortunadas, cuatro campañas para vender los servicios de la agencia, un paquete de ideas motivacionales y algunos mensajes para consumo interno.

—Sí. Estaba haciendo la campaña de puntualidad —bromeó Pig, sin perder la compostura, y levantó la hoja donde aparecía una de las frases que más habían hecho sonreír a Paul:

Por llegar tarde, lo cortaron...
*¿captas la idea?*

Aunque tal vez lo que le había provocado la sonrisa fue la directriz, escrita al pie del hueco para la ilustración: *Aquí va una guillotina, con la cabeza de un empleado.*

—¿Por qué la de un empleado? —inquirió Paul, de nuevo divertido.

—Ni modo que la del director general... —arriesgó Pig, sonriendo abiertamente.

—¿Y qué tal tu cabeza, cabrón? —fanfarroneó festivo Paul, en lo que Pig consideró, de nuevo con razón, apenas el principio de un negocio invaluable.

—¿Ya te vas? —titubeó Pig, de pronto sin piso.

—Te veo aquí a las siete, no te vayas a ir —le palmeó el hombro Paul, como quien da una orden a alguien de la familia.

—Es que... hoy tengo que ir al dentista —se defendió Pig, luego de que una alarma recóndita le gritara: *Rosalba, seis y media donde ayer.*

—Y además no has dormido —subrayó Paul, quizás interesado en descubrir si lo de Pig era pereza o compromiso.

—Eso no importa, ya no tengo sueño. Siempre se me quita cuando voy a ir al dentista —matizó Pig, con la satisfacción de quien ha armado una mentira impermeable.

—¡Auch! —teatralizó Paul—. Entonces te espero mañana a las nueve en punto. ¿Puedes o no te deja tu dentista?

—Puedo —le tomó el hombro Pig, con un gesto que se empeñaba en ir de la camaradería innecesaria a la complicidad desfachatada—, mañana a las nueve.

—Déjame aquí las hojas. Mañana las analizamos con más calma —Paul ya estaba en la puerta, todos podían oírlo. Más que eso: Rosalba lo escuchaba. O debía de escucharlo, pero no había forma de cerciorarse porque seguía de espaldas buscando alguna cosa entre los archiveros. Y tal vez, sonrió Pig, esperando que fueran las seis y media en el bar de Cuauhtémoc:

¿Me crees? ¿Me necesitas? ¿Me prefieres? ¿Me compras? Preguntas todas respondidas de antemano por una afirmación reglamentaria. Imposible dudar de lo que ya sabemos —estudios de mercado lo demuestran— que el consumidor quiere. A veces sin saberlo, por eso hay que decírselo. Claro que todos esos números, expresados por gráficas, encuestas, promedios y un alud decisivo de estadísticas, no tenían más sentido que venderle al cliente la campaña. Y ante ese Mardi-Gras de cifras, argumentos y análisis comparativos, todo debidamente salpicado de piropos a Su Alteza, El Producto, sólo un imbécil osaría decir no. Lo bueno del asunto, pensó Pig por ahí del diez para las siete, es que con ese método se vende cualquier cosa. Incluso yo, carraspeó luego de sorber del vaso de Rosalba que de pronto era suyo porque hacía una hora que debía haber llegado y no llegaba y los hielos del bloody se hacían pequeñitos y qué importa si llega, finalmente, porque hoy no es más que hoy y mañana me va a necesitar.

Prohibido pensar no. Prohibido sospechar que detrás de su ausencia pudiesen acechar los diablos del arrepentimiento. Prohibido recordar aquel *What do you want?* con todo y gringo tácito y *five minutes* y adiós. Tenía que concentrarse en la estrategia que le exigía no aceptar un no. Y aun si las negativas conseguían imponerse, había que descartarlas de inmediato, y si fuera preciso cerrar fuerte los párpados, sacudir la cabeza, recordar con sonrisa impresa y pies flotantes la convicción sin nombre ni palabras que lo colmó de urgencia de infinito.

(¿Qué hacen los astros para evitar la colisión? Lo mismo que él: aferrarse a la inercia que los lleva a la catástrofe. Como los vagones de un tren, cuyo poder sobre la locomotora no es otro que la certeza de que al final, cuando el estruendo gane tiempo y forma, se destruirán con ella. Pero sus ojos eran en tal modo tóxicos que nada, ni siquiera el mirarse huérfano en su ausencia, pudo alertarlo a tiempo. Puesto que eso, estar a tiempo para su salvación, le habría parecido una cobardía tan abyecta que, de perpetrarla, el Infierno habría llegado antes.)

Sobre las mismas aguas del asombro oceánico que le causara el beso repentino, mitad escalofrío mitad calentura mitad vértigo mitad comunión íntima —un entero tan grande que sólo se concibe mediante la suma de cuatro mitades— de una mujer incógnita cuya espalda de pronto tiritaba, Pig contempló el abismo inefable. Al centro de sus ojos cundidos de inquietud, Rosalba desvelaba un hambre subterránea de abrazos silenciosos: tal era el vértice de las seguridades que Pig habría de tejer de la segunda tarde en adelante, apenas descubrió, atemorizado de sí mismo y al propio tiempo presa de una hipnosis deleitosa, que aquélla era la orilla final de sus dominios: si cruzaba la línea, debía hacerlo saltando hacia el vacío, pero si decidía no cruzar, caería sin remedio hacia la nada. Se empujó el bloodymary de Rosalba de un tirón, cual si fuera una droga o un vomitivo, no sin antes sobrecargarlo de pimienta. Cuando saltó al vacío, se aseguró de que estuviera todo el tiempo lleno de los labios de Rosalba profiriendo un sí, en lugar de alegar cuanto ahora le decía con su ausencia. Con párpados tembleques, pálpitos galopantes y otros signos más arduamente descriptibles cuya presencia no era menos estruendosa que el golpe de pimienta con picante sobre garganta, estómago, paladar, epidermis. No bien pagó la cuenta por los bloodies musitó muy quedo, con la palma enconchada entre boca y oreja:

—Tú no eres nadie para decir que no me quieres.

(¿Cuál era el atractivo que había hecho de la casi-bonita una hermosura? Más allá de sus piernas largas y carnosas, del estrabismo apenas perceptible que daba a su mirada una fijeza perturbadora y un vaivén inquietante, de esas facciones asimétricas cuya imperfección no era, por cierto, ajena a la poesía, de la insalvable distancia entre ambos hemisferios de un mismo rostro capaz de inspirar a un tiempo confianza y suspicacia, Pig encontró en Rosalba una desprotección en tal modo apremiante que ya no supo, ni pudo, ni deseó pensar en otra cosa que salvarla.)

Salió de la cantina casi de buen humor, y de hecho divertido con la idea de que estaba apostando la cordura por la evidencia flaca de un escalofrío compartido.

—¿Es usted un romántico? —pregunta la heroína de la película.

—Sí —responde su héroe—. ¿Le molesta?

—No —concluye, sabihonda, la mujer—. Todos tenemos algún defecto.

## 18. *Greetings from Golgotha!*

Nunca mandé postales. Ni una sola. Y me hubiera gustado. Había veces que salía de un hotel y me pasaba un rato en la tabaquería, mirando las postales. Eran tantos los días y tan pocas las cosas que realmente llegaban a pasarme, que sólo cuando me clavaba viendo *postcards* sentía completita la tristeza de no tener un solo hijo de perra en este mundo a quien mandarle una. Alguien para escribirle cualquiera de los chistes imbéciles con que mis mariditos me sacaban risas huecas y calenturas de cartón, que recibiera una postal con mi letra y mi nombre y por algún motivo no quisiera tirarla. Que la guardara en un cajón. Dentro de un libro. Debajo de un cristal, junto a mi foto. Pero no había nadie, ¿ajá? Y New York, mi New York, tampoco era como el de las postales. Seguía siendo intenso, me fascinaba de cualquier manera, ¿ajá?, pero estaba en mi contra. Era como si ese Manhattan que yo me había robado de un cuentito de hadas me estuviera haciendo pagar por ocupar un trono que no era mío. ¿Puedes imaginarte a una reina lloriqueando encuerada en el piso de la regadera, con la sangre escurriendo de las narices y el polvo envenenándole la sangre? ¿La crees capaz de hincarse y meter la cabeza en el water con tal de conseguir un gramo más? ¿Te imaginas una postal de Violetta berreando en un confesionario de San Patricio? Pues yo no. Me regreso a esos días y los veo como una película imposible: Nefastófeles encajado a huevo en mi destino, fisgando todos los detalles de mi vida, y yo como una rata, escondiendo los dólares debajo de la alfombra y media hora después con la nariz pegada encima de esa misma alfombra, desesperada por encontrar un restito de coca que me dejara volver a mi trono. Pero no te lo puedo contar del uno al diez. Ni siquiera del cinco al cinco y medio. No sé cómo pasó, no me lo explico. Voy a intentar contarte mis postales. Pon música, si quieres, pero que sea de Billie Holiday para abajo, con espinas y clavos al gusto del cliente. Tienes derecho a treintainueve azotes sin cargo extra.

POSTAL 1: *Fugitiva con libro*

Estoy en una mesa, sobre la banqueta. Es verano, las cuatro de la tarde, muy pocos coches. Si le piensas tantito deduces que es domingo. A media cuadra hay un semáforo, que es justo el cruce con Park Avenue. En primer plano sólo me ves a mí, el resto es más confuso. Calle medio vacía, café lleno, cine, taxis. No me veo tan mal. Traigo unos jeans de Saks, negros, superstretch, y una blusa de seda de Lord & Taylor, más el suéter de angora con piel que me robé de Bergdorf Goodman. Costaba como mil trescientos *bucks*, o sea que no mames: ni modo de pagarlos. Y si ves mis botitas, son Ferragamo. Jurarías que estoy esperando a alguien, que vamos a ir a alguna cena, un rollo así.

Encima de la mesa hay un café, una rebanada de pastel y un libro. No se ve la portada, es una de esas *historias verdaderas* de niñas que a los trece años se hacen putitas o borrachas o drogadictas o en fin, me gustaba leer esos libritos. Me hacían sentir que yo era un personaje interesante, al que le sucedían ondas todavía más interesantes. O sea un personaje de verdad, no todas esas cosas que Nefastófeles decía que yo era. Estúpido de mierda. ¿Sabes para qué sirve el libro de la foto? De rato en rato lo abro sobre la mesa y me agacho a leerlo de cerquita, para que nadie vea que me estoy dando un pase. Pero en la foto el libro está cerrado, y eso puede significar dos cosas: que ya me metí el jalón, o que me lo voy a meter. Puedes adivinarlo por mis ojos: si estuviera mirando hacia la cámara, pensarías que me anda por ponerme, pero los tengo fijos en nada, en ningún lado. Inmóviles, más bien. ¿Sabes por qué no quiero mirar de frente a nadie? Porque estoy escondida, traigo la paranoia y no quiero pensar. Nefastófeles lleva desde ayer buscándome, tengo toda su coca, vacié el departamento. Pa que mejor me entiendas: no sé ni dónde voy a dormir en la noche. Estoy muy quietecita, me lo imagino parado en la puerta del depto vacío, con unas ganas locas de freírme a bofetadas. *Now you see me, pendejo, now you don't.*

Tendría que aceptarlo: Violetta no se puede mover porque está trabadita. Pero si no lo acepto es porque creo que lo que me tiene engarrotada no es la cois, sino una como catatonia que me agarró desde que me salí del depto: el viernes en la noche, sin avisarle a nadie. O sea que estoy sentada en la mesa del café con la vista perdida, la cabeza nublada y el pánico durmiendo porque ¿de qué me sirve estarme imaginando lo que puede pasar si Nefastófeles me pinche encuentra, ajá?

La pobre chica dejó sus pertenencias encargadas en un changarro inmundo de Grand Central Station, y por ahora todo su capital está dentro del libro: poco menos de veinte gramos nuevecitos. Lo acabé de leer desde el noventa, pero seguí cargándolo hasta el noventaitrés. Me sentía muy orgullosa de haberle hecho yo misma el agujero adentro: de la página quince a la ciento veinte. Dos noches de trabajo con navajita, cartón y pegamento. O sea que si lo abría muy al principio, era para sacar la cois, pero si lo tenía despatarrado de la mitad para adelante, seguro que me iba a polvear en cualquier momentito. Si me pusiera cursi te diría que ese libro era mi único amigo. Sólo que yo no tengo amigos, tengo cómplices.

POSTAL 2: *Fugitiva esperando a que llueva*

Estoy tendida sobre el pasto, mirando a los patinadores en el Central Park, con una cocacola en la mano y mi libro en la otra. No te engañes: me está llevando el diablo. Desde que conocí a Nefastófeles dejé de patinar. Y ahora tampoco lo hago porque pienso: *Las pinches vagabundas no patinan.* Esos ojos de ensoñación, ese relajamiento como de hueva exquisita, la sonrisita tiesa de retrasada mental... en mí esas cosas significan bancarrota. Quiebra total, ¿ajá?, futuro enmarañado, visión cero.

Debo haberme escapado por ahí de junio, julio del noventaidós. Faltaba poco más de una semana para que fuera agosto y yo me fui a tirar al parque, ya más jodida que desesperada. Triste, pues, pero a gusto. Vivía en un pinche hotelito de New Jersey. Veinte *bucks* a Manhattan y otros veinte de vuelta, sólo que sin tener que olerle el hocico a Nefastófeles. La bronca era que no podía trabajar en los mismos hoteles, tenía que irme a otros más rascuaches, o más pinche lejanos. Donde no me buscara el Nefas, ¿ajá? Y no ganaba igual, no era lo mismo. Pagaba ochenta diarios por el cuarto, más los taxis, más los cincuenta o cien que me metía por la nariz. Más comida, más ropa; ni con trescientos diarios la llegaba a armar. Y en mis mejores días armaba setecientos, pero en los malos no llegaba ni a cien.

En una de ésas miro a los patinadores y digo: *Chin, tendría que aventarme a regresar a Vegas.* Pero fíjate bien: no son los ojos de nadie que se vaya a atrever a nada. Una puede pasarse la vida esperando a que llueva. Deseando cosas de otros, mirando a los demás cómo patinan, corriendo tras la droga que acabe de matarte. Yo no sirvo para suicida, me gana la curiosidad. Siempre quiero vivir el día siguiente, si es posible desde hoy. Y se me nota a leguas, chécalo en la postal. Esa mirada dizque soñadora pertenece a una raza de ratón que sólo quiere queso cuando lo ve guardado en una ratonera. Y ni hablemos del pan envenenado, que es la parte más rica de mi dieta. Si la ves con cuidado, la postal no te engaña: me encanta envenenarme, aunque me esté muriendo.

POSTAL 3: *¿Estás ahí, Santa Claus?*

No sé por qué, pero la Navidad y yo nunca salimos juntas en la misma foto. En ésta, por ejemplo, me ves parada enfrente de un aparador de Saks, pero lo que estoy viendo no sale en la fotografía. O sea el reflejo del Santa Claus que está detrás de mí. Exactamente donde me encontró Nefastófeles. Claro que ya pasaron tres meses desde entonces, ¿ajá?, o sea que solamente me estoy acordando, y el Santa Claus me da como tristeza. También me desespera, porque siento las ganas de trepármele en las piernas y suplicarle que me traiga por favor otra vida. Que me borre el pasado. Que me regrese a agosto y me diga: *¡Cuidado, princesita, ahí viene el Nefas!*

Y en fin, que ahí me había encontrado, afuerita de Saks. Vio en el periódico que había una venta especial y fue a pararse a un lado de la entrada, como buitre, hasta que vio caer del cielo a La Predecible Violetta. Cuando escuché su voz me quise hacer pipí. Dije: *Me va a mediomatar a media calle este cabrón.* Pero sonrió, ¿creerás? Te digo que ese güey sabe cómo manipularte con premios y castigos. *Toma, perra, aunque no te lo merezcas.* O sea que me salvé de gritos, madrazos y gargajos, pero igual me cobró cada gramo que le robé. Me los puso en mi cuenta, pues. Además, me tenía apañadísima: sabía cuánta ropa, cuántos zapatos, cuántas medias, cuántas malditas toallas sanitarias tenía, ¿ajá? Cualquier vestido, cualquier blusa, hasta unos pinches tenis me los iba a encontrar entre mis cosas. Ya una vez me había desgarrado un suéter y una falda sólo porque me los había comprado a escondidas. Era capaz de desarmar entera una televisión si le latía que yo estaba escondiéndole algo. *¿Qué tanto le estás mirando a ese refrigerador, limosnerita ladina?*, y se iba en chinga por las pinzas y el desarmador. ¿Cómo le haces para engañar a un güey que te quitó enterita tu vida privada?

Vivíamos en una mierda de departamento, por la 78 y Broadway. Estoy casi segura que se lo prestaban, pero de todos modos yo le daba lo de la renta: dos mil al mes, más todos nuestros gastos. *Nuestros,* qué asco. Nefastófeles se había metido en mi vida con el cuento de que iba a arreglar mis problemas, y al final arregló todos los suyos. Tenía depto, comida, mujer, dólares. Una ganga, te digo. De repente subía dizque muy preocupado: *¿Sabes qué? Ahí abajo te están buscando unos agentes de Immigration. ¿Qué les digo?* Puta madre, yo sentía las piernas como de chicle. Según él, los tenía sobornados. Y claro, yo tenía que sobornarlo a él, ¿ajá? Toda la coca que nos metíamos se pagaba de sobra con la que yo vendía, y el resto de los gastos salía de mis habilidades maritales. ¿Sabes cómo le hacía para comprarme ropa y pinturas y perfumes? Tenía que sacar del dinero que me iba clavando, pero igual no podía comprar nada sin permiso del Nefas. Y él jamás me creía que eran regalos. Decía: *A las pirujas se les compra con lana, no con pendejaditas.* Era siempre la misma escena: le pedía el permiso, me preguntaba con qué dinero, le enseñaba el dinero, me llovían bofetadas, lo aguantaba gritándome de *putita ratera* para arriba y al final me decía: *Ok, cómprate tus mierdas esas.* Magnánimo, el cabrón.

En la foto de la postal acabo de salir de una chamba en el Plaza: le saqué cuatrocientos a un argentino y le robé tres mil en cheques de viajero, mismos que ya cambié con éxito rotundo. Digo, una se supera. O sea que estoy triste, pero contenta. De pronto el Santa Claus me da una idea revolucionaria: ¿qué tal un regalito para la niña Violetta? Y *zas:* que me emociono. ¿Qué podía comprar en Saks que fuera más o menos fácil de ocultar? No se me ocurrió nada, así que me seguí caminando por la Quinta, hasta que cuando menos lo esperaba: *Bingo-bingo-bingo.* Puta madre, se me hizo agua la hormona. Ya sé que con tres mil pránganas dólares no haces el gran milagro en Tiffany, y en este caso me faltaban *nada más* dieciocho. O más bien trece, ya contando los cinco que tenía escondidos en el tubo del toallero. Un dineral, ¿ajá? Sobre todo si lo conviertes en salarios mínimos, que es lo que hacen los pránganas para poder imaginarse las fortunas. Por eso dije: *Que se chinguen los jodidos, yo quiero ese reloj.*

POSTAL 4: *Una indiscreta comezón en la muñeca*

Todos los días iba a Tiffany a verlo. Una vez hasta me sacaron porque a huevo quería tomarle una polaroid. Me acuerdo que el policía me empujó hasta la calle y me advirtió: *No puedes traspasar la puerta de Tiffany.* Cuatro días después ya estaba yo de vuelta, con la lana completa. Entré, pagué el reloj, me lo puse, salí y se lo embarré en la jeta al policía, para que le quedara claro que el único que nunca iba a pasar de esa puerta era él. Por eso en la postal me ves con la muñeca izquierda encimada en la ceja derecha: lo que quiero es que salga el reloj en la foto. Un Bulgari con brillantitos sueltos en la carátula, no apto para voluntarias de la Cruz Roja.

Más de un año lo tuve escondido dentro de un casillero, en un boliche cerca del Madison. Iba, jugaba sola media hora y muy discretamente guardaba el relojito en mis zapatos. Los metía con todo y bola en el casillero y me salía a la calle tan tranquila, como seguramente salía mi mamá del banco luego de haber cambiado sus pesos por dólares: sabiendo que era rica pero causando lástimas. Yo porque finalmente venía de putear, y mi mamá porque traía el dinero de la Cruz Roja escondido en ingenuas bolsas del mandado. Genes ladrones y mediocres, pero también: eran los que me estaban sacando del hoyo.

Antes de ese reloj yo no pensaba más que en pasonearme; gracias a él volví a pensar en mí o no sé, tuve ilusiones. Cada vez que iba a Tiffany decía: *Diosito, ayúdame.* ¿Te conté que lloraba como loca cuando me confesaba? Y eso que no decía ni la mitad de mis pecados. Más bien los iba confesando en abonitos. *Which means:* el del reloj lo confesé cuando ya lo tenía en mi muñequita. No es que fuera pecado comprarme un reloj, sólo que casi todo me lo había robado. *Ratera's time*, ¿ajá?

POSTAL 5: *¡Manos arriba!*

En la foto me ves recostadita en una súper cama, con el velo de novia encima. El que la hace de novio es un maridito que me llamaba siempre que llegaba a New York. Tenía esposa, hijos, toda la función, pero viajaba solo, cargando con mi traje de novia. Todas las noches que él se quedara en la ciudad, yo tenía que estar vestida así. Velo, crinolina, ligas, zapatos, *everything*. Hasta que un día le dio por regalármelo. Tenía que seguir usándolo con él, pero también tenía otras ideas. ¿Tú crees que no iba a haber más cojos del mismo pie? A los hombres les puede enloquecer que una haga cosas de ésas, no hay ni que preguntarles. Es como si le dices a un niño: *¿Qué prefieres, helado de vainilla o sopa de verduras?*

Luego venían las polaroids. Nos tomábamos unas indecentísimas, y entonces yo decía: *Chin, tengo que recobrarlas.* Ése era mi pretexto, ¿ajá? Me hacía la dormida en la mañana y esperaba a que se metiera a bañar el incauto. Un segundo después pegaba el brinco, me vestía y echaba a andar las uñas. Para cuando salía el ruco de la regadera, yo ya andaba en la calle con las fotos. Más el reloj, la cartera, a veces hasta la computadora. Y sí, era yo una traidora inmunda, pero mejor traidora que traicionada. ¿Cuántas esposas se divorcian y dejan al marido en la calle? Yo agarraba unos billetes, un reloj, cualquier cosa y me largaba.

Sin abogados, sin pensión alimenticia, sin luego andar contando de sus pinches miserias en la cama. ¿Ratera? ¿Cuál ratera? Yo estaba reclamando mis derechos de esposita, y con la polaroid me aseguraba de que el ex maridito no me iba a desconocer. *La coartada está lista, señorita Schmidt: queda usted para siempre fuera de esta historia.* Además, los hacía hablar muchísimo. No sabes luego todo lo que me contaban: los defectos más íntimos de sus viejas, los trinquetes que hacían en el trabajo, los hijos que tenían no sé dónde. Por eso hasta sin fotos me iba tranquila. Aparte, si algo sobra en New York son los hoteles. Das un madrazo en uno, lo dejas descansar un tiempo y luego vuelves triunfalmente. El chiste es nunca desfalcar al hotel, sólo a los huéspedes. De hecho, sólo los huéspedes que ha visto una sin ropa. Por los demás Violetta no responde.

Ya era mayor de edad, pero si se ponían necios les decía: *Ok, me falta un mes para cumplirlos.* Y tú no te imaginas la jeta que planta un abuelito cuando su concubina le insinúa que es menor de edad. *Concubina:* qué asco de palabra. *Puta* es mucho más práctica y se oye menos fea. Según decía Nefastófeles, podían levantarme no sé cuántos cargos *por andar concubineando.* Y lo decía muy serio el pendejete, como si él no tuviera ni que ver. Si un día me llegaba a agarrar la policía, más iban a tardar en tomarme las huellas que en detenerlo a él: *my motherfuckin' pimp.* Además, yo podía probar que él había abusado de mí siendo menor de edad. A veces pienso que a propósito armaba mi película, pero luego me acuerdo de lo que hacía a diario y bueno: mi vida *era* una puta película. Cometía delitos todo el día, estatales, federales y domésticos. Por más que me tranquilizara pensando que lo mío era a nivel cucaracha, me quedaba clarísimo que en estos casos, y es más, en todos los casos, las cucarachas son a las primeras que aplastan.

POSTAL 6: *Waiting for my man*

Lexington y la 125, Violetta elegantísima en el taxi, con la cabeza casi afuera de la ventana. Lo reconozco: no se me da la discreción. La hipocresía, tal vez, pero no sé pasar inadvertida. Lo detesto, más bien. Sobre todo en este momento tan difícil: mi comprador no llega, traigo un par de trofeos de guerra en el taxi, necesito darme un jalón y no traigo ni los diez dólares que ya marcó el taxímetro. O sea que no me puedo bajar del taxi, necesito que llegue Marcus, que es el que va a sacarme del problema.

Las cuatro de la tarde y yo con las manitas temblando porque si el pinche Marcus no llega voy a acabar tirándome a un *dealer* de la Séptima para que me aliviane. *My God*, qué vieja tan adicta. O tan puta, ahí escógele. No tengo ni veinte años y parezco de treinta, por más que las gafitas me tapen los huecotes debajo de los ojos. Si te preguntas mientras tanto dónde anda Nefastófeles, yo pregunto lo mismo: hace tres días que no llega al departamento y ya no tengo nada de cois. Entonces te decía que estoy que me muero en la maldita esquina.

¿Nunca escuchaste *Waiting for My Man*? Era la preferida de Marcus. De hecho por eso citaba a todos sus clientes ahí: *Up to Lexington and one-two-five*. No era ningún encanto, ese Marcus. Pelos tiesos de mugroso rasta, jeta de negro sin amigos, los ojos viendo siempre hacia otra parte, como si todo el tiempo te estuviera diciendo: *No vales un carajo para mí*. Nefastófeles era todo lo contrario: sonrisota, abrazote, palabras empalagosas. Luego la mierda, claro. Por eso prefería a Marcus. Vale más un ojete que te mira feo que otro que te hace fiestas para después joderte ya en confianza. Por mí, le habría propuesto a Marcus trabajar con él. Cómo estaría de harta que ya me parecía buena idea irme a vivir a Harlem. Tenía que escaparme, ¿ajá?, estaba lista para irme con quien fuera.

Marcus llegó dos horas tarde, cuando yo ya debía un dineral del puro taxi. No sabía por qué las cosas me salían mal, llevaba fácil cuatro meses de bajada. Marzo de 1993. ¿O abril? Vivía con la sensación de que mi cochecito se iba a estrellar en la próxima esquina. Era una paranoia con cara de presentimiento, como que algo terrible se acercaba a mí. Una bala de plata con mi nombre. Una factura repleta de ceros que New York me tenía preparada. Soñaba que venía el alcalde y me decía: *Tus impuestos, Violetta.* Ya no sentía la confianza de antes, cuando abría mi libro a medio lobby. Y esto de andar cazando mariditos es cosa de paciencia. Puede que el próximo llegue en cinco minutos, puede que en cinco días no caiga ni uno solo.

De todos modos hay que estar segura, no dudar ni un instante de lo que vas a hacer. Cuando te agarra el miedo no te mueves igual. Yo me ponía tensa, vigilaba de más a los empleados, enseñaba mi juego. Y así no salen bien las cosas. Hay que estar relajada, y al mismo tiempo con la cara bien dura. Saber que pase lo que pase no te vas a quebrar. Me acuerdo de ese taxi porque adentro de plano toqué fondo. Tenía que planear algún operativo, armar alguna trampa, escaparme de ahí, salir de lo más hondo. Lo peor era sufrir porque el Nefas no estaba, cuando tenía que estar celebrando. Necesitaba darme un pase, y me odiaba por eso. No podía pasarme los siguientes diez años pagándole los vicios a ese hijo de mala madre. No me podía quedar muerta en la calle, ni en la cárcel, ni en un cuarto de pinche motel. No me quería morir, eso era lo que yo pensaba dentro de ese taxi. *Ayúdame, Diosito, soy un asco de vieja pero no quiero morirme.* Y luego un *Padre Nuestro* con los ojos cerrados. Siempre apretaba fuerte los párpados cuando rezaba, para ver si se hacía mientras el milagrito. Digamos que en la foto los acabo de abrir, pero por más que busco no hay milagros. Y necesito uno bien grande, cualquiera lo nota. *Sáquenme de este taxi. Sáquenme de esta foto. Sáquenme de New York, en caridad de La Chingada.* No quería ir a ningún lado, no quería quedarme ahí. De regreso en el taxi me hice la primera pregunta sana del noventaitrés: *¿Adónde iría si tuviera lana?*

POSTAL 7: *Chica con platos rotos*

No todo era tan malo. Había días en que me reía mucho, como el de la foto. Jurarías que estoy en medio de un desastre, pero fíjate dónde tengo las dos manos. Encima de la boca, ¿ajá? Estoy yo en una mesa vacía, tapándome los labios, la barba y la nariz; sólo me ves los ojos y parte de las mejillas. Traigo como dos mil, dos mil quinientos dólares encima, sin contar el reloj, y se me ocurre que nomás por eso puedo hacer lo que quiera. ¿Entiendes por qué el piso del restorán está todo sembrado de comida y tenedores y platos y copas rotas? Ajá, yo los tiré. Hasta mi trago de más de cien dólares fue a dar al piso. Y el cuentón lo pagó mi maridito, que era un nacote mexicano de lo más chistoso. De esos a los que todo les vale madres, ¿ajá? Pedía copas de Luis Trece y las vaciaba en vasos de cocacola. El mesero se nos quedaba viendo yo no sé si con lástima o con asco, pero a mí me empezó a agarrar la risa, y de repente que me dice el mexicano: *Te doy cinco mil dólares si me demuestras que no te importa el dinero.* Claro que una idiotez como ésa nadie puede demostrarla, pero hacer algo así en un restorán donde el platillo más barato no baja de cien dólares tenía que probar alguna cosa. Y el güey muerto de la vergüenza, ya ves que luego al naco le sale el complejote y le da por pedir perdón de todo. Pero aunque no me creas le saqué los cinco mil. Estaba cargadísimo, tenía no sé qué negocio con camiones foráneos, cosa así. Un gordo prieto con cara de carnicero y miles de virtudes verdes por delante. Mi Rey, ¿ajá? Pero a los reyecitos les gusta que hagas desfiguros, más todavía si son tlahuicas. Imagínate lo que no le sacas a un cabrón que se está quedando en una suite del Hyatt y le da por decirte *Güerita*.

Con esos cinco mil como que ya empecé a salir del agujero. Me había propuesto algo parecido a lo del reloj: cuando tuviera más de veinte mil iba a hacer algo bueno con ellos, que no fuera ir a Tiffany a comprarme un brazalete. No quería gastármelos en New York. Hasta había pensado en meterme a estudiar algo, pero no tanto por hacerme así que tú dijeras: *Mira, una mujer de bien*, sino porque sabía que ésa era la manera de joder al Nefas. Cualquier progreso que yo hiciera con mi vida donde no fuera necesario él, era como encajarle una patada entre el culo y las tripas. Lo purgaba, ¿me entiendes? Y yo tenía esta idea desquiciada de que por más que me escondiera o me largara o no sé, me desapareciera de su vida, un día seguro iba a volvérmelo a topar, o sea que la idea de estudiar era nomás para que cuando lo volviera a ver tuviera algún diploma que embarrarle en la cara. Nefastófeles se parece a un pedazo de mierda pegosteado en la suela del tenis: es más fácil acostumbrarte al olor que tratar de limpiarlo. Yo estaba tan acostumbrada a la presencia pestilente de ese güey que ni siquiera me podía imaginar un futuro en el que no estuviera él. Todos los mundos que cabían en mi cabeza terminaban apestando al mismo cerdo, haz de cuenta que había instalado en mi pobre conciencia una sucursal de su puta y purulenta persona. Pero tenía mis momentos, como cuando jalaba el mantel y pensaba: *Violetta, eres una princesa*. Entonces Nefastófeles se borraba y yo me iba sintiendo poderosa. A ver si él podía armar cinco mil *bucks* nomás tirando copas, platos y comida al piso. Entre mayo y noviembre del noventaitrés no hice más que pensar que era un estúpido. Lo escribía, lo decía por todos lados, le cambiaba la letra a las canciones para seguir diciéndolo. Una noche venía caminando de la tienda, repitiendo su nombre y cantando *es-un-pendeeejo, es-un-pendeeejo, es-un-*

*pendeeejo*, cuando escuché su voz atrasito de mí. Me asusté, claro, pero luego de tanto pendejearlo como que lo veía menos feroz. *¿Qué decías, pendejita?*, me dice. Yo me le quedo viendo, me aguanto las ganotas de reírme y le contesto: *Nada, que le cayó caca a la sopa.*

POSTAL 8: *Quien no enseña, no vende*

Hay gente que tiene un plan y gente que está jodida; yo estaba podridísima de estar en el segundo grupo. Para mediados del noventaitrés ya tenía alquilados tres casilleros, repletos de las cosas que había ido comprándome y que tu primo el Nefas no podía ver. No quería que me pasara como cuando me le escapé y me mudé a New Jersey, que terminé durmiendo en cualquier cuchitril cada vez que no había maridito que me diera asilo. Tenía que dejar a Nefastófeles, pero no para hacerme carne de Redneck Inn y acabar enfundándome a los huéspedes por media pinche botella de bourbon. A lo mejor te extraña que en la foto de la postal tenga un *Screw* en las manos. ¿Sabes por qué lo tengo? Para saber lo que no quiero hacer.

Un día Nefastófeles me llegó con la noticia de que había pagado por anunciarme en el *Screw*. Según él, en noviembre salía el anuncio. O sea que a partir de noviembre del noventaitrés la doctora Schmidt iba a debutar en la sección clasificada de las putas de New York. Y todavía Nefastófeles tenía el descaro de querer venderme el plan. Me decía: *Es lo mismo, trabajas en hoteles, pero sobre pedido, sin riesgo, sin esperas.* ¿Y la coca? Según él, cualquier caliente que tiene quinientos dólares para botárselos en una puta está listo para quemarse otros trescientos en *llevársela al cielito.* Ay, Dios mío, qué naco era ese cabrón. El día que la palabra *naco* aparezca en el *Larousse*, van a necesitar una foto de Nefastófeles. ¿Cómo podía ocurrírsele a ese tlahuica con flechas que es lo mismo hookear a todo *chic* en el lobby del Plaza Athenée que atender por teléfono, como sirvienta, al primer cerdo que te acaba de ver en el *Screw?* Y al segundo, y al sexto, y al cuadragésimo segundo, ¿ajá? Tú no puedes imaginarte las porquerías que hacen esos güeyes. Aparte de que pujan y resoplan y dicen en tu oído las vulgaridades más fétidas del universo, puterías incluidas, lo que realmente andan buscando es desquitarse. No valen cinco *nickels*, son unos pendejazos, pero tú dime cómo se hace para pendejear a un marrano sudado que te está penetrando. Perdón por ser tan guarra, tú no tendrías que oírme hablar así, pero ya ves que al biógrafo le cuenta una más cosas que al sacerdote. Así tendría que ser, ¿ajá? Tú firmaste el contrato de Diablo Guardián. Apechuga y aguántate, que a ti de todos modos no te va a coger nadie.

Digamos que eso mismo me propuse. Yo no sé si era cierto que era tanto el éxito de los anuncios en el *Screw* que había que ordenarlos cuatro meses antes. Según yo, lo que Nefastófeles quería era usar ese tiempo para prepararme. Que yo dijera: *Jijos, qué trato tan magnífico*. Tanto miedo me daba que ya ni mis ahorros me tranquilizaban. Con eso no podía irme a ningún lado. Y si me iba a Las Vegas, seguro que acababa en lo mismo: putita de catálogo. Necesitaba tiempo, pero igual si el anuncio salía en noviembre, yo tenía que largarme el treintaiuno de octubre. *Happy Halloween, hijo de la más puta de tu casa.*

POSTAL 9: *Noctámbula serena con Vanity Fair*

Cuatro de la mañana, en un café de la Séptima, muy cerquita del Sheraton. Dejé al tipo hace dos horas y media, estoy esperando a que amanezca. Tengo puestos los audífonos y hago como que leo el *Vanity Fair*. Llegué a comprar el mismo dos, hasta tres veces. Leía pedacitos, no me podía concentrar. Cuando estás hasta arriba sólo puedes concentrarte en no bajar, y yo me la vivía ya sabrás: *uptown myself*. Me aprendía las fotos, los anuncios, los títulos, de tanto verlos sin leer ni pensar nada. Como si cada página fuera una pintura. Y el hotel fuera una pintura. Y la cafetería y la calle y los coches y la 125 y mi casa y yo fuéramos una sola pintura. Ni siquiera sé decirte qué estaba oyendo. Siempre que no me acuerdo de la música de un año quiere decir que fue un año de mierda. Que si nunca lo hubiera vivido todo sería igual, o hasta mejor. No sé si la postal es una foto de febrero, de abril, de agosto, de septiembre. Los días y las noches se confunden, como si alguien me los hubiera licuado en la cabeza. Como si todos los malditos días de ese año fueran los pasajeros de un avión que se quiebra en altamar. Días borrosos con noches larguísimas. ¿Alguna vez has deseado con toda tu alma dormir solo?

Esa cafetería me gustaba por dos cosas: abría las veinticuatro horas y casi siempre estaba vacía. De madrugada, pues, cuando yo era clienta. Era triste, tristísima, supongo que era parte de la misma pintura. En cambio estar con Nefastófeles era salirte totalmente del cuadro. Si llegaba a dormir antes de la siete, lo más probable era que lo agarrara despierto. Y eso era no sé cuántas veces más desagradable que pasarme unas horas de no hacer nada en el café. Además, con el *Vanity Fair* ya me sentía afuera, lejos de ese mugrero, instalada en el New York de mis sueños, donde no había cafés andrajosos ni vagos que hablan solos ni todos los paisajes que a una le toca ver cuando no tiene un pinche techo disponible. Aunque te digo, me agradaba ese café. Cuando estaba de buenas me pasaba las horas dándole vueltas a mi plan. De repente un mesero quería hacerme plática, pero yo lo ponía de regreso en su lugar. *Leave me alone, will you please?*, con una sonrisota ultramamona. De pronto me quedaba en el lobby de un hotel, pero lo ideal era alejarme del área de trabajo. O sea que ahí me tienes, sola y huraña, con la cabeza en blanco y la nariz también. Era libre, podía ir a donde quisiera, pero si te fijabas en mis horarios veías que dependían totalmente del de Nefastófeles. Vivía como una mascota que se le esconde a su amo. ¿Sabes lo que es seguir a un güey para escondértele? Había semanas en que lograba verlo unas cuantas horitas nada más. Horribles, claro, qué querías. La pintura de mi vida era de por sí depre, aunque ya más tranquila. Nefastófeles me sacaba de ahí, me ponía a temblar y a chillar y a maldecir mi puta vida. La depre por lo menos tiene dignidad. No parece gran cosa, pero en una de éstas ése era mi momento más feliz del día. Había una televisión prendida, al fondo, pero yo nunca la escuchaba. Estaba en otra parte, conectada a otros cables. Necesitaba aislarme, poner la cuenta en ceros, sentir que me borraba del paisaje. Decía: *Yo no pertenezco a este lugar. Yo soy una princesa en el exilio. Yo me compré un reloj Bulgari en Tiffany.*

POSTAL 10: *Nun over Broadway*

No estoy segura de que me gusten mis piernas. Hay mañanas en que las veo y digo: *Reinas, qué haría sin ustedes*. Pero son como raras, mis piernas. Como si los muslos, las rodillas y las pantorrillas vinieran de no sé, distintas fábricas. O sea que mi madre no es mi madre, sino una humilde ensambladora. De niña siempre andaba en shorts, luego como a los trece me empezó a dar vergüenza porque me veía los muslos flacos y las rodillas gordas, y después al revés. Mis piernas siempre han sido un desastre, nunca quedan exactamente como yo las quiero. El busto bien que mal te lo acomodas, pero las piernas no son acomodables. Ni siquiera me extrañaría que fueran las culpables de mis malos pasos.

Pero a veces me dan ganitas de enseñarlas. New York tiene la gracia de que enseñes lo que enseñes nadie va a pelar los ojos. En la fotografía voy de niña malcriada: la falda chiquitita, zapatos de tacón, tanga de hilo dental, un top *stretch* y párale. ¿Sabes lo que es andar a mediodía por Broadway y la 110 con la faldita a plena flor de nalga, entre latinos calentones que te miran y dicen porquerías en español? Si lo supieras entenderías más fácilmente qué es lo que estoy haciendo en la postal. *Jardinerito's time*, ¿ajá? Tengo miedo, las rodillas me tiemblan y no sé si se nota. Siento como que no traigo ni falda, tengo ganas de huir y de quedarme, soy una puta monja *wishy-washy*. También voy preguntándome si lo que estoy haciendo será ilegal, o si aparecerá un policía que me pida identificarme y allí empiece a llevarme la desgracia. Porque ya supondrás que Nefastófeles no me ayudó a sacar ni una pinche licencia de manejo. Iba para cuatro años en New York y seguía ilegalísima, con trabajos tenía una credencial del videoclub. Era un animal raro, una amistad nada recomendable. A veces me tomaba un café con alguna vecina, o con un equis que conocía de algún lado, pero siempre les inventaba historias delirantes. La vecina de abajo era una arpía francesa como de treinta años que nada más sabía hablar de dinero, y entonces me ponía a contarle de los millones de mi familia en México. Finalmente nadie sabía nada de mí en New York, ni Nefastófeles. Por eso podía andar casi encuerada por la calle sin preguntarme lo que pasaría si Fulanito me veía en esas fachas. Aunque igual me iba imaginando cosas. Que me encerraban, me pegaban, me violaban, me llevaban a juicio, y al último el fiscal decía: *Señor Juez, deporte por favor a esta putita.*

Nefastófeles no inventó mi gusto por los malos tratos; lo descubrió. Lo usó, lo hizo más grande. Por eso voy sintiendo miedo y calentura, quiero rezar para que no me pase nada y cada dos minutos me agacho a recoger algo del suelo y abro muy bien las piernas para que hasta desde los rascacielos puedan verme. No sé ni me interesa cuáles son las leyes que me estoy saltando, soy un pájaro negro contoneándose en una cueva de murciélagos. Me siento oscura y luminosa, provinciana y newyorka, violada y violadora, traigo un motor adentro y me dan muchas ganas de usarlo para estrellarme contra una pared. Si llegan a agarrarme, se acaba el mundo. Creo que por eso quiero que me agarren. Pero no va a pasarme nada. Con ese mismo atuendo voy a llegar hasta mi casillero y a cambiarme en el baño y a tomar el *subway* y toda mi rutina abominable. Por cierto, ¿sabes dónde compré la faldita? En una tienda para *go-go dancers*. Yo no tengo la culpa que en Saks no haya departamento de *streetwalkers*.

POSTAL 11: *El llanto de la Punk Panther*

No tenía el valor para ser una callejera de verdad, mi mundo eran los lobbies y siempre me sentía estúpida con los newyorkos. Complejo de Coatlicue, yo supongo. Mi último maridito era gringo-gringo, pero divertido. Un lacra bien cargado de billetes y con la misma prisa por vivir que yo. Pero igual un gringazo. De Alabama, imagínate. Un *motherfuckin' redneck* de veinticuatro años que se portaba raro, un ratito era *pink* y el otro *punk*. Hasta que me contó la verdad: se había escapado de su casa con quince mil *bucks*. Y me solté chillando, no sé si de ternura pero igual lo abracé con una fuerza que nunca había tenido para abrazar a nadie. De niñita, quizás. Nunca después. Con Eric no sé bien, creo que no. Pero es que éste era malo como yo. No malísimo, pues. De mi rodada, con idéntica talla de aguijón. Tenía un nombre horrible: Manfred Schonenberg.

Yo le decía *Kapitan Scheissekopfen:* estaba orgullosísimo porque su abuelo era de Hamburgo y le había enseñado no sé cuántas palabrotas. *Schwantz. Busen. Scheissekopf.* Total, que el Kapitan Scheissekopfen se reventó el dinero en menos de una semana. ¿Qué iba a hacer *Vampirella* para sacarse de la conciencia la culpita de haber sangrado a un colega? No sé, pero ahí en la postal está chillando. Lo cual nos dice que ella menos sabía qué carajos hacer. Sobre todo si el presupuesto era de ciento veinte dólares, que es todo lo que le quedaba al desquiciado de Manfred. Faltaba media hora para que le pidieran el cuarto, no podía dejarlo en la calle. Y ni modo de llevármelo a mi casa. ¿Qué iba a decirle a Nefastófeles? *¿Ya tenemos mayordomo?* Además, yo llevaba tres días sin trabajar.

A Manfred lo había conocido en la calle. Nos fuimos a su hotel sin que yo echara a andar el taxímetro. Me estaba divirtiendo, ¿ajá? Entonces el taxímetro no lo eché a andar jamás, pero a cambio volví a escuchar *The Passenger*, luego de no sé cuánto tiempo de no sentir ni ganas. Además, yo creía que Manfred iba a acabar haciendo por mí algo más que comprarme cinco gramos de cois. Si ves que en la postal se me salen las lágrimas es porque no soporto la idea de quedarme sin él. No todavía. Me pudría llorar justo en ese momento, cuando tenía que estar pensando en la manera de inventar algo rápido. Saltar por la ventana, firmar un pacto suicida, planear juntos la muerte de Nefastófeles: pura imbecilidad se me ocurría. En eso el Kapitan Scheissekopfen se echa para atrás, se me queda mirando y me dice: *¿Tú crees que ciento veinte dólares me alcancen para regresar en Greyhound a Alabama?* ¡Greyhound tu puta madre! ¿Ves la televisión que está atrás de nosotros? Pues la estrellé en el piso. Y esas violencias ningún hombre las resiste: se quedó tieso el güey, como pinche muñeco de vudú. O sea listo para hacer mi voluntad, y entonces que me acerco, le lamo la orejita y le digo ya sabes, gringuísima: *We gotta get the fuck outta this place!* ¿Qué hicimos? Me lo llevé al boliche, saqué un par de billetes de cien y nos fuimos directo a Penn Station. Dirección: New Jersey. Manfred estaba terco en ir a meterse a no sé qué cuchitril de la YMCA en la 34, pero no lo dejé contradecirme. *YMCA, Greyhound, Dillard's, Fruit of the Loom...* ¿Con qué gata sureña creía que estaba, el pendejo? Agarramos un tren a Hempstead, que era un pueblo rascuache a más de una hora de Manhattan, y ahí encontré un motel apenitas decente por cincuenta *bucks* diarios. Manfred era veloz, pero no tenía técnica. Típico niño rico que por primera vez se escapa del corral. No sé bien qué tan rico, pero era obvio que no había dejado a sus queridos padres en la calle. Si no te importa, voy a poner la foto de esta postal en la primera plana de un periódico donde dice: *¡Peligro: Se extiende el violettismo!* O como diría tu amiguito el Nefas: *Esa puta bribonería infecciosa.* Me enferman los pelados que se hacen los decentes.

POSTAL 12: *Little Dot Does Violetta*

¿Nunca leíste los cuentos de *Little Dot?* Era una muñequita supercursi pero así: dementemente *fashion.* Tan *fashion* que tenía su propia moda: toda la ropa que se ponía era de bolitas. O puntitos, dependía del tamaño. Igual su cuarto, su baño, sus cortinas, todo era de bolitas y puntitos. Lo único que le importaba en la vida era que el mundo fuera puras bolitas y puntitos. Qué linda, ¿no? De niña a veces me compraban cuentos gringos, con el pretexto de que tenía que practicar mi inglés. Me gustaban también los del diablito ese cabrón. *Hot Stuff*, ¿ajá? Pero ése siempre querían leerlo mis hermanos, y cuando yo buscaba el cuento ya lo habían pintarrajeado, o recortado, o equis. En cambio el de la niña de las bolitas ellos no lo leían, se sentían mariquitas. Claro que si te pones a analizar las cosas fríamente, ves la moda de Little Dot y dices: *Pinche escuincla chunda.* A la edad en que yo leía *Little Dot* no conocía siquiera esa palabra, pensaba que la vida tenía que mejorar si la llenabas de bolitas y puntitos de colores. En la postal tengo casi veinte años y estoy leyendo *Little Dot.*

Nefastófeles me había citado en un cafecito de Madison, más o menos por la 59, ya muy cerca de Bloomingdale's. En la bolsa de plástico traigo unos pantalones para Manfred y pretendo que Nefastófeles no los descubra. No se me ocurre qué inventarle, pero tampoco quiero encargarle la bolsa al mesero, ni ponerla debajo del abrigo. Quiero que vea la bolsa, pero me da pavor que la abra. Se me ocurre que voy a acabar diciéndole que es un regalo para él, pero entonces tendría que ser tres tallas más grande. Y si le invento que es para un maridito, sólo me va a creer después de darme un entre de cachetadas a medio café. No iba a ser la primera vez, ¿ajá? A Nefastófeles le gusta que sepas a lo que te arriesgas. Entonces para no pensarle más digo: *Ya se me ocurrirá algo en el momento*, y me pongo a leer mi cuento. Acabo de comprarlo a la vuelta de Bloomingdale's; ya voy a la mitad cuando miro el reloj y calculo que no voy a poder leerlo hasta el final, porque antes ya va a haber llegado el Nefas: puntual como la mierda. Faltaban seis minutos para las cinco de la tarde, llevaba más de una semana sin poner un pie en el depto y Nefastófeles me hablaba al celular a toda pinche hora. ¿Nunca te dije que me compró un teléfono? Con mi dinero, claro, como todo buen pastor. *Se renta oveja negra con peluca.* Veía en la pantalla los mensajes: ocho, diez, quince, todos del mismo número. Hasta que esa mañana quise llamar a Manfred para que me dijera su talla y *clic:* el puto Nefastófeles en la línea. Quise tranquilizarlo con el cuento de que ya había juntado tres mil dólares y funcionó al revés. O le llevaba yo esos dólares de inmediato, o él me aventaba al diablo sin calzones. Así era la amenaza: *Te juro que te aviento al diablo sin calzones, pueblerina ofrecida muerta de hambre.* Guacareando cagada del berrinche, *you know*. Total que lo tranquilicé, le dije que nos veíamos a la una y prometió que me iba a llevar unos gramos. Fui a sacar los tres mil del casillero, quinientos más para ir a Bloomingdale's y ya sólo quedaban setecientos escondidos. Llevaba como cinco minutos en el café cuando vi en el espejo de una de las columnas y me encontré la imagen de la foto: Violetta con su cuento de *Little Dot.* Y no quería nomás soltarme llorando. Sentía coraje, angustia, miedo encima de todo. No podía soportar la idea de que a esa niña que leía *Little Dot* viniera cualquier cerdo a tratarla como puta. Me levanté, hice como que iba a lavarme las manos y me escurrí por un ladito de la entrada. Ya en la calle corrí como loca hasta Bloomingdale's. ¿Qué iba a hacer? No tenía idea, pero esos tres mil *bucks* eran otra vez míos.

Claro que había un hijo que mantener: tenía al Kapitan Scheissekopfen esperándome en el motel de Hempstead. Me fui por toda la 59 hasta la Octava, regresé, me metí en el parque. Ya estaba muy oscuro y yo seguía sin poder pensar. No sabía qué quería, ni quería saber lo que sentía por Manfred. Era un tipazo, ajá, pero para un ratito. Manfred iba a acabar haciendo lo mismo que Eric, de qué me iba a servir mantenerlo quince días, si luego otra vez me iba a quedar en el aire. Y eso era exactamente lo que yo tenía: puro aire, ¿ajá?, más un poquito menos de cuatro mil dólares y un teléfono que no me daba la gana encender. Aunque igual lo encendí, esperé a que sonara y contesté: *Hello?*, mamoncísima. Ya te imaginas la de caca que salió del aparatito en ese instante; por eso tuve que azotarlo en el pavimento. ¿Nunca has roto un teléfono en el piso? Te recomiendo la pared: se truenan más bonito. Imagínatelo saltando en pedacitos a media calle. Menos impresionante que la televisión, pero cómo te explico: más del alma. Y más satisfactorio, *of course*. Imagínate a nueve o diez babosos que lo miran romperse como si vieran un pizzero atropellado. Y yo orgullosa, ¿ajá? Pero tampoco tanto. Finalmente no lo había hecho por mí, ni por Manfred, ni siquiera por Nefastófeles. Lo hice por *Little Dot*, en todo caso. Por su chundo vestido de bolitas.

POSTAL 13: *Una pluma cayendo lentamente del cielo*

¿Sabes qué sucedió con los dólares que salvé de las garras de Nefastófeles? Al día siguiente se los llevó el Kapitan Scheissekopfen. ¿Creerías que el muy pinche cínico se fue con mi dinero y me dejó unas rosas? Menos vas a creer que ni rencor le guardo. Al contrario. No sé qué hubiera hecho si no se me aparece, me seduce y me secuestra. Era el empujoncito que faltaba para hacerme dejar esa mierda de vida. No que luego haya así que digas *mejorado*, pero de menos nadie me iba a conectar por el *Screw*. Que por cierto no supe si salí anunciada. Ni modo de comprarlo, ¿ajá? Primero porque estaba con Manfred, y luego porque lo extrañaba. Cuando vi que el dinero faltaba en el buró, que en el clóset estaba nada más mi ropa, que tenía esas rosas y una amable tarjeta con la palabra *sorry*, lo primero que pensé fue: *Me salió barato.* Claro que todavía no me enteraba de toda la mierda. No era un gringo normal, tenía una moral torcida como la mía. Fíjate: se robó mi dinero, pero antes se tomó la molestia de comprarme unas flores, escribirme un mensaje y llamar a mi casa. No sé si me entendiste: el Kapitan Scheissekopfen llamó al hogar de mis queridos padres, les dijo dónde estábamos y les rogó que me salvaran. Carajo, era lo único que me pinche faltaba: un ratero con vocación de cura.

Me golpeó, que ni qué. No me gusta aceptarlo, pero ese Manfred me agradaba horrores. Yo con gusto le habría regalado los dólares, ¿ajá? Lo que sí me dolió fue ya no verlo. Me quedé como tiesa frente a las malparidas flores, preguntándome qué iba a hacer con los seiscientos *bucks* que me quedaban, y en eso que oigo: *Ring. Ring. Bingo*, dije. Supuse que era él, pegué un brinco, agarré el teléfono y grité: *Hello, Kapitan Scheissekopfen!* Qué iba yo a imaginarme que al otro pinche lado del maldito cable estaba mi papá.

Para eso le conté mis secretos al Judas de Alabama... Mi verdadero nombre, mi apellido, la calle donde vivía mi familia de México. Me decía que era supersticioso, que esos datos significaban cosas esotéricas. Después quiso saber el nombre de mi papá, el de mi mamá, cosas que aparte a mí me hacía gracia platicar. Quería darme el lujo de hablar con alguien de mi vida sin tener que decir puras mentiras. Aunque tampoco estaba preparada para que de la nada me llamaran *Rosalba.*

¿Qué iba a hacer? ¿Adónde iba a largarme? Había dejado la bocina encima del buró, podía escuchar los gritos de mi papá, no me daba la gana contestarle. Ya luego le colgué. Pinche Gran Jefe Chivo Viejo, ¿qué carajos quería que le dijera? ¿Que estaba muy arrepentida de no haber conocido el manicomio? ¿Que era una chica muy profesional? ¿Que buscara mis datos en el *Screw?* Además, yo ya era mayor de edad. Aunque igual no podía dejar de pensar: *Puta madre, van a venir por mí.*

¿Cómo le llamarías al que le da en la madre a su Ángel de la Guarda? *Estúpido,* supongo. Lo que más me dolió, a lo mejor lo único, fue quedarme otra vez sola con mi egoísmo. Nunca había tenido que cuidar nada, ni que mimar a nadie que no fuera yo misma. Que tampoco lo había hecho tan mal. Estaba cacheteada, insultada, gargajeada, cogida, me había ido hasta el fondo de la coladera, donde las ratas huelen mejor que tú, porque para llegar allí tuviste que pasar por no sé cuánta mierda, ¿ajá? Y del caño la gente no regresa. *I mean:* la mierda es droga fuerte. Quien se embarra ya no quiere limpiarse. Más bien quiere embijar a otros, salpicar todo lo que pinche pueda. Y en cambio yo me consentía perrísimo. Me compraba ropita, tenía un reloj Bulgari, llevaba mis pelucas a peinar cada semana. Por eso luego dije: *Fuck you, Manfred, I don't pinche need you.*

Trataba de tener una burbuja donde todo estuviera bien. Unas veces se hacía grande y otras podías pisarla como cochinilla. Piensa en lo vulnerable que es Violetta con su reloj y sus dólares metidos en el casillero de un boliche: ésa era mi burbuja. Cuando me di el gustito de estrellar el celular en el cemento, ¿sabes qué hice? Proteger mi burbuja: salí huyendo en un taxi, le pedí que me llevara a mi departamento y le ofrecí una lana por ayudarme a sacar mis cosas. Venía muy afilada, pensando rapidísimo. Por un lado, ni modo de quedarme sin mi ropa y mis aparatos y mis cosas. Por el otro, no podía estar segura de que tu compadre el Nefas no iba a aparecerse. Carajo, ¿ajá? Tenía que sacarme algo de la manga, y te juro que no iba a ser mi Bulgari. Llegando al edificio le llamé. No sabía si el Nefas había oído el madrazo del teléfono, pero de cualquier forma seguro se tragaba el cuento de *La Accidentadita.*

*Ayúdame, por favor. Estoy en un hospital cerca de Flushing. Me acaban de atropellar. Tengo miedo de que me quiten el dinero.* Algo así le inventé, haciendo vocecita de pujido flagelado. Le di una dirección, también. Haz de cuenta *345 Main Street.* Fuera de eso, no lo dejé ni hablar. Yo no podía saber si había siquiera un hospital en Flushing, pero estaba lo suficientemente lejos para librarme mínimo por dos horas de ese güey. Y en fin, que en una hora y tres cuartos cargué con mis amadas pertenencias. Esa noche, ya en Hempstead, Manfred se revolcaba de risa con la historia. Le costaba trabajo creer que todos esos bultos cupieran en un taxi, o que el taxista se hubiera hecho mi cómplice. Te digo que tenía poco mundo el Kapitan Scheissekopfen: los taxistas a huevo son tus cómplices. Sobre todo si se van a meter un billetón por llevarte hasta Hempstead con cinco maletas llenas de ropa, una televisión, un equipo de sonido y una VCR, más no sé cuántas cajas que había que cargar. Cien dólares de *tip*, ya tú dirás si se quejó. Algunas cosas eran de Nefastófeles, pero si nos ponemos a hacer cuentas todo venía siendo mío. *Fundación Cultural Violetta R. Schmidt: becando hijos de puta para un peor mañana.* En el camino de regreso lloré delicioso. Yo sí soy de esas nacas que chillan cuando se cambian de casa. Aunque aquello era como salir de la cárcel, te juro que me daban ganas de abrazar al chofer. Sólo que entre él y yo había un cerro de cajas y velices. De hecho ni se daba cuenta de que yo iba llorando. Traía el walkman a todo volumen y venía oyendo una canción tristísima. *Somewhere there's a feather falling slowly from the sky*, decía la canción, y yo chillaba como niña, hecha bola entre mi equipaje y la ventana del taxi.

La postal está un poco borrosa: no me puedo acordar si estaba lloviendo. Y sería vomitablemente cursi decirte que por el cristal del taxi resbalaban mis lagrimones como gotas de lluvia, ¿ajá? Venía con mi burbuja intacta, la había rescatado, no estaba tan abajo, ni asustaba a las ratas. ¿Has escuchado una canción muchas veces seguidas sólo para poder seguir llorando? Era un llanto bonito, como brisa. Me salía a borbotones sólo de imaginarme la pluma cayendo desde el cielo. Yo tenía que encontrar esa pluma. O mejor todavía: *ser* esa pluma. Sentirme ligerita, como el taxi que iba cargado de cosas y a mí me parecía que flotaba en el aire. ¿Qué sospechas? ¿Que estaba enamorada del Kapitan Scheissekopfen? Puede ser. En todo caso nunca lo asumí. Y él tampoco me dio las grandes oportunidades. No tenía dos semanas de conocerme, ni siquiera una y media, y me llevó a bailar con tres mil *bucks*, luego de ir a chismearle a mis papás. Me estafó, me dejó y me echó a andar.

Después de la llamada de mi encabronadísimo padre, yo no podía contar con que no decidiera ir personalmente a sacarme a cuerazos de New Jersey. No tenía tiempo para pensar en amores traicionados, o me movía o me iban a agarrar. Porque hasta ese momento el Chivo Viejo y Nefastófeles eran dos teléfonos que yo no quería contestar. Podía darme el lujito de nunca contestarlos, pero si no empezaba por moverme de ahí, o si volvía a hacer mi vida normal en New York, lo más seguro era que me encontrara a uno de los dos. Nefastófeles era muy capaz de pasarse un mes zopiloteando lobbies. Según él tenía amigos muy pinches influyentes. Hijos de La Chingada profesionales, güeyes malos en serio, aunque yo nada más conocí a Henry. Un boliviano elegantísimo, con pinta como de agente secreto. Sabía pocas cosas de él. Que había estado en el ejército gringo, en Columbia University, en mi cama... O más bien yo en la suya, sólo que el Nefas nunca se enteró. Entonces yo decía: *Si a alguien voy a tener que encontrarme, mínimo que me encuentre a Henry.*

Me salí del motel a media tarde, con mis cosas, en una camioneta que conseguí por ciento y tantos *bucks*, con todo y un chofer dominicano. Pensaba en instalarme en algún otro motel, armar de cualquier forma dos, tres mil dólares y largarme de ahí. ¿Sabes cuántos pendejos andan ahorita mismo caminando por New York desesperados por cien pinches dólares? No me atrevía a poner un pie en un lobby, y eso significaba que estaba desempleada. Los maridos no se pescan en museos. Ni en cines, ni en tugurios, ni en la calle. El plan en el que yo chambeaba sólo me funcionaba en los hoteles. Y tenía que cargar con toda mi mudanza: solamente en los Redneck Inns te permiten meter tanta mierda en el cuarto. Me quedaban como quinientos dólares y estaba decidida a no vender ni la televisión. Ya no digamos el reloj, ¿ajá? Tuve que andar trepada en una camioneta recorriendo moteles en los que no podía quedarme para que me cupiera en el cerebro lo más obvio: *yo no era una newyorka.* No tenía ni un amigo, ni una casa, ni un pariente en New York, ni siquiera recuerdos que valieran la pena. Yo era lo que se dice *población flotante.* Una puta libélula menesterosa que va de lobby en lobby, y cuando le va bien de tienda en tienda. O de *dealer* en *dealer*, pero nunca en conciertos, ni en el teatro, ni en nada. Siempre hasta arriba de cois, con una hueva inmensa de salir a la calle. Con los ojos cerrados y las piernas abiertas: *Episodios secretos en la vida de la doctora Schmidt.* ¿Te gustaría escribirlo? Tendrías que inventarlo. Te digo que yo estuve ahí sin estar. Viví como los caballitos que recorren New York todos los días, amarrados a una carroza y con los ojos tapados para que sólo puedan ver lo que está enfrente. *With not a single fuckin' second to smell the roses,* ¿ajá? *Espere un momento, doctora Schmidt: tómese un tiempecillo para oler el estiércol.* Ahora que si me compras mi comparación con los caballos, tendría que avisarte que es una exageración. Los pobres caballitos no tienen una sola burbuja que cuidar, ni hay quien quiera llevarles el trabajo a la cama.

Yo cargando mis cosas en una camioneta jodidísima. Desempleada. Destronada. Descapitalizada. No podía permitir eso, tú me entiendes. De ninguna manera Violetta iba a aceptar un final tan rascuache. Y otra vez sólo había una manera de sentirme bien: tenía que darle fuego a todos esos dólares. Total, de cualquier modo no me iban a alcanzar. Le pregunté al dominicano cuánto me cobraría por pasearme en su camioneta hasta que amaneciera: quedamos en trescientos. Se los di, más por quemármelos que porque me quisiera pasear por New York. Con lo que me quedaba compré dos botellas de Cordon Rouge y decidí empinármelas con él. Ya había decidido largarme y había que celebrarlo, antes de que a New York le diera por cobrarme las que le debía. Cuando nos acabamos la segunda botella, dije: *Ya estoy en ceros otra vez.* O sea lista para echar a andar un nuevo trenecito, ¿ajá? Pero no ahí, ni en Vegas. No sé si me pegó escuchar la voz de mi papá, o mi nombre, o serían las arañas pero me daba comezón la idea de irme a México. Nada con mis papás, ni con mi casa. Igual planeaba un día saltarme la barda y entrar a sacar mi acta de nacimiento. Quería ser legal, un poquito aunque fuera. Otros en mi lugar van a ver a la abuela, al tío, a los amigos. Yo no tenía abuelas, y mi único abuelo, el papá de mi mamá, tenía un pinche genio de jubilado malcogido y vivía en quién sabe qué andurrial, sin un peso en la bolsa. En resumen, Violetta no tenía amigos ni familia en México. Ni en ninguna otra parte. Violetta iba borracha y contentísima por el puente de Brooklyn cuando vio que no había de otra: tenía que jugarse la última carta. No había lana para comer al día siguiente, menos para viajar a México. Tampoco iba a poder andar un día más cargando cachivaches, ni tenía dónde guardarlos. Contra toda mi voluntad, volví a pensar en Nefastófeles, aunque no exactamente en él. ¿Qué me iba a decir Henry si me le aparecía en su casa?

Bien o mal, no tenía otra opción. Finalmente, si Henry se rajaba con el Nefas, yo también tenía cosas que contar. Vivía en la 92, cerca de donde estaba mi primer depto. El problema era que no sabía ni qué pedirle. ¿Su apoyo? ¿Cuál apoyo? Dinero, pero ¿cuánto? No me lo imaginaba prestándome mil dólares, ni ofreciéndome asilo por no sé cuánto tiempo. Pero andaba enchampañadísima, y en ese estado no te tienes que imaginar nada: la función se arma sola frente a tus ojos.

La cosa empezó tarde, como a las tres de la mañana. El dominicano se había bajado un par de veces a vomitar y yo empezaba como a sentir sueño. En eso que veo a Henry venir hacia nosotros. Hacia su casa, pues, pero entre el edificio y la esquina de West End estábamos nosotros, en la camioneta. Borracha, soñolienta, todo lo que tú quieras, pero hice exactamente lo que debía: salí corriendo de la camioneta, grité su nombre y me le abracé como una pobre y maltratada huerfanita. No hay hombre que resista esa terapia.

Nunca he sido muy buena para el ajedrez, odio las situaciones en las que hay que atacar y defenderse al mismo tiempo. Por ejemplo: podrías dar el mate con la reina, pero ni modo de moverla porque entonces su torre se tragaría tu rey. Cuando Henry empezó a ponerse cariñosito, o sea inmediatamente que me le abracé, me di cuenta que iba a tener que subir, y no estaba segura de que el dominicanucho aquel no fuera a irse con todo mi rascuache patrimonio. Además, mi ropita no era barata. La barata era yo, en todo caso, porque ya no tenía ni dos dólares y estaba lista para lo que fuera por conseguir la lana para no sé, *moverme de la escena a la brevedad*, ¿ajá? Ya no era un viaje, ni un regreso, era otra vez una maldita fuga desquiciada. Muerta de miedo, aparte, porque ya ves la clase de maleantes con los que se llevaba Nefastófeles, y Henry White no era de los que llegan a tu casa y te piden una manzana. Ese cabrón la agarra, la escupe y luego te la pide. Yo no podía esperar que me ayudara a nada, con un güey como Henry se negocia con los calzones bajados. A menos que te afiles y le comas el mandado. Que se los bajes antes, sin que se dé cuenta. A ver si me entendiste: yo no pensaba prostituirme con Henry. Qué chistosa palabra: *prostituirme*. Suena mucho más grande de lo que es. Mucho menos común, también. Pero Henry no me iba a dar ni un *quarter* por tirármelo. Con mucha suerte me iba a esconder ahí hasta el fin de semana. Haciendo fuerte uso de mis instalaciones, claro. Y ni así podía estar segura de que un día no iba a aparecerse Nefastófeles. Más bien mi idea era entrar a su depto y pensar algo rápido. Un mate con el peón, ¿ajá? El día que estuvimos juntos en su cama, esperé a que se metiera al baño y le esculqué el cajón: tenía de jodida mil quinientos dólares. Además, cuando un hombre se quita los pantalones frente a una mujer, lo primero que olvida es la cartera. Claro que Henry no era *exactamente* de ésos. Tenía una mirada burlona, de apostador ladino. Como diciendo: *Mi cabeza nunca se sale de su lugar*. Además, yo no tenía tiempo para tanto. El chofer de la camioneta podía largarse con mis cosas en cualquier momento. Cada minuto que pasaba le daba una oportunidad para pensar en chingarme. ¿Checas lo delicado de la situación?

Igual tenía que tirar los dados, ¿ajá? O en fin, *mover mis piezas*. Una jugada veloz, algún mate sacado de la manga. Y te digo que a mí esto del ajedrez me pone de brincar. Supondrás que el efecto de las Cordon Rouge acababa de irse por la coladera: yo estaba totalmente en mis cinco, armando un escenón en los brazos de Henry. Colgada de su cuello, chillando a puros gritos. *A Single Unforgettable Performance.* Pensé: *Si éste no me lleva a su casa por caliente, va a tener que meterme para no estar haciendo el numerazo a media calle.* Pero él también andaba servidísimo. No nada más por el aliento a whisky, también lo notas cuando al tipo le da por manosearte con una urgencia y una torpeza de lo más desagradables. No sólo Henry, todos. Hasta tú, aunque también hay casos en que a una eso le gusta. O le conviene, que viene siendo igual. En el fondo me gustan los tipos desagradables. Aunque no sé qué tiene de especial que te amarren a la cama o te eructen en la cara, que se porten como si no existieras: *Mira, te uso y te tiro, merece más respeto un espejo que tú.* Hay cosas que los tipos no harían nunca enfrente de un espejo, pero dan lo que sea por hacerlas en la carota de una mujer. *Puta cara de palo, no existes para mí, no te pido permiso ni para picarme el culo.* Y eso era lo que yo veía venir en la cama de Henry, si dejaba que me llevara hasta allá. Quiero decir que estábamos en el pasillo del segundo piso y Henry me tenía acorralada en la pared, con las dos manos dentro de mis pantalones, sin blusa, sin brasier, a punto de saltar del porno suave al *hardcore* sin haber ni llegado a su departamento. ¿Qué iba a hacer? No quería que me encerrara en su casa, ni tampoco que me acabara de encuerar en el pasillo. Sabía que entre menos ropa tuviera puesta, más tiempo iba a tomarme regresar a la calle. *Tiempo*, ¿me entiendes? Y en casos como el que te estoy contando, el tiempo solamente se gana con besitos. Primero lo agarré del cuello, le levanté la cabeza, me lo quedé mirando y dije: *Está perdido.* No podía ni hablar, el querubín. O sea que contra todas las evidencias, yo no estaba *en sus manos.* Y si lo ves con calma, él estaba en las mías, porque además tenía una erección marca Mandril. En esas vergonzozas condiciones, un beso salivoso y con autoridad los pone suavecitos. Obedientes. Pero yo estaba ya desesperada. No me importaba no sacar ni un centavo, necesitaba irme de allí. Tampoco podía seguir besándolo en plan puerca. No servía de mucho, ni me hacía gracia. Fue por desesperada que de repente lo agarré de las orejas, abrí toda la boca como para besarlo cachondísimo, sentí que sus dos manos me apretaban más las nalgas y pensé: *Jaque mate.*

*¡Toma, cabrón! ¡Toma, cabrón! ¡Toma, cabrón!* Le di tres cabezazos secos en la pared. Y estábamos tan pinche enganchaditos que nos fuimos al piso juntos, como bultos. Pensé: *Me va a matar.* ¿Tú sabes el calibre de súper madriza que Violetta acababa de comprarse? *But he was gone*, ¿ajá? O sea que hice a un lado el costal, me levanté del suelo y me puse a bolsearlo desesperadamente. Hasta pensé en clavarme a su departamento y atacar el buró, pero ya la cartera estaba razonablemente panzoncita, y yo dije: *Violetta, si te engolosinas Dios te va a castigar.* Dejé las llaves en el piso, a un lado de su mano, me subí bien los pantalones y recogí el brasier que ya estaba roto, pero igual no quería que se quedara ahí. ¿Por qué no quería que se quedara ahí? Hasta que me hice esa pregunta me di cuenta que no sabía si el pinche Henry estaba vivo. Podía haberlo matado, o podía él solito morirse después, o quedarse pendejo, o yo qué iba a saber. Me regresé, pegué la oreja y estaba resollando. Aunque igual era yo la que resollaba. Por si las moscas, agarré todas mis cosas y me bajé volando por la escalera. Llegué a la puerta de la calle y estaba cerrada. *Puta madre.* Regresé como loca por las llaves y de nuevo pensé: *¿Y si me infiltro al depto de este güey?* Pero pensé también: *¿Y si me agarran?* Me regresé otra vez a donde estaba Henry: antes de decidirme a entrar, tenía por lo menos que saber qué hora era. Porque claro, mi amado relojito seguía en el casillero. Le agarré la muñeca y *toma:* tres y veinticinco. Claro que la noticia no era ésa. La noticia era que Violetta ya no tenía que saquear ningún departamen-

to. Me explico: *Henry traía un Rolex todavía más pinche guapo que él.*

POSTAL 14: *Sonrisa de Caperuza*

¿Me imaginas manejando una camioneta vieja por la Quinta? Y qué querías que hiciera, si me encontré al dominicano bien dormido en el volante. Cómo sería la histeria que pensé en aventarlo en la banqueta y largarme solita con mis cosas. Pero también: tenía que pararle. No podía seguir haciendo esas mamadas. O sea que *move your tropical ass, guajirito:* a gritos y empujones lo moví hasta el asiento de junto, le quité las llaves y como pude me fui manejando. Claro que manejaba horriblemente, con trabajos había agarrado un par de coches en México, más los pocos que me dejaron manejar algunos mariditos motorizados. El caso es que me fui por la 92, di no sé cuántas vueltas y fui a salir a Central Park West. Me paré, conté el dinero y me bajó un poquito el entusiasmo: mil ochocientos, más un cheque de mil que no podía cobrar. De cualquier forma, yo quería celebrar. Por eso salgo en la postal con esa sonrisota de niña en su cumpleaños, preguntándome cuánto me va a dar Marcus por el Rolex, cuánto voy a pagar por llegar a la frontera, cómo le voy a hacer para comprar los boletos. Y hasta estoy calculando si ya con el Rolex vendido me alcanzaría para ir a conocer Disneylandia. No me va a alcanzar, claro. Voy a irme de New York y de Estados Unidos sin haber ni pisado un parque de diversiones. Ni el Astroworld, ni Coney Island, ni un carajo. Nefastófeles tenía razón: yo era una *tramposita callejera.* De esas que no son ni turistas ni locales. Te digo: *población flotante*, aunque sea sobre una cama de agua. Claro que lo de *callejera* no era cierto. Trabajaba en los *lobbies*, no en la calle. Cuando se lo reclamé, según yo muy indignada, lo único que conseguí fue que se carcajeara y me colgara un apodo espantoso. No vayas a ponerlo en la novela: *El Lo-*

*bby Feroz*. Ahora estoy menos segura de que sonara en realidad tan mal, pero cuando me lo decía Nefastófeles se oía como pedo propio en casa ajena. ¿Creerás que todavía me pongo roja nomás de repetirlo? Y también eso vengo pensando en la camioneta: *Adiós, Lobby Feroz*. Son cerca de las cinco y media en el Rolex de Henry, aunque tal vez lo que tú quieres saber es si en esta postal estás viendo la cara de una asesina. Cuando ya me sentía tranquila para volver a manejar la camioneta, por ahí de las cinco, dije: *Pinche Violetta, tienes que alivianarte*. Estaba registrando de nuevo la cartera, y en eso que me encuentro una tarjeta de Henry. Me acuerdo que marqué su número diciendo: *Diosito, por favor, que no esté muerto*. Y sí, tenía voz de muerto, pero igual contestó el teléfono. Le colgué, aliviadísima. Ratera de éxito y matona fracasada: era más, muchísimo más de lo que yo podía pedirle a la vida. Necesitaba llegar a México con mil dólares mínimo, pero si había escasez me quedaba el reloj. ¿Nunca has sentido la emoción de no saber ni cuánto vale lo que te robaste?

Quiero que te imagines mi cara de contenta en New York antes de que amanezca. Porque luego tendrías que dibujarme en tu cabeza con la paranoia: *me van a agarrar me van a agarrar me van a agarrar me van a agarrar*. ¿Cuánto iban a tardar Nefastófeles y el borracho de su amigo en llamarse y ponerse a buscarme? Aunque no me encontraran, nada más de pensar que me buscaban me ponía a temblar. Paré la camioneta, desperté a mi amiguito y le pedí que me llevara sana y salva a un aeropuerto, que no fuera La Guardia ni el *JFK*. Qué tal que el pinche boliviano elegante me había denunciado, o no sé, las arañas, las tarántulas: estaba que me hacía pipí del miedo. A las ocho llegamos al de Newark, y a las nueve ya habíamos mandado la tele, la *VCR* y otras cosas a México. A mi casa. Porque bueno, por mucho que me detestaran mis papás, tenía que empezar a aligerarles el berrinche. Yo sabía que a mí podían botarme, pero nunca a los regalitos. No lo tenía en mis planes, no me atrevía ni a llamarles por teléfono, pero a la larga íbamos a tener que mirarnos las jetas. O no sé si era que de tanto tiempo de vivir sin perro que me ladrara, necesitaba sentirme algo parecido a una hija de familia. No iba a vivir con ellos, entre otras cosas porque no sabía si seguían con la idea de ponerme la blusa de manga *extra-large*. Tampoco creía que me fueran a perdonar. Sólo que les llegara con sus ciento catorce mil seiscientos noventa dólares de mierda, y eso no había por dónde. Pero si a Nefastófeles se le ocurrió anunciarme en el *Screw Magazine*, no era así muy descabellado creer que igual en México podía ser modelo. De segunda, de quinta, eso no importaba. Tenía que sentirme de otro modo, limpiar toda la soledad apestosa que traía como pegosteada en la piel. En México podía estudiar algo, decir que mal que mal tenía una familia, tal vez hacer amigos. Pero necesitaba rutinas decentes, algo diferentísimo al desmadre en que vivía. No quería pensar que en México tenía lo mismito que en New York: nada.

Pagué casi trescientos por el envío de las cosas a mi casa, más otros doscientos cincuenta por un boleto a Houston que salía a las dos de la tarde. Más doscientos de exceso de equipaje. Más veinte de gasolina para ir volando al casillero por mis cosas. Pensé: *Me quedan mil, con eso llego fácil hasta México, y allá seguro vendo más caro el Rolex.* No es lo mismo un reloj *robado* que uno *de importación,* ¿ajá? No sabía un demonio, ni tenía maldita idea de cómo iba a hacerle, pero podía empezar por ser legal. Ya hasta me había acostumbrado a bajar la vista como puta mustia cada vez que veía venir a un policía. Además, de algo tenían que servirme los cuatro años de *training* en New York.

¿Sabes qué es lo que sí sabía que ya no iba a ser? Ratera. En México podía borrar el pizarrón, estrenar un cuaderno, cambiarme de escuelita. Tenía veinte años, carajo.

Estaba casi a punto de cumplirlos y parecía una puta vieja pidiendo a gritos: *¡Por lo que más quieran, bórrenme el kilometraje!* Por gringa que me hubiera hecho, muy poco en realidad, yo era una muñequita *made in Mexico*, y allí era donde me iban a arreglar. Digo, tenía toda la pinta de gente bien. La ropa, el relojito, las pelucas, eso en New York podía no valer nada, pero en México se iba a cotizar cabrón. *El arte del High Bluffing (nociones y fundamentos), el nuevo libro de la doctora Violetta R. Schmidt.*

Antes de irme había arrancado unas páginas del directorio, con todas las agencias de modelos de Manhattan. También había recortado tres anuncios del *Vanity Fair*, donde podías jurar que la fotografiada era yo. Ya sabrás, dos modelos de espaldas, y de frente otra muy parecida a mí. Porque una cosa es que ya no quisiera ser ladrona y otra que no tuviera que hacer trampas. ¿En México, sin trampas? No me chingues. Mis papás eran tramposos, el cura era tramposo, el hijo del jardinero era tramposo, Nefastófeles era tramposo. Y ladrones también, todos. Mis mariditos mexicanos eran divertidísimos, pero la mayoría andaban más chuecos que un Mercedes Benz con tres facturas. Yo misma era mexicanísima, que por supuesto no es igual que ser coatlicue. No es que yo tenga nada contra las coatlicues, pero tampoco tengo que admirarlas. Ni parecerme a ellas, qué horror. Pero igual me sentía un poco acoatlicuada por New York. Había vivido cuatro años en la ciudad sin nunca entrar deveras en ella. Y para colmo en México tenía una familia que moría por ser gringa. Ni modo de arrimármeles. Aunque me perdonaran, de todos modos tenía que pegar un cuento que ellos ni siquiera iban a entender. Menos a respaldar, ¿ajá? O sea que sólo yo sabía mi cuento: si había sobrevivido como mexicana en New York, tenía que brillar como newyorka en México.

Todo eso lo pensé ya en el avión a Houston. Venía con la cabeza en otra parte, sólo me conectaba en los momentos críticos. En Houston tomé un taxi a la Greyhound, y cuando la de la taquilla me preguntó para dónde iba no me atreví a decir: *Laredo, will you please?* Tenía mucho miedo de encontrarme a Eric, y todavía más miedo de no encontrármelo. Dije: *Brownsville*, y ya. Y otra vez me dejé ir, como robot. ¿Ves la carita de felicidad con la que salgo en la postal, manejando la camioneta del dominicano? Allí también hay trampa: Henry cargaba un papelín de cois en la cartera. Con el Mr. Bajón que yo traía, me cayó como botiquín de primeros auxilios. Me sentí una chingona, *bye-bye miedo*. Estaba segurísima de que me iba a comer a México. Cuando me crucé el puente y leí: *Tamaulipas*, me entró un ataque fulminante de felicidad. Bajo el amable patrocinio del último jalón, crucé como si nada la frontera, entré a Reynosa con la espalda bien derecha y el busto ya sabrás: apuntando hacia las nubes, y al final me senté a reírme en la banqueta. Decía: *Violetta, vas a ser la reina de tlahuicas y coatlicues.* ¿Sabes la cantidad de trampas y robos y hombres y dólares que hay detrás de esa sonrisota de Niña Comelobos? Me gustaría que vieras lo que yo vi ese día en el retrovisor. Haz a un lado la cois, quítale los efectos especiales: ¿no parece que acabo de matar al *Donkey Kong?* Nefastófeles saqueado. Henry descalabrado. Yo con su cois y su dinero y en otro país, con los ojitos remojados de contenta. *Ding, dong, The Wicked Bitch is wet: Welcome to the next level!*

## 19. El aullido al caer

Diablo de la Guarda: ¡qué rica compañía!
Déjame morderte el alma pa saber que sólo es mía.
Hazme sentir bien: pórtate mal,
súbete a mi tren, sé mi pecado mortal.
¿Ves qué fácil es mi dulce amparo hallar?
¡Con permiso, Señor Juez, me la voy a robar!
Rézame, querida, cómprame mi altar:
En tus próximas cien vidas no te vas a zafar...
¡Mi Cielo!

*Rap del Diablo Guardián*, parte III
(anexo a 36 tulipanes de procedencia no especificada).

Nunca supo mirar a un perro muerto. Nunca pisó las rayas en la banqueta. Un día en un examen de clasificación le preguntaron: ¿Pisa usted las líneas sobre el pavimento? y respondió que sí, tal como otros responden automáticamente que no a la pregunta: ¿Se masturba usted? O: ¿Tiene usted miedo a las tormentas? Quien miente en los exámenes psicológicos —¿todos mentimos?— confiesa un cierto miedo de sí mismo, y acaso debería temer ser descubierto. Porque hay que calcular que los psicólogos tampoco son imbéciles. Si uno dice mentiras, ellos deben de saberlo. Tendría que haber alguna técnica para sacar a los pacientes toda la verdad. Pero si eso era cierto, Pig suponía entonces que igual habría una forma de burlar esa técnica y hacer triunfar gloriosamente a la mentira. Aunque igual la mentira triunfa de cualquier forma. ¿Qué es lo que califican los psicólogos? ¿La verdad que se esconde tras nuestras mentiras o el puro empeño con que las decimos? Sintió un escalofrío al descubrir, sin siquiera decírselo porque cosas como ésa no se dicen, que con tal de seguir apareciendo conveniente a los ojos de Rosalba podía hacer verdad cualquier mentira, hasta el punto de él mismo creerla y defenderla cual sólo se defienden las intensas certezas.

«La intensidad de una pasión se mide por la soledad que la precede», había escrito en una de las hojas donde iba anotando los minutos que le faltaban para salir. A veces las mentiras más obscenas resultan preferibles a una verdad del todo detestable. Algo que no se acepta porque es inminente, y lo inminente casi nunca se puede aceptar. La soledad, la muerte, la ruina, el desafecto, el asco: todos inaceptables como el amor equívoco, todos rondando la ventana por la noche, como aquel Hombre Lobo que jamás llegó y por eso jamás estuvo ausente. A los cinco, a los siete, a los once años: nunca se iba el Hombre Lobo. Siempre podría entrar, como en esa película donde los padres sólo veían salir la pelota del cuarto, y no bien se asomaban descubrían la cama vacía, la ventana abierta, el viento tétrico soplando en la cortina quizá de muñequitos. Eso nunca lo supo, pero bastó con que Mamita le cambiara la cortina lisa por una del Pato Donald para que Pig soñara, recordara, jurara que era la misma. Aunque sólo pudiera jurarlo ante sí mismo porque como las tías habían dicho: Mamita estaba enferma, no debía disgustarla, ni angustiarla. Pero quizás no era por eso que prefería callarse lo del Hombre Lobo. Si él confesaba que tenía pesadillas, Mamita iría a su cuarto cuatro, seis, sabría el Hombre Lobo cuántas veces por noche, y entonces se le acabarían las funciones nocturnas, con la tele prendida tras la puerta cerrada y Mamita arrullada por su medio valium. Si él tenía el mal tino de angustiarla, no iba a ganar un gramo de tranquilidad —todo el mundo sabía que el Hombre Lobo era más ágil que Mamita— y en cambio iba a perder las películas viejas que durante el diario insomnio lo distraían al menos del terror al licántropo. Aunque bien es verdad que gracias precisamente a la función nocturna Pig había contraído aquella pesadilla recurrente. Pero Pig no pensaba ya en la pesadilla, como en la presencia. ¿Cómo iba él a soñar durante tantas noches con el mismo adefesio, si no era porque el monstruo estaba ahí presente, jugando con sus miedos mientras se decidía a venir por él? En un libro leyó que el Hombre Lobo aullaba a medianoche. Con la tele prendida y los oídos tapados, nunca escuchó el llamado. Había una conexión entre él y el Hombre Lobo, y eso era lo que más podía aterrarlo: saber en lo profundo que era el Hombre Lobo, no Mamita, su verdadero pariente. ¿Cómo explicar, si no, su carencia absoluta de amigos? O esos estados taciturnos en los que por costumbre se sumergía. O el insomnio tenaz. O la certeza de que a papá y mamá se los había llevado el Hombre Lobo en la noche del accidente. O incluso la sospecha casi divertida de que Mamita era una institutriz a sueldo del Hombre Lobo.

Cuando las cortinas del Pato Donald fueron reemplazadas por una persiana púrpura, Pig ya sabía que el Hombre Lobo no acostumbra entrar por las ventanas. Salía a buscarlo a la azotea cada luna llena. Inventaba conjuros. Se desnudaba a un lado del tinaco. Y aun así creía que tener catorce años era la peor mierda que a cualquiera podía sucederle. Inventaba princesas, las personificaba con chalecos azul turquesa y falda a cuadros, las seguía de lejos por el patio de la escuela, se metía al salón cuando estaba vacío sólo para robarse algo de sus mochilas. Una goma, un cuaderno, alguna vez un peine. Fetiches prodigiosos para un ritual cuya misión Pig se encargaba de hacer buena en carne propia. Incapaz de medir la intensidad de un hechizo que él ponía toda la fuerza de sus ansias en multiplicar, Pig veía en esa magia la desembocadura natural de sus noches solitarias y, al fin lo descubría, premonitorias. Más que hallar cualquier forma de medida, Pig asignaba a la pasión un valor cuando menos idéntico al de sus carencias. Como si esa pasión llegase sólo para ayudarnos a cobrar las deudas que el destino contrajo con nosotros. Como si no supiéramos en lo que acaban todos los cobradores justicieros. ¿Qué iba a hacer una niña de faldita a cuadros y chaleco azul turquesa frente a un solitario de trece, catorce años que no tiene ni un amigo y se desnuda en la azotea frente a la luna? Reírse, si se enteraba de lo segundo. O quizás apiadarse al observar lo primero. O más bien nada que no fuera dejarse mirar en silencio, igual que las estampas de los santos a las que los desesperados suplican enterarse y acordarse. Uno prefiere hablar con las estampas porque ellas no se ríen, ni se apiadan. Porque aun así saben, tienen que saberlo, que vamos por la noche como las ambulancias, aullando para silenciar las carcajadas del Creador. Porque si había un Dios que lo miraba tenía que reírse, porque cualquiera se habría carcajeado de mirar sus estúpidos rituales, que sin embargo eran lo único que tenía para defenderse de la nada: esa mustia perversa que primero se había transfigurado en Hombre Lobo y después en aquella urgencia convulsiva que le exigía a gritos llamarle por su nombre: amor.

No es que el amor fuese un recién llegado. Era que el sentimiento recóndito e inconfesable, guardado siempre bajo triple llave en la conciencia, de pronto lo infestaba de una comezón menos hermética. Y claro: más tiránica. Si antes podía conformarse con mirar cada tres o cuatro veces a la vecina que algún día sería su mujer —y a la que nunca vio más que de niña— la escuela mixta sorprendió su niñez retirante con una transfusión hirviente de inconformidad, premura y lo que ahora sí podría llamarse retraimiento: una ausencia perpetua de cotidianidad. Un zumbido de sueños pertinaces. Un ulular de qués vacíos de cómos. Un incómodo asombro ante el espejo. Los síntomas que dos, tres años antes lo habrían cerciorado de ser el Hombre Lobo. Por eso seguía fiel a los rituales, porque a los monstruos sólo se les calma alimentándolos. Aunque después, muy tarde, Pig terminase descubriendo que no eran tanto los monstruos quienes pedían comida, cuanto la soledad que por su cuenta los amamantaba. ¿O acaso el Hombre Lobo se iba sobre las familias? ¿Aparecía en las reuniones, en las fiestas, se materializaba frente a las multitudes en el cine, donde hay un proyector y una butaca y un piso y una enorme Coca-Cola protegiéndonos? ¿Cómo, si no en soledad, puede uno dar crédito y cuerpo al pavor por la nada? ¿No habían muerto papá y mamá completamente solos, cada uno en su asiento, llevados de la mano por la nada en mitad de un aullido interminable? Nos pasamos la vida alimentando nuestra soledad para que sea ella quien más tarde nos lleve al otro lado. Amamos de la única manera soportable: como si jamás fuésemos a morirnos.

Decir: «La intensidad de una pasión se mide por la soledad que la precede», escribirlo, leerlo, subrayarlo, asumirlo, era asirse a la última cuerda que quedaba, ya no para salvarse de caer en un idilio irracional, por prematuro, sino siquiera para retardar esa caída. Pig pensaba: No puede ser, no es. Y omitía de paso la palabra «amor», pues de sólo nombrarlo podía conjurarlo. Pensar: «Estoy muy apasionado porque estuve muy solo», es dar a la soledad el rango de enfermedad, y a la pasión volverla medicina. Mamita había empezado con un cuarto de valium, y así llegó hasta tres por día. Uno sube la dosis de la droga porque no quiere de la nada ni el recuerdo. (Al final ya Mamita se dormía el día entero para no pasarlo esperando a la muerte.) Cada vez que subía a la azotea, armado de almohadones, música, mantras y fetiches varios, Pig aplicaba una suerte de ungüento lacerante y anestésico sobre la carne viva de la soledad, de manera que al día siguiente había menos dolor y más herida, y a medida que la enfermedad se conservaba en el secreto, Pig recurría a la pasión para transfigurarla, sin pensar que tal método equivalía a cultivar los gérmenes en el lecho propicio de la herida. ¿Podía esa gangrena que le explotaba dentro llamarse propiamente amor?

Pero ¿cuándo el amor es propiamente amor? ¿Puede uno amar a quien le acompañó por una hora? ¿Por dos horas, dos meses, dos años, dos minutos? ¿Se ama a quien se conoce, justamente por eso, o es quizás al revés: conocemos para mejor desconocer, y así poder amar sin el estorbo de la realidad? ¿No es cierto que quienes más se aman son a veces quienes menos se conocen? Ni una sola de estas preguntas se plantea jamás para buscar respuesta verdadera. Ninguna la tiene, ni la tendrá, a menos que uno decida imponérsela, casi siempre de acuerdo con su más absoluta inconveniencia. Incluso sin respuesta, lanzadas al espacio estratosférico de los propios insomnios, las preguntas que apuntan hacia la probable existencia del amor suelen aparecer cuando no queda tiempo, ni voluntad, ni siquiera osadía para ponerlas en duda. Preguntarse si por casualidad se ama equivale a plantear una alternativa entre felicidad y desdicha, buena y mala fortuna, besos y bofetadas. Se elige ser feliz, besado, afortunado, aun en la certeza de que sucederá lo opuesto, igual que se le dice «que te vaya bien» a un enfermo terminal. Elegimos a veces a costillas de la conveniencia y el sosiego, por razones tan inaccesibles como irracionales, por eso las preguntas laten sin respuestas, y al final son capaces de aceptar cualquiera. El amor es lo más parecido a las mentiras. Justifica u opaca a la razón, por derecho o torcido que parezca, no requiere de justificaciones, se reproduce a la menor provocación y exige todo el crédito del mundo. Además de que nadie o casi nadie puede vivir tranquilo en su total ausencia. Por eso, cuando vienen las preguntas, lo hacen acompañadas de su correspondiente hilera de respuestas obvias. Sí. Claro. Por supuesto. Para siempre. ¿Por qué no? Cualquier cosa con tal de no quedarse en esta orilla solitaria, qué más da si después del amor está la nada. ¿O es que alguien está aquí sin entender que al final de la vida no queda más que muerte?

Claro que lo más fácil habría sido adoptar la solución caballeresca, consistente en creer que la dama precisa de un valiente anónimo que la salve de las fauces de la bestia. Un argumento eficaz para encerrarse en la monomanía de un videojuego felizmente concéntrico, pero fatal cuando lo que se busca es elegir con provecho. Debe de haber no sé cuántos imbéciles que ahorita mismo eligen ser los buenos y enfrentarse a los malos de la historia, se perseguía Pig a la tercera noche de bloodymaries en el bar al que Rosalba seguía sin llegar. Había esperado las tres tardes en hilera, acompañado cada una por el mismo reparto de perdedores, de pronto preguntándose por la cantidad de citas necesarias (¿cumplidas o incumplidas?) para decirse propiamente víctima del sentimiento innombrable. O por la cantidad de tardes que tendría que pasar allí solo para ser propiamente pieza del reparto. Se miraría entonces como suele mirarse cada uno de los pobres diablos que se creen redimidos por un amor distante. Y se acostumbraría, con la ilusión latente bloqueándole el dolor, calentando la herida, empollando la pústula. Se iría haciendo a la idea de amar uno por uno los defectos que aún no conocía, y por lo tanto se comprometería a defender a ciegas, justificándolos y hasta adoptándolos como normas de conducta. ¿No era cierto que había en esa posibilidad funesta —que esa Rosalba esquiva fuese el más ruin de los mortales— el imán silencioso de un abismo cuya íntima penumbra lo llamaba con la autoridad de la luna sobre el Hombre Lobo, caverna de neón en el desierto, carro de la montaña rusa con ruedas resbalosas y cinturones rotos? ¿Quién, que pruebe ese vértigo, podría jamás negarse a dar el salto hacia el vacío, y condenarse así a otra forma de nada, menos visible y por lo tanto más profunda?

El inglés necesita de un verbo fatalista para emplear la expresión «enamorarse»: *to fall*. O sea que el enamorado no exactamente asciende a un estado superior, sino al contrario: cae. Tropieza, se distrae, es entrampado. Cae, igual que Luzbel. Si Cristo hubiese dicho «Enamoraos los unos a los otros», ya estaríamos todos viviendo en el Infierno. Pero sería injusto concluir que Amor y Averno son instancias iguales o siquiera equivalentes. El diablo de allá abajo y el diablo del amor podrán ser parientes, y en un momento socios, pero sus métodos difieren tanto como la horca del veneno, el sable del cuchillo, el cañón de la trampa. Pig había contraído la manía de hablar solo y en inglés. Cuando alguien lo pescaba a medio soliloquio, le quedaba el recurso de un chiste, siempre el mismo: «Es que así lo practico». Se lo había robado a una película, donde la heroína reconocía las capacidades amatorias de su héroe, a lo cual este respondía ufanándose de su autodisciplina: «Practico mucho cuando estoy solo». Pero la verdad es que Pig había descubierto en el inglés un surtido interminable de analgésicos. Ásperas y juiciosas, corpulentas, graníticas, las palabras castellanas le parecían demasiado dolorosas, ampulosas, corpóreas, para emprender con ellas cualquier forma de diálogo consigo mismo. De ahí que sin pensarlo contrajera el vicio de hablarse en puro inglés. Y entonces no pensaba, ni menos se decía una pregunta cuyo sonido le parecía cursi: ¿Me estoy enamorando? (Podía imaginarse a Rosalba retorciéndose de risa, con su voz cavernosa y sus ojos felinos y su cara de niño sin cumpleaños.) En lugar de eso prefería echar mano de algunas frases hechas, seguramente inscritas en decenas o cientos de canciones y películas: *Don't wanna fall in love. I'm not in love. This ain't love.* No deseo caer, no estoy, no es. Preguntárselo solo, negarlo, discutirlo, era poner en marcha una parodia de objetividad, que según Pig quería creer le permitía contemplarse desde el exterior. Así el inglés se convertía en una suerte de sede neutral donde no era pensable más tendencia que la de la razón: un árbitro que hablaba casi siempre en inglés, excepto cada vez que emitía una sentencia. O más exactamente un comentario final, puesto que todo aquello no era un razonamiento, sino en el mejor caso un protocolo íntimo, una pura e inútil escenificación, un paliativo apenas suficiente para huir del acecho de la nada, que como siempre está detrás, alerta, esperando el descuido que nos hará caer. Más que pensar o hablar o monologar, Pig iba encadenando frases hechas, casi siempre con un sentido trágico, pues en inglés no hacía más ni menos que caer, como se cae de lo alto de cualquier rascacielos: no importa si uno se halla hasta arriba en el aire o hasta abajo en el piso, pues se le considera igual de muerto. Da lo mismo si el tránsito le toma un instante o un mes, una vez que el siniestro ha dado inicio, el despeñado está del otro lado de los vivos, en ese Más Allá que no admite apelaciones. En castellano se está enamorado, pero en inglés se cae en el amor, y luego se está en él como en el centro de un capullo. Puesto que no sucede como con la tentación, que luego de entramparnos y hacernos tropezar en sus dominios, termina liberándonos: vencida. Si fuera necesario reivindicar a amor y tentación como demonios, habría que observar que ésta tiene un rango inferior al de aquél, hasta el punto de ser su descendiente. Pues pasa que el amor —su presencia engañosa o su ausencia estridente— es capaz de mimar todas las tentaciones, y llegado el momento resistirlas, si es preciso. Como le corresponde a un Padre Eterno y en tal modo ubicuo que nadie osa escondérsele sin por ello pagar con el Infierno en la Tierra. Capullo o sortilegio, el amor trae consigo promesas increíbles. Esto es, las únicas que deberían ser creídas, pues dar fe a lo improbable es saberse caído, presa, dentro, cautivo de una irrealidad en la que sólo resta sumergirse, y así andar por las calles con lo que el desdichado juzga *una sonrisa imbécil*. ¿Cuántos santos y mártires han muerto en el cadalso con la sonrisa impresa por una fe impermeable a la desdicha?

Pig no sabía o no quería decirse si efectivamente había caído, o si apenas estaba despeñándose hacia el fondo del amor, o si aún no observaba sus abismos desde algún trampolín de incertidumbre. Pero eso, no saber, y además preguntarse, y despertar con prisas y sentir un vacío en todo el esternón cada vez que se abrían las puertas de la cantina, y probar el alivio desgraciado de que otra vez no fuera ella la que entraba, y resistir no obstante los embates de la nada con la sonrisa imbécil del beato moribundo, ¿no era precisamente estar allí, donde el amor? ¿Cómo, si no, interpretar esa alegría callada que ni siquiera dependía de un motivo concreto? Dudas todas ociosas, entretenciones varias donde el *why*, el *where* y el *when* no son sino preámbulos del veredicto en recio castellano: *Creo que ya me jodí.*

Mas para estar jodido Pig lucía insultantemente alegre. La expresión de festiva placidez que había seguido al «me jodí» parecía una ofensa al ambiente circundante, donde toda sincera muestra de alegría debía disculparse (¿o inculparse?) con la coartada de una borrachera en pleno ascenso (¿o descenso?). Y Pig estaba sobrio, con apenas un par de bloodies dentro y todavía viva la ilusión de que en cualquier momento Rosalba llegaría y dejaría claro que él no era otro jodido. No por ahora, pensó, con el orgullo fatuo imperdonable, siempre rayano en el desdén y la jactancia, que distingue (¿o acusa?) a los solitarios pasajeros: esos que a diferencia de los otros sí tienen alguien a quien esperar. Una razón con cincuenta o sesenta kilos de peso para no contemplar más horizonte que aquél delimitado por la puerta. Que nadie me contemple, que ni siquiera me sonrían: sé bien a quién espero y no está aquí. Soy de los que se joden por su gusto. Yo no tengo esperanzas, tengo planes. Y pese a que ninguna de esas actitudes merecería disculpa, los demás perdedores tendrían que comprender: así estuvieron ellos al principio, cuando había una brisa de verano soplando de los poros al miocardio. Cuando por gracia de un conjuro mentiroso levantaban el vaso y elegían joderse igual que el talentoso elige malograrse y el heredero conquistar su ruina. De modo que si alguno entre todos los presentes se distrajo un momento de su escena para asomarse a la mirada centelleante del que recién creía: Ya me jodí, habría descubierto un destello semejante al que irradia quien arroja los dados por primera vez en una noche plena de presagios. Cual si no fuese a solas, sino siempre con ella: la ausente impredecible, que tomase la decisión de despegar, saltar, doblar la apuesta, ser totalmente consecuente con su sed de abismo. ¿Qué quería decir «ya me jodí»? Traducida al lenguaje del casino, fatalmente temprana, la expresión bien podía significar: Yo respondo por todo, aunque habrá quien la vea, la escuche, la lea, la recuerde como: Aún tengo todo por perder. Me he lanzado al vacío pero sigo arriba. Es decir, ya caí. Perdí todo y por gusto. Creo que ya me jodí, volvió a decir en castellano Pig, y al hacerlo sintió que firmaba algo. Un contrato diabólico. Un acta notarial. Una sentencia. Un papel ilegible, aunque legal. Por eso decía «creo» en lugar de «sé». Porque en el reino del amor sólo sabe quien cree, y lo demás no existe.

—Dame un besito, Bestia —disparó la voz trémula, entre grave y quebrada pero al fin cavernosa, detrás de él, al tiempo que los dedos le tapaban los ojos. No lo sabía entonces, pero tampoco tardaría mucho tiempo en asociar a Rosalba con esas gracejadas imprecisas.

—¿No deberías antes preguntarme quién eres? —fingió Pig un sosiego que podían creer todos menos ella, que lo sentía temblar entre sus manos como rata neurótica.

—Nunca sabrías quién soy, de todas formas. Ni siquiera te he dicho cómo vas a llamarme —le dio un beso en el cráneo, le retiró los dedos de los ojos, le rodeó el cuello con los antebrazos—. Pero igual yo sí sé que me mandaste flores.

Pig sintió la presencia de un bálsamo caliente que de pronto calmaba todas sus ansiedades, borraba sus dolencias, lo arropaba. Y no tenía ni tiempo de pensar ya en los otros, que acaso predijeron que se iría solo, como había llegado, como se van al diablo siempre los que esperan. Tenía, en todo caso, un tiempo ya sin tiempo. Un espacio vacío de minutos, donde los solos ojos que lo contemplaban, gratos como una droga celestial, construían por sí mismos un horizonte íntimo.

—¿Cómo voy a llamarte? —sonrió Pig al fin, a salvo de los sobresaltos iniciales, y en su sonrisa se podían leer los términos precisos de la más generosa de las capitulaciones. Como si al sonreír dijera: Voy a comprarte todo lo que quieras venderme.

—¡Shhh! —abrió grandes los ojos, pretendió agazaparse, teatralizó la que hasta ese instante, pero ya nunca más, se llamaría Rosalba.

—¿Por qué shhh? —le siguió el juego Pig, en voz tan baja que debió cerciorarse de haber sido escuchado. Pero Rosalba ya no lo miraba, ni le respondía, y en lugar de ello alzaba índice y pulgar derechos para darle a entender: un momentito. Espera. Voy a darte un juguete sólo para ti. Una actitud imperativa y al propio tiempo suplicante de cuya ambigüedad parecía habituada a obtener todo el provecho. Y más que eso: el control. Mismo que en situaciones como aquélla se nutría del descontrol ajeno.

—Porque sí —se tardó un rato en responder, ocupada en cortar en dos una tarjeta y escribir al reverso dos palabras, que por supuesto no explicaban nada:

*Soy Violetta*

—¿O sea que las próximas flores se las mando a... Violetta? —quiso recomponerse Pig, alumno que se empeña en aprobar un examen escrito en una lengua desconocida.

Pero ella lo miró sin expresión, pensando muchas cosas o no pensando nada, como si en el papel lo hubiera dicho todo y todo intento de conversación resultase un sobrante desechable. Una imbecilidad. Una de esas preguntas infantiles que el adulto ignora o decide ignorar o siente demasiada pereza para responder, de modo que no hay forma de saber si su silencio ocurre por prudencia o cansancio.

—Violetta —dijo Pig, por decir algo.

—¿No te gusta?

—No es que no me guste.

—No te haces a la idea...

—No entiendo para qué.

—¿Para qué qué?

—Nada. Todo. No sé. ¿Es tu segundo nombre?

—Es el primero, el único.

—Creí que era el que usabas para protegerte.

—¿Protegerme de quién? ¿De ti? —había una insolente majestad entre sus labios, detrás del humo que intempestivamente le soltaba en la mera cara, y Pig se preguntaba cuántas cosas haría, con o sin dignidad, por no tener que prescindir de esa insolencia.

—No sé, eso tú sabrás.

—Todos los nombres sirven para protegerse. Igual que el maquillaje o las pelucas, ¿ajá?

—¿También usas peluca?

—Usaba. ¿Y tú cómo te llamas? Digo, para estar iguales. ¿Cómo voy a llamarte?

—No sé —había una incomodidad con vocación de miedo, unas ganas de huir y una tentación de suplicar. Una necesidad, anímica al extremo de lo orgánico, de ser considerado cualquier cosa menos un juguete.

—¿Cómo quieres llamarte? —adelantó una mano, lo miró de frente, le acarició el meñique, luego los nudillos, con la ternura que debía haberle desarmado.

—Lo de menos es cómo me llame, Rosalba.

—Violetta, aunque te tardes —y ahí venía de vuelta el latigazo, la indiferencia, la extrañeza.

—¿Aunque me tarde en qué? ¿En esperarte aquí como tu criado? ¿En verte aparecer después de haber venido dos tardes para nada? ¿En descifrar misterios? ¿En jugar a las escondidas sin saberme las reglas?

—No tienes que hacer nada, si no quieres.

—Quiero, pero no entiendo —cedió Pig, con un tono de súplica recién improvisado—. ¿Me podrías explicar?

—No hay nada que explicar —sonrió Violetta, otra vez la caricia tras el garrotazo.

—¿Entonces?

—Entonces me ibas a decir cómo te llamas.

—¿Quieres que invente un nombre?

—Mejor dime uno que no sé, te represente, ¿ajá?

—Si te lo digo igual no te parece.

—No estaría sujeto a mi opinión, ¿o sí? ¿Cada vez que la gente dice cómo se llama espera que le den una opinión? Fíjese que me llamo Filomeno, ¿le parece o me lo cambio?

—Pig.

—¿Qué dijiste?

—Pig. Me vas a llamar Pig.

—¿Cerdo?

—Cerdo no. Pig.

—¿Y así vas a querer que yo te bese?

—Tú no; Violetta. Nada más Violetta —pero ya no tenía más sentido hablar, porque en sus ojos Pig podía leer aprobación rotunda, satisfacción completa, emoción rebotada, y se daba a probar la plenitud que invade a quien se piensa propietario de idénticos secretos.

Nada parecía real, o quizás era demasiado real para ser cierto. Porque la gente no va por la vida cambiándose los nombres. O porque quien se cambia el nombre lo hace para salvarse de algún perseguidor. Pig cerraba los ojos y miraba a Mamita opinar que eso de andar jugando a las incógnitas no podía conducir a nada bueno. Decente. Constructivo. Aunque si hubiera que juzgar la honestidad de sus desplantes constructivos —conseguir un empleo y desde el primer día entregarse a perderlo—, Pig no habría pasado un solo examen. ¿No había sido ella, Rosalba o Violetta, quien lo había forzado a meter aquel gol de último minuto? Visto así Rosalba, después incluso de volverse Violetta, venía a ser más constructiva que él. O bueno, menos destructiva. Tal como había pasado en las escuelas, la colonia, el periódico: Mamita lo alertaba contra la mala influencia de los amigos que no tenía, y él decía sí, Mamita, pero al tiempo pensaba: Son ellos los que se protegen, yo soy la enfermedad. Puesto que aun cuando llegaban a seguirlo, escucharlo, respetarlo, ello era sólo para malhaberse algún examen, una boleta falsa, un vicio, un bien ajeno: las especialidades que a Pig le habían valido la pervivencia de su apodo. Pig seguía las reglas para retorcerlas o burlarlas, y así como se sometía a los deseos de Violetta, se decía: Ya llegará la hora de que todo cambie. Un pensamiento constructivo en otros, que acaso emplean la frase con la fe por bandera o la esperanza por coartada, pero no en Pig, para quien todo cambio sólo podía significar la posibilidad de tomar la sartén por el mango. Y entonces comenzar a hacer lo suyo. Así pues conceder, admitir, transigir, no eran sino medidas tácticas para fortalecerse en un silencio de antemano emponzoñado. ¿O no es el mismo criado que hoy dice «sí, señor» quien mañana dirá «lo quiero muerto»?

Todo lo cual difícilmente explica la rabia que seguía pugnando por salir. A menos que se consideren las palabras que precedieron a su arribo: *Creo que ya me jodí.* Una variable que desquicia la ecuación entera, pues en principio Pig no podía culpar a otro que a sí mismo por esa indefensión rayana en servidumbre y disfrazada ante su ego de medida táctica. ¿No habría sido también una medida táctica, más eficaz y menos enfermiza, el inmediato contraataque: la afirmación sincera y visceral de sus deseos concretos? ¿No podía rehusarse a jugar esos juegos, a obedecer un reglamento ilegible, arbitrario, abusivo, tanto que ni siquiera conseguía por lo pronto burlarlo? ¿No habría resultado cuando menos preferible cobrar allí, al contado, esas afrentas, en lugar de archivarlas y sumarles noche a noche los réditos de un rencor sin contornos? No para él, ni para ella. Nunca y de ningún modo cuando lo que uno busca no es construir, ni ascender, ni salvarse, sino precisamente caer con el estrépito de lo inminente.

—¿Te gusta la montaña rusa? —volvió Pig al ataque, de nuevo rencoroso, cobrador, sarcástico.

—No sé, no me he subido —lo sorprendió Violetta. Y lo obligó a creer en su inocencia cuando propuso—: ¿Vamos?

—¿Cuándo? —Pig no sabía controlar sus entusiasmos, ni tampoco ocultar sus descontroles.

—¿Cuándo va a ser? ¡Ayer, idiota!

—¿Hoy? ¿Ahorita? —y sonreía sin límite, cual si ese insulto divertido, poco menos que afectuoso, fuese la más selecta de las alabanzas.

—¿Tenemos algo más tú y yo que ahorita? —Violetta consultó el reloj en la pared.

—No sé si hoy esté abierto, ni a qué hora cierran los juegos —titubeó Pig, detestándose por ello, pero aún protegiéndose de no sabía qué (puesto que, como minutos antes calculó, ya se había jodido, y quien se jode acepta sin reparos).

—¿Quieres llevarme o no? —se ensombreció Violetta, sin ocultar el tono de amenaza que otra vez ponía a Pig con el filo en el cuello.

—Quiero —lapidó Pig, alzó la mano como un periscopio, localizó al mesero, le hizo un par de señas, todo en un solo impulso, llevado por la prisa de acelerar a fondo y prolongar el tiempo que no tenía tiempo: las horas con Rosalba. Se detuvo un segundo, rectificó: Violetta, sin abrir ni la boca porque todo pasaba solamente en su conciencia sin conciencia, suspendido en la noche, como una ensoñación con leyes propias. Nada de eso era real, pensó enseguida, por eso era tan cierto. Pagó los bloodymaries, calculó la propina, la miró a las pupilas, cual si jamás hubiese titubeado.

—Ya te jodiste, Violetta —dictaminó sonriendo, buscando un poco dar la pinta de Gioconda y al fin ser él, sólo él quien poseyera el alma del enigma. Si es que cabía un enigma detrás de una mirada que, como la suya, parecía a todas luces enorgullecerse de su apuesta. Ojos que juegan, como los de un niño, a sembrar dudas, miedos y tenebras, al tiempo que proclaman frente al casino entero: ¡Va mi resto!

## 20. Se busca chica mala de buena familia

¿Sabes cómo se porta una mexicana de familia naca que vuelve de cuatro años de andar golfeando en los hoteles caros de New York? Te lo voy a explicar en mi lengua nativa: *De La Chingada es poco*. Como que en México la gente tiene recursos. Derechos o torcidos, pero nunca faltan. Y como tú ya ves que *Recursos was my middle name*, creo que me adapté más pronto al ambiente que al horario. No te voy a contar dónde había escondido los dos relojes desde que llegué a Brownsville, pero la cosa era tan divertida que no tenía tiempo ni de ver la hora. *Good morning, señorita:* tú no sabes las cosas que un escote hace en México. Llegas, enseñas, preparas, apuntas y te mueres de risa de la primera pendejada que oigas. Luego te sigues riendo de todas las que vengan. La idea es que te cuelgues un letrero que diga: *Soy idiota*. Que se te vea en los ojos, en la risa, en los calzones. *Soy una inmensa estúpida superficial con un profundo escote, una cosa se compensa con la otra*. Hay como una etiqueta de la estupidez: *Permítame decirle una humilde pendejada. De ninguna manera, la pendeja soy yo*. Y eso se dice a puras carcajaditas, mientras te las arreglas para recibir sus atentos respetos y esquivar sus gentiles manotas. Hay que enseñarles quién es el que manda. Ni yo ni ellos: el escote solito gira las órdenes al pelotón. Una puede callarse, pero el escote tiene que seguir hablando. *Señores miembros del jurado, esta pobre mujer es inocente. ¿Con qué cara la van a condenar, si no pueden ni pinche verla a los ojos?* El escote habla para distraer al enemigo. Una tiene que maniobrar, mover sus fichas, pedir las cosas de manera que no puedan negárselas. Quinientos *bucks* en México hacen maravillas, pero un escote puede hacer milagros. Yo no tenía la culpa que a los hombres les gustara confundir brasieres con altares. No pedí que se hincaran, ni que me echaran ojos de profanador. En México no pides, nomás estiras la mano. El chiste es saber dónde, cuándo y con quién. Y ahí estaba el problema, yo no tenía idea. Lo único que sabía hacer bien era portarme mal.

Viví dos meses en un hotelito cerca de Reforma. Todo de lo más fácil, menos el dinero. Taxistas, administradores, *bellboys*, uno y otro se tira al piso por serte útil. Claro que igual te miran desde ahí los calzones, o dicen porquerías entre dientes. *Mamacita. Mi Reina. Cosita. Bizcocho.* Y una claro que se hace la pendeja, porque según esto yo hablaba puro inglés. Y como eso aparentemente me ponía en sus manos, yo por lo menos alcanzaba a saber lo que estaban pensando. O sea no lo pensaban, lo decían, y yo era una gringuita comecaca que se quedaba viéndolos con su jeta de *Oh, really? Oh, my Gosh!* Gringa de caricatura, pero ellos se lo creían. Te subes al taxi, le explicas al chofer que *you need a hotel*, pero *no passport.* Cuando te entiende bien, te explica como puede que tiene un amigo, y a lo mejor ni su amigo es, o igual ni se conocen, pero el güey cae en el hotel y por unos pesitos te consigue el cuarto, sin que enseñes un pinche papel. Una cosa increíble, por veinte dólares al día yo tenía un cuarto enorme, con televisión y clima. Claro que ya después prendí la tele y entendí. En un hotel decente no hay canales porno. Busqué el teléfono del Sheraton, llamé y claro: diez veces más caro. Yo estaba en un hotel moderno, tanto que los cuartitos se desocupaban en dos horas. O sea que nunca tenías los mismos vecinos. Pero no había dinero, carajo. Llevé el reloj de Henry al Monte de Piedad y me ofrecieron una madre de préstamo. No me acuerdo muy bien cuántos pesos eran, pero no llegaban ni a trescientos dólares. ¿A cómo estaba el peso en noventaitrés? No sé, yo todavía pensaba en dólares. Quería ganar como en New York y gastar como en México, pero no había por dónde. Fui a una joyería, pregunté por un Rolex casi igual al de Henry y se me cayó el alma: no eran ni dos mil dólares. *Cheap motherfuckin' bastard.* Por supuesto valía mucho más mi Bulgari, tanto que no lo había en ningún lado. Y yo con siete días de hotel pagados, más doscientos cincuenta dólares y unos pocos pesitos en el buró. ¿Qué iba a hacer? ¿Regresarme a New York? ¿Correr a hincármeles a mis papás? ¿Gastarme de una vez hasta el último quinto y ver luego qué hacía? *You're right, my dear:* decidí quemármelo. Me fui para el hotel, pagué diez noches más y cambié mis cincuenta dólares por pesos. ¿Tú crees que a estas alturas podrías regresarte al capítulo anterior? Yo tampoco podía. Tenía que sobrevivir de alguna forma, y no pensaba ir a pararme en Insurgentes.

No sé si te has fijado, pero siempre hay dos fechas que procuro saltarme: *Christmas* y mi cumpleaños. No sé qué signifique, pero soy automática: apenas veo de lejos una escena inconveniente, mis párpados se cierran y no vuelven a abrirse hasta que tengo claro que pasó el peligro. Pongamos Navidad: me olvido del asunto el día veintitrés, y desde el veinticinco para mí ya es enero. De niñita tenía la manía de taparme los ojos en el cine, justo en la parte más emocionante de la película. Decía: *No quiero ver, no quiero ver, no quiero ver,* y así además de quedarme sin ver me quedaba también sin oír. Sin enterarme, pues. Luego fui mejorando la técnica, y después de pasar por no sé cuántos mariditos a los que por lo general me interesaba poco ver, y menos todavía oír, llegué a lograr el mismo efecto que de niña, sólo que sin hablar ni taparme los ojos. Es más: participando en la conversación. Me desconecto y dejo el piloto automático. Por eso te decía que lo mejor es reírse. Cuando un hombre me dice un chiste malo yo no dudo un segundo en soltar la carcajada. Y entonces él se siente muy gracioso y me repite la dosis. Y yo vuelvo a reírme. De ese modo él se acostumbra a comprar mis risas tontas con chistes idiotas, y yo ya ni siquiera tengo que escuchar lo que dice. Me estoy riendo. ¿No es más que suficiente?

No había mucho que pudiera hacer con esos pesos. Alimentarme una semana de refrescos y hot dogs, tomar algunos taxis, empezarme a mover. Pero no era tan fácil, necesitaba poderes que no tenía. Moría por un jalón de cois y no sabía ni cómo pedirla. Dinero, polvo, amigos: me faltaba lo más indispensable. ¿Checaste lo que dije? Amigos. Por el amor de Dios, carajo, llevaba desde los dieciséis años sintiéndome malditamente sola, de repente soñaba que me moría en la calle y me echaban a la fosa común. Y así iba a ser, ¿ajá? Si yo no conseguía tener cuando menos amigos, lo más seguro era que me muriera sin que nadie reclamara mi cuerpo. Todo el día pensaba en eso, en morirme. Pasaba las mañanas tirada debajo de las sábanas, sudando frío, comiendo cualquier mierda. De repente decía: *Me regreso a New York.* Pero si no tenía fuerza para llegar a la calle, dime de dónde iba a sacarla para hacer ese viaje sin un quinto, sin papeles, sin cois. Luego me daba por planear una incursión suicida en casa de mis papás. Era cosa de entrar por la azotea, colarme a su recámara y asaltar el archivo. No sabía qué me iban a pedir para hacerme modelo, pero tenía que empezar por tener algún papel. No sé, el acta de nacimiento, algo que me sirviera para ser yo de nuevo. No era que me quisiera llamar Rosalba otra vez, lo que ya no aguantaba era seguir de *Miss Nobody.* Pero igual ni salía del cuarto, creo que me empecé a dar miedo. Decía: *Si salgo, seguro voy a conseguir coca.* Estaba a medio puente entre la adicción y la salud. Y no sé, alguien adentro quería terminar de cruzarlo. *No putear. No robar. No meterme porquerías.* Ésos fueron los mandamientos que me impuse para hacerme modelo. Me encerré en el hotel con un montón de fruta y dije: *Cuando se acabe, salgo.*

Obviamente salí antes: necesitaba unos buenos azotes para entrar en razón, ya los había recibido todos. *Firme aquí, por favor. ¡El que sigue!* Decidí que tenía que intentar conseguir mis papeles sin tener que allanar el Santo Hogar Paterno. Me pasé dos mañanas en el teléfono, averiguando todo lo que tenía que hacer para sacar un duplicado del acta de nacimiento y luego tramitar que le añadieran el *Violetta*, que era como parirme a mí misma. No recuerdo qué cantidad de mierdas me pidieron, pero de cualquier forma era imposible. Así que decidí salir, jurándome que no iba a buscar coca ni cocainómanos. Empecé a recorrer oficinas del Registro Civil, y en las primeras tres me atendieron puras pinches coatlicues. Yo decía: *Diosito, por favor, líbrame de esta chingada tribu.* Hasta que caí en manos de un nacote amable. Yo traía los jeans y la blusa untados, sin brasier, y el tipo no era así que dijeras *Mr. Big Shit*, pero de pronto ya me conformaba con que me pagara la comida. ¿Ya me entiendes? Hasta la más jodida de las coatlicues con las que me peleaba tenía más dinero y más futuro que yo. El caso es que el nacote me la pintó difícil. De entrada, no podíamos hacerlo sin la cooperación de mis papás. Y había que irse a un juicio y las arañas. Pero yo de repente me sentía poderosa, porque el güey no dejaba de mirarme. Hacía un frío de mierda, con tremendas repercusiones en mi blusa. Pensé: *Si este pendejo me mira los pezones media hora más, seguro lo arreglamos todo de aquí al viernes.* Le dije: *Pues si no va a poder ayudarme, mínimo debería invitarme a comer.* ¿Tú crees que iba a decir que no? Es muy feo que te lo cuente así, pero al final comimos, cenamos y dormimos juntos. Y claro, le inventé que tenía un problemón, que me urgía mi acta de nacimiento para poder sacar el pasaporte y visitar a mi mamá, que estaba en un hospital de Flushing con cáncer terminal. ¿Me creerías que en dos días tuve mi acta de nacimiento original, con el nombre de Violetta Rosalba? Todavía el naquillo este pretendió que le soltara dos mil pesos para darle a no sé qué licenciado, y obviamente me le tiré a berrear de nuevo. Más berrinche que llanto, ¿ajá?, porque yo no quería su compasión. Más bien necesitaba que dijera: *En mi burócrata vida me vuelvo a agarrar una como ésta.* Risa fácil, bronca pronta: *La fórmula de la doctora Schmidt para controlar machitos pendejos.* Por las buenas, les echas porras; por las malas, mierda. Ya sé que no es así que digas un orgullo tirarte al primer gato que te arregla un trámite, pero no estaba yo para escoger. Con ese mismo método saqué pasaporte, certificado de primaria y secundaria y hasta un crédito para comprar coche. Hay días en que México te trata como cucaracha, pero si aguantas el castigo después te premia que no puedes ni creerlo. Yo caminaba por Reforma y veía las caras de los tipos: todos altanerísimos, con la vista arribita de las demás cabezas, como si fuera suya la pinche calle. Pero basta con que se crucen unas nalgas para que pasen del *¿qué me ves, güey?* al *¿qué se te ofrece, Mi Reina?* Y como a estas alturas tengo claro que nunca voy a ser *toda una lady*, ni para qué negarlo: Me divierte muchísimo que me traten de naca.

Una especie de diplomacia calentona. Te atienden, te sonríen, te complacen, te comen con los ojos. Hay unos que no te hablan sin resoplar. Claro, son asquerosos, pero ese asco termina siendo como el hipo: se quita cuando menos te das cuenta. Imagínate a un güey que te mira sonriendo y resoplando. Es como regatearle una hamburguesa a un león hambreado. ¿Sabes lo que es para un pelado panzón de cincuenta años agarrarse a una pollita pelirroja de veinte? Esos pobres marranos con trabajos se agarran a la secre del jefe. ¿Tú sabes cuántas secretarias pelirrojas hay en México? Pelirrojas creíbles, ¿ajá?, porque hay unas coatlicues que se lo andan pintando color zanahoria, pero ni así dejan de delatarse como inquilinas de la pinche pirámide. Como dice mi madre: *prófugas del metate.* Y en cambio a mí me lo creías, por eso decidí pintarme el pelo. Ya sé que hice lo mismo que mi familia, llevo un rato justificándome y no puedo evitarlo. Siempre digo que me escapé de mi casa buscando libertad, pero no es cierto. Casi nada de lo que digo es cierto. Me escapé de la casa para criar mis propias esclavitudes. Más perfectas, más sólidas. Esclavitudes diseñadas a la medida de ambiciones un poquitito menos estúpidas. Mis papás no sabían gastar el dinero, yo sí. Ésa es toda la diferencia. Ladrones finalmente éramos todos. Impostores, también. Y nacos, que ni qué. Me da un poco de pena decirlo, pero el nombre que sale en mi acta de nacimiento es Violetta Rosalba Schmidt, y ya después los apellidos de mis papás, que por supuesto desentonan como pelos en las piernas de Brooke Shields. Fui tan naca que permití que me encimaran el *Schmidt* como tercer nombre. Ya luego en la licencia de manejo logré que me pusieran como Violetta R. Schmidt. En cambio el pasaporte lo trae todo, pero al final los apellidos van unidos como si fueran uno solo. *Schmidt Rosas-Valdivia:* no sonaba tan mal. Y al final resultaba divertido, era como ser yo mi propia *Barbie.* Seguía pobre, pero me defendía. Tal vez mis amiguitos no eran muy presentables, ni un solo *Ken* capaz de hacer digna pareja con la muñequita, pero peor era quedarme en el cuarto y aguantarme el hambre. Qué asco de palabra, pero yo sentía hambre. No tenía ni un centavo, vivía a expensas de esos pocos amiguitos, que eran poquito más que carne de cañón y con trabajos me prestaban para pagar el hotel. Yo quería rentar un departamento, comprar muebles, instalarme, viajar, inscribirme en alguna escuela. Pensaba que siendo modelo podía conseguir todo eso. Decía: *Este país está repleto de calentones, tiene que haber alguno que quiera contratarme.*

Mis primeros dos meses me los pasé escondiéndome. Me daba una vergüenza terrible que me vieran entrar y salir de ese hotelajo. No tanto porque fueran a decir: *Ahí va esa puta.* Era más bien que igual decían: *Mira, pobre jodida, vive en un hotel de paso.* En New York una tiene claro a qué puede aspirar. Los lujos son altísimos, nunca vas a alcanzarlos desde el lobby de un hotel. En cambio en México los muros son más razonables. Puede una pensar en saltárselos sin la seguridad de que se va a romper la madre en el intento. Aparte, hay cantidad de escaleritas. Con mi pura ropita yo podía moverme en un nivel muy diferente al de los jefes de departamento y el hotel de cuatro espermas. Necesitaba dedicarme de inmediato a cualquier cosa que me hiciera decir menos mentiras. Quería sacar dinero sin tener que inventar una tragedia, pero llevaba seis agencias de modelos visitadas y con trabajos me pedían unas fotos. ¿De dónde querían los idiotas que yo sacara buenas fotos mías? Tenía copias de los anuncios en los que dizque aparecía yo, pero ni las pelaron. Yo decía: *Ok, pues tómenme las fotos.* Qué iba yo a imaginarme que las putas agencias sólo te toman fotos cuando vas a casting, y sólo vas a casting cuando ellos te llamaron después de ver tu foto. Prefiero no contarte los sacrificios que hice para civilizarme, desde quedarme sin comida por comprarme un teléfono hasta gastarme el presupuesto de quince días de hotel en unas fotos donde salí como piruja de la frontera. Civilizarme a mí es como llevar agua a Mercurio. Nunca vas a lograrlo, y vas a chamuscarte en el intento. ¿Sabes de qué me sirve a mí la ropa? De disfraz, *darling.* Tengo que disfrazarme, no puedo permitir que alguien me mire como tú estás oyéndome en este momento. Me encerrarían en una jaula, ¿ajá? *Pasen a ver a Violetta y tóquenle la melena.*

¿Te cuento para qué servía mi reloj? Lo usaba para ver cuánto tiempo tardaba en lograr que un pendejo me invitara a comer. El récord era dos minutos y medio. Luego también medía cuánto me tomaba meterles un sablazo. Tipo: *¿Te importa si me prestas doscientos pesos y mañana te los pago?* Casi siempre es lo que ellos están esperando, que les des la oportunidad de salvarte de las garras de *Donkey Kong*. Luego les daba mi número de celular, y cuando menos lo pensaba ya había ligado otra comida. Lo bueno de la época navideña es que la gente anda flojita, un poco que te esmeres y le das una tarascada a su aguinaldo. No gran cosa, te digo, la comida y unos pocos pesitos, pero así no tenía que acostarme con nadie. A menos que se presentara una emergencia, como la del Registro Civil. Pero eso no quería decir que yo planeara volverme *El Detallito* de cualquier pinche miembro del rebaño. Finalmente, si me iba a echar uno de mis tres mandamientos, lo menos que podía hacer era agarrarme a güeyes que no se hubieran subido al metro en los últimos diez años. Y que de preferencia ni lo conocieran. O sea gente decente. Yo no podía pensar en esa pinche broza como mariditos. *Instant devaluation*, ¿ajá? Total, si tenía que desplegar mis habilidades de esposita con tal de conseguir lo que quería, tampoco me iba a desgastar de más por eso. Pero hasta eso, y sobre todo eso, tenía que hacerlo con alguna *clase*, o por lo menos lejos de la clase asalariada. ¿Qué iba a hacer? ¿Ir con el gordo fofo del módulo de licencias a decirle que sí quería el trabajo y el crédito para el Volkswagen? Por supuesto que yo necesitaba un crédito, pero sólo si las mensualidades iba a pagarlas su putísima madre. *Berrinche time*, ¿ajá? La forma en que Violetta recupera todo su valor y dice: *Quítame las pezuñas de encima, pinche naco, que no somos iguales.*

*What a bitch? Yes, of course.* Alguien tiene que hacer este trabajo. Si una aguanta el castigo de tener encima a un puerco halitoso que la trata peor que bacinica, lo menos que se le debe permitir es que resane su ego a costillas de quien sea. Bajar a un pinche naco de mi cama era como darle respiración de boca a boca al ego. Apenas se pasaban un poquito de lanzas, les hacía unas rabietas horrorosísimas. Decía cosas por las que Nefastófeles me habría deshecho la boca a cachetadas. Y si trataban de pegarme, peor: me aventaba a encajarles las uñas en la cara. No me importaba nada. Tenía papeles, era legalita, ¿qué me iban a hacer? Además me ponía a gritar que era la hija de no sé qué súper cacagrande, el que se me ocurría a medio berrinche. La historia era que yo me había fugado de mi casa en Bosques de las Lomas y me había ido a vivir a New York, y luego había vuelto a México y mi papá me tenía en un depto de Polanco. Cuando pedía dinero, no era porque *realmente* lo necesitara. De hecho, necesitaba *que me insistieran* para aceptarlo. Un día un idiota me llamó para cobrarme sus doscientos pesos y *zas:* despertó al león. Además de que nunca le pagué un quinto, ese día lo amenacé con que los guardaespaldas de mi papá iban a ir a romperle la madre, pa que se le quitara lo pinche cicatero. ¿Checas lo rápido que me integré al paisaje?

Al principio me emocionaba fácil. Los idiotas me prometían que iban a conseguirme no sé cuántas maravillas, y nada: lo que no les sacaba en el momento, *forget it.* Menos los tercos, claro, que luego salían peores que los mentirosos. Hubo un par que llegaron hasta mi hotel, uno ofreciéndome mil pesos por la noche conmigo y el otro necio con que no podía olvidarme. Una trampa nefasta, ¿verdad? Esos que salen con que no te saben olvidar, lo único que deveras no olvidan es su puta soledad podrida, están que se derriten por agarrar barco. *Fíjate que por más que lo intento, no dejo de pensar que eres mi salvación.* Detesto que un idiota me agarre de Mesías. *Señor Pilatos: ¿Va a querer que a la crucificada le dejemos el brasier? Éste ha sido un milagro cortesía de Nuestra Señora del Santo Sostén.* No podía decirles mis chistes a mis nuevos amigos, acuérdate que yo me hacía la gringa o la pendeja, que en México ya ves que son papeles parecidos. Y ése era el chiste, que hasta el más ignorante podía ser mi maestro, y entonces yo tomaba clases de complejos, frustraciones, traumas, envidias: los hilos del muñeco, tú me entiendes. Y no es que yo quisiera aprender eso, quién va a querer ir por la vida correteando miserables, pero la otra era quedarme sin hotel. O sin comer, que me pasaba bien seguido. Tú no sabes lo deprimente que es tener que cruzarte una calle para que no te llegue el olor de unos tacos. Porque de pronto no tenía ni para tortillas, y en ese plan ni modo: acepta una lo que le ofrezcan. Billetes chicos, vales de comida, monedas, dulcecitos, todo es bueno. Ya ves tú que la dignidad no se lleva con la economía de guerra.

Para cuando empezó el noventaicuatro ya sabía lo que quería: un departamentito cerca de Polanco, trabajo suficiente para pagar la renta y no sé, unos cuantos amiguitos confiables. *I mean: dependable*. No era mucho pedir, pero tampoco había a quién pedírselo. Entre los pelagatos mis piernas y mi escote valían por comidas y prestamitos, pero en el Primer Mundo había diferentes cotizaciones. Es más, ni vayamos tan lejos, en las puras agencias de modelos podías ver toneladas de viejas guapas, y a veces ni eso les servía para quitarse el hambre. Pero como querían ser *alguien*, aguantaban la vara. Total, que ahí fue a dar nuestra querida *Miss Nobody*. O sea una de quién sabe cuántas niñas mensas que jamás habían hecho una pasarela, ni sabían caminar como debían, ni tenían conocidos en las agencias. Había veces que hasta las secretarias, unas pinches coatlicues amandriladas, con los copetes tiesos y las piernas peludas, me echaban ojos como de alarma electrónica: *beep-beep, putita arribista, beep-beep, putita arribista.* Y yo, que me sentía gringa, las veía como buscándoles las plumas. *Perdón, ¿qué no era usted la que andaba volando el otro día, por ahí por Papantla?* ¿Y tú crees que alguien iba a darme trabajo, con esas pinches ínfulas? Pero en el fondo yo estaba buscando otra salida. O sea una puerta secreta, una llave mágica, nada que en México no puedas encontrar, sin buscar mucho. Nada que no lo arregle cualquier bruja con pinta de hada madrina.

Creo que fue la primera mujer que me trató como una hija, por lo menos desde mi último cumpleaños con piñata. Ya se estaba acabando febrero y seguía sin conseguir mi primera chamba. Eran como las cinco de la tarde y yo estaba tristísima porque otra vez me había salido todo mal y no podía pagar ni lo del cuarto, a pesar de que ya vivía en una pensión *ultra* rascuache. Tenía a quien hablarle, pero me estaba convirtiendo en limosnera, y eso siempre termina notándose. A huevo: el hambre huele más que la comida, y hasta peor que la mierda. Cada vez que un idiota ejecutivo me decía: *Te vamos a llamar*, yo en sus ojos leía: *Ni madres*. Si no me contestaban las putas llamadas, ya parece que me iban a llamar. Un día me mandaron a una agencia de edecanes y yo me indigné horrores. *¡Edecán tu mamá, que parió puros gatos!* Todavía no tenía mi primer contrato y ya me estaba haciendo fama en el medio. Qué quieres que te diga, no podía evitar salir peleada. Y cuando finalmente fui a la agencia de edecanes, me ofrecieron mil pesos por cuatro días enteros de estar parada en el World Trade Center. De por sí era muy poco, porque a las edecanes les pagaban casi siempre el doble de eso, o más, pero yo dije: *Aun pagándome bien, me ponen en la madre.* ¿Sabes la cantidad de gente que iba a ver mi carota de pendeja con la banda que dice: *Tome Coca-Cola?* Yo no estaba para hacer tomar cocacolas a nadie, no por lo menos con mi jeta y mis piernas de pretexto. Había muchas que eran más piernudas que yo, mientras que mi atractivo turístico número uno iba a quedar debajo de la banda. Total que les menté la madre y me salí a chillar. Y ahí fue donde se me apareció el Hada Madrina. Un Lincoln nuevecito, con chofer, y atrás una señora elegantísima. *¿Qué te pasa, hija? ¿En qué puedo ayudarte?* Puta madre. ¿Tú sabes lo que fue subirme a un Lincoln y sentir que una señora de lo más decente me trataba deveras como a su hija?

Doña Montse tenía una agencia de modelos-edecanes, que no era exactamente la mitad del camino entre una chamba y otra, sino una como desviación de las dos. Un atajo, ¿me entiendes? No había que hacer castings, el pago era inmediato y nadie te obligaba a estar parada en ningún lado. Yo decía: *No puede ser tanta fortuna*, pero trataba de enseñar algo de indiferencia para que La Señora Montserrat no pensara que yo era una muerta de hambre. Me acuerdo que me dijo: *¡Qué precioso reloj! Te felicito, hija, por tu buen gusto.* La vieja era buenísima leyendo el pensamiento, no he visto nunca a nadie con esa habilidad para saber en tres patadas cuánto vale la gente. También era zorrísima para proponer cosas. Decía: *Yo sólo manejo eventos súper exclusivos. Sin banda, sin uniforme, sin recibo.* La infeliz no decía que también sin calzones. Tampoco te aclaraba qué tan *exclusivos* eran los eventos. *Ofrecemos modelos-edecanes para fiestas privadas, despedidas de soltero, escorting y otros servicios. Discreción absoluta.* Te tomaban tres fotos en vestido de noche y una en ropa interior. De dos a tres mil pesos por evento, más propinas. Luego también decía: *Si te pones tantito lista, vas a ver que aquí agarras marido.* Y claro, como no cualquier piojoso podía pagar cinco mil pesos por salir y acostarse con una dizque niña bien, ya me podía imaginar los hombres que iba a conocer. Decía: *Si te lo ofrezco es porque eres Una Auténtica Hija de Familia.* Hice cuentas: si trabajaba tres días por semana podía estrenar coche en tres meses. Además, Doña Montse me iba a ayudar a conseguir un depto. Me lo decía todo bien amable, tanto que no quería que se callara, y además: me cagaba la idea de tener que bajarme de ese coche. Yo me había propuesto solemnemente: *No putearás*, pero tampoco estaba para fanatismos. Además, según ella todo era muy legal. *Me muevo en un altísimo nivel*, decía. Supuestamente en ese nivelazo nunca pasaba nada, pero yo de repente pensaba: *Esto es casi lo mismo que me había propuesto Nefastófeles, pero sin Nefastófeles.* Que ya era una ventaja, no me digas que no.

Le dije *muy formalmente* que lo iba a pensar. ¿Y sabes qué hizo? Le ordenó a su chofer que me llevara a la pensión, y de la nada me prestó cinco mil pesos. Mucho más de mil dólares, sin pedir un demonio a cambio. Me tenía localizada en la pensión, pero igual yo podía mudarme al día siguiente. Me acuerdo que le dije: *¿Y si no se los pago?* ¿Sabes lo que me contestó, la muy ladina? *Si no me pagas por lo menos pide que me digan una misa.* Luego vio mi pensión y opinó que ése no era lugar para una auténtica hija de familia. Pensé: *Chinga tu madre, pero estoy de acuerdo.* Ya me estaba bajando de su Lincoln cuando me aventó la última carnada: si aceptaba la chamba, no tenía que pagarle los cinco mil.

Dormí como doce horas, tranquilísima, como si todo mi problema ya estuviera resuelto. Pero era como si pensara: *Bueno, si todo falla, no me muero de hambre.* Como que no acababa de estar preparada para ver que ya todo había fallado. No sabía hacer nada, no iba a ser modelo y no quería convertirme en edecán: mi única salida era doña Montse. La única que yo podía aceptar, tú me entiendes. Ya estaba harta de hacerlo todo sola y por debajo del agua. Y por una miseria, que era lo peor. ¿Quién más me iba a garantizar una vida legal, tranquila, bien vivida? Pero lo que me convenció no fue pensar en las ventajas, sino abrir mis ojitos al día siguiente y preguntarme: *¿Qué hago en este chiquero? ¿Por dónde me escapo?*

Cuando llegó a mi vida el segundo celular, pensé: *Otra vez conectada.* Y me gustó la idea. Creo que sólo hay un placer más grande que el de romper teléfonos: estrenarlos. Doña Montse era fina para esas cosas, primero te aplicaba el *Mi mamá me mima*, y ya que estaba una sobornada y comprometida, venía la recuperación de la inversión. Y ahí saldabas la deuda, con réditos y multas. No me quejo porque a final de cuentas me consiguió el departamento y lo rentó por mí. Y luego se portó a la altura, ya cuando se me apareció el demonio. De hecho soy una horrible malagradecida. Le podía zurrar que le dijeras *Doña Montse*, que si te fijas suena como a madrota. Por eso te pedía que le pusieras el apodo cariñoso: *Tía*. Y además te obligaba a contestar así por el celular: *¿Bueno, Tía Montse?* O nada más: *¿Tía Montse?* Como fuera, pero siempre con el apodo por delante, para que no pudieras usarlo en cosas decentes. Te digo, era una perra de lo peor, pero si busco entre mis tías de verdad ninguna es mejor que ella. O sea que quítale todos los *doña* y déjalo en Tía Montse. Total, es de familia la pinche vieja transa.

No te dejaba tener otro celular, ni armar tratos directos con los clientes. Podías sacar propinas, pero sólo si hacías bien la chamba. Según esto ella trataba con *personas escogidas*, *gente de lo mejor*, *hombres educadísimos*. O sea escogidos entre puros pendejos y nefastos, y educados en cualquier bacinica, pero con el billete suficiente para que Tía Montse les mandara un ratito a sus muy queridas hijas. Porque así nos decía, la vieja: *Cómo no, licenciado, yo mañana le mando a dos de mis hijas, va a ver qué niñas tan simpáticas y tan educadas. Simpáticas* quería decir nalgonas, y *educadas* eran las que tenían mucho busto en conocerlos. Según ella yo era *simpaticona y educadísima*, pero esas cosas sólo las entendían los clientes viejos. O sea los que la conocían de cinco, diez años. Que igual salían más nacos y más puercos que los nuevos, porque ya con la confiancilla de ser *viejos conocidos* de la ruca, pedían no sé qué tantas porquerías. ¿Cómo te explico? Era otra división. Por un lado le entrabas a la pantomima de la onda familiar. *Oye, tía... ¿Qué se te ofrece, hijita?* Pura cordialidad, ¿ajá? Pero apenas fallaba una en algo, pasaba a ser la hija castigada. Si el cliente se quejaba de ti, la vieja te pagaba nomás la mitad. Si te agarraba negociando por tu cuenta, te corría para siempre. Y lo decía mil veces, no se te fuera a olvidar. O sea que eran conocidos de Tía Montse, no mariditos míos. Había de todas las edades y tamaños, pero la idea era portarte natural. Ni siquiera se mencionaba la palabra *propina.* Decíamos *lo del taxi*, ¿ajá? Porque el juego era que éramos amiguitas, no pirujas. Como decía la vieja: *Son hijas de familia, licenciado.* Aunque ya a la hora de los hechos no hubiera garantías. Te jalaban el pelo, te insultaban, *Nefastófeles' way, you know.* O igual se ponían cursis. Sobre todo porque generalmente no te citaban en hoteles, sino en casas. Y eran varios, aparte. Tú no sabes lo que es lidiar con tres, cuatro calientes que se sienten tus dueños. Generalmente el trato era con uno, pero todos se sentían con derecho a manosearte. A veces pienso que yo era la que más se creía lo de la *hija de familia.* Me enojaba muchísimo cuando me trataban mal. Repartía cachetadas, a veces, aunque de pronto me las contestaran. Un día a un imbécil lo mordí y le saqué sangre. Y eso significaba una cosa: *más multas.* Yo no era de esa nacas que pelaban los ojos cuando entraban a una casa de Las Lomas. Yo podía ser la más mugrienta de las putitas, si tú quieres, pero igual los miraba por encima del hombro, como diciendo: *Hagas lo que hagas y me des lo que me des, nunca vas a llegarme al precio, pendejete.* Todo con mi risita de niña babosa. Y es que así como lo *call girl* no quita lo coatlicue, lo babosa tampoco quita lo mamona. Tía Montse no me dejaba hacerme la gringa, pero yo apenas me empujaba el segundo coñaquito y me daba por hablar en puro inglés. Dirás: *Qué pinche naca*, pero deberías ver los archiduques con los que de repente me tocaba tratar. Algunos no podían ni con el español, ya te diré cuánto se apantallaban cuando les lloriqueaba puterías en inglés. *Do me, baby, I'm cummin'*, estupideces de ésas. Igual que tú en la agencia: mintiendo de lo lindo, poniéndoles ritmito y estilacho a las patrañas. *Caramba, señor cliente, qué grandote su pitito.*

Había cosas en las que Nefastófeles tenía razón. Decía que a toda mejoría en el servicio corresponde un aumento inmediato en la tarifa. Yo no podía pedirles más dinero por el platillo que ellos ya habían pagado, pero aprendí a esmerarme con la carta de los postres. Hasta que un día llegué con Tía Montse y le dije: *Te propongo un negocio.* Entonces le expliqué la teoría restaurantera de la doctora Schmidt, que consistía en un menú especial, con todos los platillos y bebidas incluidos. Al principio se me quedó viendo rarísimo, como si me quisiera preguntar: *¿Andas en drogas, hija?* Entonces que me pongo a explicarle lo de los superpostres. Y ahí me tienes diciendo, muy propia: *Mira, tía, lo que pasa es que a veces me pagan bien el postre, pero hay unos malditos que se dan por bien servidos y se van tan tranquilos, ¿ajá?* Y ella: *Sí, hija, pero yo no puedo defenderlas de esas cosas.* Y yo: *Sí puedes, tía, nomás con que vendas los paquetes a precio especial: ganamos más nosotras y ganas más tú. Y además, digo, una siempre se porta más amable cuando ya le pagaron lo del taxi.* Diría Nefastófeles: *¡Ataca la Mujer Serpiente!*

¿Sabes cómo la convencí? Le caí un día en su casa vestida de novia. Ya tenía el vestido, ¿te acuerdas? Pedí un taxi del sitio y me aguanté la pena de inventarle al chofer que era yo actriz y las arañas. No hay mujer que soporte andar en taxi sola y vestida de novia, pero yo había decidido aguantar, punto. Supongo que la gente no sabe qué decir cuando le llegas de la nada con ese disfraz. Y es cuando hay que atacar con todo lo que tienes. Solamente le dije: *¿Cuánto vale un bombón con envoltura, tía?* Y se zurró, ¿me entiendes? La vieja me pagaba dos mil pesos por cada cinco que cobraba, y entonces yo tenía que hacer milagros para sacar un propinón que por lo menos me dejara llegar a cinco limpios. ¿Te imaginas todo lo que hay que joderse para sacarle tres mil pesos más a un imbécil que con trabajos quiso pagar cinco? En cambio así podíamos cobrar el doble, o más. *Podíamos*, ¿ajá?, porque yo había llegado en plan de socia, y hasta tenía al taxista esperándome afuera. Pero ni falta que hizo. Tía Montse acabó encantada con la idea. Íbamos a empezar cobrando ocho, más dos del alquiler del vestido y el coche. ¿Cuál coche? Agárrate: el Lincoln de Tía Montse, con todo y su chofer. Ya sabrás, mil quinientos por el coche y quinientos del vestido. Al final yo me iba a quedar con cuatro, que seguía siendo un robo pero me convenía muchísimo, porque si un güey ponía diez mil pesos, o sea más de tres mil *bucks* por pasarse una noche de bodas increíble, ya lo de menos era que dejara correr el taxímetro. Además, el atuendo exigía champaña, suite, trato de reina. La vieja estaba tan contenta de que fuéramos socias que me mandó a mi casa con el chofer, y hasta le pagó al taxi que me estaba esperando.

Pero igual no me estás entendiendo. Ni siquiera te he dicho dónde estaba mi casa. Yo decía: *Vivo en Polanco*, pero el departamento estaba en Anzures. Si un día hubiera una revolución y a todos se les concedieran sus deseos, los de Anzures pedirían que los integraran a Polanco. Yo solamente entiendo la necesidad de una revolución si me dices que todos nos vamos a ir a Las Lomas. Y ahí está la mierda, ¿ajá? Con tanto muerto de hambre Las Lomas se volvería una puta vecindad. Pero si yo decía: *Tengo un depto en Polanco*, cualquiera podía creer que mis papás vivían en Las Lomas. Y a una niña de Lomas no le das quinientos pesos para el taxi. Le das mil, por lo menos. Había tipos que en su vida habían besado a una niña de Las Lomas. Y claro, iban a seguir sin conseguirlo, pero una los hacía creer que *Wow, you got it!*, y era como ayudarles a romper un hechizo: se creían destinados a las coatlicues y un día Quetzalcóatl les mandaba un bombón. Y ahora imagínate a ese caramelo saliendo de una casa en Las Lomas vestidita de blanco, en un Lincoln del año. Era el efecto Vegas: el güey se convertía al instante en gente bien. Y yo al final sacaba más de cinco, o sea que al día siguiente me iba a comprar algo.

El caso es que en abril me había mudado. Ya no vivía en hoteles y quería comprarme un coche. Por eso en realidad inventé lo de las noches de bodas. El dinero seguía sin calentárseme en las manos, no podía ni abrir una cuenta de cheques. Era como si Tía Montse, en lugar de pagarme, me diera cada vez un premio. Ni siquiera sé en qué se me iba el dinero, había meses en que no podía con la renta. Y como Tía Montse nos pagaba cuando se le daba la gana, cada rato iba yo a chillarle con que necesitaba un préstamo. Y la vieja infeliz me prestaba, pero con intereses. Me debía dinero y me cobraba intereses, ¿ajá? Entonces vi que ni con *Las Fabulosas Noches de Bodas* me iba a poder comprar el coche que quería. Tenía que volver a romper las reglas. Quiero decir las suyas, no las mías. Pensé: *Si esta señora es tan ratera y no se ensucia las manos, yo tampoco tendría que ensuciármelas.* Me imagino perfectamente lo que estás pensando: *Ya se había tardado ésta en jugar chueco.* Y sí, porque pensé: *Luego de haber toreado a Nefastófeles, qué me dura esta pinche antigua.*

Según ella tenía todas las *connections*, pero igual qué otra cosa querías que dijera. En su casa había un mozo, tres sirvientas, el chofer y un vigilante. No creas que no me entraban ideas macabronas, como agarrar al vigilante igual que al hijo del jardinero y vaciarle la casa a Tía Montse, pero te digo que ya no quería ser ratera. Me daba miedo, me jodía el orgullo. Era mucho más fácil hacerle la guerrita submarina. O sea guerra comercial, *strictly business, darling.*

Tú y yo tenemos claro que es de novatos declarar la guerra. En el momento en que el enemigo te hace la primera putada, *zas:* ya estás en guerra, y el que no se da cuenta es porque no sabe jugar. Pero como tampoco te conviene exterminar al enemigo, más que *guerra* se vuelve un estira-y-afloja. Si quería ganarme la confianza de Tía Montse, mi forma de aflojar era darle la idea de un negocio juntas. Pero después tenía que apretar, y ahí era donde se emparejaba el marcador. ¿Tú sabes la alegría que podía darme cuando me encontraba a un cliente de Tía Montse el domingo en misa? No en un restorán, ni en un bar, ni en el cine. Dije *en misa.* Para la gente que va a misa todos los domingos, toparse a alguien en la iglesia es un poquito como verlo en su club, o en una fiesta de familia. Y *un poquito* ya es algo, ¿ajá? Tía Montse aceptó la dizque sociedad no nada más porque la idea era buena; también porque sabía que yo era la más entusiasmada de sus hijas. No que me fascinara el trabajo, ni que le dieran grandes referencias mías, sino que según ella me creía completito el cuento de que éramos familia. Le llevaba chocolates, le contaba de las cosas que quería hacer, le pedía consejos, la acompañaba al salón de belleza. Un día le ofrecí ir con ella a misa, y se mosqueó durísimo. *No, hija, gracias, creo que mejor voy más tarde.* Yo pensé: *Pinche vieja mustia, te da pena que Dios te vea con una de tus putas. Aviso parroquial: Favor de no traer pirujas a la iglesia.* Y fue ahí cuando se me ocurrió la idea. La iglesia es el único lugar donde la gente está obligada a ser decente. Te dan la mano, te sonríen, te ceden el lugar para que comulgues. *Bienvenida a la Santa Tregua, hermana.* Sobre todo si ven que traes buena ropita. Cero vulgar, ¿ajá? Por eso le compraba el numerito a Tía Montse, yo también quería ser hija de familia *nice.* Ella podía ser La Más Grande Madrota de Las Lomas, pero hasta para decirle así tenías que mencionar la *fuckin' password: Lomas.*

Devotísima yo. Iba a misa en Las Lomas en la tarde y a Polanco en la mañana. Al principio no me encontraba a nadie, pero seguía diciendo: *Ya caerán.* Trabajaba en Las Lomas y en Polanco, casi siempre. Muchos vivían cerca, con su familia. Mandaban a los hijos de campamento y a la esposa a Europa, y ahí llegaba la hora de conocernos. Entonces yo decía: *Con uno que me encuentre, comienzo a hacer la roncha.* Y así fueron cayendo, de uno en uno. Sólo que ya no estaba yo en su cancha, sino en las meras puertas de la iglesia. O sea a media calle, en mis dominios. No quería chantajearlos, cómo crees, pero igual me encantaba la idea de agarrarlos un poquito de los huevos. *Cómo está, licenciado, qué gusto verlo, ¿se acuerda de mí?* Luego me estaba quieta un par de segunditos, mirándolo sufrir, y volteaba muy mona con la esposa a explicarle cualquier cosa que le sacara al monstruo que acababa de meterle. Ya sé que igual podía ser más discreta, pero era obvio que a los güeyes les encantaba el chiste. Además, no en todas partes los iba a saludar un bomboncito de veinte años con pinta de hija de familia, ¿ajá? Por más que luego vayan y le juren a la esposa que apenas te conocen, saben que ya le dieron un sentón a la ruca. Ondas muy familiares, tú me entiendes. En todas las familias hay una guerra andando. A veces los intrusos somos como sus piezas de ajedrez: nos usan a nosotros para pelearse entre ellos.

No podía esperar que las señoras me quisieran. Además, hay un rollo biológico. Las perras nos olemos, ¿ya me entiendes? *Disculpe, señorita, ¿ya se dio cuenta que el pendejo con el que está usted intentando putear es mi marido?* Compartir un esposo con una señora es como un ajedrez por correspondencia: la secretaria envía su última jugada el viernes en la tarde, la esposa le contesta el lunes en la mañana. Pero yo no quería ser secretaria, ni tampoco piruja. Yo tenía que ser la vecinita de la iglesia. Otro nivel, ¿ajá? Cuando la vieja comenzaba a echarme ojos de víbora, lo que realmente estaba viendo en mí eran sus recuerdos. La jeta que le puso el viernes el marido, la noche en que llegó tardísimo y pedísimo, las semanas que lleva sin tocarla, mil cosas. Todos los rencorcillos escondidos, los miedos, los traumitas, ¿quién tiene la culpa? La vecinita de la iglesia. Pero es más que eso. Las mujeres casadas tienen olfato fino. Nunca te han visto y te conocen de toda la vida. Hay quienes te saludan muy amables, y otras te hacen las groserías en frío, pero de cualquier forma no te ocultan que tienen encendidas todas las alarmas. La esposa: ése es otro enemigo con el que hay que negociar. No tanto porque el güey la quiera o no, que son asuntos muy poco importantes para la liga en la que yo estaba jugando, sino por la pollota que hay en medio. O sea las apuestas, no pienses pendejadas. ¿Cuánto vale el fulano en pesos y centavos? Eso es lo que te estás peleando con la vieja. En cambio, si te encuentra en misa poniendo cara de niña bonita y con ropa decente, una de dos: defiende a su bodoque con las uñas o decide que eres demasiada mujer para su pedazo de hombre. De cualquier forma empiezas el jueguito, y al fulano terminas dándole dos servicios en uno: te usa para tapar sus verdaderas movidas, y cuando se le ofrece te usa con taxímetro. Sin meterse en problemas, porque una señorita que va a misa todos los domingos no es capaz de meter en broncas a nadie. Más que a sí misma, claro. ¿O a poco crees que me iba a durar mucho el negocito? Yo lo creía, pero andaba en la luna. Tía Montse estaba encantada con mi actuación como hija de familia porque nunca pensó que iba a llevar tan lejos el cuento. Te digo que no quería ir conmigo a misa. Putísima la gracia que le iba a hacer enterarse de mis movidas religiosas. No podía imaginárselas, ni modo de prohibírmelas, pero había que ser estúpida para no figurarse el berrinche que iba a hacer si se enteraba. Sólo que yo no andaba rondando la casa de los fulanos, ni les llamaba, ni les mandaba recados. Yo estaba en misa dándole la razón a Tía Montse. Éramos hijas de familia, ¿ajá? ¿Qué tenía de raro que fuéramos a la iglesia?

Te decía que el chiste era negociar, mover las cartas, bluffear a veces. Si Tía Montse me agarraba un día haciendo relaciones públicas en la misa de una y media, lo más seguro era que me la perdonara, pero igual ya no iba a poder volver a hacerlo. Porque tenía un coartadón, ¿ajá? Estaba en misa. Como que las iglesias siempre se aparecen cuando las necesito. En New York se me aparecía San Patricio, que casualmente está a un ladito de Saks. ¿Será ése mi problema, que creo en más de un dios? Tal vez lo malo es que me tomo muy en serio esto de ser hijita consentida. Dios es mi padre, ¿ajá? ¿Por qué tendría entonces que molestarle que yo arreglara mis asuntos en su casa? ¿Qué no la casa de tus padres es tu casa, carajo? Había empezado en mayo con el plan de las iglesias, en julio ya tenía cuatro *connections.*

El primer día que me los encontraba la cosa era formal. *Mucho gusto de verte, saluda a tus papás. Claro que sí, señor, hasta luego, señora, a ver cuándo van a cenar a la casa.* Ya en una o dos semanas el fulano regresaba solito a conectarme, y a partir de ese día no volvía a llamarle a Tía Montse. Yo me encargaba de eso, porque no era lo mismo pagarle cinco mil pesos a la vieja por pasar un par de horas conmigo que dármelos a mí por quedarse a dormir. Siempre que trabajaba por mi cuenta trataba de que fuera un rollo personal. Que pareciera, pues. Hay una diferencia gigantesca entre ver a una *baby* que de antemano sabes que se va a acostar contigo, y toparte con ella en misa de una y media en San Ignacio, sin poder hacer nada más que verle las pantorrillas cuando se hinca. O las nalgas, más bien, con perdón del Señor, que es Todo Comprensión. O sea que no les basta con hacerse pendejos ellos, también esperan que Dios se haga pendejo. ¿Te imaginas a Dios haciéndose que la Virgen le habla? Es todopoderoso, ¿ajá?

Y eso quiere decir que, si quisiera, podría hacerse pendejo. Suena bastante estúpido, pero en la iglesia había gente que pensaba así. No vayamos más lejos: *yo* pensaba así. Si no cómo te explicas que le rezara a Dios y usara los domingos para putear en su casa.

¿Tú crees que sea pecado comulgar varias veces en un día? Es un abuso, ya sé, pero igual lo emparejas dando más limosna. El caso es que llegué a ir a cinco, seis misas en un día. La primera me hacía sentir bien, decía: *No soy tan mala.* Pero ya luego se iba haciendo una cosa mecánica. Me sentaba hasta atrás, muy cerca de la puerta. Cuando empezaba a llegar gente me hincaba, me ponía las dos manos en la cara y me hacía la mocha, sólo que entre los dedos dejaba un hueco para checar la acción. Cuando se aparecía un conocido, o uno que no dejaba de mirarme, *bingo:* me movía de ahí. Unas veces iba y me confesaba, otras me salía diez minutos de la iglesia, el chiste era que el güey ya no pudiera verme. Y a la salida, cuando menos se lo esperaba, *zas:* le caía el violettazo. Poco a poco me fui dando cuenta de lo fácil que era. Mucho más sencillito que New York o Vegas. Aquí lo único que había que hacer era encontrar la forma de darle entrada al güey, ya luego él se encargaba de todo lo demás. Además los agarra una con toda la ventaja. O sea que son las dos de la tarde y el pobre señor está que se desmaya de la hueva, ¿ajá?, no hay forma de que en ese momento tenga no sé, emociones fuertes. A menos que le caiga del cielo una vecinita. Y a partir de ese día ya hasta van con otro ánimo a la iglesia. Cómo sería la cosa que tuve que empezar a cambiar los horarios, porque había unos que ya sabían que me iban a encontrar y a huevo me sacaban de la iglesia para manosearme en el coche. Y eso era lo que no podía controlar: los ímpetus ajenos. Se creían que porque un día habías trabajado con ellos, o con su amigo Equis, o por nada, finalmente, ya tenían derecho a pasarse de vivos cada vez que te vieran. Al principio los cacheteaba, pero luego de que uno me la devolvió con el puño cerrado entendí que tenía que negociar no sé, más suavecito. Yo quería salirme de chambear con Tía Montse y armar mi propio rollo, como de mariditos pero en mejor nivel. Y cualquier día no sé, viajar, tomar un curso, agarrar novio. Sólo que nada de eso iba a ir a hacerlo a Residencial Rinconada del Carajo, tenía que empezar de menos en Anzures, y luego ya moverme hacia Polanco. Si lo piensas, yo estaba muy de acuerdo con mis papás en cuanto a mi bonito futuro, pero necesitaba estar segura que no iba a terminar haciendo el mismo numerazo que ellos. Digamos que no me gustaba ni tantito su plataforma de lanzamiento. ¿Sabes cómo se ven esas personitas desde un *penthouse?* Igual que pinches cucarachas trapecistas. ¿Te imaginas que un día una de esas cucarachas pegara un brinco tan tremendo que llegara hasta la ventana del *penthouse?* Claro que eso no pasa nunca, pero aun si pasara, ¿le abrirías la ventana? ¿Le dirías: *Pase usted, señora cucaracha, la felicito por su audacia?* Más bien la matarías, ¿ajá? *Qué se ha creído este pinche insecto pendejo...* ¿Y si vieras que no es una cucaracha, sino una persona? Imagínate: estás en tu *penthouse*, escuchando tu música y bebiéndote una Viuda con una casada cuando de pronto ves que en la ventana está mi papá diciéndote: *¡Un traguito, señor, por el amor de Dios!* ¿Se lo das o llamas a Seguridad? Te juro que yo no te culparía si lo empujas. En cambio, dime qué haces si te llego encuerada por el elevador. ¿También llamas a los de Seguridad? Ahora ponte en el lugar de mis papás. ¿Cómo reaccionarías si supieras que tu hija consiguió alguna cosa que tú jamás vas a poder tener? Supongo que con gusto, porque no todas las familias son como la mía. En mi casa la propiedad privada era cosa seria, tanto que ni siquiera podías decir *mi casa.* Te lo juro, mis papás nos hacían que dijéramos: *Casa de mi familia.* ¿Checas lo supernaco que se escucha? ¿Y así querían que les abrieran las puertas del *penthouse?* Digo, ellos y yo pujábamos por entrar en la misma fiesta, pero yo mínimo aprendí qué hacer adentro. Es como esos programas de concurso donde una coatlicue se gana un Porsche del año y no sabe ni manejar, ¿ajá? Qué horror que te pase eso, no la jodas. Como buena mediocre yo nunca había tenido coche, ni casa, ni nada, pero estaba listísima para tenerlos. Ya ves que en esas cosas soy muy adaptable.

¿Te ha pasado que un coche te cambie la vida? Para que entiendas bien lo que te estoy diciendo, necesito que mires lo mismo que yo cuando viene el remordimiento a trasjoderme. No me vas a creer, pero todavía hoy me acuerdo y es más: ahorita te lo estoy contando y siento una vergüenza insoportable, algo que no me deja, un diablo cobrador. Es un dedo que siempre me está señalando: *Mala hija. Mala hermana. Mala amiga. Hija de puta. Naca prepotente.* Digo, no tengo dudas de los defectos de mi familia, pero igual yo salí corregida y aumentada. Aparte, la maldad de mis papás no está en que quieran joder a nadie, sino en su pinche forma de pensar. O de no pensar. Pero yo sí que pienso las mierdadas que hago. Ese día lo pensé, tuve más de un minuto para arrepentirme. Y nada, lo hice de todos modos. Ahora piensa en la cara de felicidad que traía cuando estrené mi primer coche: un Intrepid del año, color rojo, de esos que todo el mundo voltea a ver en la calle. Me pasé la semana dando vueltas de día y de noche; pensaba en el cartel que me iba a armar el domingo en la misa de una y media. Si hasta ese día algún imbécil me había confundido con no sé qué putita, ahora me iban a ver como una igual. Sólo que con envidia, ¿ajá?, y ése era el chiste. Yo quería que se consideraran afortunadísimos de conocerme. Por otro lado, los amiguitos de Tía Montse veían el coche y te trataban diferente. Entonces imagíname en mi coche nuevo, mamoncísima, sin voltear a ver a nadie. Aunque igual sí veía, por eso los vi a ellos.

Venía un viernes en la tarde con mi coche nuevo todo lleno de plantas. La idea del *Paquete Noche de Bodas* había funcionado tan bien que en dos meses llevábamos once contratos. O sea más de la mitad del precio del Intrepid. El arreglo con Tía Montse era que me iba a descontar el cincuenta por ciento de mis ganancias para pagar el coche, además de la renta del depto. Y todavía así me alcanzaba para comprarme plantas, muebles, ropa y en fin, otra vez niña rica. Pero ahora mejor, porque traía coche y ya no era viciosa. Tenía no sé cuántos meses sin ver un pase. Tía Montse nos lo tenía prohibidísimo, además. Un día hice la cuenta de los dólares que habría juntado si los hubiera puesto en el banco, en lugar de metérmelos por la nariz. Claro, era un dineral. Entonces yo venía esa tarde muy contenta. Había ido a Xochimilco a comprar plantas para el departamento y traía una jungla dentro del coche, que todavía ni a placas llegaba. De repente que veo por el espejo y *madres:* mi mamá.

No podía verme, o más bien me veía desde atrás, y un poquito por mi retrovisor, con gafas y peluca. Negra, por cierto. Venía con mis hermanos, en el coche que había sido de mi papá, y manejaba como siempre, pegada al parabrisas. Lo primero que pensé hacer fue huir, meterme en una callecita, evaporarme, pero con todas esas plantas ni quién fuera a saber que yo era yo. Llegamos a un semáforo, nos paramos y sentí un hueco helado en el estómago. Se me había ocurrido una idea malvadísima, de esas que luego no puede una explicar. Como un impulso que ni sabes de dónde viene. Cosas que piensa una de niña, tipo: *¿Qué pasaría si yo ahorita hiciera esto?* Maldades, travesuras, putadas. Una vez a uno de mis vecinitos le prendí media pierna con gasolina. Por eso no tenía amigos, era como la bruja del fraccionamiento. ¿Sabes por qué le quemé la pierna? Estábamos jugando a hacer círculos de gasolina en la tierra, con nosotros adentro. Yo tenía la botella, y de repente se me ocurre pensar: *¿Cómo se vería este güey con la patita en llamas?* Luego ya qué, ni modo de quedarme con la curiosidad. Un segundo después el pobrecito escuincle se revolcaba a gritos en la tierra, y yo ahí entre angustiada y muerta de la risa. Luego hasta el hospital fue a dar, ¿ajá? Pues haz de cuenta que un demonio así vino y se le metió a Violetta en su Intrepid del año. Lo pensé todo el tiempo que estuvimos parados, lo que dura el semáforo de Insurgentes y Churubusco. ¿Ves que ahí empieza un eje vial? Cuando arranqué sabía perfectamente lo que iba a hacer. Inspiración divina, ¿ajá? Aceleré, dejé que se arrancara, enfrené y sopas: mi mamá se amarró tan fuerte que se le estampó otro coche atrás. Yo no sabía qué podía pasar, podía haber chocado conmigo y no con el de atrás, pero uno hace esas cosas por eso: para ver qué carajos pasa cuando las haga. Total, que se oyó seco el madrazo, pero a mi cochecito ni lo tocaron. Entonces que me arranco y agarro por el eje, vuelta la greña. Me iba riendo muchísimo, más bien como neurótica porque igual en un rato me puse a llorar. Como niña, te juro. Me metí al estacionamiento de Plaza Universidad y me tiré a chillar como si se me hubiera muerto alguien. ¿Sabes qué era lo que más triste me ponía? Te lo digo con números: ciento catorce mil seiscientos noventa. Total, a mí qué me importaba a quién se los habían robado ellos, si luego yo iba a ser igual, peor de ratera. Me acuerdo que al final ya nada más decía: *¿Qué me costaba ser güera? ¿Qué me costaba ser güera? ¿Qué me pinche costaba ser güera, caraja madre?*

Te digo que ese choque me cambió muchas cosas. Para empezar, pagué un montón de llantos que tenía pendientes. Todavía subí, me metí al cine y chillé otro ratito en lo oscuro. Luego me fui a mi casa y decidí que iba a pagarles todo, lo del choque y los dólares. Casi ni vi la escena del madrazo, o sea, ni modo que me quedara a ver las consecuencias de mi chiste. Fue muy rápido todo, sólo me acuerdo de las caras de mi mamá y mis hermanitos, con el coche chocado, haciéndose chiquitos en el espejo mientras yo me largaba sin que nadie se molestara en perseguirme. El día que le quemé la pierna al niño les dije a sus papás que había sido por error, lloré, hice un teatrazo, y al final *zas:* que salgo limpia. Siempre salía limpia. Y de repente dije: *Hija de puta.* No sé, me caí gorda. Pensé: *No puedo ser tan mierda.* No quería parecerme a Nefastófeles. Finalmente era mi familia. Yo no sabía si mi rencor era contra ellos o contra mí misma, pero igual no tenía ninguna necesidad de joderlos, ¿ajá? ¿Por qué entonces les había hecho esa mierdada? En todo caso habría sido más honesto dejarlos que me vieran en mi supercoche. Pero claro, yo de honesta no tenía ni las pestañas. ¿Checas lo que ordenaba mi conciencia? Tenía yo que aprender a ser la que no era. ¿Cómo se hacía eso? De entrada, el puro curso me iba a salir en más de cien mil dólares, y ni así iba a quitarme la etiqueta de ratera.

¿De dónde iba a sacar tanto dinero? De a poquitos, como si me estuviera comprando otro coche. Pero lo iba a sacar, era la única forma de sacarme yo al demonio. Tenía que dejar de ver para atrás, y eso sólo iba a ser posible quitando a todos esos pinches monstruos del retrovisor. ¿Sabes qué es lo que más ambicionaba? Presumirle mi coche a mi familia. Pero yo era una pinche ratera, y por lo tanto tenía que esconderme. Había aprendido a hacer trampas para ser libre, y de repente me venía todo un arrepentimiento guadalupano porque necesitaba liberarme de mis trampas. O sea que *I had mixed fuckin' feelings:* el estado en el que Violetta es más pinche vulnerable. *Señores cazadores: sigan la huella de las lágrimas hasta topar con una estúpida de sentimientos encontrados.* O sea que de un lado yo jugaba *ruleta rusa*, y del otro *matatenas.* Quería ser piruja de alta escuela y niñita de mamá. Más bien *necesitaba*, porque querer-querer, lo único que deveras quería era un montón de dinero. Eso era todo, ¿ajá? Mis problemas y los de mi familia y mi futuro y el de ellos podían arreglarse con una sola maleta llena de dinero. Pensé: *La única forma de librarme de mis propias trampas es inventando nuevas trampas.* Y ves que yo era fina en esas cosas. Además, había buen espacio para maniobrar. Yo soy como esos transas que sacan dinero de una tarjeta de crédito para pagar la otra, y luego sacan más tarjetas para poder seguir pagando. Siempre que arreglo un problema es porque ya me metí en otro más grande.

No sé por qué una tiene la estúpida costumbre de creer que los otros son mejores que una. Yo pensaba: *Si se me ocurre llegarles a mis papás con cinco mil pesos, seguro me los avientan a la cara.* Ajá, sí, cómo no. Hasta crees. Yo entonces ya estaba ganando tres, cuatro veces el sueldito del Chivo Viejo, y te juro que yo por esa lana me habría dejado hacer no sé cuántas porquerías. Me dejaba, de hecho. También por eso luego pensaba: *Carajo, si yo, que gano el cuádruple, pierdo tres cuartas partes de mi dignidad con tal de que sean míos esos cinco mil pesos, ellos bien podrían renunciar al diez por ciento de la suya y recibirlos de manos de una ratera.* O bueno, de una puta. Es lo que estás pensando, ¿ajá? Claro que no me iba a atrever a presentármeles como si nada. ¿Qué tal que me encerraban? No la jodas, no podía ni llamarles por teléfono. Según ellos seguía yo en New York, o en New Jersey, o en New Fuckin' My Ass, pero muy lejos. Más allá del alcance de su coche chocado. Por mi culpa, carajo: no podía creer que me hubiera salido así de bien, aunque igual ya sabía lo bestia que era mi querida madre para manejar. Digo, tampoco me sentía *tan* culpable. Total, iba a pagarles. Sólo tenía que encontrar la forma de darles el dinero sin tener que presentarme. Ni llamarles, ni tener que poner mi nombre en ningún lado. Necesitaba que siguieran con la idea de que yo estaba lejos. Pensé en mandarles un giro, pero me daba paranoia que no sé, lo rastrearan. Por el momento no quería dejar huella, y eso fue lo que me obligó a echar a andar el plan *Familia Feliz*.

Estaba decidida a pagarles, pero cinco mil pesos no eran ni dos mil dólares. Tú no llegas a negociar una deuda de más de cien mil dólares con menos de dos mil. Tenía que caerles no sé, con más de quince. Mínimo el diez por ciento de lo que les debía. Pero quince mil dólares eran casi cincuenta mil pesos. Nunca los iba a juntar, ya ves que a mí el dinero me hace hartas cosquillitas. A menos que encontrara la forma de pagarles en secreto, sin riesgos. Con lo del choque me sentía tan mal que puse ya de plano manos a la obra. ¿Sabes qué es lo único que se necesita en estos casos? Un esclavo confiable. Llamé a uno de mis queridísimos católicos y le aventé las seis palabras mágicas: *Vente a dormir a mi casa*.

Había que ser muy bruto para creerse que era una propuesta desinteresada, pero los hombres siempre se lo creen. La vanidad pendeja es su defecto de fábrica. ¿Sabes qué era lo único que yo necesitaba para conseguir el número de la cuenta de cheques de mi papá? Una voz que no fuera la mía. Alguien que les dijera que llamaba de parte del licenciado Equis para pagar el golpe que provocó su hijita. O sea no *yo*, sino la hija del licenciado Equis. ¿Y sabes cuánto tiempo se tardó mi esclavo en sacarle a mi mamá el número de la cuenta de cheques? Reloj en mano: cuarentaicuatro segundos, incluyendo la fabulosa cantidad de siete mil pesos, que según ella era lo que había costado el mádrax. ¿Quieres saber la cifra exacta? Sácale la mitad y quítale el cuarenta por ciento. Yo conozco a mi gente, ¿ajá? Cuando este güey me dijo lo que pedía mi mamá, ya mero suelto la carcajada, pero más bien me eché a chillar como huérfana friolenta. O sea, armé tal drama frente al ruco que acabó haciéndome un cheque por tres mil quinientos. Más mil quinientos que ya le había sacado en *cash:* cinco redondos. Al día siguiente saqué dos de mi bolsa y metí siete mil en su cuenta de cheques. Sin dejar huella, ¿ajá? *Clean motherfuckin' cheating.* Si con trampas había dejado de ser hija de familia, con trampas iba a volver a serlo.

Mi único problema era el mismo de siempre: *cash.* No me lo iba a robar, pero de todos modos a alguien iba a tener que faltarle. O sea que como ves yo no traía nada contra Tía Montse, pero si una de las dos tenía que joderse, *sorry.* Al principio la onda de las iglesias iba lenta, hasta pensaba en ya pararle y sacarme otra idea de la manga, sólo que por ahí de agosto como que se empezó a acelerar. Ríete si quieres, pero a mí nadie me saca de la cabeza que me empezó a ir mejor desde que deposité los siete mil pesos en la cuenta de mis papás. O sería que me pesaba menos la crucecita, no sé, el caso es que al final del mes yo tenía conectados a no sé, fácil veinte señores. Varios eran clientes de Tía Montse, los otros se me habían acercado solos.

Al principio tenía el problema del idioma: por más que habláramos el mismo español, yo era ¿cómo te digo? *Muy extranjera.* Para empezar, venía de otro ambiente. Mis papás no podrían haberme enseñado a sobrevivir en misa de una y media en San Ignacio. Decían demasiadas cortesías ridículas. *Pase usted, a sus órdenes, en casa de usted, con su permiso, es propio, puta madre:* todos los que según la clase media son los modales de la clase alta. Si yo trataba de arrimarme a Polanco y Lomas con esas caravanas de sirviente fino, júralo que de *miau* no me iban a bajar. Ni a subir, ni a dejarme mover. Es como si tú llegas con un desconocido y le dices: *Buenos días, caballero.* El tipo te va a dar las llaves de su coche, pero sólo para que se lo laves. Y yo no iba a lavarle nada a nadie, qué te crees. Ya me imagino lo que piensa una señorona con tremendo caserón en Las Lomas cuando un pinche inquilino de Rinconada del Carajo le sale con que *Está usted en su casa.* ¿Te imaginas la respuesta sincera? No me digas que no: *¿Cuándo en la vida ha visto usted que yo tenga una casa así de pinche?* Claro, esas cortesías se inventaron cuando los ricos todavía eran cursis. Ya luego echaron la decencia a la basura y la bola de pránganas se abalanzó sobre ella, como moscas. Si yo no me aprendía bien su idioma, ya quiero ver cómo iba a armar toda esa lana. Tía Montse tenía toda la razón: el negocio era que la creyeran a una hija de familia bien. Si eso pegaba, *bingo:* podía sacar más que en New York. Y hablando de New York, ¿sabes qué me salvó? El boliche, otra vez.

Ni remota idea tengo de las veces que visité mi casillero en el boliche, lo que sí es que jugaba mal, casi siempre a propósito. Mis papás eran bolichistas, ¿ajá? O sea *no comments.* Muchas veces pasaba que no sabía lo que quería hacer, y lo más fácil era preguntarme: *¿Qué harían mis papás en este caso?* Lo pensaba un segundo y hacía exactamente lo contrario. Muy mala táctica, por cierto. Sobre todo cuando no había contrario. ¿Tú sabes qué es lo opuesto de jugar boliche? ¿Poker, golf, damas chinas? No exactamente, ¿ajá? Lo único más o menos exacto era no jugar boliche. No hacer ni madres, pues, y eso era más jodido que ser como ellos. Por eso en México cambié la táctica. Podía ir y tratar de jugar boliche, pero no en Tlalpan, ni en Narvarte, ni en pinche Valle Dorado, ¿ajá? Para eso estaba el de Tecamachalco, donde hasta las pelotas olían diferente.

No sé si te has fijado, pero mi vida era tan chafa que ni siquiera daba para hacerla doble. Vivía instalada en el lado oscuro, sin ningún lado claro. Había tipos que venían a pasarse conmigo los únicos momentos clandestinos de su vida. En cambio para mí no había momentos, ni días, ni semanas ocultas; todo era parte de la misma chuecura. No tenía familia de verdad, ni amigos de verdad. No había nada en mi vida que no fuera inventado. Tampoco había en quién pinche confiar, empezando por mí. ¿Tú le creerías algo a una mujer que va a armar sus movidas a la iglesia? Ahora que si le rascas a la vida de cada quién, siempre vas a encontrar algo de porquería. Y lo que yo quería era que a mí me la encontraras solamente después de mucho rascarle, ¿ajá? Mientras, me ibas a ver en el cine, en el boliche, en una fiesta, en misa. Como la gente, punto. Pero con doble vida, si no qué chiste. ¿Checas lo que te digo? Después de tanto viaje y tanta transa y tanto cuento, mis días no tenían ninguna gracia. Sin novio, sin herencia, sin coca... No sé cómo me cupo en la cabeza que un día iba a ser normal. Aunque a final de cuentas me conformaba con que me lo creyeran. Y te digo que para lograr eso tenía que empezar por hablar el idioma. ¿Sabes a qué me dediqué en ese boliche? A lo que todo el mundo: tenía que hacer chuza.

*Cómo abusar profesionalmente de los menores, en vivo desde Tecamachalco, por la doctora V. R. Schmidt.* No eran así que digas *muy* menores. Diecinueve años, dieciocho. Diecisiete, el que menos. No hacía ni dos horas que estaba en el Bol Teca haciéndome pendeja con la bola que se me iba y se me iba a la canal, y ya tenía un montón de nuevos amiguitos. Lo malo es que te he estado hablando de otros *amiguitos*, y éstos eran distintos. A los de mis movidas en la iglesia no debería llamarles *amiguitos.* En todo caso serían *feligreses.* Que eran un poco *mariditos*, sólo que ya a un nivel más *pro.* Se oye de La Chingada, yo lo sé, pero ni modo de seguir a estas alturas pretendiendo que mi vidita era una travesura. Yo andaba puteando, y no en la calle ni en ningún leonero, sino en la mera iglesia. Ése era el lado oscuro, por eso yo necesitaba tanto el claro. No creas que pensaba *seriamente* en ser normal, te juro que me conformaba con volver a reírme. No me había dado cuenta, no me la di hasta que hice *chuza* con mis nuevas amistades: tenía años sin reírme de verdad. Quiero decir con ganas, no sé, con inocencia. Como te ríes el primer día que te robas algo.

¿Te conté de los besos en las escuelas de New York? Sí, te conté, pero ya no te pude seguir contando porque ya nunca pasó nada, dejé de hacerlo y ya. Para besar estaban mis mariditos, yo de bruta que los besaba en la boca. Hasta que fui aprendiendo las cosas que no se hacen. Me sentía como actriz, pensaba que mirarlos a los ojos y besarlos en la boca era no sé, parte de mi papel. En cambio a los de Tía Montse no los miraba nunca a los ojos. Y de besos ni digas: *cero-punto-cero.* A menos que ya fuéramos conociéndonos, y entonces yo sabía que iba a tener que jugar a la enamoradita. Los miraba con cara de embobada y decía para mis adentros: *Púdrete, pinche puerco canceroso.* Luego hasta me ganaba la risa, y ya sabes los pendejos: *¿De qué te estás riendo?* Y yo: *De tus nalgas aguadas, vejete.* No, no es cierto. Les decía: *De lo que estás pensando*, y volvía a reírme. Eso nunca fallaba. No había que ser la bruja Hermelinda para saber en qué estaba pensando el tipo. Encuerarme y cogerme, ¿qué más? Y como en mi país el que se ríe se lleva, esas risitas mías servían de luz verde. Era igual que decir: *Aplíquese, licenciado.* O *Mi Amor*, o *Mi Cielo*, yo podía decirles cualquier cosa y no me afectaba. Excepto cuando me salía un gato con que *Mamacita* o *Bizcochito*, que me exprimía el hígado. Y hasta el riñón, carajo. Daban ganas de mearlos a los hijos de puta, con todo respeto. O sea para ti, porque tampoco hacía esas cosas, ¿ajá? Mi actuación no era de degenerada, sino de niña buena. Un poco emputecida, pero buena. Sólo que no podía ser de verdad buena si no tenía también amigos de mi edad. O un poquito más chicos, sólo que con la quinta parte del kilometraje.

Haz de cuenta que se habían sacado la lotería, ¿ajá? Me lo pagaban todo, me llevaban a mil lugares, me emborrachaban, me cuidaban como a su hermanita. Yo pensaba: *Cualquier día me voy a tirar al papá de uno de estos güeyes.* Pero ése ya era mi lado oscuro, o sea que *bingo:* la pequeña Violetta ya tenía un lado claro. El chiste era que nunca se juntaran. La primera vez que uno de ellos me besó, como al segundo día de conocernos, me acordé de New York cuando mis travesuras del *kiss-and-run*. Y aquí también corría, sólo que dentro de un Trans-Am que iba pinche volando por la carretera a Cuernavaca.

Los dos con los que andaba se llamaban Hans y Fritz. Para qué quieres saber sus verdaderos nombres, aparte sus apellidos eran complicadísimos. Judíos, claro, pero tan lindos que me soportaban que les dijera Hans y Fritz. Cuando no lavaban sus coches, yo les pintaba esvásticas en todos los cristales. Y se reían, ¿ajá? Te digo, yo era la lotería, porque igual podía irme de viaje con ellos. Nada más le llamaba a Tía Montse y le decía que tenía que ir a visitar a no sé qué familiar, *Dios te bendiga, hija*, y ya. Entonces ellos *guau:* encantadísimos. Digo, para que Fritz le hubiera robado el coche a su papá, ya te imaginarás. Creo que el viejo vivía en Francia, Bélgica, Mónaco, algo así. Por cierto, no te he dicho de qué me reía tanto. En primera, estos güeyes eran divertidísimos. Se ponían de acuerdo para ir al súper y cambiarle los precios a las botellas. Haz de cuenta que Hans se metía a cambiar la etiquetita y le llamaba por el celular a Fritz: Dejé una Viuda en el Superama de Horacio, o una Dom Pérignon en el Gigante de Schiller. Una hora después ya estábamos bebiendo burbujitas. En segunda, eran inocentísimos. Robaban por adrenalina, y eso es más divertido que tener que desfalcar al güey con el que acabas de acostarte. Además, yo no era la ratera. Mi papel era ser la princesita: *Violetta I, Futura Emperatriz de Tel Aviv*. Así era como les pedía que me dijeran cada vez que querían darme mariguana. Y bueno, ésa era la tercera cosa que me hacía reír: andábamos pachecos todo el tiempo. Y aunque no me lo creas ésa era novedad para mí. En New York siempre había creído que la mariguana era para *losers*. Y lo sigo creyendo, pues, pero con Hans y Fritz era otra cosa.

Las primeras pachecas, aparte: *jajajá-jojojó*. Y ya de calenturas ni digamos. Pero no sabes lo increíble que era volver a hacer eso nomás porque tienes ganas. Y porque estás pacheca, que luego ayuda un chingo. Me soltaba del piso, se me iba la cabeza. ¿Tú sabes lo que es ir encuerada con un güey en el asiento de atrás de un Trans-Am mientras el de adelante va gritando *ciento treinta, ciento cuarenta, ciento cincuenta*? ¿Cuántos kilómetros son ciento cincuenta millas? Es lo de menos, más bien quería explicarte que yo tampoco sé lo que se siente. Venía haciendo el amor, y era tan fuerte todo, empezando por el tremendo estadazo, que yo pensaba: *Igual Hans está viendo por el retrovisor*. O sea igual nos matábamos, y me valía madres. Yo seguía gritando y dándole besitos y mordiéndole el cuello como loca. Es muy fácil decirlo cuando no te moriste, pero sigo pensando que no me habría importado. Cuando a Hans le tocó manejar, Fritz confesó que no había visto nada en el retrovisor, pero porque venía clavado en el velocímetro. Y aquí es donde me brinca una pregunta que no debería hacerte, pero ni modo, búrlate si quieres: ¿Nunca te has enamorado de dos personas al mismo tiempo?

No creas que no sabía quiénes son las típicas clientas de los judíos. Más bien, las proveedoras. Todas las nacas sueñan con un hijo güerito que se llame Jacobo. Pero yo no quería casarme con ninguno de ellos. Tenía un lado oscuro demasiado grande para pensar en esas pendejadas, aparte que mi carne nunca ha sido *kosher*. Eso sí, había una cosa de la que podía estar segura: nunca me los iba a topar en la misa del domingo. Me había hecho un lado claro hebreo, y uno oscuro catoliquísimo. En uno era una loca que vivía sola, en el otro era una hija de familia cristiana. Y como siempre, lo más oscuro estaba del lado familiar. Lo más falso, también. Meterme a mí dentro de una familia es como llevar drogas a una estudiantina. Como decía el Nefas: No es que sea disoluta, es que soy disolvente.

Claro que había clientes judíos de Tía Montse, pero ninguno con menos de veinte años. Más bien la mayoría cincuenteaba o sesenteaba. Treinteaban, cuando mejor me iba. El único peligro era encontrarnos en una *despedida de soltero*. O que alguno de sus amigos me viera en esos dengues. No era tanto que fueran a decir: *Pinche puta*. Eso como que estaba claro, de cualquier manera. El rollo es que ninguno usaba condón, y según ellos yo no me tiraba a nadie más. Les había pegado el cuento de la familia hipercatólica y el colegio de monjas en New York. En Buffalo, según esto. Nunca supe si de verdad había una *high school* que se llamara *Sacre Coeur*, pero ni modo que se pusieran a investigar. Se lo querían creer, ése era el chiste. Cuando hay una persona que te agrada, lo que más quieres es creerle cualquier cosa que te cuente. Sobre todo si en ese momento te está besando encuerada. No es que yo fuera a hacerlos *perder la cabeza*, más bien tenía que interesarlos en pensar con la otra. Y en un galán de dieciocho años eso es *piece of cake*. El problema es cuando te los quieres quitar de encima. No sé si captes el toque romántico: me tiraba a los dos para no darle alas a ninguno. Eran lindos y no quería joderlos. Finalmente, mientras más puta es una, más tiene que medir las putas consecuencias. Esas estupideces de estrellarte en un puente sin darte cuenta sólo le pasan a *Wyle E. Coyote*. Y es más, voy a ponerte nuestro ejemplo favorito: tú decidiste enamorarte de mí, no porque no te imaginaras las cosas que yo hacía, sino al contrario. Bien que lo sospechabas, por eso me escogiste. Yo, que andaba puteando, era la que podía sacarte de putear. Yo era tu puta tesis de novelista. Yo te iba a dar permiso de contar la historia, tenía que educarte a chicotazos hasta que te graduaras. *Mistress Violetta, Grand Master of Domination*. Y aquí estoy, encerrada en un baño de un pinche hotel piojoso, dictándole a mi pimpadrote su novela. Mira que necesitas tener mucha cara dura para hacerme trabajar tanto y de gratis. Aunque claro, tú ya sabrás cómo pagarme. Pero ésos son asuntos comerciales, y andábamos en el amor. ¿No crees que es suficiente prueba de amor que yo esté aquí contándote mi vida sin haberme comido una pizza desde ayer? No sé ni qué hora es, ¿ajá? Mediodía, a lo mejor. El caso es que ese triángulo con Hans y Fritz echaba chispas de aquí a Tel Aviv. Por eso nos teníamos que pachequear todo el tiempo, porque si no me iba a acabar saliendo lo terrorista. Al papá de Hans lo habían matado en un atentado. ¿Sabes cuál era su chiste favorito? Cuando yo le decía: *Ven, vamos a vengar a tu papá. Which means, vamos a echarnos un palestino.* ¿Así está bien o quiere otro fuetazo, *Mister Image Maker?*

Perdóname. Nunca he sido capaz de confesarte que te quiero sin clavarte después un aguijón. Es la costumbre, qué quieres que le haga, ni modo que te diga que no me gusta hacerlo. Sonarían más bonito las mentiras, pero como que no es de personas educadas bullshitear a su Diablo Guardián. Además, yo no soy de las que se perdonan sus cursilerías. Cualquier día amaneces convertida en gatita melosa, y eso ni a ti ni a mí nos vendría bien. De hecho lo único que todavía nos viene a ti y a mí son estas cintas, y lo que luego vayas a hacer con ellas. No te extrañe que se te pegue lo puta y las conviertas en comerciales, ya ves que de por sí eres hijo de la mala vida. Y en fin, que cuando menos lo pensé ya andaba en puras fiestas súper *nice.* Muchas eran como de adolescentes, ya sabrás: todos de la manita y yo con Fritz, que era el novio oficial. Ni modo que trajera de la mano a los dos, ya bastante famita me hacía entre los papás para encima certificarla entre los hijos. Finalmente nos movíamos todos en la misma zonita: Lomas, Polanco, Palmas, Teca. Imagínate si mis amiguitos judíos me veían puteando vestida de novia. ¿Qué les iba a decir? ¿Que iba para una fiesta de disfraces?¿Y qué hacía con el pelón libidinoso que me venía manoseando? *No way, darling.* Si me agarraban, adiós doble vida. Y eso hacía que mi destino pareciera no sé, campo minado. Podía volar en pedazos a cualquier hora, en cualquier lugar, pero igual yo seguía poniendo minas. Y ya ves que eso luego crea un hábito. Siempre que tengo un plan, pongo una mina. No lo puedo evitar. Es mi manera de meterle presión a la suerte, o más bien mi manera de joder las cosas. No necesito enemigos, para eso me tengo a mí. Pero a veces las cosas salen bien, y esos días todo salía a mi medida. Era como si Nefastófeles y mis mariditos y los feligreses y todos los demás, hasta Tía Montse, no hubieran existido nunca. Estaba viviendo en un mundo artificial, ajá, eso lo sabía, pero no te imaginas lo pinche convincente que era la mentirota. Total, como te dije, lo otro era más mentira. Ni la señora Montserrat era mi tía, ni yo andaba con sus clientes por guapos, ni me fumaba los domingos en la iglesia porque fuera muy devota. Toda mi vida era de mentiras. Y qué, ¿ajá? Yo había conocido a cientos de pendejos que llevaban viditas completamente falsas, y además no tenía ni la décima parte del dinero que necesitaba para comprarme una vida de verdad. Quiero decir una en la que no debiera más de cien mil dólares y pudiera cualquier día llamarle a mi familia.

No digo que quisiera llamarles, qué hueva, la verdad, *pero necesitaba saber que podía.* Que no iban a colgarme, ni a decirme ratera, mala hija, esas cosas. ¿Qué es una vida de verdad? ¿Cuando vas a la escuela? ¿Cuando tienes trabajo? ¿Cuando vas al trabajo y dejas a tus hijos en la escuela? ¿Cuando tienes las suficientes fotos para llenar un álbum? Cuando puedes contarla, supongo. Cuando no necesitas platicársela a una grabadora en un baño de mierda de un cuarto de mierda de un hotel de mierda. Cuando no tienes que esconderte de nadie. Pero a mí entonces me importaba un pito si tenía que esconderme la mitad del día, porque la otra mitad era maravillosa. Me reía todo el tiempo, bebía champaña, fumaba mariguana, tenía dos novios que no podían vivir sin mí, andaba todo el día de un carrazo a otro... ¿Nada de eso era real? ¿No existía, sólo porque yo había decidido hacer unas cuantas trampitas? Claro que sí existía, pero claro que se iba a acabar. No lo pensaba y según yo no me importaba, iba muy rápido para fijarme en pequeñeces. Iba sonriendo, aparte. Iba sonriendo mucho, todo el día, en todos lados. ¿Te digo exactamente lo que me pasaba? Estaba como emponzoñada de felicidad, quería más y no podía parar. Yo, Violetta, feliz. ¿Checas el notición?

Hasta ese día había medido mi grado de alegría por la envidia que según yo tenían que tenerme los demás. Me alegraba pensando en el coraje que les daría. Y así en lugar de pensar: *¡Qué feliz soy!*, pensaba: *¡Que se jodan, por pinches envidiosos!* Y eso era lo que más feliz me hacía. O sea muy poquito, y todavía menos comparado con la Gloriosa Navidad del Noventaicuatro. Que me saquen los ojos si eso no era real.

## 21. Rento par de metáforas con poco uso

¿Cuál es la diferencia entre «enorme» e «inmenso»? Los ojos de Violetta podían no ser enormes, y ello le parecía tan fácil de certificar, tan evidente incluso, como esa asimetría un poco divertida y un mucho incontrolable que gobernaba su manera de mirar. ¿O mirarle? ¿Miraría Violetta de ese modo a todo el mundo? ¿Y por qué habría de mirarlos de otra forma? O sería tal vez que todo el mundo no sabía encontrar esas pendientes, ni asomarse hasta el fondo sin fondo de esos ojos que suplicaban: *Sálvame.* Por eso Pig pensaba —con esa propensión que tienen los que dudan en guarecerse de la tempestad de pensamientos bajo las cálidas enaguas de una idea fija— que en los ojos de Violetta cabían todas las enormidades posibles. Por eso eran inmensos.

Pero Paul insistía: los ojos son enormes, nunca inmensos. Es preciso que los consumidores se imaginen los ojos de sorpresa, que vean en ellos el rictus del asombro ante el producto. Puesto que lo que importa es el producto, no los ojos. Si uno vendiera lentes de contacto *ok*, los ojos son inmensos, y hasta su dueña es inmensamente feliz. ¿Por qué? Porque con esos ojos puede contemplar la inmensidad, el infinito, el cosmos. Pero esto es un collar, no un telescopio. ¿Cómo vas a venderles un collar hablándoles de un par de ojos inmensos?

CABEZA: *No lo hice por ella...*

BALAZO: *... sólo por sus ojos.*

TEXTO: *Esa noche, ella me esperaba con la cena. Era un día cualquiera, entre semana. Cuando me vio llegar, se acercó a darme un beso, pero se lo prohibí. Antes tenía que cerrar los ojos.*

*Cuando al fin los abrió, el regalo resplandecía en su cuello de cisne, y en sus ojos inmensos refulgía la sorpresa cosquilleante del deseo.*

—Perdón, tengo una duda. ¿El producto que estamos anunciando es un collar o un libro de poemas? —Ferreiro era taimado como hiena: saltaba de lo oscuro, con la sonrisa fija como una carcajada contenida y la seguridad de que se abalanzaba sobre un muerto. Con la vista en el techo, Pig reprimía el cosquilleante deseo de rajarle la madre al vicepresidente ejecutivo, ya ni siquiera por echarle abajo el texto, sino por prolongar la junta nuevamente y sentenciar a todos —a él, a él— a no salir de ahí antes de las ocho, cuando ya no podría perseguir a Violetta. ¿Qué mierdas le importaba, en esas circunstancias, si los ojos de aquella materialista que recibía collares con avidez vestida de cariño eran enormes, inmensos o inconmensurables? ¿Habría pelado la muy golfa esos ojotes si en lugar de collar le hubieran regalado un tulipán? ¿Para qué entonces responderle al palurdo de Rodolfo Ferreiro y defender cualquiera de esas líneas imbéciles, al precio de quedarse sin verla hasta mañana?

—La poesía es prima hermana de las joyas —respondió Pig, de pronto decidido a no dejarse devorar como carroña por Ferreiro. No era que le importara el anuncio, ni el producto, ni el cliente. Pero esas líneas falsas e impostadas él las había escrito con Violetta en mente: su mirada asimétrica saltando, como el héroe de un videojuego, entre sus palabras. Y así ya no era el texto del anuncio, sino los ojos de Violetta quienes le exigían una defensa firme, arrogante, pedante, de modo que Ferreiro al final retrocediese, y con ello le diera de regreso el gobierno total del infinito.

—¿La prima pobre o la prima jipi? —se ensañó Ferreiro, y Pig vio en ese súbito sarcasmo la capitulación implícita de quien pierde el sosiego y rompe con las reglas de la cortesía ejecutiva.

*La prima de la puta de tu madre*, pensó Pig que sería lo mejor responder, pero se decidió por lo más conveniente:

—La prima que te trae lo suficientemente de nalgas para que le escribas versos y le compres collares y cometas incesto, aunque tu pinche tío te ahorque.

Las carcajadas generales le anunciaron de pronto una victoria insospechada, pues a Ferreiro ya no le quedó otra que reírse. Por alguna razón, oscura y aun así luminosa, no hay como un par de nalgas —así sean las propias— para concitar la risa y la complicidad de quienes un minuto antes eran o parecían adversarios frontales. Cual si el efecto narcoléptico de las nalgas por todos inhaladas fuese más que bastante para apagar incendios, prohibir beligerancias y sumergirles en la calma opiácea que unos ojos inmensos jamás producirán. No para ellos, se decía Pig y, todavía entre risas, transigía en cambiar «inmensos» por «enormes», «se lo prohibí» por «la detuve», el primer «ojos» por «párpados», «refulgía» por «brillaba», «cisne» por «reina», «sorpresa cosquilleante» por «joya preciosa» y «deseo» por «amor».

Otro probablemente habría defendido tres o cuatro entre las palabras desplazadas, pero antes de intentarlo Pig recordó a Violetta: ¿Y si aún estaba ahí? Por otra parte, no dejaba de ser un cierto honor que los ejecutivos se empeñaran en disentir de sus ideas: ello era prueba más que suficiente de que no eran iguales, y de hecho aparecían lo bastante distintos para pelear por causas incapaces de tocarse entre sí. Por más que hubiesen sido los ojos de Violetta, no el producto, el origen exacto de aquel texto, sólo una mente de verdad torcida —la suya, por ejemplo— podía cometer el sacrilegio de asociarlos. ¿Y no era el sacrilegio, con el gozo pringoso de saberse terrorista de los sacramentos, el único recurso rico en dignidad ante la vejación de estar ahí, escribiendo idioteces y vendiendo collares, en lugar de ir con ella en un coche robado, con un collar robado, robándole minutos y horas y eternidades a una vida que cede, concede, alza las manos? ¿Cómo vivir así, con la vergüenza de aguantarse las ganas de encajarle a la vida una pistola en el ombligo?

Si lo pensaba bien, los ojos de la vieja buscona del anuncio no podían ser más que solamente enormes. Como los monumentos y los edificios y las cuentas bancarias: enormes, nunca inmensos. Enormes son las cacas que uno pisa y procede a maldecir; inmensa solamente la maldición de vivir entre la mierda. Y eso era exactamente lo que Pig trataba de evitar cuando salía de su solo pensamiento para entrar en aquellos que gobernaban la junta. ¿Cómo podían esos hombres circunspectos distraerse en tal forma de sus secretas obsesiones? ¿Quién podía perder la tarde, la mañana, el sueño, la cordura por dar con un *slogan?* En todo caso él no. Él no andaría huyendo con Violetta por la carretera, pero si estaba allí, fijo en la junta, era exclusivamente para estafarlos. Lo cual no era un orgullo, ni tampoco un triunfo, pero aun con el hedor de la derrota trepando hasta los sesos —un esclavo que finge no es menos esclavo, y a lo mejor lo es más— Pig hallaba consuelo en esa estafa. Guardar sus pensamientos, solapar su naturaleza disolvente detrás de esa careta de colaboracionista bien dispuesto, era un triunfo pequeño pero suficiente para tener claro que seguía y seguiría distinguiendo lo enorme de lo inmenso.

Seguro ya de que ojos como los de Violetta no podían caber en un anuncio, Pig terminó aceptando que él tampoco cabía en esa junta, por más que el conformista de su cuerpo persistiera en tenerlo allí atrapado, y así tomó la decisión de jamás defender su trabajo ante Ferreiro. Puesto que si de sí sólo daba lo enorme —unas cuantas ideas huecas y deslumbrantes, como todos los pedos de este mundo— el verdadero sacrilegio, ése sí imperdonable, habría consistido en compartir lo inmenso con semejante hiena. Un bicho comemierda que le daba palmadas en el hombro y aprovechaba para, ya en la confianza de las carcajadas, endilgarle un apodo que, entre publicistas, tenía los efectos de un estigma: Poeta.

—*El Poeta del Copy* —hundía el puñal Ferreiro, ampliando la sonrisa hasta mostrar enteras las encías, con la lengua escarbando entre los dientes: en busca del frijol perdido. Un gesto tan odioso que hasta los otros jefes, en su ausencia, en voz baja, comentaban, entre medias sonrisas y cabezas que giraban hacia uno y otro lado, como quien dice «no» al tiempo que transige. Pues por más que sus jefes compartieran con él los ascos primigenios que inspiraba o transpiraba Ferreiro, y llegado el momento dieran un paso atrás ante el golpe tenaz de su halitosis, había entre ellos y el reptil pestilente ciertas hondas y decisivas coincidencias. Mismas que no ocurrían entre Pig y sus jefes, como esa propensión a no creer que las palabras pudieran servir para mejores cosas que vender collares.

(No era fácil hacer una Gran Campaña. Por más que se empeñaba en menospreciar su entorno, Pig se sentía humillado cada vez que Paul le aconsejaba o ya de plano le pedía que se fusilara un anuncio. Tenía cientos de revistas europeas, todas repletas de Grandes Campañas y listas para ser saqueadas. Le humillaba la perspectiva de tener que robarse una idea, pero las suyas tenían un defecto indeleble: demasiadas palabras. El problema de los novelistas malogrados, dijo una vez Ferreiro en una junta, es que quieren hacer su novela en cada anuncio, están enamorados de la puta equivocada.)

En las juntas, Paul opinaba poco y mal. Sus comentarios eran casi siempre derivados de otros, pero tenía una ventaja: detestaba tanto las juntas que solía llegar una hora después y salirse una hora antes. ¿Quién podía propiciar juntas de tres, cuatro horas? Ferreiro, casi siempre. Pues alargar la junta era la mejor forma de ejercer su poder sobre propios y extraños. En tres horas, Ferreiro podía arreglárselas para que un creativo saliera de ahí con diez o más órdenes de trabajo. Todas para mañana, por favor, no me digas que tu novela no te deja tiempo. ¿Me oíste bien, Poeta? No te enojes, manito, no seas acomplejado.

Lo de menos era escupirlas todas en hora y media, pero entonces Ferreiro las iba a rebotar y de seguro habría que soplarse otra junta. Pig veía los anuncios de las revistas y sentía tanta envidia como repulsión: quería inventar conceptos así de funcionales, al tiempo que execraba la idea de hacerse publicista. Una cosa es comerme la mierda que me dan, pensaba, y otra rogarles que me sirvan el segundo plato. Algo así le había dicho Violetta, y Pig lo había apuntado al instante. Decir, decirse, escucharse diciendo que le daba vergüenza hacer anuncios, cumplía una función confesional. Y luego una sonrisa de Violetta bastaría para sanar su alma.

Violetta. Solamente pensar en ese nombre podía alzar en vilo a Pig, sacarlo de la agencia, desvelarlo, desmañanarlo, librarlo del bochorno de hacer cosas tan útiles. Una campaña de publicidad: ¿había acaso trabajo más útil y más fútil, más ligero y pesado, más hábil y pendejo, todo en un mismo producto? Pero tenía su encanto: Violetta. Era mucho más fácil parir cinco grandes campañas que descifrar los ojos de Violetta cuando agitaba la melena, se acariciaba despacito el hombro izquierdo y preguntaba: *What do you want?* Por qué se carcajeaba después, y por qué Pig optaba por ser tan lacayuno que, sin entender nada, se reía detrás de ella, eran cosas que no tenía tiempo para pensar. Concentrando el total de su atención en asuntos tan cosquilleantes como el cambio de Rosalba por Violetta, Pig prefería ceder a la tentación jacobina de cambiarle de nombre a todo lo visible y lo invisible. ¿Cómo podían noviembre, abril o junio seguir llamándose sólo noviembre, abril y junio cuando ya ni Rosalba era Rosalba? ¿No era cierto que después de la noche de la montaña rusa Pig sentía bochorno de sólo recordar el nombre viejo: aquel con el que todos en la agencia la llamaban, menos él? «Amar es desnudarse de los nombres», rezaba uno de sus poemas expropiados, pero aun así Pig se conformaba con cambiarlos. Uno le cambia el nombre a las personas y a las cosas porque así las convierte en sólo suyas. Alguien dentro de Pig, una minoría aplastable, habría deseado que Rosalba se llamara Rosalba y estuviera de acuerdo en hacerse su novia; el resto, esa jauría de monstruos entrañables y sedientos de abismo, no podía menos que aplaudir arreboladamente la opción V.

Violetta hablaba poco y confuso de sí misma. Tenía además el hábito de echar abajo todo cuanto decía, de modo que al final no quedaba una sola frase en pie. Le lanzaba provocaciones tipo: Mañana tengo una cita de amor, pero un rato más tarde, de la nada, apostillaba: Creo que mañana preferiría verte a ti. Lo pensaba un instante, sonreía y encajaba el aguijón: ¿Tú qué preferirías? Las otras veces lo decía en el teléfono, en inglés. *What would you choose?*, y también, antes, al mero principio: *What do you want?*

—¿Por qué hablas en inglés? —se había atrevido a preguntar, y era seguro que ya no volvería a atreverse.

—Porque soy bilingüe, Bestia —Violetta resplandecía de sólo abrir los labios. ¿Cómo iba a reclamar otra respuesta, cuando ese solo «Bestia» contenía la ponzoña bastante para obligarlo a entrar con gusto al matadero? ¿Quién quería, finalmente, hacer o recibir aclaraciones, cuando tal resplandor ocurría y rebotaba en sus miradas de desconocidos? Hay un deleite intrépido en el acto de mirar de hito en hito a una extraña y decirle en silencio: Te conozco. Aunque no sea cierto, y más: justo porque es mentira. ¿No es acaso el amor una asombrosa, y a veces milagrosa, conjunción de patrañas? ¿No es exacto que menos por menos da más?

(Cuando piensa en Violetta, cosa que aún le pasa todo el tiempo, Pig suele sorprenderse tarareando el coro: *I'm only happy when it rains*, invariablemente saltando hasta el inicio de otra estrofa: *I only smile in the dark*. Y entonces apretando las mandíbulas sonríe, con la vista perdida en horizontes insondables cuyo aroma lo sigue envenenando, cual si no fuese un infinito melancólico, sino los mismos ojos de Violetta, lo que Pig ha aprendido a contemplar cada vez que se dice en inglés lo que ni hablando desde su lado oscuro se diría en español: *Solamente sonrío en la penumbra*.)

—Regreso en un momento —casi gritó Pig, al comprobar que aun después de haber capitulado en el asunto del collar, la junta seguiría su camino hacia la noche.

—No te tardes, Poeta —escuchó, cuando ya tenía un pie afuera de la sala de juntas, y al instante deseó escaparse. Algo que nadie hacía, más que Paul. Quien, por cierto, ya estaba por largarse. Eran las cinco y media y allí estaban las cosas de Violetta: podía escurrirse hasta la calle, ocultarse detrás de cualquier árbol, esperarla, seguirla, como la sombra intrusa de un perro escurridizo. Además, ¿quién se creía ese patán de Rodolfo Ferreiro para exigirle que no se tardara? ¿No valía la pena desaparecer, así sólo lo hiciera por honrar su sagrada independencia? Bajó las escaleras con algunos papeles en la mano, se deshizo de todos en el camino y llegó hasta la calle probando el sabor dulce de la trasgresión gratuita. La trampa por el gusto de la trampa, la mentira dos veces mentirosa, el placer enfermizo (aunque también: inmenso) de enchuecar lo ya chueco, ¿no eran los atributos laborales del Diablo Guardián?

## 22. La rebanada oculta del pastel

Me acuerdo que se había devaluado el peso, así que dije: *Mierda, yo debo dólares.* Para entonces había depositado ya once mil en la cuenta de mis papás, y tenía como siete más escondidos en mi casa. Mierda, ¿me entiendes? Pero ser rico no es ponerte a llorar porque te estás arruinando, sino hasta eso celebrarlo con un par de Viudas. Digo, podía depositarles los siete mil y armar dieciocho, ¿ajá? Con eso ya me animaba a llamar a mi casa. *Hola mami, feliz Navidad. Perdóname, papá, he sufrido un montón.* Guácala, qué patético. Escenitas a mí, *thanks but no thanks.* Agarré a Hans y Fritz y les dije: *Vámonos a Acapulco.* Y como a ellos la Navidad les venía divinamente guanga, esa noche ya estábamos en la playa. En mi coche los tres, con mi dinero. Según yo, mi papá me lo había mandado. Además ellos dos tenían tarjetas. O sea que te digo que íbamos armados. *Íbamos,* eso era lo mejor. Porque antes de esa época yo siempre había ido sola a todas partes, y ya con Hans y Fritz empecé a decir vamos, somos, queremos, tenemos. Tenía un *gang,* ¿ajá? Era la época del año en que todos en Acapulco andan cargados. Yo veía a los viejos pesudos y pensaba: *Si no viniera acompañada, qué pinche negociazo.* Pero no andaba en *mood* de hacer negocios. Estaba celebrando mis éxitos en el noventaicuatro, y de repente me ponía a calcular el dineral que según yo iba a hacer el siguiente año. Estúpida. No sabía que en el noventaicinco se me iba a caer el mundo. Y qué bueno que no lo sabía, porque me estaba divirtiendo como niña chiquita. Me enseñaron a esquiar, volé en paracaídas, vivíamos en una casa increíble que rentamos por dos semanas enteritas. Qué quieres que te diga: *guau, guau, guau.*

Antes había ido tres veces a Acapulco, pero en Semana Santa. Mi papá conseguía descuento en un hotel horrible del sindicato petrolero, no sé ni cómo se llamaba. Las playas se atascaban de viejas vacas y viejos marranos, un rollo de lo más desagradable. Igual yo era muy niña, pero no me gustaba para nada. Me acuerdo de algo muy pinche molesto: íbamos a la playa todos en el coche, porque ni modo que ese hotel rascuache tuviera playa propia, y al regresar había que aguantar los asientos ardiendo y la piel pegosteada de arena y agua puerca. Puede que sea por eso que huí de Miami sin tocar la playa, como que el mar me hacía sentir naca. Cada vez que pensaba en arenita y agua salada, me venía a la mente una cumbia. Y a mí esa pinche música me despierta no sé, instintos genocidas.

Con Hans y Fritz oíamos a Siouxsie y a Iggy Pop, por cortesía mía, más los Pixies y no sé cuántas cosas que traían ellos. Íbamos en mi coche, pero salíamos poco porque la casa tenía playa. Digo, por mil quinientos *bucks* a la semana, era lo menos que podías pedir. Me acuerdo que la playa se llamaba Copacabana y estaba más allá de Puerto Marqués. Junto a la alberca había una casita para perro, vacía, y eso era lo único que me daba tristeza. Siempre había querido tener un perro, ¿ajá? No sé qué tengo con los perros, que me pueden. De niña me mordieron tres, pero igual yo seguí acariciando a los que me encontré. Hasta la fecha, pues. Pero aquella casita era más que eso. De pronto la veía y pensaba: *Es la casa de un perro como yo.* Tenía que haber algún rincón en este mundo en el que hubiera una casita para mí, como la de ese perro que se había perdido, o ahogado, o escapado, o muerto. A veces Hans se me acercaba y decía: *¿Qué te pasa?*, porque yo estaba ahí clavada en la casa del perrito. Me quedaba sentada en el camastro, con el vaso del bloodymary, ya vacío, y los ojos perdidos en no sé dónde. Me daban de repente ganitas de llorar y ni siquiera sabía decir por qué. Supongo que era porque andaba de borracha, y en ese estado acabas viendo cosas que no debes. Una vez en la iglesia un cura dijo: *Hay días en que todo parece faltarnos.* Lo recuerdo muy bien porque apenas lo oí, lo pensé y me salí a llorar. Nunca he sabido qué es lo que me falta, y te juro que ahorita no estoy pensando en dólares. Ni en pesos, pues. Tampoco en mi familia. Más bien es algo como abstracto. Algo de muy adentro. De repente me siento como una muñeca. Me acuerdo de mis *Barbies*, vestidas de una forma y de otra, elegantísimas, y al día siguiente amontonadas encueradas en una caja de zapatos. Piernas, brazos, melenas, puro plástico con pelos. A veces yo me sentía eso: plástico con pelos. O con pelucas y lentes oscuros y sonrisita a la medida de las circunstancias. Y entonces me azotaba horrible. Me acuerdo de una tarde en la casa de Copacabana, Hans y Fritz persiguiéndome por la playa y yo necia, viajada, no sé cómo podían tenerme esa paciencia. Les mentaba la madre. Les escupía. Les gritaba: *Leave me alone, you motherfuckin' jews.* No quería joderlos, quería joderme yo. Quería que se largaran y me dejaran sola, que me botaran como a una muñeca manca. Te digo que me enferma que me traten bien, necesito que me hagan canalladas para sentirme a gusto. Y esos dos eran lindos, entonces yo pensaba: *Que se vayan y se busquen unas buenas hebreas, yo para qué les sirvo.* Luego entraba en razón y ya: seguía la fiesta. Pero ese día que me corretearon por la playa me di cuenta de dos cosas horribles: una, que me querían, y dos, que no quería que me quisieran. O que yo no quería quererlos. *Me daba miedo amar y no sabía ser amada*, si quieres que lo ponga en plan de melodrama. No sé por qué le tengo tanta tirria a la palabra *amor*.

Y claro, aquí entras tú. No te voy a decir que *te amo*, porque eso no se dice. Además, tú un día me dijiste que yo no era nadie para hablarte de eso, y puede que sea cierto. Una es la última persona autorizada para andar diciendo lo que siente o no siente. Saber y sentir son cosas diferentes. Cuando sientes no sabes, y cuando crees que sabes ya dejaste de sentir. O sientes otra cosa, que es igual, porque en realidad sigues sin enterarte. Nunca me he preocupado mucho en ver por dentro. Creo que me da miedo descubrir que no hay nada. O todavía peor, que lo descubran otros antes que yo. Sería mucho más cómodo contarte de Acapulco y de Copacabana y de Hans y de Fritz. Imagínate cuántas putitas mexicanas no se habrían derretido por traer a esos dos como yo los traía. Porque entonces ya era obvio que se estaban clavando, y hasta yo les decía: *Cool, carajo, eso es onda de cristianos.* Cruz, espinas, azotes. Pero igual ya los tres compartíamos un montón de cosas. Según Hans, era un perfecto *matrinomio.* Un día les pregunté qué les gustaba más de mí y acabaron diciéndome que yo era rápida. O sea que no me detenía, que vivía con la pata hundida en el pedal. Pero te digo que eso es fácil de contar. Cualquiera se divierte con dinero y amigos en la playa, lo difícil es no salir corriendo cuando te quedas sola diez minutos y miras un poquito para dentro. Cuando te ves y dices: *¿Qué estoy haciendo aquí? ¿Quiénes son estos tipos? ¿Qué va a pasar después?* Y contestas lo único que puedes contestar: *No sé, no sé, no sé, me lleva La Chingada.* ¿Qué querías que supiera si por más que bebiera y fumara y no parara de reírme seguía siendo una golfita hueca, un pedazo de plástico con pelos que cualquier día amanece en una caja de cartón con otros diez cadáveres iguales que ella? *Cadáveres:* qué asco de palabra. Pero igual ya va siendo hora de que te hable de eso.

Tenía como doce años cuando vi al primer muerto. Había llovido gruesísimo, un tormentón de miedo, con árboles tirados y las arañas. Mis papás ni siquiera estaban en la casa y mis hermanos se habían ido a casa de mis primos. Cuando por fin paró de granizar, me subí a la azotea y vi que el arroyito que pasaba por detrás de la casa se había convertido en río. Flotaban sillas, puertas, mesas rotas, de todo. Y un ratito después oí sirenas de ambulancia. Luego salí a la calle y había no sé cuántos vecinos metiches, viendo cómo los rescatistas sacaban a un ahogado y lo acostaban en el pavimento. Apenas si se le veían los ojos, pero yo me metí a mi casa segurísima de que el muerto me había mirado. Ya sabrás: vomité, me bañé, me puse la pijama, pero no me quité de encima los ojos de ese cabrón difunto. Era como si me dijera: *Ven, te estamos esperando.* Pero eso no era nada, yo en el noventaicuatro seguía sin saber lo que era un muerto de verdad. Porque una cosa es ver un muerto que no sabes a qué hora ni en dónde ni por qué se murió, y otra muy diferente es ver a alguien morirse. O todavía peor: ver que lo matan.

Creo que ya no puedo seguir con Acapulco. Supongo que son cosas que sólo las aprecias bien cuando las viviste. Champaña, playa, tugurios, desmadre. ¿Qué caso tiene que te siga contando si tú no fuiste Hans, ni Fritz, ni Violetta? Aparte no hay gran cosa que contar. Tenía amigos, eso era lo importante y ya lo sabes. Pero igual ellos no sabían nada. Me regalaban flores, me compraban cositas, me hacían el amor a toda hora, pero ni idea tenían de cómo era mi vida. Y yo ya no podía meter reversa. No tenía el presupuesto, ni el tiempo, ni la paciencia para seguirles el jueguito y mandar al carajo a Tía Montse. Tenía que volver a México y putear: ése era el único futuro del que Violetta podía estar segura. Aunque como tú dices: *Segura nomás la muerte.*

*Enero es un lunes largo.* Así decía la mamá de otro amiguito, una señora divertidísima. Aunque creo que en enero ni ella era divertida, si no para qué iba a andar diciendo eso. Regresamos a México un lunes, ya con toda la hueva de enero encima. Y entonces Hans y Fritz desaparecieron de mi vida. O más bien me les escondí. Estaba imbécilmente enamorada de los dos, ¿ajá? *Enamorada*, hazme el favor. Pensé: *Voy a drogarme con trabajo.* Pero no había trabajo. Tía Montse decía: *Yo te llamo,* y cero. O sea que lo dicho: un mierda lunes largo. Sin fiestas, sin dinero, sin nada de nada. Por eso me le pegué a Richie Ranch: el único cristiano que me había ligado en Tecamachalco. Un cinicazo de veinticinco años que al día siguiente que nos conocimos me llevó con su mamá. La señora me preguntaba: *¿Y tú a qué te dedicas?* Pero antes de que yo le contestara, levantaba la mano y decía: *Cállate, no lo quiero saber.* Y las dos nos tirábamos de risa. Tenía una casa alucinante, a la vuelta de Palmas. Y yo feliz, pensando: *Ya la armé.* Porque me estaba acostumbrando a andar por esos rumbos, al whisky y al cognac, a que me recibieran en las casas *nice* como si de verdad fuera hija de familia. Ríete: me la estaba creyendo. Tenía todo mi rollo agarrado de alfileres, pero igual me sentía convencidísima de que nunca se me iba a caer.

Me acuerdo de una noche: lunes, según yo dieciséis de enero del noventaicinco. Hacía días que Hans y Fritz me buscaban como locos y yo en la luna. Te juro: había una luna inmensa, perrísima, y a pesar de que enero seguía asqueroso, esa noche algo estaba pasando con el mundo. Venía pachequísima con Richie Ranch, en sentido contrario por Reforma, como a las tres de la mañana. Ya era martes, pues, pero para mí el día no cambia hasta que me duermo. Entonces imagínate: un lunes en enero, tardísimo, y de repente vemos a una pareja, con el coche apagado junto al camellón, los dos parados encima del cofre, acariciándose las manos y mirando la luna. Me quedé tiesa, viéndolos. Muerta de envidia, ¿ajá? O sea que mientras Richie Ranch y yo hacíamos pendejaditas de escuincles en mi coche, esos dos se agarraban y veían la luna. Yo habría jurado que tenían vértigo, que ni siquiera se atrevían a soltarse.

Casi no había coches, pero los que pasaban les tocaban el claxon, o les gritaban cosas. Lo más fácil era que alguno se les estrellara, porque te digo, tenían el coche parado a medio Reforma, con las luces apagadas. Pero era obvio que nadie iba a tocarlos. Estaban en el cielo, carajo, se habrían muerto sin pinche enterarse. Me acuerdo que le dije a Richie Ranch: *Daría lo que fuera por estar ahí.* Y ya no era ni por pacheca, porque con eso se me había bajado el pasón. Como que llevaba años sin ver claro, convenciéndome a fuerza de que mi vida era normal, y de repente estaba vomitándome de envidia porque otros tenían algo que según esto yo no quería tener. ¿Checas lo que te dije? Abrí la puerta de mi coche y *zas:* me solté vomitando. Richie decía: *Cool, flaquita, eso te pasa por pinche atascada, baby.* Paternal, el muñeco. Pero te digo que estaba en mis cinco, no había ni bebido. Me vomité de envidia, como lo oyes. Una sabe su cuento, ¿ajá? Pero Richie tampoco era el doctor para que yo dijera: *Mira, me duele aquí, entre el hígado, el corazón y el amor propio, ¿cómo no voy a pinche guacarear, si tengo putas náuseas en el alma?*

Pensé: *Es una señal.* Tenía poquitito que había llegado de Acapulco. Extrañaba con ganas a mis judíos, pero andaba rolando con otro tipazo. No tenía que contestarle a Tía Montse, podía hacerme perdediza, cualquier invento era mejor que no hacerle maldito caso a la señal. Todavía me quedaban cuatro mil dólares, el coche ya era mío y Richie me ofrecía el chance de caerle a su casa de Cuernavaca. Sólo tenía que cuidarla y ya, ¿me entiendes? Checar que los esclavos hicieran la chamba y asolearme el día entero. No te voy a negar que el pinche Richie Ranch estaba decidido a darme fuego, pero con todo y eso era buen tipo. Si me ponía lista podía vivir tranquilamente un rato en Cuernavaca y salirme del rollo de Tía Montse. Porque no te he contado pero ya andaba en ondas muy pesadas. Por eso había juntado tanta lana. Hasta crees que las otras sobrinitas de la vieja iban a sacar lo que yo. *Putillas baratonas todas, got it?* Algunas bien coatlicues, por más que Tía Montse les dijera *hijas*. El caso es que además de las noches de bodas, Tía Montse me había metido en el negocito del pastel, y yo con eso estaba haciendo milagros. *¡Oh, misericordiosa Chica del Pastel!* Salía del pastelito y *zas:* me iba a ponerle número a la casa con el del cumpleaños, o con el jefe, o con el pendejito que se iba a casar al día siguiente. A veces ni siquiera me tocaba, nomás del estadazo que traía. O echaba pisa-y-corre, se metía a bañar y se largaba. Como decían mis coatlicues compañeras: *Se iba más pronto de lo que se venía.* Entonces yo salía y me rifaba sola entre sus amigos. Viva la libre empresa, ¿ajá? Entre varios juntaban cuatro, cinco mil pesos, y hacían el sorteo. Y todo eso era lo que yo no quería pensar cuando veía a la pareja mirando a la luna.

Nunca dejé que Hans y Fritz supieran dónde vivía. Tenían mi teléfono y dejaban recaditos, pero la muy perra de mí no se reportaba nunca. En cambio Richie Ranch entraba como por su casa. Un tipo de lo más escurridizo. Y tramposo, también. Era distinto a no sé cuántos idiotas de Lomas, a lo mejor porque ni coche le habían dado, pero además tenía una virtud muy conveniente: no ponía un pie en la iglesia. Porque bueno, por más que yo quisiera dejar a Tía Montse, tampoco se trataba de quebrar el negocio. De repente pensaba en mis papás y decía: *Carajo, tengo que pagarles.* Pero luego cambiaba de opinión, porque al final era dinero que ellos se habían robado. Finalmente, si de verdad quería hacer justicia, tenía que devolverle esa lana a la Cruz Roja. Y digo, ésos sí que se jodieran, tampoco iba a ser yo Santa Pinche Violetta. ¿Sabes lo que sucede cuando a una se le ocurren tantas cosas y no sabe ni por cuál decidirse? Claro: terminas eligiendo la más chafa. La que te va a joder seguro. Al final ya no quise mudarme a Cuernavaca, porque pensé: *Yo no soy veladora, ni gata, qué te crees*. Y tampoco quería hablarle a Hans, ni a Fritz, ni a nadie. Cuando te pachequeas demasiado no le llamas ni a tu mejor amigo. No necesitas de nadie, o no quieres necesitar, que viene a ser lo mismo. Richie Ranch se pasaba el día en mi casa y seguía con que vamos a Cuernavaca, para qué pagas renta, vas a ver que la vida te va a cambiar allá. Y yo decía: *No, no quiero cambios*. Había demasiados cambios todo el tiempo, y además no veía claro. ¿De dónde iba a sacar dinero estando en Cuernavaca? ¿Iba a viajar a México para ver a mis feligreses o los iba a recibir en casa de Richie Ranch? Por más que me siguiera haciendo la *niña nice*, en el fondo no me podía creer nada. Sabía que era una lacra y una puta de lo peor. Y para colmo me sentía no sé, coatlicue. Me miraba al espejo y decía: *Soy una cucaracha, no me merezco nada*. Cuando Richie Ranch se iba, yo me ponía a chillar. Por más que me pasara el día mamoneando con mi ropa y mis desplantes de Chica Lomas, no podía dejar de sentirme lo que era: una pinche monita de carnaval. *Con ustedes, la Reina de la Primavera de Cuautitlán-Izcalli*.

Ya me estoy azotando, ¿no te digo? Supongo que todo esto te lo estoy diciendo para que no me juzgues por hacer lo que hice. Es una confesión, ¿ajá? No sé ni para qué me justifico, pero es que ya no estoy contándote la historia antigua. Esto me pasó en México, en el noventaicinco, y cada que lo pienso y te lo cuento me dan ganas de preguntarme dónde estabas o qué hacías mientras yo iba volando en una pinche escoba hacia el Infierno. Me gustaría decir que me llevaron a la fuerza, que no sabía lo que estaba haciendo, pero no tiene caso que te invente cuentos chinos ahora que ya te dije tantas cosas. Todo lo hice yo sola, fui a donde quise ir y al final me estrellé donde me tenía que estrellar. ¿*Al final*, dije? Lo peor es que tampoco fue el final. Yo soy de las que no entienden por la buena, y menos por la mala. Yo entiendo solamente lo que me conviene, que si lo ves con calma es lo que menos me conviene. Por eso fui corriendo cuando llamó Tía Montse.

Veintisiete de enero, viernes. ¿Qué hacías en la noche de ese día? ¿Estabas en tu cama, en una fiesta, dónde? ¿Dónde carajo estabas entre el viernes y el sábado? ¿Dónde chingada madre estaban todos? Nunca en mi vida me sentí más sola, más lejos de mí misma. Más cerca de morirme, pues. Pero igual si esa noche no me hubiera pasado lo que me pasó, no estaría contándote nada de esto. Tú, que siempre llevabas la cuenta de los días que pasábamos, ¿sabes en qué momento me empecé a acercar a ti? Apunta: veintisiete de enero. Casi dos años antes de conocerte.

¿Qué te cuento? Me gustaba jugar a la empresaria. Me explotaba a mí misma de todas las maneras que se me ocurrían. Por ejemplo, la cámara. Una vez llegó un viejo y me dijo: *Déjame filmarte.* O sea, filmarnos. En acción, ya sabrás. Y lo mandé al carajo, por supuesto. Pero él terco. *Te doy tanto. Te doy el doble... el triple.* Hasta que dije: *Ok, dame el triple y la cámara.* Y así empezó la onda de las peliculitas. Traía la cámara en mi bolsa, y hacía como en las hamburguesas, que te dicen: *Dos pesos más y le doy papas grandes, cuatro y también se lleva el refresco gigante.* Y había muchos que decían: *Va.* Entonces yo sacaba mi aparato, lo conectaba a la televisión y me llevaba a la camita el control remoto. Y bueno, *zoom, zoom, zoom.* Y si querían quedarse con la cinta era otra lana, ¿ajá? Me estaba suicidando, ya lo sé, pero en ese momento no lo veía. No quería darme cuenta. Yo decía: *Ni modo que un cabrón forrado de billete vaya y haga mil copias y se ponga a venderlas.* Además, los tipos casi siempre eran asquerosos. ¿Quién iba a querer verlos encuerados? Había unos que de plano decían: *Bórrala,* o la borraban ellos mismos. Pero otros daban lo que fuera por llevarse el cassette. O bueno, daban lo que yo pedía. Ni siquiera me acuerdo cuánto, pero poco no era, y en eso sí no me bajaba ni un centavo. Los hombres son capaces de tremendas porquerías cuando les rascas en el lado oscuro. Cosas que no se atreven ni a pedir, pero que si se las ofreces luego luego les entra la generosidad. *Toma esto, ten aquello, es tanto para ti.* Había noches en que regresaba a mi departamento y calculaba: dos meses, hasta tres de lo que según yo ganaba mi papá. Dirás: *Qué asco de pinche vieja*, pero igual yo no estaba trasjodiendo a nadie. *I wasn't fucking with the Red Cross, you know.* No era dinero así que digas *limpio*, pero bien que podía estar más puerco. Me veía en la tele haciendo circo y sentía que no era yo. No podía ser yo, ¿ajá? Yo era la que iba a misa los domingos, y ni siquiera eso. Yo tenía mis amiguitos en Tecamachalco: ésa era mi inocencia, y tenía que pinche protegerla. Por eso lo demás lo hacía como *zombie.* Con los ojos a medio abrir, pero perdidos, como el cadáver que hace rato te conté. Igual me daba morbo, a veces. Era una calentura de lo más cochina, pero no porque me excitaran esos circos. Lo que de pronto me ponía súper *horny* era darle de vueltas en el coco a lo que estaba haciendo. Pensar: *Soy una puta de campeonato. Soy una Porno Star. Soy la puta vergüenza de mi puta familia.* O sea ya lo peor, lo más bajito, la peste de la peste. Pensaba en las familias de mis papás, en las hijas de sus amigos, en las que habían sido mis compañeras de escuela, y ninguna me parecía peor que yo. Entonces me soltaba diciendo cosas puerquísimas, como si fuera una carrera y yo quisiera asegurarme de seguir siendo la peor. O sea la *Number One*, de atrás para adelante. Y eso sí me excitaba. A veces había tipos que me daban miedo, pero pensaba: *Más miedo tendría que tener él.* Quería ser un monstruo. Llegar más lejos, siempre. Luego, cuando salía, venía en el Intrepid contando los coches más caros y más baratos que el mío. Nueve de cada diez eran más chafas y yo decía: *Bingo.*

No sé si era una naca o una niña estúpida. Las dos cosas, yo creo. Cuando estaba por fin sola en mi cama, bañadita, rodeada de mis quince osos de peluche, me veía en el espejo hasta que comprobaba que el monstruo ya se había vuelto otra vez Violetta. Agarraba el dinero, lo contaba quién sabe cuántas veces, y era como si todo lo que había hecho se borrara, hasta que me quedaba dormida. Y claro, al día siguiente me despertaba como nueva. Me fumaba un gallito y regresaba a Disney World. Ositos, amiguitos, boliche. Dios mío, qué descanso.

Claro que luego dejas de chambearle por un mes y pierdes condición. Por un lado, te pesa más hacerlo. Por el otro ya no te acuerdas de lo mal que te sientes cuando ya lo hiciste. O sea que era más difícil, pero también más fácil. Aunque eso no era todo, también estaba el mal presentimiento. La señal, ¿ajá? Todavía antes de salir de mi casa pensé: *¿Y si no voy?* Tía Montse no perdonaba esas cosas. Podía hasta quitarme el depto, y entonces sí ni modo de no aceptar la invitación de Richie Ranch. Pensé: *No voy a refundirme en pinche Cuernavaca*, y agarré mi maleta con las cosas: la cámara, la ropa, todo el kit. Viernes veintisiete de enero del noventaicinco: me tocaba salir del pastel.

Pero no era cumpleaños, ni despedida de soltero. Nunca supe muy bien para qué era la fiesta, pero estaba lejísimos de mis rumbos. Club de Golf México, casi por la salida a Cuernavaca. Me acuerdo de eso porque vi el letrero y hasta me hizo pensar. *¿Qué estoy haciendo aquí? ¿Por qué tengo que ir yo de puta a esa colonia? ¿Por qué no le hablo a Richie y nos vamos ahorita mismo a Cuernavaca?* Eran como las cuatro de la tarde, todavía alcanzaba a contratar una mudanza y vaciar mi departamento. No sé, pero tenía muchísimos deseos de dejar a la vieja colgada con la chamba. A ver, que se metiera ella dentro del pastel. Imagínate al festejado vomitando la cena, nomás de puro oler el tocino rancio. La vieja me había dicho que eran *Altos Ejecutivos* de no sé dónde, pero nomás de oír de la mierda que hablaban, dije: *No pinche mames: policías*. Yo estaba en la cocina, con dos de los gatitos de Tía Montse. Se vestían de meseros, pero eran los que echaban a andar el pastel. Luego lo recogían y se iban en la camioneta. Y yo bien, gracias, sola con no sé cuántos cuadrúpedos sarnosos. Desde que vi a los pinches *Altos Ejecutivos* me dieron ganas de irme a La Chingada *right away*, pero para salir de la cocina tenías que pasar a huevo por la sala, y ya estaban los monigotes ahí, coqueándose y empedándose y pegándose de gritos. *Tons qué, mi comandante, no me diga que también va a ocupar vieja.* Yo decía: *Pobre Violetta, quién sabe a qué gatazos te vas a tirar.* Me cagaba de miedo, ¿ajá? Siempre había tratado de esquivar a esa tribu, son los típicos que te dicen marranadas al oído y te jalan el pelo y te dan de madrazos. Ya me habían tocado algunos, pero igual los había apaciguado. Humillándome, *of course*, y eso era lo que yo ya no quería hacer. Hasta pensé: *¿Y si digo que tengo que ir por algo al coche?* Me asomé a la ventana y *shit:* mi coche estaba bloqueadísimo por la maldita camioneta del pastel. No podía largarme, y ya casi era hora de meterme en el *cake.* Todavía podía hacerme la enferma, no sé, la desmayada, pero si me aguantaba iba a armar una lana. Que al final fue lo que me dio valor. Dije: *Voy a dejarlos sin un pinche peso.*

Cuando por fin salí del pastelito, nomás les vi las jetas y pensé: *No me chingues, Violetta, estos maxitlahuicas son todos tuyos.* Haz de cuenta los tíos del jardinerito. O por lo menos hacían los mismos ojitos que él. ¿Has besado a una naca? Se supone que besan con muchísimas ganas, ya sabrás: *sedientas y babeantes.* Pues tal cual me miraban los comandantes. No sé si todos eran, pero así se gritaban: *Salud, mi comandante.* Y había uno más viejo, al que todos le decían Señor. Eran ocho en total, yo me iba a ir con el dizque Señor. Igual era un cerdazo, pero no me dio miedo. Sobre todo desde que me empezó a llamar *Mija.* Ponle que luego *Hijita*, y ya después *Mamita*, pero en plan tranquilo. Buena bestia, el viejito.

Habían pedido que saliera toda encuerada, y yo dije: *Ni madres.* Qué tal que me agarraban entre todos. Había veces que entraba en confianza con dos tres amiguitos y acababa encuerada en media fiesta, pero nunca salí así del pastel. Ya después, cuando pasas la frontera de los *extra-bucks*, como que no te van mucho los moños. Digo, el cuento de la hija de familia se te cae desde la primera propina. Pero de ahí a invitarlos a faltarme al respeto desde el mero instante en que me conocen, nada. Salí en ropa interior, que podrá parecerte lo mismo pero es bien diferente. Desnudarse completa es aceptarlo todo, decir: *Soy una puta, ven a manosearme. Too much for me,* querido. En cambio así, en calzones y brasier, todavía puedes voltearle un soplamocos al primer tlahuica que meta las pezuñas.

Era una casa de esas que fueron muy modernas hace chingo mil años, con la alfombra morada en la pared y una alberca redonda a media sala. En la mesa había muchísimas botellas y un salero que parecía azucarera, hasta arriba de caspa de Don Sata. *Puta madre*, pensé, *imagínate la calidad de coca que estarán manejando estos mierditas.* Y qué quieres, se me hizo agua el cerebro. Pero ni falta que hizo. No había ni acabado de sentarme con el ruco cuando me puso la cuchara abajo de la nariz. *Pruébale, Mija, pa que también te pongas.* Muy cariñoso, el güey, como si de verdad estuviera con su hija. Yo pensaba: *¿A cuántos se habrá echado este venerable anciano?* Pero me valió madre porque la cois estaba exquisita. De eso que jalas y no te das ni cuenta cuando te entra el talquito. Tampoco tienes claro a qué hora subes. Te sientes muy feliz, pero es como si siempre hubieras estado así. Como si toda tu apestosa vida fuera así. Cuando menos pensé, ya decía: *¡Qué tipazos!* Era la más alegre, la más gritona, la más todo. Imagínate qué tan mal me había puesto, que ya hasta los estaba viendo guapos. Cada vez que trataban de hacerme un cariñito, yo les decía: *Va, pero antes dime Mi Comandante.*

Después me llevé al ruco a una recámara, lo atendí media hora y se quedó jetón, con todo y coca. Yo pensé: *Es el Señor, me tengo que quedar con él.* Pero en vez de hacer eso y esperarme a la propina, *si es que había propina,* decidí hacer trampita. Fui al baño, llené una taza de agua y la eché encima de la almohada. ¿De qué me iba a servir quedarme sola con los restos del pinche Señor? Me puse una batita de niña que encontré en el clóset, salí a la sala y les aventé el cuento de que el Señor estaba sudando frío, haciéndome un poquito la asustada. Dos comandantes se pararon, fueron y lo sacaron cargando. Luego el chofer se lo llevó, pero entonces yo estaba de nuevo periqueándome. La bata me quedaba muy chiquita, se me veía todo en cuanto me sentaba, o sea que en un ratito mejor me la quité. Había agarrado un ondón, andaba tan arriba que pensaba: *No hay nada más poderoso que una mujer desnuda entre los hombres.* No sé ni qué hora era, pero ya había pasado la medianoche. Dos de ellos me llevaron al cuarto un ratito, con el correspondiente propinón. Y al final sólo quedaban cuatro. Querían que me metiera con ellos a cambio de coca, pero yo estaba necia con que me dieran *cash.* Y ahí fue cuando saqué el truquito de la rifa, que luego por pendeja convertí en concurso. Les dije: *Ustedes nomás júntenme quinientos dólares y yo me voy con el que gane, de aquí hasta que amanezca.*

Cuando le daba por comprarnos algún regalito, mi papá lo rifaba entre los tres: cortaba una varita en tres pedazos y me dejaba a mí escoger primero. Pero nunca ganaba, siempre había uno de mis hermanitos que sacaba una vara más grande que la mía. Cuando los policías me enseñaron la lana, cogí el agitador del whisky y lo partí discretamente en cuatro, pero en ese momento se me metió el chamuco. Tiré los pedacitos y de plano les dije: *¿Saben qué? Me voy a ir con quien tenga la vara más larga.* El tipo de guarradas que una suelta cuando cree que controla toda la acción. Luego ya te imaginas: hice trampa de nuevo y me fui con el de la vara más cortita. Que era una estupidez, porque ve tú a saber si no se conocían encuerados, ¿ajá? Pero igual yo seguía bien arriba. No podía darme cuenta en la que me iba metiendo, estaba convencida que era la Comandante Schmidt. Quería demostrarme que yo sola tenía más vara que todos ellos juntos con su coca y sus fuscas y sus whiskies. Quería meterlos en mi juego y no me daba cuenta que ya me habían refundido en el suyo. Hay hombres que no pueden estar cinco minutos sin demostrarte que son muy chingones, y eso yo lo sabía perfectamente. Pero con esa calidad quién iba a saber nada: nunca había probado una cois así de suavecita, carajo. Una sólo se pone realmente hasta la madre cuando no se da cuenta que está hasta la madre. *¿Qué te pasa? ¡Estoy bien! ¡Dame más de esa mierda!* Puta madre, qué horror: ésa era yo. La *Comandante En Cueros*. La mujer de negocios con las narices blancas. La estúpida jugando a *Mistress Monstress*.

Nunca supe de quién era la casa. Hasta esa hora me había bastado con ver que había por lo menos tres recámaras, todas con televisión. Yo siempre me fijaba en la televisión, por si luego querían jugar al *cinito*. Tampoco supe cómo se llamaba el que ganó el concurso. Creo que me lo dijo, pero acuérdate que yo no llamaba a los güeyes por su nombre. Por más que hago no puedo recordar ni cuánto me ofreció por conectar la cámara a la tele. Según yo fue una cortesía de la casa, pero igual creo que le saqué algo. Coca, dinero, no sé. Debo haberme tardado unos dos minutos en conectar la cámara y acomodarla arriba de la tele. Luego échale otros tres minutos máximo en lo que nos subimos a la cama y empezamos el circo. Perdona los detalles, ya sé que te dan ganas de acuchillarme, pero igual tengo que decirte cómo estábamos. Él encima de mí, yo mirándolo de frente y con las pantorrillas en sus hombros, sin poder ni moverme. Lo único que recuerdo bien clarito es lo que oí después: *Aquí-nadie-tiene-más-vara-que-yo.* Y *pum, pum, pum.* No sé ni a qué hora abrió la puerta el otro, no lo oí entrar. De repente gritó y aventó los balazos. Y se fue. Se salió, como si nada.

No sé ni qué sentí. Al principio creí que estaba muerta. No podía hablar, tenía la cabeza ocupada revisándome, cuando empecé a sentir que apenas respiraba. Jalaba aire con mucho trabajo. Decía: *Dios mío, tengo una bala en el pulmón.* Luego pensaba: *No la chingues, Violetta, son tus nervios, lo que pasa es que estás pinche aterrada.* Pero seguía viva: todavía podía desangrarme y morirme, o igual nos daban el tiro de gracia. Por eso tenía miedo, pero un miedo espantosísimo, de esos que no te dejan ni moverte. Una cosa que nunca había sentido, ni volví a sentir. Me seguía faltando el maldito aire, y a lo mejor por eso comencé a moverme, porque mi cuerpo ya se había dado cuenta de todo. Cuando logré poner las piernas sobre la cama, sentí que el aire me faltaba todavía más, y hasta entonces pensé: *Ay, güey, estoy cargando a un muerto.* Tenía la cara, el pelo, las manos empapadas de su sangre, pero lo que ya no aguantaba era el peso del cuerpo. Fuera de eso, no me dolía nada.

Volví a pensar en lo del tiro de gracia, y otra vez me agarró el terror. La casa era de un solo piso y en ese cuarto había un ventanón, sólo que antes tenía que quitarme al muertito de encima. No creo que hayan pasado cinco minutos, a lo mejor ni tres entre que el comandante disparó la pistola y yo dejé de sentir asco y no sé, me dediqué a salvarme. Cuando quieres librarte de que venga un pendejo a darte de plomazos, no te preocupa ninguna otra cosa. Yo sabía que el muerto estaba muerto porque tenía un hoyo a media cara, pero mi verdadero miedo no era ése, sino seguir ahí, atorada. Pensaba: *¿Y si se entiesa?* La cabeza pesaba muchísimo, sus brazos me estorbaban todo el tiempo. No quería hacer ruido, además. Cuando por fin logré pararme de la cama, me acordé de la ropa: la había dejado toda en la cocina. Y la ropa interior estaba en la sala, con todo y la batita. Pensé: *Si tuviera la bata, me escapaba aunque fuera nomás con ella puesta.* Luego se me ocurrió envolverme en una sábana. Pero no, no servía. Corrí al baño a lavarme la sangre, y en el camino se me atravesó el clóset, que estaba lleno de ropa de niña. Uniformes, más bien. Falditas azules a cuadros, blusitas blancas, chalecos azul turquesa. Cómo sería mi prisa que ya ni me limpié la sangre. Me acomodé la falda y la blusa como pude, agarré un chalequito y me puse unas sandalias. Iba a saltarme la ventana cuando dije: *La cámara.* O sea que el idiota asesino ni siquiera checó que había una cámara. Y la televisión seguía prendida, con el muerto ahí quieto. Me regresé de un brinco, zafé los cables, agarré la cámara y salí como pinche endemoniada por la ventana.

No había amanecido. El Intrepid seguía estacionado enfrente de la casa, pero las llaves las había dejado en la cocina. Pensé: *Fuck my Intrepid*, y me solté corriendo por la banqueta. Luego dije: *Seguro que me van a buscar.* Así que apenas vi una casa con las rejas bajitas, me salté, abrí uno de los coches y me metí sin hacer ruido. Me estiré, dije: *Gracias, Diosito*, y ya luego no sé. Me quedé como muerta, sólo que respirando. Respiraba muy fuerte, me temblaban las piernas. Vi el reloj del tablero: eran más de las cuatro. Tenía que salirme máximo en una hora. Tenía que lavarme la sangre en algún lado. La blusa estaba manchadísima, pero el chaleco lo tapaba todo. En la falda había manchas pequeñitas, que igual pasaban por salsa picante. Me miré en el espejo y casi pego el grito: con el apuro de vestirme no me había lavado, tenía el pelo y la cara embarradísimos, parecía *maría* recién atropellada.

Claro que las *marías* no andan vendiendo chicles con faldas escocesas, pero igual la faldita me quedaba mínima. Apretada y cortita. Y aparte sin calzones, la cabeza con sangre, sandalias, sin calcetas. ¿Checas el *look?* Lo único que podía decir si me agarraban era que me acababan de violar. Pero traía sangre que no era mía, carajo. Tanto me preocupaba verme así que tardé mucho rato en darme cuenta de lo que estaba pasando afuera. *¡Diosito!* Te lo juro, tenía que ser obra de Diosito. Eran fines de enero y estaba lloviendo. O sea: *diluviando.*

Salí a la calle y agarré lugar debajo de la caída de agua de la casa. Era una regadera, ¿ajá? Me tallaba la cara y la cabeza como si me estuvieran correteando. Aunque claro: *me estaban correteando.* Pensé: *A ver, no traigo celular, ni llaves de mi casa, ni del coche, ni dinero.* Lo único que traía era la mochilita con la cámara. Me metí de regreso a la casa y al coche, pensando en esconderme en cualquier lado. El jardín, la azotea, donde fuera. Total, ya de día sería lo más común ver a una niña vestida para ir a la escuela. Así que me quedé en el coche, que por suerte tenía las llaves puestas. Puse el radio quedito y la calefacción bien fuerte.

Pensé en robarme el coche, en tocarles la puerta y pedir ayuda, en no sé cuántas cosas inservibles, hasta que por ahí de las seis y media decidí hacer como que iba a la escuela. Ya no estaba lloviendo. La blusa seguía mojada, y aparte manchadísima, pero la falda y el chaleco ya se habían secado. Imagínate. Pensé: *Ahorita amanece,* y me fui caminando por la calle más ancha. No tenía ni idea de dónde estaba, pero como seguido me perdía ya había visto que cuando sigues una calle grande, llegas a otra más grande. Así que me seguí, como por veinte cuadras, extrañadísima porque ya era de día y nadie se iba a trabajar. La muy bruta de mí no se había fijado en dos cosas importantísimas: una era que en lugar de salir, me seguía metiendo más en la pinche colonia, y la otra que era sábado. ¿Qué hacía la pendeja de Violetta vestida de alumnita de escuela *nice* en sábado? ¿Me crees cuando te digo que sin Diosito estaría muerta? No debo ser tan mala, finalmente. Aunque claro, si yo fuera Diosito, las pasaría negras para perdonarme.

Siempre me entra lo mística cuando me acuerdo de eso. Diosito por acá y los santos por allá, Sor Violetta se salva de nuevo, aunque luego no crea que se lo merece. Porque eso sí que no podía creerlo. ¿Cómo iba a merecerme seguir viva, después de todas las putadas que había hecho? Y te juro que en esos momentos yo veía mis putadas tan terribles como las de los judiciales. Yo era La Comandante, ¿ajá? Y ya ves, por andar haciéndome la hija de puta terminé matando a un güey. Yo lo sentía así, lo había matado. Había inventado el concurso, había hecho trampa y *zas:* había un muerto. Cuando le quemé la piernita a mi vecino tuve miedo, creí que me iban a encerrar por eso. Pero ahora pensaba que me lo merecía, me encerraran o no. Decía: *Soy una puta asesina.* Y hasta peor: una asesina puta. ¿Qué tenía que estar yo en la madrugada a media calle lavándome una sangre que no era mía? ¿Cómo había sido posible que siendo tan mamona pudiera andar desnuda y saltando en la cama con pinches judiciales? ¿Estaba yo pendeja, Dios mío? Estaba yo drogada, más bien. Y estaba convencida que era más inteligente que Tía Montse y sus clientes y mis feligreses y mis amiguitos y mi familia y mis enemigos, y vamos viendo: ahí me tienes de bruta a mediodía del sábado dando vueltas a la ciudad en taxi, rezando para no tener que tirarme al chofer. No sé cómo le llames tú a eso, pero yo le llamé *tocar fondo: glu, glu, glu.*

## 23. Tac, tac, tac

Violetta era capaz de llegar, con un perfecto extraño, al más fluido de los entendimientos sin jamás proferir un yo ni un tú. Sin mirar a los ojos, sin hablar ni con gestos. Dos personas se entienden, decía ella, con el ceño aquejado de un súbito rencor, cuando dan y reciben la cantidad precisa. De secretos, de miedos, de dólares, de pesos, de mentiras, de golpes, qué más da. El caso es que se entiendan. Y a veces, cuando Pig ya creía ser parte de ese entendimiento, el timbre del teléfono lo expulsaba de allí: *What do you want?*

El celular seguía siendo su zona intransitable: aquella donde siempre se entendía con otros, nunca con él. La miraba enconcharse, o alejarse, o ensimismarse, como si cada una de esas llamadas tuviera un decisivo poder sobre sus actos. O también: como si esos extraños que hablaban en inglés —sus voces eran casi zumbidos, con el volumen del teléfono lo bastante bajo para que nunca parecieran lo que en realidad eran: voces enemigas— tuviesen un mejor entendimiento con Violetta, al cual Pig era naturalmente incapaz de llegar. Y eso lo jodía tanto que ni siquiera se atrevía a demostrarlo (para qué, si Violetta no tenía la paciencia de Mamita). Sonreía, se desperezaba, se entretenía jugueteando con sus llaves, con los dedos, con un pedazo de papel que después arrugaba, rompía, despedazaba, sin perder la sonrisa mentirosa que tanto le ayudaba a comerse la rabia de saberse nadie y seguir a su lado: mascota subrepticia. Y después, no bien el zumbido de la voz extraña se apagaba, todo el rencor de Pig se vaciaba en caricias pesadas, besuqueos autoritarios, gruñidos imperiosos que se desvanecían en murmullos conforme la ternura ganaba territorio y voz de mando. Hacia el final —que no era ya final sino principio del principio— Violetta y Pig temblaban, gemían, tragaban saliva, respiraban apenas, se apergollaban, respiraban de nuevo con pulmones voraces de universo, se soltaban un poco, se miraban, se tocaban los pómulos, los cráneos, los cuellos, las rodillas, se reían, se miraban de nuevo, y entonces se engarzaban en un beso insaciable que prodigiosamente ya no interrumpían ni para desvestirse. Si es que puede llamarse *prodigio* al acto libertario de arrancarse las prendas a pedazos, hasta que él se lanzaba tersa, enjundiosamente a su interior, sin cesar de besarla, sobre un montón de trapos inservibles cuyas desgarraduras eran más que bastantes para certificar que, aun sin conocerse, ni saber sus razones para acceder juntos a la intensa sinrazón de profanar cada rincón de la oficina vacía y tener que salir con la ropa engrapada, ella y él se entendían más allá del idioma, en esa zona oculta del instinto donde perros y gatos y cebras y elefantes comparten el deseo recurrente de probarse que existen. Y era así, a gritos y caricias, besos y ropas rotas, como Violetta y Pig daban y recibían cantidades en tal modo precisas que al final, cuando juntos reptaban recogiendo los restos de camisa, blusa, pantalones, sostén y calzones literalmente deshilachados de pasión, lo hacían envueltos en la timidez que sigue a la más dichosa de las desilusiones. Y como no es posible asistir a semejante acontecimiento sin una cintilante coincidencia de por medio, aquel ritual tenía la ventaja de probar la visceral hondura de su entendimiento.

—¿Me quieres, Bestia? —una pregunta mentirosamente despreocupada, y por supuesto hambrienta de respuestas mentirosas.

—Claro que no te quiero, te codicio —una mentira intensamente desvirtuada por los ojos perrunos que al mirarla le rendían el tributo de una conformidad mejor emparentada con la mansedumbre que con la codicia. Pig sólo procedía a codiciarla cuando no podía verla, y por lo tanto no era él, sino sus monstruos quienes se insubordinaban contra la ausencia de Violetta: un suplicio *in crescendo* que pronto se convertiría en el alimento de sus íntimas alimañas, a partir de esos días vigorosas, ansiosas de invadir más territorios en el sagrado nombre de su lado oscuro.

Codicia. De haberla conocido, Pig estaría en otra parte. Cuando existe codicia, los pasos hacia arriba son firmes y despiadados, especialmente para con los propios sueños. Diferir el dolor, las dudas, la desesperación, tal es el requisito para la codicia que Pig se reconoce incapaz de llenar. Vacío de ambición y pleno de hambre, Pig miraba a Violetta y abrevaba del néctar sin el cual sus monstruos habríanlo martirizado como en sus peores horas. Un domingo en la tarde, un sábado de noche, un insomnio tenaz a mitad de semana. Pero Violetta tenía el defecto de provocarle todo menos saciedad, de forma que en su ausencia solamente un arreglo civilizado con el monstruerío podía frenar el zarpazo de una angustia que no por decididamente prematura y francamente estúpida dejaba de ser eso, angustia. ¿Desde cuándo los sentimientos meramente irracionales precisan de razones para joderle a uno la existencia?

*Amar es soñar con mares en mitad de un largo insomnio*, había escrito en la novela que no había escrito, donde el amor buscaba develarse como una voluntad plena de impulsos. Nunca al revés, pues ya se sabe que un impulso voluntarioso no puede conducir sino hacia abajo. Al estrellarse contra la sonrisa de Violetta, y entonces entregarse al prurito de perseguir su risa, Pig había cedido toda su voluntad a sus impulsos, y a éstos los incubó hasta verlos convertidos en esos monstruos que, como ella, parecían inventarse a sí mismos, cuando sólo se habían cambiado de nombre. Todo lo cual quería decir que Pig estaba al fin dentro del juego. Es decir en el ajo, en la movida, en el negocio. Y así como la agencia tenía una *misión* —«Servir a los clientes con ideas innovadoras y estrategias precisas», un lema que sin proponérselo ponía las ideas delante de las estrategias, es decir, el impulso antes que la voluntad— Pig no era ya sino una voluntad al acecho de sus propios impulsos, decidida a ir más lejos, todo el tiempo. A nunca titubear, ni interrogarse, ni dejar que los monstruos le torcieran los rieles.

Tenía el tiempo suficiente de haber dejado atrás a Rosalba por Violetta para entender que no podría llegar a ninguna de las dos, ni tampoco enfrentar con decoro a sus monstruos, si no movía las piezas de manera que pudiese jugar con alguna ventaja. Pues era obvio que ni Rosalba ni Violetta ni sus monstruos se tocarían el corazón para hacerse con las ventajas más cínicas e impunes, las más arteras, si era necesario, con tal de someterlo a sus caprichos. Y ello lo facultaba moralmente —lo pensó rápido, como un chiste malo— para tomar algunas decisiones extremas, como la de asumirse con derecho a imponer sus propias reglas y jugarle tan sucio como fuera preciso. Alguien adentro de Violetta se lo estaba pidiendo: tal era la intuición que muy pronto ganó madera de coartada.

(Había veces en que la risa de Violetta, grave, voluble, sarcástica, dejaba huir una suerte de gemido, y al escucharlo Pig se imaginaba un edificio en llamas y una niña que llora en la ventana más alta. ¿Cómo se asciende por un muro que se incendia, si no se tiene una ventaja extra contra la desgracia? No sería, pues, Violetta quien pronto se mirara en una injusta desventaja, sino exclusivamente el infortunio: ese puerco ventajista.)

Hacer reír a esa mujer podía ser sencillo para otros, en la medida en que no repararan en la evidente impostación de esas carcajaditas plásticas que a Pig no le servían para nada. La había visto riéndose así, antipáticamente, cuando Lerdo se le acercaba para soltarle alguna gracejada. Era una risa rápida, nerviosa, sintética, indecisa entre complacencia y menosprecio. Mira cómo me río de tus idioteces: jijijí. La risa de Rosalba. Violetta, en cambio, se reía con una desfachatez ronca y profunda. La clase de cinismo secretamente cáustico que se ríe dos veces al mismo tiempo, una por lo que escucha y la otra por lo que calla, pero haciéndolo siempre para adentro, de forma que la carcajada grande y extrovertida no era sino la máscara de una tal vez temible introspección. No era fácil hacerla reír hasta el gemido, pero la recompensa por lograrlo podía resultar tan grande como la certidumbre de ser urgentemente precisado, y solamente así dejar de torturarse con preguntas ociosas. ¿De cuántas cosas se reía Violetta sin confesarlo? ¿Se reía de él, también? ¿Se reía en inglés, a sus espaldas? ¿De qué se defendía con esa risa oscura y pegajosa que invitaba primero al contubernio que a la alegría? ¿Por qué, atisbando miedo y dolor inconfesables detrás de aquella risa, Pig insistía tanto en provocarla? (Una pregunta ociosa se vuelve titubeo criminal cuando hay una niñita gritando en la ventana.) Pig se exprimía los sesos para provocar las carcajadas de Violetta porque había logrado sustituir una verdad odiosa —«la necesito»— por una invención heroica —«me necesita»— y ello lo ponía a salvo del asedio de las dudas.

De existir, la novela sería la historia de un niño que, como él, jamás consigue anotar un gol. Con las notables excepciones de los cuatro que había metido en la portería de su equipo. ¿Qué hace un niño incapaz de anotar goles? Pig lo sabía desde muy temprano: enamorarse. De no ser por el miedo que aún tenía de escribirla, se habría llamado *Dalila o el amor*, y contaría la historia de un amor sin cuerpo. Cada vez que elegía martirizarse por diversión —*el gustado deporte del cross-lifting*, se decía, con la vanidad hueca del aficionado—, Pig pretextaba que la historia de un amor sin cuerpo no podía contarla un cuerpo sin amor. Pero de eso Violetta no se rió. Lo miró fijo, duro, entre asombro y espanto, y abrió luego los labios con todo y mandíbula, como esmerándose en perfeccionar su indignado estupor. Pero no dijo nada. Prendió el cigarro, le plantó una sonrisa de buenos días, licenciado, y apuró un gesto de impaciencia, como quien insinúa: No me aburras. Finalmente Violetta no tenía por qué enterarse de sus traumas. Y eso se lo soltaba así, sin anestesia:

—Qué hueva tus traumitas, Honey, mejor vamos a hablar de mi Corvette amarillo, que es mucho más posible que tu novelita.

—Tú eres *mi novelita*—se alzaba Pig, con los ojos de pronto luminosos, repletos de una autoridad a prueba de sarcasmos: la de quien ya apostó por el caballo flaco, y a partir de ese punto se afilia a un fanatismo que prohíbe las dudas. Pig confundía a Violetta con una suerte de novela resurrecta porque había decidido que la nada sólo podía existir más allá de sus ojos.

—¿Tú crees, Diablo Guardián? —por más que se esmerara en desafiarlo, Violetta no perdía la oportunidad para insinuarse parte de un *nosotros* improbable, aunque no imposible. Su poder sobre Pig, edificado en los terrenos de una incertidumbre que nunca se cansaba de alimentar, ni de contradecir, le permitía ser al propio tiempo tierna y alevosa: una combinación que lo ponía a su merced, y le dejaba un margen de maniobra propenso a los abusos más desfachatados, como el de haberse tomado a la letra lo del Diablo Guardián, sin por ello obligarse a corresponder en modo alguno.

Violetta era una cínica, y eso a Pig le gustaba. Sobre todo porque seguía creyendo que su cara dura no era sino un ardid estrictamente defensivo. Una mentira al vuelo, plena de impostación y vacía de sentido, de manera que el verdadero desafío no estaba en responder a su insolencia, sino en tratar de oír el alarido sordo que reptaba detrás de su arrogancia: *Por favor no me creas.* Y ello era suficiente para dejar la apuesta en su lugar, y entonces sonreír como si nada, unirse a ella en el torneo de cinismos sin entraña que lo dejaba maniobrar a placer, hasta tomar la forma y el carácter del Diablo de la Guarda: ese otro cínico que jamás aventaba una piedra sin esconder la mano, el brazo, el cuerpo y la memoria. Un mustio, antes que un cínico. Un cobarde, tal vez, aunque Pig prefería otro adjetivo: *eficiente.*

*Por favor no me creas.* Traducción instantánea: *No me desampares.* Una vez convencido de su papel en la historia, Pig había hecho suyos los trucos más arteros del oficio publicitario. Compró libros, los leyó varias veces, estableció los paralelos necesarios para mirarla a ella como consumidor, y a sí mismo como producto. ¿Qué es lo que hace un producto para llegar hasta el consumidor, y más: para hechizarlo? Decirle tersamente lo que quiere oír, recordar las ventajas, callar las desventajas, maquillar asperezas, resolver cada entuerto con una afirmación en apariencia contundente.

—*Hello?* —respondió cierta noche Violetta, en medio de un silencio que hizo titubear a Pig, no del todo seguro de llamar a ese número, donde seguramente no sería bienvenido.

—Tac, tac, tac —declaró desde lejos su Diablo Guardián.

—*Yes, My Hero?* —disparó ella de vuelta, lista para jugar

—Tac, tac —desmintió el Diablo de la Guarda, telegrafista debutante, con el dedo temblando sobre la bocina.

—¿Vas a decirme que eres un pinche mudo? —quiso desesperarse Violetta, y Pig interpretó la respuesta en castellano como un pequeño triunfo de su ingenio.

—Tac —confirmó la uña del índice derecho.

—O sea que sí... —sonrió Violetta, entre contenta, resignada y curiosa.

—Tac —confesó victorioso el Diablo Guardián, y colgó de inmediato el teléfono público, lleno de la satisfacción culposa de quien cumple un deber irremediable. ¿Desampararla? Nunca. Ni de noche, ni de día.

## 24. Esta vida es un *Gulag*

No podía ir más lejos, ni llegar más abajo. Tenía que regresarme. Pero primero había que encontrar a Richie Ranch, y si era necesario ponerme de rodillas y rogarle por lo que más quisiera que me dejara estar en su casa de Cuernavaca. Iba en el taxi llore y llore, pensando: *Juro que si me dice que sea su sirvienta, yo le digo que sí. Juro que no me vuelvo a meter cois. Juro que no me vuelvo a tirar a un judicial. Juro que no regreso nunca más con Tía Montse.* Pero ni con el juradero dejaba de chillar. Hasta que ya pasado el mediodía dimos con Richie Ranch. ¿Sabes de qué venía? De jugar golf. ¿Sabes dónde? En el Club de Golf México. Le empecé a preguntar como loca: *¿Viste alguna ambulancia? ¿No? ¿Patrullas tampoco?* Porque la casa estaba cerca de la entrada, si él venía de ahí tenía que haber visto algo. Digo, él no había salido hecho bolita en el asiento de atrás. Pero cero, y aparte ya podrás imaginarte la paranoia que agarró este güey cuando me dio por preguntarle esas cosas. Total que por lo pronto pagó el taxi, que era una buena lana porque llevábamos cuatro horas de dar vueltas, luego de que me levantó hasta el fondo de la puta colonia, metida entre unos árboles y sin saber qué hacer. No sé si Richie Ranch no me invitó a pasar a su casita por la facha que traía, o por la gritadera que estaba pegando, pero al final lo más sensato era que me llevara volando a mi casa. No me importaba si teníamos que tirar la puerta, yo iba a sacar mis cosas y a desaparecerme de este mundo.

Richie Ranch tenía un nombre francés, o no sé si italiano, pero yo le decía *Richie Ranch* porque era como un aristócrata de pueblo. Tenía modalitos de niño *nice* y le gustaba criticarme así: con la palabra *ranch.* Cada vez que me ponía guarra, o que fumaba demasiada mois, se me quedaba viendo y me decía: *Ranch.* Mamón, ajá. Un *bon vivant* con más *pedigree* que presupuesto. Otro que no sabía nada de mi vida. Aunque tampoco era tan complicado descubrir que yo no era lo que decía que era. No sabía comer unos ostiones, ¿tú crees que iba a creerme que era hija de un diplomático?

Nunca se tragó nada, por supuesto. Hasta que me agarró en la sala de mi departamento y dijo: *Ok, te llevo, baby. Te escondo en mi casita un mes, si quieres, nomás dime de qué te estás fugando.* Y yo no le podía contestar, porque de un lado me moría del nervio, y del otro tenía que volver a contarle mi vida, porque todo lo que sabía era puro pinche cuento. O sea que le dije: *¿Sabes qué? Vámonos y te juro que te cuento en el camino.*

Traíamos una Suburban de su tía. Richie Ranch para eso se pintaba, conseguía recursos *anyway, anyplace, anytime.* Rompió un vidrio de la cocina y se metió, llenó la camioneta con mi ropa y mis cosas en menos de una hora, inventó un plan buenísimo para recuperar el Intrepid y qué te cuento: esa noche ya estábamos en Cuernavaca, con mi coche. ¿Sabes cómo salvamos el Intrepid? Primero fuimos a dejar mis cosas en la camioneta. Volvimos al DF ya en la tarde y me dejó en un cafecito rascuachón, en el centro de Tlalpan. Se llevó la factura y un papel que le firmé donde decía que yo se lo había vendido. Pero ni falta. Llegó, se subió al coche, lo arrancó y adiós. Seguro nadie supo que era mío. No me había ni acabado el *capuccino* cuando ya había vuelto con el coche. Entonces que me dice: *Te propongo un deal, yo te dejo mi casa y tú me dejas tu coche, por el tiempo que quieras.* Yo estaba como estúpida, como que reaccionaba, pero a medias. Le decía sí a todo, pero igual no podía pensar en nada. O más bien era que nomás pensaba: *Por mi culpa mataron al Comandante Pito Corto.* No te rías, pendejo, esto es horrible. Y ahí traía la cinta, pero era lo pinche último que yo iba a ver. No me importaba si se veía o no la cara del matón. Según mis cálculos tenía que salir, yo sentía su voz cerquita de nosotros, y el cuarto era muy grande. Pensaba eso, pero decía: *Ni madres, no me da la gana verla.* ¿Cómo iba a querer verla, carajo? Quería quemarla, antes de que la puta cinta me quemara a mí. Pero tenía que hacerlo bien, cuando estuviera sola, y no sé cuántos días pasaron que traía a Richie Ranch pegado como enfermero. Buen chico, a fin de cuentas. Supongo que pensaba que me iba a suicidar. O que le iba a vaciar la casa. Que igual era posible, ya ves cómo es una. Porque ya a esas alturas yo le había contado todo. O bueno, casi todo. Sabía de Tía Montse, de Hans y Fritz, de mi familia naca, de mis raterías y de mis mariditos en New York. En versión *soft, of course.* O sea que del Nefas ni una puta palabra: yo hasta esa vez no había conocido a un hombre violento. Hasta la vez de los balazos, *I mean.* Si mi amiguito Richie Ranch iba a tener que verme como puta, mínimo que me viera como *Super Call Girl.* Que puede ser lo mismo, pero es muy diferente. Según creía Richie, yo en New York trabajé con una agencia súper *nice.* Y eso sólo porque venía huyendo de unos padres monstruosos que se robaban las limosnas de la Cruz Roja. Richie Ranch me llevó a su casa cuando yo ya le había contado que era una ratera. Que había estado en un asesinato. Que me dejaba que los judiciales me cogieran. Entonces yo pensaba: *Que haga lo que quiera.* Que vendiera mi coche y se gastara el dinero, si quería. Pero que me dejara estar ahí, encerrada. No sé cómo explicarlo, pero hasta en Cuernavaca, pacheca, en la alberquita, con un bloody en la mano, yo estaba segurísima que iban a trasjoderme.

No te hablo de tres noches. Fueron casi seis meses sin salir a la calle, sin ver coches, pensando el día entero que me iban a acusar de asesinato, imaginándome mi foto en los periódicos: *Confesó la homicida de la vida galante.* Fue por eso que luego no quemé la cinta. Un día agarré la cámara y la estrellé quién sabe cuántas veces en el piso, sólo que antes ya había guardado el cassette. No tenía dónde verlo, pero si me metían en el ajo, iba a poder probar que era inocente. Puta, pero inocente. Algo es algo, ¿verdad? Nomás que yo en el fondo me seguía sintiendo culpable. No me había propuesto matar a nadie, pero de todos modos la cárcel está llena de güeyes que tampoco se propusieron irse a vivir allí. Yo nunca dije: *Me propongo ser putita.* Fui emputeciendo así, sin darme cuenta. Y al mismo tiempo dándome pequeños chances. Perdonándome cosas, *you know.* Lo único que me tranquilizó fue saber que el muertito había aparecido en otra parte.

Un día Richie Ranch me dejó sola el día entero. Me hablaba cada media hora: *¿Estás bien, baby? ¿Qué necesitas, flaca? ¿Me extrañas, Violettilla?* Más que flaca era un fiambre. Estaba como muerta, pesaba menos de cincuenta kilos. Y por supuesto me sentía mucho peor que eso. Pero en la noche me llegó con un recorte de periódico. Había ido a comprar los últimos de enero y los primeros de febrero, y en uno de ellos venía la foto del muerto. Afortunadamente Richie tuvo el buen gusto de recortar la pura foto, sin noticia. Y bueno, así, ya viendo la foto, sí, claro que era él. El pobrecito *Comandante Pito Corto.* Primero me solté chillando como escuincla pendeja, luego ya Richie Ranch me explicó que lo habían encontrado en el Ajusco, que según esto había sido cosa de narcotraficantes. Creo que la noticia siguió saliendo varios días, pero le pedí a Richie que no me contara. Quiso decirme el nombre del comandante que lo había encontrado, pero en ese momento me tapé las orejas. No quería saber su nombre, ni ver su foto. Prefería pensar que sí, efectivamente: unos narcos de mierda se lo habían echado en lo más alto del Ajusco, mientras yo estaba buenamente dormidita en mi casa. Volví a pensar en la cinta, quemarla de una vez y olvidarme de todo, pero dije: *No.* Tenía que protegerme. Ni siquiera sabía qué rollo con Tía Montse.

Le llamé mucho rato después, cuando ya me empezaba a aburrir de pasarme los días a un lado de la alberca. O sea dos semanas, tampoco creas que tanto. Richie Ranch me prestó un celular no sé de quién, y *zas:* que me contesta. No lo podía creer: estaba encantadora. Un dulce, la gordita. *Hijita, cómo estás, ¿estás bien?, dime, Violetta, Dios bendito, dónde te habías metido, hija.* Vieja cabrona. Sabía perfectamente en qué asquerosas manos me había puesto. Según ella hasta me mandó decir una misa. Negra, sólo que fuera. Pero se portó bien, te digo. Le inventé que me había ido a Monterrey, que me pensaba regresar a Estados Unidos. Y ella bien, muy de acuerdo. Al día siguiente me depositó el dinero que me debía y en fin: *Dios te bendiga, hijita.* Según Richie fue porque le pegó la cosa en la conciencia. Creyó que ya me habían matado y yo le aliviané toda esa culpa. Para mí que más bien se portó como mujer de negocios. No dudo que haya dicho: *Ésta va a regresar en dos semanas.* Porque yo nunca le conté del muerto, solamente le dije que habían pasado unas cosas horribles y me tiré a chillar en el teléfono. Y ella que casi no era paranoica con las líneas telefónicas, más tardé yo en hablarle de cosas horribles que la vieja en callarme la bocota. Y callármela bien, porque con esa lana sobreviví al noventaicinco entero.

De pronto me pregunto por qué volví esa vez con Tía Montse, luego de haberme divertido tanto con Hans y Fritz. Pues claro: por la lana. La vieja me debía tres meses de chamba, tú dirás si pensaba regalárselos. No sé qué le dijeron, me imagino que sus finísimos clientes la habrán amenazado, un rollo así. Después del último *Dios te ben-*

*diga*, le dije rapidísimo: *Tía, te juro que no me acuerdo de nada*, y ahí mero me colgó. Cuando, dos días después, se me ocurrió checar el saldo de mi cuenta, *bingo: the bitch was rich*. No riquísima, pues, pero de menos ya no tan jodida. Con casa, coche y novio. Porque en eso sí Richie Ranch era de lo más formal. *Conmigo sólo viven mis putas y mis novias*, decía. Así que nos hicimos novios, porque como él también decía: *De putita me arruinas, baby*.

No es que tuviera putas, cómo crees. Pero así les llamaba a las putitas que se lo ligaban sólo para que las llevara a Cuernavaca. *¿O sea como yo? No way*. Yo estaba ahí escondida sólo para evitar que me mataran. Además, una cosa es que mi familia sea no sé, *nacona*, y otra sería que me hubieran educado como a esas putitas de balneario público, que para conocer una casa en Cuernavaca tienen que hacer o deshacer las camas. Y aunque creas que me muerdo media lengua, lo mío no era así. O por lo menos yo no lo veía así. Hasta que me pasó lo del muertito y dije: *Puta madre, esto sí es de verdad*. En Cuernavaca igual nadaba y me reía y las arañas, lo único que no hacía era verme en el espejo. Sentía que la cara me había cambiado, que aunque estuviera igual la iba a ver diferente. Cara de puta y narca y estafadora y asesina, disfrazada de novia del joven de la casa. ¿Checas cómo el lenguaje doméstico me sale solito? Veía a la micifuza tendiendo mi cama y decía: *Shit, yo soy la que tendría que estar de miau, sólo que en una cárcel de mujeres*. ¿Qué me quedaba? Ni modo, tenía que portarme mamoncísima. Me llevaban el desayuno a la cama y yo no daba ni las putas gracias, pero supongo que se desquitaban cada vez que me veían chillando en el jardín. En todo caso habrán pensado: *Pinche vieja loca*. Seguro me soñaban: daba vueltas como alma en pena el día entero, no salía ni para ir a la tiendita. Traía todo el tiempo la paranoia galopando, veía judiciales colgando de los árboles, entre los tabachines. Luego también lloraba pensando:

*Nunca voy a acabar de pagarle a mi familia.* A veces sentía ganas de ir a los cuartos de servicio y pedirles que me dejaran llorar en sus hombros. O todavía mejor, en los de mis papás. Lo único bueno de todo ese chilladero era que luego caía muerta por no sé cuántas horas. Dormía profundísimo y me levantaba ya con menos miedo, pero igual me quedaban llantitos pendientes. Era lo único que tenía claro del futuro: al día siguiente iba a llorar. Y a la semana, y al mes, y a los dos meses.

Richie Ranch se las arreglaba para hacerme reír, pero nunca me acompañaba a mis cavernas. Lo suyo era más bien quedarse a flote. Me conseguía motita, pero él apenas se animaba a probarla. Jamás se daba el lujo de bajar, tenía que estar arriba todo el tiempo. ¿Te digo cómo le decía su mamá? Capitán Bacardí. Por alegre, según él. Por barato, según yo. Lo jodía todo el tiempo, ésa era mi terapia. Y él sonreía así, como de lado. Me decía: *No puedes hundir la nave del Capitán Bacardí, baby.*

Nunca me tuvo lástima, por eso nunca me clavé en bombardearlo. Además, era el único que se atrevía a decirme en mi cara: *Pinche naca.* Yo por supuesto le decía que el tlahuica era él, pero eso mal que bien me dejaba ir puliendo las orillas más *ranch* de mi corrientona educación. Así se dice, ¿ajá? *¿Cómo ves a esa vieja? Pues, medio corrientona.* Tenía como un mes trabajando en la agencia cuando oí que un cliente decía eso de mí. Pero eso fue ya en el noventaiséis, cuando por fin tuve un trabajo dizque decente. Justo donde tuviste la suerte de encontrarme, todavía no sé si mala o buena. Me estoy adelantando a propósito, y al mismo tiempo contra mi voluntad. Creerás que ya solté toda la sopa, pero hay algo que falta de embonar. Necesito contártelo y no puedo. No quiero, no me sale. Vas a decir que soy una cobarde, que qué fácil decírtelo sin darte la cara, pero peor es quedarme sin ver tu reacción. Podrías deprimirte, o indignarte, o burlarte, o yo no sé:

amargarte la vida. Me siento como un cirujano con el serrucho en la mano. Sólo piensa que para cuando escuches esta cinta ya habré rezado no sé cuántos Padres Nuestros para que no te joda el corazón. ¿Ves cómo sí te quiero, imbécil?

Supongo que tendría que saltarme al día en que nos conocimos, o más bien el día en que *decidí* que teníamos que conocernos. Que fue el mismo día, pero no a la misma hora. Entraste en la oficina con carita de huérfano masturbado, te me acercaste con los ojos en el piso y me hablaste de usted. Yo dije: *Este pendejo ya me vio cara de secre.* No es que yo no tuviera el puestecito. Ajá, era secretaria, pero a mí ningún huérfano masturbado me iba a tratar así. O sea que te detesté, me cagaste *ipsofacto, darling.* Y me habrías bailado en el hígado la vida entera, si no hubieras dejado esa hoja en mi escritorio. No creas que no pienso que la dejaste ahí a propósito, lo que sí estoy segura es que jamás te imaginaste todo lo que yo te necesitaba en esos momentos. Violetta pinche misma no sabía lo necesario que eras, cuándo iba a figurarme el papelazo que ibas a conseguir en la película. De repente llegué, leí la hoja y dije: *I need this guy.* No sabía exactamente para qué, pero era obvio que te iba a ocupar. Richie Ranch, Hans, Fritz, Supermán: todos tenían un mundo en el que yo no terminaba de encajar. Me llevaban ventaja en su territorio, y al mío casi nunca se metían. No sabían hacer trampas, y cuando las hacían nunca querían llegar hasta el final. Y a ti se te veía clarísimo que no tenías territorios. No en este mundo, pues. Venías cargando con tu aborto de novela para ver si de menos te conseguía chamba de publicista. Me acuerdo de que Ferreiro te vio y dijo: *Mira, un pinche poeta en el destierro.*

¿Sientes que lo odias? Entonces de una vez te voy a dar motivos para que le deseemos la muerte juntos. ¿Te acuerdas que una vez te dije que le estaba muy agradecida a mi jefe? No sé si habrás captado la ironía. Lo único que yo le agradecía a Ferreiro era que no se hubiera decidido a acabar de pisotearme. Que me hubiera dejado vivir, aunque fuera en sus garras. Y de paso, que no se diera cuenta que el *pinche poeta en el destierro* estaba ahí para zafarme de esas putas garras carroñeras. Dirás que soy fanática, pero me aprendí toda la hoja de memoria. Como si fuera un rezo. Porque al final me hacía sentir así. La decía en voz alta y era como si hubiera rezado. Creía que todo iba a salir bien, que un güey que escribe cosas así de inútiles por fuerza tiene que ser un *dandy*. Ya te aclaré que en el primer minuto te vomitaba, pero un rato después de que te habías ido, pensé: *Lo único que le falta es el caballo.*

Ahora deja te cuento del villano. ¿Sabes quién me sacó de Cuernavaca? Fue en julio del noventaicinco. Era apenas el tercer día que salía a la calle, pero el primero que iba completamente sola. Traía el coche, además. Me sentía como si me lo hubiera robado, juraba que mi cara o mis placas o mis huellas estaban en algún archivo de la policía. Siempre que veía cerca una patrulla, trataba de mirar para otra parte. Llegué al semáforo, vi una patrulla y *zas:* me volteé en chinga para el otro lado. En eso el del volante me sonríe, y yo le sigo el cuento para disimular, sin fijarme gran cosa en los detalles. No veo la cicatriz a media frente, ni el Rolex gigantesco en la muñeca, ni la jeta asquerosa que ya conocía. Cuando menos lo espero, ya tengo a Nefastófeles en mi ventana.

Podía haber huido, pero me desarmó. En lugar de decirme: *Hija de puta, te fuiste como sirvienta*, se acercó a darme un beso, de lo más cariñoso. Y de traje, además. Elegantísimo. Tenía no sé qué asunto en Cuernavaca y *shit:* que nos topamos. ¿Sabes también por qué no me escapé? Porque apenas me vio me llamó por mi nombre, con todo y apellidos. *¡Rosalba Rosas Valdivia, qué agradable sorpresa!* ¿Cómo me iba a escapar, si lo primero que hacía el hijo de perra era enseñarme que sabía quién era? Así como hay enfermos capaces de tener a flor de hocico la exacta frase que van a decirte cuando vuelvan a toparte, habemos quienes agarramos el mensaje al vuelo: si Nefastófeles sabía mi nombre completo, seguro había hablado con mis papás. Pero estaba en buen plan, como diciendo: *Todavía no te he contado nada.* Nos conocíamos, ¿ajá? Con todo y eso tengo que reconocer que *parecía* otro. Nada que ver con el *pimp* que yo había conocido en New York. Cómo sería la cosa que pensé: *Ya cambió.* Se veía decentísimo. Digo, para sus posibilidades. Y lo que más me impresionó fue que en lugar de pedirme mi teléfono o mi dirección, me diera su tarjeta de *Vicepresidente Ejecutivo.* Me acuerdo que me preguntó qué andaba haciendo, y yo por no decir que nada le aventé un mentirón: *Pues fíjate que estudio mercadotecnia.* Fue entonces que sacó su tarjeta y me dijo: *Ve a verme a la oficina. ¿Te gustaría ser ejecutiva?* Le eché una sonrisota de hielo. *Sí, cómo no, pendejo, ahorita voy corriendo a comprarme un traje sastre.* Esperaba que me pidiera algo, que tratara de chantajearme, o de insultarme, pero nada. Se fue con su sonrisa y su mal aliento y me dejó la *business card: Licenciado Rodolfo Ferreiro.* Nefastófeles, para servir a usted.

¿Ya entiendes por qué nunca me molestó que hablaras mierda de él? A veces creo que me fijé en ti porque según yo eras su contrario perfecto. En la agencia podía haber muchos que lo aborrecieran, pero ninguno daba la talla de enemigo. No digo que me parecieras muy fuerte, o muy correoso. Me parecías conveniente, punto. Ya después empezaste a ser simpático, pero eso no me convenía decírtelo. Ya parece que te iba a dar llaves de más. ¿Amigo, confidente, novio, amante? *No way.* Yo buscaba un aliado. Alguien que hiciera trampas, que se sintiera igual de pinche fuereño, que me ayudara a pendejear a los clientes, que detestara con el alma a Rodolfo Ferreiro. Y según yo tú estabas que ni pintado. Ahora ya no quería que me volvieran buena; me conformaba con que terminaran de sacarme del Infierno. Por eso me pasó que buscaba al forajido y me topé al Diablo Guardián. Pensaba: *Puta madre, qué guapo se vería este galán con alas.* Te veía dar vueltas por la agencia, pasar por mi escritorio, buscarme la mirada. Entonces decía: *No. Que ni crea que voy a mirarlo.* Parecías no sé, desamparado, solo, aburridísimo. Andabas como loco buscando las mismitas alas que yo quería darte. Cuando llegué y te hablé pusiste cara de pordiosero agradecido. Ya después agarraste más estilo, pero esos segunditos fueron suficientes para decir: *Es mío.* Tenía que comprarte de cualquier manera, pero no haciendo trampas. Quería darte la valiosa oportunidad de convenirme, pero sin que Ferreiro se enterara. Pensé: *Este güey estaba haciendo una novela y ahora aquí lo tenemos, puteando.* Yo quería vivir en mi película y cada vez que lo intentaba terminaba puteando. En una de éstas yo podía ser tu novela, o tú mi película. ¿Me creerías que estaba emocionadísima?

No te he dicho cómo llegué hasta allí. Es una historia de lo más vulgar, yo diría que hasta cursi. *Chica equivocada decide superarse y recupera su destino. Bullshit, darling.* Tal vez sí fui una bruta yendo a buscar a Ferreiro, pero puede que lo haya hecho sólo por demostrarle que no era la pendeja que él creía. Yo sabía *exactamente* lo que había querido decirme con su show de *Mírame, soy gente bien. Sí, tú, pinche nagual, y yo soy Wonderwoman.* Y ahí estuvo el error, porque era obvio que entre Nefastófeles y yo no quedaba gran cosa por demostrar. Sabíamos que íbamos a traicionarnos, pero también sabíamos trabajar en equipo. *I mean*, hacer dinero. ¿Y sabes una cosa? También me interesaba que supiera que no nada más él había cambiado de liga.

Me da vergüenza contarte estas cosas. Nada más imagíname estudiando mercadotecnia y publicidad en una escuela chafa de Cuernavaca. ¿Sabes más bien a qué me dedicaba? Nadie nunca se imaginó que yo era la que se robaba los libros y los apuntes. Después ya me pasaba el día en casa de Richie Ranch, leyendo, copiando, haciendo méritos solita porque decía: *Bueno, si Nefastófeles, que es un pinche ignorante This Big, pudo hacerse publicista, ¿yo por qué no?* Richie se reía mucho de mi *Academia Ranch*, pero igual yo sabía lo que estaba haciendo. Tenía que apurarme, armar algo. Aprenderme lo básico y conseguirme un diploma. Gastarme lo que me quedaba del dinero en algo bueno, ¿ajá?, algo que me sirviera, que no me hiciera daño. Hasta pensaba en ir a otras agencias, no a la de Nefastófeles. Pero ni lo intenté. Me daba miedo que un día fuera a contarles mi vida a mis papás. ¿O por qué crees que ese día me dejó ir tan fácil? Ya nomás con llamarme por mi estúpido nombre me había puesto la pistola en la sien.

Tenía rato pensando en volver a la casa. Un par de veces les llamé y colgué. En la segunda mi mamá había dicho: *¿Eres tú, Rosi?* Rosi. O sea, dejaba de verme más de cinco años y lo primero que se le ocurría era llamarme por el diminutivo que más me cagaba. ¿No crees que eran ya ganas de joder? Al final, mi mamá también se había convencido de que llamarme *Violetta* me había sacado el diablo. Dios mío, pero si la huella del diablo la ves mucho más obvia en *Rosa del Alba.* ¿Para eso me pintaban de rubia, los pinches inditos? *Rosa, Rosi, Rosita. Rosi Rosas.* No sabes el coraje que me da pensar en eso. El mismo que sentían mis papás cada vez que les escribía firmando *Violetta.* Con decirte que la primera vez mi papá leyó *Vedette.*

También por eso tenía que volver a ver a Nefastófeles. Yo no podía aparecerme por la casa, ni llamar, ni escribir, si no hablaba primero con Ferreiro. O sea, qué carajo les había dicho, ¿ajá? No quería que me agarraran con los dedos en la puerta, y eso me iba a pasar si mi versión no coincidía con la de él. No creas que no pensaba en llamarle a Hans o a Fritz, pero igual ellos dos no me iban a servir más que de estorbo. Y como Richie Ranch estaba instaladísimo en el yate del Capitán Bacardí, ya sabrás, sonrisita *ultracool*, pantaloncito blanco, *Hollywood in his mind*, finalmente yo estaba sola con mi juego. Como que ya lo estaban fatigando mis problemas, y de repente yo agarraba un humor *dark* que le rompía la madre a todo. Estaba convertida en una bruja, ya ni siquiera me reía de sus chistes. A lo mejor porque eran todos a costillas mías. Yo siempre era la *ranch*, la naca, la nativa pendeja, y él con su sonrisita de *playboy*, diciendo *You can't beat me* con la pura mirada. Supongo que ya había sido demasiada convivencia. Además, yo no quería juntar a Richie Ranch con Nefastófeles. ¿Te das cuenta de toda la basura que habrían descubierto juntos? Diez minutos de plática y me hacían mierda. Mis papás, la Cruz Roja, mis mariditos, mis feligreses, Tía Montse, el judicial muerto. *Dios mío*, decía, *tengo que hablar mañana mismo con Rodolfo Ferreiro*, y era una comezón que me quemaba. Y él debía de saberlo, hijo de puta. Por mucho que hubiera logrado pulir sus patanerías, la mala leche no se le iba a quitar nunca. Sólo que ahora bordaba más fino. Sus cachetadas eran menos ruidosas, pero más eficientes. ¿Sabes qué fue lo primerito que me dijo cuando le llamé? *Ya te habías tardado, licenciada.* Casi podía oler su alientazo a podrido en el teléfono.

Me citó en un café. Traía una de sus camisas de sedita rosa que nomás de mirarlas gritabas: *Miau.* Pero venía en plan encantador. Ya no decía *mamuasel*, ni sacaba tan fácil el cobre. Le llamaban al celular todo el tiempo. *Sí, licenciado. Cómo no, mi hermano. Cuídate, señor. Executive bullshit* a todo lo que daba, con decirte que tenía al chofer esperándolo. Me daban ganas de preguntarle: *¿Y ahora de qué organismo te estás alimentando, pinche sanguijuela?*, pero tenía que jugar un poquito su juego. Sabía que lo más posible era que me mintiera, aunque no era eso lo que me preocupaba. Pensaba en mis papás. No te voy a decir que ya los extrañaba, más bien era que los necesitaba mucho.

No sé si exactamente a ellos, o nomás a lo que ellos eran para mí. O sea sus papeles en mi vida, por más que suene mal. Por eso lo que a mí me preocupaba era que Nefastófeles se nos metiera en medio, que fue exacto lo que hizo. ¿Ya adivinaste quién me contentó con mis papás?

El muy cínico les contó que había sido mi maestro en unos cursos en Columbia University, que yo era una excelente alumna y las arañas. O sea, les dijo cosas que yo no iba a poder desmentir. ¿Cómo sabía el mierda que me iba a encontrar? Nunca, desde que lo conozco, lo he escuchado decir algo por nada. Cada cosa que dice tiene un propósito, casi siempre torcido. Y eso yo lo pensaba mientras me estaba hablando: *No lo escuches, Violetta, cuídate de esta víbora vestida de tlaconete.* Pero no me dejó salida. En lugar de tirarme amenazas, insultos y cachetadas, se injertó en misionero y empezó a darme consejos. *Mira que tu familia, tus hermanos, todos tienen una muy buena idea de ti, no vayas a decepcionarlos. Yo te puedo ofrecer desarrollarte profesionalmente. Vas a ver que tus padres te perdonan en cinco minutos, yo me encargo.* ¡Él se encargaba! Hazme el puto favor: Tío Nefas lo iba a resolver todo. Y lo peor no era que él quisiera meterse, sino que yo ya no podía evitarlo. Si a mí, que ya lo conocía, me estaba moviendo el tapete, imagínate la mareada que les puso a mis papás. Primero por teléfono y después en persona. Con cuentos, regalitos, promesas, con la historia de mi brillante expediente académico y sus altos contactos en la publicidad, con su puesto de Vicepresidente Ejecutivo, con sus camisas rosa de sedita corriente y sus Armanis de segunda mano. Cabrón farsante. Con decirte que el Chivo Viejo ya soñaba en hacerse su suegro, sin saber ya no digas mi dirección, ni siquiera mi puta estatura. Seis años de no verme y me quería casar... ¿Sabes por qué? Pues nada más porque tu primo Nefastófeles le hizo creer lo mismo que a mí: que sin él yo no iba a poder pagarles nunca. No lo decía así, claro. Decía: *Uste-*

*des tienen que recuperar a su hija, y ella también tiene que recuperar su confianza. Señor, señora, ya verán que aquí vamos a ganar todos.* Y mi papá: *Ojalá, licenciado Ferreiro.* Y mi mamá: *Quiera Dios, Don Rodolfo.* Eran sus fans, ¿ajá? Nada más eso me faltaba: mis papás lambiscones de Nefastófeles. Los tres de acuerdo para padrotearme. ¿No te parece raro que me hayan perdonado en menos de un minuto?

Fue antes de Navidad, un viernes. Yo me estaba prestando a armar la farsa, pero sabía que había un chico gatorrón encerrado. Por alguna razón, Nefastófeles me necesitaba. De repente vi claro que yo valía para él mucho más de lo que podía imaginarme. Míralo tú con calma: el tipo es asqueroso, no me digas que no. Es palurdo, corriente, payo, silvestre, y por si fuera poco le apesta el hocico. Su única gracia es que está dispuesto a todo. Como yo, de repente. Porque era obvio que si yo le aceptaba el puesto y el sueldo y el prestamote que me estaba ofreciendo, tenía que estar dispuesta a cualquier cosa. No sabía ni prender una maldita computadora, ¿tú crees que venía al caso que me ofreciera un puesto de ejecutiva, con más sueldo que mi supervisor? No podía negarme, de cualquier modo. Me tenía tan agarrada que me hice a la idea mucho antes que me lo ordenara. O bueno, me lo propusiera. *Vas a ser nuestra ejecutiva más importante. Vas a influir en la toma de decisiones. Vas a moverte en un nivel altísimo. Sí, señor licenciado, cómo no, ¿voy a estar bocarriba en el colchón de quién?*

No me digas que nunca lo supiste. Hasta los policías de la entrada lo sabían. ¿Sabes cómo me decía Paul? No dudo que haya sido invención de Ferreiro: *Licenciada Posturopedic.* Yo sabía que te ibas a enterar, pero esperaba que eso sucediera lo más tarde posible. Qué chistoso que sea esto lo que más trabajo me cuesta contarte. Finalmente yo seguía haciendo la misma cosa, seguía viviendo entre puras mentiras, seguía con Nefastófeles. Había inventado una historia de la que de repente ya no podía escaparme. La única diferencia era que ahora mi familia estaba participando en el concurso, entre otras cosas porque, *believe it or not*, ya me tenían otra vez viviendo en su casa.

Me aceptaron como poquito menos que su criada. Mis dos hermanos tenían cada uno su recámara, y además yo no merecía más que ese cuarto, o sea el de servicio. Hacía como dos años que no tenían sirvienta, o sea que no había acabado de llegar y ya mi mamá estaba con que vas a lavar el coche y a tender las camas, y entonces yo le dije: *¿Sabes qué? Voy a pagarles todos los dólares que les debo, si quieren hasta pago renta de mi cuarto, pero cero miau.* Digo, si yo no me creía que era una ejecutiva de verdad, a ver quién más iba a tragarse el cuento. Eso sí, terminé pagando renta por vivir en el cuarto de la criada, pero igual me pasó a valer madre. Mis papás no me habían perdonado, me tenían ahí por negocio, punto. Pero yo me sentía normal, tranquila. No me importaba que mis hermanos no me saludaran. Ya sabía que mis papás les habían metido la idea de que por mi culpa no conocieron Disney World, ni fueron nunca a un camping, ni les compraron moto. La bruja de Rosalba, la ambiciosa de Rosalba, la extranjera que vive en el cuarto de la azotea, la ejecutiva de éxito que todas las mañanas se baña calentando pedazos de periódico. Afortunadamente todo eso le pasaba a Rosalba. Te juro que Violetta no lo habría permitido.

Y no lo permitió, porque como te digo, por mucho que ahora tuviera un trabajo legalito y tarjetas de presentación y dizque citas de negocios, no nos hagamos güeyes: yo seguía haciendo trampas, a toda hora. Mi sueldo, por ejemplo, me lo pagaban en dos partes: un poquito en la nómina y el resto con facturas. Había un contador que nos vendía facturas. A mí, a Nefastófeles, a Paul y a no sé cuántos. Había mil movidas que podían hacerse cuando eras secretaria de Nefastófeles, que ya ves que es lo que al final venía yo haciendo. Con privilegios, eso sí. Como el de que hasta Paul me colgara apoditos. No podía cachetear a Paul, ni me salvaba de que tres cuartas partes de mi sueldo fueran a dar directo a mis papás, ni tampoco tenía energías para quitarle a mi papá el Intrepid. Total, que me lo descontara de la deuda. Yo iba a encontrar la forma de emparejarme.

Me da asco pensar en la Navidad del noventaicinco. Todo lo contrario de la del noventaicuatro. Nefastófeles había ido a darnos el abrazo y un regalo espantoso. De esas muñecas de porcelana chafa *made in China*, que igual hasta en las ferias te las andas ganando. Y mi papá: *Licenciado Ferreiro, nos ha traído usted unas obras de arte.* Y mi mamá: *No debería usted desprenderse de estas cosas, Don Rodolfo.* Porque según Ferreiro las había sacado *de su colección.* Lo único que yo le había visto coleccionar eran bolsitas de coca, y a mis papás se les llenaba la boca presumiendo que eran muy amigos de un coleccionista de arte. Yo callada, porque ni modo que dijera mierda del güey que les juraba que era yo una profesional de este tamaño. O sea que si quería decirles la clase de basura que era Nefastófeles, tenía que empezar por confesarles la clase de basura que era yo.

Hay dos maneras de engañar a las personas: a su favor o en su contra. Según Nefastófeles, todos nos íbamos a beneficiar con el cuento de que era yo una gran ejecutiva. Mis papás, porque así recuperaban a su hijita, o sea los dolarotes que tantos desvelos les costó robarse. Él, porque se ganaba el aprecio de sus patrones y sus clientes. Yo, porque volvía a ser hija de familia y podía *proyectarme profesionalmente.* Haz de cuenta que estaba yo escuchando a la versión corporativa de Tía Montse. Me había invitado a comer a un restorán carísimo, yo creo que para hacerme sentir naca. Estoy segura, pues. Sabía perfectamente quién era Rodolfo Ferreiro: no esperaba que terminara la comida sin que saliera el peine. Y salió, claro, a la hora del postre. *Oye, ¿y tú por qué crees que quiero contratarte?* Podía haberle dado vueltas, no sé, hacerme la que no entendía, pero como me daba más hueva que a él tocar el tema, de plano le solté lo que quería oír: *Me quieres contratar porque piensas que estoy dispuesta a cualquier cosa.* Adivina qué hizo. Claro, sacó la lengua, se relamió los belfos el cerdazo. Ay, qué asco de cabrón, me da hasta náusea seguirte contando. No sabes lo desagradable que es aguantar a un palurdo que te quiere seducir con toda propiedad. Aunque igual *seducir* no es la palabra. Debería decir: *manosearte debajo de la mesa mientras te explica cómo vas a putear para él.* Me acuerdo que decía: *Va a haber mucho dinero.* Me ponía los dos dedos enfrente de los ojos y los iba moviendo despacito: *Dinero, tú me entiendes, dinero, para que baile tu perrito, mamita.* Y ahí fue cuando vi que era el mismo gatazo de siempre. Las manotas sudadas, los ojos abiertísimos, los labios medio chuecos. Es una mueca que hace cuando habla de porquerías. Normalmente una debería vomitar, pero si Nefastófeles te hace la mueca es porque está esperando que sonrías. Y cuando un güey como él pone una jeta de ésas, sabes que una sonrisa significa: *zas.* Tú no puedes sonreírle a esa jeta de cínico degenerado sin volverte su cómplice. Es una cara de lo más obscena, como si en vez de verte se estuviera bajando la bragueta. ¿Sabes exactamente a qué te comprometes si le devuelves la sonrisa a un monstruo que te está enseñando el culebrón? Pues entonces ya sabes exactamente en la que me metí.

Aunque también me dio buenas noticias. La mejor de todas, que tenía una esposa. Llevaba ya seis años de casado, el mierda. Casota, dos hijitas. ¿No te parece muy chistoso que a los vigilantes nadie los vigile? En New York Nefastófeles me traía cortísima, y cuando se me desaparecía dos semanas yo era tan feliz que no tenía tiempo para preguntarme: *¿Dónde andará ese mierda?* A lo mejor si me lo hubiera preguntado lo agarro de los huevos. Pero yo era la vigilada, estaba ocupadísima pensando en cómo pasarme de lanza. No podía darme cuenta que así quería el Nefas que yo pensara, como esclava. Según él todo había cambiado, y según yo se había pulido mucho, el mierdita, pero apenas lo oías en el teléfono con su señora, te dabas cuenta que así hablaba siempre. Si a mí nunca me había tratado con esas cortesías era porque conmigo se hacía el cabroncito. Además, con su esposa bautizaba a las niñas; conmigo vendía coca. En New York era Rudy Ferreiro, aquí se hacía pasar por *Don Rodolfo*. Dos personas, te digo. Aunque si te metías mucho con uno, tarde o temprano terminabas conociendo al otro. Como decía tu comercial de harina para waffles: *Dos presentaciones, un mismo producto. Lleve su Mierdharina Nefastófeles y evítese el trabajo de cagarse en sus seres queridos.* Yo lo veía en el restorán, haciéndose el encantador, y decía: *Bueno, ¿y ahora hasta cuándo me va a cobrar por esto?* ¿Cuándo iban a empezar los gritos y las cachetadas? Los insultos, ¿ajá? Nadie en la vida me ha insultado nunca como ese cabrón. Para ofenderme peor tendrías que decirme que me parezco a él.

Ni mis papás ni el Nefas me quisieron decir quién les dio el teléfono de mi departamento en New York, pero sí sé que habría podido evitarlo si en lugar de colgarle a mi papá me le hubiera de menos puesto al brinco, en lugar de dejarlo que siguiera buscándome con las operadoras. Yo creyendo que al fin me había librado de esa cucaracha y él apuntando en su agenda la dirección y el número de mi familia. La cara que habrá puesto cuando alzó la bocina y oyó el inglés tullido de mi madre: *Good night, sir, I am the mother of Rosalba Rosas, the mexican girl...* ¿Cómo le hacen los hijos de puta para sacarse la lotería sin comprar boleto?

La semana siguiente ya me tenía una cita para comer con un pendejo del Gobierno. Me acuerdo que me dijo: *Si quieres, puedes reservar en este mismo restorán. Ajá,* le digo, *¿y luego?*, nomás por el disgusto de volver a mirarle su jetita de viejo cochino, pero él en vez de sonreírme se acercó, me agarró de una pierna y dijo: *Luego nomás acuérdate que ya me debes varias.* Horrible, porque me empezó a subir la mano, de esas manos que no te están acariciando sino que aprietan, tuercen, como para hacer daño. Y el mesero allí, viéndonos, esperando a que Don Rodolfo se dignara firmarle la cuenta. ¿De qué servía estar en ese restorán si no podía quitarme la mano del patán de entre las piernas? ¿Sabes qué era lo que estábamos celebrando? El fracaso total de mi estrategia. Me había liberado de mi familia para ir a esclavizarme con Ferreiro, y después me había liberado de Ferreiro para acabar esclavizada por Ferreiro y mi familia juntos. Por favor, un aplauso para la pendeja.

*Te me pones guapita, mami, tú ya sabes cómo.* Así se despidió el señor Vicepresidente Ejecutivo. Me dejó un cheque con el dizque préstamo, me dijo que ya estaba yo contratada y hasta me prometió que para Navidad iba a dormir en casa de mis papás. Lo único que me hizo sentir bien fue que no me pidiera *hacer el rencorcito.* Se regresó al trabajo, muy formal, y yo no quise preguntarle si el trato lo incluía también a él en mi cama. No porque no quisiera averiguarlo, era más bien que no quería otro pellizco. Le había vuelto a encontrar el botón del patán, de bruta iba a volver a apretarlo. Pensé: *Mínimo ya no voy a tener problemas.* Aunque toda mi vida fuera el mismo problema. Nunca he estado en la cárcel, pero así me sentía. Salí del restorán y me metí en el lobby de un hotel, creo que el Sheraton; busqué el baño y me pasé ahí dentro la tarde completita. Luego me levantaba, abría la puerta del water y me veía en el espejo. Decía: *Violetta, te jodiste otra vez. ¿Cómo no vas a tener broncas, si estás presa?*

Si crees que siempre te llevé ventaja, ponte cinco minutos en mi lugar. Siéntate en esa taza del baño del hotel, mira al piso y pregúntate: *¿Qué voy a hacer?* Cuando estás en la cárcel, sabes que sólo tienes que saltarte los muros para escaparte, pero yo no tenía para dónde saltar. La cárcel era el mundo, ¿ajá? Me sentía sin fuerzas, me odiaba más que a Nefastófeles. Y odiaba a Richie Ranch, y a Hans, y a Fritz. No había nadie a quien no quisiera desaparecer, empezando por mí. Me había escapado de Cuernavaca dos días antes, y de paso cargué con varias cosas de la casa de Richie. Un radio, una grabadora, varias cintas. No mucho, lo suficiente apenas para que dijera: *Pinche ratonera*, y jamás volviera a hablarme. Le tenía coraje, no sé por qué. O bueno, sí lo sé, pero no sé cómo explicarlo. Nunca lo traicioné, ni le hice putadas. Por más que tenga este carácter de bruja malcogida, traté de ser con él algo mejor. Y muchas veces fui un caramelito. ¿Te digo la verdad? Lo odié con toda mi alma por nunca enamorarse de mí. Supongo que al principio se portaba tan lindo que me dejó pensar en no sé cuántas cosas. Con tanto tiempo sin saber qué hacer, tirada en una hamaca, al lado de la alberca, me imaginaba cómo sería mi vida con él. Casita, perro, hijitos, ya sabrás. Cuando pensaba en eso dejaba de llorar. Luego él se fue instalando en su papel de Capitán Bacardí, y yo acá, naufragando en secreto, diciendo: *What am I doing here?* Yo había sido novia de Richie, pero el mamón del Capitán Bacardí no era mi amigo. *Señorita Arrimada, ¿qué hace usted aquí?* Richie Ranch tenía sólo dos defectos: uno era que cambiaba de personalidad, el otro que no soportaba la violencia. Nunca pude pelearme bien con él, por eso le robé, y además le rompí una vajilla entera. ¿Qué creía, el pendejo? ¿Que se iba a deshacer de mí sin quebrar ni un platito? No sé si en realidad quería ver sangre, pero era una manera de asegurarme que luego no iba a ir chillando a buscarlo. De que nunca iba a conocer a mis papás, ni a Nefastófeles. ¿Adónde irías tú si te escaparas de la cárcel? ¿A una isla? ¿A la selva? ¿Checas el problemón? Lo más fácil es encontrarle el gusto a la jaulita. Endosarle tu vida a otra persona. No encargarte de nada. *Sí, señor. No, señor.* Desde que entré a la agencia no volví a pensar en Richie. Me lo prohibí, tal vez. Lo bueno de la cárcel es que allí casi todo está prohibido.

Nefastófeles me decía: *Estás progresando*, pero mis papás no lo veían como un progreso. Decían: *Rehabilitación.* Sin embargo, no me trataban como enferma. Como loca, más bien, porque muy rara vez me contestaban. En la mesa nunca se dirigían a mí. No preguntaban: *¿Quieres más?* Decían: *¿Nadie se va a tomar lo que queda de sopa?* Y *Nadie* era Violetta, *of course. ¿Nadie va ir hoy a trabajar?*, y yo tenía que entender que era hora de largarme a la oficina. Y el día de quincena, en la noche: *Nadie nos ha pagado, ¿verdad?* Y se supone que yo tenía que esperar que cuando me rehabilitara iba a dejar de ser *Nadie.* De chica me decían: *Cuando seas grande*, y por lo menos yo podía pensar: *Cuando tenga dieciocho años.* O diecinueve, o diecisiete, pero tú dime cómo calcular un *cuando te rehabilites.* ¿Sabes lo que según mis queridos padres iba yo a hacer cuando me rehabilitara? Pues sí: casarme con Rodolfo Ferreiro. Tendría que sonar chistoso, pero los ingenuotes lo decían muy solemnemente. *Ahora que Mi Hija y Don Rodolfo sean marido y mujer...* Me daba pena oírlos, y me daba coraje oír a Nefastófeles diciendo: *Créame, señora, que me acerco a su hogar con las mejores intenciones.* Te juro que así hablaba, como de cartón. O de *cartoon*, más bien. Mi vida entera se había vuelto una historieta chafa.

Aunque no me iba mal. Era un trabajo feo, la verdad, pero de todos modos me servía el dinero. Hacía negocitos por todas partes, sobre todo con los clientes a los que iba a ver, ya ves que se me da sacarle el Sugar Daddy al Uncle Scrooge. Pero era horrible porque no podía una desafanarse; había que tener una relación con los clientes, decirles que los extrañaba, un rollo de lo más apestoso. Sucio, pues, mentiroso en mala onda. Todo me lo invitaban, me daban regalitos, me aprobaban cualquier proyecto que les llevara. Y Ferreiro feliz. Se encerraba conmigo en la oficina y me decía: *Licenciada, estamos salvando a la empresa.* Pero yo todavía creía que la cosa era entre nosotros, no que todos estaban enterados. ¿Tú crees que iba yo a hacer una amiga en esa agencia, cuando ya me tenían señalada como Puta Oficial? Por más que me sintiera una extraña entre mi familia, me daba mucha lástima pensar que cualquier pinche gato en esas oficinas sabía más de mí que mis papás. Terminaba la junta y yo me quedaba en la oficina del cliente, mientras al Nefas ya le estaban llamando de su casa. *Licenciado Ferreiro, su esposa.* Y mis papás haciendo planes para cuando nos casáramos. Ya se veían riquísimos, los mensos. Estaban orgullosos de lo bien que se llevaban con Don Rodolfo. *¡Bendito sea Dios que nuestra pobre hija se lo encontró a usted, licenciado!* Me acuerdo en Navidad, cuando fue de visita con sus regalos de feria: antes de despedirse, ya en la puerta, los abrazó a los dos y hasta le prometió un súper trabajo a mi papá. *Ahora que emparentemos,* decía. Yo los veía a los tres y sentía calientes las mejillas. Parecía que estaban compitiendo a ver quién era más lambiscón, y mis papás le iban ganando de calle. Haz de cuenta que era un programa de concurso, con Nefastófeles de conductor. Y yo estaba entre el público diciendo: *No los conozco, no los conozco, no los conozco.*

Después supe que Paul no me quería. Como que no acababa de comprarle su estrategia a Ferreiro. Un día oí que le decía: *Vas a ver que esta vieja hace milagros, yo sé lo que te digo, levanta muertos.* Y como Paul apenas acababa de heredar la agencia, no le quedó otra que apostarle al único caballo que tenía, o sea el que le estaba vendiendo Ferreiro. Yo, pues: la yegua ponedora. Nunca creí que fuera a funcionar, prefería que Ferreiro me declarara inútil. Que me corriera y ya, carajo. Pero también pensaba que podía aprender algo, y a lo mejor después cambiarme a alguna agencia de verdad. No me gustaba estar ahí encerrada, pintándome las uñas y contestando el teléfono, pero decía: *Me voy a acostumbrar.* Algún día tenía que trabajar en un lugar decente. Aunque todavía estuviera Ferreiro para impedirlo, ¿ajá? Ese trabajo no era lo que yo quería, pero tenía buen lejos. Si no te me acercabas demasiado, jurabas que era yo una exitosa ejecutiva. Y lo era, carajo, ahí estaba lo peor. Nadie en la puta vida de esa agencia levantó más pedidos que la simpatiquísima Licenciada Posturopedic.

A veces me la daban de psicóloga. Iba a comer con el dueño de la fábrica y acababa llorándome en el hombro. Cuando menos pensaba, ya estábamos comprando juguetitos para sus hijos. Paul decía que teníamos que involucrarnos emocionalmente con la empresa, pero a mí me pagaba por involucrarme con los empresarios. Nunca me dijo nada, porque como que le daba vergüenza hablar conmigo de esas cosas, pero hubo un par de veces en que medio alcanzó a meterme manotas. Yo por supuesto que me hacía la occisa. No podía decirle: *No me toques,* ¿ajá? Si quería *room service,* se lo tenía que dar, ni modo que me hiciera la indignada. Pero no lo pedía, ni me lo iba a pedir porque yo le daba asco. No sé qué le diría Nefastófeles, supongo que lo suficiente para mantenerme bien lejos de él. Para que me mirara con ese menosprecio de niño mimado que me torcía el hígado. Detesto a Nefastófeles con toda mi alma, pero en el fondo Paul es peor. Paul es de los que nunca se salpican. Está detrás de todo pero no da la cara por nada. Siempre tan *cool,* el niño taradito, haciéndose el muy fuerte con huevitos prestados. O rentados. ¿Sabes por qué el mamón de Paul nunca me vio a la cara? Porque no soportaba la idea de que yo los tuviera mejor puestos que él. Porque yo no tenía que fingir que estaba trabajando. Y también porque yo trabajaba en un área donde él era un inútil. ¿O qué? ¿Vas a decirme que su esposa no tiene cara de piruja insatisfecha? No hay pierde, *darling.* Paul nunca me pidió que me le pusiera flojita porque tenía miedo a que me riera de él. El típico fantoche que dispara antes de desenfundar.

Cuando empecé a contarte todas estas cosas trataba de cuidar lo que decía. Me intimidaba imaginarte echando espuma por la boca, mentándome la madre, renegando de mí. Pero ya luego me fui acostumbrando, y ojalá tú también. Me gustaría agarrar las cintas y quemarlas, y después inventar algo lindo y contártelo. Pero ya sé que no funcionaría, que acabaría como acaban todas mis historias. Siempre que me disfrazo de buena me sale lo mala. Odio a todos y todos me odian a mí. ¿Dónde está el problema? En todos, por supuesto, ni modo que en mí. Eso es lo que me gustaría escuchar una vez en mi vida: *Fueron ellos, no tú*. Y semejante mentirota sólo tú podías creerla, porque eras todavía más inocente que mis papás. Ellos creían en mí porque yo era dinero, pero tú te embarcaste así, por nada. Diablo Guardián sin sueldo. Y ya sé que con esta grabación estoy haciendo mierda tu inocencia, pero igual es la única manera de encontrar la mía. Nunca un hombre me había considerado más importante que él, ¿cómo querías que no abusara de ti? ¿Cómo crees que voy a ser buena y generosa, cuando tú eres mi última oportunidad de portarme como una perra déspota? ¿Te imaginas siquiera cuánto te lo agradezco?

Perdón, pero no puedo controlarme. No quiero, no me importa. Necesito soltar a mis monstruitos, y como siempre tú eres el domador. No sé por qué los mimas. Deberías curtirlos a cuerazos, a lo mejor así te harían más caso. Pero quién sabe, porque te tienen tirria. Saben que tú eres el más leal de los traidores, que eres capaz de cualquier cosa por hacer que en las vidas de los demás pase lo que tú quieres, y todo porque no te atreves a sentarte a escribir una novela. Ya sabes de qué trata, cómo empieza, cómo acaba, pero por eso mismo no vas a escribirla. Ya hiciste demasiadas trampas, ya caíste solito en todas ellas. Lo único que te queda soy yo, y yo tengo tu historia aquí, en las manos. Te la estoy platicando y no la creo. ¿Por qué tuviste que venir a salvarme, Diablo Guardián? ¿No era mejor seguir con esa historia donde hablabas tan lindo del amor? ¿Tenías que venir a estrellarte contra mí? ¿No te da pena haber andado cacheteando el pavimento por una bruja ególatra y tramposa como yo? ¿No te dan ganas de aventarme un abogado, por ejemplo?

Necesito que me odies, Diablo Guardián. Que escribas mi novela sólo para vengarte, para que los lectores me odien más que tú. Quiero que alguien arranque las hojas y escriba en la portada: *Puta infecta.* Y quiero que después cierres los ojos y me mires y me digas: *Violetta, no puedo vivir sin ti.* Quiero que me ames por eso, no a pesar de eso. Que maldigas tus momentos más felices y no puedas dormir si no rezas por mí. Eres lo único que me queda, y cuando acabe de contarte todo tampoco tú vas a quedarme. Voy a cortar los cables, *darling.* Si ya maté a Rosalba, ni modo que a Violetta la deje viva. Todavía no la he matado porque no he decidido cómo voy a llamarme, dónde voy a vivir, qué voy a hacer, todo eso. Tengo que armar un plan de aterrizaje, pero antes tú y yo vamos a acabar con esto. Necesitas hacer algo conmigo. Matarme, envenenarme, atropellarme, yo no sé. Lo importante es que te asegures de joder a Nefastófeles. Que no se vaya en ceros, tú me entiendes. En la historia, en la vida, en donde gustes, pero jódelo bien, que se vea la calidad de tu trabajo. ¿O qué, Diablo Guardián? ¿Recorriste toda esta puta carretera sólo para quebrarte en las últimas curvas? Dime que no me vas a dejar morir sola. Aunque no lo oiga, dímelo. Ya ves yo: llevo días que no paro de hablar contigo. De repente me miro en el espejo del lavabo y pregunto: *¿Me extrañará?* No quiero que me extrañes, ¿ajá? Te pedí que no me dejaras morir sola, pero en cuanto me veas muerta, ya sabes: te apuras a enterrarme. Ódiame, entiérrame, maldíceme, olvídame. Renuncia a ese trabajo estúpido y escribe tu novela. Yo no soy más que un vicio que tienes que quitarte.

Tengo veinticinco años y hablo como viejita. Ya jubilé dos nombres y no sé cómo llamarme. Llevo tres meses con veinticuatro días escondida en un hotel, registrada como la señora Ferreiro. ¿Checas mi refinado humorismo, *darling*? Hace más de cien días que le estoy dando a mi peor enemigo la última oportunidad para encontrarme. Mañana que me vaya se me va a olvidar todo, y cuando tú termines de escribir la novela nadie te va a creer que de verdad había una Violetta. Va a ser un personaje, nada más. Una pariente pobre del Pato Donald. Sólo Ferreiro va a tener bien claro que existí: quiero que sepa que hasta muerta le rompí la madre. Diablo Guardián mediante, claro.

## 25. El mal juicio de Judas

Dos días antes de irse, Mamita se dejó tomar la mano. No hablaba ya, y apenas se movía. No podía escucharlo, según decían el doctor y la enfermera, pero no bien sintió la mano de su nieto-hijo, Mamita se entregó a temblar, y de pronto apretaba con la fuerza de un grito contenido, un alarido eléctrico que llevaba y traía noticias de ambos cuerpos: sus terrores antiguos, sus vísceras convulsas, sus desesperaciones innombrables, sus angustias calladas de entonces hasta siempre. Pig recuerda las sábanas, la textura del piso, el color del buró y hasta el nombre del suero: Intralipid. Recuerda cada letra danzando allá, a lo lejos, entre tubos de plástico y soportes de aluminio, mientras la mano de Mamita apretaba, empujaba, vibraba, le hablaba con los dedos, como tocando al piano una sonata ansiosa y todavía dulce. Y de pronto volvía a relajarse, agotada quizás por tanta despedida. Y él daba media vuelta y abandonaba el cuarto, en la certeza de que ya no volvería. Se lo había pedido tiempo atrás: *No quiero que me veas cuando esté muerta.*

(¿En qué consiste exactamente una traición? ¿Por qué, una vez que hemos dado sentido al porvenir a través de la obligada lealtad a un principio inamovible, un cariño que se ha pensado eterno, una utopía común, incluso una opinión vertida en el calor de un momento fatalmente furtivo, no nos es dado el privilegio de virar en una nueva dirección, por contradictoria que a los ojos de otros, y quizás a los nuestros, parezca? Uno crece mirando a la traición como aquel acto sorpresivo y deleznable por el cual el traidor ataca o abandona por la espalda, con una alevosía sobrada de perfidia, a un amigo, un pariente, un convenio callado y clandestino. Entonces el traidor es un dos caras, un malasangre, un ruin, un enemigo camuflado por nuestra ingenuidad. ¿Podemos perdonar a Judas Iscariote porque su fe, su lealtad y sus convicciones no se cotizan más allá de los treinta denarios? ¿Alguien siquiera ha dicho qué se podía hacer en aquel tiempo con semejante suma?)

Violetta desapareció un jueves por la noche. Salió de la oficina pasadas las siete, a decir del portero. Siete cuarentaicuatro, según Pig: dos minutos después de la llamada. Sentía rabia, entonces. La vio salir corriendo, cruzar el camellón buscando un taxi, encontrarlo en la esquina y desaparecer. Había decidido no seguirla, ni alcanzarla. Sabía adónde iba, y de antemano se consideraba traicionado. Era un resentimiento estúpido, pero al cabo fundado, tanto como esos celos de sí mismo: sintéticos, prefabricados, mentirosos, y aun así legítimos. Celos inmencionables, además, pues su sola existencia revelaba que no era ella, sino él, quien había empezado con las traiciones. Dos semanas después de su desaparición, cuando los padres comenzaron a llamar a la agencia para preguntar por el último sueldo y las pagas de marcha de Rosalba Rosas Valdivia, Pig tenía bien claro que la culpa de todo no podía tenerla nadie más que el *mudo:* su estúpido rival.

(¿Cuál es, en su opinión, la paridad actual de esos treinta denarios cuyo valor en pesos desconoce? ¿Cuál es, con un carajo, su precio en el mercado? Y si este precio existe —debe existir, de eso no duda nadie— ¿cómo disimular ante sí mismo la magnitud moral de tan inconfesable comercio? Responder a esta sola pregunta le habría redituado alguna paz de espíritu, como la que le dio olvidar la muerte de Mamita: sola en el hospital, con su Intralipid.

Pero dejarla al aire, como una nube gris que se va ennegreciendo y dilatando conforme los crepúsculos del alma extienden su gobierno sobre los días ya nunca más blancos, es afrontar el juicio de esos monstruos sin nombre que de noche preguntan: ¿Por qué maté a Violetta?)

*Un líder de mercado crea su propia competencia*, explicaba al principio de una presentación ante el cliente, cuando sintió el impulso de vomitar ahí mismo. Un instante después, el cliente saltaba hacia atrás, con todo y silla, perdía el equilibrio y se iba al piso, sin poder evitar que el vómito caliente lo alcanzara. Había un consuelo raro, que no se molestó en disimular, en seguir vomitando ahí, sobre la mesa, entre gritos, disculpas y llamadas de auxilio. Pensó en fingir algún desmayo a la medida, pero ya el llanto incontrolable hacía lo suyo para disculparlo. Como le sucedió en los días que siguieron a la muerte de Mamita, no había derramado ni una lágrima desde la desaparición de Violetta. Sonreía, por sistema; esgrimía una indiferencia tan perfecta que ni el más suspicaz habría detectado la remota presencia del remordimiento. Era después, a solas en la casa de San Ángel, cuando se daba a repasar, sin lágrimas ni sueño, las llamadas del *mudo:* su propia competencia.

(Hay, en la mente del traidor, un par de mecanismos antagónicos, si bien simétricos y equivalentes a los de todo juicio secular: la culpa y la inocencia. Pero no siempre son, como las matemáticas quisieran, sentimientos encontrados e inversamente proporcionales. A veces —¿a menudo?— crecen juntos, y al parejo se pertrechan ya no tanto para pelear el uno contra el otro, sino exclusivamente para romper los nervios del acusado, disolver sus certezas, como en esos Estados policiacos donde fiscal y defensor están comprometidos con la misma causa. O como en esos juicios que se prolongan por tan largo tiempo que al final nadie sabe dónde comenzaron, ni por qué, de modo que la condena o la absolución sobrevienen sin causa ni objetivo aparentes, como frutos podridos de un hastío anhelante de olvido.)

Nunca antes trabajó con semejante ahínco, por eso, cuando vieron que vomitaba hasta las lágrimas, no faltó quien lo atribuyera al exceso de trabajo: le adelantaron cinco días de vacaciones y lo mandaron a seguir vomitando en su casa. Pero no vomitó, ni consiguió llorar, ni paró de pensar en el *tac / tac-tac* que había cambiado la suerte de Violetta y la suya. No la había matado, por supuesto, pero bien que la había mandado al matadero, y hasta había probado algún deleite oscuro al comprobar que le mentía, que estaba lista para echarse a los brazos del primer retrasado mental dispuesto a seducirla con unos cuantos tacs, que *su* nosotros naufragaba ante los guiños del peor de los postores.

(Cuando uno es sospechoso de traición, el consabido trámite de ser absuelto o condenado rara vez tiene algo que ver con los hechos —puesto que el acto de traicionar o traicionarse no está en la realidad, como en la conciencia, y a veces, peor aún, en la fugaz y subjetiva apreciación de una conciencia sólo a medias consciente—, de modo que a la postre no es la justicia, sino la voluntad: esa hija no confesa del capricho, quien interviene y fija la sentencia. ¿Cuánto vale, por fin, la voluntad? ¿Con qué argumentos se la compra, se la dobla, se la tuerce?)

Veía un derrotismo mal vestido de ingenio en el truco del *mudo*. Un morbo, un desconsuelo, una fe cancerosa. Y aun así seguía, lamentando los éxitos del personaje que cada noche se entendía mejor con ella. Es decir: mejor que él. Un par de veces llegó a preguntarse si por casualidad Violetta lo habría descubierto, pero la posibilidad le pareció ridícula. ¿Cómo podía Violetta sospechar que Pig tenía su número? ¿No había ido solo hasta Tepito a comprar un celular robado, para mejor seguirla arrinconando desde la más perfecta impunidad? ¿No era el maldito *mudo* un perfeccionista? Lo había inventado para descubrirla: si él no podía rastrear en sus secretos, tal vez un *mudo* anónimo lo consiguiera. Pero no había descubierto nada, sino sus propios límites. Hasta el día en que Violetta le mintió para irse con la competencia: según ella, tenía que ir al dentista, justo el día y la hora en que, golpecitos mediante, se citó con el *mudo:* sí, no, sí, no, sí, sí, sí, sí. Ella lo había propuesto, con todo y el horario y los detalles. El *mudo* sólo había dicho tac y tac-tac: el lenguaje binario que, según comprobó al verla salir de la oficina, media hora después de recibir la llamada, lo estaba derrotando. Una vez que fue viernes, y lunes, y de nuevo viernes, y el rastro de Violetta se perdió sin remedio, Pig entendió que había procreado a un enemigo tan imbécil como invencible. Un asesino tácito: sin rostro, ni palabras, ni cojones.

(Cada domingo, cuando Papá y Mamá lo llevaban a la iglesia, el sacerdote recordaba a los presentes que el Evangelio, del cual recién había leído algún fragmento, era y seguiría siendo Palabra de Dios, y por toda respuesta los fieles alababan a Cristo. Pero hubo uno, Judas, el traidor, que en lugar de alabar a su maestro prefirió poner precio a Sus palabras. O en todo caso puso sus intereses en quienes pretendían negociarlas. ¿Era eso acaso lo que él había hecho con Violetta? No, sin duda. ¿O sí? Pero un momento: ¿quién es el traidor? ¿Son acaso Pilatos, Anás, Caifás, Herodes, los desleales? ¿Eran ellos amigos, parientes, discípulos del hombre que, a sabiendas, esperó a los captores a la vuelta de Getsemaní? No. Para ser un traidor es preciso haber sido persona de confianza. Y en este mundo Violetta sólo confiaba en Pig. De modo que si en esta historia existe lo que la gente entiende por traición, sólo hay un sospechoso a quien culpar. Un egoísta que en el fondo ni siquiera resentía su culpa de traidor, sino algo más mezquino, si bien insoportable cual llaga en la memoria: el saberse causante de no volver a verla. O incluso menos que eso: el no volver a verla, ni a tocarla, ni a sentirla. Nada más. Y así se revolvía de nuevo entre las sábanas, en la horrenda certeza de que no era una conciencia súbitamente lúcida, sino su siempre oscuro, infértil egoísmo, el demonio que nunca más lo dejaría dormir.)

No regresó a la agencia. No quería soportarlo, ni vivir con la idea de que desde la cada día más probable muerte de Violetta su prestigio en la agencia se había multiplicado, y hasta el mismo Ferreiro defendía sus campañas. Había, además, una estampida de clientes, y hasta las secretarias murmuraban que Paul quería vender la agencia. Tenía deudas, decían, y Pig se había pasado las semanas de crisis fabricando frases y párrafos habilidosos, de los que luego Paul tomaba el crédito, como quien toma un tylenol para olvidar la caries. Harto ya de encontrar consuelo en el trabajo, Pig se castigó a golpes de ocio, culpa y aislamiento. ¿Serviría de algo ir a buscar a su familia y decirles la verdad, o mejor: confesarles la mentira? ¿Y quién le iba a creer? ¿Quién podía asegurarle que no había sido todo una invención? ¿Quedaba cuando menos un testigo a la mano? ¿No era cierto que desde aquella hora de su desaparición los días eran parte de un solo descenso, cual si el carro de la montaña rusa hubiese por sí mismo decidido seguir de frente y en picada hasta el Infierno? ¿En qué momento había comenzado la caída, luego de todos esos meses impredecibles y casi felices? ¿Y si ese solo *casi*, tan desagradecido, llevaba ya en sí el germen de la traición? ¿Había sido en otra parte o en otra época más dichoso que ahí, en la cuerda floja tendida por Violetta? Habían transcurrido casi cuatro meses desde su desaparición, cuando Pig recibió una nota de aires intolerablemente póstumos: tenían un paquete para él en la oficina de correos, remitía una tal *V. R. Schmidt*.

## 26. *Bésame, Corvette*

*If love was red then she was colour blind.*
SAVAGE GARDEN, *To the Moon and Back*

Por más que me aburriera seduciendo momias de escritorio, creo que es el mejor trabajo que he tenido. Antes de eso tenía que pelear sola, con mis armas, sin nadie que me ayudara, o hasta con todos en contra. En New York sobrevives por eso, porque peleando contra todos haces músculo. La policía, el Nefas, los empleados, las camareras, no había uno solo de mi lado, ¿ajá? Así sobreviví, y a eso me acostumbré: nadie me debía nada, no me iban a ayudar hasta que me tomara la molestia de obligarlos. Siempre armé mis movidas en lo oscuro, contra todas las reglas, mi chamba era ilegal hasta entre los ilegales, y de repente me acomodan en un puesto oficialmente ejecutivo donde al final hago lo mismo de siempre, sólo que ahora con el apoyo de la empresa y la cooperación del cliente. Me dan sueldo de secretaria y trabajo de poco menos que recepcionista, pero me sueltan los *Big Bucks* por debajo del agua para que yo putee con bandera de ejecutiva. ¿No te parece de lo más brillante? Sí, por supuesto, si deveras te crees que los *Big Bucks* me tocaban a mí.

Me habían dado un coche de la agencia. Ni modo que la ejecutiva favorita del cliente llegara en taxi, ¿ajá? No era como mi Intrepid, pero qué le iba a hacer. Teníamos dos clientes grandes, que al mes ya eran mis novios. Bastante veteranos, *by the way*. Nefastófeles quería todo el tiempo meter su cuchara, pero no había espacio. No podía controlarme, cómo crees. Tendría que haberse incrustado en media cama. De repente le daba por exigirme así, *muy firmemente*, que me quedara hasta más tarde en la oficina, y eso podía significar dos cosas: tenía ganas de encamarme o de cachetearme. Entonces yo le hablaba a uno de mis novios y le decía: *Sácame de aquí.* Diez minutos después, ya estaba el güey hablando con Nefastófeles: *Licenciado Ferreiro, me urge muchísimo revisar el plan de medios.* Como quien dice: *Me están dando ganitas de gastar menos.* Y una cosa como ésas no se puede permitir, o sea que en ese momento salía la ejecutiva con el plan de medios bajo el brazo y el plan de ataque abajo del ombligo. Nefastófeles tenía mucha razón creyendo que mi personita podía mejorar la relación con los clientes, pero era demasiado ególatra para creer que además de eso podía comerle el mandado. ¿Cómo iba a ser posible que la *pirujita suburbial* se entendiera mejor que él con los clientes? ¿Qué no era yo una *limosnera perniabierta*, como me dijo tantas veces en New York? Pobrecito. Me diseñó una cárcel a prueba de fugas y en dos meses ya estaba conmigo adentro. Me había invitado a jugar en un tablero con las reglas bien puestas, pero igual esas reglas también tenía que respetarlas él. No podía agarrarme a patadas delante de Paul, y menos de mis papás. Ya le había dicho a medio mundo que yo era *una persona muy profesional.* Y al poco rato sus clientes me tenían yo no sé si cariño, pero de menos mucha preferencia. Sobre él, ¿ajá? Un día descubrí que yo era la persona mejor ubicada para negociar con los clientes, la que los agarraba en una situación más pinche comprometida. Ni Paul, ni Nefastófeles, ni nadie más podía pelear contra eso. Son leyes naturales, *darling: Abajo de la cama, todo triunfo es relativo.*

¿Sabes lo que era vivir en el cuarto de la sirvienta y ver que el Chivo Viejo salía muy temprano con *mi* coche? Era un puto tormento kampucheano, pero también servía de acicate. Vivía en una situación tan rascuache que no había por dónde conformarme. Tenía que hacer algo para estar mejor, necesitaba cuando menos cobrarme con alguien. Te dije que no me faltaba dinero, ¿ajá? Pues sí, pero no. Era mentira, claro. A mí toda la vida me falta *cash*, y si un día ves que me sobra, espera diez minutos, por favor. Estaba hecha una prángana, dormía como criada, trabajaba de puta, ¿quieres que le siga? Me sentía fugitiva, delincuente, asesina, buscona. Por eso dije: *Aguanto cualquier cosa, pero me quedo aquí.* Primero me le hincaba a mi papá, antes que permitir que me corriera. Me había vuelto docilita, hasta obediente.

No quería contártelo porque es de lo más pinche bochornoso, pero si me lo callo no me vas a entender. El día que llegué con Nefastófeles a casa de mis papás, yo estaba preparada para que me metieran al manicomio. O para que me cachetearan y me sacaran a patadas. Ciento catorce mil seiscientos noventa dólares: de ese tamaño era el rencor que me tenían. Menos los treintaitantos mil que ya les había pagado. Menos los quince y medio en que me tomaron el Intrepid. Me seguían faltando más de sesenta. Aunque por otra parte, ésa era bronca de ellos: si no me perdonaban, iba a ser mucho más difícil que les pagara. Los muy zonzos creían que de verdad Ferreiro moría por mí, según ellos estaban negociando mi próxima petición de mano. Por eso el pinche Nefastófeles tenía esa seguridad. Él me daba trabajo, yo les seguía pagando, luego venía la boda y vámonos todos a Bosques de las Lomas, ¿verdad? Yo pensaba: *Qué asco de sujeto*, pero por otra parte el plan me fascinaba. Antes de yo sentarme a discutir con mis papás, mi dizque pretendiente ya les había bajado los calzones. No podían negarse, carajo, no eran tan estúpidos. Pero igual cuando estuve frente a la puerta de la casa también a mí se me cayeron los calzones. Quería que nos fuéramos, casi le supliqué a Ferreiro que no tocara el timbre.

Cuando vi a mi mamá sentí las piernas flojas, pero antes de que abriera yo la boca para decir *perdóname*, ya me estaba diciendo *hijita chula.* Un escenón. Y con mi papá igual. Mis hermanos ni siquiera bajaron, pero igual yo tampoco pregunté por ellos. Hubo dos cosas que ablandaron mucho a mis papás: la primera, todo el dinero que les había depositado en su cuenta, y la segunda el Intrepid. Les di las llaves y les dije: *Es suyo.* Qué te cuento, les chispeaban los ojitos. ¿Sabes qué comentó mi mamá? Dijo: *Voy por mi abrigo y salimos a darle el estrenón.* Ya después se sintieron tan patrones que me mandaron a vivir a la azotea. ¿Sabes por qué a las gatas les dicen gatas? *Ésta es la historia verdadera de Rosa del Alba Rosas: La Princesa Micifuza. Una conmovedora historia de superación gatuna.*

Lo que ni Nefastófeles ni mis papás sabían era que hasta ser criada tiene sus ventajas. Número uno: A nadie de la casa le importa lo que pienses. Número dos: Ni siquiera te creen capaz de pensar algo. Número tres: Se fijan en lo que dices sólo cuando los haces reír. La criada es una intrusa con licencia, una fuereña folclórica, una merodeadora a sueldo... Todo eso lo pensaba para no maldecir mi suerte, ¿ajá? También para encontrarle un chiste a la joda de vida que llevaba. Finalmente, yo tenía claro que en cualquier momentito iba a brincar el chango. Nunca sabes de qué árbol, pero al final brinca. Aparentemente todo el mundo me iba a tener muy vigilada, pero acuérdate que yo estaba en el lugar de la criada. ¿Quién vigila a la criada y estrena coche al mismo tiempo? No tenía mucha idea de cómo iba a ser mi vida, pero era obvio que necesitaba ingeniármelas para abrir no sé, grietas, huecos, *whatever.* Pensé: *Lo único seguro es que no voy a aguantar esto por más de cinco meses.* O sea medio año ni hablar, ¿ajá? Pero ¿sabes en qué nos parecemos mucho mi familia y yo? Somos apestosísimamente sobornables.

Nunca nadie me ha sobornado tanto como la rutina. Todo los días ensayas la misma obra, un día te la aprendes y ahí poco a poquito vas torciéndola a tu gusto. O te la van torciendo a su antojo, que es lo que pasa cuando te la crees. Otra ventaja de vivir como gatita es que nadie te obliga a creer en nada. Al día siguiente de la reconciliación, llegué con mis maletas y me trataron como mierda todos. Pensé: *Ok, soy una arrimada. Está bien, no hay problema. Entre menos burros, más olotes.* Ya vendría la mía y entonces sí: arrieros íbamos a pinche ser.

Pero una se acostumbra a todo. Te digo, la rutina te corrompe. Ferreiro y mis papás sólo me trataban bien cuando estaban juntitos. Ése era todo el *show* de los tres: *¡Cuánto queremos a la nena!* Y al final bien, porque sus atentísimas hipocresías garantizaban que Ferreiro y mis padres solamente se decían falsedades, generalmente conmigo en medio. O sea que yo era la única persona en este mundo que conocía las mentiras de los tres. ¿Quién cuida sus palabras cuando habla con la criada? Nefastófeles no, mis papás menos. Ninguno se tomaba la molestia de mentirme, pero bien que me usaban para engañarse entre ellos. Ahora súmale mi trabajo con los clientes, que al ratito de conocerme me adoraban. Ya no podía andar por el *mall* de Caesar's Palace, pero estaba ganando libertad a carretadas. Por un lado, en mi casa les tenía sin cuidado si yo entraba o salía. Por el otro, mis clientes-novios me ayudaban a escabullirme de Nefastófeles. Me la pasaba bien, me metía lana extra, mediocre todo pero muy tranquila: como que cada día iba pensando menos en el muerto. Se me había ido el miedo, creo que la rutina me lo había espantado. ¿Tú sabes cuánto tiempo sobrevive la rutina sin el miedo? Por más sobornadísima que de repente me sintiera, era obvio que no me iba a quedar así. No me caía mal tener un par de horarios, pero el chiste de la rutina es irle robando espacios. O sea meterle zancadillas, no dejar que te agarre sino agarrarla tú y hacerle una súper *manita de puerco.* Ella te soborna, tú le tuerces la muñeca. Y se la quiebras, si se llega a ofrecer, pero no te quiebras tú. No puedes estirar la mano para ver si te sobornan. No es lo mismo comerte la mierda que te sirven, que decir: *Por favor, denme más mierda.* Al que te soborna le gusta que le beses los pies. O la mano, o el culo, porque es tu patrón. Se está poniendo en el lugar de tu dueño. Ok, yo me dejaba corromper, pero también hacía lo mío para corromper a los otros. Estaba sobornando a mis papás, y también a mis clientes-novios. Con distinta moneda, eso sí. Pero por otra parte Ferreiro estaba sobornando a esas mismas personas, y hasta a mí. Si yo dejaba que la rutina terminara de emputecerme, no iba a pasar jamás de ser la chalana del Nefas, ni la miau de mi casa, ni el colchón de los clientes. Me acuerdo que pensaba: *Let's face it, Violetta: más tarde o más temprano te le vas a poner al brinco a Nefastófeles.* Era cosa de *timing*, nada más. Una se sienta encima de la rutina como si fuera la banqueta de una avenida. De pronto ve camiones, taxis, pipas, motos, bicicletas, trolebuses y dice: *No, ahí no quiero irme.* Luego pasa un Jaguar, un Ferrari, un Porsche, y una vuelve a decir: *No.* Digo, mal no está, pero eso no es exactamente lo que quiero. ¿Sabes por qué me quedo en la banqueta? ¿Por qué no quiero moverme de aquí, por más que pasen coches y camiones que según esto van para allá? Porque estoy esperando a un Corvette amarillo. Convertible, con vestiduras negras, hocicón. ¿Te has fijado que el Corvette es el coche más hocicón del mundo? Deja el tamaño: el rugido. Un motorón detrás de un hocicote. Según Violetta, eso tenía que ser el amor.

Violetta, Rosalba, Rosa del Alba: ya ninguna era yo. Vivía dividida todo el tiempo. Rosalba en la oficina, Rosa del Alba en la casa (me lo decían por joder, eso estaba clarísimo) y Violetta en el espejo. Me miraba por horas, unas veces sentada dentro del coche, otras en el espejo del baño, otras en mi espejito del buró. Decía: *¿Dónde estaré yo? ¿En los ojos, en los labios, en la frente?* Casi toda mi vida sucedía a espaldas de mí misma. Yo, Violetta, no estaba en ninguno de los personajes que representaba a diario. No sólo porque me llamaran con otro nombre, también porque las cosas las hacía desconectada, con el cinismo en cien y la conciencia en ceros. Así como la gente apaga la luz para poder dormirse, yo tenía que apagar la conciencia para despertarme. O más bien levantarme, porque cuando lograba darme el lujo de ser yo el día entero, apenas me paraba de la cama. Un domingo con toda la casa para mí sola, por ejemplo. Me iba a echar en el cuarto de mis papás y veía videos todo el día. Sin sonido, a veces. No la pasaba mal. Fumaba mariguana como loca y dedicaba el día a planear lo que iba a hacer cuando llegara mi Corvette amarillo. Al día siguiente abría el ojo y desconectaba la conciencia. La criada, la secre, la ejecutiva, la movida: ninguna de esas perras era de mi talla. Por eso de repente me hacía bolas y tenía que acabar sacándome la risita babosa de la manga. *Ay, licenciado, qué loco está usted. Jijijí, jojojó.* Violetta conducida por piloto automático, mientras adentro yo seguía preguntándome cuándo carajos iba a cambiar mi vida. ¿A la hora y en la hora de mi muerte, amén? Tenía tantas emociones sin estrenar que cualquier día iba a empezar a oler a podrido. Imagínate el *oso* delante del cliente.

Me enferma esa palabra: *oso*. Los ejecutivitos de la agencia vivían con el Jesús en la boca por el miedo de hacer un *oso* con sus pinches clientes. Tanto miedo le tienen al ridículo que le dicen *oso*. Le decimos, pues. Pero a mí no me da miedo el ridículo. Lo he hecho toda mi vida, ¿ajá? Nadie vive tan cerca del ridículo como la clase media. Por eso nadie quiere quedarse ahí, donde cualquier jodido te falta al respeto. Un güey de clase media no tiene guardaespaldas que aventarte, pero tampoco se atreve a encajarte un cuchillo en el cuello. Entonces, claro, se aguanta la vergüenza. Hace su *oso* de todos los días. ¿Sabes, por ejemplo, el tamaño del *pancho* que yo estaba haciendo ante mis mamones ojos? Si me veía con calma, decía: *Pobre muerta de hambre.* Por eso nunca me veía con calma. ¿Quién puede tener calma cuando está esperando un Corvette amarillo? *¡Hey, bola de pendejos! No crean que porque estoy sentada en la banqueta no tengo adónde ir.*

Tenías que haberme visto en un microbús. O todavía peor: en el metro. No quería ni sentarme, prefería ir incómoda. De repente Ferreiro me decía: *¿Sabes qué? Van a ocupar el coche.* Tres, cuatro días. Una semana, de repente. Y ahí venía Violetta llegando en la mañana a pata, oliendo a sobaquina de carne de cañón. No podía aceptar que mi vida siguiera así por mucho tiempo. Ni un amigo, ¿me entiendes?, y amigas menos. Con la fama de golfa que tenía, solamente los najayotes se me acercaban. Pelagatos calientes, obvios, *you know.* Los típicos de escuela lasallista, tlahuicas de trajecito. Y para los que le hablaban de tú a Paul yo era una porquería. Además, Nefastófeles se encargaba de espantármelos. De repente llegaba y me decía: *Tienes la tarde libre para que compres calzoncitos.* Y lo anunciaba fuerte, que lo oyeran todos. Me daba nalgaditas, me hacía y me decía cosas para que me miraran como su putita. En el metro me portaba mamona del puro asco, pero en la agencia lo tenía que hacer a huevo. Con lo poquito que me respetaba Ferreiro, no podía voltear ni a ver a los compañeritos. No pensaba tirarme a ninguno, ni iba a aguantar que me anduvieran manoseando. Tenía que portarme como una *bitch* de miedo, hacerlos que me aborrecieran todavía más que a Nefastófeles. Pero eso me fregaba el día. ¿Sabes lo que es pasarte la mañana pintándote las uñas y leyendo el periódico nada más por joderlos? Luego también trataba de que me dieran algún trabajo, que me dejaran ayudar a lo que fuera con tal de no aburrirme, pero cero: nadie me respetaba, me veían como diciendo: *¿De qué burdel saliste? ¿Cuánto dices que cobras?* La carne de cañón merendándose a la carne de colchón: de mi cuenta corría que se iban a empachar.

¿Ahora sí ya entendiste por qué agarraba el metro? Me ponía en forma. Cogía condición desde temprano y llegaba a hacerles la guerra pesadísimo. Aunque ni tan temprano, porque entraba a las diez. Una hora más tarde que todos los esclavos. A veces me iba apareciendo cerca de las once, y a esa hora me daba por enchinarme la pestaña y echar el cafecito y saludar de beso en la boca a Ferreiro. *Bitchcraft* a fondo, *no speed limit.* Si lograba tronar a mis compañeritos, iba a estar lista para llevarme entre las patas a Nefastófeles, y para eso no había mejor entrenamiento que venir a las nueve y media apretujada entre chingo mil nacos que te tortean o te roban o te empujan y decir: *Odio esto, odio esto, odio esto, odio esto, odio esto, no puedo soportarlo, voy a matar a cachetadas al primer tlahuica que me vuelva a poner la mano encima.* Cuando llegaba a la oficina decía: *Va la mía, cabrones.* Al poco rato veías a la secre de Paul chille y chille porque había perdido el pasaporte de su jefe. Y ya en la tarde Paul bramando del berrinche porque tenía que irse al día siguiente a New York y no lo iba a lograr, el pobre. Así desaparecí sueldos, papeles, cheques, cosas que a veces me servían y a veces no, pero de fijo le ponían en la madre al enemigo. ¿Qué se estaban pensando, pinches gatos hambreados?

Yo igual había soñado con hacer publicidad en serio, aprender cosas, entrar a las juntas, y a la hora de la hora nadie me dejaba. Cuando íbamos a ver a algún cliente, Nefastófeles me prohibía abrir la boca. Decía: *No se te ocurra abrirla hasta que él se baje la bragueta*, y yo me hacía la sorda para no darme por humillada. *¿Qué decías? Ay, perdón, es que estaba quedándome dormida.* No tenía dignidad, pero era cínica; una cosa se compensaba con la otra. Trataba de nunca discutir con él, me jodía muchísimo que me pegara. Me daba un miedo horrible que un día se le ocurriera voltearme un revés enfrente de alguien de la agencia. Pobrecito Nefastófeles, seguía sin saber la raza de alacrán que se estaba echando al hombro. Deveras creía el pendejo que no tenía yo ni rastro de amor propio, que mi linda carita era su escupidera. ¿Quién era más ingenuo? ¿Yo, que me hacía la sorda cuando me insultaba, o él, que estaba poniendo a sus clientes en mis santas manitas? No es que no oyera todos sus insultos, es que estaba ocupada archivándolos. Una de las razones por las que me aguanté sin nunca abrir la boca era que yo decía: *Me cae que a este infeliz voy a voltearle la tortilla. Por favor, señorita, tome un número y espere su turno.*

¿Estás de acuerdo en que yo no podía enfrentarme a Nefastófeles sin mi brioso Corvette amarillo? *Amazona sin montura, coatlicue segura.* En el metro pensaba: *Ok, soy una prángana, pero a ninguna de estas gatitas la está esperando un Corvette amarillo.* Eso no lo dudaba. Que en algún punto del planeta tenía que haber un Corvette amarillo con mi nombre. ¿Te fijaste que casi ni he mencionado la palabra *suicidio?* Para eso exactamente sirven los Corvettes amarillos: cuando sabes que hay uno en tu futuro, no te cabe la idea de morirte.

No sé si tiene caso que te explique. Mi Corvette amarillo es un coche, pero no sólo un coche. Es mucho más. Mi Corvette amarillo es todo lo que pasa dentro o fuera de él. Una fiesta, una orgía, una revolución, unas olimpiadas. Aunque eso sí: hay un par de límites. El de velocidad, que está muy lejos, y el de pasajeros: dos. ¿Te imaginas lo payo que se vería el asiento trasero del Corvette? Ferreiro traería uno, segurísimo. Con sus correspondientes vestiduras de *ciertopelo fucsia.* Por eso alguien como Ferreiro jamás habría cabido en mi Corvette amarillo. *High and fast living,* ¿ajá? Una forma de vida que fuera inalcanzable para todos los hombres que me rodeaban, aunque me persiguieran su triste vida entera. Obviamente mi Corvette amarillo tenía que llevar metralletas, lanzallamas y turbinas integradas. Cada vez que me resignaba a subirme en el metro pensaba:

*Paciencia, baby, estás armándote un acorazado con alas.* ¿Te acuerdas cuando me dijiste que no podías separar a tu novela de tu vida, sobre todo si no acababas de escribirla? También decías que el odio y el amor y la muerte y el sexo te parecían siempre un poco más chiquitos, o bueno, menos grandes que la novela. Insisto: aunque no la escribieras. Ok, pues es la misma historia de mi Corvette amarillo: *I was The Passenger.*

Para tener un Corvette amarillo hay que empezar por el estado de ánimo. Cuando una llega a visitar al cliente en taxi, o en el coche de la empresa, tiene que hacer a un lado esas miserias y pensar: *Acabo de llegar en mi Corvette amarillo.* La doctora Schmidt aconseja en estos casos un poco de sugestión: llegas, miras a la recepcionista y te preguntas qué cara pondría la vieja si pudiera ver tu Corvette amarillo. Puta envidiosa, ¿ajá? Bueno, pues ya que sabes a qué clase de basura te diriges, le dices: *Tengo una cita con el Lic. Cacagrande.* Sin por favor, ni buenas tardes, que sepa que vomitas a los envidiosos. Y así vas repitiendo la operación con secres y chalanes, hasta que llegas con el mero Licenciado Cacagrande y te preguntas: *¿Qué haría este canchanchán si un día le prestara mi Corvette amarillo?* Te lo imaginas presumiendo con sus amigos, aventando lámina en el Periférico, persiguiendo golfitas por Insurgentes. Y sonríes, porque ya viste lo barato que es el güey. Y él se la traga toda, porque le estás sonriendo. Pero una siempre debe estar segura de que el Lic. Cacagrande está contento porque le emociona muchísimo la idea de poner sus pezuñas en los pedales de un Corvette amarillo, *divertible y con vestiduras negras.* Todavía no tenía claro cómo hacerme rica, pero ya había aprendido a aparentarlo. Eso era exactamente lo que Ferreiro no sabía, y a mí no me importaba que me vieran en toda la oficina como putita chafa con tal de que Ferreiro siguiera sin conocer mis números. Sabía demasiadas cosas mías, pero ya no las más importantes. Él pensaba que yo seguía chillando por mi Intrepid, y a veces me hacía chistes ojetitos, tipo: *¿Y qué tal tus papás, todo sobre ruedas?* Mi única venganza era saber que él no sabía nada del Corvette amarillo. O sea, no sabía ni madres de la vida. El pobre infeliz.

Puede que sí sea yo una *escapista natural,* pero me recagaba que me lo dijeras. No quería escaparme de ti, si me escondía y te me desaparecía era porque tenía que jugar en otro tablero. Nunca es igual decir: *No quiero que me busques*, a pensar: *Ojalá no me encuentre*. A veces me moría de ganas de que te aparecieras, pero de todos modos te habría zorrajado un botellazo en la cabeza. Sólo hay un tipo de persona a la que puedo estar muriéndome por darle un beso y recibirla con un botellazo: el chofer de mi Corvette amarillo. *Atención, escapistas: Ofrezco mis servicios profesionales como conductor de Corvettes amarillos*. Eso fue lo que yo leí en tu solicitud de empleo, aunque tú hayas escrito otra cosa. ¿Cómo sé que me andabas buscando a mí, más que a la chamba? Ya te dije, querido, por un papelillo. ¿No te parece demasiada coincidencia que te llevaras tus articulitos del periódico y dejaras una hoja de tu novela en mi escritorio?

Ya sé que pudo ser un error, pero si me convences de semejante pendejada no te extrañe que me arrepienta de todo y te maldiga, por farsante. No es para tanto, pues, sólo quiero que veas cómo hacía para estar segura de que tú podías pilotear mi Corvette, aunque no fuera cierto. Lo importante no es que las cosas *sean*, sino que *salgan* ciertas. Lo importante fue que dejaste ese rollo en mi escritorio y lo leí mil veces. ¿Por qué me lo dejaste a mí, y no a Lerdo? ¿Te dio vergüenza que el viejo almorraniento descubriera tus sentimientos encueraditos, o más bien te excitaba enseñármelos a mí? Ya sé: lo hiciste inconscientemente, alguien dentro de ti reconoció mis códigos y dijo: *beep-beep-beep-beep-beep-beep*. Casualmente, yo leí ese papel y pensé: *Contratado*. Digo, lo más posible era que acabaras renunciando, o que yo te corriera de mi Corvette, pero por lo que habías escrito me venías a la medida. Te gustaba la velocidad, tenías ganas de meterte en problemas, querías apostar fuerte. Fue lo que yo leí, a final de cuentas, pero como no quiero que te enojes y ya no quieras escribir la historia de mi vida, voy a soltarlo todo de memoria.

*Yo no sé si usted llegó a mi vida con la misión expresa de rescatarme de una guillotina inminente, pero es cierto que su llegada me salvó de escoger entre la muerte y la locura.*

*La locura: una cárcel distante cuyas puertas son tanto más nítidas cuanto menos uno se resigna a vivir en el horror. La locura no brota como una súbita infección en el cerebro. La locura es aquella enfermedad que sólo nos amenaza cuando ya sus uñas se han alojado en las entrañas, de modo que pelear contra ella es también despedazarnos el vientre, oprimirnos los pulmones, perder el miedo a la muerte como se pierden la inocencia y el amor.*

*El amor es un bien que no he perdido. Cuando entre las condiciones que se le ponen al amor no se halla la correspondencia de quien se ama, y en realidad tampoco puede hallarse ninguna otra porque se ha decidido amar incondicionalmente, el amor, que por su propia vehemencia vive más allá de posesiones tan irrelevantes como el bienestar y la cordura, sólo puede perderse con la vida. No he muerto, luego amo.*

*Amo a una mujer a la que no conozco, y tal vez a ello se deba que no puedo cesar de contemplarla cada vez que la ausencia del mundo me brinda el anestésico de la soledad. Sé que esa mujer existe, podría dibujar la fachada de la casa donde vive y pienso, porque así aún lo quiero, que ocupo algún lugar en su memoria; pero a mí la memoria no me ha servido sino para frenar mis pasos, atar mis ojos al interior de los párpados y proyectar en ellos la película más obsesiva del mundo: Dalila.*

*Dalila es un nombre que no tiene cuerpo. Dalila es la palabra que a diario me visita pero jamás se queda a dormir. Dalila son seis letras formadas por cuchillos. Dalila es el principio de la música y el fin de la plegaria. Dalila es ese nombre que un día escribí en los muros de la casa de Dios; desde entonces acaricio su textura, tal como otros recorren con manos, boca y ojos a sus mujeres. Dalila se pronuncia degollando la lengua, y luego acariciándola. Es el nombre que tuve que inventar para ocultar al otro: el innombrable, aquel que sepulté para ya no decirlo ni pensarlo ni escribirlo. Y si hoy abandono mi juramento y escribo ese nombre en el sobre donde habrán de viajar moribundas de miedo estas palabras, lo hago con el solo propósito de que lleguen hasta usted, aunque con la secreta esperanza de que jamás lo logren. Quiero pedirle perdón por mi atrevimiento, por mi cobardía y por cada una de las debilidades que con seguridad me hacen indigno de habitar sus recuerdos. Pero antes de narrarle una historia que es más suya que mía, debo también pedir perdón por ella, por Dalila.*

*Dalila es usted.*

No me vas a decir que le falta un renglón. Es la única vez en mi vida que me aprendo algo así de largo, de corrido. ¿Qué querías que pensara después de leerlo? Podías cambiar «Dalila» por «el Corvette amarillo» y seguía funcionando igual. Y no digo que yo fuera *Dalila*, ni tampoco que tú fueras mi Corvette. Yo no sabía mucho del amor, aunque a veces lo hiciera tan seguido. No sabía ni madre, más bien, pero después de ver lo que tú habías escrito dije: *Señoras y señores, he aquí a uno más perdido que yo.* Porque al amor yo lo había evitado como a la peste, y a lo mejor por eso me hice prófuga compulsiva, pero tú lo esquivabas sin darte cuenta. No sé si me entendiste: buscabas al amor como al trabajo de publicista, con muchísimas ganas de no encontrarlo. Tú me inventaste a mí, pero yo ya me había inventado sola. Lo que escribiste no tenía que ver nada con lo que yo era, ni con lo que según yo tenía que ser el amor. Pero igual me dolía, como si sólo hubiera crecido con un brazo y de repente me encontrara el otro, moviéndose, diciéndome: *Hola, nena, no sabes cuánto te he extrañado.* Lo confieso: me sentí amenazada. Por eso decidí que eras muy conveniente.

Hay mujeres que dicen: *Ay, yo no sé por qué los hombres nada más me quieren fajar.* Cuidado con esas putas. Cuando no quieres que te fajen pones un foso lleno de cocodrilos entre tu personita y el mundo. No te voy a decir que supiera cuidar mi virtud, más bien lo que sabía era ponerle precio. Por eso no dejaba que me la manoseara cualquier comemierda. En realidad mi única virtud seguía siendo parecer lo que no era. No siempre me salía como lo planeaba, y de repente como que se me asomaba el cobre, pero digamos que sabía arreglármelas para desconcertarlos. Me reía como estúpida, hacía preguntas ñoñas y cuando menos lo esperaban soltaba un comentario ácido, o contaba algún chiste groserísimo, o me abría la blusa frente a mi culto público. No estoy segura de que me divirtiera, pero tampoco sabía cómo comportarme. Nunca había tenido que estar en una junta. Usaba palabritas que se me iban pegando, más las que había aprendido cuando me puse sola a estudiar mercadotecnia, pero como que no era suficiente. Yo decía: *Me falta algo, a touch of chic, no sé.* Odio sentirme naca, no lo soporto ni dos segundos. Y Ferreiro se encargaba de recordármelo a cada rato. Un día a media junta me dice, en la jeta del cliente: *Rosalba, sírvenos por favor unos cafés.* Todos los tigres le tienen miedo al domador, hasta que cualquier día se lo comen. ¿Sabes cómo le contesté? Con una preguntita: *¿Así, o encuerada?* Ferreiro y Paul cambiaron de color, pero el cliente se zurró de risa, y ellos tuvieron que reírse igual. Yo me estaba tirando a su puto cliente y el idiota pensaba que podía chalanearme delante de él. Pensé: *Me va a correr.* Pero luego el cliente me felicitó enfrente de todos, o sea que a tragar camote, señores. Era la guerra, ¿ajá? Cuando me conociste yo empezaba a ser un problema para la agencia. Tú no te dabas cuenta porque te ibas a las seis, pero luego se armaban unas gritizas perrísimas entre Ferreiro y yo. Hablábamos cuando ya no quedaba nadie en el piso, y entonces él me amenazaba con correrme y yo decía: *Ok, córreme, y yo para mañana me convierto en tu cliente.* Él me daba de cachetadas y yo le aventaba las engrapadoras. Me decía: *Otra más y te mueres, pinche indita malagradecida,* y yo: *Me muero de risa, cabrón, yo me voy a encargar de que te joda Paul.*

Paul seguía quejándose de que las campañas estaban del carajo, pero el güey no dejaba de venderlas. *I mean:* sus dos grandes clientes me adoraban. Sabían que la agencia era una mierda pero estaban felices de tener un *detallito* ahí. El día que Paul vio tu campaña de puntualidad, le dijo algo a Ferreiro sobre ti. Según esto eras *muy talentoso.* O sea que entre tú y yo le estábamos armando el huato a su pinche agencita. Y eso a Ferreiro lo ponía verde, se figuraba que ibas a joderlo. Cada vez que cualquiera estaba bien con Paul, Ferreiro echaba a andar la alarma. Y a ti no te importaba, en realidad, hasta creo que te habrías enorgullecido muchísimo si te hubieran corrido a patadas. Que es lo que merecías. Pero allí estaba yo, y tú por defenderme ibas a ser capaz de cualquier cosa. Podías pelear de frente con Ferreiro, mientras yo por detrás le metía el pie para que le pusieras en su madre. *My God, here comes my hero!*

Un alacrán piadoso: nada más eso me faltaba. Y te lo digo en serio, un diablo de la guarda era todo lo que yo necesitaba en la vida. Alguien que fuera un *freak* en todas partes, que los demonios y los ángeles lo vieran con la misma desconfianza. Yo no estaba para creer en nadie, pero tenía que agarrarme de algún lado. Hacer tierra. De repente pensaba: *Con un buen aliado, tranquilamente me andaría quedando con la agencia.* Pero tú no servías para eso.

Los que sirven para eso empiezan por framear a su cómplice. ¿Cómo dices *framear? ¿Emboscar? ¿Atrapar? ¿Entrampar?* Suena horrible. De cualquier forma, tú no me ibas a framear. *Not that way*, mínimo. *Not the way all those motherfuckers wanted me.* Tú querías mucho más, se te veía en los ojos. Ni siquiera te distraías en mirarme el cuerpo, seguramente porque querías la sangre, y luego porque la reconocías en cada mordida. Había días que me dabas miedo. No me veías de frente, pero si yo no estaba en mi escritorio te acercabas a husmear. Mirabas los papeles como fotografiándolos. Entonces dije: *Voy a ver si funciona todo como yo creo*, y te puse una trampa para ratas. Recorté una hoja de una revista donde decía: *Los hombres osados se visten de rojo.* Era una babosada, pero la subrayé. Luego me levanté a dar una vuelta. Me asomé, te vi espiando y pensé: *Ya mordió el queso.* Y caíste, querido. Al día siguiente traías suéter y calcetines rojos. Ya sé que si estuvieras aquí lo negarías, pero lo bueno de este sistemita es que no puedes decir sí ni no. Me importa un pito si sí o si no, yo sé que sí y ya. ¿Sabes cómo le dicen los españoles al control remoto? *Mando a distancia.* Suena bien, ¿no? Ya sé que no te gusta que te diga *rata*, pero no te pedí que asaltaras la ratonera. Por eso mejor digo que entre tú y yo inventamos un modelo personalizado de mando a distancia. Unas veces lo usaste tú y otras yo, o sea, ni modo de no usarlo. Tú querías acercarte a mí, yo necesitaba que te acercaras, y lo único que sabíamos los dos era hacer trampas. La diferencia era que yo lo hacía *profesionalmente.* Tú no tenías la vida colgando de tus trampas, a menos que empezaras a mezclarlas con las mías. Pero querías eso, ¿ajá? Si lo que habías escrito era cierto, estabas más que listo para saltar conmigo del trampolín, aunque abajo en lugar de agua hubiera leña.

Y yo tenía que escaparme, no lo quería pensar pero ya estaba enferma de mi puta vida. Me sentía podrida de trabajar como corpopiruja, de no tener amigos, de seguir contestando el maldito celular, de vivir en mi casa como pinche arrimada, de ganar un montón de dinero y no tener ni coche, de seguirles pagando a mis papás el dinero que ellos también se habían robado, de mis hermanos nacos y pendejos... ¿Sabes cuál era el orgullo más grande de mi madre? Qué horror, Dios mío: los videos en los que sus hijitos cantaban con la estudiantina de La Salle. No te puedes imaginar la pena que sentía de verlos salir de la casa vestidos de mosqueteritos jotos. Por cierto, también eran *boy scouts*. O sea que como ves, tenía más de una razón para correr a tus brazos, pero tampoco te iba a negar el gusto de ser tú el que pegaras la carrera. ¿Cachas la idea, *oh, my hero?*

La verdad es que no sabía ni de qué hablarte. Me preguntaba si hablarías como escribías, y decía: *No la jodas, no nos entenderíamos nunca.* Aparte, eras mamón. Te encerrabas con tus libritos y no le hacías caso a nadie. Más que a mí, que no te pelaba en absoluto. Cuando te ibas me daban ganas de esculcarte, pero luego pensaba: *Mejor que me lo enseñe todo él solo.* ¿Sabes qué otro libro tendría que escribir la doctora Schmidt? El *Manual de jaques para reinas desubicadas: cómo framear al rey sin mover una pestaña.* Por eso en realidad no me importaba que los pendejos gatos de la oficina me vieran feo. ¿Cuándo has visto que un peón se meriende a una reina?

Tenía un gran defecto: me había hecho *muy* pacheca. Supongo que era una forma de soportar la vida de sirvienta que llevaba. A veces me subía al metro perdida. Con carita de estúpida, seguro. Supuestamente con la mariguana la gente se hace más amigable, pero conmigo pasa lo contrario. Me enconcho, me desconecto, me voy todita para dentro. Me miras a los ojos y lees: *Nobody home.* No te puedo atender, vuelve más tarde. *Ventanilla cerrada por inventario.* Además, en mis cinco sentidos iba toda tiesa, con pose de mamona, vigilando que no me manosearan, mientras que ya pacheca me importaba un pito. De pronto me gustaba. No sé si sepas, es un viejo deporte de coatlicues. ¿Te has fijado que hay viejas que se pintan y se perfuman nomás para treparse al metro? Te iba a decir que es como un inmenso *casting*, pero igual es más bien un tianguis. El Gran Tianguis Móvil de Culos y Tetas. *Atención, puñeteros: se vale sobar.* Entonces te decía que ya pacheca me ponía flojita. Y era también como una vengancilla, porque decía: *Bueno, si Ferreiro me va a manosear en la oficina, mínimo que no sea el primero.* Aunque eso sí, era el más asqueroso. Si de plano me dabas a escoger, prefería besarle las axilas al chofer del metro que tener que aguantar encima las garras de Ferreiro. Digo, para que entiendas por qué me emberrinchaba tanto que me hicieras escenas de celos cada que me veías con el pendejo del Nefas. *Psst, sobrecargo, una bolsa de mareo por el amor de Dios.*

*Ladies and Gentlemen: Violetta Unplugged.* Decía que sí a todo y me valía una madre si se caía el mundo. Llegué a ser tan pacheca que hasta cargaba galletitas de mantequilla verde. Me las comía a las once de la mañana y el pasón me duraba hasta la hora de salir. Excepto cuando tenía junta con el cliente, que por supuesto iba a durar hasta quién sabe qué horas. Dirás que no eran exactamente reuniones de negocios, ¿ajá?, pero yo creo que sí, y hasta más que las otras. Cuando un cliente se sentaba en una mesa con Ferreiro y Paul, no hacían más que arreglar pendejaditas del diario. Yo, en cambio, tenía que echar a andar una puta obra de teatro. No podía estar pacheca, porque entonces no conseguía todo lo que me había propuesto. Lo de menos era que me aprobaran las campañas, eso podía conseguirlo sin tener que perder la vertical. El chiste era poner al güey completamente de mi lado, y ése es trabajo fino. Tanto que ni siquiera tiene que ver con el colchón. No importa si negocias en la mesa o en la cama, la onda es saber quién va a tirarse a quién. Los hombres casi nunca se preguntan eso, a lo mejor porque ya están acostumbrados a estar arriba. Y en mi caso el cliente estaba tres veces arriba: una porque era hombre, dos porque era cliente, y tres porque tenía cosas que yo quería tener. Podría decirte: *Zutano y Perengano*, pero es mejor que siga diciendo: *El Cliente*. Porque eran eso, los clientes de la agencia. Y yo era una ejecutiva que trabajaba en el área de *Servicio a Clientes*. Con esa coartadita me movía con una libertad que los demás ni soñaban. Finalmente, la gracia era llegar a mi casa diciendo: *Me los cogí a todos*. ¿Tú crees que toda esa labor no era trabajo? Paul decía: *Tenemos que hacer de cada cliente un amigo*. Yo pensaba: *A la mierda la amistad, I need some sugar daddies*.

¿Cómo traducirías *sugar daddy*? *¿Papito azucarado?* Se oye de lo más guarro. Pero así era. Si quería que mi papito me diera mi domingo, más me valía retacarle de azúcar el hocico. Tenía que echar a andar una historieta, con celos y apapachos y todo el repertorio. O sea que si le rascas yo era la que inventaba las historias y tú el que se prostituía. ¿Ves cómo suena fuerte? *Prostituirse:* parecería que no hay nada peor y al final casi todo el mundo lo hace. Lo que realmente les molesta es que una lo haga mejor que ellos. Les gustaría verte parada en la banqueta con un chicle en la boca: *¿Qué pasó, papacito, vas a ir?* Les gustaría aventarte trescientos pesos a la cama, subirse la bragueta y olvidarse de ti por los siglos de los siglos. Tú no sabes a cuántos estúpidos me llegué a encontrar que corrían con tal de no tener que saludarme. Carajo, ¿quién les dijo que yo pensaba siquiera decirles *hola*? ¿Nadie se ha dado cuenta que estoy de paso, que así como una noche doy el colchonazo al día siguiente puedo ir a comer al Jockey Club, y que de todos modos sigo estando de paso? ¿Por qué la gente nunca cree que eres más de lo que ve? ¿Por qué ven solamente lo que quieren ver? Cualquier perro sarnoso y malcomido puede ver más que los pendejos que se creen inteligentes. Cualquier rata ve más que cualquier gato.

¿Tú crees que yo iba a darme el lujo de no comprarte? Como te digo, todos eran tramposos, pero tú me saliste canela fina. Las trampas de los otros eran obvias. Contabilidad doble, comisiones de imprentas, facturas alteradas, lo normal. Hasta mis mariditos de New York me contaban de enjuagues como ésos, ya ves que tengo vocación de confesora. Había tardes en que te veía encerrado escribiendo y decía: *¿Qué está haciendo este güey?* Entonces me esperaba a que te llamaran a junta y entraba rapidísimo a checar. Sólo lo hice dos veces, una de ellas apenas alcancé a leer tres palabritas: *oficina de mierda.* La otra estabas tratando de copiar la firma de Paul. *Beep-beep-beep-beep, tenemos un saboteador en la empresa.* Nunca pensé que fueras un ladrón, los ladrones no se andan quejando por las oficinas de mierda. Odiabas trabajar allí, seguro dabas cualquier cosa por andar a esas horas en la calle. Cada vez que podías te asomabas. Ibas al baño todo el tiempo sólo para arrimarte a ver la calle. Por eso dije: *Tengo que hacer algo.* No te me habías acercado, y si te me acercabas yo iba a tratarte como mierda. Necesitaba un pacto, algo muy por debajo del agua. Deja que te lo explique: *Tenía que agarrarte de los huevos.*

Había leído tu contrato por un mes. No sabía si te ibas a quedar, pero según decían no eras malo. Eras lacra y te daba hueva el mundo entero, aunque igual yo podía hacer algo contra eso. Si me las arreglaba para que la agencia conservara sus clientes, bien podía empezar a mover mis influencias para que el nuevo empleado no se fuera. Mis influencias contigo, para que me entiendas. Porque yo me sentía muy confiada en eso, me mirabas de un modo que no había lugar a dudas. Pero necesitaba una coartada, no podía llegarte puteando. Tenía que intentar algo más decente, y al mismo tiempo totalmente *undercover.* ¿Ves qué mundo de mierda? Está todo tan pinche corrompido que la decencia tiene que esconderse para sobrevivir.

¿Quién soy yo para hablar de la decencia? Supongo que alguien que la ve de lejos, que trata de alcanzarla, pero sin mucho esfuerzo. Porque si me esforzara, menos la alcanzaría. Siempre que digo: *Ahora sí, ya voy a ser decente*, uno, dos, tres: me convierto en una imbécil. Se me secan los sesos, pongo cara de Virginia Santoyo, le digo a todo el mundo que sí, que sí, que sí, mira tú qué pendeja tan encantadora. Y no funciona, ¿ajá? Pero contigo no me lo propuse. No podía contar con que no supieras algo, por más que no te viera nunca hablar con nadie. Si Paul ya me llamaba la *Lic. Posturopedic*, lo más fácil era que en cualquier junta repitiera su chiste. Supongo que el respeto no tenía por qué estar entre las prestaciones de la empresa. ¿Qué iban a respetarme? ¿Que gracias a las prestaciones que yo le hacía al cliente podían seguir sacando la nómina? Nunca tuve quien me contara chismes, aunque ni falta hacía. Finalmente una siempre escucha cosas, tampoco había que ser cartomanciana para olerse que la agencia hacía agua por todas partes. Hasta las secretarias de Paul decían que el niño ya no hallaba cómo desmadrar su herencia. Ok, lo acepto, yo quería que te quedaras en el barco para que me ayudaras a bajarme de él, pero tampoco niego que me daba curiosidad el tuyo. No he dicho que quisiera subirme, sólo que me sentía curiosa. Ya me imagino lo que estás pensando: *Violetta se moría porque yo la secuestrara y la llevara a pasear en mi barquito*. Pero no, eso era fácil. Yo en realidad no me moría por nada. Quería un chingo de dinero, como siempre, pero te digo que de pronto sentía otras cosas. Quería saber cómo era la vida de alguien que no fuera yo, pero se pareciera a mí. Alguien que navegara con bandera de estúpido y de repente me dijera: *Soy pirata*, y entonces me llevara por la fuerza.

Al final, más pirata era Ferreiro. ¿Sabes por qué te rechazaba tus mejores campañas? No podía decírtelo entonces, te habrías engorilado horriblemente, y eso ni a ti ni a mí nos convenía. ¿Tú crees que no me daba tentación irle a contar a Paul que el mierda de mi jefe vendía en otras partes las campañas que te rechazaba? Tenía un socio, o amigo, o cómplice, no sé, en Barranquilla. Un tal Bruce Jáuregui, que era el que colocaba tus ideas en no sé qué lugares. Según yo las usaban para lavar dinero, porque a Ferreiro le hacían unos depósitos en dólares que te mareaban. Es más, un par de veces fui la encargada de faxear tus textos. Hasta donde yo sé, Nefastófeles quería convencer a Paul de asociarse con sus amigos de Sudamérica, supongo que para empezar también a lavar en casa. No sé si producían los anuncios, pero Ferreiro los mandaba idénticos. ¿Sabes qué dicen los faxes de Ferreiro? *Publishop*. ¿Sabes qué es *Publishop?* Nada. No existe. Hay papelería, tarjetas personales, facturas, cheques y no sé qué más cosas que dicen *Publishop*, pero no está ni en Hacienda. Creo que registró la propiedad del logo y el nombre, pero hasta ahí. Es burdo, Nefastófeles, también por eso te detesta. Nunca va a perdonarte que hables el mismo idioma que Paul. Lo haces sentir tlahuica, lo acomplejas, sabe que cuando quieras vas a largarte con tu majestad de mamón anacoreta y él va a tener que quedarse a seguir esnorqueleando entre la mierda. Aparte, a Nefastófeles hay que enfrentársele desde un vicio distinto, porque si tú también te metes coca te hace mierda. Ése es su territorio, ¿ajá? Te va a dar la mejor cois de tu vida, y es como si te enamoraras: te da terror zafarte. Agarrarle la cois a Nefastófeles te compromete mucho más que si le agarras cualquier otra cosa, yo sé lo que te digo. Por eso cuando me hice pacheca y luego lo encontré, dije: *Ok, trabajo con este güey, pero pacheca. No voy ni a ver su cois, ésa va a ser mi fuerza.* ¿O qué? ¿Querías que me fumara a Nefastófeles sin drogas? ¿Alguna vez te han sacado una muela sin anestesia? La mois tenía una gran ventaja: me quitaba las náuseas. Pacheca ya no me costaba tanto trabajo perdonarme. Cuando Ferreiro me decía *Marigua-*

*nita folclórica*, yo cerraba los ojos y pensaba: *Pinche coco de mierda, no me vas a ganar*. Los abría otra vez y le sonreía, casi casi humildita, si no fuera porque los dos sabíamos que sólo con su cois me iba a poder quebrar. Juraba el güey que iba a acabar pidiéndole, porque por suerte no sabía del muertito. Fue tan horrible ese pinche incidente que ahí sí juré: *Nunca más cois*. Le tenía terror a la caspa de Don Sata. Le tengo, todavía. La cois es el amor sin el amor. Te pone igual, pero en el fondo sabes que no es cierto. Y no vas a aceptarlo. Una se mete cois para no tener que aceptar nada. Yo le tenía miedo al amor, o a lo que yo me imaginaba que era el amor. No quería que la gente se me acercara. *I mean: outside the business*. Pero cuando te conocí yo le tenía tanto terror a la cois que leí lo que habías escrito y pensé: *Este güey está enamorado del amor*. Ay, mi Diablo Guardián: no me querías de novia, más bien buscabas *dealer*.

Me gustaría hablar de tulipanes, de la montaña rusa, de todo lo que me cambió la vida cuando te compré. ¿O prefieres que diga «cuando te conocí»? Pero no queda tiempo, y además esas cosas tú tendrías que saberlas. Te mentí, te compré, jugué contigo, pero igual fueron las mejores mentiras de mi vida, las compras más lujosas, el juego más honesto, y claro: el más divertido. No se me olvida la primera línea del recado que venía con los tulipanes: *Mírame bien: no soy Supermán*. Me puse hasta nerviosa. Dije: *Puta madre, se me hace que éste sí es mi Diablo Guardián*. Me soltaste la contraseña, sin conocerme, justo cuando yo ya pensaba mandarte un recadito. Porque carajo, cómo me esmeré en que me vieras y dijeras: *Chin, pobre vieja, qué mal la pasa en esta puta jaula*. Y me veías, pero no te me acercabas. Hasta que echaste el borrador de tu mensaje al basurero, lo fui a agarrar y bueno: casi me hago pipí de la emoción. Habías escrito mi nombre, o en fin, el nombre de Rosalba, que a estas alturas yo a esa estúpida ni la conozco, pero ese día dije: *A este cabrón lo compro, se muera quien se muera.* Ya luego me llegaron los tulipanes. Y Nefastófeles intrigadísimo. Y Paul pelando cada día más los ojos: doce, veinticuatro, treintaiséis tulipanes, *Bingo, pendejos, chequen quién manda aquí.* Tú dirás si no te iba yo a comprar.

Y aquí viene la mierda, ya ni modo. A la hora de la hora soy como Nefastófeles, te tiro un largo rollo y luego sale el peine: te necesito. Y no te estoy hablando de tu novela, finalmente quién soy para decirte lo que tienes que hacer, o de qué vas a pinche escribir, ¿ajá? Yo soy una cabrona oportunista que no sabe cómo decirte para qué te quiere, porque creo que ni contándote mi vida voy a hacer que me ayudes. Creo que estoy perdiendo el tiempo, pero es la última ficha que me queda y tengo que ponerla encima del tablero. Me la voy a jugar, Diablo Guardián. De pronto pienso que no vas a acabar de oír ni la primera cinta, que las vas a tirar y ya. *Total,* vas a decir, *no quiero saber nada de esa pinche vieja,* ¿ajá? Supongo que es lo que yo haría, en tu lugar. O sea que antes de pedirte nada, quiero que tengas claro que no espero que lo hagas. No puedo esperar nada, no tengo ni derecho.

Pero tampoco tengo tiempo de otra cosa. Debí haberme largado hace tres meses de este pinche agujero, pero no quería hacerlo sin contarte todo esto. Te lo debía, pues, y más voy a debértelo si después de escucharlo decides seguir siendo mi Diablo Guardián. Cada noche decía: *Mañana empiezo con la grabación.* Y nada, me moría de miedo. Me pasaba los días con la tele prendida, como si me estuviera haciendo a la idea de que otra vez había que pinche esfumarse de la escena. Sólo que ahora tenía al Diablo Guardián, y no me resignaba a acabar de perderlo. ¿Renuncian a su cargo, los diablos guardianes? ¿Son deveras tan sobornables como parecen? Porque yo te compré, pero igual no por eso se me hizo controlarte. Querías mi alma, güey, y ésa yo no sabía regatearla. Todavía mejor: querías el alma de Violetta. Y era como que peligroso, porque en ese momento Violetta no tenía a nadie en el pinche mundo. Andaba en agonía, ¿ajá? Por más que la putona de Rosalba creyera que lo tenía todo bajo su control, Violetta estaba que no la calentaba ni un Corvette amarillo en su garaje. Porque Violetta no tenía garaje, ni familia, ni casa, ni amigos, ni amantes, ni una puta madre que le preguntara: *¿Qué te duele, Violetta? Ven conmigo, Violetta. Salta, Violetta.*

Y en eso llegas tú, con tu carita de pendejo travieso que se muere de ganas de meterse en problemas, de hacer lo que no debe, de cagarla en *gran* plan. Y yo estoy lista, ¿ajá?, porque ya para entonces hay tardes de domingo en que pienso: *No jodas, me cae que el mundo estaría mucho mejor sin mí.* Le estaba dando la razón a Nefastófeles, cada vez más seguido. ¿Diablo Guardián? No mames, pinche Pig: eras la puta envidia de San Miguel Arcángel. Yo no podía permitir que te mezclaras con el Nefas, ni con mis papás, ni con mis clientes-novios. No me daba la gana hablarte de mariditos, ni de feligreses, y bueno, ni de pinche New York, pa que mejor me entiendas. Quería oírte, seguirte la corriente, dejar que te esmeraras en divertirme. ¿O qué? ¿No te han servido todas estas cintas para checar que no hay nada que me encante más que ser cliente? Todo lo que me gusta en la vida se compra, y vas a perdonarme pero tú no eres nadie para ser la excepción. Ni tú, ni el pinche *mudo* que te sacaste de la manga, ni ninguno de tus trucos ingeniositos pueden ser suficientes para que yo deje de ser quien soy. ¿O qué? ¿Vas a decirme que tú también me quieres rubia?

No sé ni lo que digo. En realidad lo que yo necesito es exactamente eso: dejar de ser quien soy. Para los administradores del hotel soy la señora Ferreiro. Para mis papás soy Rosa del Alba. Para Paul soy Rosalba Posturopedic.

Para ti soy Violetta. Para Ferreiro soy su peor enemiga. Y ya no lo soporto, ya me pinche cansé. Son demasiadas máscaras para alguien que nunca ha sabido quién chingados es, ni de dónde viene, ni para dónde va. No lo sé y no me importa, pero lo que no puedo es seguir cargando maletitas. ¿Sabes que todavía tengo el veliz viejo con el que me crucé el Río Bravo? ¿Tú crees que sea sano guardar toda esa mierda? En realidad yo ya no tengo ese veliz: desde que regresé a mi casa mi papá lo incautó, junto con los demás. Y a estas alturas ya me dan por perdida, así que si lo ves con calma me quedé sin nada. Ceros por aquí, ceros por allá. Sólo que no me basta con que me den por perdida. Supongo que ya sabes que por eso me escondí: necesito que de una vez me den por muerta.

No puedo imaginarme qué pensabas hacer con tu *Dalila.* Era una niña, ¿ajá? Una niñita sola, como yo a los nueve años. Y tú necesitabas de esa niña para explicarte el amor, o para aparecerlo y luego desaparecerlo. Que es lo que hace que duela, finalmente. ¿Sabes qué es lo que espero de ti? Creo que lo contrario, exactamente. O sea que uses al amor para explicarte a esta niña. Quiero que me aparezcas y me desaparezcas, que si no piensas escribir toda la novela, mínimo tengas la amabilidad de armar el último capítulo. No es fácil, ya lo sé, pero hace casi cuatro meses que Rosalba anda perdida, y a estas alturas ya te digo, todo lo que le queda a Violetta es su Diablo Guardián.

No te estoy chantajeando, al contrario: aquí el único chantajista eres tú. Por eso te mandé el video junto con las cintas. Habría preferido que tú fueras el último de los terrícolas en tener en las manos esa escena maldita. Si no la quieres ver, mejor: es más que suficiente con que le saques jugo. Cópiala en otra cinta y úsala como más te acomode, pero por favor: mátame. Sácame de este cuento, ayúdame a quemar a esta bruja de mierda, antes de que ella acabe de quemarme a mí. Tú me entiendes, ¿verdad? En la etiqueta puse el nombre del matón: tuve que ir a comprar los periódicos viejos para enterarme, supongo que hallarás el modo de dar con él. No sé qué se te ocurra, ni si sea muy difícil, pero si el dizque comandantito ése pudo matar a un güey sin que nadie le tocara un pelo, ya lo de menos es que ponga a una muerta en mi lugar. Si no tú dime cuándo voy a pinche descansar en paz.

Te dejé en el paquete una pulsera, un collar con mis iniciales, una muda de ropa y tres mechones de pelo. No te imaginas cómo chillé para arrancármelos. Si te fijas, hay manchitas de sangre en la blusa. Son todas mías, *of course,* es lo que traía puesto cuando me escapé. Aunque yo en tu lugar ni metería las manos: mándale todo al comandante, menos el video. Asústalo, trasjódelo, deja que se imagine la escenita pasando por la tele. Pero tú no te metas, Diablo Guardián. Si me vas a ayudar, quédate afuera. Y luego usa mi vida, si se te antoja. Voy a estar muerta, ¿ajá? Los muertos no hablan, y casi siempre les importa madre que otros hablen por ellos. O sea que si no te encuentras otra cosa que contar, di que te quiero mucho, que no puedo decirte nada de esto sin que de pronto se me salgan las lágrimas y me quede pensando en lo lindo que habría sido todo si yo no fuera yo, ni a ti te diera tanto por ser como tú. Porque lo que es tú y yo no armamos un nosotros, por más que no dejemos nunca de extrañarnos. Escribe que te quiero y que te rezo, Diablo Guardián. Diles que nadie más que tú puede escribir mi vida, que por eso la estoy poniendo en tus manitas, y que en el fondo no me atrevo ni a dudar que aunque ya no me veas vas a seguir allí, en tu puesto, listo para librarme de todo mal y amén. Inventa lo que quieras, cambia todas las cosas que no te gusten, pero eso sí: no permitas que me arrepienta de nada. No dejes que Violetta se caiga a medio salto, que ya bastantes veces se me ha caído a mí. No dejes que se rompa, por lo que más quieras. No dejes que se muera, aunque la mates.

Pídele de mi parte perdón al mudito. Y perdónalo tú, de paso. Creo que estoy en deuda con él. O bueno, pues, contigo. Habría sido una crueldad decirte que te había agarrado en la maroma. Yo veía que eras celoso, que te quebrabas del puto berrinche cada vez que me hablaban al celular, pero te hacías el *cool*, como si nada. Y no sabes lo bien que eso me hacía sentir. Cada vez que llamabas, yo pensaba: *My Hero!*, y hasta te lo decía. Ya sé que así también les llamaba a mis novios, pero ni modo que te hablara por tu nombre. Habría perdido el chiste, ¿ajá? Además, yo no quería hablar contigo por ese teléfono. Era como un grillete, sólo que electrónico. Cada vez que sonaba, el mensaje venía siendo el mismo: *Solicito putita.* Y en cambio tú llamabas cagado de los celos. De pronto comenzabas a respirar muy fuerte, como cuando te enojas. ¿Cómo querías que no te reconociera? Supongo que trataste de llamarme después, cuando me desaparecí, pero ya sabrás qué hice con el teléfono: antes de que empezara a sonar, lo estrellé en la pared de un edificio.

Eran como las ocho, yo iba por Insurgentes, sin saber bien qué hacer. Había ido sacando mis cosas del cuarto de la criada. Las importantes, pues. Mi Bulgari, mi ropa, mi walkman, mis muñecos, pero igual no sabía muy bien cuándo largarme. Hasta que me habló el mudo, o sea tú. Y yo dije: *Ya estuvo.* No sé, me dio valor que me llamaras. Pensé: *Voy a citarlo en algún lado.* Ni modo que llegara, ¿ajá? Tenía que plantarte, y de una vez plantarlos a todos. Además, Nefastófeles no estaba. Se había ido con Paul a no sé qué *cocktail*, y ninguno iba a regresar. Tú de seguro estarías encabronadísimo porque te dije que iba a ir al dentista y acabé haciendo cita con el mudo. Estaba sola, ¿ajá? Podía desaparecerme de una vez, y de paso atacar al enemigo.

No sé si te das cuenta, pero aquí hay una cosa que no encaja. Después de tanto rato de aguantar esa chamba tan jodida, yo tenía que manejar alguna información. ¿O qué tú crees que no se me torcían los ojitos cada vez que veía los cheques, los estados de cuenta, la cantidad de lana que pasaba frente a mí? Como dice mi madre: *La cabra tira al monte.* Una cosa es que yo quisiera ponerme a mano con mis papás, y otra que no pensara emparejarme con la vida. Porque bueno, carajo, la vida ya me estaba debiendo una lana. No cualquier cosa, pues. No cien mil dólares, ni siquiera doscientos. Dije: *Una Lana,* y ésa no la tenían más que Paul y el Nefas.

Me pasé la mañana del día siguiente depositando cheques, transfiriendo dinero y las arañas, el caso es que a la una de la tarde ya lo tenía todo en cheques de caja. Fui a no sé cuántos bancos, vestida como señorona de Polanco, en un coche que había alquilado con todo y chofer. Ya en la tarde tiré los cheques que quedaban y comencé a sufrir, a arrepentirme, a preguntarme cuánto iban a tardar Ferreiro y Paul en ver que les faltaba una chequera. O también: cuánto me iba a durar el gusto de ser rica, con todo ese dinero en *cash* debajo de la cama. Y ya ves: sigo aquí, metida en este cuarto tan rascuache, acostada sobre un montón de lana, contándole mi vida a la pinche grabadora, mirando mi equipaje y muriéndome de miedo.

Por eso te decía, tienes que asesinar a la tal Rosalba. Ya lo he pensado no sé cuántas veces y no veo otra salida: si no me dan por muerta, no voy a estar tranquila en ningún lado. Y me van a agarrar, además. Yo sé que ellos no pueden hacer la denuncia, porque esa cuenta es poco menos que clandestina. ¿Qué van a denunciar? ¿Un desfalco en Publishop? No jodas, no hay por dónde. Pero aunque no me creas le tengo miedo al Nefas, y sobre todo a sus pinches amigos. Hay noches en que despierto empapada en sudor, aterrada: sueño que viene tras de mí ese tal Bruce Jáuregui, que me alcanza y me curte la cara a navajazos. Entonces digo: *Puta madre, si encontraran un cuerpo desmembrado yo podría esfumarme tranquilamente con mi lana.*

Porque ya es mía, ¿ajá? Nomás nos falta el cuerpo, la zalea, yo qué voy a saber. No porque tenga más ni menos pesadillas voy a echarme pa atrás, ahora que estoy metida hasta el cuello en el perol. Y como según yo Rosalba ya es difunta, olvídate de que les siga pagando a mis papás. ¿Querían que fuera perra? Pues ya estuvo, y se chingan. Ahora ya sólo falta que me entierren.

Y ahí es donde entras tú, Diablo Guardián. Ya sé que es un abuso, que es como si te pido que me laves el Corvette amarillo y luego no te dejo ni tomarte una foto con él. Por eso no te estoy pidiendo nada a ti, ni a Pig, ni al mudo. Estoy hablando con mi Diablo Guardián, y a mi modo también le estoy rezando. Voy a empezar de nuevo, no me imagino cómo pero sí sé con qué. Y necesito que me cubras las espaldas, que le hagas a Violetta el milagro de matar a Rosalba a como dé lugar, que no la desampares ni de noche ni de día. Y que la dejes ir, Diablo Guardián. Violetta va a saltar y no puede caerse. Menos ahora, con todo este equipaje.

O sea que te dejo aquí, rezándote. Y ahora cierra los ojos, novelista. Concéntrate en mi voz, mándame un beso grande, imagíname sola con todo mi equipaje. Ahora dime, querido, ¿sabes el bulto que hacen dos millones de dólares? ¿Te imaginas de menos todo lo que pesan?

## 27. Ella y yo, de tú a tú

*We'll see the city's ripped backside,*
*we'll see the bright and hollow sky,*
*we'll see the stars that shine so bright:*
*Stars made for us tonight.*
IGGY POP, *The Passenger*

No sería la primera vez que saqueara un panteón, pero nunca es lo mismo recoger un fémur perdido entre el cascajo que apalancar la losa de una cripta en condominio: la novena de izquierda a derecha, tercer piso. En un hotel, sería la número 307. O la 207, considerando que el primer piso es el lobby. O la 107, si el hotel tiene vuelos suficientes para albergar salones de fiestas. Pero no es un hotel, ni una pensión. Es un maldito condominio *a perpetuidad*, donde las puertas y ventanas que engalanan la cripta de la familia Macotela resultarían superfluas, impensables. ¿Quién querría meterse *a perpetuidad* en ese agujero? Antes de dar el primer paso hacia afuera de la cripta, Pig calcula: bien podría escribirse una historia de horror con el solo destino de aquel osito rosa.

(Yo es la primera persona, seguramente porque importa más que las otras. Pero también porque es la primera en morirse, pues cuando ellos, los vivos, todavía rezan por él, por ella, o incluso por nosotros, hace tiempo que el yo no está presente, ni es concebible, ni parece deseable. Por más que quienes lloran apelen al tú, lo cierto es que no hay yo capaz de responder. Falta un yo: he ahí la gran noticia. Somos menos nosotros que ayer, nos hemos convertido en ellos para quien hasta ayer podía decir: yo.)

¿Un cassette? Por más que Pig intenta recobrar cuando menos la flaca serenidad que hace veinte minutos lo tenía haciendo cuentas de tumbas y difuntos, la idea del cassette ha puesto en marcha las turbinas de una paranoia que lo lleva a retroceder, cerrar la puerta de la cripta, volver a atorarla. No puede equivocarse: si va a intentar una profanación, tiene que estar seguro de que va a salir bien. Justo ahora, cuando ver el entierro de los supuestos restos de Rosalba le infundía una suerte de paz melancólica, atisbar esa cinta en manos de la madre le ha devuelto las dudas que lo persiguieron desde el día de la llegada del paquete, como diablos sardónicos y vengadores. No bien había dejado de sentirse un asesino, sus monstruos lo culpaban de ser un pobre imbécil. Y todavía peor: un pobre diablo, usurpando funciones de guardián.

¿Qué pensaba Violetta? ¿Quién se creía para usarlo así? Aunque lo que realmente le molestó no fue que ella asumiera todo lo que asumía, sino que le sobrara la razón. Por más que fuera un diablo de la guarda de tercera, seguía allí, en su puesto. Si antes había perdido el sueño creyéndose culpable de su muerte mentirosa, ahora lo eludía buscando la manera de matarla de mentiras. *Extreme fiction*, concluyó, con algún temeroso regocijo. Lo peor era ese orgullo de siervo comedido: desde que abrió el paquete y leyó las instrucciones —simples, frías, lacónicas— no hizo menos que envanecerse ante sí mismo por esa diligencia entre entusiasta y fatalista con la que se entregó a obedecerlas. Escuchó los cassettes en el coche, dando vueltas a la ciudad hasta que amaneció, y entonces se encerró en su casa, presa de una impresión de irrealidad total. No podía reconocer a Violetta, ni a Rosalba, ni a nadie en esa voz rendida a la evidencia. Menos en esa historia, que a su modo dejaba cortas las habladurías de las secretarias en la agencia, si bien no las excluía del rango de probabilidades. Pues si algo estaba claro era que Violetta podía ser capaz de cualquier cosa. Y eso, de nuevo, lo colmaba de orgullo, y de envidia, y de rencor. Nunca la había creído un angelito, pero de pronto se sentía un diablo de pastorela.

Siempre creyó que un novelista debe estar a la altura de sus historias, y desde siempre lo aquejó el temor de nunca ser lo suficientemente bravo. ¿Qué le impedía ir en ese momento a reventarle el cráneo y la madre a Ferreiro, a Paul, a los clientes que se habían sabroseado a Violetta mientras él la buscaba disfrazado de mudo? ¿Qué clase de Diablo Guardián se tira a sollozar apenas ve un paquete de ropa con pelos y sangre? ¿Alcanzaban sus trampas de niño consentido para graduarlo en artes tan astutas como las referentes a la extorsión de asesinos? Escribió y destruyó las cartas más duras y sarcásticas que atinó a redactar. Se sintió Dashiell Hammett, Rubem Fonseca, Andreu Martín, James Ellroy, y de nuevo un imbécil: el mismo que escribía del amor sin conocerlo, de cine sin comprometer genuinas opiniones, de mentiras, mas nunca de ficción. Porque uno hace ficción cuando la necesita, y hasta hoy él se había empeñado en no necesitarla. Más que joder a Paul, o al tal *Nefastófeles —hijo de su reputa*, se repetía, como un raro conjuro, y a menudo temblaba de los solos deseos de abofetearlo, justo antes de cortarle los cojones—, Pig tenía que borrar el rastro de Violetta: un trabajo infinitamente más sofisticado que nada más ir a castrar a Ferreiro. O tal vez lo contrario: mucho más simple. La muerte es simple, como los entierros.

(En términos gramaticales, el desplazamiento de la primera persona del singular significa el inevitable encogimiento de la primera del plural. En cuanto a la segunda del singular, la mistificación es evidente: sólo conjuga así quien intenta el consuelo de tutear al difunto, o al menos a la parte de ese yo que permanece en él. Los funerales están llenos de nosotros; los entierros, de ellos: los que están sin estar, porque no tienen más un yo que pruebe su presencia.)

Había descartado, por ingenua, la posibilidad de chantajear al comandante. No quería repetir la historia del mudo, ni terminar siguiendo el camino del Ajusco. Pero tampoco podía dejarla en manos de Ferreiro: mierda infeliz, no en balde siempre lo había vomitado. Literalmente, la última vez. ¿Se merecía Violetta a Ferreiro, Ferreiro a Violetta, él a los dos? ¿Qué carajo hacía él metido en esa historia de putas, padrotes y asesinos? Lo pensó y de inmediato respondió, ya con vergüenza: *En el fondo, yo soy más puta que ella, y más padrote que él.* Porque en el fondo no dejaba de pensar en sí mismo como el héroe de una historia que se estaba robando con descaro de pájaro carroñero, armado de un disfraz de Diablo de la Guarda que le quedaba guango por todas partes. Harto de especular, decidido a ponerse a la altura de sus cuernos, una noche Pig salió de la casa de San Ángel —sigiloso, excitado— con la ropa y los pelos en la cajuela. Sin preguntarse más, enfiló hacia Paseo del Pedregal, siguiendo la que, en su experiencia, tenía que ser la ruta de los clásicos. Media hora más tarde, los pelos y la ropa ensangrentada yacían a unos metros del borde de la carretera al Ajusco, junto a varios billetes de quinientos pesos: *una coartada con antifaz de azar*, pensó, un poco disculpándose por haber conservado el collar y la pulsera. Luego volvió a la casa, llamó desde la calle a los Rosas Valdivia y con el solo aliento murmuró la noticia: el cadáver de su hija estaba en el camino del Ajusco.

La mañana siguiente despertó con miedo: algo tenía que haberle salido mal. Si se ponían *realmente* a investigar, iban a terminar jodiéndolos. Iban a visitarlo, seguramente, por más que no tuvieran pruebas de su relación con ella. Qué tal si las tenían, además. Y qué si, tal como hablaban de ella a sus espaldas, los empleados habían cuchicheado también sobre *ellos*, en su ausencia. Forzado por la falta de noticias a realizar un obsesivo trabajo de ficcionante, Pig compraba periódicos, veía los noticieros, iba y venía hasta el fraccionamiento de los Rosas Valdivia, pero nada: era como si nunca hubiera llamado. Hasta que apareció el moño negro en la puerta de la casa, como un legítimo trofeo a la mentira, y Pig se alegró tanto que tardó en advertir la presencia de Ferreiro: bajaba de su coche, vestido de negro, demasiado metido en su papel para notar la fantasmal presencia del Diablo de la Guarda. No bien aceleró y se movió de la escena, Pig experimentó un alivio incómodo. No podía saber si la muerte *oficial* de Rosalba —Ferreiro, en todo caso, la creía, y eso la hacía mucho más que oficial— se debía a su trabajo de asesino ficticio, a alguna oscura urgencia de discreción, o a la pura desidia de los detectives.

No podía saber nada, a menos que volviera a la agencia, o llamara a las oficinas del servicio forense, pero al día siguiente la noticia salió en un par de periódicos. *Rosalba R.*, la llamaban. No hablaban del dinero, pero sí de la ropa y los cabellos. En uno la describían como *señorita de familia acomodada*, en el otro como *joven y atractiva secretaria.* Pero en los dos la daban por muerta, y eso dejaba en Pig sentimientos encontrados y cosquilleantes, y con ellos la sensación de ser, más que Diablo Guardián, sepulturero. Cuando al fin se decide a salir de la cripta de la familia Macotela, bajo un atardecer ya opaco, Pig se pregunta si el panteón sigue abierto, escucha los ladridos de los perros y siente un miedo extraño: no deben andar lejos. Piensa en el Hombre Lobo, en Mamita, se imagina corriendo de su mano, seguidos por una manada de canes panteoneros. De nuevo le dan ganas de carcajearse, y se pregunta qué dirían los padres del Sapo si observaran ahora sus reacciones histéricas.

No ha olvidado los ojos de la madre del Sapo, ni el azoro porteño de las hermanas cuando vieron el fémur que traía como palanca de velocidades: se lo había robado de un cementerio como ése, aprovechando un poco la miseria de quienes no pagaron *perpetuidad* para su muerto. Y se lo había tirado Mamita a la basura, semanas después. Pig cruza la avenida que separa al mausoleo de la cripta en condominio, con la llave de cruz a medias oculta y la mirada fija en la lápida. Le encantaría reírse, como tantas veces, del pavor que le tenían las tres hermanas del Sapo, pero desde que vio la cinta de Violetta no ha podido librarse de imaginarla caminando por las calles de Club de Golf México, vestida con la falda que bien podía haber pertenecido a cualquiera de ellas. *Si el peronismo no da para vivir en un club de golf, Evita vivió en vano*, alardeaba el papá, cuando estaba borracho. En cuclillas frente a la cripta en condominio, Pig inserta la llave de cruz entre el cemento fresco y va haciendo palanca, perseguido por las imágenes de Violetta desnuda con el comandante, luego con el cadáver del comandante, luego con la faldita gris, azul y sangre, hasta que una vez más sacude la cabeza, decidido a ya no proyectarse la escena que hasta hoy lo persigue, como si al prender fuego a la cinta del video se hubiese desprendido su fantasma (la había incendiado lenta, ceremoniosamente, como cumpliendo un exorcismo ritual). Cuando la losa comienza a moverse, Pig aún se pregunta: ¿Por qué yo?

(Frente a la muerte, el yo es siempre ridículo. Cuando él o ella mueren siguen siendo él y ella: el difunto, la muerta, pero el yo ya no vuelve. Ni siquiera podemos decir que se va al hoyo, porque al llegar allí el cortejo ya hay un yo de menos. Yo, que estaba en la panza de su madre. Yo, que nació pesando 4,4 kilos y midiendo setentaitrés centímetros. Yo, que fue a la escuela y estudió una carrera. Yo, que se casó y tuvo varios hijos y después muchos nietos, hasta el día en que yo se quedó tieso y ya no hubo más yo, sino él. A veces, pocas veces, tú: cuando alguien lo recuerda, lo invoca, o hasta va y pone algunas flores en su tumba. Y después, cuando además de yo se muere cada uno de ellos,

¿qué queda de aquel yo y de aquel nosotros, sino el etéreo y tenebroso ellos al que sólo un experto distinguiría de nadie?)

¿Qué hace ahí, finalmente? ¿Para qué presentarse en el maldito entierro, cuando nadie como él sabe que es una pura ficción? ¿Morbo, perfeccionismo, manía de narrador? Y ahora la inquietud, el peso de la losa, el miedo a que el cassette contenga montones de mentiras, o hasta lo más temible: que contenga verdades, y éstas desmientan todo lo que ella le contó. Con la losa en el suelo y el agujero abierto, Pig levanta la urna, la abre, la voltea: está vacía. Luego toma el cassette, se lo guarda en la bolsa y piensa en irse. No ha terminado aún de levantarse cuando escucha de nuevo los ladridos de los perros. Se agacha a recoger dos piedras, vuelve a meter la mano y toma el oso de peluche, como quien salva a un niño del Hombre Lobo. Se acuerda de volver la losa a su lugar, pero escucha más cerca los ladridos, agarra fuerte la llave de cruz y se suelta corriendo por la avenida. Cuando por fin abre la puerta del coche, salta sobre el asiento, cierra, se lleva las dos manos a la cara y descubre que está empapada en lágrimas.

Descartar a Violetta, sacarla del tablero, regalarle precisamente la coartada que no lo dejaría volver a verla: ¿quién, que no fuera *un ingenioso aliado de sus sepultureros*, trabajaría tanto en contra de sus intereses? ¿Pueden ser ingeniosos los peleles, los incondicionales, los serviles? ¿Quién lo escribió, por cierto? ¿Kafka, Kundera, Kennedy? ¿Tiene alguna importancia, cuando se está asistiendo al propio sepelio, con tal de no dejar morir sola a...? Pig siente un estremecimiento eléctrico luego de pronunciar las dos palabras: *morir sola.* A diferencia de Papá y Mamá, que se habían acompañado hasta la orilla negra, Mamita había muerto sola, seguramente cierta de que su hijo-nieto no se atrevía a ver ni a un perro atropellado. Cuando cruza las puertas del panteón hacia la calle —sólo verlas abiertas le ha devuelto el aliento, cual si recién huyera del Hombre Lobo— piensa que, más que indefinible, el amor es, como la vida y la ficción, estúpido. Puesto que avanza en contra de sus intereses, camino de un final tras el cual está siempre la oscuridad, la nada, el pensamiento que es el fin de todos los pensamientos. Y detrás la traición, la mentira, la impostura de un hijo de vecino metido a Diablo de la Guarda. Un fantasma con cuernos que solloza frente al semáforo en rojo porque se ha enamorado como un imbécil y ahora asiste a la muerte del amor, con un osito rosa entre las manos, de cuyo cuello cuelga una etiqueta inoportuna: $59,50.

(Una vez que desaparece la primera persona del singular, nadie entre los demás entes gramaticales se preocupa por cosas tan fundamentales como quitarle el precio a su regalo. Menos aún si piensan enterrarlo, junto con todos los recuerdos que habrán de irse torciendo, emborronando, contradiciendo, hasta que ya nadie recuerde ni el color del pelo de la muerta: un castaño cenizo, medio sucio de sangre, polvoriento, hallado una mañana camino del Ajusco, impregnado en secretos que nadie sino él y ella compartían —un nosotros fugaz, vertiginoso, del que Pig no ha olvidado los besos voraces, las mordidas, los gritos, la Violetta que nunca decía yo, acaso porque entonces era toda nosotros— aun si nunca más volvían a verse. Compartir abstracciones: he ahí el orgullo idiota del amor. *Orgullo idiota:* qué imbécil redundancia.)

*Mis amores son breves, pero fulminantes*, leyó un día en un cuento de Fonseca. Cuando, llegando ya a San Ángel, Pig finalmente se considera listo para dejarse fulminar por el cassette, invadido de un desconsuelo anticipado, el estéreo le devuelve la voz de Siouxsie Sioux: *The Passenger*. Adelanta la cinta, la voltea: Siouxsie. Y es entonces que dice, repite, mastica, paladeando un alivio entristecido: *Violetta, o el amor*. Un chiste malo, tanto que no se ríe sino que carraspea, tose, maldice, escupe porque sabe que de este lado están sólo él y su novela, y del otro no quedan sino Violetta y sus dólares. Y saberlo le duele, le aflige, le abochorna.

*Violetta o el amor: Manual para peleles y otros bestias*, se dice, una vez más sin ganas de reírse. Y recuerda de nuevo las cintas: ni una sola vez lo había llamado *Bestia*, la muy utilitaria. Y *The Passenger* truena en las bocinas, con el poder de un cañonazo en un panteón. Y el osito sale volando por la ventanilla, rueda en el pavimento, se deshace bajo las ruedas de un camión de redilas. Y Pig lo sabe, puta madre, lo sabe: si un día quería llegar a escribir su novela, antes tenía que hacer justamente lo que hizo: matarla, desaparecerla, moverla de la escena, condenarla al olvido de los vivos. Le pesa en la conciencia, saber tanto. Saberla lejos, saberse usado, saber que nadie supo lo que él sabe. (Saber: qué verbo amargo.) Y lo sabe tan bien que apenas si repara en el retrovisor, donde desde hace un rato se encienden y se apagan los fanales de un Corvette amarillo.

*Tetelpan, San Ángel, diciembre de 2002*

# Índice

## VI Premio Alfaguara de Novela 2003

El 24 de febrero de 2003, en Madrid, un Jurado presidido por Luis Mateo Díez, e integrado por Alberto Fuguet, Juan González, Manuel Gutiérrez Aragón, José Miguel Oviedo, Carmen Posadas y Esmeralda Santiago, otorgó el **VI Premio Alfaguara de Novela** a *Diablo Guardián,* de **Xavier Velasco.**

### Acta del Jurado

El Jurado del **VI Premio Alfaguara de Novela 2003,** después de una deliberación en la que se pronunció sobre cinco novelas seleccionadas entre las cuatrocientas setenta y tres presentadas, decidió otorgar por mayoría el **VI Premio Alfaguara de Novela 2003,** dotado con ciento setenta y cinco mil dólares, a la novela titulada *Diablo Guardián,* presentada bajo el seudónimo Joaquín Alcalde, cuyo título y autor, una vez abierta la plica, resultaron ser ***Diablo Guardián,*** de **Xavier Velasco.**

El Jurado ha valorado el hábil tratamiento del lenguaje oral al servicio de una narración que cautiva al lector por su dinamismo, gracia y tono picaresco. La novela abre además perspectivas originales al presentar los conflictos de lenguaje y cultura que surgen en el encuentro de lo hispano y lo norteamericano, a través de la voz y la peripecia de un extraordinario personaje femenino.

## Premio Alfaguara de Novela

El Premio Alfaguara de Novela tiene la vocación de contribuir a que desaparezcan las fronteras nacionales y geográficas del idioma, para que toda la familia de los escritores y lectores de habla española sea una sola, a uno y otro lado del Atlántico. Como señaló Carlos Fuentes durante la proclamación del **I Premio Alfaguara de Novela,** todos los escritores de la lengua española tienen un mismo origen: el territorio de La Mancha en el que nace nuestra novela.

El **Premio Alfaguara de Novela** está dotado con 175.000 dólares y una escultura del artista español Martín Chirino. El libro se publica simultáneamente en todo el ámbito de la lengua española.

### Premios Alfaguara

*Caracol Beach,* Eliseo Alberto (1998)
*Margarita, está linda la mar,* Sergio Ramírez (1998)
*Son de Mar,* Manuel Vicent (1999)
*Últimas noticias del paraíso,* Clara Sánchez (2000)
*La piel del cielo,* Elena Poniatowska (2001)
*El vuelo de la reina,* Tomás Eloy Martínez (2002)
*Diablo Guardián,* Xavier Velasco (2003)

Este libro
se terminó de imprimir
en los Talleres Gráficos
de Mateu Cromo, S. A.
Pinto, Madrid (España)
en el mes de abril de 2003